de nager au milieu du vide. La Terre n'est qu'un point scintillant parmi des millions d'autres. Au creux de ma paume brille un objet qui n'aurait jamais dû entrer en ma possession, mais que le destin a mis entre mes mains : un téléphone portable à écran photovoltaïque, rechargé à la lumière du cosmos.

Ce sont les étoiles qui ont fini par allumer l'écran, par illuminer la vérité : l'image serait belle, si elle n'était si tragique...

« Qu'est-ce qu'il y a écrit, dans ce machin, pour te mettre dans un état pareil ? » demande une voix pleine de doute et de colère.

Elle appartient à Alexeï, le Russe, qui fut en son temps le prétendant le plus convoité de l'équipage, avant qu'il se fiance avec Kris.

Il se tient de l'autre côté de la vitre infranchissable qui scinde le Parloir sur toute sa hauteur. Sa voix me parvient à travers le système audio qui permet la communication entre les deux hémisphères parfaitement étanches. Ses yeux d'acier me foudroient comme si c'était moi la responsable, la criminelle, la briseuse de rêve. Comment le lui reprocher ? Moi, j'ai eu des semaines pour nourrir mes soupçons, pour croire à l'incroyable, pour nommer l'innommable. Mais eux ? Ils ne se doutaient de rien, et voilà que je leur balance tout au visage, à tous les onze, comme une gifle. Ils croyaient être des privilégiés élus pour vivre la plus formidable aventure qu'on n'a jamais vécue, ils découvrent qu'ils ne sont que des victimes destinées à mourir dans ces conditions abjectes.

Les visages des prétendants, collés contre la vitre blindée, ressemblent à ceux de condamnés à mort pour leur dernière séance au parloir – pas le Parloir d'un jeu de séduction sensationnel, non – le vrai parloir d'une vraie prison, celui où les prisonniers reçoivent leur ultime visite avant de s'engager dans le couloir qui mène à la chaise électrique.

PHOBOS²

Le front de Samson le Nigérian forme une flaque d'encre contre la vitre, et celui de Kenji le Japonais, une flaque de lait. Les mains puissantes de Tao, l'acrobate chinois, poussent contre le verre comme si elles voulaient le briser, ce qui bien sûr est impossible. Quant aux deux derniers garçons, Mozart le Brésilien et Marcus l'Américain, ce n'est pas le petit écran du téléphone qu'ils lorgnent : c'est moi.

C'est mon visage mangé de taches de rousseur, encore souillé de sang séché.

C'est ma crinière rouge, qui se mêle aux lambeaux de ma robe de mousseline déchirée.

C'est mon épaule nue, sur laquelle s'étale la Salamandre, la longue cicatrice que j'ai mis toute une vie à cacher et quelques secondes seulement à dévoiler au vaisseau tout entier.

« *Rapport Noé...*, lit Kris d'une voix tremblante en se penchant sur l'écran du téléphone. C'est ça qu'il y a écrit, Alex : *Rapport Noé...* »

Elle s'éclaircit la gorge pour parler plus fort, afin que tous puissent l'entendre :

« *Résumé du rapport : les capteurs indiquent que les couples de rats, de lézards et de blattes envoyés secrètement dans le septième habitat de la base martienne ont survécu pendant huit mois et se sont reproduits à un rythme comparable aux conditions terrestres. Mais, au bout du neuvième mois, la totalité des organismes sont morts subitement, pour une raison inconnue.*

« *Conclusion : en l'état, et jusqu'à une meilleure compréhension de ce qui a causé la perte inexplicable des cobayes, les habitats ne sont pas capables de maintenir durablement la vie...* »

Alexeï abat brutalement son poing contre la vitre, interrompant la lecture de Kris.

Une ride barre son haut front lisse.

Son élégant costume blanc à liseré gris semble l'encombrer, tout d'un coup ; il y a quelque chose d'incongru dans ses cheveux parfaitement brushés, comme ceux d'un acteur de cinéma. Dans le film où il est en train de jouer

ACTE I

malgré lui, il n'y a pas de jeune premier prêt à rafler la mise, pas de superhéros capable de sauver le monde et, surtout, pas de prince charmant. Il n'y a que des perdants, à bout de nerfs.

« Je ne peux pas y croire ! s'écrie-t-il – son accent russe, d'habitude discret, roule aussi furieusement que la houle en pleine tempête. Ce rapport est un faux !

— Il est signé Gordon Lock, Archibald Dragovic et Ruben Rodriguez..., glisse Kris d'une petite voix, en continuant de déchiffrer l'écran du téléphone. Les noms du directeur technique du programme et de mon propre instructeur en Biologie sont écrits là, Alex, noir sur blanc...

— Tu es trop naïve, la coupe Alexeï. Rien ne nous prouve que ce sont eux qui ont écrit ce tissu de mensonges. »

Je ne peux m'empêcher de penser qu'il emploie le ton d'un père s'adressant à sa fille, davantage qu'un fiancé à sa promise. Mais Kris ne dit rien et, derrière moi, Fangfang hoche vigoureusement la tête en se raccrochant à l'espoir que tout cela ne soit qu'un mauvais rêve :

« Alexeï a raison, affirme-t-elle. C'est certainement un canular, une sinistre plaisanterie... Tu as dû te tromper, Léo... »

Elle voudrait tellement croire à ce qu'elle dit.

Je lis dans ses yeux une prière muette, elle m'implore de lui répondre quelque chose du genre : *Mais oui, bien sûr, je me suis trompée, maintenant que tu me le dis c'est évident, heureusement que tu es là, Fangfang, toi qui as toujours raison !*

Les mots qui sortent de ma bouche sont à l'opposé de ceux qu'elle attend :

« Fangfang, Alexeï, ce n'est pas une plaisanterie. Je ne me suis pas trompée. Aussi dingue que ça puisse sembler, Serena nous a sacrifiés pour de l'argent. Voilà la vérité. Elle a lancé le show malgré la déficience des installations, pour engranger les milliards de la pub, des sponsors et des dons des spectateurs. Elle n'a même pas essayé de le nier. Elle sait qu'elle n'en a pas le temps. La seule chose qui compte pour elle, c'est que nous lui disions que nous allons descendre bien gentiment sur Mars demain dimanche, comme c'était prévu dans le protocole et annoncé dans les programmes télé, sans faire de vagues. Ce sera à nous d'essayer de réparer les habitats une fois sur place. En échange, elle s'engage à ne pas les dépressuriser à distance.

— Attends, là..., murmure Safia, affreusement pâle, comme si tout le sang n'était pas encore remonté à sa tête après le terrible accident qui a failli lui coûter la vie. C'est énorme... Ça signifierait qu'elle veut acheter notre silence en échange de l'espoir minuscule de nous en tirer ?

— Oui, Safia. C'est le marché immonde que Serena m'a proposé, après m'avoir tout avoué. Qu'on continue de jouer le jeu comme si de rien n'était. »

Mais Alexeï ne m'écoute pas – ou, plutôt, il n'écoute que ce qu'il veut.

« *Serena t'a tout avoué ?* crache-t-il. Tu te fous de nous ! Tu veux nous faire gober que Serena aurait *tout avoué*, devant les milliards de spectateurs !

— La retransmission a été coupée. Il n'y a que six spectateurs qui nous regardent en ce moment : Serena, Gordon et les instructeurs, moins Roberto Salvatore qui s'est enfui en apprenant que j'étais en possession de ce téléphone. Il appartenait à Ruben Rodriguez, le troisième signataire du rapport, le responsable de l'animalerie de la Nasa, d'où venaient les cobayes qui nous ont précédés. Ce type a essayé de me prévenir au dernier moment, sur la plateforme d'embarquement. Il a dû être saisi de remords en nous voyant sur le point de monter dans la fusée. Malheureusement, il est intervenu trop tard. Je n'ai pas compris ce qu'il voulait me dire. Maintenant, il a été assassiné, comme Sherman Fisher avant lui...

— Assassiné ? Ah ouais ? rétorque Alexeï. Tu étais là pour voir ? Tu as des preuves ? C'est marrant, j'aurais pourtant juré que tu avais passé les cinq derniers mois avec

nous dans ce vaisseau, et pas sur Terre à jouer les Sherlock Holmes.
— Alex, je t'en prie, arrête… », implore Kris.
Mais Alexeï n'arrête pas.
Il crie de plus en plus fort.
Il me mitraille de questions qui sonnent comme des accusations.
« À quoi tu joues, Léonor ? Ça t'amuse, toutes ces conneries ? Et c'est quoi, d'abord, cette chose derrière ton épaule ? »
Je sens tous les yeux fuser vers mon dos comme des rayons laser. Là où je me trouve, dans la bulle de verre transparente, il n'y a nulle part où fuir. Ma robe n'est plus qu'un haillon déchiqueté sur mon corps sans défense. Mes longs cheveux roux soulevés par l'apesanteur ne peuvent pas me cacher. Mes dix-huit années de camouflage ne sont plus qu'un souvenir inutile. Désormais, je suis la Salamandre. La Salamandre, c'est moi.
« Tu es malade, c'est ça ? s'acharne Alexeï. Tu as une putain de maladie dégueulasse qui va te faire crever, et tu veux nous faire croire qu'on va tous crever avec toi ? »
Mozart pousse un grondement sourd :
« Tu vas la fermer, ta grande gueule ? »
Il fonce tête baissée sur Alexeï, qui se prend l'impact en plein poitrine. Mais, en l'absence totale de gravité, le coup ne rencontre aucune résistance : le Russe se trouve projeté à travers le Parloir, jusqu'à la paroi de verre qui donne sur le vide de l'espace.
« C'est toi qui vas fermer ta sale gueule, racaille ! vocifère-t-il. Qu'est-ce que ça change pour toi, de savoir que tu vas mourir ? De toute façon, si tu étais resté sur Terre, tu aurais fait une overdose dans ta favela pourrie ! »
Mozart ne prend pas la peine de répondre ; il vrille telle une torpille vers Alexeï et lui assène un uppercut. Acculé à la paroi, ce dernier ne peut plus reculer : le poing s'écrase sur sa mâchoire dans un bruit mat.

« Voter pour faire demi-tour ?... murmure l'Anglaise. Je ne sais pas... Je ne sais plus... J'avais tellement d'attentes ! J'ai tant de fois imaginé fouler de mes ballerines le sable de Mars... Faire des entrechats de deux mètres de haut dans l'atmosphère si légère... Je voulais être la première danseuse étoile de l'espace et connaître une gloire immortelle... »

Les pupilles de Liz sont dilatées, perdues dans le vague, comme si elle voyait un film défiler devant ses yeux – celui d'un rêve auquel elle ne veut pas renoncer.

« ... il est encore temps, murmure-t-elle d'une voix vibrante. Encore temps d'écrire mon nom au firmament. Dans la vie d'une danseuse, peu importe le nombre de représentations : la seule chose qui compte, c'est de réussir au moins un spectacle, de faire au moins une fois quelque chose que nul n'a jamais fait auparavant. Même si je meurs demain, je veux que le monde se souvienne de moi comme d'une grande artiste, pas comme d'une pauvre victime coincée jusqu'au bout dans une boîte de sardines lancée au milieu du vide. Je veux ma dernière danse. Je l'ai méritée. Je vote pour descendre ! »

Liz laisse dériver son corps vers celui de Kris, collé à la vitre derrière laquelle se tient Alexeï ; dans un mouvement opposé, Kelly et Samson se sont rapprochés de Safia. Deux groupes se sont constitués. La moitié de l'équipage a voté. La balance est à nouveau équilibrée : trois voix sur chaque plateau...

« Et toi, Fangfang ? demande Safia. Quel est ton choix ? »

La Singapourienne rajuste fébrilement ses lunettes carrées.

« Il me faut plus de données, balbutie-t-elle. Je ne peux pas décider comme ça, à l'émotion. Je ne l'ai jamais fait. Même pour ma candidature au programme Genesis, j'ai tout analysé pendant des semaines avant de la poster – chaque paramètre technique de la mission, chaque critère de sélection : tout !

— Et pourtant, tu t'es fait avoir comme moi, qui ai signé sur un coup de tête », constate Kelly, avec une impitoyable lucidité.

Mais Fangfang ne l'écoute pas.

« Je peux voir le téléphone portable ? » m'implore-t-elle.

Je le lui donne.

Elle se met à faire défiler les pages du rapport Noé, stockées dans la mémoire de l'appareil. Ses yeux parcourent les lignes à toute allure, tel un métronome réglé sur le tempo maximal. Elle s'agrippe de tout son être à la raison qui, jusqu'à présent, ne lui a jamais fait défaut – elle la cérébrale de l'équipe, la doctorante en mathématiques, la responsable Planétologie.

Je me rends compte soudain que chacun a sa bouée de sauvetage, quelque chose à quoi se raccrocher quand tout s'effondre : une dernière valeur pour donner un sens au temps qui nous reste, avant que la mort n'efface tout.

Fangfang, c'est la raison.

Liz, c'est la gloire.

Safia et Samson, c'est le devoir.

Alexeï, c'est l'honneur.

Kris, c'est l'amour.

Kelly, c'est la vengeance.

Et moi, qu'est-ce qui va m'aider à décider, quand mon tour viendra de voter ?

Qu'est-ce qui sera plus fort, entre ma haine pour Serena, que je rêve de poignarder, et la peau de Marcus, que je rêve de toucher ?

« Ça alors ! » s'écrie soudain Fangfang.

Elle brandit le téléphone. Les filles se rapprochent d'elle pour mieux voir, et les garçons se pressent contre la paroi de verre.

Un diagramme s'étale sur l'écran, représentant trois courbes qui croissent continûment, avant de chuter d'un seul coup comme des falaises au bord d'un précipice.

RAPPORT NOÉ
Démographie 7e habitat

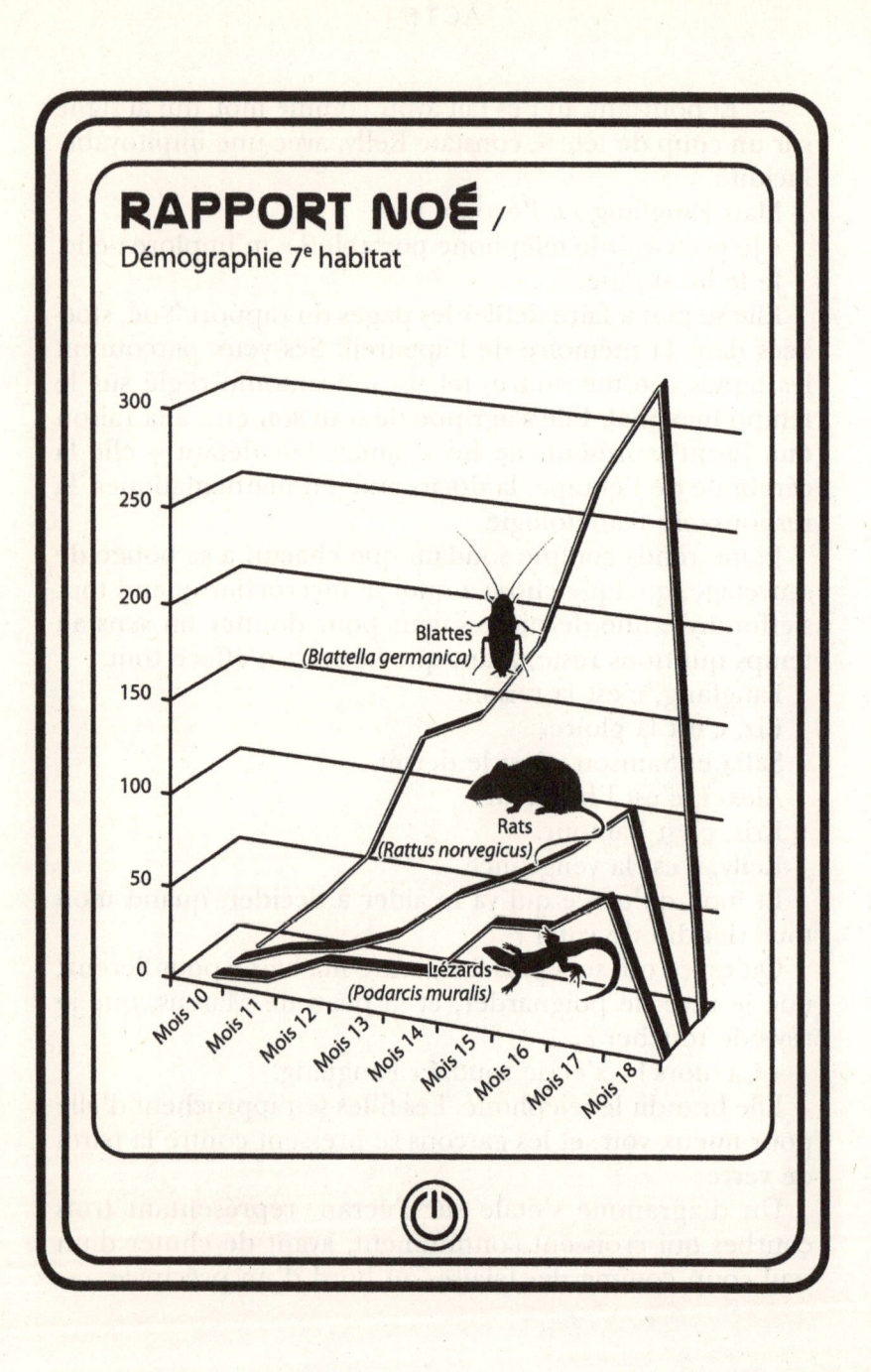

Blattes
(Blattella germanica)

Rats
(Rattus norvegicus)

Lézards
(Podarcis muralis)

ACTE I

« Je crois que je suis tombée sur quelque chose d'intéressant…, dit Fangfang. Regardez. Ce sont les données démographiques du septième habitat. »

Elle touche à nouveau ses lunettes, comme chaque fois qu'elle est troublée, rabat derrière son oreille un rideau de cheveux noirs et lustrés. Je sens bien qu'elle essaye de maîtriser le tremblement de sa voix, pour faire preuve des qualités pédagogiques attendues d'une responsable Planétologie, qui plus est aînée de l'équipage.

« Ces courbes indiquent l'évolution des trois populations de cobayes au fil des mois : les blattes, les rats et les lézards qui nous ont précédés.

— Pourquoi est-ce que le graphe commence au *mois 10*? demande Kris. Le voyage pour amener ces animaux jusqu'à Mars a duré dix mois ?

— Non, répond Fangfang. Rappelle-toi que, sur Mars, le temps s'écoule différemment : les jours sont remplacés par des *sols* plus longs de quarante minutes, et il y a vingt-quatre mois, pas douze comme sur Terre. Ça veut dire que les cobayes sont arrivés au mois 10 de l'année martienne… » Elle jette un coup d'œil nerveux à l'énorme planète rouge, qui met deux fois plus de temps que la Terre pour tourner autour du Soleil. « … et ça veut dire qu'ils sont morts au mois 18.

— Jusque-là, pas de scoop, l'interrompt Kelly. On sait depuis le début qu'ils ont mis neuf mois à crever, peu importe que ce soient des mois terriens ou martiens ; le temps d'une grossesse, quelle ironie !…

— Tu ne comprends pas ! s'exclame Fangfang, incapable de se contenir une seconde de plus. Le mois 18 n'est pas n'importe lequel ! C'est le périhélie !

— Le péri-quoi ?

— Le moment où la distance entre Mars et le Soleil est la plus courte ! »

Les yeux de la Singapourienne brillent d'excitation, tandis qu'elle se met à décrire un phénomène qu'elle n'a jamais vu, mais qu'elle a tellement étudié qu'elle a dû en rêver pendant des nuits entières :

« Pendant le périhélie, les températures augmentent... L'air chauffé s'affole et se met à souffler à des vitesses inconnues sur Terre... Des millions de tonnes de particules s'élèvent dans l'atmosphère, étendant un manteau rouge et opaque... Le mois 18, c'est celui de la Grande Tempête de poussière qui se lève chaque année sur Mars ! »

Les regards des uns et des autres se croisent, pleins de questions.

Sauf celui de Marcus, qui reste fixé sur moi et m'enveloppe tout entière.

Je donnerais tout pour savoir ce qu'il pense, pour connaître les pensées derrière son front contracté.

« Est-ce que c'est cette Grande Tempête qui a tué les cobayes ? murmure Kris.

— Le document ne le dit pas, répond Fangfang, en continuant à faire défiler les pages du rapport Noé, photographiées dans la mémoire du téléphone. La base de New Eden a été bâtie pour résister à de tels phénomènes. D'après ce que j'ai sous les yeux, les installations de support-vie ont continué de fonctionner normalement pendant le mois 18 et les suivants ; le puits a continué d'extraire de l'eau depuis le sous-sol gelé de Mars, l'oxygénateur a continué d'aérer la base, les végétaux de la serre ont continué de pousser. Il n'y a aucune panne répertoriée dans le journal de bord. Mais attendez... »

Les yeux de Fangfang s'agrandissent derrière ses lunettes carrées.

« ... le rapport stipule que le contact avec la base a été perdu pendant une heure, il y a un peu plus d'une année martienne, en date du sol 511, mois 18, entre 22 h 27 et 23 h 29 : juste avant que les courbes démographiques ne chutent brusquement !

comprendront, pourvu qu'on leur explique bien. Nous avons bien rebaptisé le *Vasco de Gama* en *Cupido*, la base martienne en *New Eden*, les habitats en *Nids d'amour*, alors pourquoi ne pas trouver un nouveau nom au septième d'entre eux ?... La *Cellule offline* ? La *Salle de repos* ? Nous verrons bien. Pour l'instant, il me faut votre réponse. N'oubliez pas, au plus petit signe de trahison, à la plus infime tentative de me dénoncer, il me suffira d'une pression du doigt pour dépressuriser les habitats et toute la base. Vous êtes sous mon index, désormais. Préparez-vous à repasser à l'antenne. »

8. CHAMP
D +159 JOURS, 23 H 58 MIN
[23ᵉ SEMAINE]

« *N'OUBLIEZ PAS : AU PLUS PETIT SIGNE DE TRAHISON, à la plus infime tentative de me dénoncer, il me suffira d'une pression du doigt pour dépressuriser les habitats et toute la base. Vous êtes sous mon index, désormais. Préparez-vous à repasser à l'antenne.* »

La voix off de Serena me glace les sangs.

« Vite, Léo ! s'exclame Fangfang. Dis-nous que tu veux descendre, et avec qui, qu'on termine le vote avant que la chaîne Genesis redémarre. Serena a été claire : face aux spectateurs, nous ne pouvons pas laisser la moindre place au doute ! »

J'ouvre la bouche, mais Kelly m'attrape par les épaules avant que j'aie pu prononcer une parole, faisant cliqueter les bracelets dont ses poignets sont chargés.

« Ne te laisse pas influencer, dit-elle en me regardant de si près que je peux sentir l'arôme de son chewing-gum à la fraise, à moins que ce soit celui de son gloss rose et parfumé. Je sais qu'au fond de toi, tu penses comme moi, comme Safia, comme tous ceux ici qui veulent que la justice triomphe et que notre mort serve à quelque chose, plutôt qu'à rien du tout. Dès qu'on sera à l'antenne, on balancera Serena comme le vieux sac-poubelle puant qu'elle est.

— C'est toi qui essayes de l'influencer, Kelly ! » s'interpose Kris en m'arrachant à la Canadienne.

Elle pose à son tour ses mains sur mes épaules, s'efforçant de maîtriser le tremblement dans sa voix.

« Tu m'as dit qu'il ne fallait jamais renoncer, dit-elle. Tout au long de la préparation dans la vallée de la Mort, c'est ce que tu as martelé. C'est ce que tu m'as appris. Est-ce que tu vas renoncer maintenant, laisser passer notre seule chance de survivre... et d'aimer ?

— Ouvrez les yeux ! rétorque Kelly. La *seule chance* que nous allons laisser passer si nous descendons, c'est celle de faire tomber Serena ! Quant à aimer... Rappelle-toi de ce que tu disais au début du voyage, Léo, que tu n'en avais rien à cirer, de l'amour ! Alors laisse tomber l'amour et sauve la vérité ! Cette salope de Serena doit payer ! »

Les mots de Kelly me transpercent.

Pourtant elle a raison, ces mots, ce sont les miens. *Rien à cirer, de l'amour !* Je l'ai assez répété au long de l'entraînement pour que toutes les filles s'en souviennent.

Et les garçons ?

Qu'est-ce qu'ils en pensent ?

Je n'ose regarder de l'autre côté de la cloison de verre. Je sais qu'en ce moment, Mozart et Marcus ne me lâchent pas des yeux. C'est déjà le chaos dans ma tête ; si mon regard croise encore une fois le leur, j'ai peur de perdre toute capacité à penser.

« Tu disais que c'était une foutaise, l'amour ! s'acharne Kelly. Tu disais que c'était quelque chose de faux, de creux ! La seule chose qui comptait pour toi, c'était la gloire. Souviens-toi ! Eh bien, maintenant, la gloire est à la portée de ta main. Tu n'as qu'à tendre le bras pour la choper. Tu n'as qu'à dire un mot, Léo, et tu passeras dans l'Histoire comme celle qui a sauvé l'Amérique, voire le monde entier, de la pire peau de vache de tous les temps ! »

Liz brandit son bras entre nous, exhibant l'élégante montre-bracelet qu'elle porte au poignet :

« Il est déjà 13 h 30 ! s'écrie-t-elle. Plus qu'un quart d'heure avant la reprise de la chaîne, et douze minutes pour donner notre réponse ! Je ne veux pas mourir ! Je veux descendre sur Mars !

— Pourtant, tu as gardé ta montre réglée sur l'heure de la Terre…, remarque Safia, toujours aussi pâle. Je crois que c'est un signe. Le signe que Mars n'est pas pour nous et qu'il faut faire demi-tour.

— Non ! »

Liz pousse un cri déchirant ; elle se tourne vers la seconde moitié du Parloir, la moitié que je m'interdis de regarder.

« Mozart, Marcus, dites quelque chose ! implore-t-elle. Léonor est en train de comater, mais vous, vous pouvez nous sauver. Vous n'avez pas encore voté. Si vous décidez tous les deux de descendre, nous aurons la majorité, sept voix, et la survie gagnera !

— Il y a plusieurs semaines, j'ai dit à Léo que c'était elle qui guidait notre danse… »

Le timbre chaud de Mozart me fait frémir.

Oui, il m'a dit qu'il se soumettrait à ma règle.

Oui, il m'a promis qu'il me suivrait jusqu'au bout du monde.

Mais c'était avant, quand il ne soupçonnait pas encore que mon cœur penchait du côté de Marcus. Lorsqu'il l'a découvert, je ne sais comment, il est entré dans une colère noire. Alors, pourquoi revenir aujourd'hui sur cette vieille promesse qui n'a plus de sens ?

« … je le dis à nouveau, continue-t-il. C'est Léo qui guide notre danse. Si elle descend, je descends. Si elle fait demi-tour, moi aussi.

— Mais tu ne peux pas…, balbutie Liz. Notre avenir sur Mars… Je croyais que toi et moi…

— S'il n'y avait que toi et moi, Liz, j'aurais voté pour te suivre dès que tu as annoncé ta décision. Seulement voilà. Il n'y a pas que toi et moi. Il y a aussi Léonor. Je te jure que j'ai essayé de l'oublier, de faire comme si elle n'existait plus, de tourner la page. Mais ce n'est pas possible. Je n'y arrive pas. »

Cette fois-ci, c'est plus fort que moi, je lève les yeux.

Je vois d'abord le visage de Mozart, tremblant d'émotion derrière la vitre blindée.

Puis celui de Liz, baigné de larmes à quelques centimètres de moi.

« La tablette…, parvient-elle à articuler en se tournant vers Mozart. Souviens-toi de la tablette à croquis que je t'ai montrée : ce n'est pas toi que Léonor y a dessiné. Souviens-toi de ces pages et de ces pages, toutes remplies par les tatouages de Marcus. »

La tablette à croquis ?…

Ma tablette à croquis ?…

D'un seul coup, tout me paraît tellement clair ! – le brusque changement d'attitude de Mozart à mon égard, la manière dont il s'est rapproché de Liz, tout ! Elle a pris ma tablette sans mon autorisation, elle est entrée dans mon jardin secret sans y être invitée, et elle en a donné la clé à Mozart sans que je le sache.

« Ne me regarde pas comme ça ! crache-t-elle entre deux sanglots, le visage déformé par un mélange de rage et de culpabilité qui la rend méconnaissable. Ce n'est pas comme si j'avais commis un crime ! J'ai juste ouvert les yeux de Mozart sur tes vrais sentiments. Tu peux lui expliquer pourquoi tu as passé toutes ces heures à dessiner les tatouages de Marcus, hein ?

— Parce que je les trouvais beaux, Liz… parce que je voulais m'en souvenir…

— Parce que tu préfères Marcus ! Avoue-le, au moins ! »
Elle jette un regard désespéré à sa montre. « Oh, mon
Dieu ! Il est 13 h 31 ! Je n'arrive pas à croire que nous
allons tous mourir, juste parce que trois d'entre nous ne
réussissent pas à se dire la vérité en face ! »
 Mais de l'autre côté de la vitre, Mozart se contente de
répéter ce qu'il a déjà affirmé.
 « Ma vérité, je l'ai déjà dite. Ma décision, je l'ai déjà prise.
Mon choix sera celui de Léo. Peut-être qu'aujourd'hui elle
préfère un rival. Mais, demain, tout peut changer. »
 En désespoir de cause, Liz se tourne vers Marcus :
 « Tu as gagné, s'écrie-t-elle. C'est toi que Léonor choisira, c'est toi qu'elle a déjà choisi. Elle est folle de toi, elle a recopié chacun de tes tatouages dans sa tablette ; tu es fou d'elle, tu viens de te graver son nom dans la peau. Dis-lui que tu veux descendre sur Mars, et elle descendra aussi, et nous descendrons tous puisque nous aurons la majorité. Par pitié, Marcus !
 — Je vote pour faire demi-tour. »
 Mon cœur manque un battement.
 Demi-tour ?
 Est-ce bien ce que j'ai entendu ?
 Est-ce bien ce que Marcus a dit ?
 Est-ce pour cela qu'il vient d'ouvrir la bouche, pour la première fois depuis que la communication audio a été rétablie entre les deux moitiés du Parloir : pour ajouter son vote à ceux de Kelly, Samson, Safia et Kenji ? Pour rééquilibrer une fois encore la terrible balance, cinq voix de chaque côté, cinq poids sur chaque plateau ? Pour affirmer que nous ne serons *jamais* ensemble ?
 « Marcus…, dis-je.
 — Je n'aurais jamais pensé en arriver là, lâche-t-il dans un souffle rauque de bête acculée. Je n'aurais jamais pensé refuser ce que je désire le plus au monde, au moment où je suis sur le point de l'obtenir. Rah ! »
 Il abat son poing et toute sa frustration contre la vitre.

Dès qu'elle prononce ces paroles, contrat Sérénité, le reste se met à couler miraculeusement des lèvres de la jeune fille. Elle est soudain galvanisée par l'intensité de l'instant, comme transfigurée, infusée par une énergie venue de loin : celle de la survie.

« *Premièrement*, obligation de Couverture : *vous ne nous passerez plus jamais hors antenne.*

« *Deuxièmement*, obligation de Transparence : *vous nous direz tout ce qui se passe sur Terre en temps réel, sans filtre ni délai.*

« *Troisièmement*, obligation d'Assistance : *vous nous fournirez à distance tout le soutien technique et logistique dont nous aurons besoin pour réparer les habitats.*

« *Au moindre manquement à l'une de ces trois obligations, nous parlerons. À la moindre tentative pour nous éliminer, nos amis diffuseront les preuves qui vous accablent. En résumé, vous avez vraiment intérêt à ce que nous vivions très, très, très longtemps sur Mars.* »

12. Hors-Champ
VILLA MCBEE, LONG ISLAND, ÉTAT DE NEW YORK
SAMEDI 9 DÉCEMBRE, 13 H 45

« Ils ont menti à la Terre entière… », murmure Andrew.

Face à lui se dresse le mur digital de la villa McBee, identique à celui du bunker antiatomique de cap Canaveral. Les yeux écarquillés derrière ses lunettes à monture noire, il regarde les pages du rapport Noé, que Fanfang fait défiler à travers la fenêtre de la salle de gym des filles.

« Ils savaient qu'ils envoyaient les participants à la mort, mais ils n'ont rien dit. Ils ont fait comme si un avenir radieux attendait les prétendants et les prétendantes sur Mars, alors qu'ils savaient qu'ils crèveraient comme des

ACTE I

rats. Tout ça pour maintenir le programme, pour faire marcher la machine à cash des sponsors et du public ! Et mon père... ils lui ont menti à lui aussi, n'est-ce pas, Harmony ? C'était un type bien, intègre. Il n'aurait jamais accepté de participer à ce meurtre organisé... même s'il était endetté... même si, sans le salaire que lui versait le programme Genesis, il n'aurait probablement pas pu payer les remboursements de notre maison de Beverly Hills... »

Andrew lève un regard implorant sur la jeune fille, qui se tient tremblante à ses côtés, derrière le secrétaire. Hypnotisée par l'écran, elle est plus pâle que jamais.

« Je suis sûre que votre père était innocent..., murmure-t-elle d'une voix si fragile qu'elle semble de cristal. Je veux le croire de tout mon cœur. Et combien je voudrais me convaincre que ma mère elle aussi a été victime d'un complot ou, tout du moins, d'un terrible malentendu... »

Elle détache ses yeux du mur digital et les plonge dans ceux d'Andrew.

« ... mais les preuves sont là, termine-t-elle dans un souffle, aussi ténu que celui d'une mourante. Tout porte à croire que Maman a bien fomenté cette horreur. »

Les deux jeunes gens demeurent un instant immobiles, face à face dans le silence ouaté de la neige qui tombe derrière la fenêtre, incapables de prononcer un mot de plus. Lèvres scellées, mâchoires serrées, yeux brillants. Ils n'ont pas besoin de parler pour savoir que, pour eux, rien ne sera jamais plus comme avant. Ils sont seuls au monde désormais, plus isolés encore que les douze là-haut au fond de l'espace : coupés du reste des Terriens par la découverte qu'ils viennent de faire.

Soudain, un bruit étouffé retentit derrière la porte-fenêtre.

Un crissement lointain, celui de la neige écrasée.

« Qu'est-ce que c'est ? » fait Andrew.

Une ombre noire se profile derrière le rideau de flocons.

Un homme approche sur la neige fraîchement tombée, imprimant profondément la marque de ses bottes dans la blancheur virginale.

« C'est le garde qui fait sa ronde ! crie Harmony. Vite, il faut fuir le bureau avant qu'il passe devant la fenêtre ! »

Elle saisit le bras d'Andrew pour l'entraîner vers la porte de service, par laquelle ils ont pénétré dans le bureau quelques minutes plus tôt. Mais le jeune homme résiste :

« Attendez…, implore-t-il en désignant son ordinateur portable, toujours relié par un câble au tableau de commandes incrusté dans le secrétaire. Juste une minute… Les captures d'écran du rapport Noé sont déjà dans la boîte, mais je dois terminer de copier les données contenues dans l'unité centrale du secrétaire…

— Quelle unité centrale ? Quelles données ? »

À cet instant, la porte principale du bureau s'ouvre brusquement sur un homme d'une cinquantaine d'années, une jaquette sur le dos, une oreillette sur la tempe et un revolver à la main.

« Balthazar ! s'écrie la jeune fille. C'est moi, Harmony, ne tirez pas ! »

Mais le majordome ne baisse pas son arme.

Son regard est fixe comme celui d'un robot.

Son visage est fermé comme un coffre-fort.

« Balthazar ? répète Harmony d'une voix mal assurée. Vous me reconnaissez ? C'est moi, Harmony. Vous vous occupez de moi depuis que je suis toute petite… »

Rien, dans la longue face lisse de Balthazar, ne laisse imaginer qu'il comprenne ni même perçoive les paroles d'Harmony. Elle ne le sait pas, mais la seule chose qu'il entend vient de son oreillette, qui lui susurre des ordres auxquels il ne peut se dérober.

« Souvenez-vous, Balthazar, insiste Harmony, criant presque à présent. Le jour de mon dixième anniversaire, vous avez chassé un corbeau qui était entré dans ma chambre et qui m'avait fait si peur ! Chaque printemps, vous m'offrez les premières roses du jardin pour décorer ma coiffeuse ! Balthazar ! Balthazar ! Mais enfin c'est moi ! »

« Attention ! » hurle Andrew en se jetant sur la jeune fille à l'instant où le majordome appuie sur la gâchette.

La détonation crève le silence.

Les deux jeunes gens roulent au sol.

Le carreau de la porte-fenêtre éclate dans un grand fracas.

Déjà, Balthazar s'apprête à tirer à nouveau. Mais ses gestes sont ralentis par l'état second dans lequel il semble se trouver. Plus rapide, Andrew se relève d'un bond, attrape un énorme presse-papier de quartz sur le secrétaire et le lance de toutes ses forces sur la tête du majordome, qui s'effondre, assommé.

L'haleine glaciale de l'hiver s'engouffre dans le bureau à travers la porte-fenêtre brisée, le vent sifflant furieusement contre les éclats de verre.

« Oh, mon Dieu ! Mon pauvre Balthazar ! s'exclame Harmony, incapable de détacher ses yeux du corps étalé en travers du tapis persan qui couvre le sol du bureau. Il est... mort ?

— Je ne crois pas, balbutie Andrew. Je ne sais pas. Je... j'ai agi par réflexe, j'ai visé et j'ai lancé, comme au base-ball... » L'instinct de survie reprend vite le dessus. « ... ce que je sais en revanche, c'est qu'il a failli vous tuer. Si cet homme qui vous connaît n'a pas hésité à tirer, des mercenaires payés pour garder la villa n'auront aucun état d'âme ! »

Il jette un regard nerveux vers le carreau fracassé.

Mais il n'y a rien derrière elle que la neige blanche, si épaisse maintenant qu'on n'y voit pas à deux mètres.

« La tempête a peut-être étouffé le coup de feu ? suggère Harmony.

— Dans ce cas, espérons qu'elle continue de nous couvrir dans notre fuite. Il faut traverser les jardins et escalader la grille pour rejoindre mon véhicule, il n'y a pas d'autre issue possible. »

Il rabat l'écran de son ordinateur portable, arrache le câble qui le relie au tableau de commande, jette le tout dans son sac à dos et s'apprête à enjamber les esquilles de verre.

Au dernier moment, il se retourne pour s'assurer qu'Harmony le suit.

Mais cette dernière se tient toujours immobile au milieu du bureau.

« Vous avez encore changé d'avis ? Vous ne voulez plus partir ? » s'alarme Andrew, reposant sa jambe au sol.

Le vent emmêle ses cheveux, transforme ses mèches brunes en lanières qui cinglent son front et ses lunettes.

« Au contraire, je ne veux pas rester ici un instant de plus, répond Harmony. Mais je ne peux pas partir sans m'assurer que Balthazar est vivant... »

Elle se penche fébrilement sur le corps inerte, pose sa joue contre la jaquette.

« Je sens sa poitrine se soulever, dit-elle avec soulagement. J'entends son cœur battre. J'entends... la voix de ma mère ? »

Harmony relève brusquement la tête et scrute le sol.

L'oreillette de Balthazar s'est détachée dans sa chute.

Elle gît là, sur le tapis, bourdonnant comme une petite abeille égarée loin de sa ruche, au cœur de l'hiver – une petite abeille qui aurait la voix de Serena McBee.

« ... *Serena à Balthazar... Je répète : Serena à Balthazar... Est-ce que vous les avez trouvés ?... Est-ce que vous les avez tués ?... Répondez immédiatement,* je le veux !... »

Harmony se relève d'un bond, comme si l'abeille de l'hiver l'avait piquée de son dard, et s'enfuit à travers la porte-fenêtre à la suite d'Andrew.

Collection dirigée par Glenn Tavennec

L'AUTEUR

De mère française et de père danois, Victor Dixen a vécu une enfance faite d'éclectisme culturel, de tours d'Europe et de somnambulisme. Il a fait de ses longues nuits d'écriture ses meilleures alliées, le berceau de son inspiration. Ainsi remporte-t-il en 2010 le grand prix de l'Imaginaire jeunesse pour le premier tome de sa tétralogie *Le Cas Jack Spark*. Il récidive en 2014 avec son nouvel opus, *Animale, la malédiction de Boucle d'or*.

Dans sa nouvelle série, *Phobos*, ce jeune auteur de trente-six ans embarque ses héros dans une épopée spatiale haletante, au bout de l'espace et au bout d'eux-mêmes. Après avoir vécu en Irlande et dans le Colorado, Victor Dixen habite maintenant à Singapour.

Retrouvez tout l'univers de
PHOBOS
sur la page Facebook de la collection R :
www.facebook.com/collectionr
et sur le site de Victor Dixen :
www.victordixen.com

Vous souhaitez être tenu(e) informé(e)
des prochaines parutions de la collection R
et recevoir notre newsletter ?

Écrivez-nous à l'adresse suivante,
en nous indiquant votre adresse e-mail :
servicepresse@robert-laffont.fr

VICTOR DIXEN

PHOBOS²

roman

© Éditions Robert Laffont, S.A., Paris, 2015

Agent littéraire : Constance Joly-Girard
Illustrations intérieures : © Edigraphie
ISBN 978-2-221-14664-4 ISSN 2258-2932

Pour E.

« 1 cuiller à café de sirop blanc
1 grosse boîte de lait concentré
La même quantité d'eau bouillie ou distillée
1 jaune d'œuf
Mélanger et mettre au frais
Pas de viande ou de conserve
1 goutte de vitamine chaque jour. »

DERNIERS MOTS ÉCRITS
PAR JAMES DEAN (1931-1955)

PROGRAMME GENESIS

Valorisation des Trousseaux au dernier jour de voyage du *Cupido*

Six prétendantes d'un côté.
Six prétendants de l'autre.
Six minutes pour se rencontrer.
L'éternité pour s'aimer.

Les prétendantes ♀

KIRSTEN, 19 ans, Allemagne (responsable Biologie)	$370 234 008
ELIZABETH, 18 ans, Royaume-Uni (responsable Ingénierie)	$222 345 457
LÉONOR, 18 ans, France (responsable Médecine)	$200 234 890
SAFIA, 17 ans, Inde (responsable Communication)	$171 123 987
KELLY, 19 ans, Canada (responsable Navigation)	$151 345 091
FANGFANG, 20 ans, Singapour (responsable Planétologie)	$132 215 067

Les prétendants ♂

ALEXEÏ, 19 ans, Russie (responsable Médecine)	$202 234 351
MARCUS, 19 ans, États-Unis (responsable Planétologie)	$197 867 341
TAO, 18 ans, Chine (responsable Ingénierie)	$186 667 008
MOZART, 18 ans, Brésil (responsable Navigation)	$177 890 334
SAMSON, 18 ans, Nigeria (responsable Biologie)	$151 222 306
KENJI, 18 ans, Japon (responsable Communication)	$78 999 013

Acte I

1. Chaîne Genesis
SAMEDI 9 DÉCEMBRE, 12 H 13

Nous sommes désolés pour ce contretemps.
Nous travaillons à rétablir la connexion
avec le *Cupido* dans les meilleurs délais.
Merci de votre patience et de votre fidélité
sur votre chaîne préférée :
la chaîne Genesis !

2. Champ
D + 159 JOURS, 22 H 46 MIN
[23ᵉ SEMAINE]

Douze.
Nous sommes douze, rassemblés pour la première fois dans le Parloir, cette bulle de verre qui nous a vus défiler deux par deux au cours des cinq derniers mois : nous, les prétendants du programme Genesis, le plus grand jeu télévisé de l'Histoire – le plus cruel mensonge de tous les temps.

Nous sommes douze assoiffés de gloire, convaincus qu'en nous embarquant pour Mars, nous deviendrions immortels.

Nous sommes douze affamés d'amour, persuadés que tout se terminerait comme dans un conte de fées – *ils se marièrent, vécurent heureux et eurent beaucoup d'enfants*, n'est-ce pas ce qu'on lit toujours à la fin des belles histoires ?

Il y a Kris l'Allemande, mon amie de toujours (même si je ne la connais que depuis un an et demi), dont les grands yeux bleus tremblent sous sa couronne de nattes blondes, tels ceux d'une Belle au bois dormant qui se réveille d'un trop long sommeil.

Il y a Kelly la Canadienne, la forte tête de l'équipe, tout échevelée après la lutte qui nous a opposées quelques instants plus tôt, quand les filles me prenaient pour une folle furieuse en pleine crise de parano.

Il y a Safia l'Indienne, la plus jeune et la plus sage d'entre nous, que j'ai blessée dans ma frénésie et qui garde autour du cou la marque violacée de l'écharpe avec laquelle j'ai failli l'étrangler malgré moi.

Il y a Liz l'Anglaise et Fangfang la Singapourienne, notre top model et notre intellectuelle, soutenant chacune l'un des bras de la blessée.

Toutes me regardent avec stupeur – avec effroi. Louve elle-même, la chienne de bord aux allures de caniche royal, me couve de ses yeux noirs et brillants, comme si elle comprenait la terrible escroquerie dont elle a été victime, elle autant que les autres.

« Ils nous ont envoyés à la mort, dis-je pour la troisième fois, avec l'impression d'avoir des lames de rasoir en travers de la gorge. Serena et les instructeurs. Ils nous ont laissés embarquer en sachant qu'il n'y avait rien pour nous à l'arrivée – rien que des habitats défectueux, incapables de nous maintenir en vie plus de quelques mois. Tout est expliqué là. Regardez. »

Sans un mot, les filles s'approchent de moi en glissant à travers le Parloir où elles ont surgi quelques instants plus tôt, lorsque j'ai ouvert la trappe. Ici, au cœur du vaisseau *Cupido*, il n'y a pas de gravité artificielle – on a l'impression

PHOBOS[2]

« Ça, tu vas me le payer ! » crache-t-il en essuyant sa bouche ensanglantée du revers de la main.

Ignorant le cri strident de Kris, il prend appui sur la paroi et se jette à son tour sur Mozart. Ils s'accrochent l'un à l'autre, chacun luttant contre l'apesanteur autant que contre son adversaire. On dirait qu'ils dansent, qu'ils exécutent une étrange natation synchronisée dans la mer infinie de l'espace. Sauf qu'un désir de meurtre brille dans leurs yeux révulsés. De fins filets de sang s'échappent de la bouche d'Alexeï et se déploient lentement dans l'espace ; chaque fois que Mozart tourne sur lui-même, ses boucles brunes se soulèvent, révélant la petite bille métallique qui brille sur sa nuque : l'*œuf de mort*, cette ampoule pleine de venin, greffée sur chaque membre du gang de l'Aranha.

« Mourir… », murmure Kenji.

Il a décollé son front de la vitre pour rabattre sur sa tête la capuche de son kimono gris futuriste. Cette dernière est doublée de feuilles d'aluminium antiondes, censées arrêter les rayons cosmiques qui filtrent à travers la bulle de verre du Parloir. Sous cette protection, bien dérisoire compte tenu du danger de mort qui nous menace, Kenji observe la lune Phobos. C'est comme si cet énorme rocher noir et cabossé l'hypnotisait. Il répète inlassablement les mêmes mots, lui le surdoué à la mémoire phénoménale, lui le phobique si peu adapté pour cette mission, telle une machine bloquée sur un algorithme qui tourne en boucle, tel un obsessionnel qui voit son idée fixe se réaliser :

« Mourir… Je m'en doutais… Il n'y a pas d'échappatoire… Il n'y en a jamais eu… Le cosmos n'a jamais voulu que l'espèce humaine vive sur Mars, et nous allons tous mourir… »

Samson et Tao tentent en vain de séparer les combattants. Warden, le bâtard croisé doberman des garçons, se met à hurler, aussitôt imité par Louve, tandis que les filles se projettent les unes après les autres contre la paroi transparente en criant les noms de ceux auprès de qui elles ont imaginé

passer le reste de leurs vies – de longues et heureuses vies, pleines de frissons, de rires et d'émerveillements.
Marcus, seul, ne participe pas à la mêlée.
On dirait que les autres garçons, qui se déchirent dans son hémisphère, n'existent pas pour lui. Il me contemple toujours de ses yeux gris, magnétiques, comme s'il n'y avait que nous. Une veine palpite sur son front, contracté par la tension. Entre les pans de sa chemise largement ouverte, à l'emplacement du cœur, la blessure qu'il s'est infligée à la pointe du canif a coagulé. Un *L,* un *E* et un *O :* les trois premières lettres de mon prénom. En séchant, l'encre de sang est passée de l'écarlate au pourpre profond, presque noir, la couleur des innombrables tatouages qui s'enchevêtrent sur le reste de sa peau.
L'idée que je ne pourrai jamais toucher cette peau si nous faisons demi-tour m'empoigne soudain les tripes et les tord comme une serpillière.
Ça fait un mal de chien !
« Taisez-vous... », dis-je du bout des lèvres, le ventre contracté.
Les cris m'écorchent les oreilles.
« Taisez-vous... »
Les aboiements me fracassent les tympans.
« Taisez-vous... »
Plus les filles s'époumonent, plus les garçons vocifèrent, plus les chiens hurlent, et plus je prends conscience du pathétique de ce drame à la fois énorme et minuscule. Le Parloir est une sphère de vie miniature, de seulement quelques mètres cubes, au milieu d'un océan de mort qui n'a pas de fin.
Fragile comme une bulle de savon.
« Taisez-vous ! »
J'ai crié si fort cette fois-ci qu'ils sont bien obligés de m'entendre.
De me voir.

Les regards se tournent vers moi, les uns embués de larmes et de détresse, les autres injectés de sang et de rage.

« Tout là-bas sur Terre, à cinquante-cinq millions de kilomètres du *Cupido*, Serena et sa bande de psychopathes nous surveillent, je murmure, le souffle court, désignant du menton la parabole de transmission qui coiffe le Parloir. Dans trois minutes, avec la latence de communication, ils nous entendront nous déchirer. Ils entendront les injures, les coups et les pleurs. J'imagine un sourire se dessiner sur le visage de cette sorcière lissée au botox, et ça, ça me fout la haine. Ça me donne envie de vomir. »

Je prends une inspiration profonde.

Plus personne ne moufte à présent – pas même Alexeï.

« Cette femme nous a proposé un marché. Elle attend une réponse. Elle voulait que je décide pour tout l'équipage du *Cupido*, mais j'ai refusé. Vous savez ce que je lui ai dit, avant d'ouvrir la trappe du compartiment des filles et d'exiger qu'elle rétablisse le contact audio avec le compartiment des garçons ? »

Je sens mon cœur s'emballer, comme quand je montais au tableau, au collège, et que j'étais terrorisée à l'idée qu'on voie mon dos à travers mes vêtements.

« J'ai dit à Serena qu'elle était *seule*, mais que nous, nous étions *douze*. J'ai prétendu que c'était une force. S'il vous plaît, n'en faisons pas une faiblesse. Il faut que nous soyons ensemble, tous les douze, pour décider. Il n'y a pas trente-six possibilités. En fait, il n'y en a que deux : descendre sur Mars, comme Serena le demande, et tout tenter pendant neuf mois pour réparer les habitats, sans rien laisser paraître à l'écran de notre situation, et, là, autant dire qu'il va falloir être de sacrés bons acteurs ; ou faire demi-tour à bord du *Cupido* et la balancer dès que nous repasserons à l'antenne, sachant que nous mourrons de faim, de soif et d'asphyxie avant d'arriver sur Terre. »

Ironique : les onze regards braqués sur moi me mettent une pression de folie, alors que pendant cinq mois je n'en avais rien à foutre d'être reluquée 24 heures sur 24 par des milliards d'anonymes. Pourquoi cette émotion ? Parce que je tiens à ces onze-là, voilà pourquoi, et que j'ai peur de les perdre !

« Je ne sais pas si nous réussirons à nous en tirer, dis-je. Je ne sais pas comment nous nous débrouillerons pour survivre sur Mars si nous descendons, et au bout de combien de temps nous mourrons si nous faisons demi-tour.

« Au fond, je ne sais rien. Sauf une chose : nous sommes douze.

« Douze vies.

« Douze voix.

« Je vous propose de voter. »

3. Contrechamp
BUNKER ANTIATOMIQUE, BASE DE CAP CANAVERAL
SAMEDI 9 DÉCEMBRE, 12 H 52

« *Tout là-bas sur Terre, à cinquante-cinq millions de kilomètres du Cupido, Serena et sa bande de psychopathes nous surveillent.* »

Le visage de Léonor, moucheté de taches de rousseur dessinant un masque félin, s'affiche en gros plan sur l'une des fenêtres du mur digital, au fond du bunker obscur où sont réunis les organisateurs du programme Genesis.

« *Dans trois minutes, avec la latence de communication, ils nous entendront nous déchirer. Ils entendront les injures, les coups et les pleurs.* »

Trois minutes se sont en effet écoulées depuis que Léonor a prononcé ces paroles, le temps pour la transmission laser du *Cupido* de les acheminer jusqu'à la Terre – jusqu'aux oreilles des six alliés du silence.

Leurs six faces blêmes, lunaires, paraissent sans âge dans la lumière pâle du mur digital.

Geronimo Blackbull, l'instructeur en Ingénierie, entortille nerveusement ses longues mèches teintées en noir aile de corbeau autour de ses doigts couverts de bagues, tandis qu'Odette Stuart-Smith, l'instructrice en Planétologie, serre son petit crucifix en murmurant des prières.

Le visage inquiétant d'Archibald Dragovic, l'instructeur en Biologie, est agité de tics nerveux, à l'opposé de celui d'Arthur Montgomery, le médecin de l'équipe, dont la bouche semble cousue sous sa moustache grise.

Fermant la ronde autour de la table, Gordon Lock, le directeur technique du programme, éponge son front humide.

« J'imagine un sourire se dessiner sur le visage de cette sorcière lissée au botox, et ça, ça me fout la haine. Ça me donne envie de vomir. »

Contrairement à ce qu'imagine Léonor, la femme en tailleur vert qui se tient debout au pied du mur digital ne sourit pas. Sous le carré de cheveux gris, rigide comme un bloc de glace, son visage n'est qu'un masque de concentration. Elle est tout entière tendue vers la fenêtre où s'exprime celle qu'elle pensait balayer telle une poussière peu après l'atterrissage sur Mars, expédier telle une formalité – comme les douze passagers dont elle a décidé la mort sans l'ombre d'une hésitation.

À présent, ces douze se tiennent entre elle et la richesse absolue, le pouvoir suprême, la consécration de toute une vie de mensonges et de manipulation : le pactole promis par Atlas et le poste de vice-président des États-Unis d'Amérique.

« Et s'ils refusent le marché… ? murmure soudain Gordon Lock. Et s'ils décident de ne pas descendre sur Mars, mais de faire demi-tour et de dévoiler le rapport Noé ?…

Je serai le premier à tomber : mon nom figure sur la page de garde ! »

Il enserre son crâne chauve entre ses mains larges comme des battoirs. Sa voix vacillante, soudain trop aiguë, contraste avec son corps de géant :

« Je n'aurais jamais dû accepter de détruire le rapport en échange de l'argent proposé par Atlas. J'aurais dû le rendre public, quitte à annuler le programme, à renoncer à la conquête de Mars, à partir en retraite anticipée sans toucher le gros lot. Je ne sais pas comment j'en suis arrivé là, moi, un ex de la Nasa, un scientifique de haut niveau… Je ne veux pas finir mes jours en prison… J'ai une famille, une femme et des enfants…

— Arrêtez de geindre ! le coupe brutalement Serena. On dirait les pleurnicheries écœurantes de Ruben Rodriguez. Elles n'ont pas sauvé sa peau. Quant à votre crainte puérile de la prison, ouvrez les yeux : si le rapport Noé est découvert, je vous garantis que l'enquête aura tôt fait de nous attribuer les assassinats de Ruben et de Sherman, en plus de ceux des prétendants. Ce n'est pas la prison qui nous guette, tous les six, c'est la condamnation à mort pour homicides avec préméditation. »

Un murmure épouvanté résonne dans le bunker.

Mais la productrice exécutive du programme, fidèle à elle-même, ne laisse paraître aucune émotion.

« Quelle piquante ironie ! dit-elle. Nos vies sont entre les mains de ces moins que rien, de ces déchets que j'ai choisis dans les bas-fonds les plus répugnants de l'Humanité. Ils étaient censés mourir après avoir fait le show, aussi inconscients de leur sort que les insectes de la mission Noé. Mais les cafards ont découvert ce qui les attend – qui l'eût cru ? Et, maintenant, ils refusent de se laisser écraser sans rien faire. C'est fascinant…

— Comment pouvez-vous garder un tel calme ? balbutie Gordon Lock, entre la sidération et le dégoût. Vous n'êtes pas humaine... Vous êtes un androïde, comme ceux qu'Atlas utilise en tant que porte-parole...

— Un androïde ? Non. Juste une femme réaliste. Et prévoyante. Si ça peut vous rassurer, le jet privé qu'Atlas a mis à ma disposition pour mes déplacements depuis le début du programme est stationné là-haut, au-dessus de nos têtes, sur la piste de cap Canaveral. Si les choses tournent *vraiment* mal, nous pourrons toujours tenter une échappée belle vers l'étranger, vers un pays neutre qui sera prêt à nous accueillir contre des espèces sonnantes et trébuchantes. Pour l'heure, je vais rédiger un petit communiqué pour donner du grain à moudre aux spectateurs » – elle effleure le mur digital du doigt, y faisant apparaître un clavier tactile – « il faut bien que je me colle aux relations publiques, nous n'avons plus de responsable Communication depuis que Sherman nous a fait faux bond. »

4. Hors-Champ
VILLA MCBEE, LONG ISLAND, ÉTAT DE NEW YORK
SAMEDI 9 DÉCEMBRE, 12 H 53

UNE JEUNE FILLE EST ASSISE SUR LE BORD D'UN LIT couvert de coussins de soie. Elle est vêtue d'une robe de dentelle grise à manches longues. La broderie délicate disparaît sous des couches de châles laineux où s'étale sa chevelure presque blanche. Face à elle, incrusté dans le mur entre deux tableaux impressionnistes, se trouve un écran noir sur lequel apparaissent des lettres blanches, au rythme de la main invisible qui les tape :

ACTE I

> Chers spectateurs, chères spectatrices,
> ici Serena McBee.
> J'imagine votre inquiétude
> quant à la suspension du programme,
> mais n'ayez aucune crainte.
> Le *Cupido* fonctionne parfaitement
> et les prétendants vont bien.
> Ils ont juste besoin d'un peu de temps
> pour se retrouver hors antenne,
> à quelques heures à peine
> de leur atterrissage historique sur le sol martien.
> Ils ne vous ont quitté que pour mieux vous revenir.
> Nous vous expliquerons tout dans quelques instants.
> À très bientôt sur votre chaîne préférée :
> la chaîne Genesis !

Le point d'exclamation est aussi un point final.
Les lettres cessent d'apparaître.
L'écran reste figé sur ce message, maintenant des milliards de spectateurs dans l'expectative – et la jeune fille assise sur le lit, peut-être plus qu'aucun autre.
« Maman... », murmure Harmony McBee.
Elle n'a pas le temps d'en dire plus qu'un bruit retentit soudain dans sa vaste chambre, cette prison aux fenêtres scellées de barreaux, derrière lesquels tombe la neige de décembre.
Elle tourne vivement la tête vers la porte.
Oui, c'est de là que vient le bruit !
Elle l'entend à nouveau !
Quelqu'un gratte doucement contre la porte verrouillée à double tour.
Harmony se lève, glisse sur le parquet ciré, colle sa joue au panneau épais.
« Est-ce vous ? chuchote-t-elle. Est-ce le jeune homme que j'ai aperçu dans le jardin ?

— Oui, répond une voix étouffée. Merci de ne pas avoir signalé ma présence...

— Est-ce que vous m'apportez ma dose ? demande fébrilement Harmony. Il fait trop froid pour laisser voler le pigeon, et c'est pour ça que vous venez en personne, n'est-ce pas ? Ils vous ont envoyé pour me donner ce dont j'ai besoin ?

— Quelle dose ? Quel pigeon ? Je ne comprends pas... Je ne suis pas celui que vous attendez. »

Une expression affreuse passe sur le pâle visage d'Harmony – le masque de la déception, du vide que rien ne peut combler, du mépris de soi et de sa propre faiblesse.

« Que faites-vous ici, alors, et qui êtes-vous ? crie-t-elle d'une voix rageuse en s'effondrant au pied de la porte. Un fantôme qui vient me narguer ? Une hallucination due au manque ? Ou juste un stupide courant d'air...

— Je vous en supplie, ne criez pas ! implore la voix de l'autre côté de la porte. Je ne suis pas un courant d'air. Je vais entrer pour vous parler. Pour vous expliquer. »

La poignée de la porte tourne, se bloque.

Tourne encore.

Bute à nouveau.

« Vous êtes enfermée ? murmure la voix. Pourquoi ? Qui êtes-vous ? »

Une ombre passe sur le front d'Harmony.

Elle fronce ses sourcils décolorés – comme si cette question, la plus simple, la plus immédiate de toutes, constituait pour elle une énigme : *qui êtes-vous ?*

« Vous l'avez dit, Fantôme..., répond-elle finalement, du bout des lèvres. Je suis l'Enfermée... Je suis l'Emmurée... Je suis la Trop Fragile qu'un rien peut briser... Ou tout du moins, c'est ce que soutient ma mère, Serena McBee. »

Un silence de quelques secondes fait écho aux paroles d'Harmony.

« *Serena McBee ?* répète le jeune homme de l'autre côté de la porte. Serena n'a pas de fille !
— Si, elle en a une. Depuis dix-huit ans.
— Mais qui est votre père ?
— Je l'ignore. »
Le silence, à nouveau.
Puis, soudain, des paroles précipitées :
« J'entends quelqu'un qui monte dans l'escalier ! Je dois fuir. Me cacher.
— Non, Fantôme, ne partez pas ! s'écrie Harmony en plaquant son corps frêle contre la porte.
— Je reviendrai, c'est promis. Pour vous libérer. Si vous le voulez. Si vous me guidez. »
Harmony parle à toute vitesse, sans reprendre son souffle :
« Balthazar, le majordome. Il possède toutes les clés de la villa. Dans le tiroir de son bureau. Rez-de-chaussée. Au bout de l'aile droite. Vous êtes toujours là ? »
Cette fois, rien ne répond à la jeune fille que le froissement monotone de la neige qui continue de tomber, derrière les barreaux.

5. CHAMP
D +159 JOURS, 23 H 24 MIN
[23ᵉ SEMAINE]

« VOUS AVEZ SENTI ÇA ? » s'écrie Liz.
 Oui, nous l'avons sentie, toutes et tous : une étrange sensation de vide, coupant court aux discussions fiévreuses qui nous agitent depuis de longues minutes de chaque côté du Parloir.
« C'est peut-être une panne ? murmure Fangfang.

— Non, dit Kelly. Ce n'est pas une panne. Si les moteurs se sont arrêtés, c'est que nous sommes arrivés à destination : le *Cupido* s'est aligné sur l'orbite de Phobos. »

Notre responsable Navigation a raison.

On n'entend plus le propulseur nucléaire ni les rétrofusées de freinage. Le vrombissement subtil et continu du vaisseau, qui nous a bercés cinq mois durant, s'est tu pour laisser place au silence impénétrable de l'espace.

Nous avons cessé de nous rapprocher de Phobos, pour nous placer dans son sillage. On la voit plus clairement que jamais, à travers la bulle de verre devant le vaisseau : boursouflée et difforme, elle nous entraîne à sa suite comme une comète entraîne sa queue. De si près, on distingue son horrible surface vérolée de cratères. Dans l'un d'entre eux se dresse une petite tour métallique, fixée à la roche.

« Qu'est-ce que c'est... ? demande Kris d'une voix tremblante.

— C'est l'antenne de communication principale, posée sur Phobos par les missions inhabitées qui nous ont précédés, répond sombrement Safia. Avec l'aide de satellites d'appoint mis en orbite martienne, elle capte les données radio émises depuis la base de New Eden, et les convertit en rayons laser pour les envoyer à travers l'espace à la vitesse de la lumière. Les images destinées à la chaîne Genesis, chacune de nos communications avec la Terre, le reste de nos vies : tout cela transitera par Phobos, si on descend là-bas... »

La petite Indienne désigne du doigt l'énorme sphère rouge de Mars, qui semble nous attirer comme un gouffre.

« Il faut faire quelque chose ! s'écrie Fangfang, prise de panique. Tout de suite ! Pendant qu'il en est encore temps, avant que la planète ne nous happe définitivement dans son champ gravitationnel !

— Tant que nous restons à cette distance, nous ne craignons rien, rétorque Kelly. Le *Cupido* n'ira pas plus loin. Pour celles et ceux qui veulent continuer vers Mars, je

ACTE I

vous rappelle que ce sera à bord des capsules, comme le prévoit le protocole. Perso, ce sera sans moi. Je vote pour le retour. »

Les paroles de Kelly, la première à voter, tombent comme un couperet.

Parce c'est bien de cela qu'il s'agit : un couperet de guillotine, une condamnation à la peine capitale – faire demi-tour, c'est choisir la mort sans sursis.

« Tu dis ça sérieusement... ? » demande Fangfang.

La Canadienne hoche la tête, ses longs cheveux peroxydés flottant autour de son visage de poupée Barbie :

« Je n'ai jamais été aussi sérieuse. Pendant toute ma vie, ma famille et moi, on s'est fait traiter comme des déchets de la société, et là c'est trop, je n'en peux plus. Mes camés de frères ont passé leur existence à se faire exploiter par les dealers, piétiner par les flics, mépriser par les gens comme il faut. En partant pour Mars, je voulais qu'ils puissent regarder le ciel en pensant à leur petite sœur, pour éprouver ce truc qu'ils n'ont jamais connu : de la fierté. Mais, au final, je suis celle qui a été la plus humiliée ! Le cobaye de Mars, on peut pas faire pire ! La seule chose qui compte pour moi, maintenant, c'est la vengeance. Qu'on descende ou qu'on reste à bord du *Cupido*, je vous garantis qu'on crèvera tous. La différence, c'est que sur Mars on peut clamser à chaque instant. Alors oui, c'est sûr, on peut s'accrocher quelques jours, quelques mois de plus, dans la peur constante que Serena appuie sur le bouton de dépressurisation, mais vous appelez ça une vie ? – pas moi. Dans le vaisseau, au moins, on peut calculer au bout de combien de temps les ressources arriveront à épuisement. Et utiliser ce temps pour envoyer cette pourriture de Serena au vide-ordures.

— Quatre-vingt-trois jours. »

C'est Samson qui vient de parler, de l'autre côté de la paroi de verre.

Il tient sa tablette entre ses mains, la lueur de l'écran se reflétant dans ses yeux vert émeraude. En tant que responsable Biologie des garçons, il a accès aux statistiques de support-vie du vaisseau.

« Les deux compartiments du *Cupido* partagent le même circuit de recyclage, explique-t-il, qui produit de l'eau potable en traitant une partie des eaux usées, et de l'oxygène en électrolysant l'autre partie. Si on recycle à fond la moindre goutte d'urine, encore et encore, en restant complètement immobiles pendant des semaines pour éviter toute déperdition sous forme de sueur, on peut espérer produire mille litres d'eau et l'équivalent en oxygène. Or, un litre d'eau par jour, c'est le minimum vital. Le calcul est vite fait : mille divisé par douze, ça fait quatre-vingt-trois. On mourra de soif au bout de quatre-vingt-trois jours… ou même un peu avant, si on met les chiens dans l'équation. »

À ces mots, Warden vient se blottir contre les flancs de Samson.

« C'est n'importe quoi ! » s'écrie Alexeï.

La mâchoire marquée par une ecchymose à l'endroit où le poing de Mozart s'est abattu, il toise le Nigérian.

« Tu veux nous faire croire qu'on peut tenir quatre-vingt-trois jours sans manger ? Je te rappelle que nos réserves sont presque vides, et qu'on ne peut pas vivre uniquement d'air et d'eau fraîche… Si on fait demi-tour, il va falloir commencer par sacrifier les chiens. D'abord, pour limiter les bouches inutiles. Ensuite, pour récupérer leurs boîtes de pâtée. Enfin, pour les transformer en steaks. »

Alexeï nous embrasse tous du regard, comme pour nous mettre au défi.

« C'est ça que vous voulez ? demande-t-il. Qu'on se mette tous à bouffer du chien, avant de nous bouffer nous-mêmes ? Qu'on devienne des sous-hommes, des cloportes amorphes et rachitiques, puisque dans le scénario de Samson il est hors de question de faire le moindre exercice physique pour lutter contre la fonte musculaire liée à l'apesanteur ? Moi, je ne veux pas finir comme ça ! » – il crache devant lui, un crachat mêlé de salive et de sang, qui s'étire dans l'espace en formant une étrange arabesque rougeâtre – « Je me suis souvent pris des beignes, à Moscou. J'ai souvent senti le goût écœurant du sang dans ma bouche. Et j'ai dû faire des sacrifices terribles. Mais il y a une chose que je n'ai jamais abandonnée, même sous les coups : mon honneur ! Je veux descendre sur Mars la tête haute, avec Kris à mes côtés ! »

Il plonge ses yeux bleu acier dans les yeux bleu azur de mon amie :

« Dis-leur, Kris. Dis-leur que tu descendras avec moi. Sinon, nous ne pourrons jamais nous toucher, nous embrasser. Et je ne pourrai jamais m'agenouiller devant toi pour passer ceci à ton doigt... »

Il désigne la bague suspendue à une chaîne, autour de son cou – celle qu'il a promise à Kris le jour où ils ont décidé de se fiancer, il y a trois mois déjà.

« Oui, murmure Kris sans détacher ses yeux de ceux d'Alexeï. Je le dis. Je descendrai avec toi, par amour...

— Merci, mon ange.

— ... à deux conditions. Tu dois, toi aussi, faire une promesse – et tu dois formuler une excuse. »

Les prunelles d'Alexeï étincellent, mais il hoche la tête sans dire un mot.

« Tu dois promettre de respecter la décision commune, comme je la respecterai moi-même, reprend Kris. Si la majorité vote pour faire demi-tour, il faudra nous y résoudre nous aussi.

— Et pourquoi ne pas nous scinder en deux groupes ?

— Tu crois vraiment que Serena l'autoriserait ? Tu crois qu'elle laisserait certains d'entre nous rentrer vers la Terre, prêts à la dénoncer dès que le show reprendra, pendant que les autres descendent sur Mars ? Soit nous descendons tous, soit nous faisons tous demi-tour. Nous n'avons pas d'autre option que de rester solidaires. Nous devons nous en remettre au choix du groupe, et à la grâce de Dieu. Toi aussi. Promets-le.

— Je te le promets. Et l'excuse ? Tu as dit que je devais formuler une excuse ?

— Je t'en prie, demande pardon à Léo pour ce que tu lui as dit. Sa cicatrice n'a rien à voir avec une maladie. C'est une brûlure. Elle n'est pas contagieuse. »

Une fois encore, l'attention converge vers moi et me met mal à l'aise. Je pose ma main sur le bras de ma chère Kris :

« Laisse tomber... »

Mais Alexeï se tourne lui aussi dans ma direction.

« Pardon, Léo, murmure-t-il en baissant les yeux. Je ne voulais pas... dire ça. J'étais en colère. J'ai perdu mon sang-froid. Les mots ont dépassé ma pensée. Je suis désolé.

— Oublie. » Je fais un geste de la main pour balayer l'offense, et surtout tous ces yeux qui me cuisent. « Le temps presse, continuons de voter. »

Un décompte s'est enclenché dans ma tête, comme dans celle de tous les autres, j'en suis sûre. Une voix pour rester à bord – *la Justice*; deux voix pour descendre – *l'Espoir*.

« Moi, je vote pour faire demi-tour ! » s'écrie soudain Safia.

Son visage est toujours aussi pâle. Mais ses yeux noirs sont bien vivants, brillants de détermination :

« Qu'est-ce que vous croyez ? élabore-t-elle. Que le marché de Serena, c'est comme le contrat *Sérénité* offert par mon sponsor Karmafone à tous les nouveaux abonnés ? Couverture réseau garantie, transparence de la facturation et assistance technique gratuite 24 heures sur 24 ? Réveillez-vous ! On sait très bien qu'à la moindre occasion, Serena appuiera sur le bouton de dépressurisation ! Et on sait aussi que là, maintenant, on tient une chance de témoigner, de dire au monde ce qui nous est arrivé ; si on laisse passer cette chance, elle ne se représentera peut-être jamais. Ces salauds nous sacrifient pour du fric. Serena McBee, LA Serena McBee qui se présente comme vice-présidente des États-Unis, envoie délibérément douze adolescents à la mort, et nous on passerait ça sous silence ?

ACTE I

Vous vous rendez compte ? Je dis non ! Parce qu'il ne s'agit plus seulement de nous, vous comprenez ?... »

Les narines de la petite Indienne, ornées d'un minuscule clou d'or, se gonflent à chaque inspiration ; devant une telle force d'âme, difficile d'imaginer qu'elle est la benjamine de notre équipe, qui ne fêtera son dix-huitième anniversaire que le 2 février.

Mais la soif de justice transfigure celle qui a été brûlée à l'acide par un fiancé éconduit, avant d'être reniée par ses parents. Elle poursuit son raisonnement sans que sa voix tremble, et chacun de ses mots sonne douloureusement juste :

« Écoutez-moi. Nous, les orphelins, les bannis, nous pensions que le programme Genesis nous offrait une seconde chance. Que, grâce à lui, l'injustice de nos vies serait réparée. Je sais que ça fait mal de l'admettre, pourtant nous nous sommes cruellement trompés. Et ce n'est pas tout. Aujourd'hui une injustice plus grave encore se prépare, une injustice monstrueuse. Si elle se produit, elle ne fera pas douze victimes, mais des millions ; Serena, cette immonde vipère, est sur le point d'être confirmée comme vice-présidente des États-Unis. Imaginez ce que sera le monde, si quelqu'un comme elle parvient à ce poste ! Empêchons ça ! Nous pouvons le faire. Nous le devons. Qui est d'accord avec moi ? »

De l'autre côté de la vitre blindée, Samson regarde Safia avec admiration. Il esquisse quelques gestes de la main, sans la quitter des yeux ; elle hoche la tête, gravement. Qu'est-ce que c'est ? Une sorte de langage des signes ? Pas le temps de lui demander :

« Je suis d'accord avec Safia, déclare Samson. Je vote pour faire demi-tour. »

C'est ainsi que la balance bascule : trois voix pour la Justice, deux voix pour l'Espoir.

Liz et Fangfang s'écartent vivement de Safia, comme si elle était soudain pestiférée.

— Comment ça, *le contact a été perdu* ? demande Samson derrière la vitre.

— Les rédacteurs du rapport supposent qu'en se levant, l'avant-dernière Grande Tempête a momentanément troublé le signal entre Mars et la Terre, avant que le système de transmission ne se régularise... » Fangfang prend une longue inspiration, avant d'ajouter : « ... mais moi, je crois qu'il y a eu davantage que des interférences de communication... La mort des cobayes, qui a eu lieu pendant cette heure silencieuse, a un lien avec le périhélie... J'en ai l'intuition... la coïncidence est trop troublante... »

L'intuition.

C'est la première fois que j'entends Fangfang prononcer ce mot, elle, la grande rationnelle qui habituellement ne jure que par ses équations.

« Quel mois sommes-nous ? je demande brusquement. Je veux dire, quel mois sommes-nous *sur Mars* ?

— Nous sommes en plein milieu du vingtième mois martien.

— Ça veut dire qu'une nouvelle Grande Tempête vient d'avoir lieu là-dessous, n'est-ce pas ? – la deuxième depuis la mort des cobayes.

— Oui, selon toute vraisemblance... »

Fangfang reporte son attention vers la surface de Mars, qui s'étale derrière la paroi de verre du Parloir. La planète rouge est parfaitement claire, le soleil illuminant les reliefs, les canyons, les montagnes et les cratères. Sur tout l'hémisphère qui nous fait face, on n'aperçoit pas l'ombre d'un nuage, ni la plus petite perturbation atmosphérique.

« Le ciel est complètement dégagé..., murmure Safia. Difficile de croire qu'un monstrueux ouragan de poussière s'est récemment déchaîné ici...

— Chaque été martien, la Grande Tempête prend une forme différente, précise Fangfang d'une voix mal assurée. Parfois, elle recouvre la planète tout entière, et parfois une petite partie seulement. Parfois, elle dure des mois, et parfois les vents la dissipent au bout de quelques jours. C'est sans doute ce qui s'est passé cette année... Il faudrait consulter les archives météorologiques de cap Canaveral, pour être sûrs... »

Alexeï frappe dans ses mains, interrompant la responsable Planétologie :

« Peu importent les archives ! s'exclame-t-il d'une voix volontaire. Ce n'est pas le passé qui compte, c'est l'avenir, et il est meilleur qu'on le pensait. Regardez ! »

Il souffle sur la paroi de verre ; son haleine tiède forme une étendue de buée blanche, sur laquelle il trace une ligne du bout de son index.

« Les cobayes sont morts pendant une Grande Tempête, bien avant notre arrivée... », dit-il en cochant la ligne avec un chiffre un – il écrit à l'envers, pour que nous puissions lire son schéma à l'endroit de notre côté.

« Fangfang nous dit qu'une deuxième Grande Tempête vient d'avoir lieu, vingt-quatre mois après la première... » continue-t-il en cochant la ligne une deuxième fois.

Il ajoute aussitôt une croix marquant l'arrivée du *Cupido* en orbite martienne : « ... et nous on est là, à J plus deux mois. »

« Ça signifie qu'il nous reste vingt-deux mois avant la troisième Grande Tempête, conclut-il en cochant la ligne pour la troisième fois. *Vingt-deux mois !* Alors que nous pensions n'en avoir que neuf devant nous ! Raison de plus pour descendre, et tenter notre chance ! »

Alexeï lève des yeux brûlants de sa frise chronologique pour nous regarder.

Son enthousiasme tombe à plat : des deux côtés de la vitre, c'est le silence.

« Neuf mois ou vingt-deux, qu'est-ce que ça change ? murmure finalement Kenji, blanc comme un spectre dans l'ombre de sa capuche, le regard perdu dans le vague. Nous n'avons aucune indication sur ce qui est arrivé aux cobayes. Il n'y a pas de panne détectable, pas l'ombre d'un indice. Si nous décidons de descendre sur Mars, les mois que nous y passerons seront des mois de terreur. Je préfère encore faire demi-tour et affronter sereinement la mort. »

Il y a un calme étrange dans la voix de Kenji. C'est plus que de la résignation : c'est du soulagement. Comme si la certitude de la fin prochaine calmait paradoxalement l'angoisse qui n'a cessé de le pétrir pendant toute sa vie.

Mais moi, ça ne me calme pas, tout au contraire. La balance penche à nouveau d'un côté : celui du retour, de l'agonie au milieu de l'espace, de la fin du voyage dans deux caveaux séparés. Je sens mon ventre se contracter à cette idée, comme si on m'aspirait les entrailles. Est-ce que ça veut dire qu'au fond de moi, j'ai choisi de descendre ?

Non, je n'en suis pas sûre : la perspective d'être à la merci de Serena m'écœure tout autant.

« Je vote pour… », commence Fangfang, sur le point j'en suis sûre d'ajouter sa voix à celles de Kelly, Safia, Samson et Kenji.

Tao ne lui laisse pas le temps d'en dire plus :

« Kenji a tort ! s'exclame-t-il, ses larges mains appuyées contre la vitre. Ce qui nous attend en bas, ce n'est pas la terreur, ou pas seulement : c'est aussi un nouveau monde, celui que tu as étudié avec tant de passion ! »

Fangfang entrouvre les lèvres pour répliquer, mais, là encore, Tao est plus rapide.

« Je n'ai pas le centième de ta culture, et pas le dixième de ton intelligence, Fangfang, dit-il. Tu me l'as fait sentir chaque fois que l'on s'est rencontrés au Parloir.

— Moi ? Mais je…

— Chaque fois, j'en ressortais lessivé, avec l'estomac dans les chaussettes et une question obsédante dans la tête : *qu'est-ce qu'une fille comme elle peut bien trouver à un garçon comme moi ?* Toi, tu as un doctorat en mathématiques ; moi, les seules études que j'aie jamais faites se résument à ma petite année de formation en Ingénierie, dans la vallée de la Mort. Toi, tu es pupille de la nation de Singapour, sélectionnée entre tous et placée dans une école pour surdoués ; moi, je ne suis qu'un acrobate de cirque inconnu, perdu parmi des centaines de millions de Chinois, et je n'ai même pas été foutu de réussir l'école de la vie.

— *L'école de la vie* ? répète Fangfang. Tu veux parler de la mission ? Mais ce n'est pas de ta faute, nous nous sommes tous fait avoir… »

Tao prend une inspiration profonde, qui gonfle sa poitrine athlétique, développée par son travail d'acrobate.

« Je ne parle pas de la mission, dit-il. Tu sais, en choisissant de partir pour Mars, ce n'est pas la première fois que je me plante. Je suis déjà tombé. De haut. Du sommet du chapiteau. Je n'ai pas attrapé la barre à temps, pendant mon dernier numéro de voltige ; et il n'y avait rien au sol pour me réceptionner, parce que c'est plus impressionnant pour les spectateurs quand les numéros se font sans filet. Je me suis brisé les jambes.

— Qu'est-ce que tu racontes ? Tes jambes ont guéri depuis, n'est-ce pas ? Elles sont fortes et puissantes, comme tes bras, ton torse et tout ton corps de grand sportif, je le vois bien à travers ton pantalon.

— Mon pantalon n'enveloppe que deux morceaux de viande inutiles. Dans l'apesanteur du Parloir, je peux faire comme si ces dizaines de kilos de chair morte n'existaient pas – c'est ce que j'ai prétendu, au cours de toutes nos rencontres. Mais, une fois sur Mars, mes jambes retrouveront un poids ; même si elles pèseront moins que sur Terre, ce sera suffisant pour me clouer dans une petite chaise roulante. Le *grand sportif* se transformera en vieillard... oui, comme Cendrillon après le douzième coup de minuit. »

Les regards, qui quelques instants plus tôt me brûlaient l'échine, lorgnent à présent les jambes de Tao. Le fait que ce grand gaillard tout en muscles se compare à la fragile orpheline du conte a quelque chose de surprenant, et de très émouvant.

« Je croyais que je ne trouverais jamais le courage de te dire tout ça, ajoute Tao dans un murmure. Je croyais que je descendrais sur Mars sans avoir osé te parler de mon handicap. Je m'étais résigné à l'idée que tu le découvrirais au dernier moment et que tu me rejetterais deux fois, à la fois comme un estropié et comme un menteur. Mais les circonstances m'ont finalement donné le courage qui me manquait. L'exemple de Léo m'a frappé. Sa bravoure m'a inspiré. Sa brûlure m'a libéré. »

Les yeux de Tao croisent les miens. Ils sont pleins de franchise. Et ses mots résonnent dans ma tête.

Ma brûlure l'a libéré.

Je n'aurais jamais pensé que la Salamandre, dont j'ai été la captive toute ma vie durant, pourrait libérer quiconque.

PHOBOS[2]

« Je me sens plus léger que jamais, maintenant que j'ai parlé, et l'apesanteur n'y est pour rien, continue Tao. La descente sur Mars ne me fait plus peur, Fangfang. Le fait de me retrouver coincé dans mon fauteuil ne m'effraye plus. Même si c'est pour vingt-deux mois seulement, je veux le faire rouler dans les plaines rouges de Mars, je veux inscrire le sillon de mes roues dans le sable rouge de Mars. Et je veux te serrer dans mes bras qui conservent toutes leurs forces, eux – si tu veux toujours de moi, sans mes jambes pour marcher, et sans le temps pour faire les huit bébés dont tu rêvais. »

Fangfang cligne des yeux derrière ses lunettes carrées.

Elle ne s'attendait à rien de tout cela – ni à l'aveu de Tao, ni à ce que ses paroles remuent en elle, qui a toujours tout planifié dans sa vie.

« Les huit bébés... pourront attendre, balbutie-t-elle. Mais moi, je n'en peux plus d'attendre. Bien sûr que je veux toujours de toi. Je veux te sentir, t'embrasser, te toucher. Vingt-deux mois, tu as raison, ce n'est pas rien. C'est un temps précieux pour essayer de comprendre pourquoi l'avant-dernière Grande Tempête a décimé les cobayes et pour nous préparer à la prochaine. Je vote pour descendre, Tao. Pour descendre avec toi. »

Kris se met à battre des mains :

« Cinq voix pour descendre ! s'exclame-t-elle. Plus que deux voix, et nous aurons la majorité ! » Elle se tourne vers moi : « Tu vas descendre avec nous, n'est-ce pas, ma Léo ? Comme Alex et moi, comme Fangfang et Tao : vous allez aussi descendre, toi et... »

Elle s'arrête net dans son élan, ses paumes suspendues entre deux claquements.

Toi et... qui ?

Elle n'est pas capable de le dire.

Aucune des prétendantes ne sait celui que je vais choisir, pas même ma meilleure amie. Comment le pourraient-elles ? – tout au long du voyage, je me suis ingéniée à retarder l'échéance, et même dans les dernières semaines, où j'ai successivement rencontré Marcus et Mozart afin de rester impartiale. Mais, tandis que je réussissais à convaincre tout le monde que les jeux restaient ouverts, tandis que je sentais croître en moi une tendresse toujours plus grande pour Mozart, quelque chose d'autre que de la tendresse faisait son nid dans mon cœur, un peu plus profondément chaque fois que je voyais Marcus.

À présent qu'ils sont tous les deux face à moi, assemblés pour la première fois, l'un dardant sur moi ses yeux noirs et l'autre ses yeux gris, je ne peux plus nier l'existence de cette chose – tout au plus puis-je essayer, une dernière fois, par réflexe, d'éluder la question.

« Les couples, les Listes de cœur, toute cette foutue mélodie du bonheur, ça ne signifie plus rien, dis-je d'une voix étranglée. Ça ne veut plus rien dire, maintenant qu'on sait ce qui nous attend véritablement sur Mars. »

Au moment où ces paroles sortent de ma bouche, je me rends compte à quel point elles sont fausses et, même, lâches. Les autres doivent le sentir aussi, Kris la première.

« Tu sais bien que ça veut encore dire quelque chose ! » affirme-t-elle avec force.

Sa couronne de nattes semble rayonner, de fins cheveux blonds s'échappant tout autour pour onduler au gré de l'apesanteur.

« Ça veut encore dire quelque chose pour nous, et pour les milliards de spectateurs de la chaîne Genesis ! Rappelle-toi les conditions de Serena : elle nous laisse descendre à condition que nous jouions le jeu jusqu'au bout, comme si de rien n'était. »

Liz renchérit aussitôt :

« Kris a raison. Si nous descendons, nous devons nous plier à la loi du programme ; il faut que nous formions six couples, pour remplir les six Nids d'amour de la base de New Eden. Aux yeux des spectateurs, ce doit être comme un ballet parfaitement réglé. Et pas de faux pas, sinon c'est la mort. Il est temps que tu choisisses, Léo... »

Les filles, qui toutes ont déjà voté, forment une ronde autour de moi.

« ... d'abord, si tu veux descendre... »

La ronde se referme, il n'y a pas d'échappatoire.

« ... ensuite, avec qui. »

6. HORS-CHAMP
VILLA MCBEE, LONG ISLAND, ÉTAT DE NEW YORK
SAMEDI 9 DÉCEMBRE, 13 H 05

UN TRÈS LÉGER DÉCLIC RETENTIT DANS LA SERRURE. La poignée de porcelaine tourne sans un bruit. La porte de la chambre s'ouvre lentement sur le couloir éclairé par le demi-jour blafard de décembre.

Le jeune homme qu'Harmony a aperçu dans les jardins de la villa McBee, qui lui a parlé derrière la porte, se tient à présent devant elle. Il est tout de noir vêtu, à l'exception des flocons blancs qui achèvent de fondre sur les bretelles de son sac à dos et sur la capuche de son anorak. La peau de son visage est blanchie par le froid, ses lèvres sont gercées par le vent ; mais, derrière ses lunettes à monture noire, ses yeux brillent d'une ardeur farouche.

« Vous avez trouvé la clé..., constate Harmony dans un chuchotement. Vous n'êtes pas un fantôme... »

Elle se tient sur le seuil de la pièce, frissonnante. Le courant d'air qui traverse le couloir et sa robe de dentelle grise lui donne la chair de poule, malgré les châles qui couvrent ses épaules. Ses cheveux décolorés, presque blancs, se soulèvent doucement. Seule touche de couleur dans cette allure spectrale, le petit médaillon doré qu'elle porte en sautoir sur la poitrine.

« Oui, j'ai trouvé la clé, murmure le jeune homme. Comme vous me l'avez dit, au rez-de-chaussée, dans le tiroir du dernier bureau au bout de l'aile droite. C'est là qu'elle était – elle, et toutes les autres... »

Il soulève sa main, pour montrer un anneau de métal où pendent des clés par dizaines.

« ... et non, je ne suis pas un fantôme, même si ces derniers temps j'ai eu l'impression de vivre dans une autre dimension, coupé du monde. Mais ce n'est pas à vous que je vais expliquer cette sensation, je crois. Le secret le mieux gardé des États-Unis d'Amérique... La fille de Serena McBee... Vous avez les yeux de la même couleur, la forme de son visage, vous lui ressemblez énormément, mais en même temps il y a en vous un je-ne-sais-quoi qui vous rend totalement différente. »

Harmony frissonne un peu plus fort, replie ses bras sur ses épaules pour se protéger du froid – ou d'autre chose ? Chaque bruit lointain qui monte du tréfonds de la villa la fait sursauter. Le vide du long couloir, dans le dos du jeune homme, semble lui donner le vertige.

« Partez, maintenant que vous avez les clés, dit-elle brusquement en clignant des paupières sur ses yeux vert d'eau. Oui, c'est ça, partez. Non, d'abord expliquez-moi ce que... Et puis, non. Non, partez. Je ne vous ai jamais vu. Disparaissez.

— Comment ?...

— Allez-vous-en !

— Mais... je croyais que vous vouliez vous enfuir ?

— Je ne veux plus. J'ai trop froid. Je ne dois pas quitter ma chambre. Fuyez, je ne dirai rien. Je ne connais même pas votre nom. Je ne souhaite pas le connaître. Tout ce que je veux, c'est vous oublier. »

Elle s'apprête à refermer la porte, mais le jeune homme met sa jambe dans l'embrasure.

« Andrew, dit-il. Voilà, vous connaissez mon nom maintenant. Et moi, je connais le vôtre, Harmony. »

Il exhibe la première clé du trousseau, munie d'une petite étiquette dactylographiée : CHAMBRE D'HARMONY.

« Je connais votre nom, répète-t-il, et moi, je ne vous oublierai pas. Le monde doit apprendre votre existence. Les électeurs doivent savoir que celle pour qui ils ont voté garde sa propre fille enfermée dans un donjon !

— Je n'aurais jamais dû vous dire où étaient les clés, se lamente-t-elle. Je vous préviens, je vais crier.

— Eh bien, criez. »

Mais Harmony ne crie pas.

Son pâle visage reste immobile dans l'embrasure, ses lèvres entrouvertes sur des dents qui paraissent aussi blanches et fragiles que de la craie. Ce n'est plus le courant d'air qui soulève ses cheveux diaphanes, c'est la respiration d'Andrew, si proche d'elle, les yeux plongés dans les siens.

« Le monde extérieur n'est pas fait pour moi, finit-elle par lâcher dans un souffle. Si je reste bien à l'abri à l'intérieur, je finirai par être heureuse. Maman me l'a promis.

— Mon père aussi m'avait fait des promesses. Il ne les a pas tenues. Il n'y a qu'un seul moyen de savoir si le monde extérieur est fait pour vous : aller à sa rencontre ! »

Andrew referme sa main sur le fin poignet d'Harmony – assez délicatement pour ne pas le briser, assez fermement pour l'attirer contre lui. Le corps si léger de la jeune fille bascule de l'autre côté de la porte ; elle foule le plancher du couloir sans y avoir été autorisée, pour la première fois.

L'espace d'un instant, ils restent ainsi figés l'un contre l'autre, tels un prince et une princesse de l'ancien temps, dont le baiser seul aurait le pouvoir de briser le sortilège de la méchante reine et de libérer le monde des brumes où elle l'a plongé.

Mais, soudain, des bruits de pas résonnent depuis l'escalier qui conduit à l'étage.

« C'est le garde qui a failli me surprendre tout à l'heure, souffle Andrew en refermant la porte de la chambre. Vite ! Il est temps d'aller chercher ce pour quoi je suis venu. Où se trouve le bureau de Serena ? »

Il s'apprête à s'élancer dans le couloir, mais Harmony reste immobile, le regard fixe.

« Votre père…, murmure-t-elle. Vous en avez parlé au passé.

— Il est mort ! Venez !

— Moi, je ne sais même pas si je dois parler de mon père au présent ou au passé… Maman ne m'a jamais rien dit… jamais… »

L'œil d'Andrew étincelle.

« La réponse se trouve peut-être dans le bureau de votre mère, dit-il. Raison de plus pour y aller. »

Le lourd bruit des pas se rapproche d'instant en instant. Mais Harmony hésite encore, le visage figé par le doute, le corps paralysé par le carcan mental que Serena McBee a érigé entre sa fille et la liberté. Son poing droit s'est refermé sur le médaillon accroché à son cou, comme si, dans cette tempête d'indécision, c'était le seul cordage auquel elle pouvait se raccrocher.

« Si je viens, est-ce que vous me jurez de ne pas m'abandonner comme… comme *l'autre garçon* ?

— L'autre garçon ? répète Andrew, en s'efforçant de ne pas hausser la voix malgré l'anxiété qui le gagne. Je ne sais pas de qui vous parlez. Mais je vous jure que je ne vous abandonnerai jamais, Harmony ! Et que je vous aiderai à retrouver votre père ! »

Ce serment, c'est le déclic.

Le verrou qui saute.

Harmony se jette dans le couloir comme un candidat au suicide se précipite du haut d'un pont, comme un explorateur s'envole vers l'inconnu.

« Par là ! » dit-elle en poussant la première porte venue, qui donne sur un escalier dérobé.

Les deux jeunes gens s'engouffrent dans l'escalier en colimaçon, qui les avale tel un gosier. Sous leurs pieds, les volées de marches donnent naissance à des nuées d'échos, qui se répercutent à travers la cage aveugle.

Ils débouchent sur un étroit corridor éclairé par des ampoules blanches.

« Pfff... c'est le couloir des domestiques, articule Harmony, à bout de souffle. Celui que le personnel emprunte pour relier les différentes pièces aux cuisines, les jours de réception... pfff... j'y jouais parfois quand j'étais petite... pfff... aujourd'hui, nous n'y croiserons sans doute personne... pfff... voilà la porte de service du bureau de maman. »

Harmony s'arrête devant un panneau lisse.

Tandis qu'Andrew égrène fièvreusement le chapelet de clés à la recherche de celle portant l'étiquette du bureau de Serena McBee, la jeune fille reprend péniblement sa respiration.

« Vous ne m'avez pas dit... pfff... ce que vous veniez chercher... pfff... ici ?

— La vérité, répond Andrew en introduisant dans la serrure la clé qu'il a enfin identifiée.

— La vérité ? Je ne vois pas ce que vous voulez dire... »

Andrew fait tourner la clé une première fois, doucement.

« Je ne crois pas que vous soyez les seuls secrets que Serena McBee dissimule aux yeux du monde, votre père et vous, dit-il. Je crois qu'elle a beaucoup d'autres choses à cacher. Comme, par exemple, ce qui est arrivé à mon propre père. »

Harmony cligne des paupières :

« Que voulez-vous dire ? Je croyais qu'il était mort. Je ne comprends pas. Maman serait furieuse si elle savait que... »

Andrew fait tourner la clé une deuxième fois, avec rage.

« Je suis le fils de Sherman Fisher, le responsable Communication du programme Genesis. On a prétendu qu'il avait été victime d'un accident, tout comme Ruben Rodriguez, le responsable de l'animalerie, peu de temps après lui. Mais moi, j'ai la conviction que ces deux "accidents" n'en sont pas. Père s'est tué en voiture alors qu'il ne prenait jamais de risques au volant. Un membre de Genesis a effacé le disque dur de Ruben lors de ses funérailles. Une coïncidence ? Non. Ma conviction, c'est qu'on les a fait taire l'un et l'autre avant qu'ils ne parlent... mais pour dire quoi ? Quel est le secret qui se cache au cœur du programme Genesis ? La réponse se trouve peut-être dans ce bureau. Voilà ce que je viens chercher ici. La trace de votre père et le souvenir du mien : ma vérité et la vôtre. »

Andrew donne le troisième et dernier coup de clé.

La porte s'ouvre en grinçant sur ses gonds.

Par réflexe, Harmony se retourne fébrilement, prête à voir surgir un domestique alerté par le bruit. Mais le couloir de service est désert. Alors, elle prend une dernière inspiration et pénètre dans la pièce interdite sur les talons d'Andrew.

7. CONTRECHAMP
BUNKER ANTIATOMIQUE, BASE DE CAP CANAVERAL
SAMEDI 9 DÉCEMBRE, 13 H 20

Un message rouge clignotant apparaît en haut du mur digital, juste au-dessus de la fenêtre braquée sur le visage pétri de doute de Léonor :

APPEL ENTRANT DEPUIS LA SALLE DE MONTAGE

« Ça y est ! s'exclame Gordon Lock, empoignant la table de ses mains puissantes, comme s'il voulait l'arracher au sol de béton. Nous sommes perdus, tout ça à cause de ces gamins qui gaspillent leur temps à parler de météorologie martienne et ne parviennent pas à prendre une décision ! La police vient déjà nous arrêter, avant que nous ayons eu le temps de remonter à la surface pour fuir à bord du jet de Serena ! »

La productrice exécutive se contente de hausser les épaules :

« Ne dites pas n'importe quoi. La police n'a aucune raison de venir nous arrêter – du moins, pour l'instant. Le secret du rapport Noé n'a pas encore été révélé, je vous le rappelle. »

Elle appuie délicatement sur le message clignotant, du bout de son index à l'ongle enduit de vernis vert, assorti à son tailleur et à ses bijoux – la couleur du président Green, et du parti hyperlibéral.

Une nouvelle fenêtre se forme aussitôt sur le mur digital, représentant Samantha, la jeune assistante de Serena, oreillette vissée sur la tempe.

« Madame McBee, je suis désolée de vous déranger, s'empresse-t-elle de s'excuser. Je sais que vous avez demandé à être au calme pour monter vous-même la fin du voyage, mais…

— Mais ? »

Une bouffée de timidité remonte au visage de Samantha, empourprant ses joues.

« … mais cela fait près de deux heures que nous avons cessé d'émettre, faute d'images. Nous nous sommes efforcés de rassurer la presse en disant que vous aviez tout sous contrôle, comme vous l'expliquiez dans le court message que vous avez rédigé pour la chaîne Genesis.

— Eh bien voilà, comme vous dites, je me suis expliquée. Nous serons bientôt de retour à l'antenne. Laissez-moi juste encore trente petites minutes, le temps de régler un dernier détail avec les prétendantes et les prétendants.

— C'est que… je ne suis pas sûre que nous ayons encore trente minutes devant nous.
— Que voulez-vous dire ?
— La base est assiégée, madame McBee. Une foule gigantesque a envahi la presqu'île de cap Canaveral. Les gens sont morts d'inquiétude. Votre message n'a malheureusement pas suffi à les rassurer : ils veulent savoir ce qui se passe *vraiment*.
— Qu'est-ce que c'est que cette histoire ? La presqu'île est une propriété privée, protégée par des grilles, des check-points, des gardes payés à prix d'or !
— Les grilles ont été perforées. Les check-points ont été défoncés. Quant à nos gardes, je crains qu'ils soient trop peu nombreux pour contenir une telle déferlante. Voyez par vous-même les images de nos caméras de sécurité… »

La fenêtre se scinde en deux parties : à gauche, Samantha ; à droite, l'Armageddon. La presqu'île, encore déserte quelques heures plus tôt, est à présent envahie de véhicules, si nombreux qu'on ne distingue plus le bitume de la route ni les bruyères de la lande. Les camionnettes des équipes de télévision sont identifiables aux antennes qui coiffent leurs toits. Mais la plupart des voitures appartiennent à des particuliers. Il continue d'en arriver par milliers depuis le continent à l'ouest, et des motos, et des scooters, et des autocars entiers, chargés d'escabeaux, d'échelles, de fans prêts à tout pour connaître la suite du programme – dans un formidable mouvement de balancier, toute l'Amérique bascule vers le dernier bout de terre avant le grand vide de l'océan Atlantique.

Au fond du bunker, c'est la panique.

Les alliés du silence se lèvent brusquement, renversant leurs chaises, comme si le tsunami humain allait déferler directement depuis le mur digital jusque dans le petit local bétonné et balayer tout sur son passage.

« Je vois, Samantha, dit calmement Serena, la seule à garder son sang-froid. Nous n'avons pas trente minutes, en effet. Mais vous arriverez bien à nous en trouver une petite vingtaine, n'est-ce pas ? Faites patienter tous ces gens.

— Les faire patienter, madame McBee ? Mais comment puis-je... ? »

D'une pression du doigt, la productrice exécutive fait disparaître la fenêtre, Samantha et tout un pays qu'elle a tenus en haleine pendant des mois.

« Appel aux passagers du *Cupido* : ici Serena, dit-elle en s'emparant du micro qui lui permet de communiquer avec le vaisseau, à cinquante-cinq millions de kilomètres de là. Vous avez eu suffisamment de temps pour délibérer. Il est 13 h 25 et le moment approche de reprendre le spectacle. Nous n'avons plus que vingt minutes devant nous. Il en faut déjà trois pour que ce message monte jusqu'à vous, et trois encore pour que votre réponse me parvienne. Ce qui signifie qu'il vous en restera quatorze lorsque vous m'entendrez, pour prendre la bonne décision – celle de descendre sur Mars demain, bien sûr, parce que c'est votre intérêt et le mien. »

Serena approche le micro un peu plus près de ses lèvres :

« À 13 h 45, la diffusion du programme recommencera. Vous avez quatorze minutes pour vous mettre enfin d'accord, tous les douze, et convaincre ceux qui veulent faire demi-tour de renoncer à ce projet morbide. Vous ne pouvez pas laisser la moindre place au doute. Les spectateurs *doivent* voir douze sourires radieux sur vos douze visages. Ils *doivent* voir douze jeunes gens brûlant de désir de se toucher, d'impatience de se marier. Nous pourrons toujours continuer nos discussions en privé une fois que vous serez en bas, depuis le septième Nid d'amour. Ses caméras sont déconnectées du show, puisqu'il est censé être inhabité. Je ferai diriger le flux audio-vidéo ici, dans ce bunker où je me trouve en ce moment, et ici seulement. Les spectateurs ne verront jamais ces images. Je leur dirai que ce moment de consultation en tête à tête est nécessaire au bien-être psychologique des candidats. Je suis sûre qu'ils

Elle ne vibre même pas : le blindage est parfait, à toute épreuve.

« Ça me tue de l'admettre, reprend-il, le visage contracté par la douleur, mais les partisans du retour ont raison. Si nous laissons échapper cette chance d'anéantir Serena, là, maintenant, elle ne se représentera peut-être pas. Et toi, Léo, tu m'en voudras pendant chacun des jours qu'il te restera à vivre, si chèrement payés. Tu verras en moi celui qui t'a fait flancher, celui qui t'a rendue faible, celui qui t'a volé ta vengeance. Tu me détesteras, et pire encore, tu me mépriseras. Ça, je ne pourrai pas le supporter, jamais ! Si tu veux vraiment descendre demain, avec tous les risques que cela implique, je ne veux pas que ce soit à cause de moi. »

De petites perles rouges et brillantes s'élèvent autour du visage de Marcus. La violence de son coup de poing contre la vitre était telle que la scarification sur sa poitrine s'est remise à saigner. Les gouttes de sang lévitent tels des rubis devant ses yeux gris où gronde l'orage. Sa beauté me fait mal. Sa cruauté me tue. J'ai envie de l'implorer et de l'insulter, de l'embrasser et de le frapper, tout cela à la fois.

« Il ne reste que dix minutes pour répondre, lâche Liz, la voix brisée d'avoir tant crié, tant supplié et tant pleuré. Cinq partout, nous en sommes au même point qu'au début. Mais toi, Léo, tu détiens deux voix, celle de Mozart et la tienne. Et tu détiens douze vies. »

ACTE I

9. Hors-Champ
VILLA MCBEE, LONG ISLAND, ÉTAT DE NEW YORK
SAMEDI 9 DÉCEMBRE, DIX MINUTES PLUS TÔT, 13 H 22

« ON SE CROIRAIT SUR UN PLATEAU TÉLÉ… », souffle Andrew en pénétrant dans le bureau de Serena McBee.

D'un côté se trouve un magnifique secrétaire en bois précieux, disposé devant une large porte-fenêtre qui donne sur les jardins enneigés ; en face se dresse un portique d'aluminium chargé de spots, de filtres lumière, de caméras articulées.

« C'est ici que maman commente la chaîne Genesis, lorsqu'elle réside à la villa, précise Harmony.

— Je reconnais la vue, en effet, dit Andrew en s'approchant de la porte-fenêtre. Ce sont sans doute les jardins les plus connus d'Amérique, voire du monde entier ! Les spectateurs ont pu suivre leur évolution au fil des saisons, dans le dos de Serena, chaque fois qu'elle prenait la parole pour intervenir en direct dans le *Cupido*. Mais, aujourd'hui, les spots sont éteints. Les caméras ne tournent pas. Nul ne peut voir les jardins. Nul ne peut *nous* voir, Harmony. »

Il appuie sa main contre le carreau glacé.

De l'autre côté, la neige tombe de plus en plus drue, tel un rideau qui enveloppe les buissons, voile les arbres morts, escamote les perspectives. On ne voit ni les grilles du domaine, ni les hommes chargés de la surveillance – peut-être sont-ils rentrés se mettre à l'abri, bien au chaud, pour guetter la reprise de la chaîne Genesis, ou au moins le journal télévisé.

« Ce silence…, murmure Andrew. On dirait que plus rien n'existe, vous ne trouvez pas ? Ni cette énorme machine médiatique qui fait tourner la Terre depuis près de six mois ;

ni les milliards de spectateurs qui en ce moment doivent être rivés à leurs écrans ; et encore moins ce vaisseau qui a subitement disparu des radars au moment de s'aligner sur l'orbite de Phobos – comme s'il n'avait jamais décollé.

— Que croyez-vous qu'il soit arrivé aujourd'hui… ?, demande Harmony du bout des lèvres. Est-ce que l'équipage a été décimé par un accident ?… Est-ce que ça a un rapport avec la disparition de votre père ?…

— Je ne sais pas. Mais mon instinct me dit que toutes ces énigmes sont liées. Je le sens dans ma chair. Dans ce bureau, je suis comme l'aiguille d'une boussole qui s'affole. »

Andrew se détache de la porte-fenêtre pour s'asseoir sur la chaise depuis laquelle Serena McBee a orchestré le jeu de séduction, pendant des semaines. Un tableau de commande est incrusté dans le bois du secrétaire, invisible à l'œil des caméras.

Andrew enlève son sac à dos et en sort un ordinateur portable, qu'il connecte au tableau de commande à l'aide d'un câble.

« Que faites-vous ? demande Harmony.

— J'essaye de faire parler le silence. »

Il pianote à toute allure, les lignes de code s'affichant sur l'écran de son ordinateur, se réfléchissant dans les verres de ses lunettes.

Soudain, un vrombissement retentit du plafond.

Harmony sursaute.

Par réflexe, elle attrape le poignet d'Andrew, suspendu au-dessus du clavier.

Il referme ses doigts sur les siens.

C'est ainsi, main dans la main, le pouls battant à l'unisson, qu'ils voient descendre du plafond un vaste écran noir de deux mètres sur trois, mû par un moteur invisible. L'écran finit par se stabiliser au milieu du portique en aluminium, qui forme autour de lui comme un cadre hérissé de caméras. Un message apparaît sur la surface sombre, vitreuse :

Établissement de la connexion avec le *Cupido*...

« Oh ! s'exclame Harmony en triturant nerveusement son médaillon en or. Quel engrenage avez-vous déclenché ? Il faut tout arrêter, tant qu'il est encore temps ! Si la connexion passe, nous allons être retransmis dans le vaisseau et sur la chaîne Genesis, et alors le monde entier saura que nous sommes entrés par effraction dans le bureau de maman ! »

Mais Andrew ne fait rien pour stopper le processus.

« Le signal de la chaîne Genesis est émis depuis cap Canaveral, en Floride, dit-il, et non depuis cette villa, dans les Hampton. Pour une raison que j'ignore, les responsables du programme ont décidé d'interrompre la diffusion mondiale. Si nous parvenons à entrer en contact avec le *Cupido*, les spectateurs n'en sauront rien. Nous seuls découvrirons si les passagers sont encore vivants – et s'ils savent quelque chose sur la disparition de mon père. »

Un spot s'allume brusquement, puis un deuxième, puis un troisième, et ainsi de suite jusqu'à ce que tous les feux du portique soient braqués sur les deux intrus.

Un nouveau message s'affiche sur l'écran géant :

Connexion établie, attente retour image...

Chacune des caméras s'anime tout d'un coup et se met à bouger sur son pivot pour se tourner vers Andrew et Harmony. On dirait les multiples yeux noirs, ronds et brillants d'une araignée gigantesque, dont les pattes effilées seraient les montants d'aluminium.

Tout d'un coup, l'écran s'allume.

Et se transforme en mur digital divisé en vingt-sept fenêtres.

Les treize fenêtres de gauche représentent les vues du compartiment des filles ; les treize fenêtres de droite, les vues du compartiment des garçons ; la vingt-septième fenêtre, au milieu, la plus grande de toutes, ne représente rien : c'est l'écran noir de la chaîne Genesis.

« Le mur de montage du programme…, balbutie Andrew. Là, sous nos yeux… » Il effleure les touches du tableau de commande incrusté dans le secrétaire. « … sous nos doigts !

— Regardez ! Les prétendants sont sains et saufs ! s'écrie Harmony en désignant les plus hautes fenêtres du mur digital, celles qui filment le Parloir. Ils sont là, tous les douze ! »

10. Champ
D + 160 JOURS, 00 H 02 MIN
[23ᵉ SEMAINE]

« *Vous avez entendu* ? demande soudain Fangfang.

— Entendu quoi, Jeanne d'Arc ? répond Kelly. Nous sommes au milieu du vide interplanétaire, les moteurs sont éteints, il n'y a rien à entendre. Rien d'autre que la décision de la dernière votante. Alors, Léo, verdict ? »

Un poids terrible m'écrase la poitrine, encore plus lourd que celui de l'accélération de la fusée qui m'a arrachée à la Terre, il y a cinq mois déjà.

« *Vous êtes seule et moi je suis douze !* » : c'est ce que j'ai jeté à la figure de Serena, quand elle m'a proposé son répugnant marché. Je pensais qu'en donnant la parole à chacun, nous déciderions ensemble de notre destin commun.

Mais voilà, chacun a parlé, et maintenant tout est encore plus compliqué qu'avant. Il n'y a pas eu de consensus. Il n'y a eu qu'un éclatement. Marcus lui-même s'est désolidarisé de moi, pour m'offrir un cadeau empoisonné, un don venimeux : la liberté de choisir. Je ne sais pas si je dois l'aimer davantage ou le haïr pour ce cadeau-là.

Mon regard s'envole à travers la bulle de verre, au-dessus des têtes des filles et des garçons qui sont pendus à mes lèvres, sans s'arrêter sur le visage de Marcus. Mon attention se fixe sur la silhouette monstrueuse de Phobos et sur son antenne de communication qui pointe tel un dard menaçant. En dépit de la vitesse vertigineuse à laquelle elle tourne autour de Mars, la lune noire semble suspendue dans le vide, car nous tournons à la même allure qu'elle. La vitesse est une notion relative. Comme la vie elle-même.

Cette sorcière de Serena avait raison.

C'est sur moi que repose la décision finale.

Sur moi et moi seule.

Seule !

Cette pensée me met la rage au cœur et le feu aux lèvres !

J'ouvre la bouche pour dire que j'ai pris ma décision !

Que je vote moi aussi pour faire demi-tour !

Que je...

« Et là ? Ne me dites pas que vous n'avez pas entendu ! » s'exclame Fangfang à l'instant où j'allais parler.

Cette fois, nulle ne lui soutient qu'elle est folle, ni qu'elle entend les anges. Car toutes ont perçu le son qui monte depuis la trappe ouverte derrière elle :

« *... appel aux passagers... du* Cupido*... est-ce que vous me... recevez ?...* »

La stupeur ne dure qu'un instant.

Sans qu'il soit besoin de nous concerter, nous nous ruons toutes sur le tube d'accès qui conduit à la salle de gym ; de l'autre côté du Parloir, les garçons font de même, car eux aussi ont entendu la voix provenant de leur propre compartiment.

Mon cœur bat dans mes tempes.

Mes coudes et mes genoux cognent contre les barreaux de l'échelle.

Les dix pour cent de gravité me clouent les jambes au sol de la salle de gym, après tout ce temps passé en apesanteur dans le Parloir.

Un visage est là, sur les douze écrans encastrés dans les machines de fitness. Pour la première fois depuis le début du voyage, ce n'est pas celui de Serena McBee. Il appartient à un jeune homme qui semble avoir notre âge, les cheveux bruns, le regard anxieux derrière ses lunettes à monture noire.

« Est-ce que vous me recevez... ? répète-t-il. Il faut que vous quittiez le Parloir et que vous descendiez dans le compartiment pour que nous puissions communiquer... Est-ce que vous me voyez ?... »

Les filles autour de moi répondent par une explosion de cris :

« Oui ! Oui, mille fois oui ! s'exclament-elles comme si, en hurlant plus fort, elles pouvaient abolir la latence de communication avec la Terre. On est descendues ! On vous entend ! On vous voit ! »

Quelque chose m'empêche de partager leur joie, la peur sans doute d'être à nouveau trompée.

« Attendez..., dis-je. C'est peut-être un piège. Nous ne savons pas qui est ce garçon. Regardez derrière lui : ce sont les jardins de la villa McBee... »

Les hurlements cessent d'un seul coup, remplacés par un silence chargé de tension. Mais le jeune homme sur les écrans, lui, continue de parler, comme s'il devinait mes pensées à distance.

« ... vous entendrez cet appel trois minutes après que je l'ai émis, dit-il. Et je me doute que les organisateurs du programme le recevront aussi, dans leur QG, puisque cap Canaveral et la villa McBee sont connectés au sein

ACTE I

du réseau sécurisé Genesis. Alors, nous devrons fuir avant qu'ils ne nous fassent arrêter... »

Fuir ?

Nous ?

Un deuxième visage se profile derrière le jeune homme. C'est celui d'une jeune fille au teint si blanc, aux cheveux si pâles, qu'elle semble se confondre avec les jardins enneigés, comme si elle en était l'incarnation vivante.

« Harmony..., murmure Liz. On dirait Harmony McBee... »

Elle a raison.

Ces yeux vert d'eau n'appartiennent qu'à deux personnes sur Terre : la productrice exécutive du programme Genesis, et sa fille que nous avons brièvement rencontrée il y a plus d'un an lors de la petite réception donnée en notre honneur à la villa McBee, avant de retourner nous entraîner dans la vallée de la Mort.

« Qu'est-ce qu'elle fait ici, celle-là ? demande nerveusement Kelly. La petite fille chérie de Serena, qu'elle couve comme une maman poule dans sa villa douillette, pendant qu'elle envoie les autres au casse-pipe... Excusez-moi les filles, mais perso, j'ai pas confiance. »

Les réticences de Kelly sont compréhensibles. La seule fois où nous avons vu Harmony, elle est restée dans l'ombre de sa mère pendant tout l'après-midi. Comme son reflet. Ou comme son ombre. Une ombre si discrète que personne ne la voit : telle une rock-star, Serena nous a expliqué qu'elle voulait tenir sa fille à l'abri des dangers de la célébrité, et que nul ne connaissait son existence à part une poignée de domestiques et d'amis proches. Elle nous a affirmé qu'elle avait pris la décision de nous la présenter parce qu'elle nous considérait, nous aussi, comme ses propres enfants – le pire, c'est que je l'ai crue à l'époque.

« Nous venons de vous voir quitter le Parloir pour gagner la salle de gym : c'est donc que vous nous avez entendus ! s'exclame soudain le jeune homme aux lunettes à monture noire. Peut-être même que vous nous avez répondu, mais nous ne le savons pas encore... » Il jette un coup d'œil fébrile à sa montre, puis reprend aussitôt : « ... les trois minutes qui nous séparent sont incompressibles, alors il faut faire avec. Vous avez sans doute reconnu Harmony McBee, sur les écrans. Et mon propre visage vous dit peut-être quelque chose. Je suis Andrew Fisher, le fils de Sherman Fisher, le responsable Communication de Genesis. »

Safia pousse une exclamation :

« Oui ! confirme-t-elle. Il ressemble à mon ancien instructeur, qui est mort au début de l'été ! Je ne savais même pas qu'il avait un enfant de notre âge. Le fils de Sherman et la fille de Serena... ça paraît impossible à croire, et pourtant ils sont devant nous... »

Une pensée acide me transperce : ils sont là sur l'écran, serrés l'un contre l'autre – les enfants de ceux qui nous ont bafoués, trompés, condamnés. Ils sont bien en sécurité sur Terre, papa et maman se sont bien gardés de les envoyer en mission ! Tu m'étonnes ! Tandis que nous sommes perdus au fond de l'espace, suspendus sur un fil entre la vie et la mort. Je sens une boule de colère se former dans mon ventre. Mais, au moment où cette bombe va exploser, la jeune fille à l'écran entrouvre ses lèvres pâles et, pour la première fois, s'adresse à nous :

« Je ne sais pas ce que nos parents vous ont fait, mais je vous en implore, ne nous en veuillez pas, dit-elle d'une voix tremblante, lançant sa prière à travers le vide de l'espace. Nous ignorons pourquoi les responsables du programme vous maintiennent hors antenne depuis deux heures. Nous n'avons aucune idée du secret qu'ils tentent de cacher à la Terre entière, nous y compris. Vous savez, il y a une chose que je viens de réaliser. Contrairement à ce qu'on m'a laissé croire pendant des années, même si je lui ressemble comme deux gouttes d'eau, que je porte son nom et ses armes, je... je ne suis *pas* ma mère. Et Andrew n'est *pas* son père. Pas plus que vous n'êtes les parents qui vous ont abandonnés ou rejetés dans le passé. »

L'argument me touche en plein cœur. La seule idée que je puisse un jour laisser mon propre enfant dans une poubelle me paraît tellement écœurante, tellement révoltante que j'en ai le souffle coupé. Non, je ne suis pas comme mes parents dont je n'ai aucun souvenir, et je ne le serai jamais ! Personne ne devrait porter le poids des crimes commis par les siens. Pas même la fille de l'être le plus abject à avoir jamais foulé la surface de la Terre.

« Pendant des mois, avant de mourir, mon père m'a tenu à distance comme un étranger, ajoute Andrew, poursuivant la plaidoirie de son étrange voisine. Pendant des années, à la villa McBee, la mère d'Harmony l'a maintenue enfermée comme une prisonnière. Nous n'en pouvons plus de ce silence. C'est par effraction que nous nous sommes introduits dans le bureau de Serena. Nous devons comprendre le secret inavouable qui se cache au cœur du programme Genesis. De quoi nos parents nous ont-ils tenus à l'écart ? Pourquoi l'émission a-t-elle été interrompue ? Connaissez-vous les réponses à ces questions ? – ah, quelle torture de ne pouvoir communiquer avec vous en direct ! Si vous savez quelque chose, je vous en supplie, dites-le-nous ! »

N'y tenant plus, Fangfang lève son bras vers le dôme noir de la caméra embarquée, qui filme en continu. Elle tient toujours le téléphone portable dans sa main.

« Attends ! hurle Kris. Ils ont l'air sincères, mais si nous révélons le rapport Noé à quiconque, Serena dépressurisera la base ! »

À peine a-t-elle prononcé ces mots qu'elle se couvre la bouche de la main, comme pour les ravaler. Mais il est trop tard. Sous le coup du stress, elle en a trop dit. Ses paroles voyagent déjà à travers l'espace, jusqu'aux mystérieux intrus de la villa McBee, et rien ne peut les effacer.

« Il est 13 h 35..., gémit Liz, les yeux rivés sur sa montre. Plus que sept minutes pour répondre à Serena... »

PHOBOS[2]

Plus que sept minutes... Ce compte à rebours, qui devrait me glacer d'effroi, ne me fait ni chaud ni froid. Parce que quelque chose en moi a décidé que l'on pouvait se fier à nos interlocuteurs. Parce que une fois de plus, dans la partie de poker qui nous oppose à Serena McBee, les cartes sont sur le point d'être redistribuées.

Je me tourne d'un bond vers le dôme de la caméra, et mes yeux me piquent, et ma gorge me brûle, et les mots se bousculent sur mes lèvres comme s'ils voulaient tous sortir en même temps :

« Moi, je veux vous croire !... Non, mieux que ça, je vous crois ! Je vous crois vraiment, totalement, absolument ! »

Ça y est, je pleure.

Je pleure à chaudes larmes, mais ce n'est pas de la faiblesse, ni de l'abattement, ni aucune de ces raisons pour lesquelles je me suis si souvent interdit de pleurer tout au long de ma vie.

Ces larmes, c'est une force qui jaillit du fond de moi comme un geyser, comme un volcan.

Je reprends mon souffle et j'oblige les mots à défiler dans le bon ordre, pour m'adresser aux autres filles de manière intelligible :

« On prétend être différents des monstres qui ont signé notre arrêt de mort sans même nous connaître, pas vrai ? Mais quels monstres on serait, si on condamnait d'avance ces deux-là, alors qu'on ne les connaît même pas ? Est-ce que nos bourreaux nous ont rendus méfiants au point de ne pas reconnaître nos semblables ? au point de confondre les loups et les agneaux ? Regardez-les, bon sang ! »

Je pointe le doigt sur l'écran le plus proche, au-dessus du tapis de course.

« Regardez-les... », je répète doucement.

Les filles s'approchent de l'écran. Leurs propres visages se reflètent sur la surface lisse de l'écran, se mêlent à ceux des deux intrus qui nous contemplent sans nous voir vraiment, puisqu'ils ne peuvent percevoir que l'image de celles que nous étions il y a trois minutes.

Le front pâle d'Andrew Fisher se plisse soudain. Il répète du bout des lèvres nos premières répliques, qui sont enfin parvenues jusqu'à lui et qui dessinent peu à peu les contours du terrible secret qu'il est venu chercher en s'introduisant dans le bureau de Serena.

« *Envoyer les autres au casse-pipe ?... Dépressuriser la base ?...*, balbutie-t-il. C'est bien ça que Kelly et Kirsten ont dit ?... Je ne comprends pas... Ou plutôt si, j'ai peur de trop bien comprendre... Oh, mon Dieu ! »

Le temps nous glisse entre les doigts à toute vitesse, comme du sable, mais nulle ne cherche plus à l'arrêter.

« Ils sont comme... nous », murmure Safia dans un filet de voix, après un silence qui semble avoir duré une éternité.

Ses beaux yeux noirs se mettent à couler, traçant de fins sillons de khôl sur ses joues.

« On les a trompés, eux aussi..., dit Liz.

— On leur a menti, à eux aussi..., ajoute Kris.

— Vous voulez dire qu'ils se sont fait méchamment entuber ! rugit Kelly. Bienvenue au club ! »

Soudain, un sourire illumine le visage d'Andrew, chassant l'angoisse pour un instant : il vient d'entendre les mots que j'ai prononcés il y a plusieurs minutes ; il vient de voir couler mes larmes.

« Léonor ? dit-il en approchant sa main de la caméra dans un geste émouvant, comme s'il essayait de m'atteindre par-delà l'abîme qui nous sépare. Léonor, vous nous croyez ? Oh, merci ! Merci ! Nous ne sommes pas responsables de ce qui vous arrive, je vous le jure ! Est-ce que les autres prétendantes nous croient, elles aussi ?

— Je pense qu'elles vous croient..., dis-je en touchant la main d'Andrew, sur l'écran au-dessus du tapis de course. Pas vrai, les filles ? »

Mes camarades hochent la tête.

« Est-ce qu'elles nous croient ? répètent Andrew et Harmony, la voix vacillante, les yeux brillants, maintenus dans l'expectative par la cruelle latence de communication, sans savoir que nous leur avons toutes déjà répondu. Il faut qu'elles nous croient, car nous sommes comme elles ! Nous n'avons pas de vaisseau, pas de fans, pas de Trousseau. Mais nous sommes, nous aussi, écœurés par ce que nos aînés nous laissent en héritage. Même si nous nous trouvons à l'autre bout du système solaire, nous sommes avec vous en ce moment ! Dites-nous tout ce que vous savez et, de notre côté, nous ferons tout pour vous aider !

— Andrew, Harmony, écoutez bien mes paroles, que vous recevrez quand j'aurai déjà quitté cette pièce, dis-je en fixant la caméra, essuyant mes larmes. Oui, il y a une vérité horrible, et nous allons vous la dire. Oui, nous sommes en danger de mort. Oui, nous comptons sur vous. Votre vaisseau, ce sera tous les véhicules qui vous permettront de fuir le plus loin possible de Serena McBee. Vos fans, ce sera nous, les douze du programme Genesis. Votre Trousseau, ce sera notre reconnaissance infinie et, peut-être, le triomphe de la vérité au bout de l'aventure. Il y a encore deux rôles à pourvoir dans notre équipage. Douze plus deux égale quatorze : vous serez nos responsables Survie. Parce que vous pouvez vraiment nous sauver la vie. Les gens de Genesis feront tout pour vous museler, de la même manière qu'ils ont tout tenté pour nous faire taire. La différence, c'est que vous n'êtes pas à leur merci, enfermés dans une prison à l'autre bout de l'espace. Vous êtes libres. Faites tout pour le rester, je vous en conjure. Et si un jour nous mourons, révélez au monde ce que nous allons maintenant vous révéler. »

J'adresse un signe de tête à Fangfang, qui tient toujours le téléphone portable dans ses mains tremblantes :

« Tu peux leur montrer les pages du rapport Noé, Fangfang. Tu peux leur expliquer que nous avons vingt-deux mois avant la prochaine Grande Tempête. Moi, je monte au

Parloir pour donner notre réponse à Serena : c'est l'heure. Pardon pour les hésitations, les filles. Cette fichue Machine à Certitudes était un peu rouillée. Mais maintenant, elle s'est enfin débloquée, et elle vote pour descendre. Nous irons tous sur Mars – et avec un contrat *Sérénité* digne de Karmafone, s'il vous plaît ! »

11. Contrechamp
BUNKER ANTIATOMIQUE, BASE DE CAP CANAVERAL
SAMEDI 9 DÉCEMBRE, SEPT MINUTES PLUS TÔT, 13 H 35

« Qu'est-ce qui se passe ? L'ultimatum va bientôt arriver à expiration et ils n'ont toujours pas donné leur réponse. Pourquoi est-ce qu'ils quittent tous le Parloir ? »

Soufflant comme un bœuf, Gordon Lock titube en direction du mur digital qui retransmet les images de l'espace avec trois minutes de retard. Autour de lui, tous les alliés du silence sont debout : il leur est impossible de rester assis, dans l'état de tension extrême où ils se trouvent.

« Regardez ! s'écrie Odette Stuart-Smith de sa voix perçante. Les écrans de la salle de gym sont allumés ! Est-ce que nous sommes retransmis dans le *Cupido* en ce moment ? »

Tels des spectres hagards, les conjurés rejoignent lentement Serena McBee au pied du mur digital. Et se rendent compte que ce n'est pas le bunker qui apparaît sur les écrans au-dessus des vélos et des tapis de course.

« Ça ressemble aux jardins de votre villa, Serena…, balbutie Geronimo Blackbull. Qui est ce binoclard, à l'écran ?…

— Je le reconnais, couine la responsable Planétologie. C'est Andrew Fisher, le fils de Sherman. Et il n'est pas seul. Regardez… Il y a quelqu'un derrière lui… »

Le docteur Montgomery, d'ordinaire imperturbable, laisse échapper un « Oh ! » de stupéfaction.

« Serena ! dit-il en agrippant le bras de la directrice exécutive. On dirait... on dirait... votre fille ! »

Serena McBee accuse trois secondes de silence, comme si l'information ne parvenait pas à monter à son cerveau. La première seconde, une onde de doute lui parcourt le visage ; la deuxième seconde, quelque chose qui ressemble à de la peine fait briller ses yeux ; mais au terme de la troisième, ses traits se figent à nouveau en un masque de froide détermination.

Elle arrache son bras des mains du docteur Montgomery :

« Vous vous trompez, Arthur, lui jette-t-elle d'une voix glaciale. Vous avez cru reconnaître Harmony, mais ce n'est pas elle.

— Vous en êtes bien certaine... ? insiste le médecin. La ressemblance est frappante...

— Ma fille ne trahirait jamais sa mère d'une telle façon ! » coupe Serena.

Elle appuie sur la broche-micro en forme d'abeille épinglée au col de son tailleur.

Ses ordres fusent aussi rapidement que des balles de revolver.

« *Serena à Balthazar.* Je répète : *Serena à Balthazar.* Deux malfaiteurs se sont introduits dans mon bureau à la villa McBee. Un garçon à lunettes et une fille qui s'est grimée pour ressembler à Harmony. Ce sont des criminels dangereux, entrés chez moi par effraction. Il faut les mettre hors d'état de nuire. Légitime défense. La loi nous y autorise. Abattez-les tous les deux, *je le veux !* »

Serena relâche sa broche.

Les autres alliés du silence la dévisagent sans oser la questionner.

Elle, elle ne regarde que le mur digital devant elle, aussi immobile que si elle était morte.

ACTE I

Soudain, une flamme rousse traverse l'écran, c'est Léonor qui se jette sur l'échelle du compartiment, disparaît de la fenêtre branchée sur la salle de gym des filles, et réapparaît sur celle qui filme le Parloir. On dirait un minuscule feu follet face à une écrasante statue, une géante de glace.

« *Écoutez-moi, Serena, dit la jeune fille en fixant la caméra, haletante et en nage d'avoir couru. Vous recevrez ce message quelques minutes avant le redémarrage de la chaîne. Nous avons pris notre décision. La décision d'aller sur Mars.* »

La poitrine de Léonor se soulève par à-coups. Elle est manifestement bouleversée par la situation, par le fait d'être la porte-parole du choix des douze passagers. Un feu colore ses joues mouchetées de son ; ses boucles rousses collent à ses joues, brillantes de sueur ; les larmes ont laissé des sillons au coin de ses paupières. Mais, si grande que soit son émotion, elle fait son possible pour rester maîtresse d'elle-même : ses yeux mordorés ne cillent presque pas. Ils regardent la caméra bien en face, pupilles dilatées par la fatigue et par l'excitation.

« *Nous avons décidé d'aller sur Mars, reprend-elle, mais pas selon vos conditions. Selon les nôtres. Descendre en remettant aveuglément nos existences entre vos mains, c'est une idée insupportable. Mais descendre en sachant qu'à l'instant où nous mourrons, le secret du rapport Noé sera révélé au monde entier, c'est une idée beaucoup plus douce. Vous et vos alliés n'êtes plus les seuls Terriens à en connaître l'existence. Il y a deux autres cartes dans le jeu. Deux atouts. Et ils ne sont pas dans votre main.* »

Léonor inspire profondément, telle une nageuse qui prend un dernier souffle avant une longue apnée, sans savoir quand elle pourra respirer à nouveau. Elle paraît soudain si fragile, et si jeune !

« *Vous aimez les marchés, les pactes, les contrats, commence-t-elle en s'efforçant de maîtriser le tremblement de sa voix. Eh bien, ouvrez grand vos oreilles, Serena, car voici nos conditions...* » Elle bute sur les mots, hésite, se reprend : « *... non, plutôt devrais-je dire, voici vos obligations. Voici... le contrat Sérénité.* »

13. CONTRECHAMP
BUNKER ANTIATOMIQUE, BASE DE CAP CANAVERAL
SAMEDI 9 DÉCEMBRE, 13 H 50

« A LORS ? DEMANDE GORDON LOCK, implorant Serena McBee du regard. Ils ont été neutralisés ? »
La directrice exécutive relâche la pression de son index sur sa broche-micro.

« Alors rien, je ne sais pas, dit-elle d'une voix sourde. Balthazar ne répond plus. Il est pourtant sous hypnose, conditionné mentalement comme chaque membre de mon personnel, et devrait accomplir le moindre de mes ordres avec la précision d'une machine. »

Les alliés du silence n'ont guère le temps de se lamenter ; déjà, une inscription rouge clignotante apparaît en haut du mur digital, répandant des lueurs incendiaires dans le minuscule bunker :

APPEL ENTRANT DEPUIS LA SALLE DE MONTAGE

Serena pose son doigt sur la surface lisse ; la fenêtre retransmettant la salle de montage à la surface de cap Canaveral apparaît aussitôt. Samantha est là, fidèle au poste... mais elle n'est pas seule. Des centaines de gens ont envahi le sanctuaire du programme Genesis, y semant le chaos le plus total – adolescents et personnes âgées ; voyageurs solitaires et familles entières ; supporters vêtus de pied en cap aux couleurs du programme et inconnus venus en habit ordinaire, en costume, en survêtement – dans l'état où la suspension soudaine de la chaîne Genesis les a trouvés.

« Quand les assaillants ont franchi les derniers remparts, les gardes ne se sont pas résolus à tirer..., s'excuse Samantha. Ces particuliers ne sont pas armés. Ils sont juste malades d'inquiétude à propos des prétendants... à propos de *vous,* madame McBee. Les réseaux sociaux se sont enflammés. Le bruit y court que vous avez été victime d'une crise cardiaque en plein montage. Que vous êtes raide morte. Certains prétendent que le message posté sur la chaîne n'était pas de votre main. Les théories du complot les plus folles commencent à circuler, on entend parler de la CIA, du KGB, des Illuminati... Face à ces rumeurs, la Maison Blanche elle-même ne sait plus sur quel pied danser et nous harcèle de questions à propos de la nouvelle vice-présidente. Madame McBee, les vingt minutes supplémentaires que vous avez réclamées, et que nous avons annoncées sur la chaîne, sont écoulées. Si nous différons davantage, je ne réponds plus de rien. Allons-nous pouvoir reprendre la diffusion ? »

Un jeune Black d'une vingtaine d'années, habillé d'un blouson rouge et d'une casquette assortie siglée *Mario's Pizza,* entre brusquement dans le champ.

« J'ai pas rêvé, mademoiselle ? s'écrie-t-il. Vous êtes bien en train de parler à Serena McBee ? J'étais en train de livrer une pizza à Port Canaveral quand le show s'est arrêté. Du coup, j'ai laissé tomber ma course et je me suis précipité ici, la peur au ventre.

— Monsieur, je vous en prie..., tente de se défendre l'assistante, vous n'avez pas le droit d'être ici... »

Mais il est impossible de contenir la joie communicative du jeune livreur de pizzas.

« Hé, les gens, écoutez ça ! s'écrie-t-il avec un sourire lumineux comme un soleil. C'était pas du bluff, Serena est encore vivante, et elle va sauver les prétendants, le vaisseau, le programme tout entier ! »

Une clameur de soulagement balaie les protestations de Samantha comme des fétus de paille :

« Hourra ! Vive Serena ! »

Dans le bunker, c'est la consternation, contrastant violemment avec la liesse qui s'étale à l'écran.

« Bien. Le moment est vraiment venu de repasser à l'antenne, annonce Serena. Samantha a raison : nous ne pouvons plus attendre. Nous n'avons pas le choix.

— Repasser à l'antenne ? s'étrangle Gordon Lock. En sachant que deux individus se promènent dans la nature avec une copie du rapport Noé ?

— Quand je repense à ce petit fouineur d'Andrew Fisher, à ses pleurnicheries ridicules à l'enterrement de Sherman ! gémit Odette Stuart-Smith en se tordant les mains. Engeance du démon ! Nous n'avons échappé au père que pour terminer entre les griffes du fils !

— Cette fois, c'est vraiment la fin, conclut sombrement Geronimo Blackbull. Les trois obligations que cette diablesse rousse nous impose sont un véritable diktat : *Couverture, Transparence, Assistance* ! Et pourquoi pas *Petit déjeuner au lit*, pendant qu'elle y est ! – il émet un rire amer, discordant comme le coassement d'un corbeau. Notre intérêt, à l'origine, c'était qu'ils crèvent pour ne jamais parler, et maintenant c'est qu'ils vivent le plus longtemps possible sur Mars ! Le kamikaze programmé par Serena ne nous est plus d'aucune utilité ; au contraire, il ne faut surtout pas le faire passer à l'action. Mais ne vous y trompez pas, même sans kamikaze, les prétendants finiront par mourir quand les habitats les lâcheront, et alors ce foutu rapport sera porté à la connaissance du public. Nous sommes faits comme des rats ! »

Comme à son habitude, Archibald Dragovic se contente de rouler ses yeux de fou, sa blouse secouée par un frémissement nerveux.

Serena esquisse un petit sourire gêné.

« Je reconnais que la situation est pour le moins inconfortable, concède-t-elle du bout des lèvres. Et j'en prends ma part de responsabilité, en tant que capitaine de cette expédition. *Faits comme des rats*, dites-vous, Geronimo ? Mais, quand vient le naufrage, les rats ont toujours la possibilité de quitter le navire, n'est-ce pas ? Seul le capitaine est obligé de rester à bord. »

La directrice exécutive appuie ses paroles d'un regard adressé à chacun des alliés du silence.

« Dans quelques instants, je vais reprendre l'antenne, continue-t-elle. Mais vous, mes amis, vous pouvez prendre la poudre d'escampette si vous le souhaitez. Le jet d'Atlas, qui attend toujours sur la piste de cap Canaveral, est à votre disposition. Vous avez entendu comme moi : les prétendants ont décidé de descendre sur Mars. Atlas Capital va virer nos bonus sur nos comptes bancaires dès l'atterrissage des capsules sur le sol martien, dans quelques heures, comme c'était prévu. Avec ces dizaines de millions de dollars, vous devriez pouvoir acheter l'asile politique dans le pays de votre choix. Honduras, Panama, Guatemala, Salvador, Nicaragua... Vous n'aurez qu'à piocher entre ces destinations de rêve, pour une retraite anticipée sous les cocotiers : l'Amérique centrale n'est pas loin de la Floride et recèle de petits États sans le sou, exclus de fait de la conquête spatiale. Un peu plus loin il y a l'Afrique, où Arthur Montgomery a ses entrées, étant donné qu'il a sillonné le continent noir dans tous les sens au cours de ses safaris. Bref, je suis certaine que vous trouverez un pays de cocagne pour vous accueillir à bras ouverts, surtout si vous y mettez le prix ! »

À ces mots, Serena sort un poudrier de son sac à main en python, pour unifier son teint que les récents événements ont légèrement brouillé.

Le directeur Lock écarquille grand les yeux :

« Vous voulez dire... que vous allez vous sacrifier... pour couvrir notre fuite ? demande-t-il en articulant chaque syllabe.

— Oui, mon cher, répond Serena sans cesser de se repoudrer le nez. Vous pouvez dire ça comme ça, avec votre fameux sens du mélodrame. *Je vais me sacrifier pour vous.* Mais ne restez pas plantés là : restez ou partez, car le temps presse.

— C'est que…, fait Gordon Lock, à court de mots. Je ne m'attendais pas… Merci, Serena.

— Il n'y a pas de quoi. Et tenez, tant que vous y êtes, prenez ceci. Ça pourra vous servir à persuader le pilote du jet de suivre la destination que vous aurez choisie, s'il se montre récalcitrant. »

Avec désinvolture, Serena fait claquer le boîtier de son poudrier et le range dans son sac, pour en extraire un revolver qu'elle tend au directeur Lock. Ce dernier s'en empare en balbutiant des remerciements. Puis il rassemble prestement ses affaires dans sa serviette de cuir, aussitôt imité par Odette Stuart-Smith, Geronimo Blackbull et Archibald Dragovic. Seul Arthur Montgomery reste debout au pied du mur digital, droit comme un piquet.

« Pas envie de partir en safari, Doc ? demande Geronimo, tandis que Gordon appuie sa large face dégoulinante de sueur contre le boîtier d'identification rétinienne qui commande la porte du bunker.

— Je ne suis pas un rat, s'indigne le médecin. Si les safaris m'ont appris quelque chose, c'est que l'homme domine la pyramide du règne animal. J'ai le sens de l'honneur, moi ! »

L'instructeur en Ingénierie hausse les épaules, rabat une mèche de cheveux noirs et rêches derrière son oreille.

« L'honneur ? coasse-t-il de sa voix de fumeur impénitent, sourire en coin sur ses lèvres sèches. Je ne suis pas sûr que ce soit très sain, par les temps qui courent. Mais après tout, la santé, c'est votre rayon, Doc ! »

Il s'enfonce dans l'étroit couloir éclairé au néon, vers l'ascenseur qui mène à la surface.

Acte II

14. Chaîne Genesis
SAMEDI 9 DÉCEMBRE, 13 H 59

> Reprise d'antenne dans 30 secondes...
> 29 secondes...
> 28 secondes...
> 27 secondes...

15. Hors-Champ
HÔTEL CALIFORNIA, VALLÉE DE LA MORT
SAMEDI 9 DÉCEMBRE, 13 H 59

« Monsieur Bill, c'est un miracle ! »

Cindy, la serveuse du petit hôtel California accroché au bord de la route 190, essuie ses mains sur son tablier et se précipite sur le téléviseur pour augmenter le volume.

« Qu'est-ce qu'il y a, mon petit ? marmonne le vieil homme installé derrière le bar, sans lever son regard fatigué du journal qu'il est en train de lire.

Les pales du ventilateur fixé au plafond soulèvent ses rares mèches grises et font frissonner les bords du journal.

« Il y a quelqu'un pour une chambre ? En cette saison, avec la crise, ce serait un miracle en effet...

— Hey ! s'écrie Cindy en pointant l'antique écran cathodique. La chaîne Genesis va reprendre ! Nous allons enfin retrouver les prétendants et les prétendantes ! »

Le tenancier redresse la tête, ses yeux s'écarquillent derrière ses paupières lourdes et se mettent à briller :

« Mais oui, mon petit ! s'exclame-t-il. On dirait que vous avez raison ! »

Au fond du restaurant, les deux uniques clients laissent retomber leurs fourchettes sur leur chili con carne – le plat du jour, un surgelé Eden Food, car on ne peut tout de même pas se permettre de cuisiner frais quand on a si peu de passage. Ce sont des camionneurs tout en masse, des forçats de la route couverts de sueur et de la poussière rouge de la vallée de la Mort ; mais leurs yeux brillent autant que ceux de monsieur Bill et de Cindy ; en cet instant, devant le vieux téléviseur où défilent les chiffres, les voilà redevenus les petits garçons qu'ils étaient jadis, émerveillés.

« J'ai eu tellement peur ! dit Cindy en se tordant les mains. Tellement peur ! J'ai cru que nous avions perdu les prétendants et les prétendantes à jamais. Je ne m'en serais pas remise. Mais maintenant, Dieu soit loué, tout va rentrer dans l'ordre. »

Elle pousse un premier soupir de soulagement, puis un second, de regret :

« Comme je voudrais être à cap Canaveral demain soir, pour assister à la cérémonie de mariage en duplex avec Mars... »

Monsieur Bill abat son poing sur le comptoir.

« Eh bien, allez-y, mon petit ! » s'exclame-t-il avec un grand sourire.

Cindy le regarde d'un air étonné :

« Monsieur Bill ?

— On ne vit qu'une fois, Cindy ! Je vous donne votre journée, et la suivante, et celle d'après aussi ! Faites votre valise ! Vite ! Il est encore temps de sauter dans un avion ! » Il se tourne vers la salle et hèle les camionneurs : « Messieurs, y aurait-il un gentleman parmi vous pour escorter une demoiselle jusqu'à l'aéroport ? »

16. Chaîne Genesis
SAMEDI 9 DÉCEMBRE, 13 H 59

Reprise d'antenne dans 23 secondes...
22 secondes...
21 secondes...
20 secondes...

17. Hors-Champ
GRILLES DE LA VILLA MCBEE, LONG ISLAND, ÉTAT DE NEW YORK
SAMEDI 9 DÉCEMBRE, 13 H 59

Un coup de klaxon retentit, perforant le rideau de silence et de neige qui tombe sur les Hampton, à quatre mille kilomètres de la vallée de la Mort. Quelques dizaines de voitures, camionnettes et camping-cars sont garés là, devant les grilles gelées de la villa McBee, où s'accrochent les fans les plus assidus du programme Genesis. On dirait un village dont les maisons se serrent frileusement les unes contre les autres pour mieux résister à l'hiver. De fins rubans de fumée s'élèvent des conduits d'évacuation des mobile-homes, au-dessus des toits blanchis. Derrière les pare-brise couverts de givre, on devine l'éclat tremblant des écrans allumés sur la chaîne Genesis.

Nouveau coup de klaxon, et cette fois-ci il vient de plusieurs véhicules à la fois.

Au troisième coup, c'est tout le village qui résonne ; tous les conducteurs appuient en cadence sur leur volant, marquant le compte à rebours avant la reprise du programme. Les sonneries s'élèvent à l'unisson vers le ciel lourd, une par seconde, comme un glas qui sonne au clocher, comme une prière universelle.

En cet instant solennel, nul ne prête attention au camping-car noir aux vitres teintées qui se dégage de la ronde et s'élance à pleins gaz sur la route envahie de tourbillons blancs.

18. Chaîne Genesis
SAMEDI 9 DÉCEMBRE, 13 H 59

Reprise d'antenne dans 18 secondes...
17 secondes...
16 secondes...
15 secondes...

ACTE II

19. Hors-Champ
PLACE DE TIMES SQUARE, NEW YORK CITY
SAMEDI 9 DÉCEMBRE, 13 H 59

Non loin du village improvisé des Hampton, la neige tombe aussi sur le cœur de la ville-monde. En dépit des frimas, la place de Times Square est toujours envahie par la foule qui s'y est massée deux heures plus tôt pour assister au dernier speed-dating.

Un million de visages bleuis par le froid sont tournés vers les écrans géants accrochés aux flancs des buildings de verre et d'acier, où défilent les derniers chiffres du compte à rebours.

Un million de bouches exhalent un nuage de vapeur et scandent d'une seule voix :

« Huit !... »
« Sept !... »
« Six !... »
« Cinq !... »

20. Chaîne Genesis
SAMEDI 9 DÉCEMBRE, 13 H 59

Reprise d'antenne dans 4 secondes...
3 secondes...
2 secondes...
1 seconde...

Ouverture au noir.

Plan fixe sur Serena McBee, assise dans son fauteuil de cuir capitonné. Elle sourit généreusement, dévoilant sa denture étincelante et parfaitement alignée. Son carré argenté est impeccable, comme si elle avait passé les deux dernières heures chez le coiffeur, tandis que le reste de la planète était plongé dans un abîme de doute, d'angoisse et de perplexité.

Serena : « Chers spectateurs, chères spectatrices, c'est un immense plaisir de vous retrouver enfin ! Vous m'avez manqué. Vous m'avez touchée. Tous ces témoignages de sympathie reçus sur les réseaux sociaux, ces marques d'affection, la peur que j'aie été victime d'un accident… Rassurez-vous, je suis bien vivante, prête à vous servir plus que jamais, et à servir nos courageux héros de l'espace. »

Le sourire de Serena s'élargit – ou se crispe ? – « Nos chers prétendants sont bien vivants, eux aussi. En doutiez-vous ? Et sur le point d'accomplir la dernière étape de leur fantastique voyage : la descente sur leur nouveau monde ! Qui ne serait pas ému devant une telle perspective, la plus vertigineuse jamais contemplée par l'Homme ? Nous le sommes tous ici sur Terre, derrière nos écrans – alors, imaginez là-haut, juste au-dessus de Mars ! Après cinq mois de retransmission en direct, la tension à bord du *Cupido* était à son comble. Oui, Léonor a eu un petit dérapage, mais que celui qui n'a jamais craqué lui jette la première pierre. Ne comptez pas sur moi pour le faire ! Oui, Léonor porte dans le dos une impressionnante cicatrice, mais en quoi est-elle responsable ? Je l'ai choisie malgré cette imperfection – qui n'en a pas ? Et je la choisirais encore aujourd'hui s'il le fallait ! Ces douze-là, c'est ma sélection, et je l'assume à cent pour cent. J'ai voulu passer le vaisseau un moment hors antenne, pour leur permettre de relâcher la pression, de se retrouver entre eux sans les caméras. Ne cherchez pas d'autre coupable à la suspension momentanée de l'émission, c'est moi, et moi seule. J'en prends l'entière responsabilité. »

Une vignette s'incruste à l'écran, sur la droite de Serena.
C'est une vue aérienne cernée de buildings, manifestement filmée par une caméra de télévision embarquée sur un drone, flanquée d'une surimpression en lettres rouges : Times Square, New York City, DIRECT LIVE.
« SERENA ! » hurle la foule en délire, illuminée par les écrans géants sur lesquels s'étale le sourire contrit de la productrice exécutive.
La caméra descend en piqué, fuse à quelques mètres au-dessus des milliers de bras qui brandissent des cartons griffonnés au marqueur, à la hâte : *Vous avez eu raison Serena ; On est tous avec vous ; L'Amérique est fière de vous.*

La vignette passe à une vue de Paris, tout aussi débordante de reconnaissance et d'enthousiasme.
Serena : « J'ai enfreint le règlement du programme Genesis, qui stipule que les caméras ne doivent jamais s'arrêter de filmer. Je vous ai privés de deux heures de spectacle, sans prévenir. J'ai pensé que les prétendants avaient besoin de repos avant le grand saut. La pression était trop forte pour eux, et comme on les comprend ! Deux heures de répit étaient le plus beau des cadeaux à leur faire. Je n'ai écouté que mon cœur. Je l'avoue. Quitte à vous décevoir. Quitte à perdre de l'argent en droits de diffusion. Si vous êtes en colère, chers spectateurs, chères spectatrices, c'est à moi que vous devez en vouloir, pas aux prétendants. »

Mais la vignette de Berlin, qui a succédé à celle de Paris, ne relaie aucune colère. Juste le soulagement explosif des fans affublés du fameux postiche en forme de couronne de nattes blondes, qui est devenu le signe de ralliement des supporters de Kirsten ; jeune filles mais aussi grands-mères, hommes de tous âges et enfants le portent fièrement en criant leur joie.

Est-ce la vision comique d'un chihuahua affublé lui aussi de l'extravagante prothèse capillaire ? – Serena retrouve son sourire éclatant. Le même, en réalité, qu'elle affiche depuis le début de l'émission cinq mois plus tôt.

Serena : « La bonne nouvelle, c'est que ce moment de répit a porté ses fruits ! L'harmonie règne à nouveau à bord du *Cupido*. Nos jeunes amis ont retrouvé toute leur sérénité et toute leur assurance : les qualités pour lesquelles ils ont été sélectionnés pour le programme Genesis. Retrouvons-les, sans plus attendre – générique ! »

Fondu au noir.

21. CHAMP
D + 160 JOURS, 00 H 31 MIN
[23ᵉ SEMAINE]

L'ÉCRAN PANORAMIQUE FACE À LA CHEMINÉE S'ALLUME D'UN SEUL COUP, laissant exploser l'espace étoilé du générique de Genesis.

Nous sommes redescendues à la salle de séjour, toutes les six avec Louve, pour la reprise de la chaîne. J'ai juste eu le réflexe de passer une serviette humide sur ma joue pour essuyer le sang séché et de coller un pansement à la va-vite sur mon arcade sourcilière. Pas le temps de faire des points de suture pour refermer ma peau déchirée. Ma robe de mousseline, elle aussi, attendra pour être reprisée ; pour parer au plus pressé, Kris a fait des nœuds avec les lambeaux afin de couvrir à peu près ma poitrine et mon épaule droite. Le reste de mon dos est encore découvert. Mais ce n'est pas ma peau nue qui me fait frissonner. Ce sont les notes de *Cosmic Love,* l'hymne officiel du programme Genesis, qui envahissent le compartiment comme au premier jour – oui, comme si rien ne s'était passé !

« *Six prétendantes d'un côté...* », annonce la voix préenregistrée qui jaillit de l'écran, pareille à celle d'un revenant d'outre-tombe.

Le *Cupido* apparaît. Il me paraît soudain si petit, si étriqué au milieu du vide interplanétaire. Un vrai piège à rats ! Et douze êtres humains ont été assez fous pour y embarquer !

Mais n'est-ce pas encore plus fou de descendre sur Mars ? susurre à mon oreille la voix de la Salamandre, qui se réveille seulement maintenant.

Elle est restée muette pendant les délibérations avec les autres prétendants, muette encore dans le bouillonnement de la réflexion, quand chacun donnait son avis et qu'il fallait décider. Mais à présent que la décision a été prise, maintenant que tous se sont tus, elle parle enfin. J'ai beau savoir que nous avons fait le bon choix, que nous avons sur Terre deux alliés prêts à dénoncer Serena McBee si elle ne respecte pas ses trois obligations, je ne peux m'empêcher de douter. Surtout quand je vois apparaître à l'écran les six silhouettes des prétendantes, nos propres portraits shootés avant le début du voyage, rayonnant de joie, de naïveté... de bêtise !

Titrage : Fangfang, Singapour (Planétologie)

Titrage : Kelly, Canada (Navigation)

Titrage : Safia, Inde (Communication)

Titrage : Elizabeth, Royaume-Uni (Ingénierie)

Titrage : Kirsten, Allemagne (Biologie)

Titrage : Léonor, France (Médecine)

Je jette un coup d'œil nerveux aux filles, serrées les unes contre les autres devant l'écran. Leurs visages livides n'ont plus rien à voir avec ceux du générique, quand elles croyaient vivre le rêve de leur vie. Parce que, maintenant, elles se sont réveillées. Et elles savent que la mort les attend au tournant.

« *Six prétendants de l'autre côté...* », annonce la voix off.

Le compartiment des garçons remplace celui des filles à l'écran. Les six silhouettes des prétendants défilent à toute allure, bien alignées comme des condamnés au peloton d'exécution.

Titrage : TAO, CHINE (INGÉNIERIE)
Titrage : ALEXEÏ, RUSSIE (MÉDECINE)
Titrage : KENJI, JAPON (COMMUNICATION)
Titrage : MOZART, BRÉSIL (NAVIGATION)
Titrage : SAMSON, NIGERIA (BIOLOGIE)
Titrage : MARCUS, ÉTATS-UNIS (PLANÉTOLOGIE)

Marcus...

Mon Marcus...

Le garçon que je croyais si bien connaître, après seulement quelques séances au Parloir... En fait, je ne le connais peut-être pas du tout. Et si cette chose magique que j'ai cru sentir entre nous n'était qu'une illusion, comme le reste du programme, comme la maquette de vaisseau dans le générique, comme ces silhouettes de maison de poupée, découpées en deux dimensions ? A-t-il vraiment voté pour faire demi-tour afin de me laisser choisir sans m'influencer, ou bien...

(... *est-ce qu'il a lui-même été pris d'un doute sur le fait de passer le reste de ses jours avec une fille mutilée ?*)

Je serre les poings dans les plis de ma robe de mousseline, jusqu'à ce que mes ongles s'impriment dans mes paumes.

Marcus m'a acceptée comme je suis, j'en suis certaine !

Il a gravé mon nom dans sa peau, après avoir vu ma cicatrice !

Je ne laisserai pas la Salamandre gâcher ce que nous avons !

Les voix de Jimmy Giant et de Stella Magnifica, les interprètes de *Cosmic Love*, engloutissent mes pensées dans le

ACTE II

crescendo final du générique, tandis qu'apparaît à l'écran le logo-fœtus du programme Genesis. Avant, il ne me gênait pas plus que ça. Mais maintenant, en sachant tout ce que je sais, je le trouve horrible – un enfant mort avant d'être né, une mission avortée dès le départ, l'image macabre du programme Genesis lui-même. Beurk !

« *Nothing can stop our cosmic love*
Our cosmic love
Our cooosmic looove ! »

Le supplice du générique s'arrête enfin, ce qui ne m'apporte aucun soulagement car il est remplacé par un spectacle plus douloureux encore : le sourire de Serena McBee. Je n'y avais jamais pensé jusqu'à présent, mais aujourd'hui je trouve qu'il ressemble à une faucille. Oui, c'est comme cela que je le dessinerais : une longue faucille d'ivoire blanche et effilée, prête à faucher douze vies, le rictus de la Mort elle-même. Or je sais qu'il n'y a que moi et les autres passagers pour voir cela ; aux yeux des milliards de spectateurs, le sourire de Serena McBee est toujours celui d'une mamie gâteau plutôt sexy, un modèle de bienveillance et d'humanité – tout le contraire de ce qu'elle est vraiment.

« Mes chéries ! s'exclame-t-elle d'une voix qui me fait saigner les oreilles, tant sa douceur recèle le calcul et l'hypocrisie. Nous nous retrouvons enfin ! Quelle joie de vous voir à nouveau unies, toutes les six, après le petit différend qui vous a opposées. Une histoire de garçons, j'en suis sûre ! Mais dites-moi, pourquoi ces mines d'enterrement ? Vous vous faites du souci à propos du spectacle que vous avez donné de vous-mêmes, c'est cela ? Ne vous inquiétez pas, j'ai suspendu le show jusqu'à votre réconciliation. Vous pouvez retrouver le sourire. »

À l'intonation de Serena, je devine que ce n'est pas une phrase anodine, mais une consigne – il ne faut pas entendre « *vous pouvez* », mais « *vous devez* ». Les caméras enchâssées dans la paroi de la salle de séjour, braquées sur nous, détaillent nos mines grises, les sillons qu'ont tracés les larmes sur nos joues, nos fronts striés par le stress. Nous ne pouvons pas nous permettre de rester ainsi. À compter de cet instant, il nous faut devenir actrices de nos propres vies – feindre la joie quand nous ne ressentons que de l'angoisse, mimer l'insouciance quand notre seul moteur, désormais, sera la rage de survivre.

Je me concentre de toute mon âme pour forcer les commissures de mes lèvres à se soulever – j'ai l'impression que des poids de cent kilos y sont attachés de chaque côté.

Je retrousse mes lèvres pour dévoiler mes dents – il me semble que tous les muscles de mon visage se contractent dans une grimace affreuse.

C'est horrible, de transformer ainsi mon visage en masque, pourtant je n'ai pas le choix : il faut prendre exemple sur Serena, cacher ce que je ressens vraiment et, comme elle le dit avec un cynisme effroyable, « faire le show ».

« Merci pour votre compréhension, Serena », dis-je.

Ma voix sonne à mes propres oreilles comme un violon désaccordé, tellement fausse ! Tu dois faire mieux que ça, ma Léo. Il le faut.

« Vous avez raison, le moment est venu de nous réjouir, je poursuis, en forçant mon sourire à s'agrandir. Mais, en même temps, ce moment est si intense, si... intimidant. Nous sommes sur le point d'obtenir ce que nous avons toujours voulu, ce dont nous rêvons depuis des mois : Mars, et tout ce que cela représente. Nous avons, en quelque sorte, l'*obligation* d'être heureuses. »

J'insiste bien sur ce mot, *obligation,* en fixant la caméra, et à travers elle celle dont j'attends un signe qu'elle remplira sa part du contrat.

Puis je me tourne vers les autres prétendantes, qui me regardent comme si j'étais une extraterrestre.

« Pas vrai, les filles ? je lance d'une voix un peu trop enjouée, un peu trop forte. Ça nous fout un peu les

ACTE II

chocottes, les dernières Listes de cœur, le grand saut, les mariages... les nuits de noce. »

Kelly, la première, entre dans le jeu.

« Tu l'as dit, bouffi ! » s'exclame-t-elle en éclatant de rire – comment fait-elle pour *rire* dans de telles circonstances ? Où trouve-t-elle la force ? – « On va se retrouver face à six mâles en rut, qui vivent en cage depuis cinq mois : il va falloir sortir nos fouets pour les dompter, les filles ! »

Elle se remet à mâcher un chewing-gum avec entrain (ou avec rage), et Liz se déride à son tour :

« Oh, là, là, que d'émotions ! dit-elle en s'éventant avec sa main. Je n'arrive pas à croire que le plus beau jour de ma vie est arrivé ! »

L'énormité de ce mensonge est telle que, cette fois, nous éclatons toutes de rire. Un rire profond, sauvage, qui nous prend toutes les six et nous secoue comme des machines à laver en cycle d'essorage. Rien ne semble pouvoir arrêter ce rire qui nous tord le ventre, qui nous coupe le souffle, qui nous arrache des larmes brûlantes. Louve y mêle un aboiement saccadé, qui ressemble étrangement à une voix humaine. Les minutes s'écoulent. Six en tout, trois pour que les échos de ce pétage de plomb monstrueux descendent sur Terre, trois pour que la réaction de Serena remonte jusqu'à nous.

« Ah, voilà ! s'exclame-t-elle enfin sur l'écran panoramique. J'aime mieux ça ! »

Nous parvenons enfin à reprendre notre respiration, les unes après les autres, tandis que la productrice exécutive continue de dérouler sa tirade.

« Si cela peut vous rassurer, les *mâles en rut* sont aussi chamboulés que vous en ce moment, à l'idée de vous rencontrer en vrai. Et ils se sont eux aussi battus, à cause de vous. »

Quelle virtuosité dans le mensonge ! Si les garçons sont à bout de nerfs, ce n'est pas à l'idée de nous rencontrer : c'est parce qu'ils savent ce qui les attend sur Mars ;

si le poing de Mozart a laissé un large hématome sur la mâchoire d'Alexeï, ce n'est pas à cause de nous : c'est à cause du terrible choix que Serena leur a imposé. Mais cela, les spectateurs n'en sauront rien... tant que nous tiendrons notre langue.

« D'un point de vue psychologique, ces petits coups de sang étaient tout à fait normaux, et même nécessaires, précise Serena en se drapant dans son autorité de psychiatre. Ils ont permis à nos valeureux héros d'évacuer la tension accumulée au cours du voyage. Et quel voyage ! Le voyage du siècle, oui ! Mais maintenant que ces soucis bien compréhensibles sont derrière nous, le programme Genesis va reprendre son cours normal ; je m'y engage solennellement. Et je dirais même plus, je m'y engage par trois fois. S'il est vrai que les prétendants et les prétendantes, bénis des dieux, ont l'obligation d'être heureux, j'ai quant à moi la triple obligation de faire votre bonheur *à vous*, chers spectateurs.

« Premièrement, *Couverture* : je ne passerai plus jamais les prétendants hors antenne, pour que vous ne les perdiez jamais plus de vue.

« Deuxièmement, *Transparence* : je leur dirai tout ce qui se passe sur Terre en temps réel, pour qu'ils reçoivent tous vos messages d'affection sans délai.

« Troisièmement, *Assistance* : je leur fournirai à distance tout le soutien dont ils auront besoin, si une petite crise psychologique ou autre devait à nouveau avoir lieu dans le futur. À ce propos, les prétendants qui en feront la demande pourront bénéficier d'une consultation privée de quelques minutes avec moi dans le septième habitat, que j'ai renommé le *Relaxoir* pour l'occasion. Ces consultations seront privées, c'est là la première exception à mon engagement de *Couverture* ; la seconde exception concerne les nuits, torrides à n'en pas douter. Elles se dérouleront bien sûr hors caméra, intimité oblige. »

Serena souligne son discours d'un regard appuyé. Très ingénieux ! Et très faux ! Les spectateurs sont persuadés que la productrice exécutive de leur émission préférée prend un engagement vis-à-vis d'eux-mêmes, alors que c'est à nous que s'adressent ses dernières paroles. En reprenant point par point les trois obligations que je lui ai imposées, inspirées du contrat *Sérénité* de Karmafone, elle nous dit qu'elle a compris le deal et qu'il n'y aura pas d'arnaque. Elle n'a pas vraiment le choix : au moindre faux pas, Andrew et Harmony diffuseront les captures d'écran du rapport Noé.

« En résumé, je souhaite à nos amis de *très, très, très longues vies* sur Mars, conclut-elle en citant l'expression que j'ai moi-même utilisée lorsque nous étions toutes les deux en off. Ces longues et heureuses vies martiennes vont commencer dès demain, avec la formation des couples définitifs et leur descente jusqu'à la base de New Eden, où ils seront officiellement mariés. Jeunes gens, il vous reste une soirée et une nuit pour bien réfléchir à votre classement ultime, avant la publication des dernières Listes de cœur : demain à 11 h 00, comme tous les dimanches ! »

22. CONTRECHAMP
BUNKER ANTIATOMIQUE, BASE DE CAP CANAVERAL
SAMEDI 9 DÉCEMBRE, 14 H 10

SERENA MCBEE PRESSE SON DOIGT MANUCURÉ SUR LE BOUTON *OFF* du petit tableau de commande incrusté dans la table ronde, devant son fauteuil.

« Voilà, ces blancs-becs ont quelques heures devant eux à se tordre les méninges, pour établir leurs classements dérisoires... et nous allons mettre ce temps à profit pour agir.

— Nous ? » dit Arthur Montgomery.

C'est le dernier allié du silence encore présent dans le bunker antiatomique. Assis bien droit sur sa chaise, il ressemble plus que jamais à un mannequin de cire inexpressif.

« Oui, *nous*, répète-t-elle. Arthur, j'ai toujours su que je pouvais compter sur vous. Ce qu'il y a entre nous... est tellement fort.

— Je le crois aussi », balbutie Arthur Montgomery.

Sa fine moustache blanche frémit imperceptiblement. Ses yeux bleus luisent dans la lumière crue des spots halogènes.

« Les autres ont profité de la première opportunité pour fuir, continue Serena. Mais vous, vous êtes un homme, pas une mauviette. Vous êtes un chasseur de fauves, capable de regarder les lions dans les yeux sans ciller. Tandis que moi, derrière les apparences, je ne suis qu'une faible femme.

— Serena...

— Face à vous, Arthur, je peux tomber le masque. À vous et à vous seul, je peux le dire, je me sens si vulnérable, si fragile. Imaginez que l'un de nos anciens alliés décide de parler pour sauver sa peau, monnayant un témoignage qui m'accable auprès des tribunaux, en échange d'une immunité ? Cette pensée m'épouvante. Mais que pouvais-je faire ? Comment aurais-je pu les retenir ? Ils m'ont tous abandonnée, vous en avez été témoin, tous, sauf vous. »

La voix de Serena se brise, elle enfouit son visage dans ses mains et se met à sangloter :

« Oh, mon Dieu ! Je crois que je vais craquer !

— Serena ! »

Le médecin se lève brusquement, tremblant dans sa veste Genesis. Ses bras pendent, inutiles, le long de son corps rigide. Il ne sait pas ce qu'il doit faire devant cette femme qui s'effondre (du moins, en apparence). Il finit par poser maladroitement sa main sur l'épaule de la productrice exécutive, prostrée dans son fauteuil :

« Serena, mon amour... je vous en prie. N'ayez pas peur. Je suis là. Je ne permettrai jamais que quiconque vous fasse du mal. Ceux qui vous ont abandonnée sont des traîtres ! »

Serena lève vers lui un visage pétri d'angoisse –, autant que son botox le lui permet, ce qui se traduit chez elle par un léger froncement de sourcils.

« Des traîtres, vous le pensez vraiment ?

— Oui, de vils traîtres, qui ne méritent que la mort ! Je les étranglerais de mes propres mains, si je le pouvais ! »

Serena rajuste ses cheveux d'un geste élégant de la main. Ses pupilles cessent aussitôt de trembler, comme celles d'une tragédienne qui regagne les coulisses après sa tirade, et retrouvent leur acuité habituelle.

« Il y a peut-être un moyen de faire justice, dit-elle en sortant un boîtier de son sac à main.

— La télécommande de dépressurisation de la base martienne ? dit le docteur Montgomery, perplexe. Je ne comprends pas...

— Il ne s'agit pas de cela, le corrige Serena. Cette télécommande-là m'a aussi été donnée par Geronimo Blackbull, mais elle n'est pas en liaison avec Mars... »

Serena passe son ongle verni de vert sur le logo incrusté dans la coque de la télécommande, au-dessus du petit écran digital : RAPAX 5, peut-on lire en lettres capitales.

« L'un des drones de combat affectés à la défense de la base de cap Canaveral ! reconnaît Arthur Montgomery.

— Tout juste. Sauf que le drone qui répond à cette télécommande n'est plus dans la base depuis plusieurs jours. Je l'ai caché dans le cockpit du jet mis à ma disposition par Atlas, qui m'a amené de la villa McBee jusqu'ici. Pourquoi ? Parce que mon instinct me le disait. Et mon instinct, cher Arthur, ne me trompe jamais.

— C'est pour cela que vous avez encouragé les traîtres à fuir à bord du jet ! » s'exclame le docteur Montgomery en lissant nerveusement sa moustache.

Serena hoche la tête :

« Et c'est pour cela que j'ai donné mon revolver à Gordon Lock. Quand le drone, que je dirige à distance, tuera le pilote d'un tir laser et que l'avion s'abîmera en pleine mer, il suffira d'expliquer que le directeur technique du programme Genesis a été pris d'une crise de paranoïa aiguë. Regardez plutôt... »

Serena pianote sur le tableau de commande incrusté dans la table pour faire apparaître une fenêtre sur le mur digital au fond du bunker. C'est la vue filmée par l'une des caméras de surveillance de la base, cadrée sur une piste de décollage déserte.

14 : 12 : 45, indique le compteur en haut de la fenêtre.

Serena appuie sur *retour rapide*. Le compteur et les images enregistrées se mettent à défiler en marche arrière à toute allure, jusqu'à ce que le jet d'Atlas réapparaisse sur la piste une quinzaine de minutes plus tôt, à 13 : 57 : 01. Quatre petites silhouettes apparaissent soudain dans le champ, écrasées par la contre-plongée. Elles courent vers le jet, visiblement en proie à la panique. Serena zoome sur la dernière d'entre elles : Gordon Lock, couvert de sueur, les yeux exorbités, brandissant le revolver dans son poing serré. Il pousse les autres dans le ventre de l'appareil, jette un dernier regard derrière lui – un regard de fou – avant d'y disparaître à son tour. Quelques instants plus tard, le jet décolle dans un vacarme assourdissant.

« Dites-moi, qu'est-ce que vous venez de voir, Arthur ? demande Serena en mettant fin à la vidéo.

— Ce que je viens de voir ? Les alliés du silence fuir comme des rats pour échapper à la justice ? hasarde le médecin.

ACTE II

— Mais non, voyons. Ce à quoi vous venez d'assister, c'est une prise d'otages réalisée par un forcené capable de tout, y compris d'abattre le pilote en plein vol. Souvenez-vous, il y a quelques minutes, vous êtes montés vous dégourdir les jambes au grand jour, vous et les autres instructeurs du programme Genesis, tandis que je restais dans le bunker en attendant la reprise de la chaîne. C'est à ce moment que Gordon Lock est passé à l'action. Il a obligé les autres à monter dans l'avion, les menaçant de son revolver – vous seul avez réussi à vous échapper, et moi bien sûr je ne suis pas au courant puisque je suis restée tout ce temps dans le bunker. C'est ce qu'il faudra dire quand la police vous interrogera. »

À présent, le médecin triture sa moustache si furieusement qu'elle frisotte entre ses doigts :

« Cette histoire de prise d'otages est brillante, et les images sont troublantes, mais... il y a une chose que je ne comprends pas : pourquoi Gordon aurait-il fait cela ? »

Serena renverse la tête en poussant le petit rire cristallin dont elle a le secret.

« *Pourquoi ?* répète-t-elle comme si c'était la meilleure plaisanterie qu'elle ait jamais entendue. *Pourquoi ?* Mais je n'en ai aucune idée, mon brave Arthur, et cela n'a aucune espèce d'importance ! Seuls les romanciers se doivent d'inventer des motivations crédibles pour leurs personnages ! Dans la réalité, les journalistes se chargent de faire le boulot. Il suffit de leur donner des faits, réels ou supposés. Ils inventeront très bien la suite, je vous assure. Ne leur enlevons pas ce plaisir.

— Serena, vous êtes un génie ! articule Arthur Montgomery, les yeux brillants d'admiration.

— Un génie ? minaude-t-elle. Je sais juste deux ou trois choses sur la vie, et notamment que les images n'ont aucune signification en elles-mêmes ; elles ne disent que ce qu'on veut bien leur faire dire. Mais trêve de discussion. Je déclencherai l'attaque du drone quand le jet sera au-dessus de la mer des Caraïbes, ce qui ne devrait pas tarder. J'aime autant qu'il s'abîme dans les flots, pour que l'on ne retrouve pas aisément les corps ni la boîte noire. Quant à vous, Arthur, il est temps que vous montiez donner l'alerte et alliez témoigner de la folie qui s'est emparée de Gordon Lock, vous qui n'avez pu lui échapper qu'au prix d'une lutte sauvage. Laissez-moi vous chahuter un peu, pour accorder davantage de crédit à votre témoignage. »

À ces mots, Serena McBee se lève de son fauteuil et, féline, bondit sur Arthur Montgomery. Ses ongles vernis se font griffes qui desserrent la cravate, font sauter les boutons de la chemise, labourent le torse de l'amant au comble du ravissement et de l'excitation.

« Serena... Oh, Serena... », halète-t-il.

Elle ne lui laisse pas le temps d'en dire plus : elle lui envoie un uppercut en pleine mâchoire, le chaton de sa chevalière en or faisant office de poing américain. Puis elle enfonce ses longs doigts dans la chevelure blanche du médecin, brouillant sa raie parfaitement dessinée, et empoigne sa nuque de l'autre main, pour étouffer ses protestations dans un baiser sauvage.

23. Hors-Champ
INTERSTATE 80 WEST, ÉTAT DU NEW JERSEY
SAMEDI 9 DÉCEMBRE, 15 H 15

« *L'INFORMATION EST CONFIRMÉE : UN AVION PRIVÉ APPARTENANT À LA SOCIÉTÉ ATLAS CAPITAL, connue pour son implication financière dans le programme Genesis, a disparu il y a un quart d'heure au-dessus de la mer des Caraïbes, entre Cuba et le Nicaragua. Notre spécialiste de la sécurité aérienne,*

ACTE II

Ralph Bennet, nous rejoint en duplex de Washington pour nous en dire plus... »

Au-dessus de l'autoradio d'où s'échappe la voix grésillante, à travers le pare-brise teinté, défilent les kilomètres d'autoroute bordés de neige noircie par les pots d'échappement. On est loin de la mer des Caraïbes, et le camping-car s'en éloigne un peu plus à chaque instant – il file droit vers l'ouest, comme l'indiquent les panneaux de signalisation qui jalonnent la route : INTERSTATE 80 WEST.

Andrew Fisher détache sa main du volant pour monter le son.

Dans le rétroviseur, son regard s'arrête un instant sur le visage d'Harmony McBee. Mais elle ne le voit pas. Calée dans le siège passager, elle est livide. Ses yeux écarquillés sont rivés sur la bande de bitume qui fuse devant elle à cent kilomètres heure, et ses ongles sont enfoncés dans le rembourrage du siège. Elle est terrorisée. Elle ignore tout du mouvement et de la vitesse, elle qui a passé les dix-huit premières années de sa vie dans une cellule de prison.

« Le jet a été identifié alors qu'il se trouvait encore dans l'espace aérien américain, explique le spécialiste à travers le poste radio, la voix gonflée par l'excitation. *Il y circulait sans autorisation, et son itinéraire a pu être reconstitué depuis la base de cap Canaveral, d'où il semble avoir décollé aux alentours de 14 heures.*

— Est-on sûr qu'il appartient bien à la société Atlas ? demande la journaliste.

— *Très certainement, Silvia. D'après nos informations, le fichier de stationnement de cap Canaveral ne mentionne aucun autre appareil de ce type. Il s'agit sans aucun doute possible du jet mis à la disposition de Serena McBee par son employeur, Atlas Capital.*

— Mais Mme McBee ne se trouvait pas à bord, n'est-ce pas, puisqu'elle continue de présenter le programme Genesis en ce moment-même ?

— *Vous avez raison.*

— *Alors, qui était dans ce jet mystérieusement disparu, Ralph : qui ?* »

Le spécialiste émet un ronchonnement embarrassé.

« *À l'heure qu'il est, je suis incapable de vous répondre*, finit-il par reconnaître. *Toutes les tentatives du sol pour entrer en contact avec l'appareil, lorsqu'il était encore en vol, ont échoué. Ni le gouvernement américain ni les autorités cubaines ne semblent avoir obtenu de réponse du pilote ou des passagers. C'est comme si leur radio était hors service... ou comme s'ils refusaient de communiquer.*

— *Une panne ou un refus de parler ? Ces deux scénarios sont très différents !* – La journaliste baisse la voix, pour adopter le ton de la confidence. – *Entre nous, Ralph, qu'est-ce que vous en pensez ?*

— *Le fait que la société Atlas n'ait encore émis aucun commentaire, pas plus que la Maison Blanche, ne me rassure guère. Ce silence ressemble fort à celui qui précède une tempête médiatique, quand les cellules de communication de crise se réunissent avant de divulguer au public une information choc. La brusque disparition de l'appareil au-dessus de la mer des Caraïbes laisse craindre le pire. Certes, c'est la fin de la saison des ouragans dans cette région, on pourrait imaginer un atterrissage en catastrophe dans un atoll isolé pour échapper aux intempéries... Mais je n'y crois guère. Cela fait vingt ans que je consulte sur votre station, Silvia. Je peux vous dire que tout cela a le goût et l'odeur d'un acte de terrorisme aérien. Cet avion a-t-il été détourné vers une destination inconnue en Amérique latine ? Les malheureux otages ont-ils courageusement tenté de reprendre le contrôle de l'appareil... en vain, causant leur mort et celle de leurs ravisseurs ? Nous ne pouvons pas avoir aucune certitude pour le moment. Seul l'avenir nous le dira.*

— *Merci, Ralph*, conclut gravement la journaliste. *Nous restons en contact avec vous – n'hésitez pas à nous rappeler à tout moment s'il y a du nouveau, pour tenir nos auditeurs informés de la situation. Pour l'instant, nous repartons de l'autre côté du système solaire, où les douze passagers du* Cupido *s'apprêtent*

ACTE II

à accomplir la dernière étape de leur voyage. Aujourd'hui plus que jamais, le programme Genesis est au cœur de l'actualité, et c'est l'occasion de revenir sur les portraits de nos douze héros de l'espace... »

Andrew baisse le volume, tandis que l'autoradio se met à débiter des extraits de la bande-son enregistrée à bord du *Cupido*, pour rappeler aux auditeurs la fantastique aventure des cinq derniers mois.

« Qui était dans ce jet, d'après vous ? demande Harmony sans détacher ses yeux de la route, comme si c'était elle qui conduisait et qu'une seconde d'inattention pouvait envoyer le véhicule dans le décor. Vous pensez, vous aussi, à des otages ?

— Pour l'avion, je l'ignore, répond Andrew. C'est une nouvelle énigme et, peut-être, une nouvelle pièce du puzzle... Mais les douze là-haut, que la radio présente comme des "héros de l'espace", sont vraiment des otages, eux. Nous sommes les seuls à le savoir. Les seuls à pouvoir les aider. Seulement voilà : un sauvetage à l'autre bout de l'espace, c'est une autre paire de manches que celui d'un jet perdu en mer des Caraïbes, surtout quand personne ne se doute qu'il y a eu un détournement... »

Soudain, une mélodie retentit dans l'habitacle.

Harmony sursaute sur son siège.

« *La Guerre des étoiles*, épisode IV ? demande-t-elle. *Un Nouvel Espoir* ?

— Oui, confirme Andrew en s'emparant de son téléphone portable, d'où jaillissent les notes de la sonnerie numérique. Je vois que nous avons les mêmes références. Un nouvel espoir... et un appel que j'attends depuis longtemps. Allô, Cecilia, c'est vous ? Vous avez eu mon message ?

— Andrew ? répond une voix de jeune femme affolée, où roule un accent latino. Oui, je viens d'avoir votre message.

J'étais au travail, mon téléphone était éteint. Que se passe-t-il ? Est-ce que vous... »

Andrew ne lui laisse pas le temps de terminer sa phrase :

« Je vous expliquerai plus tard. Pour l'instant il faut que vous fassiez ce que je vous dis, que vous vous mettiez hors de danger, vous et la petite.

— Hors de danger ? Que voulez-vous dire ? » Dans le fond, on entend un bébé qui se met à pleurer. « *Madre de Dios*, je vous écoute, Andrew !

— Partez tout de suite, sans faire vos valises. N'emportez que le strict nécessaire. Retirez un max de cash au premier distributeur venu, car ensuite il faudra éviter de vous faire identifier avec votre carte de crédit. Il faut que vous sortiez du pays sans passer par un aéroport : vous enregistrer sur un vol serait trop dangereux. Connaissez-vous quelqu'un qui puisse vous faire quitter le territoire par la mer, clandestinement ? »

Cecilia se braque, les paroles d'Andrew ne faisant qu'ajouter à sa panique :

« Clandestinement ? Je suis une immigrée complètement légale ! Je ne vois pas ce que vous voulez dire !

— Vous oui, mais vous avez peut-être des amis qui connaissent les filières, dans la communauté cubaine de Miami ? Quand Serena McBee arrivera au pouvoir, je peux vous garantir que nous deviendrons tous des clandestins et, même pis, des criminels recherchés par toutes les polices. Vous devez me faire confiance. »

La respiration de la jeune femme siffle dans le combiné.

« Je connais peut-être quelqu'un..., concède-t-elle finalement.

— Bien. Contactez ce quelqu'un tout de suite.

— D'accord... Mais vous, Andrew, où êtes-vous en ce moment ?

— Sur la route, répond laconiquement le jeune homme.

— Vous allez aussi vous réfugier à l'étranger ?

ACTE II

— Non. Ma famille est ici. Je dois la protéger. Je crois que j'en ai les moyens. Je possède des informations qui pourraient faire couler Serena McBee à jamais. Mais je ne peux pas les révéler pour le moment, sous peine de condamner ceux qui comptent sur moi. Permettez-moi de ne pas en dire plus. Je resterai en contact avec vous. Pas par téléphone, car je suppose que ma ligne va bientôt être coupée : créez une nouvelle adresse e-mail anonyme, et écrivez-moi à *sisyphus077@gmail.com*. Je vous promets que, tôt ou tard, justice sera faite. Et vous, promettez-moi d'être forte, Cecilia. »

Le combiné siffle à nouveau :

« Je vous le promets. »

Andrew raccroche.

« Qui était-ce ? demande Harmony.

— La veuve du responsable de l'animalerie Genesis.

— Vous ne lui avez pas dit que j'étais avec vous, rétorque la jeune femme, la voix lourde de reproches.

— Je ne suis pas sûre que ça l'aurait rassurée, de savoir que je voyage avec la fille de celle qui a très probablement fait assassiner mon père et son mari. »

Réalisant ce que ses paroles peuvent avoir de blessant, Andrew se reprend aussitôt :

« Ce n'est pas ce que je voulais dire ! Vous êtes dans notre camp ! Votre mère a essayé de vous tuer, vous aussi !

— Peut-être, répond Harmony, les yeux toujours rivés sur la route. Mais moi, vous ne me dites pas de fuir à l'étranger pour me mettre hors de danger.

— Comment le pourriez-vous ? Vous n'avez pas de passeport, pas d'identité civile...

— ... et pas voix au chapitre ? Je suis censée vous suivre sans poser de questions, comme j'ai suivi ma mère pendant dix-huit ans ? Je ne sais même pas où vous m'emmenez. »

Andrew émet un toussotement.

PHOBOS[2]

« Vous avez raison, à vous je peux le dire, car nos destins sont liés. Nous allons traverser tout le pays pour nous réfugier dans la vallée de la Mort.

— La vallée de la Mort ? L'endroit où les prétendants se sont entraînés pendant un an, avant de décoller ?

— Oui. L'endroit aussi où est mort mon père.

— Je croyais que c'était un désert...

— Justement. C'est le dernier lieu où l'on songera à nous chercher. Des milliers de kilomètres carrés de néant... que je connais comme ma poche, après y avoir passé tout l'été dernier. Il y a cet endroit, la Montagne Sèche, où j'ai campé pendant un mois entier sans voir personne. Là-bas, nous serons à l'abri. Et nous ne serons pas trop loin de ma famille. Une immigrée cubaine anonyme peut craindre pour sa vie, mais Serena n'osera pas s'attaquer ouvertement à la femme et à la fille de l'un des cadres du programme Genesis. Pour l'instant, elles sont en relative sécurité, du moins je veux le croire de tout mon cœur. »

Les deux passagers se taisent pendant quelques instants.

L'émission radiophonique continue en sourdine derrière le ronronnement du moteur. Les voix des prétendantes paraissent terriblement lointaines, si ténues qu'un rien pourrait les faire taire à jamais.

« *Les garçons, le jeu, tout ça, quelque part, c'est fait pour nous diviser,* dit la voix d'Elizabeth, enregistrée cinq mois plus tôt, au tout début du voyage. *Mais ce qui nous unit aujourd'hui est plus fort que ce qui tentera de nous séparer demain. Ce ne sont pas les numéros de solistes qui font la qualité d'un spectacle, c'est la cohésion du corps de ballet. Nous sommes des sœurs. Les sœurs de Mars. Ne l'oublions jamais. Une pour toutes...* »

Les cinq autres passagères reprennent en chœur, dans un cri qui traverse l'espace et le temps, depuis le ventre du *Cupido* au début de l'été, jusqu'à l'habitacle du camping-car en ce jour de décembre :

« *... toutes pour une !* »

ACTE II

« Je me souviens d'elles, dit soudain Harmony, recroquevillée dans son siège. Je me souviens de l'après-midi de juillet où maman les a invitées pour prendre le thé à la villa, un mois après le début de leur entraînement dans la vallée de la Mort. Elles rayonnaient de bonheur. Elles portaient tant d'espérances. J'étais éblouie par leur beauté, par leur énergie, par leur… appétit de vivre. »

La jeune fille prend une profonde inspiration.

« J'ai honte de l'avouer, mais j'étais jalouse, Andrew. Jalouse à en avoir mal au ventre, à ne pas pouvoir avaler une seule bouchée de la bavaroise aux fruits rouges en forme de planète Mars que maman avait fait préparer. Ces six inconnues représentaient tout ce que je n'avais pas, tout ce que je n'étais pas. On disait qu'elles étaient orphelines, issues de milieux défavorisés, mais elles avaient déjà tant vécu, alors que moi, au même âge qu'elles, je n'avais pas d'autres souvenirs que ceux volés dans mes romans. On leur promettait un avenir flamboyant, rempli d'aventure, d'amour et de gloire, alors que mon horizon à moi n'allait pas plus loin que les grilles du jardin. J'ai ressenti une telle injustice que j'aurais voulu hurler. Mais je me suis tue, comme d'habitude. J'ai souri, j'ai fait la révérence, j'ai fait tout ce que maman m'a dit de faire. *Maman, que j'ai entendue tout à l'heure dans l'oreillette de Balthazar, donner l'ordre de me tuer !* »

Harmony déglutit douloureusement, comme si elle ne parvenait pas à avaler cette idée abominable, inimaginable, le meurtre par une mère de son propre enfant. Mais elle ne peut pas effacer ses souvenirs. Elle ne peut pas oublier ce qu'elle a entendu.

« Je pensais que j'étais la personne la plus importante au monde pour maman, parvient-elle à articuler. J'étais persuadée qu'elle ferait toujours tout pour me protéger. Je me rappelle comment elle a fait jurer aux prétendantes de ne pas révéler mon existence aux journalistes, en leur expliquant que j'étais trop précieuse, trop fragile pour supporter l'attention du monde et des médias. J'ai lu de la pitié dans les yeux des invitées quand elles ont hoché la tête, et ça aussi, à l'époque, ça m'a fait mal. Ça a blessé mon orgueil, que ces déshéritées s'apitoient sur mon sort de pauvre petite fille riche. Quand je les ai vues partir à travers les barreaux de ma chambre, mes pensées n'étaient que venin, et je les ai maudites toutes les six dans le secret de mon cœur. Maintenant, ce qui leur arrive... Elles vont sans doute mourir dans vingt-deux mois, lors de la prochaine Grande Tempête... C'est comme si ma malédiction s'était réalisée. Je suis la fille d'une meurtrière, vous l'avez dit vous-même. J'ai tout de maman : ses yeux, son menton, ses pommettes, sa cruauté. Je suis un monstre, comme elle ! »

La voix d'Harmony se brise.

Toujours cramponnée au siège, elle se met à trembler.

Andrew lâche à nouveau le volant, et cette fois il pose ses longs doigts sur la main blanche de la jeune fille.

« Ne dites pas n'importe quoi, la reprend-il. Il n'y a pas de malédiction. Moi aussi, j'ai ressenti de la jalousie et de l'amertume en voyant les prétendants partir. Moi aussi, je m'en suis rendu malade. Pourquoi mon père n'avait-il pas appuyé ma candidature ? et favorisé mon rêve de gosse ? Ces questions me minaient, mais je comprends maintenant que c'était pour me protéger... Et, aujourd'hui, c'est à notre tour de les protéger, eux. Nous sommes leurs responsables Survie ! Parce qu'ils survivront, tant que nous menacerons votre mère de dévoiler les captures d'écran du rapport Noé ! Le seul monstre, c'est elle, pour ce qu'elle a fait aux douze candidats... et pour ce qu'elle vous a fait à *vous*, Harmony. »

Pour la première fois, la fille de Serena McBee ose détacher ses yeux de la route, pour se raccrocher à ceux d'Andrew dans le rétroviseur. Il la dévisage derrière ses lunettes à monture noire.

« Mon intuition me souffle que vous êtes un mystère plus fascinant, plus dangereux encore que le rapport Noé,

ACTE II

dit-il en surveillant alternativement la route et son interlocutrice. Pourquoi Serena McBee vous a-t-elle gardée en cage comme un oiseau rare pendant toutes ces années, si c'est pour ordonner votre mort d'un seul coup ? Je voudrais percer ce mystère. Je voudrais résoudre cette énigme. Je vous l'ai dit quand j'ai ouvert la porte de votre chambre, de votre geôle, je veux la vérité. La vérité nue. »

Un long frisson parcourt le corps gracile d'Harmony.

Elle retire brusquement sa main de sous celle d'Andrew.

« Lâchez-moi », dit-elle sèchement.

Sa voix est dure, tout d'un coup. Froide et perçante comme un pieu de glace. Et son regard vert d'eau, dans le rétroviseur, s'est glacé lui aussi.

Andrew frémit, hésite, repose finalement sa main sur le volant.

« Je veux juste vous aider...

— M'aider, ou me percer comme un mystère ? ou me résoudre comme une énigme ?

— Ce sont des images..., balbutie Andrew. Je vous ai promis que nous retrouverions votre père...

— Vous me l'avez promis, oui, pour que je sorte de ma chambre et que je vous guide à travers la villa McBee. Nous nous connaissons à peine. Qu'est-ce qui vous fait penser que vous avez le droit de me mettre à nu ? Vous croyez que je suis un jouet ? une poupée qu'on habille et qu'on déshabille à sa guise ? Dans ce cas, vous ne valez pas mieux que Maman et pas mieux que... »

Harmony se mord la lèvre pour empêcher qu'une parole de plus ne sorte de sa bouche et dégage son cou de la chaîne de son médaillon, comme si c'était soudain une chaîne de forçat trop lourde à porter.

« Je préfère chercher toute seule ! » dit-elle.

La mâchoire d'Andrew se contracte, il serre ses doigts sur le volant. Le rouge lui monte aux joues – honte ? colère ? Il n'ose plus regarder dans le rétroviseur.

« Mon ordinateur, sur la plage arrière, lâche-t-il dans un souffle. J'y ai téléchargé tous les fichiers auxquels j'ai pu avoir accès dans le bureau de Serena. Il y a sa correspondance, ses e-mails, tout. Cherchez, Harmony. Fouillez. Et trouvez-la toute seule, votre vérité, puisque c'est ce que vous voulez ! »

24. Contrechamp
SALLE DE MONTAGE, BASE DE CAP CANAVERAL
SAMEDI 9 DÉCEMBRE, 15 H 20

« *Alors ? Que disent les caméras de surveillance de la piste arrière*, d'où a décollé le jet ? J'ai un mandat du FBI pour avoir accès à toutes les bandes.

— Nous sommes en train de les dérusher pour remonter au moment du décollage, inspecteur Garcia », répond Samantha.

Les manifestants qui, quelques heures plus tôt, envahissaient la salle de montage, en ont été évacués. Une meute d'hommes au front soucieux a remplacé la foule bigarrée des fans du programme Genesis. L'un des plus âgés, aux tempes grisonnantes, est en grande conversation avec la jeune assistante de Serena McBee.

« Parfait, dit-il. Prévenez-moi quand les images seront prêtes à être visionnées.

— Comptez sur moi, inspecteur Garcia.

— En attendant, j'aurais souhaité m'entretenir avec le témoin, Arthur Montgomery. Est-il en mesure de s'exprimer ?

— Il est à l'infirmerie, encore sous le choc, mais je crois qu'il est prêt à répondre à vos questions. Du reste, votre collègue est déjà allé l'interroger.

— Mon collègue ? sourcille l'inspecteur Garcia.
— Oui, un monsieur de la CIA. Il s'est présenté il y a une quinzaine de minutes. Si vous voulez bien me suivre. »
Quelques instants plus tard, la jeune femme et l'inspecteur débouchent dans le local carrelé de blanc où est installée l'infirmerie du programme. Le maître des lieux est là, mais pas en position de médecin ; aujourd'hui, c'est lui le patient. Allongé sur le lit, Arthur Montgomery est complètement dépenaillé, les cheveux hirsutes, la mâchoire tuméfiée, la chemise déchirée et la poitrine en sang. Tandis qu'une infirmière panse ses plaies, un homme en costume noir, assis à son chevet, est occupé à l'interroger, un dictaphone à la main.
« Larry Garcia, FBI ! annonce l'inspecteur d'une voix menaçante en pénétrant dans la pièce. C'est une affaire de sécurité intérieure, qui relève de la compétence du Bureau fédéral : c'est nous qui avons la main sur cette enquête, mon gars, alors pas question de nous griller ! »
Clic ! – l'homme en costume noir met son dictaphone sur pause et se retourne vers les nouveaux venus. Il est bien plus jeune que son aîné du FBI, une trentaine d'années ; un triangle de tissu couvre son œil droit, un cache-œil aussi noir que son costume et que ses cheveux gominés.
« *C'était* une affaire de sécurité intérieure, rectifie-t-il calmement, d'une voix grave. Le jet a disparu au-dessus des eaux internationales. La CIA a autant de légitimité que le FBI à enquêter sur ce détournement. Au fait, je suis l'agent Orion Seamus. »
L'homme tend sa main à son aîné, qui la saisit à contrecœur.
« Détournement..., marmonne l'inspecteur Garcia. Il me semble que vous allez vite en besogne, jeune homme. Que vous sautez prestement à la conclusion. Vous affichez un manque de méthode affligeant, typique de ces forbans de la CIA qui sont toujours à saborder les enquêtes des autres.

Vous êtes sûr que vous ne voulez pas aller auditionner pour le prochain *Pirates des Caraïbes* et me laisser gérer tout seul l'accident de la mer des Caraïbes ? Qui pourrait bien avoir détourné cet avion, d'abord ? »

En guise de réponse, l'agent Seamus se tourne vers le docteur Montgomery :

« Docteur, je vous en prie…

— Gordon Lock, lâche le médecin en grimaçant de douleur, au moment où l'infirmière passe une gaze imprégnée d'alcool sur ses blessures. C'est Gordon Lock qui a volé l'avion. »

Les yeux de l'inspecteur Garcia s'arrondissent.

« Gordon Lock ? répète-t-il, incrédule. Le directeur technique du programme Genesis ? Mais pourquoi ?… Et comment ?…

— C'était pendant que l'émission était en pause. Nous sommes montés afin de respirer un peu – nous cinq, quatre des instructeurs et le directeur Lock. Certains voulaient fumer et d'autres juste voir la lumière du jour. Seule Serena McBee est restée en bas, dans le bunker, pour continuer à parler aux candidats, pour les apaiser avant la reprise du show. Elle a une telle conscience professionnelle, vous savez, elle fait toujours passer le devoir avant le bon temps. Elle a pris les candidats sous son aile, et elle se tuerait au travail plutôt que de les voir malheureux. Même si Gordon Lock a insisté pour qu'elle monte prendre un bol d'air avec nous, elle n'a rien voulu savoir, elle est restée fidèle au poste. »

L'infirmière pose un bandage sur le torse d'Arthur Montgomery. Sa mâchoire se contracte sous sa moustache aristocratique. C'est sans doute la douleur qui lui fait ainsi serrer les dents – du moins, aux yeux d'un observateur extérieur comme l'inspecteur Garcia, qui boit les paroles du médecin comme un assoiffé dans le désert.

« Vous prêchez un convaincu, dit-il, je suis un grand fan de Mme McBee depuis l'époque de son talk-show, *The Professor Serena McBee Consultation,* et il va sans dire que j'ai voté

ACTE II

pour le ticket Green-McBee aux dernières élections. Mais revenons plutôt à votre témoignage, vous vouliez souffler un peu, vous êtes montés tous les cinq, et...

— ... et tout est allé très vite. Dès que nous avons atteint le rez-de-chaussée, Gordon Lock a sorti un revolver des plis de sa veste et nous a ordonné de nous diriger vers le couloir menant à la piste de décollage de derrière, sans passer par la salle de contrôle. Nous avons d'abord cru à une plaisanterie, mais il n'avait pas l'air de rire, pas du tout ! À l'instant où j'ai compris qu'il était sérieux, mon sang n'a fait qu'un tour – sans doute la chasse en Afrique m'a-t-elle appris à garder la tête froide dans ce genre de situation. J'ai sauté sur Gordon Lock pour essayer de le désarmer. Mais ce diable d'homme est pire que tous les fauves que j'ai eu à affronter... J'ai eu de la chance qu'il ne me tire pas dessus à bout pourtant – peut-être voulait-il économiser ses balles, ou éviter d'attirer l'attention par un coup de feu. Il m'a asséné un coup de poing et m'a saisi par la chemise ; j'ai senti ses ongles s'enfoncer dans ma peau, au moment où il me soulevait du sol, et il m'a envoyé valdinguer dans le couloir. Je crois que j'ai brièvement perdu connaissance, une syncope sans doute, il faudra que je me prescrive une radiographie crânienne... bref, quand je suis revenu à moi, le couloir était désert. J'ai couru jusqu'à la piste de décollage : le jet n'y était plus. »

Au moment où l'inspecteur Garcia s'apprête à faire tomber une avalanche de questions sur le témoin, Samantha lui prend le bras :

« Excusez-moi, Inspecteur, mais on m'informe que les images sont prêtes. Regardez. »

Elle appuie sur l'écran mural encastré dans le mur de l'infirmerie, à côté du panneau lumineux qui sert à lire les radios.

Un plan fixe apparaît à l'écran :
La piste de décollage...
Les quatre silhouettes qui courent vers le jet...

Celle de Gordon Lock qui les suit, en agitant son revolver comme un fou...

« Doux Jésus..., siffle l'inspecteur Garcia, médusé. Les trois quarts des responsables du programme Genesis, volatilisés ! La future vice-présidente qui échappe de justesse à l'attentat ! Le directeur Lock métamorphosé en gangster de la pire espèce ! Qu'est-ce qui l'a poussé à faire ça ? A-t-il agi seul ? Je ne puis l'imaginer. Il a certainement des complices. Est-ce que Serena McBee est au courant de cette tragédie ?

— Je ne crois pas, dit Arthur Montgomery. Son ardeur au travail l'a sauvée. Elle est toujours en bas, dans le bunker, à veiller sur le bien-être de ses protégés, à les coacher avant le grand saut dans l'inconnu...

— ... et il faut qu'elle continue. L'Amérique a les yeux rivés sur la chaîne Genesis en cet instant – que dis-je, le monde entier ! – Ça laisse un peu de temps pour décider comment communiquer sur ce drame aussi terrible qu'inattendu. »

Le vieil inspecteur du FBI tourne son visage ridé vers son cadet de la CIA :

« Vous aviez raison, Jack Sparrow. Ce n'est plus de mon ressort. Ni du vôtre, d'ailleurs. C'est à la Maison Blanche de décider. »

ACTE II

25. Chaîne Genesis
DIMANCHE 10 DÉCEMBRE, 03 H 32

Plan d'ensemble sur la chambre des filles, plongée dans la pénombre.
C'est le cœur de la nuit artificielle du *Cupido,* calée sur le fuseau horaire de la côte Est des États-Unis depuis le début du voyage, pour que les spectateurs nord-américains puissent veiller et dormir en même temps que les prétendantes et les prétendants. Cependant, la chaîne continue de diffuser car bien des insomniaques la regardent même la nuit, sans compter les innombrables spectateurs sous d'autres longitudes pour qui c'est actuellement le jour.
Sur les lits superposés, les corps allongés des filles se détachent faiblement dans la lueur de la lampe de sécurité.
Gros plan sur le visage endormi de Safia. Elle a appliqué un bindi bleu sur son front. Son visage étrangement serein évoque celui d'une divinité hindoue.
Cut.

Gros plan sur Alexeï : la caméra a basculé dans la chambre des garçons. Une respiration ample soulève la couverture de cachemire, fixée au matelas par des bandes de Velcro et tendue sur son large torse. Ses cheveux blonds luisent dans la pénombre, comme de l'or.
Cut.

La caméra rebascule chez les filles, pour cadrer sur le visage de Fangfang – ou, plutôt, sur son menton fin comme celui d'un chat, car ses yeux et son front disparaissent derrière le masque de velours qu'elle porte chaque nuit pour dormir.
Cut.

Gros plan sur Mozart. Son sommeil est agité. Il se tourne et se retourne contre son oreiller. Ses boucles brunes se soulèvent sur sa nuque, laissant apparaître la petite bille incrustée dans sa peau, dont la surface métallique accroche l'éclat de la lampe de sécurité.
Cut.

Gros plan sur Kirsten. Elle a défait sa couronne de nattes pour dormir. Ses longs cheveux blonds, ondulés, s'étendent autour d'elle comme les vagues d'une mer immobile.
Cut.

Gros plan sur Tao. Son corps de géant est tellement imposant que ses larges épaules débordent du lit superposé. Par contraste, son visage lisse aux pommettes hautes a quelque chose d'enfantin.
Cut.

Gros plan sur Elizabeth. Même dans le sommeil, elle garde son look de top model. Avec ses cheveux de jais parfaitement lisses, ses longs cils étirés à l'infini au bout de ses paupières closes et son visage aux proportions idéales, on dirait qu'elle pose pour une publicité de literie de luxe.
Cut.

Deux têtes apparaissent dans le cadre, on ne peut plus différentes. À droite, le beau visage de Samson, qui semble taillé dans l'ébène ; à gauche, juste à côté et posée sur le même oreiller, la gueule effrayante de Warden, le bâtard mi-doberman mi-gargouille. Le chien et son maître se sont endormis ensemble.
Cut.

ACTE II

Ce n'est pas un visage qui apparaît à l'écran. C'est une masse de cheveux blonds, luxuriants : ceux de Kelly, le visage enfoncé dans son oreiller.
Cut.

Gros plan sur Marcus. Le haut de son torse nu, au bord de la couverture, laisse apercevoir une autre lisière : celle de la forêt qu'il a tatouée dans la peau. Ses épais sourcils sont légèrement froncés, et une fine ride vient creuser son large front. On ne sait pas s'il dort ou s'il réfléchit en silence, sphinx énigmatique.
Cut.

Une vague de rouge envahit le cadre. Même dans la pénombre, les extraordinaires cheveux de Léonor enflamment l'écran. Ils captent les moindres parcelles de lumière dans leurs boucles brillantes, et les y distillent, pour les transformer en éclats de rubis. Les lèvres de Léonor sont rouges elles aussi, naturellement teintées de la couleur de la vie. Elles s'entrouvrent comme pour dire un mot, une parole arrachée au sommeil, mais qui ne vient pas.
Cut.

Le dernier oreiller est vide.
À la place où devrait dormir Kenji, il n'y a personne.
La caméra décadre, hésite, tourne autour de la chambre. Mais il n'y a rien que l'ombre et le silence.
Cut.

Bascule sur la salle de séjour, au deuxième étage du compartiment des garçons. Des sacs de voyage à moitié remplis traînent çà et là. Les prétendants ont commencé à les faire la veille, en vue de leur départ, et ont tout laissé en plan au moment d'aller se coucher. Pas un bruit au milieu de ce capharnaüm. Pas un mouvement.
Cut.

Bascule sur le dernier étage. Kenji est là, dans la salle de gym. Pour tout vêtement, il porte un pantalon de jogging et un bandeau blanc noué sur le front à la manière des anciens guerriers japonais. Ses épaules et ses bras sont plus développés qu'on ne pouvait le deviner sous les amples kimonos à capuche qu'il porte habituellement. On voit ses muscles jouer sous sa peau, tandis qu'il effectue une série de mouvements chorégraphiés, extrêmement lents, une sorte de mystérieux tai-chi. Mais le plus étrange, ce n'est pas sa tenue, ni ses gestes.

Ce sont ses yeux, parfaitement fixes dans leurs orbites, aussi vides que ceux d'une statue.

26. CHAMP
D + 160 JOURS, 21 H 45 MIN
[23ᵉ SEMAINE]

LA TABLETTE DE RÉVISION TREMBLE UN PEU ENTRE MES MAINS.

Même si j'ai dormi cette nuit – notre dernière à bord du *Cupido* –, j'ai l'impression d'être plus crevée que jamais. C'est comme si le stress accumulé au cours des jours passés, quand j'étais seule à me douter de l'horreur, seule à soupçonner chacune de mes amies, me retombait dessus d'un seul coup. À présent, nous sommes tous au courant, et tous unis contre Serena : moi, les filles, les garçons, Andrew et Harmony. Mais je stresse encore. Depuis que je me suis levée ce matin, j'ai une boule dans le ventre qui m'a empêchée d'avaler la moindre miette de notre ultime déjeuner dans l'espace. Et là, maintenant, une fois encore,

ACTE II

devant ma tablette, je suis seule, seule pour décider de ma dernière Liste de cœur.

Mon visage se reflète dans la surface de verre lisse, au-dessus de laquelle je suis penchée. Je vois mon teint blafard, mes cernes creusés, les contusions laissées par les violents événements de la veille. Mais, surtout, je vois les noms des prétendants s'incruster dans ma peau par transparence, comme s'ils y étaient gravés.

23ᵉ Liste de cœur : classez de 1 à 6, annonce le titre de la page.

Pour l'instant, les noms sont disposés par ordre alphabétique neutre, comme à chaque Liste de cœur. Alexeï et Kenji apparaissent sur mon front ; Samson et Tao sur mon menton ; quant aux deux noms du milieu... Les six lettres de Marcus s'étalent sur mes yeux, et celles de Mozart se déploient sur ma bouche. Peut-être parce que mes yeux brûlent de lire la suite de l'histoire sur le corps tatoué de Marcus, et que les mélodies fredonnées par Mozart me viennent aux lèvres dès que je pense à lui ?

« Est-ce que tout le monde a fini son classement ? demande la voix douceâtre de Serena McBee, en provenance de l'écran panoramique de la salle de séjour. Il est 11 h 15. Vous avez eu quinze minutes pour entrer votre choix, mûrement réfléchi depuis longtemps, j'en suis sûre. Le moment est venu de compiler les dernières Listes de cœur et de laisser éclater le bonheur ! »

Il faut y aller, Léonor.

Il faut jouer le jeu.

Parce que la survie en passe par là.

J'appuie sur le nom d'Alexeï, le prince charmant de ma chère Kris, le garçon qui, hier dans le Parloir, me regardait avec dégoût en parlant du bout des lèvres de ma « maladie dégueulasse ». Le chiffre 6 apparaît à côté du nom, qui vient automatiquement se ranger en bas de l'écran.

J'appuie ensuite sur le nom de Tao. Non que je ne l'apprécie pas, au contraire – ce garçon est une crème qui se mettrait en quatre pour aider les autres, et la découverte de son handicap l'a rendu encore plus courageux à mes yeux. Mais il semble vraiment amoureux de Fangfang : elle aura besoin de s'appuyer sur cet amour dans les mois qui viennent.

Pour le même genre de raison, je classe Samson en numéro 4. Le beau Nigérian aux yeux verts est lié à Safia depuis le début du voyage – je ne vais quand même pas lui prendre son mec, après avoir failli lui prendre la vie !

Du bout de l'index, je désigne Kenji en numéro 3. Le benjamin de l'équipage n'est la chasse gardée de personne, que je sache ; personne ne me reprochera de le mettre sur la troisième marche de mon podium personnel.

Restent les deux derniers noms...

Marcus et Mozart...

Mes yeux et ma bouche...

Si je devais garder un seul de ces deux organes, lequel est-ce que ce serait ?

Sans ma bouche, je ne pourrais plus jamais parler, goûter, embrasser.

Mais, sans mes yeux, je ne pourrais plus jamais voir le monde ni le dessiner – je serais dans la nuit éternelle, comme si j'étais déjà morte.

Marcus est celui que j'ai choisi dans le fond de mon cœur, pourquoi le nier ? Même s'il a voté pour faire demi-tour, c'est lui que j'ai envie de mettre en tête de ma Liste de cœur. Lui, et nul autre !

Sans hésiter davantage, je presse les deux derniers noms l'un après l'autre. Un petit chiffre 2 apparaît à côté de Mozart, et un petit chiffre 1 à côté de Marcus.

Un bouton apparaît à l'écran : Validez-vous votre classement ?

J'appuie si fort que le verre de la tablette pourrait se briser – mais non, il tient bon, et les six noms des prétendants disparaissent, engloutis dans le tréfonds du programme informatique qui va établir les couples définitifs.

Alors seulement, je lève les yeux.

Les autres filles sont toutes là, à me dévisager, leurs tablettes posées sur les genoux. Il y a déjà un moment qu'elles ont publié leurs dernières Listes de cœur. Mais elles me laissaient faire en silence, sans me déranger, m'offrant le seul cadeau qu'elles possèdent et, au fond, le plus précieux de tous : *du temps.*

« Alors ça y est ? demande Kelly, un petit sourire aux lèvres. La Machine à Certitudes a fait son choix final ? Quelle règle a-t-elle appliquée, cette fois ? »

La Canadienne fait référence à mon côté psychorigide : cette règle que je me suis fixée de rencontrer les prétendants à tour de rôle pendant presque tout le voyage et que je trouve complètement débile avec le recul.

« Sois sympa, ne te fous pas de moi, STP. On a toutes fait des conneries dans notre vie...

— Je ne me fous pas du tout de toi ! se récrie Kelly. Ton côté dictateur, au contraire, j'adore !

— Dictateur ?

— Genre, je dicte des obligations à moi-même et aux autres. Tu fais ça tellement bien, je suis complètement fan ! »

Kelly m'adresse un clin d'œil. Elle ne doit surtout pas prononcer un mot de plus, pour ne pas trop en dire face aux spectateurs. De toute façon, elle n'en a pas besoin : les autres filles ont toutes compris ce à quoi elle faisait allusion.

Je sens, dans la manière dont elles me sourient, que les obligations imposées à Serena les rassurent. Leur reconnaissance me fait chaud au cœur. J'espère que je la mérite vraiment...

« Bon, ben on n'a plus qu'à se tourner les pouces, la messe est dite, conclut Kelly.
— La messe est dite ? Non, pas encore, rétorque Fangfang. La cérémonie de mariage n'aura lieu que ce soir, une fois sur le sol de Mars.
— Ce n'est pas ce que je voulais dire, répond Kelly en levant les yeux au ciel. "La messe est dite", c'est une expression. »
Mais Fangfang, ma concurrente numéro un en matière de psychorigidité, n'en démord pas :
« Et puis d'abord, ce ne sera pas une messe, s'entête-t-elle. Ce sera une cérémonie œcuménique, pour représenter les religions ou absence de religion des passagers du *Cupido,* en fonction des cases qu'on a cochées sur nos bulletins de candidature ! »
Devant l'entêtement de la Singapourienne, une idée me frappe soudain : est-ce qu'elle est vraiment butée au-delà de toute espérance, ou est-ce qu'elle s'efforce d'amuser la galerie ? Est-ce que Kelly et Fangfang sont vraiment elles-mêmes en ce moment, ou est-ce qu'elles jouent le rôle que les spectateurs attendent d'elles – le petit sketch récurrent de leurs prises de bec ? Depuis que les caméras ont recommencé à tourner hier, impossible de vraiment savoir ce qui est spontané et ce qui est performance théâtrale. Et ce sera pareil chaque jour de notre existence sur Mars, à moins d'apprendre à lire entre les lignes…
« Eh bien, nous y voilà ! » résonne la voix de Serena McBee, coupant court à mes pensées, six minutes après que j'ai expédié ma Liste de cœur dans le système.
Elle est à nouveau là devant nous, dans le séjour, à travers l'écran panoramique face à la cheminée.
« Tous les classements ont été communiqués par transmission laser jusqu'à la Terre, dit-elle. Nos ordinateurs ont utilisé un algorithme pour combiner le tout, les Listes de cœur des garçons et celles des filles, afin d'établir les

couples définitifs. Chers prétendants, chères prétendantes, si vous saviez comme je suis émue aujourd'hui... »

La voix de Serena se suspend en pleine phrase, apparemment brisée par l'intensité du moment. Sa poitrine se soulève au rythme de sa respiration qui s'emballe, sous son élégant tailleur piqué de sa broche en forme d'abeille. Ses yeux s'humidifient sur commande, comme un jet de liquide nettoyant sur un pare-brise. Cette femme est une machine à tromper, oui, une machine de compétition. La manière dont elle feint l'émotion, la bienveillance, est parfaite – une mère menant sa fille à l'autel n'afficherait pas une autre expression. S'il en était encore besoin, voici la démonstration de l'effrayant talent de manipulation de Serena McBee. Un frisson glacé remonte le long de ma colonne vertébrale. Même si je sais qu'en cet instant nous avons l'avantage sur elle, que nous avons deux responsables Survie sur Terre qui pourraient la faire tomber à tout moment, je ne peux m'empêcher d'avoir peur.

Un roulement de tambour préenregistré déferle dans le séjour, aussi tonitruant qu'un orage qui éclate.

Je sens une main se refermer sur la mienne.

C'est celle de Kris, comme au jour de la cérémonie d'embarquement qui semble si lointaine, comme chaque semaine lorsque les classements successifs ont été publiés à bord du vaisseau. Elle est là à mes côtés, ma Kris si pure, si angélique, mais son innocence lui a été volée et elle ne la retrouvera jamais. Le conte de fées qu'elle espérait si fort a viré au roman d'épouvante. Combien de temps survivra-t-elle, une fois sur Mars ? Puisse son Prince des glaces lui apporter le bonheur qu'elle mérite, ne serait-ce que pour un moment...

Un double tableau apparaît à l'écran, chassant le visage de Serena : à gauche, le classement publié par les filles ; à droite, celui des garçons.

PHOBOS[2]

Fangfang (SGP)	Kelly (CAN)	Elizabeth (GBR)	Safia (IND)	Kirsten (DEU)	Léonor (FRA)
1. Tao	1. Kenji	1. Mozart	1. Samson	1. Alexeï	1. Marcus
2. Mozart	2. Samson	2. Marcus	2. Mozart	2. Tao	2. Mozart
3. Marcus	3. Marcus	3. Samson	3. Marcus	3. Samson	3. Kenji
4. Samson	4. Tao	4. Tao	4. Kenji	4. Kenji	4. Samson
5. Kenji	5. Alexeï	5. Alexeï	5. Tao	5. Mozart	5. Tao
6. Alexeï	6. Mozart	6. Kenji	6. Alexeï	6. Marcus	6. Alexeï

Tao (CHN)	Alexeï (RUS)	Mozart (BRA)	Kenji (JPN)	Samson (NGA)	Marcus (USA)
1. Fangfang	1. Kirsten	1. Léonor	1. Léonor	1. Safia	1. Léonor
2. Léonor	2. Elizabeth	2. Elizabeth	2. Kirsten	2. Léonor	2. Kelly
3. Safia	3. Safia	3. Kirsten	3. Kelly	3. Kristen	3. Safia
4. Kelly	4. Kelly	4. Safia	4. Fangfang	4. Kelly	4. Kirsten
5. Kirsten	5. Fanfang	5. Fangfang	5. Safia	5. Fangfang	5. Fangfang
6. Elizabeth	6. Léonor	6. Kelly	6. Elizabeth	6. Elizabeth	6. Elizabeth

Je ressens un immense soulagement, comme si on m'ôtait un poids de cent kilos de la poitrine. Mes craintes étaient infondées : même s'il a voté pour faire demi-tour hier, Marcus m'a gardée en numéro un ! Deux candidats en revanche ont dégringolé depuis la dernière fois, et les spectateurs doivent bien se demander pourquoi. Alexeï, le jeune premier du début du voyage, patauge désormais en bas de classement, et j'ai comme dans l'idée que la manière dont il m'a violemment prise à partie y est pour quelque chose. Même chose pour Elizabeth, qui avait réussi

ACTE II

l'exploit d'être la deuxième de toutes les Listes de cœur la semaine dernière : elle est désormais la candidate la moins bien notée, sans doute à cause du vol de ma tablette à croquis, qu'elle a avoué devant tout l'équipage. Derrière la joie d'avoir été choisie par Marcus, derrière la farouche volonté de survivre une fois sur Mars, je sens se profiler en moi une drôle d'impression – celle d'avoir une sorte de passif avec deux êtres humains parmi les onze qui devraient être mes alliés indéfectibles. Mémo à moi-même : mettre mon amour-propre de côté et faire un geste vers eux dès que possible, pour qu'on se réconcilie, c'est vraiment trop bête de rester fâchés...

Je n'ai pas le temps d'y songer davantage, que Serena McBee reprend la parole en off :

« *Voyons maintenant le résultat de l'algorithme établissant les couples définitifs*, annonce-t-elle. *Le système a aussi additionné la somme des Trousseaux collectés par les deux conjoints au cours du voyage grâce à vos généreux dons. Mesdames, messieurs, j'ai le plaisir et l'honneur de vous présenter... les premiers couples de Mars !* »

Les deux tableaux fusionnent l'un avec l'autre pour en former un troisième qui, par le jeu du programme informatique, dresse la liste des couples classés de 1 à 6 en fonction de leurs gains.

N° du couple	♂ Prétendant	♀ Prétendante	♥ Trousseau du couple	% des dotations totales
1	Alexeï (RUS) $202 403 002	Kirsten (DEU) $378 596 876	$580 999 878	25 %
2	Marcus (USA) $199 009 876	Léonor (FRA) $205 908 543	$404 918 419	18 %
3	Mozart (BRA) $179 567 098	Elizabeth (GBR) $223 789 065	$403 356 163	18 %

N° du couple	♂ Prétendant	♀ Prétendante	♥ Trousseau du couple	% des dotations totales
4	Samson (NGA) $152 568 093	Safia (IND) $172 456 890	$325 024 983	14 %
5	Tao (CHN) $188 567 890	Fangfang (SGP) $134 567 900	$323 135 790	14 %
6	Kenji (JPN) $79 098 567	Kelly (CAN) $155 678 097	$234 776 664	10 %

La main de Kris se resserre sur la mienne – « Marcus et toi, Alexeï et moi, comme nous l'avions rêvé », me glisse-t-elle à l'oreille d'une voix tremblante. Son visage rayonne de joie sous sa couronne de nattes blondes. En cet instant, je le vois, je le sens, elle est pleinement comblée – comme si le piège du programme Genesis, le marché de Serena McBee, tout cela n'existait pas. Avec surprise, je me rends compte que mon propre sourire n'est plus du tout forcé. Je ne joue plus un jeu. Je suis vraiment moi. Vraiment bien.

Oui, je suis au bord du gouffre, prête à faire une chute de six mille kilomètres vers un enfer rouge dont je ne reviendrai jamais, et pourtant j'ai l'impression que c'est le plus beau jour de mon existence !

« Ne sont-ils pas superbes, nos fiancés de l'espace ? s'exclame Serena McBee, me ramenant brutalement à la réalité de l'émission. Ne sont-ils pas magnifiques ? Ne valent-ils pas leur pesant d'or ? Au cours des cinq derniers mois, vous leur avez envoyé plus de deux milliards de dollars – deux milliards deux cent soixante-neuf millions quatre cent quatorze mille huit cent quatre-vingt-dix-sept dollars et dix cents, pour être exacte. Une somme, je vous le rappelle, qui permettra de rembourser les frais avancés par Atlas

ACTE II

pour racheter tout le matériel de la Nasa, et contribuer ainsi à la conquête de Mars !

« Côté filles, la championne toutes catégories est l'adorable Kirsten, dont le formidable Trousseau vient s'ajouter à celui d'Alexeï, lui aussi le mieux doté – d'un chouia – côté garçons. À eux deux, ils détiennent un quart des dons, de quoi régner sur les enchères qui auront lieu une fois sur Mars pour acheter le matériel de New Eden ! Deux couples les suivent, avec chacun 18 % de la cagnotte : Marcus et Léonor, talonnés par Mozart et Elizabeth. De même, Samson et Safia sont quasi ex æquo avec Tao et Fangfang, détenant les uns et les autres 14 % de la somme totale. Bons derniers, Kenji et Kelly terminent avec une part de 10 %, grevés par la performance en demi-teinte de notre benjamin en matière de levée de fonds. »

Un claquement retentit derrière moi ; je tourne la tête, Kelly vient de faire éclater sa bulle de chewing-gum.

« Ne vous inquiétez pas, Serena, lâche-t-elle. J'ai toujours trouvé Kenji craquant avec son côté autiste et son regard de chat sauvage. Et puis la dèche, j'ai l'habitude. *Je ne suis pas le genre de nana qui tuerait père, mère et enfants pour de l'argent, moi...* »

Mon cœur manque un battement. Depuis la reprise d'antenne, Kelly la tête brûlée joue avec le feu. La provocation est évidente dans la manière dont elle a prononcé sa dernière phrase. Est-ce qu'elle est déjà en train de craquer, prête à tout balancer sur un coup de sang ?

Non, entre ses mèches peroxydées, son visage est ferme et déterminé, sous contrôle. Sa pique était adressée à Serena, et à elle seule. Les spectateurs n'ont aucun moyen de le savoir, Kelly en a bien conscience, sans quoi elle ne se serait jamais permis de nous mettre en danger.

« ... je suis comme vous, Serena, une incorrigible romantique, conclut-elle avec une ironie que nous seules pouvons percevoir. La chose la plus importante, pour vous et moi, c'est l'amour. »

Tandis que l'ironie de Kelly vole à travers l'espace, Serena continue de rappeler aux spectateurs la suite du programme. Pendant plusieurs minutes, elle montre à l'écran différentes vues de la base martienne, puis elle décrit les dernières étapes que nous devons franchir pour y arriver.

« Le *Cupido* est actuellement en orbite autour de Mars, suivant la trajectoire de Phobos, qui accomplit le tour de la planète en sept heures et trente minutes. D'après les données que me transmet la salle de contrôle, la prochaine fenêtre de désamarrage pour atterrir dans le canyon de Valles Marineris, où est implantée la base de New Eden, aura lieu à 18 h 00 sur le fuseau horaire de la côte Est. Le moment approche pour nos fiancés de finir leurs valises, de remettre les combinaisons qu'ils portaient il y a cinq mois pour le décollage, de remonter dans les capsules et de... »

La voix de Serena se suspend tout d'un coup.

Son visage se fige dans une immobilité de statue – elle sourit toujours, mais d'un sourire ambigu, qui dévoile un peu trop ses gencives.

Elle vient d'entendre la réplique de Kelly, je le devine, avec trois minutes de décalage et il a fallu trois minutes encore pour que sa réaction nous parvienne.

« ... faire le grand saut vers leur nouveau monde », achève-t-elle dans une longue expiration.

Ses traits retrouvent leur mobilité et ses pupilles se dilatent légèrement, tandis qu'elle se penche vers la caméra – vers nous.

« Oui, Kelly, tu as raison, dit-elle d'une voix doucereuse. L'amour est ce qu'il y a de plus important pour moi. Et je vous aime, tous les douze, comme si vous étiez mes petits. Quel déchirement cela va être de vous voir vous envoler vers votre glorieux destin, même si je sais que c'est la suite logique du programme et l'accomplissement de votre rêve le plus cher... Car, une fois au fond du puits gravitationnel de Mars, rien ne pourra plus vous faire revenir sur Terre. »

ACTE II

27. Hors-Champ
INTERSTATE 80 WEST, ÉTAT DE L'INDIANA
DIMANCHE 10 DÉCEMBRE, 16 H 01

« *R*IEN, *RIEN ET RIEN : JE NE TROUVE RIEN DU TOUT !* »
La tache blanche du visage d'Harmony McBee est éclairée par l'écran de l'ordinateur portable, qu'elle tient sur ses genoux. Dehors, derrière les vitres du camping-car qui continue sa route vers l'ouest, la fin du jour est si sombre, si brouillée par la neige, que les automobiles roulent tous phares allumés.

« J'ai épluché ces e-mails depuis hier, toute la nuit et toute la journée ! gémit-elle. Il n'y a que des listes de fournitures pour la villa McBee, des commandes de matériel d'apiculture, les fiches de paye des employés et, surtout, des e-mails de soutien pour l'élection présidentielle, par centaines, par milliers. Mais rien sur mon père. Rien sur moi. Pas une ligne. Pas un mot. C'est comme si je n'existais pas. »

La jeune fille pousse un soupir désespéré.

Elle a l'air complètement exténuée.

« Je n'arrive pas à croire que ma mère connaisse tous ces gens qui lui écrivent, alors que moi, les gens que je connais se comptent sur les doigts des deux mains.

— Vous avez la vie devant vous pour apprendre à connaître le monde, dit Andrew, qui semble aussi pâle et fatigué qu'elle. Encore faut-il que vous permettiez au monde d'apprendre à vous connaître… »

Il y a de la distance dans sa voix. Il est encore blessé par la manière dont sa passagère l'a remis à sa place, la veille. Mais elle semble trop absorbée par les e-mails qui défilent à l'écran pour s'en apercevoir.

« *C'était un honneur d'interpréter l'hymne du programme Genesis, et je serai ravi de chanter l'hymne national le jour de votre investiture – car je suis sûr que vous allez être élue haut la main !* lit-elle à voix haute. C'est signé Jimmy Giant.

« *Notre société se félicite chaque jour d'avoir investi sur le beau Marcus, en tant que sponsor diamant : nos ventes de surgelés spéciaux "repas de l'astronaute" ont explosé, et je peux vous dire que nous avons fait campagne en interne pour que tous nos employés votent pour vous !* Signé Henry K. Delville, P-DG d'Eden Food International.

« *Chère madame McBee, en attendant la confirmation de votre élection à la vice-présidence, nous sommes heureux de vous annoncer que vous avez d'ores et déjà été élue Femme de l'année par notre revue.* Signé le comité de rédaction de *Time Magazine*.

« Il y a tant de gens importants qui sont persuadés que maman est une sainte. Qui nous croira, le jour où nous devrons parler et révéler la vérité ? Qui ?

— Cessez de vous torturer, Harmony, dit Andrew d'une voix radoucie. Vous devriez vous reposer un peu. Vous n'avez pas fermé l'œil depuis que nous sommes partis ! Tenez, je vais m'arrêter à la prochaine station-service, le réservoir est presque vide. Il faut que je fasse le plein. Et que je dorme un peu, moi aussi. »

Il pointe du doigt une lumière au bord de l'autoroute, derrière le pare-brise.

« Nous allons prendre une boisson bien chaude. Et j'en profiterai pour lancer un logiciel de recherche dans les archives de votre mère, afin de voir si votre nom apparaît quelque part. »

Elle ne l'écoute pas. C'est comme si elle était en pilote automatique, obnubilée par les e-mails qui continuent de défiler, incapable de détacher ses yeux de l'écran. L'ordinateur tremble sur ses genoux – ou plutôt, c'est tout son corps qui s'agite. Sous la peau fine de ses tempes, un réseau de veines bleues palpite au rythme de sa litanie de plus en plus frénétique :

ACTE II

« *Nous avons l'honneur de vous annoncer qu'en raison de vos efforts pour le rapprochement des peuples par le biais d'un sain divertissement, vous êtes short-listée pour le prochain prix Nobel de la paix.* Signé : Le comité Nobel. »
« *Si vous êtes élue, puisse votre mandat ouvrir un âge d'espérance et de prospérité pour les États-Unis d'Amérique et pour le monde entier. En attendant, le cardinal Giacomo sera heureux de représenter la religion catholique lors de la cérémonie œcuménique de mariage.* Signé : Le Saint-Siège. »
— Harmony ? Harmony, vous m'entendez ? Est-ce que vous vous sentez bien ? – Andrew est franchement inquiet à présent. Écoutez, il faut vraiment que vous éteigniez cet ordinateur et que vous récupériez des forces. Voilà la sortie, je vais me garer. »

Il donne un coup de volant pour quitter l'autoroute, fonce sur la première place de parking, arrête le véhicule d'un coup de frein, dans un grand crissement de sel antineige.

« Lâchez ça, Harmony », dit-il en lui prenant l'ordinateur des mains, pour le poser sur le tableau de bord.

Il tourne l'interrupteur du plafonnier.

Une lumière jaune, crue, tombe sur le visage décomposé d'Harmony, parcouru de spasmes nerveux.

« Comme vous tremblez ! Et vous êtes si pâle ! Que se passe-t-il ? La fatigue ?

— Non, le manque... », balbutie-t-elle.

Andrew fronce les sourcils.

« Hier, quand je suis venu me présenter devant la porte de votre chambre ! se souvient-il. Vous m'avez demandé si je vous apportais votre dose. Vous êtes... droguée ? À quoi ? Répondez-moi, Harmony, à quoi ? »

Les fins sourcils de la jeune fille font des vagues. Ses paupières aux longs cils transparents battent involontairement, ses yeux se révulsent. Tout son corps tremble à présent, faisant rouler son médaillon en or contre sa poitrine, tel un pendule qui s'affole.

« Zero-G..., trouve-t-elle la force d'articuler.
— Non ! La pire de toutes ! »
Andrew se met à trembler à son tour, de panique. Lui qui est si doué avec les machines et les codes, il se trouve complètement désemparé face à une jeune fille au bord du gouffre.
« Qu'est-ce que je dois faire ? Appeler les urgences ?
— Nous ne devons pas... nous signaler... vous l'avez dit vous-même... il faut juste que je prenne un somnifère... »
D'une main tremblante, Harmony extrait plusieurs pilules de la poche de sa robe et les glisse entre ses lèvres. Sa respiration s'accélère. Ses narines s'ouvrent et se ferment comme les branchies d'un poisson qui étouffe hors de l'eau. Deux filets de sang se mettent à couler de chacune d'entre elles.
« Harmony !
— J'ai froid... »
Le conducteur se tord aussitôt sur son siège, pour attraper le plaid qui gît sur la banquette arrière, parmi les gadgets technologiques dont le camping-car est truffé.
Il y enveloppe le corps frémissant d'Harmony, qui continue de balbutier :
« Ça va passer... je vous assure... ce n'est pas une vraie crise de manque, juste un petit moment de faiblesse... ça m'est déjà arrivé... à ce stade, les somnifères sont encore efficaces... ils vont bientôt faire effet... »
Ses paroles s'espacent de plus en plus, laissant de longs silences entre chaque bribe de phrase :
« ... roulez, je vous en prie, ne vous arrêtez pas trop longtemps...
« ... je veux être le plus loin possible de ma mère quand les crises commenceront vraiment...
« ... je veux être à l'autre bout du monde quand je vous supplierai de me ramener auprès d'elle pour qu'elle me donne de l'argent... »

ACTE II

Elle souffle encore un dernier mot – « ... roulez... » – puis elle ferme les yeux.

Peu à peu, son corps cesse de trembler.

Ses sourcils cessent d'onduler.

Ses narines retrouvent le rythme d'une respiration profonde, celle de quelqu'un qui sombre dans le sommeil, terrassé.

Andrew reste un instant immobile, hagard. Il observe le visage endormi de sa passagère, au-dessus de la couverture épaisse. Elle ressemble, plus que jamais, à une poupée de porcelaine. Il sort un mouchoir de sa poche et, d'une main hésitante, essuie les deux filets de sang encore frais qui gouttent jusqu'aux lèvres diaphanes.

Il remet doucement le contact, avec une délicatesse infinie, comme si la clé était de verre.

Il effleure la pédale d'accélération du bout du pied, pour faire glisser le camping-car jusqu'à la pompe à essence la plus proche.

Sans un bruit, il ouvre la portière et fait le plein, sans quitter des yeux la jeune fille assoupie derrière le pare-brise :

« Je vous emmènerai au bout du monde, Harmony, je vous le promets, murmure-t-il. Et le sommeil peut bien m'attendre quelques heures de plus. »

Il se dirige vers la petite station-service éclairée au néon, pousse la porte de verre, qui émet une sonnerie électrique.

« Pompe numéro 5, lance-t-il en se servant un gobelet de café en libre-service, qu'il remplit à ras bord. Plus un café. Je paie cash. »

Mais le caissier ne lui prête pas la moindre attention.

Ni aucun des trois clients parsemés dans les rayons de la petite supérette.

Ils ont tous les quatre les yeux rivés sur le grand téléviseur fixé au-dessus du comptoir.

« L'information vient de tomber ! hurle un reporter surexcité, posté devant la Maison Blanche, aux jardins envahis par la neige. L'identité des passagers du jet disparu hier en mer des Caraïbes vers 15 h 00 vient d'être confirmée par Washington ! Il s'agit d'un pilote de la société Atlas Capital et de quatre des membres les plus éminents du fameux programme Genesis ! Gordon Lock, Odette Stuart-Smith, Geronimo Blackbull et Archibald Dragovic sont portés disparus et, selon toute probabilité, morts à l'heure qu'il est... »

Andrew laisse échapper son gobelet brûlant, qui s'écrase au sol dans une grande éclaboussure brune.

28. CHAMP
D + 161 JOURS, 02 H 35 MIN
[23ᵉ SEMAINE]

« MON PLUS GRAND REGRET, C'EST QUE JE NE PUISSE PAS EMPORTER CETTE MERVEILLE. »
Kris contemple l'écran incrusté au-dessus du lit superposé que nous avons partagé pendant cinq mois. Il affiche une image qui lui ressemble, comme un reflet d'elle-même dans un monde magique où elle aurait tous les pouvoirs, y compris celui de rompre les sortilèges, de dissiper les malédictions. C'est le portrait numérique que j'ai réalisé pour son dix-neuvième anniversaire. Je l'ai représentée en princesse des glaces, un véritable personnage de conte, ou de romance comme celles qui lui plaisent tant.

« C'est un fichier numérique, Kris, dis-je. Il te suffira de l'uploader sur l'un des écrans de ton habitat, une fois en bas. Je pourrai même faire le portrait d'Alexeï avec les mêmes couleurs, les mêmes tons, si tu veux. Ainsi, vous serez immortalisés ensemble, le prince et la princesse des glaces, le plus beau couple de Mars. »

Immortalisés... Je sais bien que c'est un mensonge, parce que les peintures numériques ne sont jamais que des amas de données qui peuvent s'effacer d'un clic, et parce que ce qui nous attend là-dessous, c'est tout sauf l'immortalité.

« Peut-être même que je réussirai à faire votre portrait *en vrai*, j'ajoute précipitamment, pour masquer mon trouble. J'ai appris à dessiner en virtuel, sur écran, ça m'a toujours suffi jusqu'à présent. Mais, depuis que je manipule le maquillage Rosier, tous ces bâtons de rouge à lèvres, ces fards et ces poudres – toute cette matière –, j'aimerais bien avoir aussi de vraies feuilles en vrai papier. Comme les artistes d'autrefois. Pour sentir la couleur s'étaler, pour la sentir physiquement, pas seulement en deux dimensions, mais dans toute son épaisseur. Tu comprends ce que je veux dire ? »

Kris s'arrête un instant de sortir les derniers habits de son placard, pour me regarder.

« Oui, je comprends, dit-elle. Enfin, je crois. »

Elle me sourit :

« C'est gentil, ce que tu me dis sur Alex, que tu veux faire son portrait, tout ça. Il est parfois direct dans ses mots, mais c'est parce que c'est un passionné. Il a un bon fond, tu sais.

— Oui, je sais, dis-je, en sachant qu'elle fait référence à un épisode que les spectateurs ignorent, mon altercation avec le Russe quand nous étions hors antenne.

— Je crois qu'il a vécu des choses pas faciles dans sa vie. Cette bande de jeunes avec qui il a traîné pendant deux ans à Moscou, avant de poster sa candidature...

— Je pensais que c'étaient des idéalistes, des rêveurs. N'est-ce pas ce qu'il nous a raconté, à chacune, lorsque nous l'avons rencontré la première fois au Parloir ? Cette histoire de chevaliers des temps modernes allant chercher l'aventure dans la jungle urbaine, ne me dis pas qu'il ne te l'a pas sortie ? »

Kris lève à nouveau les yeux de ses affaires, pour les plonger dans les miens. Ils sont pleins de tendresse et de bonté.

« Oui, c'est ce qu'il a dit…, murmure-t-elle. Il a peut-être un peu adouci la réalité. Mais c'est du passé, tout ça. Quelles que soient ses plaies, je l'aiderai à les panser, avec tout mon amour. »

Les paroles qu'Alexeï a prononcées sous la colère, hier dans le Parloir, me reviennent en tête. Évoquant son passé, il n'était plus question de chevaliers et de nobles causes, mais de beignes, de sacrifices et du goût écœurant du sang dans la bouche…

« Tu l'as choisi, ça me suffit, dis-je. Tout ce qui compte, pour moi, c'est que tu sois heureuse avec lui. »

Heureuse… Encore un mot qui sonne terriblement faux à mes oreilles.

Mais Kris, elle, continue d'afficher ce sourire optimiste qui pourrait désarmer un régiment. Elle est vraiment bonne actrice, bien meilleure que moi. Car elle sourit surtout pour les caméras, n'est-ce pas ? Ou est-ce qu'elle réussit vraiment à savourer cet instant, le délicieux empressement d'une fiancée qui s'apprête à épouser celui qu'elle aime, comme si le reste du monde n'existait pas, comme si l'avenir allait vraiment être radieux ? Dans un cas comme dans l'autre, elle m'épate.

Moi, j'ai du mal à détacher mes pensées d'Andrew Fisher et d'Harmony McBee. Où sont-ils à présent ? Combien de temps parviendront-ils à rester en liberté ? Peut-on vraiment faire confiance à la fille cachée de celle qui nous a tous condamnés ? Mon intuition me répète que oui, qu'Harmony a un secret, une souffrance qui résonne avec nos propres destinées…

Kris range sa dernière robe dans son sac d'un geste gracieux, comme si aucune de ces questions ne la concernait.

« Je dois avouer que je commençais à en avoir un peu assez de cuisiner uniquement à base de conserves Eden

Food, dit-elle. Il paraît que là-bas, dans la serre de la base, les machines envoyées avant nous ont réussi à faire pousser des céréales et des fruits. Tu sais quoi ? Il y a même des pommes ! Je vais enfin pouvoir faire mon fameux strudel, dont tu me diras des nouvelles ! »

Elle détache l'image qu'elle a accrochée avec du Velcro sur la porte de son placard, au début du voyage, la *Vierge à l'Enfant* de Botticelli. Voilà, son casier est vide, nu comme au premier jour. Je frissonne de voir ça, ce coin de vaisseau dépersonnalisé, anonyme, comme il l'était avant que nous montions à bord... comme il le sera quand il fera demi-tour sans nous, pour regagner la Terre.

« J'ai fini, annonce Kris. Tu veux que je t'aide à terminer de ranger tes affaires, petite léoparde ? »

Elle prend délicatement de mes mains les lambeaux de ma robe de mousseline rouge, que j'ai ôtée hier soir pour passer ma sous-combinaison, cette seconde peau noire et moulante qui me recouvre entièrement – y compris et surtout la Salamandre.

« Je te repriserai cette robe, je te le promets, dit-elle. Toi, tu es une maestro du dessin, mais moi, il paraît que pour la couture j'ai des doigts de fée...

— C'est plutôt moi qui vais être condamnée à repriser les chaussettes, les petites culottes et les caleçons de tout New Eden, vu comme c'est barré ! » s'écrie Kelly, qui passe par là en tirant son sac derrière elle.

Elle y a fourré en boule toute sa garde-robe multicolore et ses dizaines de bijoux fantaisie, pas étonnant qu'elle soit prête la première. Ça me fait tout drôle de la voir en sous-combi, sans nombril à l'air ni décolleté plongeant, juste avec ses cheveux décolorés qui se détachent sur le tissu noir. On dirait une surfeuse au milieu de l'océan, qui rame pour remonter le courant.

« C'est moi, la Cosette du cosmos, ânonne-t-elle en formant une coupe à obole avec le creux de sa main. Avec mon mec, on est grave à la rue. À votre bon cœur, mes bonnes dames, une petite pièce... Un petit million pour nous permettre de participer aux enchères et d'avoir un toit sous lequel crécher ce soir... »

Il y en a qui tentent de résister aux marées du destin en se débattant contre les vagues ; Kelly, c'est plutôt à coups de vannes foireuses.

Mais son petit numéro m'arrache un sourire. Fangfang elle-même ne peut s'empêcher de pouffer aux pitreries de celle qui si souvent, par le passé, l'a mise à bout de nerfs. Kelly a vraiment un moral d'acier. Elle qui, hier encore, voulait faire demi-tour, elle est à présent surexcitée à l'idée d'accomplir la mission pour laquelle elle a été formée. Le fait d'être enfin dans l'action, après toute cette attente, lui fait un bien fou – et c'est communicatif ! Son énergie me fait chaud au cœur, autant que le sourire de Kris !

Une demi-heure plus tard, le sas qui conduit à la capsule spatiale s'ouvre en grinçant dans le plancher de la chambre. Les six sièges sur mesure, moulés d'après nos mensurations, nous attendent là. Nous descendons nos sacs dans la soute avec autant de précautions que s'ils étaient chargés de verres en cristal – il y a là tous les souvenirs de nos vies d'avant, ces fragments de la Terre que nous allons emmener avec nous sur un nouveau monde. Au moment où nous calons le dernier sac, les écrans de la chambre désormais désertée s'allument d'un seul coup. Ce n'est pas Serena, ni aucun autre organisateur, c'est une vue de la surface de Mars, filmée par la caméra de tête du *Cupido*. L'énorme planète rouge tourne lentement, et avec elle la longue balafre du canyon de Valles Marineris, notre destination. Un compte à rebours en gros chiffres digitaux défile en haut des écrans, comme celui qui précédait notre départ cinq mois plus tôt, sur la plateforme d'embarquement de cap Canaveral :

D - 75 min

ACTE II

« Dites, les filles…, demande Safia avec une pointe d'inquiétude. C'est moi, où Valles Marineris s'éloigne de nous ?
— Tu as raison, ma cocotte, confirme Kelly.
— Mais je ne comprends pas… juste au moment où on va descendre…
— Parce que tu croyais qu'on allait tomber en chute libre, comme dans un saut à l'élastique ? Tu es si pressée de retrouver ton Samson ? Ah, là, là, les hormones, quand ça vous travaille… »

Les joues de la petite Indienne rougissent, ça fait plaisir de la voir reprendre des couleurs !

« On va descendre sur Mars en *désorbitant*, explique Kelly. Non, ne me regardez pas comme ça, avec vos esprits mal placés ! Ce n'est pas un gros mot ! Regardez plutôt… »

Elle brandit sa tablette de révision, sur laquelle elle s'est entraînée au pilotage pendant des mois.

« Vous vous rappelez ce schéma, qu'on a vu pendant l'entraînement dans la vallée de la Mort ? Ou est-ce que cinq mois de speed-dating vous ont définitivement lessivé le cerveau ? Allez, zou, séance de rattrapage !…

« *Un*, désorbitage. Les capsules se détachent du *Cupido* et de l'orbite de Phobos pour s'enfoncer en tournant dans le puits gravitationnel de Mars, pendant deux heures qui vous permettront de bénéficier de vues imprenables sur notre nouveau quartier.

« *Deux*, rentrée atmosphérique. On glisse sur la fine atmosphère de Mars pour commencer le freinage, un peu comme une pierre de curling sur la glace – et on prie bien fort pour que le bouclier thermique des capsules tienne le coup si on ne veut pas finir comme du pop-corn.

« *Trois*, atterrissage. Attention, là ça devient vraiment technique… À vingt kilomètres au-dessus du sol, un ballon hypersonique se gonfle sous la capsule pour décélérer un max, genre airbag géant ; à dix kilomètres au-dessus du sol, le parachute se déploie ; enfin, quelques mètres avant l'arrivée, les rétrofusées donnent un dernier coup de jus

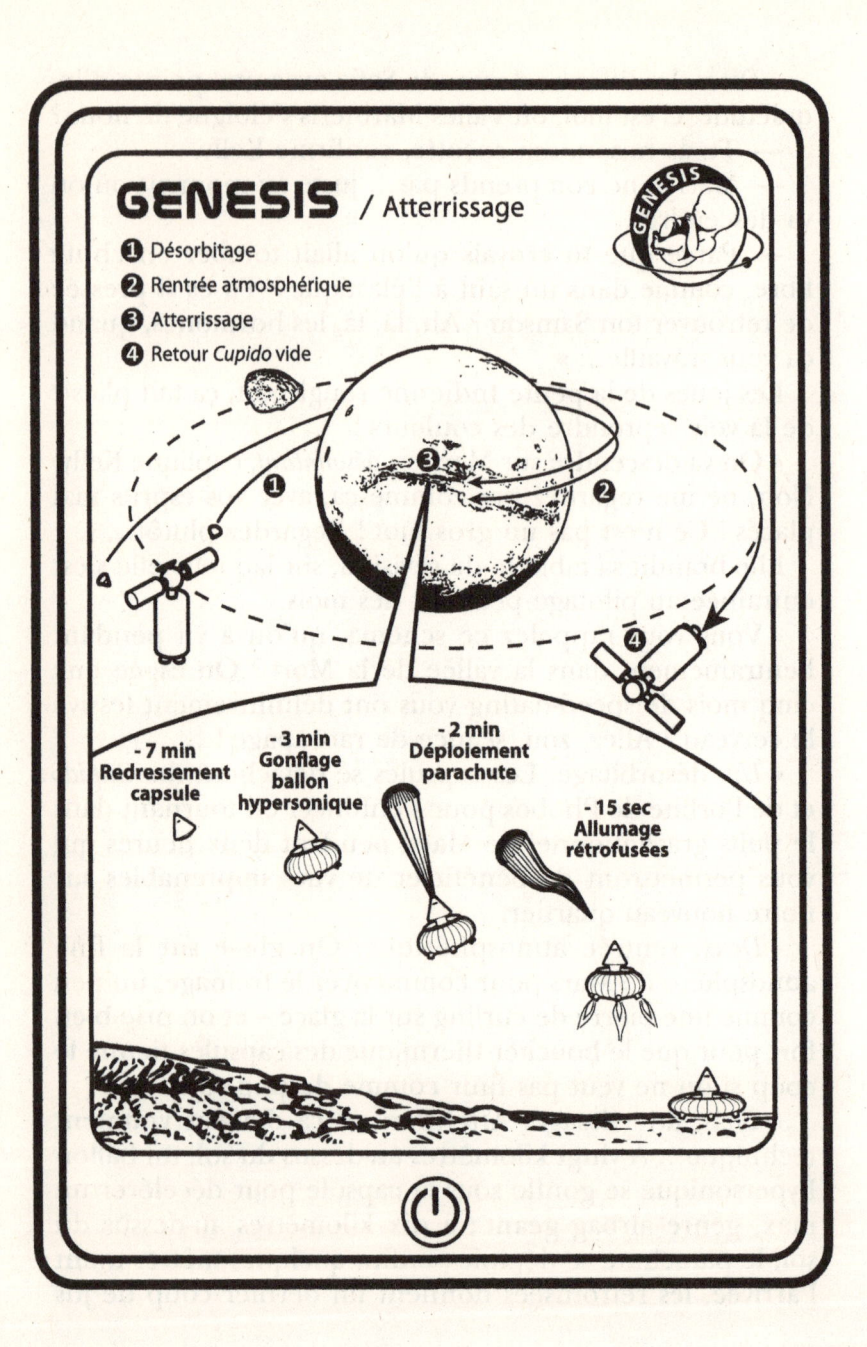

GENESIS / Atterrissage

1. Désorbitage
2. Rentrée atmosphérique
3. Atterrissage
4. Retour *Cupido* vide

- 7 min
Redressement capsule

- 3 min
Gonflage ballon hypersonique

- 2 min
Déploiement parachute

- 15 sec
Allumage rétrofusées

pour réduire la vitesse à zéro ou presque. Nous voilà à Valles Marineris ! Et qui peut me dire ce que deviendra le *Cupido* ? Safia ? Kris ? »

Bonne élève, c'est Fangfang qui lève la main dans un réflexe pavlovien. Elle lâche sa réponse d'une traite :

« Moi, je sais : le *Cupido* achèvera de faire le tour de Mars et passera en pilote automatique lors du voyage de retour vers l'orbite de la Terre où il accueillera un nouvel équipage d'astronautes pour la saison 2 du programme Genesis.

— C'est bien, tu auras un bon point », dit Kelly.

Puis elle frappe dans ses mains, jouant les institutrices jusqu'au bout :

« Allez, les filles, c'est pas tout ça ! Il est temps de mettre nos combis et de nous métamorphoser en bibendums. Je sais, ce n'est pas très agréable. Mais il y a quand même un point positif : ça nous rend toutes égales sur la balance. Là-dedans, même Liz a l'air d'un loukoum de l'espace – adieu la ligne de danseuse étoile ! »

L'Anglaise rit jaune – « Ha, ha, ha ! »

Nous sommes toutes tendues, bien sûr, mais Liz plus encore. Il n'y a pas que les garçons qui l'aient descendue dans leurs classements, depuis que ses manigances ont été mises au jour : les filles aussi ont une dent contre elle, elle doit bien le sentir. Mais moi, j'ai décidé de ne pas lui en vouloir, et c'est le moment ou jamais de le faire savoir !

« Loukoum ou pas, moi j'ai hâte de te voir danser sur le sol de Mars ! » dis-je en lui adressant un grand sourire.

Son visage fermé, sous ses cheveux tirés en chignon, s'ouvre d'un seul coup :

« C'est… c'est vrai ?

— Bien sûr que c'est vrai. Dis-moi, je voudrais te poser une question… Qu'est-ce que tu as prévu de danser ? – non que j'y connaisse quelque chose en ballet, pourtant je serais curieuse de savoir. »

PHOBOS[2]

Les longs cils noirs de l'Anglaise battent, mais ce n'est pas une attitude, ni un effet étudié : c'est juste qu'elle est profondément touchée, et moi aussi.

« Ce n'est pas un ballet, dit-elle. C'est une symphonie. Celle que Neil Armstrong avait emportée avec lui en 1969 dans la mission Apollo 11, à destination de la Lune. Je l'ai chargée dans ma tablette. Je voulais... être la première à danser sur la *Symphonie du Nouveau Monde*.

— La *Symphonie du Nouveau Monde* ? Quel beau titre ! J'aimerais beaucoup te dessiner, quand tu l'interpréteras... si tu m'y autorises. »

Liz ouvre la bouche pour dire quelque chose, mais l'émotion est trop forte, les mots ne viennent pas.

Alors, elle me prend de court et me serre dans ses bras.

Je sens sa tête reposer sur mes boucles rousses, ses larmes chaudes couler sur mon cou. Et je vois les miennes rouler sur ses longs cheveux de jais.

Ma gorge à moi aussi est trop nouée pour parler ; je n'ai que mon regard embué pour dire aux autres filles d'approcher : *si je lui pardonne, vous pouvez lui pardonner vous aussi.*

D - 59 min

Ça y est, à force de contorsions nous avons enfin toutes revêtu nos équipements. Les kilos de ma combinaison me semblent peser des tonnes. C'est que j'ai pris l'habitude de vivre en tenue légère, à gravité réduite, pendant cinq mois. Et puis, cette fois, on doit se coltiner en plus de la combi un module de vie extravéhiculaire, une sorte de gros sac à dos plein d'oxygène cryogénisé, qui doit nous permettre de survivre quand on mettra le pied hors de la capsule. Bref, au moment de descendre sur Mars, c'est comme si on nous lestait de plomb pour être sûr qu'on touche bien le fond et qu'on ne remonte jamais. Mais je m'en contrefiche. L'étreinte fraternelle de Liz m'a ôté un poids plus lourd que toutes les combinaisons du monde.

Parce que c'est ensemble, soudées, qu'on pourra survivre sur Mars !

D – 37 min
Nous voilà engoncées dans nos sièges, nos corps boursouflés aussi fermement calés que des œufs dans une boîte. Kelly, Safia et Liz sont au premier rang, comme au décollage, et les trois autres sont au deuxième rang. Louve elle-même est installée dans son petit siège, ses yeux noirs et inquiets clignant au-dessus de la muselière que Kris a bouclée sur sa gueule. La lente rotation de la planète Mars se poursuit à travers le pare-brise blindé de la capsule, et le compte à rebours continue de défiler sur le moniteur de transmission.

« C'est bon, j'ai établi le contact avec la salle de contrôle…, annonce Safia, notre responsable Communication » Elle ajuste ses écouteurs dans ses oreilles. « … attendez, on m'informe que Roberto Salvatore est indisponible.

— Il s'est étouffé avec ses carbonara ? grince Kelly. C'est pas une grosse perte. Enfin, façon de parler, vu la carrure du type… »

Et vlan ! dans les dents !
Nous savons bien qu'en vérité Roberto s'est enfui quand le programme a commencé à capoter, Serena me l'a avoué lorsque j'ai découvert le rapport Noé. À présent, elle doit être trop occupée à manigancer la prochaine manière de nous couler, aux côtés du directeur Lock et des quatre instructeurs restants. Ils n'ont pas le temps de repasser à l'antenne, et c'est tant mieux, j'aime autant ne pas voir leurs sales bobines de traître.

« C'est un autre expert en navigation qui va nous aider pour les manœuvres, annonce Safia.

— Bof ! Je n'ai besoin de l'aide de personne ! fanfaronne Kelly. Je peux faire ça les doigts dans le nez. *Fingers in the nose !* »

PHOBOS[2]

Elle fait semblant de fourrer son index dans sa narine, mais bien sûr c'est impossible, avec son gant de cosmonaute qui transforme ses doigts en saucisses. Une chose est certaine : Kenji ne va pas s'ennuyer avec elle, pourvu qu'il parvienne à suivre le rythme !

À la pensée des couples qui s'apprêtent à se retrouver, le visage de Marcus surgit dans mon esprit. On a passé cinq mois côte à côte dans le même vaisseau, mais seulement onze séances ensemble dans le Parloir (presque toutes concentrées à la fin du voyage, quand j'ai enfin renoncé à ma règle absurde). Onze fois six, ça fait soixante-six minutes. À peine plus d'une heure pour devenir folle d'un garçon. Est-ce que ça fait de moi une fille facile ? Là, maintenant, c'est le cadet de mes soucis. Quand je pense qu'avant de partir, je pensais avoir un cœur blindé comme une banque centrale ! Tout faux. À l'idée que ce soir, après six mille kilomètres de vrille entre Phobos et Mars, je vais enfin toucher Marcus, ce cœur qui se croyait impénétrable s'emballe comme si le plongeon avait déjà commencé.

D – 30 min
Le sas se referme lentement au-dessus de nos têtes. La lumière du vaisseau, savamment dosée pour reproduire celle du jour, disparaît. Elle est remplacée par la pénombre qui règne dans la capsule, percée par les dizaines de diodes sur le tableau de bord et par l'éclat rougeoyant de la planète Mars derrière le pare-brise blindé.

« Attachez vos ceintures », ordonne Kelly.

D'après le protocole, c'est elle qui commande l'équipage dans les phases de navigation.

« Mettez vos casques. »

Voilà, nous allons le faire, je pense en glissant mes épaisses boucles rousses sous le bord de mon casque. Nous allons nous enfoncer dans le puits gravitationnel de Mars.

D'une pression du doigt, j'enclenche le relais radio qui nous permet de continuer à communiquer les unes avec les autres.

« *Séparation de la capsule dans trente minutes* », résonne la voix de Kelly, un peu déformée à travers mon casque, comme dans un talkie-walkie.

Les dés sont jetés.

29. Contrechamp
BUNKER ANTIATOMIQUE, BASE DE CAP CANAVERAL
DIMANCHE 10 DÉCEMBRE, 17 H 39

« SI VOUS SAVIEZ COMME JE SUIS FIÈRE DE VOUS, ARTHUR ! La police a cru de A à Z au petit témoignage que vous leur avez livré hier. Les alliés du silence ne sont plus qu'un mauvais souvenir, des confettis répandus dans la mer des Caraïbes, et Gordon Lock est le principal suspect. En ce moment même, des dizaines de grouillots du service de communication de la Maison Blanche répondent aux journalistes du monde entier, leur servant notre soupe à tour de bras. Le plus beau, c'est que la presse a commencé à échafauder une histoire de terrorisme pour expliquer l'inexplicable, comme je l'avais prédit ! Washington me met sous protection de l'armée, comme si c'était moi, la victime ! Vous avez mené tout cela de main de maître, Arthur, avec le flegme viril que je vous connais, et qui m'a séduite dès le premier jour. »

Serena McBee presse sa poitrine, que l'échancrure de la veste de tailleur souligne généreusement, contre le torse d'Arthur Montgomery.

« Ouille ! gémit-il.

— Oh ! Je vous ai fait mal ?

— C'est qu'hier, vous m'avez labouré les chairs avec vos ongles, et les blessures sont encore à vif sous les pansements. Tigresse, va !

— Je n'y peux rien si vous me rendez folle de désir, mon intrépide chasseur des savanes... »

Serena approche ses lèvres de la moustache frémissante du médecin.

« Les prétendants vont descendre sur Mars dans quelques minutes, comme prévu, susurre-t-elle. Si c'est bien la Grande Tempête qui menace la base, comme ils le supposent, alors ça signifie que nous avons vingt-deux mois devant nous, soit presque deux ans : un demi-mandat présidentiel ! Il peut s'en passer des choses ! Lorsque je serai confirmée à la vice-présidence, je lancerai les forces de l'ordre sur les traces des deux mouchards qui se promènent dans la nature avec une copie du rapport Noé. Les familles des victimes ont d'ores et déjà été mises sous protection policière rapprochée, y compris bien sûr la mère et la sœur d'Andrew Fisher, avec interdiction de quitter le territoire américain pour les besoins de l'enquête. Ce petit impertinent me tient, mais je le tiens aussi ! Nous verrons bien qui lâchera en premier...

— Et l'autre fuyarde, cette fille que j'ai confondue avec Harmony ? parvient à articuler Arthur Montgomery.

— Celle-là, j'ai hâte de la coincer ! Une usurpatrice ! Une mystificatrice ! Qui sait qui est cette vagabonde, d'où elle sort, et ce qu'elle avait derrière la tête en s'introduisant dans ma maison ? En attendant, il est de mon devoir d'assurer la sécurité de ma fille, la vraie Harmony, en cette période troublée. Je l'ai fait envoyer chez ma sœur Gladys, dans les Highlands en Écosse, sur les terres de mes ancêtres. Aussi, Arthur, ne vous inquiétez pas si vous ne la voyez plus à la villa McBee. »

Le médecin hoche la tête, trop subjugué par l'assurance de Serena pour mettre ses paroles en cause.

« Bref, tout est sous contrôle, conclut-elle. Dès que j'aurai neutralisé les mouchards, j'ordonnerai au prétendant que j'ai hypnotisé à son insu de faire un carnage parmi les douze là-haut. Quand je pense qu'ils ont osé m'imposer leurs trois obligations ridicules, à moi, Serena McBee ! De ma vie, je n'ai jamais signé un contrat dont je n'aie personnellement rédigé chacun des termes et des articles – y compris les mentions en annexe !

— Serena, vous êtes redoutable ! souffle Arthur Montgomery, avec ravissement. Oh, Serena, Serena ! Dévorez-moi à pleins crocs ! Déchirez-moi entre vos griffes ! Je suis votre proie, mon couguar argenté ! »

Mais, au moment où il se penche vers elle pour franchir les derniers centimètres qui séparent leurs bouches, Serena le repousse brusquement.

« Plus tard, dit-elle. Vous ne perdez rien pour attendre. Pour l'heure, je dois faire une petite allocution, il est temps que j'annonce la triste nouvelle aux prétendants. J'aime mieux le faire maintenant plutôt qu'une fois sur Mars ; si j'attends trop ils pourraient mal réagir, me reprocher de leur cacher des choses, m'accuser de ne pas respecter leur ridicule contrat *Sérénité*. Oui, c'est mieux maintenant. Surtout que mon futur boss, le président Green, a décidé de s'inviter dans l'émission. Ensuite, j'irai saluer les journalistes à la surface ; malgré eux, ils travaillent si bien pour nous ! »

La productrice exécutive se love dans son fauteuil capitonné. Elle sort de la poche de son tailleur un petit ruban noir plié en forme de V, qu'elle épingle sur son col, à côté de sa broche-micro en forme d'abeille. Puis elle ouvre son sac à main en python et en extrait une ampoule de sérum physiologique, dont elle verse quelques gouttes dans chacun de ses yeux.

Enfin, elle jette un regard à sa montre, tout en papillotant des paupières pour faire couler ses larmes artificielles :

« 17 h 45 ! Il est temps ! »

Elle tourne son visage éploré vers la caméra suspendue au plafond du bunker.

30. Champ
D + 161 JOURS, 04 H 18 MIN
[23ᵉ SEMAINE]

« *Pressurisation ?* demande Kelly à travers le relais radio qui lie nos six casques, répétant les mêmes mots qu'elle a prononcés il y a cinq mois, quand nous avons utilisé les capsules pour la première fois.
— *100 %*, répond Liz, la voix rendue un peu plus grave par le système audio.
— *Taux d'oxygène ambiant ?*
— *Optimal.*
— *Ventilation ?*
— *Activée.*
— *Viseur électronique ?*
— *Programmé sur cible : latitude – 7,38°, longitude – 84,39° ; canyon de Ius Chasma, extrémité sud-ouest de Valles Marineris.* »

Liz appuie sur l'écran du viseur, une sorte de GPS de l'espace, qui nous sort en un clin d'œil le topo sur notre destination.

« *L'ensemble de Valles Marineris est vaste comme les États-Unis,* commente Liz, *et on vise un point bien précis, à quelques centaines de mètres près. On n'a pas intérêt à se louper…*
— *C'est du gâteau !* assure Kelly. *Ou plutôt, c'est de la pizza ; je ne sais pas vous, mais moi,* Marineris, *ça m'a toujours fait penser à* Marinara.
— *Euh, la pizza aux fruits de mer ?* suggère Kris.
— *Meuh non, inculte ! Et ça prétend savoir cuisiner ! Tu confonds avec la* Marina. *La MarinaRA, c'est la pizza du pauvre, la seule que je pouvais me payer à Toronto : celle qui n'a aucun truc intéressant, même pas de fromage, juste de la sauce tomate et basta !* »

NEW EDEN
Situation géographique

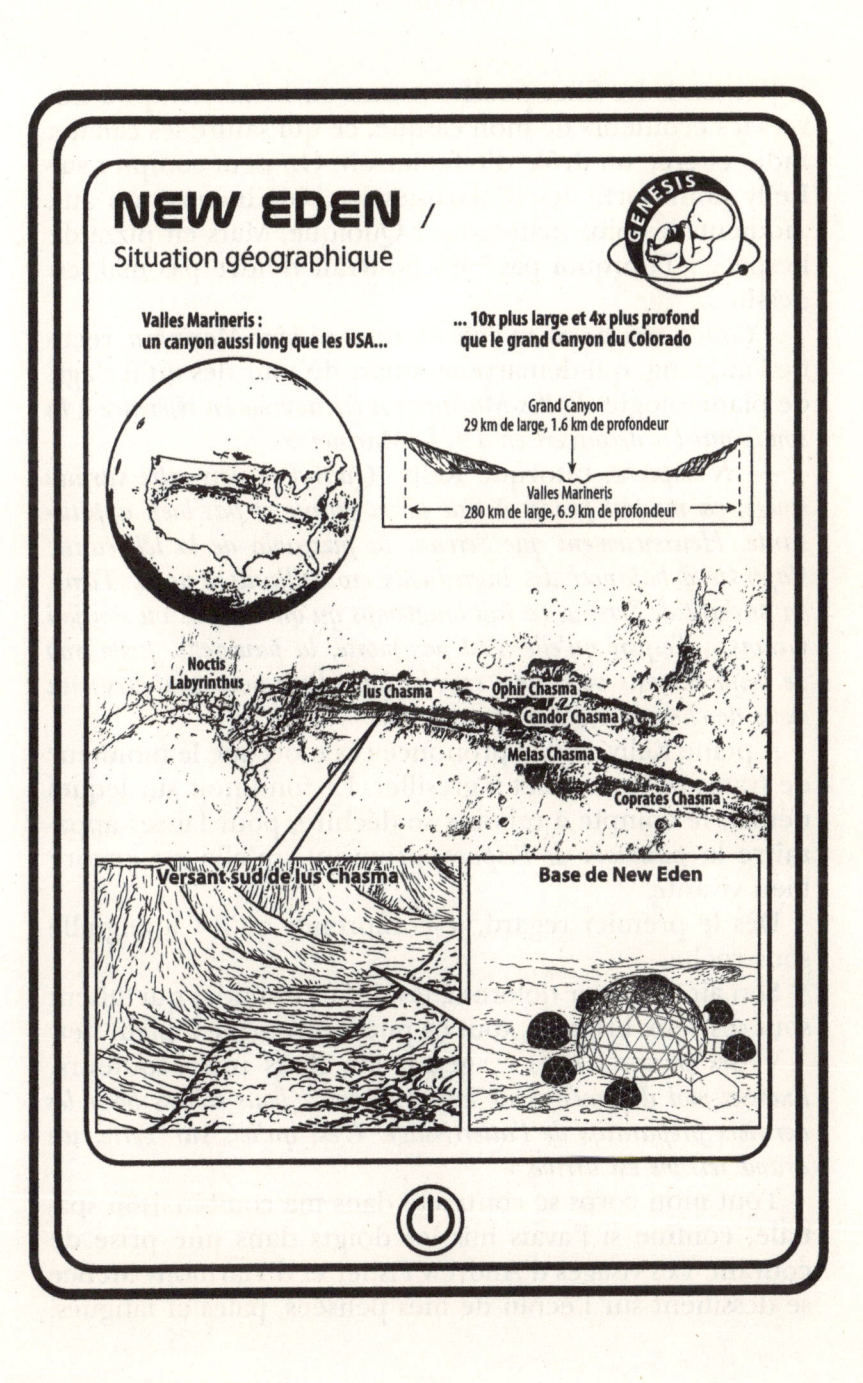

Valles Marineris :
un canyon aussi long que les USA...

... 10x plus large et 4x plus profond
que le grand Canyon du Colorado

Grand Canyon
29 km de large, 1.6 km de profondeur

Valles Marineris
280 km de large, 6.9 km de profondeur

Noctis Labyrinthus
Ius Chasma
Ophir Chasma
Candor Chasma
Melas Chasma
Coprates Chasma

Versant sud de Ius Chasma

Base de New Eden

J'entends les filles pouffer toutes en même temps à travers les écouteurs de mon casque, ce qui sature les canaux radio et crée un drôle d'effet larsen. On peut compter sur Kelly pour sortir les remarques les plus incongrues aux moments les plus inattendus ! Quoique, Mars en pizza de l'espace ? Pourquoi pas ? Ça pourrait rendre pas mal, en dessin...

« *Ça n'a rien à voir ni avec Marina, ni avec Marinara*, rectifie Fangfang, qui démarre au quart de tour dès qu'il s'agit de planétologie. *Valles Marineris a été nommé en référence à la sonde qui l'a découvert en 1971, Mariner 9.*

— *N'empêche*, rétorque Kelly. *Quand je vois cette surface rouge, ça me fait penser à une pizza géante et pas bien appétissante. Heureusement que Serena, la pizzaïola de la téléréalité, s'apprête à balancer des ingrédients croustillants : nous. Tiens, en parlant de Serena, ça fait longtemps qu'on n'a pas vu son joli minois... J'espère qu'elle n'est pas morte, la pauvrette. Juste trop de peine à nous voir nous envoler loin d'elle pour toujours ; un excès de chagrin, ça peut tuer parfois.* »

À peine Kelly a-t-elle prononcé ces mots que le moniteur de transmission se met à grésiller. Le fond noir sur lequel défilait le compte à rebours se déchire, pour laisser apparaître la *pizzaïola de l'espace*, prouvant qu'elle est encore bien vivante.

Dès le premier regard, je comprends qu'il y a anguille sous roche.

Son air de mater dolorosa, les sillons humides qui luisent sous ses yeux brillants, tout ça pue l'enfumage à plein nez.

« *Mes pauvres amis...*, gémit-elle dans nos écouteurs. *Excusez-moi de vous avoir laissés livrés à vous-mêmes pour les derniers préparatifs de l'atterrissage. C'est qu'ici, sur Terre, un drame terrible est arrivé.* »

Tout mon corps se contracte dans ma combinaison spatiale, comme si j'avais mis les doigts dans une prise de courant. Les visages d'Andrew Fisher et d'Harmony McBee se dessinent sur l'écran de mes pensées, pâles et fatigués, si vulnérables, comme ils nous sont apparus hier sur les écrans de la salle de gym.

(Elle les a tués ! Elle les a trouvés et elle les a tués ! Et vous êtes les prochains sur la liste !)

Non ! Je m'efforce de refouler les pensées morbides que me siffle la Salamandre. Si Serena avait vraiment tué les deux êtres dont dépend notre sort, elle ne nous l'annoncerait pas en direct, juste au moment où nous nous apprêtons à descendre sur Mars.

« *Vous devez vous demander pourquoi vous n'avez pas eu de nouvelles de vos chers instructeurs, ces dernières heures*, dit Serena. *Ils auraient dû être à vos côtés dans cette ultime ligne droite, eux qui vous ont tant appris, eux qui vous considéraient comme leurs propres enfants...* »

Tant d'hypocrisie me retourne l'estomac.

Mais le soulagement de savoir qu'il ne s'agit pas d'Andrew et d'Harmony est plus fort que la nausée.

Je souffle longuement, attendant que Serena balance la suite.

« *J'étais moi-même inquiète de leur absence, mais j'ai continué à animer la chaîne comme il était de mon devoir, comme les spectateurs l'attendaient, comme mon employeur Atlas Capital le demandait. Seule derrière ma table de montage, je me disais que mes collègues me préparaient une surprise, une petite fête pour célébrer le succès du programme. Jamais je n'aurais imaginé ce que la police m'a appris à l'instant. J'ai l'immense tristesse de vous annoncer la nouvelle qui vient de foudroyer la Terre entière, et que vous devez connaître vous aussi. Gordon, Odette, Geronimo et Archibald ont été victimes d'une prise d'otages, hier après-midi, à cap Canaveral. L'avion qui les a emmenés a disparu en mer. Les autorités pensent qu'il y a eu un crash...* » La voix de Serena se brise. « *... et qu'il n'y a pas de survivants.* »

J'entends les respirations des filles qui s'emballent dans leurs micros, qui se mêlent dans les écouteurs de mon casque et se confondent avec la mienne.

Après Sherman et Ruben, Serena a eu la peau de quatre autres de ses « alliés ». Car c'est elle qui est derrière leur disparition, j'en mettrais ma main à couper. Ses larmes de crocodile ne me trompent guère. Il y a au fond de ses yeux humides une résolution sans faille, un mépris souverain pour ceux qui sont morts et qu'elle prétend pleurer.

Mais sa voix tremble, et c'est seulement les trémolos que retiendront les spectateurs qui ne savent pas ce dont elle est capable.

« *Je n'ose imaginer à quel point cela doit vous remuer*, ajoute-t-elle. *C'est comme si vous deveniez orphelins une deuxième fois ! Que vous dire, si ce n'est que nous avons fait mettre les familles de vos chers instructeurs sous étroite protection policière, ne sachant quelles sont les intentions des terroristes, ni s'ils s'apprêtent à frapper à nouveau. À l'exception d'Archibald Dragovic, qui n'avait pas de parents connus aux États-Unis, tous ces gens sont en sécurité à l'heure où je vous parle : les Lock à New York, les Blackbull à San Diego, les Salvatore à Chicago, les Montgomery à Boston, les Stuart-Smith à Beverly Hills... et leurs voisins de quartier, bien sûr, les Fisher !* »

Entre ses larmes, Serena fixe la caméra de manière insistante. Derrière la compassion de façade, je sais qu'il faut entendre la mise en garde. La famille d'Andrew Fisher est sous protection policière... autant dire sous la surveillance de celle qui sera bientôt vice-présidente des États-Unis ! Cette information nous est adressée à nous dans les capsules, aussi bien qu'à Andrew et Harmony sur la route...

« *Je vous en conjure, ne vous laissez pas abattre*, poursuit Serena. *J'ai beau moi-même être ébranlée jusqu'au plus profond de mon être par cette tragédie, je refuse de me faire remplacer, ce serait faire le jeu des terroristes. Je continuerai de porter haut les couleurs du programme Genesis, même si j'arborerai désormais ce symbole en signe de deuil, le ruban du Souvenir...* » Elle désigne du doigt le ruban noir épinglé au col de son tailleur, puis elle ajoute : « *... show must go on !* »

ACTE II

Show must go on : les mêmes mots exactement que ceux qu'elle a prononcés cinq mois plus tôt, lorsqu'elle nous a annoncé la mort de Sherman Fisher, qu'elle m'a ensuite avoué avoir tué ! J'y vois un nouvel aveu : c'est bien elle qui est derrière ce prétendu attentat ! Pourquoi ? Sans doute pour être seule maîtresse à bord dans la situation délicate qui est la sienne.

« *Maintenant, c'est entre vous et moi,* continue-t-elle, confirmant mon interprétation. *Nous devons être forts et soudés pour résister à l'adversité. Rien ni personne ne s'interposera entre nous. Et nous continuerons d'aller de l'avant, comme vos instructeurs l'auraient voulu. C'est notre devoir, au nom de l'Amérique et du monde.* »

À cet instant, l'écran se scinde en deux, laissant apparaître en duplex un second personnage. Je reconnais aussitôt le président Green, à sa cravate verte et à son bronzage orange. En revanche, il n'affiche pas le fameux sourire ultrabright qu'on lui voit habituellement sur les affiches et dans les débats télévisés. L'air sombre, il est assis à un massif bureau de chêne, derrière lequel pend une lourde bannière étoilée. Le même ruban que celui de Serena est fixé au revers de sa veste.

« *Ce jour est un jour noir pour l'Amérique, et pour tous ceux, ici-bas, qui sont épris de liberté,* dit-il d'une voix grave. *Mais pour vous plus encore, mes jeunes amis, c'est un jour de deuil. Aujourd'hui, vous avez perdu davantage que des instructeurs : des tuteurs, des mentors – oserais-je le dire ? – des parents. Nous ne savons pas encore qui est derrière cet ignoble attentat. Il n'y a pas encore eu de revendication. Mais une chose est désormais certaine : le programme Genesis n'a pas que des supporters. Il y a des barbares, sur cette Terre, qui ont décidé de s'opposer de la manière la plus violente possible à la conquête spatiale, à l'amitié entre les peuples, à tout ce que vous représentez, tous les douze.* »

Le président Green plonge ses yeux clairs dans la caméra, comme s'il s'adressait directement à chacun de nous, comme s'il nous connaissait personnellement, bien qu'il ne nous ait jamais rencontrés. J'en ai des frissons, je l'avoue. Je sais qu'en ce moment les *milliards de spectateurs* dont il parle nous regardent aussi, et qu'il suffirait d'un mot, d'un seul, pour balancer Serena en direct.

Réveillez-vous, président Green ! ai-je soudain envie de hurler. *La reine des barbares est en ce moment à l'antenne avec vous !*

Mais je ne dis rien.

Parce que si je parlais, je nous condamnerais tous.

Parce qu'on a voté pour descendre.

Parce qu'il faut faire semblant.

« *J'aurais tellement voulu que vous appreniez cette nouvelle à un autre moment, et pas en cet instant où vous vous apprêtez à descendre,* reprend Serena sur la seconde moitié de l'écran. *Mais c'est le deuxième engagement que j'ai pris dès le redémarrage de la chaîne Genesis, après celui de la* Couverture : la Transparence. *Vous avez le droit de tout savoir en même temps que le reste du monde. Hier, les terroristes ont réussi à décimer la fine fleur du personnel de Genesis, mais demain ? Chercheront-ils à vous nuire par-delà les millions de kilomètres qui vous séparent ? Moi, Serena McBee, je vous jure que je ferai tout pour les en empêcher. C'est mon troisième engagement : l'*Assistance. Inconditionnelle. *Vous pouvez compter sur moi. Vous devez compter sur moi. Je protégerai vos vies comme si c'était la mienne, telle une petite abeille gardienne qui défend sa ruche !* »

Quel double sens vertigineux !

Pour les spectateurs, Serena apparaît comme une mère acculée, prête à tout pour défendre les siens.

Nous seuls savons que si elle nous souhaite longue vie, c'est uniquement parce qu'à la minute où nous mourrons, elle tombera. Oui, elle tient la famille Fisher dans ses griffes ; mais Andrew n'a qu'un geste à faire pour diffuser les captures d'écran du rapport Noé. Oui, elle nous a sous son doigt ; mais nous, nous l'avons sur le bout de notre langue : nous n'avons que quelques mots à dire pour révéler aux spectateurs l'affreuse vérité.

ACTE II

Les alliés de Serena ont peut-être disparu, le marché qui nous lie à elle, lui, n'a pas changé.

« *Serena McBee a raison*, conclut solennellement le président Green, incapable de comprendre la vraie signification des paroles de sa future vice-présidente. *Une abeille gardienne, quelle belle image ! Car c'est bien d'une guerre dont il s'agit : une guerre contre la terreur. Il faut aller de l'avant. Il faut continuer de bâtir l'avenir sans se laisser intimider par les tentatives ignobles pour nous ramener dans le passé. Alexeï et Kirsten, Tao et Fangfang, Kelly et Kenji, Samson et Safia, Marcus et Léonor, je compte sur vous. L'Amérique compte sur vous. Le monde compte sur vous. Opposez la réponse de la vie au langage de mort des terroristes : offrez-nous les premiers bébés de Mars. God bless you. God bless America.* »

L'image sur le moniteur se fond au noir, pour ne laisser que le compte à rebours digital.

D – 1 min
D – 59 sec
D – 58 sec

Devant nous sur l'écran, les chiffres continuent de défiler.

Tout autour de la capsule, les caméras embarquées continuent de filmer.

Derrière le pare-brise blindé, la planète Mars continue de tourner.

Soudain, un bouton s'allume sur le tableau de bord.

« *C'est la capsule des garçons* », souffle Safia au fond de nos casques.

Elle presse le bouton du bout du doigt.

« *Je les connecte sur notre relais radio, pour qu'on puisse les entendre toutes les six...* » Elle ajoute aussitôt un mégawarning en langage codé, pour éviter tout dérapage : « *... je vous rappelle que nos chers amis les spectateurs nous entendent eux aussi en ce moment, car nous sommes toujours en direct, alors... euh... pas de gros mots, hein !* »

La voix de Kenji, le responsable Communication des prétendants, se met à résonner dans nos écouteurs :

« *Allô, les filles ? Nous ne sommes pas rassurés, de notre côté... Je ne dis pas ça juste pour moi – après tout, c'est normal d'avoir peur, pour un phobique –, mais là, les autres non plus n'en mènent pas large. Les spectateurs qui nous regardent en ce moment peuvent le comprendre, j'en suis sûr. Et ils comprendraient aussi, si nous décidions de faire un ou deux tours supplémentaires autour de Mars, avant de descendre... Qu'est-ce que vous en pensez ? Qu'est-ce qu'en pense... Léonor ?* »

En guise de réponse, Kelly, Liz et Safia pivotent sur leurs sièges de la rangée de devant ; à ma gauche et à ma droite, Kris et Fangfang se tournent elles aussi vers moi.

D – 41 sec

Moi, qui leur ai révélé l'existence du rapport Noé.

D – 40 sec

Moi, qui ai organisé le vote des douze passagers.

D – 39 sec

Moi, qui me sens trop petite pour remplir le costume de leader qu'on veut me faire endosser.

D – 38 sec

La réputation de Machine à Certitudes me colle à la peau plus étroitement encore que la Salamandre, alors qu'au fond je doute autant qu'une autre, si ce n'est plus.

Mais ce n'est pas de doute dont les autres ont besoin à présent.

Et s'il y a une chose, une seule, dont je suis sûre, c'est que Serena McBee n'a pas encore repris la main. En nous révélant la mort de ses anciens alliés en même temps qu'au reste du monde, elle a vraiment joué la Transparence. Parce que le contrat *Sérénité* l'y obligeait. Parce qu'elle n'avait pas le choix. Et nous, le plus tôt on sera sur Mars, le plus tôt on essaiera de réparer ce qui cloche dans ces foutus habitats, le mieux ça vaudra !

« *Qu'est-ce qu'on fait ?* je répète. *On résiste à la peur et aux intimidations. On montre qu'on est forts, et que ceux ou celles qui voudraient nous effacer n'y arriveront jamais.* »

ACTE II

Mes propres paroles me parviennent en retour micro, avec un léger écho. Je m'efforce de les articuler le mieux possible, pour que mes amis en reçoivent toute l'énergie positive, pour que les spectateurs en ressentent toute la détermination, et pour que Serena s'en prenne en pleine tronche toute l'ironie :

« *On fait comme l'a dit le président Green, qui compte sur nous pour faire triompher la liberté.*

« *On fait comme le demande notre chère Serena, qui protégera nos vies comme si c'était la sienne.*

« *On descend sans perdre une minute – si Kelly et Mozart se sentent d'attaque pour piloter !* »

Un grésillement retentit dans mon casque, la bascule audio vers la capsule des garçons.

« *Reçu cinq sur cinq,* fait la voix de Kenji. *De notre côté, Mozart confirme qu'il est partant. On vous suit, les filles : on descend maintenant.* »

Kelly pousse un sifflement excité, qui déclenche un nouveau larsen :

« *Dites à ce petit bras de Mozzie qu'il s'accroche !* s'exclame-t-elle. *Le dernier arrivé sur Mars est un tas de crottin de caribou !* »

Les casques s'éloignent de moi, tandis que les unes et les autres retournent à leurs postes.

L'instant d'hésitation est passé et maintenant tout s'accélère.

D – 25 sec

D – 24 sec

D – 23 sec

« *Arrêt du rotor central ?* demande Kelly, à nouveau très professionnelle.

— *En cours* », confirme Liz.

Mon corps devient de plus en plus léger en dépit de la combinaison spatiale ; il n'y a bientôt plus que la ceinture de sécurité qui le retient au siège, sinon il s'envolerait. Ce n'est pas que je suis en train de me transformer en ballon de baudruche : c'est la rotation des ailes du *Cupido* qui cesse, et avec elle la gravité artificielle dont nous avons bénéficié pendant cinq mois.

Les notes de *Cosmic Love* jaillissent des enceintes de la capsule, en fond sonore : comme à chaque moment crucial du programme, on a droit aux violons...

D – 15 sec
D – 14 sec
D – 13 sec

« *Viseur électronique* ? demande Kelly, tel un chirurgien à sa table d'opération.

— *Programmé sur cible*.

— *Système de propulsion* ?

— *Enclenché*.

— Cosmic Love *commence à me sortir par les oreilles ! J'ai beau être fan de Jimmy Giant, trop c'est trop !* »

L'Anglaise se penche sous son siège et saisit sa tablette.

« *Tu permets* ? demande-t-elle.

— *Tout ce que tu veux pour arrêter ce supplice.* »

Liz branche sa tablette sur la prise de son marquée COMMUNICATIONS D'URGENCE, court-circuitant le générique de Genesis.

Les synthés se taisent d'un seul coup, remplacés par un grand silence, puis, au bout de quelques instants, par les premières notes d'une mélodie à la fois très douce et très puissante. Pas besoin qu'on me le dise pour deviner que c'est la *Symphonie du Nouveau Monde*.

D – 3 sec
D – 2 sec
D – 1 sec

« *GO !* s'écrie Kelly en empoignant sa manette, au moment où le compte à rebours prend fin sur le moniteur de transmission. *À nous deux, Pizza Marineris, j'envoie la sauce !* »

Je ferme les yeux et je me laisse emporter par la musique, adressant une prière muette à Andrew et Harmony :

ACTE II

Vous êtes les deux membres les plus importants de l'équipage, même si vous n'avez jamais mis un pied dans l'espace, essuyé les flashes des photographes ou fait la une des journaux. Vous êtes nos héros anonymes, nos responsables Survie ; tant que vous échapperez à Serena, elle n'osera pas appuyer sur le bouton, et nous resterons en vie !

Acte III

31. CHAÎNE GENESIS
DIMANCHE 10 DÉCEMBRE, 18 H 00

PLAN FIXE SUR L'ESPACE, FILMÉ DEPUIS LA CAMÉRA SOUDÉE À L'ARRIÈRE DU *CUPIDO*.
Il n'y a pas de voix off, pas de paroles, pas de roulement de tambour – juste les notes d'une musique orchestrale, qui déploie lentement ses arpèges dans le vide. La *Symphonie du Nouveau Monde*.

Le corps imposant du vaisseau spatial se dessine, avec la planète Mars au fond du champ.

Au premier plan, l'énorme propulseur, désormais éteint...

Puis le rotor, désormais immobile...

Enfin le Parloir, désormais déserté...

De chaque côté de la bulle de verre, les modules d'habitation ressemblent aux bras déployés du Christ Rédempteur de Rio, auquel les médias ont si souvent comparé le *Cupido*.

Les deux capsules se détachent au même instant, comme si le géant ouvrait ses mains pour lâcher deux oiseaux vers le ciel rouge de Mars.

Les capsules s'envolent, minuscules cônes de métal luisant dans la lumière d'un soleil bien plus lointain que celui qui brille sur la Terre, et se laissent emporter par la musique.

32. Hors Champ
INTERSTATE 80 WEST, ÉTAT DE L'INDIANA
DIMANCHE 10 DÉCEMBRE, 18 H 30

La symphonie continue crescendo.
Elle accompagne le ballet des voitures ralenties par la neige, qui glissent lentement sur une autoroute plongée dans la nuit d'hiver.

Un véhicule roule un peu plus vite que les autres : un camping-car noir aux vitres teintées.

Derrière le pare-brise, un jeune homme aux yeux cernés est agrippé au volant, tel un marin à la barre de son navire. La jeune fille endormie à ses côtés ressemble à une sirène blanche, échouée sur une grève.

Les notes qui s'échappent de l'autoradio les enveloppent tous les deux dans une nappe musicale soyeuse, vibrante, vivante.

« *Les prétendantes nous offrent un beau cadeau avec cette musique magnifique,* dit la speakerine à mi-voix, comme si elle avait peur de réveiller un enfant qui dort. *Chers auditeurs, vous qui n'avez pas les images, il vous suffit d'écouter la superbe* Symphonie du Nouveau Monde *pour imaginer le spectacle qui se déroule en ce moment au-dessus de vos têtes. Il vous suffit de... oh, et puis je me tais, je laisse parler la musique !* »

ACTE III

33. Contrechamp
BASE DE CAP CANAVERAL
DIMANCHE 10 DÉCEMBRE, 19 H 00

La symphonie prend toute son ampleur.

La nuit sur la base de cap Canaveral est aussi éclatante que le jour, déchirée par les innombrables projecteurs qui entourent la plateforme d'où, cinq mois plus tôt, s'est envolée la fusée Genesis. Un océan de journalistes rassemblés pour couvrir l'atterrissage et les mariages cerne le gigantesque plancher d'aluminium, appareils photo, caméras et perches de prise audio brandis comme des armes. Des dizaines de militaires en combinaisons de combat, fusils-mitrailleurs à la main, sont placés sur tout le pourtour de l'aire de lancement. Derrière eux, les écrans géants montrent les deux capsules qui continuent de tomber dans le vide, au son de la symphonie qui déferle depuis les enceintes.

Un message lumineux défile en bas des écrans : Plan vigilance renforcé – Les forces armées sont là pour vous protéger – Merci de signaler tout individu ou comportement suspect

Soudain, surgissant des entrailles secrètes de la base par un ascenseur dérobé, une silhouette apparaît à la tribune au coin de la plateforme.

C'est Serena McBee, les deux bras levés en V de la victoire pour montrer qu'elle est debout, qu'elle est vivante, qu'elle est prête à se dresser contre tous les ennemis réels ou supposés du programme Genesis.

Les journalistes se mettent à hurler comme s'ils étaient face à une rock star, à une reine en son jour de sacre, à une déesse incarnée.

Les flashes se mettent à crépiter dans un déluge de lumière qui voudrait éclairer tout, mais qui ne montre rien de l'essentiel.

Les militaires se mettent à genoux, tenant la foule en joue dans le viseur de leur mitrailleuse, prêts à tirer sur le premier « individu suspect » qui menacerait l'*abeille gardienne* de Mars.

34. CHAMP
D + 160 JOURS, 06 H 00 MIN
[23ᵉ SEMAINE]

LA MUSIQUE M'ANESTHÉSIE ET M'ÉLECTRISE, ME BOUSCULE ET ME BERCE.
Il n'y a qu'elle, et rien d'autre.

Il n'y a pas de propergol qui bout sous mon corps, pas de vibrations qui me secouent de la tête aux pieds : aucune des sensations démentes qui ont accompagné le décollage des capsules il y a cinq mois.

J'ai perdu le fil du temps qui passe. Je me laisse juste porter par la symphonie qui tourne en boucle, à mesure que nous tournons autour de Mars. Sur l'écran noir de mes paupières closes, je me repasse le film du voyage et, plus loin encore, de toute ma vie. Vibrent les cordes, vrille la capsule, remontent mes souvenirs, dans un vertigineux tourbillon.

Je me souviens de la première rencontre avec Marcus, dans la bulle à la fois si intime et si exhibitionniste du Parloir – on n'était que tous les deux, on était avec la Terre entière ; je pensais faire preuve de courage en lui résistant, c'était une lâcheté sans nom de le fuir ; je ne

ACTE III

m'étais jamais sentie aussi vivante de toute mon existence, mais ça m'a pris cinq mois et cinquante-cinq millions de kilomètres pour l'admettre...

Avant. Je me souviens de ma gorge serrée sur la plateforme d'embarquement, quand je ne croyais pas à l'amour, et que j'ai confirmé mon engagement comme on lâche un cri de guerre : *« J'accepte, bien sûr !... J'ai dit que j'acceptais ! »...*

Avant. Je me souviens de ma première rencontre avec Kris à mon arrivée au camp d'entraînement de la vallée de la Mort, de notre premier fou rire aussi : je lui ai dit qu'avec sa couronne de nattes elle me faisait penser à la princesse Leia, et que c'était plutôt bien trouvé comme coiffure pour une prétendante de l'espace ; elle m'a répondu que je n'étais pas mal non plus dans mon genre, aussi chevelue que Chewbacca le guerrier Wookie...

Avant. Je me souviens du jour où j'ai gagné la médaille de l'ouvrière du mois à l'usine de pâtées pour chien Eden Food France ; j'avais réussi à mouler trois mille *Cassoulet tradition* sans un seul raté et j'étais fière comme un coq – je pensais, sincèrement, que c'était le plus beau jour de ma vie...

Avant. Je me souviens de l'orphelinat, des humiliations et des brimades ; mais surtout de la gentillesse de cette infirmière aux joues roses, elle qui m'accueillait tous les mois à l'hôpital pour pratiquer mes greffes de peau – chaque fois, après l'opération, elle me donnait un bonbon à la menthe...

Avant. Je me souviens d'une vieille couverture de laine sans laquelle, au dortoir, je ne pouvais pas m'endormir. Il me fallait tous les soirs sentir contre ma joue d'enfant son contact, râpeux comme la langue d'un animal familier, et laisser son odeur puissante saturer mes narines... une odeur que j'avais oubliée, qui s'était enfouie dans les recoins les plus profonds de ma mémoire... mais qui me revient maintenant avec la force d'un tsunami, à la fois

écœurante et enivrante, dangereuse et réconfortante – ah, si seulement je pouvais mettre un nom dessus !...
« *Entrée atmosphérique amorcée* ! annonce la voix de Kelly au creux de mon casque. *Ça va chauffer* ! »
Le souvenir olfactif s'évanouit à l'instant précis où j'ouvre les paupières, avant que j'aie pu l'identifier.
Une explosion de rouge m'éclabousse les yeux, comme si je me prenais une balle de revolver en plein milieu du front : à travers le pare-brise blindé, la surface de Mars fuse à toute allure – montagnes rouges, bassins rouges, cratères rouges, si proches !
Les parois de la capsule se mettent à trembler, d'abord doucement, puis de plus en plus fort à mesure que les chiffres plongent sur l'altimètre :
200 km...
193 km...
186 km...
Au coin du pare-brise surgit soudain la gigantesque déchirure de Valles Marineris. J'en ai le souffle coupé. Le canyon n'a rien à voir avec les maquettes topographiques qu'on étudiait au camp d'entraînement, ni même avec la vue lointaine qu'on avait hier dans le Parloir, depuis l'orbite de Phobos. C'est plus grandiose, plus majestueux, plus terrible que tout ce que j'ai jamais imaginé. Et nous, minuscule mouche de métal, nous fonçons vers cette bouche à sept kilomètres par seconde : vingt-cinq mille kilomètres heure !
86 km...
79 km...
72 km...
Après presque deux heures de flottement où il ne pesait plus rien, mon corps retrouve son poids à vitesse grand V. Pas seulement les 40 % de gravité recréés par la rotation du *Cupido*, ni même les 100 % de la gravité terrestre, non. On dépasse les 1G pour monter à 2G, puis à 3G, je le sens dans ma chair écrasée, dans mes os compressés.

ACTE III

58 km...
51 km...
44 km...
Les notes de la *Symphonie du Nouveau Monde* disparaissent derrière le bruit des vibrations. Des gerbes d'étincelles envahissent le pare-brise, comme si la planète entière s'enflammait. J'ai beau savoir que c'est l'échauffement lié à la friction contre l'atmosphère martienne et que le revêtement de céramique de la capsule est censé nous protéger, je ne peux m'empêcher de frémir d'horreur.
Le feu !
Comme dans les cauchemars de mon enfance !
Tout autour de moi !
Je voudrais fermer les yeux à nouveau, mais je n'y arrive pas. Parce que mes muscles sont paralysés par l'accélération. Parce que le spectacle du brasier me fascine autant qu'il me terrorise.
« *Accrochez-vous, les filles !* hurle la voix de Kelly dans mon casque, au comble de l'excitation. *On est sur le point d'entrer en phase d'atterrissage ! Vous savez comment les gars de la Nasa appelaient cette phase finale, à l'époque où ils livraient le matériel sur Mars depuis leur salle de contrôle, avant de se faire racheter par Genesis ? Ils appelaient ça les sept minutes de terreur ! Si c'est pas un super nom pour les montagnes russes d'un parc d'attractions ! Je vous garantis qu'ils n'ont pas l'équivalent chez Mickey ! Et nous, on est les premiers êtres humains à le vivre en direct live ! Youhouuuuu !* »
Elle éclate de rire.
Une part de moi se dit : *Cette fille est complètement timbrée !*
Mais l'autre part se met à rire avec Kelly, d'un rire fou, dément, qui exorcise la peur, et les vents de Mars rient aussi. La capsule remue en tous sens comme un wagon sur le grand huit.
35 km...
28 km...
21 km...

D'un seul coup, un énorme *boom !* me fracasse les tympans, et je sens mon estomac remonter dans ma gorge sous le coup d'une violente décélération.

« *Ballon hypersonique gonflé* », annonce Liz d'une voix beaucoup moins assurée que celle de Kelly.

Les langues de feu cessent de lécher le pare-brise blindé, pour révéler la faille béante de Valles Marineris, à moins de vingt kilomètres en dessous de nous. Même si le ballon hypersonique a brisé notre chute, on continue de tomber à une vitesse folle. Impossible d'imaginer qu'on va survivre à un truc pareil !

« *Non mais je rêve, ou les garçons sont en train de nous griller la politesse ?* résonne soudain la voix de Kelly. *Je ne vais quand même pas me faire doubler par un petit macho de rien du tout !* »

Hein ?

Quoi ?

Luttant contre la force d'accélération qui continue de m'écraser, je tourne péniblement la tête vers le coin gauche du pare-brise.

Ils sont là.

Les garçons.

Ou plutôt leur capsule, qui fend les airs à plusieurs kilomètres de la nôtre, pareille à une balle de revolver à peine ralentie par le ballon hypersonique. Aussi impossible que cela puisse paraître, Marcus se trouve là, dans ce météore de métal, de céramique et de chair…

Un hurlement m'arrache au spectacle.

Je regarde devant moi.

Et je découvre une surface translucide qui vient de s'interposer entre Valles Marineris et nous, comme une gigantesque plaque de verre.

« *C'est quoi, ce truc !* aboie Kelly en agrippant la manette.

— *Un… un nuage !* crie Fangfang. *C'est un nuage de dioxyde de carbone gelé ! Super-rare en été ! Quel manque de bol… on va se fracasser dessus !*

— *Kelly, ouvre le parachute !* implore Liz. *Vite !* »

ACTE III

Mais la Canadienne reste inflexible, les mains cramponnées à la manette.

« *Pas question de se poser sur ce foutu nuage. J'ai pas envie de me geler les miches sur une banquise volante. J'ai dit que je vous emmènerai jusqu'à New Eden et je le ferai. Impact moins trente secondes...* »

35. Contrechamp
SALLE DE CONTRÔLE, BASE DE CAP CANAVERAL
DIMANCHE 10 DÉCEMBRE, 19 H 57

« C'EST COMPLÈTEMENT INATTENDU, MADAME McBEE ! C'est absolument contraire à tous nos modèles de prévision météorologique ! Il ne devrait *pas* y avoir de nuage au-dessus de l'équateur martien, surtout en cette saison ! »

L'ingénieur en veste grise Genesis tremble comme une feuille face à la productrice exécutive du programme.

Derrière lui, des rangées d'hommes et de femmes s'activent sur leurs ordinateurs, les yeux agrandis par la terreur. L'écran mural au bout de la salle de contrôle diffuse la vue de la caméra embarquée à bord de la capsule des filles : un mur de glace qui se rapproche à la vitesse de l'éclair.

« Quel malheur ! s'écrie Serena McBee en se tordant les mains. Sur Mars comme sur Terre, il n'y a plus de saison ! Mes pauvres petites, victimes du dérèglement climatique comme les ours polaires et les atolls du Pacifique ! Que peut-on faire ? Oh, je vous en conjure, dites-moi ce que l'on peut faire !

— Nous ne pouvons plus rien faire, bafouille l'ingénieur, les yeux brillants. Il est trop tard à l'heure qu'il est : les images nous parviennent avec trois minutes de retard, et d'après nos calculs l'impact a déjà eu lieu... »

Serena pousse un cri déchirant – « Non !... » – et tombe dans les bras d'Arthur Montgomery, qui se tient derrière elle.

Elle enfouit son visage dans le cou du médecin, de manière que tous la croient en larmes, sauf celui à l'oreille de qui elle chuchote quelques mots étouffés :

« C'est inespéré, Arthur. Six empêcheuses de tourner en rond éliminées d'un seul coup, grâce à un petit nuage baladeur, c'est déjà la moitié du travail d'accompli. Si Léonor et les autres filles disparaissent à cause de cette intempérie providentielle, je promets de ne plus jamais me plaindre du mauvais temps ! »

36. Champ
D + 160 JOURS, 06 H 27 MIN
[23ᵉ SEMAINE]

L A POITRINE QUI EXPLOSE.
Le squelette qui se brise en mille éclats de verre.
Le crâne qui se fend comme une coquille sous un marteau.
Blackout.

ACTE III

37. Hors-Champ
PLACE DE TIMES SQUARE, NEW YORK CITY
DIMANCHE 10 DÉCEMBRE, 19 H 58

UN MILLION DE PERSONNES RETIENNENT LEUR SOUFFLE. Un million d'anonymes qui sont là depuis la veille.
Un million de passionnés qui tour à tour se sont réjouis de voir le *Cupido* arriver à bon port, qui ont vécu la longue angoisse de la suspension de la chaîne puis le soulagement de la reprise, qui ont célébré dans la liesse la formation des couples de Mars.

À présent, l'immense place envahie par la nuit et par la neige est aussi silencieuse que si elle était déserte ; les supporters sont aussi immobiles que s'ils s'étaient changés en statues.

Le seul mouvement vient des écrans géants accrochés aux buildings.

Split screen.

À gauche, on voit la surface de Mars qui se rapproche à grande vitesse, une carte géographique rougeoyante dont les reliefs se font à chaque instant plus précis – les lettres en bas de l'écran indiquent CAMÉRA EMBARQUÉE CAPSULE GARÇONS – *19 : 58 : 02*

À droite, on ne voit qu'un chaos de glace et de feu, un spectacle surnaturel et abstrait, pareil à des éclats de verre qui tournent dans l'œil d'un kaléidoscope – les lettres en bas de l'écran indiquent CAMÉRA EMBARQUÉE CAPSULE FILLES – *19 : 58 : 02*

PHOBOS[2]

19 : 58 : 05

Une violente secousse agite l'image au moment où le parachute se déploie. Les montagnes et les cratères semblent valser. Puis se stabilisent.

19 : 58 : 05

Un flash blanc envahit la moitié droite des écrans, illuminant Times Square aussi brillamment que le soleil en plein jour.
Puis plus rien.

19 : 58 : 25

Les bords du canyon de Valles Marineris s'élèvent comme des vagues géantes de plusieurs kilomètres de haut, un raz de marée de rocaille rouge au creux duquel plonge la capsule.

19 : 58 : 25

Demi-écran noir.

19 : 58 : 56

Lorsque le sol sableux de Valles Marineris n'est plus qu'à quelques centaines de mètres, des flammes l'illuminent brusquement : les rétrofusées ralentissent une dernière fois la capsule, qui finit de descendre doucement jusqu'à ce que l'image s'immobilise.

19 : 58 : 56

Demi-écran noir.

ACTE III

38. Champ
MOIS N° 20 / SOL N° 551 / 17 H 05, MARS TIME

« *L*ÉO ?...
Léo ?...
Léo, tu m'entends ? »
Kris ?...
C'est toi qui m'appelles ?
« Léo, est-ce que tu respires encore sous ton casque ? Est-ce que ton cœur bat encore sous ta combinaison ? Oh, Léo, pour l'amour de Dieu, ne me dis pas que tu es morte !
— En même temps, si je te le disais, c'est que je ne le serais pas vraiment, n'est-ce pas ? » je murmure en ouvrant les yeux.
J'aperçois le visage de Kris à quelques centimètres du mien, la visière de son casque collée à la mienne. Son expression est tellement étonnée que je ne peux me retenir d'éclater de rire. Je le regrette aussitôt, j'ai l'impression qu'un musicien fou joue du xylophone sur mes côtes.
« *Wouaïe !* » – mon cri de douleur me revient en écho à travers le relais radio, effet larsen en plus.
Kris s'empresse de faire sauter ma ceinture de sécurité.
« *Dieu soit loué, tu es vivante !* s'exclame-t-elle, la voix déformée. *Tu as mal ?*
— *Je pète la forme,* je grince, les dents serrées. *Et les autres, Kris, comment vont les autres ?*
— *Je crois que ça va. Safia s'est aussi évanouie, mais elle est revenue à elle quelques instants avant toi.* »
Je prends une inspiration, lentement, avec mille précautions, attentive aux sensations dans ma cage thoracique. Une vague odeur de cramé envahit mes narines. Pour le reste, ça a l'air d'aller à peu près. Finalement, je n'ai peut-être rien de cassé. Sans doute grâce à mon siège moulé sur mesure.

PHOBOS[2]

« *Bon, ça ne remue plus comme un panier à salade*, dis-je. *J'en déduis qu'on s'est posées. Ma question est la suivante : est-ce qu'on est arrivées à destination, ou est-ce qu'on est en train de dériver sur un nuage de glace ?* »

Un grésillement retentit dans mon casque :

« *Ni l'un ni l'autre, ma bonne dame ! répond* la voix de Kelly. *J'ai pulvérisé le nuage comme l'équipe de curling du Canada a pulvérisé les États-Unis aux derniers Jeux olympiques ! Le problème, c'est que le choc nous a fait dévier de trajectoire, et même avec le parachute et les rétrofusées, je ne suis pas arrivée à rattraper le coup à cent pour cent...* »

Je prends appui sur mes bras pour me relever de mon siège, en dépit des protestations inquiètes de Kris, qui voudrait que je reste couchée. Mes cinq coéquipières sont là, sonnées mais bien vivantes, et Louve aussi – pour le reste, la capsule ressemble à un chantier, avec des fils qui pendent dans tous les sens et des voyants qui clignotent de manière pas rassurante du tout.

« *Pas rattrapé à cent pour cent, ça veut dire quoi, avec la traduction ?* je demande.

— *Bof...* répond Kelly. *Ça veut dire que j'ai un peu raté ma cible...*

— *Ça veut dire qu'on a atterri à plus d'un kilomètre de New Eden !* rectifie Fangfang.

— *Tu aurais peut-être préféré qu'on se pose tranquillement sur le nuage, à dix kilomètres au-dessus de la base ?* rétorque Kelly. *Alors comme d'habitude, Madame ne fait rien, mais se permet d'avoir un avis sur tout. Mais ho ! Ça suffit Fangfang ! En tant que responsable Planétologie, je te signale que tu aurais dû prendre les devants ! Tu aurais dû nous dire qu'il y avait des risques d'intempéries avant qu'on prenne le large !* »

Fangfang s'apprête à répliquer, mais je me redresse pour lui retenir le bras – tant pis pour mes côtes, elles s'en remettront.

« *Écoutez, les filles*, dis-je. *On est en vie. On a parcouru cinquante-cinq millions de kilomètres pour venir jusqu'ici. Alors, un de plus, ce n'est quand même pas ça qui va nous arrêter, pas vrai ?* »

ACTE III

Elles hochent la tête.

On se regarde, les yeux embués d'émotion et en même temps proches d'un bon gros rire bien hystérique. Ouais, sans déconner : *cinquante-cinq millions de kilomètres !*

« Dis-nous, Safia, je finis par demander. *Est-ce que les garçons ont atterri ?* »

La petite Indienne tourne quelques boutons sur le tableau de bord déglingué, en vain.

« *Le système de communication de la capsule est mort,* annonce-t-elle. *Pas moyen de contacter les garçons. Ni même la salle de contrôle. Il n'y a plus que le relais radio entre nos six combinaisons, à nous les filles, qui fonctionne encore.*

— *Tu veux dire que même Big Sister, alias Serena, ne nous voit plus ?* demande fébrilement Kelly, en désignant les caméras de bord de son doigt ganté.

— *Oui. Je suis formelle. On n'est rien qu'entre nous.* »

À ces mots, Kelly pousse un rugissement si tonitruant qu'il fait vibrer mon casque comme un tocsin :

« *Quelle mégasalope ! Quelle enfoirée cosmique ! Je t'en foutrais, moi, des abeilles gardiennes ; Serena n'est qu'un vieux cafard baveux, comme ceux qui ont clamsé dans le septième habitat, et le jour où la Terre l'apprendra, ce sera comme une gigantesque godasse qui l'écrasera en faisant un bruit bien dégueulasse !* »

Kelly pousse un soupir d'aise en faisant sauter sa ceinture de sécurité.

« *Ah ! Ça fait un bien fou !* soupire-t-elle. *Rien que pour avoir pu pousser cette petite gueulante hors caméras, ça valait le coup de se planter ! Quand vous voulez, les filles. On devrait se magner, tant qu'il fait encore jour...* »

Elle désigne l'horloge digitale de la capsule, qui est automatiquement passée sur le fuseau de notre nouveau monde : MOIS N° 20 / SOL N° 551 / 17 H 07

« *... combien de temps avant la tombée de la nuit ?*

— *Encore une heure d'après mes calculs,* répond Fangfang du tac au tac, comme si elle avait un ordinateur à la place du cerveau. *Nous sommes dans la zone équatoriale de Mars où* le soleil se couche à 19 heures, mais les bords du canyon nous plongeront dans l'ombre bien avant cela.

— Alors, il faut lever le camp fissa ! »

J'ai tout juste le temps de rattraper Kelly, avant qu'elle actionne le levier d'ouverture de la capsule :

« Hep ! Pas si vite ! Tu dois activer ton module de vie extra-véhiculaire et pressuriser ta combi. Parce que si tu sors comme ça, il n'y a pas que toi qui vas lever le camp, tes organes aussi. Sans la pression de la capsule pour peser sur eux et les maintenir à leur place, ils vont se faire la malle dans toutes les directions, jusqu'à ce que tu explosses... »

Kelly relâche le levier d'ouverture, comme s'il était brûlant, pour se frapper le front :

« Non mais moi alors, quelle blonde ! Activer le module de vie extravéhiculaire... Pressuriser la combi... Faut que je me fasse un pense-bête... »

Elle appuie sur la commande incrustée dans la manche de sa combinaison, aussitôt imitée par les autres filles et moi-même.

Un chuintement résonne dans mes oreilles tandis que ma combi se remplit de gaz pour reproduire une pression identique à celle qui règne dans la capsule, proche de celle de la Terre. Les jauges vitales s'allument en surimpression, dans un coin de la visière de mon casque :

PRESSION INTERNE : 100 %
RÉSERVE D'OXYGÈNE : 36 H
RÉGULATION THERMIQUE : 20 °C
INTÉGRITÉ PHYSIQUE : RIEN À SIGNALER
HORLOGE : MOIS N° 20 / SOL N° 551 / 17 H 08

« *C'est bon, tout le monde ?* je demande, parce que c'est quand même mon rôle de responsable Médecine d'éviter les accidents. *Sûres ? Alors, je crois qu'on peut y aller...* »

Cette fois-ci, Kelly appuie à fond sur le levier d'ouverture.

Un sifflement retentit à mesure que la capsule se dépressurise automatiquement...

ACTE III

… le cliquetis d'un verrou sophistiqué résonne dans les entrailles de métal…

… puis la porte s'ouvre lentement sur notre nouvelle planète.

Kelly s'apprête à s'engouffrer dans le trou rougeoyant, quand une ombre blanche file entre ses jambes.

« *Louve !* » s'écrie-t-elle en essayant de rattraper la chienne, enveloppée dans sa propre combinaison pressurisée, avec son casque miniature.

Trop tard.

Louve est déjà dehors.

« Ça alors ! s'esclaffe Kelly. *Le premier homme à marcher sur Mars n'est pas un homme – ni une femme, d'ailleurs !* »

Puis elle sort à son tour, suivie par Liz, Safia, Kris et Fangfang. Je suis la dernière à quitter le cocon de la capsule.

Je laisse glisser mon corps à travers l'ouverture. Je me sens si légère en dépit de la combinaison ; la gravité de Mars, à un tiers seulement de celle de la Terre, divise mon poids par trois. Mes bottes atterrissent sur quelque chose de caoutchouteux : le ballon hypersonique, qui s'est dégonflé sous la capsule.

Je le franchis en quelques enjambées, et soudain mes semelles rencontrent un terrain différent, souple et crissant. Je baisse les yeux. C'est ainsi que je le vois pour la première fois – je veux dire, que je le vois *vraiment,* pas sur un écran dans les images d'un documentaire, ni à distance derrière le hublot d'un vaisseau.

Le sable de Mars.

Il est là, tout autour de moi, aussi loin que porte le regard : une gigantesque étendue de sable rouge, ondulant de dune en dune comme les plis d'une étoffe, comme le drapé d'un velours épais qui miroite doucement dans la lueur du jour martien.

Ma tête se met à tourner.

Je me retiens à la paroi de la capsule derrière moi, pour ne pas tomber, jusqu'à ce que ma vision se stabilise.

Se fige.
Le mouvement des dunes n'est qu'une illusion.
Elles sont immobiles.
Tout comme les rochers pourpres qui affleurent çà et là.
Tout comme la falaise gigantesque qui ferme le versant sud de Ius Chasma, au cœur de Valles Marineris : un mur rocheux de plusieurs kilomètres de haut, sans un arbuste, sans une seule herbe pour trembler. Il n'y a rien ici de vivant, de frémissant. Il n'y a que le sable, la roche, et le minuscule soleil qui s'accroche tout là-haut au bord de la falaise, prêt à basculer hors de notre vue.

« *Tout a l'air tellement sec et mort…*, vibre la voix de Liz dans mon casque, comme en écho à mes pensées.

Je tourne la tête vers la grande Anglaise, dont le corps élancé parvient à rendre élégante la combinaison elle-même.

« *Un vrai désert…*, ajoute-t-elle.

— *Ce désert n'est pas si sec qu'il apparaît*, rectifie la voix de Fangfang. *Déjà, on sait qu'il y a de la glace enfouie profondément sous nos pieds, depuis des millions d'années, que la station de support-vie vient extraire pour irriguer New Eden. Mais ce n'est pas tout – regardez là-haut !* »

La Singapourienne désigne le sommet de la falaise. Dans les hauteurs, on peut percevoir de fines coulées rouge sombre, comme si la roche saignait.

« *Ces écoulements se forment chaque année pendant l'été, avant de disparaître en hiver,* explique Fangfang d'une voix émerveillée. *Les chercheurs supposent que c'est la roche très salée de Mars qui condense le peu d'humidité contenu dans l'atmosphère, quand les températures se réchauffent. Jusqu'à aujourd'hui ce n'était qu'une hypothèse… mais moi, je vais pouvoir la vérifier ! Et je vais pouvoir percer tous les secrets de Mars, au nom de la science !*

— *Calme ta joie*, rétorque la voix de Kelly. *Tu ne perceras rien du tout tant qu'on ne sera pas en sécurité. Elle est où cette fichue base, d'abord ?*

ACTE III

— *Là-bas !* » s'écrie Safia.

La petite Indienne pointe son doigt vers une forme lumineuse, adossée au bord du canyon. C'est un grand dôme de verre à mille facettes, et brillant de mille feux, entouré de sept dômes plus sombres et plus petits.

« *New Eden…*, dit gravement Safia. *Derrière cette serre se trouvent les plantations cultivées par les robots agricoles largués lors des missions précédentes… Derrière ces remparts de verre s'étend notre nouveau pays, pour aujourd'hui et pour le reste de nos vies…*

— *Oui, bon, on aura le temps plus tard pour les grands discours et les citations à marquer dans les livres d'Histoire*, coupe Kelly. *Pour l'instant personne ne nous écoute, donc pas la peine de gaspiller notre salive. Même si on a théoriquement trente-six heures d'autonomie dans nos combis, je ne sais pas vous, mais pour moi plus tôt on sera arrivées à New Eden et mieux ça vaudra !*

— *Mais… toutes nos affaires dans la capsule ?* demande Kris, agenouillée dans le sable pour accrocher une laisse à la combinaison de Louve.

— *On reviendra les chercher plus tard, en rover. Je ne pense pas que des cambrioleurs viennent te voler tes petites affaires entre-temps, si c'est ça qui t'inquiète. Il n'y a qu'un mafieux sur Mars, et il est là-bas…* » Kelly désigne la deuxième capsule qui luit non loin de New Eden, autour de laquelle se meuvent de petites silhouettes en combinaison blanche et boursouflées. « *… je n'arrive pas à croire que ce manchot de Mozzie m'ait doublée !* »

Kris regarde Kelly d'un air implorant, puis la capsule échouée, puis Kelly à nouveau.

« *D'accord, on laisse tout en plan*, finit-elle par concéder. *Mais il y a une chose, une seule, qu'on est obligées de prendre avec nous…*

— *Kris a raison !* s'écrie Fangfang. *Nos tablettes de révision ! On ne peut pas partir sans nos tablettes de révision !*

— *… je veux parler de nos robes de mariée. Parce que c'est aujourd'hui qu'on se marie, vous vous souvenez ?* »

Sur Terre, il faut quoi pour faire un kilomètre à pied ? Dix minutes ? Un quart d'heure ?

Sur Mars, j'ai l'impression que ça prend une éternité... Est-ce parce que les grains de sable roulent sous mes semelles à chaque pas ?

Ou parce que la gravité réduite m'empêche de trouver mon équilibre, me faisant basculer tantôt en avant, tantôt en arrière ?

Il faut dire que la housse sous vide que j'ai récupérée dans la soute de la capsule ne m'aide pas. La robe de mariée qui y est enfermée depuis le début du voyage ne pèse pas si lourd, surtout ici, mais même compactée, qu'est-ce qu'elle est encombrante ! Si j'avais su, j'aurais demandé aux gens de Rosier de mettre un peu moins de traîne...

À force de tomber et de me relever, ma combi devient vite chaude comme une étuve. Je dois avouer que, pendant un moment, je redoute même d'avoir des séquelles psychomotrices suite à notre atterrissage mouvementé et de ne plus être capable de coordonner mes jambes...

Le fait de voir que les autres ne se débrouillent pas mieux que moi, et s'empêtrent avec leurs propres housses noires, me rassure un peu. On a beau s'être entraînées sur le tapis de course du *Cupido*, la réalité n'a rien à voir avec le petit environnement préservé du vaisseau. Résultat : on se vautre tous les quelques mètres, soulevant de fins nuages de poussière rouge qui s'irisent joliment dans le jour martien. Les gros mots qui sortent de la bouche de Kelly au rythme d'une mitrailleuse sont nettement moins charmants.

« *Regarde, au lieu de jurer comme un charretier*, lui dit Fang-fang. *Je crois que j'ai trouvé le truc.* »

Le corps légèrement penché en avant, la Singapourienne se met à sauter d'un pied sur l'autre, planant pendant deux secondes entre chaque « pas ». Le tout donne une allure étrange, onirique, un peu comme dans ces films de kungfu où les combattants semblent suspendus par des fils invisibles ; ma foi, c'est plutôt convaincant, Fangfang parcourt une trentaine de mètres en quelques foulées, et sans tomber une seule fois.

« Ce monde n'a rien à voir avec celui que nous avons quitté, explique-t-elle à travers le relais radio. *Ici, tout doit être réinventé, même les fonctions les plus simples, comme celle de se déplacer. J'ai tellement étudié les conditions de Mars dans les livres que mon cerveau est farci de chiffres, de données, de statistiques. Maintenant, on passe aux travaux pratiques, mon corps doit s'y habituer, et le vôtre aussi »*

Fangfang nous refait une petite démo, en commentant ses mouvements :

« Les forces verticales qui nous maintiennent au sol sont considérablement réduites. Du coup, la longueur et la durée des foulées augmentent, on passe deux fois plus de temps en l'air sans contact avec le sol. Vouloir lutter contre ça, c'est le plantage assuré. Allez, à votre tour, essayez ! »

On s'y met les unes après les autres, avec plus ou moins de succès.

Kris a le plus de mal, elle qui a toujours été un peu maladroite, et qui même après cinq mois de *Cupido* n'a jamais réussi à s'habituer tout à fait à l'apesanteur.

« Je ne comprends pas, dit-elle en vacillant dans ses bottes. *Il faut courir ou il faut sauter ?*

— *Ni l'un ni l'autre,* répond Fangfang. *Ou plutôt si, les deux en même temps. Je ne trouve pas les mots, je ne sais pas comment te dire...*

— *Moi, je sais !* s'exclame Liz. *Il faut coursauter !*

— *Cour-quoi ?*

— *Coursauter ! »*

L'Anglaise, qui maîtrise son corps mieux que personne, enchaîne quelques élégantes enjambées.

« C'est un nouveau mot que je viens d'inventer, dit-elle. *On court et on saute : on coursaute ! Quoi de plus génial, pour une danseuse, que de nommer un nouveau pas ? »*

Nous nous remettons ainsi en route vers New Eden – en coursautant, avec de plus en plus d'aisance à mesure que nous avançons. La température dans ma combi redevient supportable. Je parviens à gérer à peu près ma housse de rangement, en me la coinçant sous l'aisselle. Kris elle-même finit par ne pas trop mal se débrouiller, et au bout de sa laisse Louve adopte une allure similaire à la nôtre, adaptée à ses quatre pattes.

À mi-parcours, il devient évident que les garçons viennent à notre rencontre, avançant laborieusement dans notre direction.

« *Ils n'ont pas la technique*, raille Kelly. *On voit qu'ils ne savent pas coursauter, eux ! Dis, Léo, ton Marcus ne leur a pas appris ? Il roupillait pendant les cours de Planétologie... ?* »

Elle a beau plaisanter, on sent de la tension dans sa voix, et c'est bien compréhensible.

Moi-même, j'ai les nerfs à fleur de peau.

Après cinq mois de rencontres minutées, d'espoirs et de frustrations, nous allons enfin rencontrer ceux que nous avons choisis.

Ils sont là, dans ces combinaisons blanches qui se détachent faiblement contre le paysage rouge de Mars, derrière ces casques muets et impénétrables qui réfléchissent le soleil lointain. Qui est qui ? Où est Marcus ? Impossible de le dire. J'en compte un... deux... trois... quatre... cinq...

Le sixième manque à l'appel. C'est sans doute Tao, qui a dû rester derrière à cause de son handicap.

J'aimerais tellement entendre leurs voix.

Leur parler.

Mais le relais radio ne fonctionne plus qu'entre nous ; avec les garçons, c'est *dead*.

Alors, je ne peux que faire des grands gestes, comme les autres filles, et coursauter plus haut, plus fort, plus loin – jusqu'à eux.

ACTE III

39. Chaîne Genesis
DIMANCHE 10 DÉCEMBRE, 20 H 33

L'IMAGE TRESSAUTE COMME CELLE D'UNE CAMÉRA AU POING. Mais ce n'est pas un poing qui tient la caméra ; cette dernière est intégrée au casque d'un des prétendants, comme l'annonce le titrage en bas de l'écran :
Vue subjective prétendant n° 1 – Kenji
Le sol rouge de Mars s'éloigne à chaque enjambée, puis revient dans le champ, comme la surface d'une mer en proie à la houle. Parfois, des nuages de poussière envahissent l'écran (quand Kenji trébuche), d'autres fois le ciel s'étoile d'une grande gerbe de grains de sable aussi légers que des grains de pollen (quand il tombe).
Au fond du champ, on aperçoit les six combinaisons des prétendantes, plus celle de Louve.
Kenji (off, la voix déformée par le relais radio) : « *Les filles n'ont pas l'air d'avoir autant de problèmes à se déplacer, elles sont plus douées que nous.* »
Au premier plan, le prétendant qui marche devant Kenji se retourne vers lui : le visage de Mozart apparaît dans la bulle du casque ; ses boucles brunes, mouillées par l'effort, collent au verre teinté pour résister aux rayons UV.
Mozart : « *Plus douées que nous ?... Je te rappelle quand même que ta championne a planté ses copines à plus d'un kilomètre de New Eden, alors que moi je vous ai posés devant la porte, comme un as.* »
Kenji, sur la défensive : « *C'est injuste de dire ça. Kelly s'est très bien débrouillée. Tu n'aurais pas fait mieux, avec un nuage de glace dans la vue...* »
Un troisième prétendant se tourne soudain vers le champ : les yeux bleu acier d'Alexeï étincellent derrière la visière de son casque.

PHOBOS[2]

Alexeï : « *C'est bon, vous avez fini de vous engueuler ? Vous avez envie que les filles nous prennent pour des gamins ? Je préfère qu'elles nous voient comme leurs héros venant à leur rescousse – alors faites un effort et comportez-vous comme des hommes, des vrais !* »

Mozart hausse les épaules à travers sa combinaison, marmonnant quelques mots en portugais : « *Pobre bastardo de merda...* »

Alexeï : « *Qu'est-ce que tu as dit ?* »

Mozart : « *Moi ? Rien, j'ai juste éternué dans ma combi.* »

Une voix grave, un peu cassée, résonne soudain dans les écouteurs.

C'est celle de Marcus : « *Et si on la mettait tous en veilleuse, les gars ? Pendant toute la traversée, on n'a pas arrêté de parler, de faire des plans sur la comète. Mais là, tout de suite, peut-être que le mieux ce serait juste de savourer ce moment. On l'attend tous depuis si longtemps. Parce que vous savez, les meilleures choses dans la vie n'arrivent qu'une fois, et une seule, il faut les savourer !* »

Les prétendants continuent d'avancer.

Le cadre de l'image continue de trembler.

Les silhouettes des prétendantes continuent de grossir.

On n'entend plus que la respiration des garçons – et, si l'on tend bien l'oreille, les battements de leurs cœurs qui s'emballent, capturés par le relais radio entre leurs six combinaisons.

40. CHAMP
MOIS N° 20 / SOL N° 551 / 17 H 35, MARS TIME

Ç A Y EST...

Il me semble que je peux entrevoir leurs visages, à travers la visière de leurs casques...

Le regard insaisissable de Kenji et le regard volontaire d'Alexeï...

ACTE III

La peau caramel de Mozart et la peau d'ébène de Samson...
 C'est bizarre, on dirait que ce dernier esquisse des gestes avec ses mains gantées. Mais oui, c'est bien ça, il dessine des formes dans le vide, comme il l'a fait quelques heures plus tôt face à Safia dans le Parloir, au moment de voter. Je tourne instinctivement la tête vers la petite Indienne. Elle aussi semble utiliser cet étrange langage des signes, qui leur permet de communiquer malgré l'absence de retour son entre les filles et les garçons. Qu'est-ce qu'ils peuvent bien se dire ?...
 Je tourne à nouveau mon regard vers Samson, et cette fois c'est le regard gris de Marcus que je rencontre, à quinze mètres devant moi – d'un seul coup il n'y a plus que ça qui compte !
 À chaque foulée, mon corps s'envole, mais je ne sens plus mes jambes ni mes bras, ni même ma robe dans sa housse. C'est comme si j'étais passée en pilote automatique. Ou, plutôt, c'est comme si j'étais soudain la spectatrice d'une scène en train de se dérouler sous mes yeux.
 Oui.
 C'est ça.
 Une spectatrice de la chaîne Genesis parmi des milliards d'autres.
 Ça ne peut tout de même pas être moi, la petite ouvrière, qui foule en cet instant le sol de Mars à cinquante-cinq millions de kilomètres de l'usine Eden Food ; impossible que la fille qui ne croyait pas à l'amour se voit ainsi reflétée dans le regard d'un garçon comme Marcus ; et je ne peux pas imaginer que...
 Le choc de nos deux corps qui se rencontrent me ramène à la réalité.
 Pas parce que c'est une collision violente, non, au contraire – parce que c'est une collision très douce, comme seule la gravité si particulière de Mars peut le permettre –, je percute Marcus aussi délicatement qu'un papillon se pose sur une fleur, qu'un baiser se pose sur une joue.

Son nom s'échappe de ma bouche, comme pour me convaincre que c'est bien lui que je touche :
« *Marcus...* »

41. Chaîne Genesis
DIMANCHE 10 DÉCEMBRE, 20 H 36

P**LEIN CADRE SUR LE VISAGE DE LÉONOR, UNE MAGNIFIQUE EXPLOSION DE TACHES DE ROUSSEUR** au milieu de laquelle s'ouvrent deux immenses yeux dorés.
Titrage en bas de l'écran : VUE SUBJECTIVE PRÉTENDANT N° 6 – MARCUS
Les lèvres de Léonor s'entrouvrent, articulant un mot inaudible. Ses somptueuses boucles rousses, échappées de leur élastique, se tordent contre le verre incurvé de sa visière.
La caméra semble zoomer, mais ce n'est qu'une impression – en réalité, c'est Marcus qui s'avance, jusqu'à ce que son casque cogne celui de Léonor et qu'il ne puisse plus se rapprocher d'un millimètre supplémentaire.
Marcus, dans un souffle : « *Léonor.* »

42. Champ
MOIS N° 20 / SOL N° 551 / 17 H 36, MARS TIME

I**L NE PEUT PAS M'ENTENDRE.**
Je ne peux pas l'entendre.
Mais je peux lire mon nom sur ses lèvres !
« *Léonor.* »
« *Léonor.* »

« *Léonor.* »
« *Ma géante rouge !* »
Géante ? J'ai l'impression d'être toute petite au contraire, malgré la combinaison qui élargit mes épaules, quand les bras de Marcus se referment sur moi.

De l'orphelinat au foyer pour jeunes ouvrières, du foyer au camp d'entraînement Genesis, je n'ai jamais su ce que ça faisait de se sentir chez soi.

Aujourd'hui, dans ces bras qui m'étreignent, je le comprends enfin.

43. Chaîne Genesis
DIMANCHE 10 DÉCEMBRE, 20 H 50

Plan d'ensemble sur une large vallée rouge, bordée à gauche par une gigantesque falaise en haut de laquelle le soleil est déjà presque couché.

Titrage : vue ouest de Ius Chasma, caméra extérieure, Jardin de New Eden / heure martienne – 17 h 50

Au premier plan scintillent les Nids d'amour de New Eden, dont les panneaux solaires noirs et brillants reflètent les derniers feux du jour. Derrière, onze silhouettes blanches s'approchent, leurs ombres infiniment étirées dans la vallée baignée de poussière couleur de sang. Cinq couples se tiennent par la main ; la onzième silhouette les devance : c'est celle de Fangfang, qui s'élance vers la base à grandes enjambées aériennes, sa housse noire volant derrière elle comme les ailes d'un corbeau.

La caméra fixée au sommet du dôme principal pivote sur son axe, balayant les alvéoles de verre qui recouvrent la serre, pour cadrer le sol à l'entrée de la base.

PHOBOS[2]

Tao est assis là, immobile, sa combinaison pâle enfoncée dans les sables. On dirait une antique statue de marbre renversée par le temps. Warden est couché à ses côtés, son petit casque tourné vers l'horizon poudreux, tel un sphinx. Derrière eux se dresse un cylindre métallique, dont l'une des extrémités s'enfonce dans la serre, c'est le sas d'accès au Jardin de New Eden.
Fangfang rejoint Tao et tente de l'aider à se relever. Mais elle a beau être athlétique, la gravité réduite de Mars a beau diviser par trois le poids des choses et des êtres, elle n'y parvient pas et s'affale à ses côtés.

La caméra zoome, tandis que les autres astronautes atteignent le couple échoué.
Tao enfonce alors ses gants dans le sol.
À la force de ses bras musclés par les agrès du cirque, il arrache son corps massif aux sables de Mars.
De colosse aux pieds brisés, il se transforme en créature mythologique – les bras comme des jambes, les jambes comme des ailes.
C'est ainsi, marchant sur les mains, qu'il parcourt avec Fangfang les derniers mètres qui les séparent du sas d'entrée de New Eden.
Cut.

[COUPURE PUBLICITAIRE]

Ouverture au noir sur un stade autour duquel des athlètes en maillot courent à toute vitesse, sur fond de musique rock. La caméra s'approche, nous permettant de distinguer les visages déformés par l'effort.
Une voix grave et virile commente en off : « *La performance, ce n'est pas de foncer le plus vite...* »
Travelling au ras de la piste : les coureurs trébuchent et s'écroulent les uns après les autres sur le revêtement

ACTE III

orange. On comprend qu'ils ont dépensé toute leur énergie et sont incapables de faire une foulée de plus.

Voix off : « *La performance, ce n'est pas de brûler le plus fort...* »

Tao apparaît soudain dans son fauteuil roulant de sport, le même modèle pliable et compact qu'il a emporté à bord du *Cupido*. C'est le seul sportif handicapé à participer à la course. Il porte un maillot trempé de sueur, aux couleurs de son sponsor *platinum*, le constructeur automobile Huoma. Son visage aux veines saillantes est déterminé, c'est un visage de vainqueur. De ses puissants bras aux muscles bandés, il pousse ses roues sans relâche, dépassant les coureurs qui se traînent encore sur la piste – jusqu'à franchir, le premier, la ligne d'arrivée. La musique atteint son crescendo, saturé de guitares électriques.

Voix off : « *La performance c'est d'aller le plus loin.* »

Par un effet de morphing, le fauteuil roulant se transforme en voiture décapotable, avec Tao au volant.

Voix off : « *Le choix de Tao pour aller jusqu'à Mars : la nouvelle série Mars Crusader, moteur électrique haute endurance, mille kilomètres sans recharger. La performance, c'est HUOMA !* »

Signature à l'écran :

HUOMA
La performance à l'état pur

Cut.

44. CHAMP
MOIS N° 20 / SOL N° 551 / 17 H 58, MARS TIME

« Décidément, c'est la journée des premières fois les plus folles ! Le premier homme à marcher sur Mars est une chienne, et le premier pas à s'imprimer sur *le sol de New Eden est une main ! Je n'ose imaginer à quoi va ressembler le premier baiser de Mars...* »

Kelly peut bien plaisanter, tant que nous portons nos casques, nous seules, les filles, pouvons l'entendre.

Marchant sur les mains, Tao s'est engouffré dans le sas devant nous : un couloir métallique de deux mètres de diamètre et cinq mètres de long, au bout duquel se dresse une porte circulaire fermant l'accès au Jardin de New Eden.

Fangfang le suit, puis chacun des couples, avec les housses de rangement sous vide et les chiens.

Quand vient notre tour, à Marcus et à moi, de franchir le cercle de métal, je sens les battements de mon cœur accélérer. Plus que quelques instants avant de dévisser mon casque et d'enlever ma combinaison. Plus que quelques secondes avant de le toucher *pour de vrai*.

Une fois que nous sommes tous les douze dans le sas, Alexeï appuie sur un gros bouton lumineux rouge fixé dans la paroi cylindrique, sur lequel est gravé le mot ÉGALISATION. Aussitôt, une porte circulaire identique à celle qui nous fait face se clôt hermétiquement derrière nous, nous enfermant dans le tube de métal. La lumière pourpre du crépuscule martien disparaît, remplacée par la lumière blanche des LED qui éclairent le module. La jauge incrustée dans le mur, au-dessus du bouton d'égalisation, évolue à mesure que le sas se remplit d'air pour reconstituer un environnement respirable et pressurisé, semblable à celui qui règne dans nos combinaisons et dans la serre du Jardin.

ÉGALISATION 10 %
ÉGALISATION 20 %
ÉGALISATION 30 %

« *N'enlevez jamais vos combis avant la fin de l'égalisation, les filles*, dis-je pour remplir mes devoirs de responsable Médecine (et aussi pour canaliser un peu ma nervosité). *Déjà, parce que vous risqueriez un accident de compression, comme un plongeur qui remonte trop vite à la surface. Ensuite,*

ACTE III

parce que vous vous prendriez un méchant coup de vent dans la figure. »
Je désigne du doigt les multiples bouches à air qui jalonnent le plancher du sas. Des tourbillons rouges de plus en plus denses s'y forment, c'est tout le sable et la poussière que nous avons apportés avec nous.
« *Le système d'aspiration est conçu pour capter 100 % des particules martiennes, qui peuvent être très corrosives et qui ont tendance à s'accrocher aux combis et aux semelles*, dis-je. *Le dernier à quitter le sas doit activer la procédure d'évacuation : le module se refermera derrière lui pour éjecter ces particules dans l'atmosphère martienne et éviter qu'elles ne polluent le Jardin.* »
ÉGALISATION 70 %
ÉGALISATION 80 %
ÉGALISATION 90 %
Quand la jauge atteint 100 %, le bouton d'égalisation vire au vert.
Un déclic fait vibrer mes bottes, et la porte en face de nous s'ouvre en coulissant sur une végétation luxuriante. Des terrasses successives montent en cercles concentriques depuis les bords du dôme ; elles s'élèvent progressivement vers son zénith, où sont suspendus de puissants projecteurs dont l'éclat vient compenser la fin du jour. Chaque étage est ceinturé de rails où circulent des bras mécaniques. Ces robots agricoles sans tête sont munis de sécateurs ou de tuyaux d'arrosage reliés au puits de la station support-vie, qui dégèle en permanence la glace contenue dans le sous-sol de Mars ; ils s'activent sur les plantations qui ont été semées et qui ont crû en notre absence, sans que jamais une main humaine participe à ce miracle. Tout en haut, au sommet de ce champ pyramidal, se dresse fièrement un petit bosquet d'arbustes. Le Jardin est une oasis de vie au milieu du désert mort de Mars. Un havre peuplé de caméras, dont les yeux noirs se devinent derrière chaque plantation, pareils à des animaux tapis dans l'ombre.

NEW EDEN /
Le Jardin

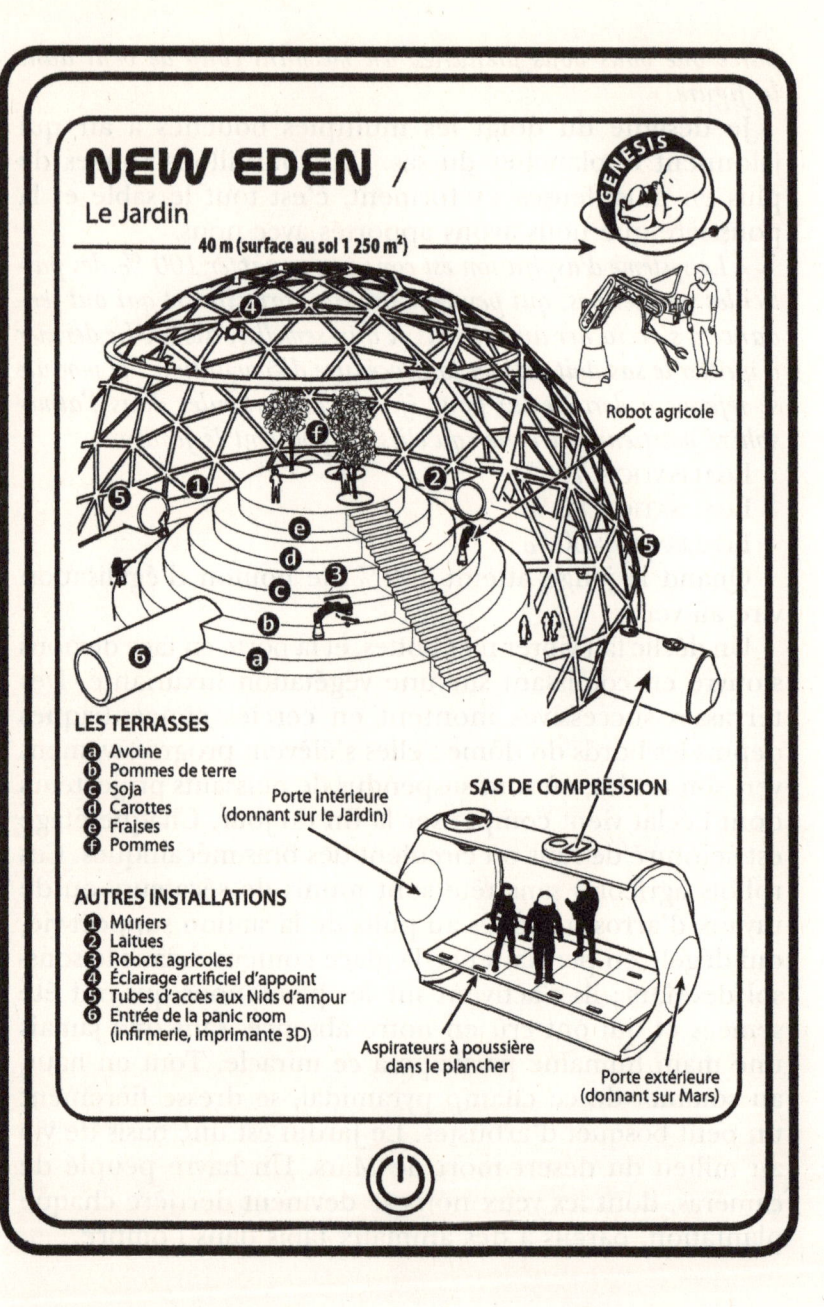

40 m (surface au sol 1 250 m²)

GENESIS

Robot agricole

LES TERRASSES
- ⓐ Avoine
- ⓑ Pommes de terre
- ⓒ Soja
- ⓓ Carottes
- ⓔ Fraises
- ⓕ Pommes

AUTRES INSTALLATIONS
1. Mûriers
2. Laitues
3. Robots agricoles
4. Éclairage artificiel d'appoint
5. Tubes d'accès aux Nids d'amour
6. Entrée de la panic room (infirmerie, imprimante 3D)

Porte intérieure (donnant sur le Jardin)

SAS DE COMPRESSION

Aspirateurs à poussière dans le plancher

Porte extérieure (donnant sur Mars)

ACTE III

« *Wouah !* s'exclame Safia, laissant tomber sa housse sur le sol. *C'est magnifique !* »
« *On se croirait dans un rêve !* » murmure Liz, ébahie.
« *Tu as vu ça, Louve : des arbres !* » dit Kris en tirant sur la laisse de la chienne d'une main et en s'accrochant au bras d'Alexeï de l'autre.
« *Enfin ! Je commençais à étouffer sous ce...* », commence Kelly.
Ses derniers mots ne me parviennent pas – elle a déjà dévissé son casque, sortant au même instant du relais radio entre nos combinaisons. Elle secoue la tête, ébrouant sa crinière blonde, tandis que les autres filles se libèrent une à une.
Étant la dernière à quitter le sas, j'appuie sur le bouton qui lance la procédure d'évacuation des déchets, comme le veut le protocole.
Puis, à mon tour, je pose ma housse,
j'enlève mes gants,
j'empoigne les bords de mon casque,
je pousse une dernière expiration en dévissant le col...
... quand j'inspire à nouveau, c'est l'air de New Eden qui entre dans mes poumons, chargé d'une odeur que mon nez avait oubliée en cinq mois de voyage, celle de la chlorophylle.
Mais pas que.
Il y a un autre parfum, que jusqu'à ce jour je n'ai jamais senti.
Le parfum de Marcus.
Il est là, tout contre moi. Lui aussi a ôté son casque. Sans la vitre du Parloir ni le verre de la visière pour nous séparer, il me semble encore plus... réel. C'est comme si je me trouvais face à un acteur de film, soudain surgi de l'écran pour s'incarner dans la vraie vie. Avant, je n'avais que l'image et le son ; maintenant, j'ai tout le reste.
Je perçois le grain velouté de sa peau, où perlent des gouttes de transpiration...

Je mesure l'épaisseur de ses cheveux lustrés par la sueur, d'un châtain profond...

Je sens la caresse de son souffle chaud sur mon front...

Et je hume son odeur : il sent l'écorce chauffée au soleil, la fougère tendre, la vie animale qui se réveille dans un sous-bois au printemps. C'est donc cela, le parfum de Marcus ! C'est le parfum de sa voix cassée, de ses yeux grisaille, de la forêt de tatouages qui foisonne sur sa peau – jamais je n'aurais pu l'imaginer autrement.

« Ça fait du bien de respirer, et d'entendre à nouveau le vrai son de ma voix, dis-je. J'avais l'impression de m'être transformée en canard nasillard, sous ce casque ! »

(Une banalité pour apprivoiser la tension, pour ne pas dire que ça fait du bien de le respirer, *lui*, et rien d'autre).

Un demi-sourire se dessine sur les lèvres de Marcus – comme lors de notre première séance au Parloir, où j'avais pris ça pour un sourire narquois qui m'avait prodigieusement énervée. Je sais maintenant que c'est un sourire ému, comme une fleur qui s'apprête à s'ouvrir, comme un oiseau qui déploie ses ailes pour s'envoler. Et ça me fait prodigieusement craquer.

« Désolé, s'excuse-t-il. Avec l'atterrissage, la randonnée improvisée, et cette combinaison aussi chaude qu'un sauna, je dois sentir le fauve...

— Pas faux.

— Aïe ! Mais venant d'une léoparde, ce n'est pas forcément une critique ?

— Pas faux non plus. »

Son sourire s'agrandit. Il ouvre la bouche pour dire encore quelque chose.

Mais à la place, c'est la voix que je déteste le plus au monde qui me tombe dessus, mettant brutalement fin au tourbillon de mes sens :

« Mes chères petites ! Saines et sauves ! »

Marcus et moi, nous levons la tête en même temps.

ACTE III

Et là, c'est le cauchemar.

Le visage de Serena McBee se dresse sur des dizaines de mètres de hauteur, diffusé sur la face interne des alvéoles de verre formant le dôme du Jardin. Ses yeux sont grands comme des mares d'eau bleu-vert ; ses cheveux argentés s'étendent vers le ciel comme des brumes métalliques ; sa bouche maquillée est si large qu'elle pourrait nous avaler tous les douze d'une seule bouchée.

« J'ai eu si peur ! s'écrie-t-elle, sa voix surgissant de partout à la fois comme dans un cinéma Dolby Surround, genre film d'horreur. Nous avons tous eu si peur ! Quand nous avons vu surgir ce nuage glacé devant la capsule des prétendantes, les cœurs de trois milliards de spectateurs ont cessé de battre. Sans parler du mien ! Ouh, là, là ! Rien que d'y repenser, ça me donne des frissons d'angoisse ! »

Serena bat ses cils longs comme des cordages, où s'agglutinent des paquets de mascara épais comme des nœuds.

« Mais il semble qu'il y a un dieu pour les anges de l'espace, reprend-elle. Vous voilà toutes et tous arrivés à bon port. Quel spectacle merveilleux que de vous voir là, six nouveaux Adam et six nouvelles Ève, en ce nouveau jardin d'Éden ! C'est la concrétisation de tous mes efforts depuis le début du programme – que dis-je, c'est le résultat de tous mes espoirs depuis le début de ma vie... »

Un hurlement retentit soudain, coupant court aux déclarations dégoulinantes de Serena :

« Louve, non ! »

C'est Kris.

Elle est accroupie sur le sol d'aluminium et la combinaison de Louve pend dans ses mains comme une peau morte. Non loin de là, Samson retient Warden, qui aboie à tue-tête. En un éclair, je comprends la situation : dès que Louve a été libérée, elle a eu peur du chien des garçons et elle s'est échappée. À présent, elle court ventre à terre vers Marcus et moi.

J'ai le réflexe de me baisser pour essayer de l'attraper, mais ma combinaison ralentit mes mouvements. Louve file entre mes jambes et s'engouffre dans le sas, dont la porte intérieure a déjà commencé à se refermer pour la procédure d'évacuation. Au-dessus du linteau de métal s'égrène un compte à rebours en chiffres lumineux :
ÉVACUATION DANS 30 SECONDES...
29 SECONDES...
28 SECONDES...
« Louve ! »
Sans prendre le temps de revisser mon casque, je me jette dans le sas entrouvert, à la poursuite de la chienne, tandis que retentissent derrière moi les hurlements des prétendants et les aboiements de Warden.
« Louve ! Viens là ! »
Paralysée par la panique, elle se terre en boule au fond du sas contre la deuxième porte : celle qui s'ouvrira dès que la première se sera close, pour évacuer dans l'atmosphère de Mars le sable et la poussière aspirés – et pour nous éjecter nous aussi, par la même occasion ! Mes doigts s'enfoncent dans son pelage bouclé. Je l'arrache au plancher et je me retourne, hors d'haleine, pour regagner le Jardin sur lequel la porte intérieure s'est déjà aux trois quarts refermée.
Mais, à cet instant, je ressens une violente douleur me perforer la main.
Je baisse les yeux : la mâchoire de Louve s'est refermée sur ma paume ; mon sang colore son museau blanc, sous ses yeux noirs et terrorisés.
Je la laisse tomber.
Elle se prend dans mes jambes, je vacille et tente de retrouver mon équilibre, mais le tiers de gravité rend mes mouvements terriblement maladroits : je m'écroule de tout mon long sur le plancher de métal.
Lorsque je relève la tête, l'ouverture intérieure du sas, à deux mètres devant moi, n'est plus qu'une brèche à travers

ACTE III

laquelle j'aperçois les visages effarés des prétendants et, derrière eux, sur l'écran géant du dôme, le visage impénétrable de Serena McBee.

45. Contrechamp
BUNKER ANTIATOMIQUE, BASE DE CAP CANAVERAL
DIMANCHE 10 DÉCEMBRE, 21 H 04

« OH NON, C'EST VRAIMENT TROP HORRIBLE ! Dans quelques secondes, lorsque la porte intérieure se fermera complètement et que la porte extérieure s'ouvrira, Léonor et Louve vont être éjectées dans le désert de Mars comme de vulgaires détritus ! »

Contractée dans son fauteuil de cuir noir capitonné, le visage tendu vers les caméras du bunker, Serena McBee a les yeux qui brillent.

Face à elle, le mur digital diffuse la vue filmée par la caméra du sas.

Léonor gît sur le plancher métallique, la main en sang. Devant elle, l'ouverture qui donne sur le Jardin est déjà pratiquement refermée.

« Soumises à l'atmosphère martienne sans la protection de leurs casques, leurs globes oculaires vont leur sortir de la tête... ! » gémit Serena.

Sous la table ronde, elle serre la main d'Arthur Montgomery, assis à côté d'elle hors du champ des caméras.

« Leurs organes vont exploser !... Leur peau va se déchirer !... Sans compter qu'elles vont geler et étouffer en même temps !... Et on ne peut rien faire pour empêcher

ça, ni moi ici, ni les ingénieurs dans la salle de contrôle, ni même les prétendants qui ne... »
Serena s'arrête net dans sa phrase.

Marcus a bondi en avant depuis le Jardin, et s'est interposé dans l'embrasure de la porte intérieure. On voit la moitié de son corps qui dépasse, la joue écrasée contre l'ébrasement, la main tendue vers Léonor. La tranche de la porte métallique lui comprime le torse, à peine protégé par l'épaisseur semi-rigide de la combinaison.

« Quelle stupidi... ! quel courage ! » murmure Serena du bout des lèvres.
Sous la table, ses ongles s'enfoncent dans la main d'Arthur Montgomery.
« Risquer sa vie pour sauver celle qu'il aime ! Mais je crains que le courage ne soit pas suffisant face à un mécanisme implacable, programmé pour se refermer coûte que coûte afin de protéger le Jardin au moment de l'évacuation des déchets... »

Sur le mur digital, la porte continue de coulisser.
La combinaison de Marcus se déforme de seconde en seconde, comme une canette vide qu'on écrase sous un talon.

« ... que peut la frêle coquille d'une combinaison contre les vérins qui actionnent les portes de la base, moulées dans un alliage aluminium-lithium d'une robustesse à toute épreuve ?... »

Le visage déformé par l'horreur, Léonor parvient à se relever.
Elle se rue sur Marcus, mais, au lieu d'attraper sa main tendue, elle se met à pousser de toutes ses forces contre ses flancs, pour tenter de le faire glisser du côté du Jardin – du côté de la vie.
« *Marcus ! hurle-t-elle. Marcus !* »
Elle ne parvient pas à le faire bouger d'un centimètre.
Le poitrail de la combinaison se déchire.

ACTE III

Des esquilles de polymères volent en éclats.
Les différentes couches isolantes de la combinaison apparaissent comme sur un écorché – Nylon blanc comme des ligaments, Spandex bleu comme des nerfs, Lycra rouge comme des artères.
« Marcus !
— Là-haut... tu peux encore... y arriver... »
Marcus est paralysé par la pression de la porte qui l'écrase, incapable de faire le moindre geste. Seuls ses yeux bougent dans leurs orbites. Ils pointent vers son front, vers l'interstice qui subsiste au-dessus de sa tête entre la porte et le chambranle – à peine quarante centimètres, l'épaisseur de son corps compressé et du module de vie extravéhiculaire qu'il porte sur le dos.
« Escalade-moi..., *balbutie-t-il*. Utilise-moi comme un escalier, et passe dans le Jardin... Vas-y, maintenant...
— Mais toi, je ne peux pas te laisser te faire écraser ! *hurle Léonor*. Essaie de te dégager ! »
La respiration de Marcus se met à siffler. Son visage pâlit à vue d'œil. Il sourit faiblement.
« Désolé... Je suis coincé... Je ne peux pas te suivre... On dirait que mon rendez-vous avec la mort tombe aujourd'hui... et elle n'apprécie pas qu'on lui pose un lapin... »

46. CHAMP
MOIS N° 20 / SOL N° 551 / 18 H 04, MARS TIME

« MARCUS, JE TE PRÉVIENS ! TU N'AS PAS LE DROIT DE MOURIR ! Si c'est à moi que tu poses un lapin, je te jure que je te tue ! »
Les hurlements jaillissent de ma bouche comme une rafale de balles.
Mes poings s'abattent sur l'épaule de Marcus comme sur un punching-ball.

Mais j'ai beau hurler, j'ai beau frapper, mes efforts restent vains.

Je vois ses pupilles qui se dilatent.

J'entends le ronronnement des vérins qui l'écrasent.

Il est en train d'agoniser, là, sous mes yeux, et je ne peux rien faire,
 rien,
 rien,
 RIEN !

Un sifflement strident retentit soudain.

Sur le coup, je crois que c'est le bruit de la porte extérieure du sas qui vient de s'ouvrir, et je sens tout mon corps se contracter, prêt à être aspiré dans la bouche béante de Mars.

Mais non.

Pas d'aspiration.

Pas d'asphyxie, pas de dépressurisation, ni d'organes qui explosent.

Le vrombissement des vérins lui-même s'arrête, remplacé par une voix synthétique surgie de nulle part :

« *Alerte ! Incendie détecté ! Toutes les opérations de la base sont interrompues. Je répète. Alerte ! Incendie détecté !* »

C'est alors que je l'aperçois, dans l'interstice au-dessus de la tête de Marcus : *Mozart*.

Il brandit un briquet allumé dans son poing, telle une statue de la Liberté au visage figé. La petite flammèche danse follement, consumant l'oxygène du Jardin, affolant la voix synthétique qui ne cesse de répéter :

« *Alerte ! Incendie détecté ! Procédure coupe-feu enclenchée !…* »

Tandis que les garçons se ruent sur la porte intérieure, qui compresse le corps de Marcus, et l'empoignent pour la faire coulisser en sens inverse, un chuintement envahit l'espace. Le Jardin se voile d'une fine ondée : les innombrables sprinklers dont le dôme est tapissé se sont tous mis en marche en même temps, faisant tomber une pluie artificielle sur les plants d'avoine.

ACTE III

La porte intérieure, que les vérins ne poussent plus, finit par se rétracter, libérant Marcus et m'offrant un passage vers le Jardin.

Le corps de mon fiancé s'effondre sur le sol, parmi les débris de sa combinaison déchirée.

« Éloignez-vous ! j'ordonne aux prétendants. Laissez-le respirer ! »

Je m'agenouille sur le sol humide, et je me mets à effectuer les gestes des premiers secours. C'est tout le contraire du début du voyage, quand je me sentais si désemparée face à l'accident de Kris – à l'époque, sa bosse m'avait traumatisée et, depuis, j'ai potassé à fond mes manuels. À présent, c'est comme si le démon de la médecine s'emparait de moi.

Je pose trois doigts sur la carotide de Marcus, au-dessus du col de la combinaison déformée, juste à l'endroit où naît la tige de son tatouage en forme de rose – celui qui explose sur sa poitrine en pétales disant *« Cueille le jour »*. J'appuie en profondeur. Son pouls est encore là. Faible, espacé, mais encore là.

Sa poitrine en revanche ne se soulève plus.

Je n'entends plus sa respiration lorsque je me penche vers lui, déployant sur nous le lourd rideau de mes cheveux. Je place une main sur son front – il est froid –, et je lui bouche le nez en le pinçant entre mon pouce et mon index.

De l'autre main, je lui relève le menton.

Je colle ma bouche à la sienne – en appuyant fort, aussi fermement que le sas d'une capsule qui s'amarre à un vaisseau – et je souffle l'air de mes poumons pour qu'il passe dans ceux de Marcus.

Sa poitrine se gonfle, écartant les fibres textiles déchirées ; puis elle se creuse à nouveau, lentement, tandis que je reprends ma respiration avant de replonger vers sa bouche.

J'insuffle.

J'inspire.

J'insuffle.
J'inspire.
Chaque fois que je me redresse, mes cheveux refluent de chaque côté du visage de Marcus comme une mer qui se retire ; chaque fois que je me penche vers lui, ils s'écrasent en vagues moutonnantes sur le sol de plus en plus détrempé.
Il n'y a plus que ça qui compte, ce sac et ce ressac qui engloutissent le chuintement des sprinklers, les murmures affolés des prétendants, la voix de Serena et toutes mes pensées.
Et puis soudain, au moment où je m'apprête à pratiquer la vingtième insufflation peut-être, Marcus prend lui-même son inspiration.
Soudain, sa bouche aspire une grande bouffée d'air, et quelques-uns de mes cheveux épars.
Soudain, ses paupières s'ouvrent sur ses yeux gris, brillants.
Je m'écarte pour le laisser respirer.
Mais une pression douce, contre ma nuque, m'empêche de m'éloigner trop. Le temps que je comprenne que c'est la main de Marcus, il m'a déjà ramenée vers lui. Je sens son pouls reprendre de la vigueur sous la pulpe de mes doigts – est-ce que c'est son cœur ou le mien qui bat si fort ? Nos lèvres se rencontrent à nouveau. Cette fois-ci, elles ne s'écrasent pas l'une contre l'autre comme un sas, elles se frôlent comme deux plumes.
Un frisson me parcourt.
C'est à mon tour de fermer les yeux.

ACTE III

47. Chaîne Genesis
DIMANCHE 10 DÉCEMBRE, 21 H 10

Plan d'ensemble sur le jardin de New Eden. Les dix prétendants sont debout autour de Marcus allongé sur le sol et de Léonor agenouillée au-dessus de lui, couverts l'un et l'autre par le dais de cheveux roux. Tout autour d'eux, dans la lumière des projecteurs, l'averse s'irise de mille couleurs et dessine un arc-en-ciel qui parcourt le dôme dans toute sa largeur.
Kirsten : « Léonor a cessé de faire le bouche à bouche. Est-ce que Marcus est… mort ? »
Plan rapproché sur la jeune Allemande. Dans ses bras, elle tient une Louve tremblante. Sous sa couronne de tresses détrempées, son visage n'est plus qu'un masque d'angoisse, les gouttes de pluie se mêlant aux larmes.
Alexeï lui passe la main sur les épaules : « Je ne crois pas, mon ange. Regarde : la poitrine de Marcus se soulève. Il respire. Il est vivant. »
Kirsten ravale ses sanglots : « Oui, tu as raison… Mais alors, pourquoi est-ce qu'ils restent comme ça tous les deux, immobiles ? »
Un sifflement retentit.
Cut.

Gros plan sur le visage de Kelly – c'est elle qui a sifflé : « Hé, Léo et Marcus, vous nous dites si on vous gêne ! Vous voulez une chambre ? »
Léonor relève enfin la tête et rabat ses épais cheveux dans son dos, d'un geste à la fois gracieux et un peu maladroit. La caméra zoome : une touche de rouge colore ses joues. En dessous d'elle, Marcus redresse le buste et se

cale sur son avant-bras – sa deuxième main tient toujours délicatement la nuque de Léonor.

Léonor murmure timidement : « Tout va bien... »

Contrechamp sur Kelly, hilare : « Tout a l'air d'aller, en effet ! Quand je prédisais que ce serait quelque chose, le premier baiser de Mars ! » Elle se tourne vers la caméra qui la filme depuis le bord du dôme. « Eh, les gens, vous avez vu ça ? C'est encore mieux qu'au cinoche, pas vrai ? Oscar du meilleur baiser, en direct, vous en avez pour votre argent ! Peut-être que Léo et Marcus peuvent nous refaire ça en replay, mais la version non censurée, sans les cheveux pour masquer la vue ? »

Contrechamp sur Léonor, horriblement gênée : « Oh, ça va ! Ne raconte pas n'importe quoi. Ça ne mérite pas un oscar... »

Marcus : « ... moi, je trouve que si. »

Le champ s'élargit progressivement sur le petit groupe, entre rire et larmes. Le soulagement après la tension. Marcus n'est pas le seul à respirer.

Fangfang ramasse ses lunettes qui sont tombées dans la confusion – la monture s'est brisée en deux, au niveau du nez –, tandis que Mozart range son briquet.

Il s'exclame : « Quand je pense que j'ai emporté du feu pour me faire une petite fumette de temps en temps... Si j'avais su que ça servirait à sauver un ancien rival ! »

Fangfang cligne de ses yeux myopes, entre ses longs cheveux mouillés : « *Une petite fumette ?* Ici ? À New Eden ? Mais la drogue est rigoureusement interdite par le règlement – et par la loi, tout court ! »

Le Brésilien sourit : « Pas de panique, je ne parle que de cigarettes... »

Mais Fangfang n'en démord pas : « Ça aussi, c'est interdit par le règlement ! Fumer tue ! »

Marcus finit par hausser les épaules : « Peut-être que tu n'as pas bien vu sans tes lunettes, mais là, en l'occurrence, fumer a sauvé une vie. Comme quoi... »

ACTE III

Au moment où Fangfang s'apprête à répliquer, la gigantesque image de Serena McBee, projetée sur un versant du dôme, prend la parole avec six minutes de retard : « Vivant ? Marcus est vivant ? Vous me confirmez cette information ? Oh, je vous en supplie, répondez-moi, car je suis morte d'inquiétude, et les spectateurs aussi ! Quel terrible moment de stress pour les familles assemblées devant leurs écrans, qui attendent la cérémonie de mariage avec une telle impatience, sans parler de tous ceux qui ont fait le déplacement jusqu'à cap Canaveral pour assister au spectacle ! Maintenant que tout est rentré dans l'ordre, nous allons pouvoir rattraper le retard et reprendre la grille horaire, comme prévu. »

Les sprinklers s'arrêtent.

L'averse se tarit.

Le fonctionnement de la base reprend son cours normal : dans son tréfonds, les vérins se mettent à ronronner à nouveau, actionnant la porte intérieure qui se referme – sur un sas, vide cette fois.

Léonor tourne son visage vers la caméra. Ses longs cheveux imprégnés de pluie pendent de chaque côté de son visage comme les pans d'une mantille pourpre : « Rassurez-vous, Serena. Rassurez les spectateurs. Marcus est vivant. Nous sommes vivants tous les deux. Je suis sûre que cette nouvelle vous comble de joie, et qu'elle vous permettra de patienter jusqu'à demain pour la suite de l'émission. La cérémonie de mariage peut attendre. Il est tard. Nous sommes vannés. Nous avons besoin de dormir. Et vous devriez dormir un peu, vous aussi. Pourquoi vouloir précipiter les choses ? Nous avons tout le temps devant nous. Rappelez-vous le slogan du programme, que vous avez vous-même écrit : nous avons *l'éternité pour nous aimer.* »

48. Hors-Champ
INTERSTATE 80 WEST, ÉTAT DE L'ILLINOIS
LUNDI 11 DÉCEMBRE, 06 H 00

Andrew serre le frein à main. Le camping-car s'immobilise sur une petite aire d'autoroute désertée. Lorsque les phares s'éteignent, il ne reste que la lumière de la lune presque pleine, et celle de la petite horloge digitale sur le tableau de bord, qui indique 6 h 00 pile.

Andrew attrape son reflet dans le rétroviseur. Ses yeux sont tellement fatigués que ses lunettes ne parviennent plus à en masquer les cernes ; il a encore roulé une bonne partie de la nuit, et maintenant il n'en peut plus. Il faut qu'il dorme.

Il règle le réveil à 8 h 00, puis il tourne la tête vers la jeune fille étendue sur le siège à côté de lui.

« Deux petites heures de repos me suffiront, murmure-t-il du bout des lèvres. Puis je vous promets que je repartirai aussitôt, Harmony, pour vous mettre en lieu sûr. »

Harmony ne répond pas, bien sûr. Elle est toujours plongée dans un profond sommeil. La couverture qui l'enveloppe a glissé pendant le trajet, découvrant ses épaules couvertes de dentelle fine. Andrew entreprend de la remonter délicatement, pour mieux protéger la jeune fille du froid.

Un éclat brille dans le noir, c'est le médaillon d'Harmony qui roule sur la laine de la couverture.

Andrew suspend son geste.

Il reste un instant aussi immobile que son étrange passagère.

Puis, avec d'infinies précautions, il soulève le médaillon au bout de sa chaîne pour mieux l'examiner. C'est un ovale

ACTE III

en or massif, à l'ancienne, délicatement ouvragé – le genre de bijou dans lequel on dissimule des souvenirs lointains ou de précieux secrets. Un petit bouton en ferme l'accès.
Andrew appuie dessus du bout de son index.
Le médaillon s'ouvre sans un bruit.
À l'intérieur, il y a un portrait.
Ce n'est pas un secret, c'est l'un des visages les plus connus au monde.
Ce n'est pas un souvenir, c'est l'un des sourires qui chaque jour illumine des millions d'écrans à travers le monde.
Car ce visage, ce sourire, appartiennent à l'un des six candidats du programme Genesis.
Ce sont ceux de Mozart, le prétendant brésilien.

49. Champ
MOIS N° 20 / SOL N° 552 / 05 H 04, MARS TIME
[2ᵉ SOL DEPUIS L'ATTERRISSAGE]

J'OUVRE LES YEUX SUR LE DÔME ENTÉNÉBRÉ.
Tout là-haut, les projecteurs sont éteints.
Sur les terrasses, les longs bras des robots agricoles sont à l'arrêt.
C'est le silence, troublé seulement par la respiration de celui qui est étendu à mes côtés sur le sol d'aluminium du Jardin. La nuit de Mars est bien moins lumineuse que celle de la Terre, car il n'y a pas de lune pour l'éclairer, Phobos étant bien trop petite pour jouer ce rôle. Cependant, la lueur des petites veilleuses opalescentes qui parsèment le dôme me suffit pour apercevoir le profil régulier de Marcus, son nez droit, son large front calme, ses cheveux denses.

PHOBOS[2]

Lorsqu'il a les yeux ouverts, le gris magnétique de ses iris me fascine comme un mystère insondable ; mais, lorsqu'il a les yeux fermés, il ressemble juste à un garçon qui dort et que je ferais tout pour protéger. Hier avant de nous coucher, je l'ai aidé à enlever sa combinaison déchirée. Je l'ai ausculté à travers sa sous-combinaison, sans bien savoir ce que je cherchais, quels signes ou quels sons auraient dû m'alerter – j'ai si peu d'expérience. Finalement, c'est le docteur Montgomery qui m'a aidée à mener la consultation à distance, en tant qu'instructeur en Médecine du programme. Quelle sensation amère de devoir m'en remettre à cet homme en qui j'avais toute confiance, qui m'a formée pendant un an, avant de me trahir d'un coup de poignard dans le dos ! Quel déchirement de confier le sort de l'être que j'aime à l'un de ceux que je méprise le plus au monde ! Mais Arthur Montgomery a dû se dire la même chose. Il a dû, lui aussi, jouer le jeu face aux caméras. Le docteur en médecine et son élève reconnaissante : une belle image pour les spectateurs, même si elle est fausse ! Au final, je m'en fous, tout ce qui compte, c'est la santé de Marcus. Il est faible, mais il n'a rien de cassé, aucun os fracturé. Avec l'accord d'Arthur Montgomery, je lui ai donné quelques médicaments sortis de ma trousse à pharmacie – principalement des antidouleurs (mais pas d'aspirine, au cas où la compression aurait créé une hémorragie interne). Maintenant, il dort. C'est bien. Il faut qu'il se repose.

Mais moi, je n'ai plus sommeil.

Alors je me lève doucement, sans un bruit.

Les corps allongés de mes camarades jonchent le sol, lovés les uns contre les autres dans leurs sous-combis noires – à l'exception de Kenji, qui a absolument tenu à s'endormir dans sa combinaison spatiale, casque compris. Ce n'est pas vraiment la première nuit martienne telle qu'on l'avait imaginée... Un vertige me prend – on dirait que mes coéquipiers sont déjà morts, comme dans ce documentaire que j'ai vu il y a longtemps, sur les victimes de l'éruption

ACTE III

du Vésuve à Pompéi. Des corps recroquevillés, carbonisés, saisis par les vapeurs toxiques du volcan.

Et si Serena McBee avait dépressurisé le Jardin, malgré la diffusion des images sur la chaîne en direct ?...

Et si elle avait craqué sous le stress et diffusé un gaz mortel pendant notre sommeil ?...

J'inspire profondément pour me convaincre que l'air n'a aucune odeur suspecte, pour faire refluer ces pensées absurdes puisque je suis vivante, moi.

« Déjà debout ? » chuchote une voix derrière ma nuque.

Je me retourne vivement.

C'est Alexeï, ses cheveux blonds luisant sous les étoiles, ses yeux trop bleus brillant dans l'ombre de son visage dévoré par la nuit.

« Oui, dis-je, un peu sur la défensive. Je ne réussis pas à me rendormir.

— Pareil pour moi. Tout ce qui s'est passé pendant ces dernières heures, ça n'arrête pas de tourner dans ma tête... »

Instinctivement, je roule des yeux, embrassant les multiples caméras qui ceinturent le Jardin. Alexeï n'est pas sans ignorer que nous sommes filmés et écoutés 24 heures sur 24 – un mot de trop, et c'est la fin.

Mais il se contente de sourire, de ce sourire étincelant qui en a fait craquer plus d'une au cours du voyage.

« Ça fait un moment que je suis levé, murmure-t-il. Je me suis un peu promené. Et j'ai trouvé un endroit super-sympa. Tu veux que je te montre ? »

Le suivre ? Pourquoi pas ? Officiellement, nous nous sommes réconciliés.

Je hoche la tête, puis je lui emboîte le pas.

Il me guide jusqu'aux marches d'aluminium qui mènent à la première terrasse, garnie de hautes tiges d'avoine. Nous nous mettons à monter, d'étage en étage. Dans la pénombre, les bras mécaniques immobiles sur leurs rails ressemblent à des pattes d'insectes géants. Je devine çà et là les éclats des lentilles des caméras accrochées tout autour du dôme et dans les plantations. Enfin, nous parvenons au sommet de la pyramide. De là-haut, à une quinzaine de mètres au-dessus du sol, on ne distingue presque plus les corps endormis, dont les sous-combinaisons noires se fondent dans la nuit ; seul se détache celui de Kenji dans sa combinaison blanche. Je me dis qu'il a raison, lui le soi-disant phobique, et que c'est plutôt nous qui sommes inconscients de nous être endormis comme ça, sans protection, sous prétexte que le Jardin est censé rester à l'antenne en permanence. À l'avenir, il faudra au moins qu'on organise des tours de veille, pour que certains d'entre nous avertissent les autres au cas où la moindre anomalie se produise à New Eden pendant notre sommeil.

« Tu sens cette odeur ? » me demande Alexcï, m'arrachant à la contemplation des dormeurs.

J'inspire, et des effluves sucrés viennent me chatouiller les narines :

« Ce parfum fruité... on dirait...

— Oui, répond doucement Alexeï. L'odeur des pommes. Les robots agricoles sont vraiment parvenus à faire pousser des pommiers. »

Il désigne le bosquet fourni qui coiffe la pyramide, à quelques pas de nous. De si près, les arbustes paraissent plus grands, plus denses que depuis le sol. Leurs branches s'étendent démesurément, couvertes d'une infinité de feuilles étrangement allongées.

« Des pommiers, comme dans le premier jardin d'Éden, celui de la Bible, reprend Alexeï. Sauf qu'ici, la gravité réduite semble avoir eu des effets inattendus... »

Il s'avance de quelques pas et plonge sa main dans le feuillage bruissant, serré comme une haie.

Il en sort une forme ronde, qui paraît aussi grosse qu'un pamplemousse dans la faible lueur des veilleuses.

Je m'approche pour mieux voir :

« Une... pomme ?

— Une pomme de Mars. La première à être cueillie. Tu veux la goûter ? »

Je contemple pendant un instant le fruit rouge qu'il tient dans sa main, tellement différent de toutes les pommes que j'ai vues sur Terre. Cette pomme-là est si massive, parce que pendant sa croissance elle n'a connu qu'un tiers de la gravité terrestre. Oui, c'est cela l'explication logique, la raison scientifique, et pourtant je ne peux m'empêcher de frémir.

« Je n'ai pas faim, finis-je par dire. Et puis, dans la Bible, c'est Ève qui propose la pomme à Adam et non l'inverse, si je ne m'abuse. »

Alexeï sourit un peu plus. Ses adorables fossettes se creusent sur ses joues.

« Tu as raison, dit-il. Mais on n'est pas dans la Bible. Et je ne suis pas ton Adam. Rappelle-toi, c'est Marcus que tu as choisi. »

Il croque à pleines dents dans l'énorme pomme, sans me quitter du regard.

Un filet de jus coule sur sa mâchoire parfaitement dessinée.

Il l'essuie du revers de la main.

« Viens », dit-il.

Il pénètre dans la pommeraie. Les branches se referment derrière lui comme un rideau opaque. C'est comme s'il avait disparu, et, l'espace d'un instant, j'ai l'impression d'être seule sur la dernière terrasse. L'instant d'après, je m'engouffre à mon tour dans les feuilles. Elles sont si touffues que je ne vois d'abord rien : ni les lumières, ni les étoiles lointaines au-delà du dôme. Puis quelqu'un me saisit le bras, me faisant sursauter.

« Tu ne m'as pas vu venir ? Je t'avais dit qu'ici, il faisait très sombre. »

Alexeï est là, tout près ; je peux sentir son souffle contre mon oreille, et son haleine au parfum de pomme tandis qu'il continue de murmurer :

« J'ai la certitude qu'aucune caméra ne peut nous filmer, même avec des infrarouges. Et les sons sont étouffés par les branchages. Ça fait trois heures que je suis réveillé, j'ai eu le temps de les palper longuement, ils ne contiennent pas de micros. Pourvu que nous parlions à voix basse, personne ne peut nous entendre. Au fait, est-ce que ta main va mieux ?

— Ça va, je réponds en me dégageant. Je me suis fait un bandage. La morsure de Louve n'était pas profonde. Pourquoi est-ce que tu m'as fait venir ici ? Qu'est-ce que tu as à me dire ? »

Mes yeux finissent par s'habituer à l'obscurité presque totale, et je discerne la silhouette d'Alexeï à quelques centimètres de moi.

« Je voulais juste faire la paix, dit-il.

— On a déjà fait la paix, rappelle-toi, dans le vaisseau. Tu t'es excusé pour ce que tu m'as dit, que j'étais *dégueulasse* et tout ça.

— Je ne le pensais pas. Ces mots m'ont sali autant que toi. Ils ne ressemblent pas à celui que je veux être... ils sont si contraires à mon idéal chevaleresque.

— Tu as parlé sous le coup de la colère. Ça peut arriver à tout le monde.

— Un homme digne de ce nom ne doit jamais insulter une femme. Surtout une femme comme toi. Tu es tout le contraire de *dégueulasse*. Tu es très jolie. Vraiment. »

D'un coup, je ne sais plus du tout ce que je fais dans cette pommeraie invisible, avec ce garçon qui me murmure des mots doux à l'oreille. Est-ce qu'Alexeï est en train de me draguer ? Non, pas possible ! Il est raide dingue de Kris depuis le début !

La tête me tourne ; ma respiration se bloque ; je me rattrape à la branche la plus proche.

« J'ai l'impression que c'est Kris qui devrait être là avec toi, pas moi...

ACTE III

— C'est prévu. La cérémonie de mariage aura lieu devant la pommeraie, rappelle-toi. C'est ici que j'offrirai à Kris la bague que je lui ai promise lors de nos speed-datings, et que j'ai portée à une chaîne autour de mon cou tout au long du voyage. Je rêve de cet instant depuis que j'ai posé mes yeux sur elle la première fois ! Ce diamant, je le lui ai dit, c'est le symbole de notre amour indestructible. Kris est tellement pure, gracieuse et parfaite. Elle sera ma reine, je serai son chevalier servant. Toi qui la connais si bien, est-ce que tu crois qu'elle trouvera ça vieux jeu, si je lui passe la bague au doigt genou à terre ? »

Ouf ! C'est moi qui me faisais un film !

« Je crois qu'elle adorera, au contraire, dis-je, soulagée. Elle est tellement romantique. »

À mesure que je reviens à moi, respirant à nouveau, je sens sous mes doigts le contact de la branche que j'ai empoignée. L'écorce est différente de celle des arbres sur la Terre, plus lisse, sans crevasses, presque comme une peau humaine. Je retire brusquement ma main. Les pommes tout autour se balancent lourdement, entrechoquant leurs silhouettes bouffies.

Elles me semblent soudain aussi monstrueuses que le logo du programme Genesis, cette énorme planète-ventre renfermant un fœtus. La nature fait des choses vraiment bizarres, ici... Et nous, on est censés procréer malgré tout ? Pour accoucher de bébés aussi étranges que ces pommes difformes ?

« Tu as vu ce que les conditions de Mars ont fait à ces arbres ?... je murmure. Les fruits et même les branches sont complètement différents...

— Oui. C'est fascinant.

— C'est effrayant.

— Les deux vont parfois de pair. Ce qui est nouveau nous fascine et nous fait peur en même temps, non ?

— Personne n'avait prévu que les végétaux évolueraient d'une telle façon ou, en tout cas, personne ne nous l'a dit. Ça ne faisait pas partie de notre programme pendant l'année d'entraînement. Et on ne nous a rien dit non plus sur la manière dont la gravité réduite pourrait affecter de futurs enfants. Tout le monde a fait comme si donner naissance sur Mars, ce serait comme donner naissance sur la Terre. Mais, à voir ces pommiers, j'ai de sérieux doutes. »

Je me penche à nouveau vers Alexeï, pour être complètement sûre que lui seul peut entendre mes paroles.

« Écoute. Tu es responsable Médecine, comme moi. Il y a quelque chose qui m'angoisse, mais à toi je peux en parler : les grossesses. Il faut absolument les éviter. Pas seulement à cause du risque potentiel lié à la gravité, qui semble bien réel. Aussi et surtout parce qu'on ne sait pas si on survivra au-delà de vingt-deux mois. Si on meurt tous les douze lors de la prochaine Grande Tempête, ce sera un drame dont nous serons les victimes. Mais si on condamne avec nous des bébés innocents, ce sera un crime dont nous seuls serons responsables. Tu comprends ? »

Mes lèvres sont si proches de la joue d'Alexeï que je perçois la chaleur qui en émane.

« Oui, je comprends, répond-il dans un chuchotement. Il faut éviter toute grossesse. Ce serait un crime. »

Une bouffée de reconnaissance me monte dans la poitrine. Ce n'est pas évident de parler de ces choses-là, et le fait qu'Alexeï me comprenne si bien facilite un peu les choses. Derrière ses coups de sang et son côté intense qui me déstabilise un peu, c'est un garçon qui a la tête sur les épaules et qui assume ses responsabilités. Ses histoires de chevalerie ne sont pas que des lubies, il a de vraies valeurs. S'il idéalise ainsi Kris, c'est qu'il doit l'aimer vraiment très fort. En fin de compte, je suis contente qu'ils se soient choisis.

« Je n'ai aucun contraceptif dans la trousse à pharmacie des filles, dis-je. Pas de pilule, pas de stérilet, rien. Les organisateurs s'en sont bien gardés, puisque le principe du programme Genesis est de peupler cette planète le plus vite

possible. Là-bas, sur Terre, les spectateurs et les sponsors attendent les premiers bébés de Mars avec impatience... Est-ce que de ton côté ils t'ont donné... euh...
— Des préservatifs ? Non.
— Alors, tu sais ce que cela signifie...
— A, comme Abstinence ?
— Oui, c'est le mot, dis-je, la gorge serrée. On doit toutes et tous faire vœu d'abstinence. Un vœu secret, bien sûr. Car officiellement, pour la chaîne Genesis, on devra essayer de faire des bébés. Mais, dans les faits, nous resterons chastes.
— Je te suis. C'est un gros sacrifice, toutefois nous n'avons pas le choix, du moins tant que nous n'aurons pas identifié et réparé la cause de la défaillance des habitats. Tel est notre devoir. Dans le temps, les preux savaient attendre, des années parfois, les faveurs de leur dame. Et demain, si les spectateurs s'impatientent, nous laisserons les scientifiques trouver une explication – je ne sais pas moi, par exemple que les conditions de Mars semblent réduire la fécondité humaine. Parles-en aux filles. Moi, je vais en parler aux garçons. Tu peux compter sur moi.
— Merci, Alexeï. »

50. Chaîne Genesis
LUNDI 11 DÉCEMBRE, 11 H 15

Plan d'ensemble sur le dôme du Jardin. Derrière les alvéoles de verre, la nuit pâlit à vue d'œil.
Une petite horloge surimprimée en bas de l'écran indique l'heure martienne : 7 H 55.

Soudain, à 7 h 56, un faisceau de rayons se met à pleuvoir à travers la verrière, illuminant les plans d'avoine et de soja, faisant rutiler les bras chromés des robots agricoles ; là-haut, au sommet de la falaise de Ius Chasma, le soleil vient d'apparaître, donnant naissance à un nouveau matin.

La caméra balaie le sol du Jardin.

Les prétendants et les prétendantes s'éveillent un à un. Certains sont rapidement prêts à commencer leur journée, comme Elizabeth qui étire son long corps en accomplissant avec grâce une série d'assouplissements, ou Marcus qui s'entraîne à coursauter en faisant des tours de plantations. D'autres peinent à se lever, comme Mozart qui enfonce son visage sous la combinaison lui servant d'oreiller, afin de se protéger de la lumière. Peine perdue, Louve se met à aboyer frénétiquement, reprise en écho par Warden qui tire sur sa laisse en montrant les crocs.

Kelly pousse un grondement d'ourse mal léchée : « Encore ces deux-là ! bougonne-t-elle, sa crinière blonde emmêlée et ses yeux réduits à de simples fentes. Les fiancés du règne animal qui ne peuvent pas se piffer, c'est ballot ! »

Cramponné à l'autre bout de la laisse du croisé doberman, Samson tente de protester : « Il faut leur laisser du temps. Ils sont sur les nerfs, c'est compréhensible dans ce nouveau monde où ils n'ont aucun repère. Nous, on sait pourquoi on est là, on a signé. Mais eux, ils se retrouvent sur Mars sans avoir rien demandé : imaginez un peu l'angoisse ! » Il s'accroupit devant Warden, qui cesse enfin d'aboyer pour venir blottir son museau dans ses mains. « Les organisateurs auraient quand même pu nous filer des jouets pour les déstresser – je ne sais pas, moi, un ballon, un Frisbee... Je le leur ai pourtant demandé... »

Toujours enfoui sous sa combinaison-oreiller, Mozart émet un vague grognement : « Idem pour moi. On m'a interdit de prendre ma guitare. Soi-disant que c'était trop cher, que le moindre kilo envoyé dans l'espace coûte des millions en propergol. J'ai juste pu emporter les cordes,

ACTE III

en espérant pouvoir me bricoler une gratte sur place, mais c'est pas gagné... »

La caméra se détache des râleurs, pour s'intéresser à Alexeï et à Léonor. Ces derniers papillonnent entre les habitants de New Eden – lui parmi les garçons, elle parmi les filles –, pour leur glisser quelques mots dans le creux de l'oreille.

La caméra, curieuse, zoome sur Samson au moment où Alexeï colle sa main contre sa joue. Les magnifiques yeux vert émeraude du Nigérian s'agrandissent à mesure qu'il prend connaissance du message secret, que le système sonore de la chaîne Genesis ne parvient pas à capter. On peut lire sur son visage la surprise. Mais la dernière trace qui y reste, lorsque Alexeï retire enfin sa main, c'est la détermination.

Samson regarde son interlocuteur droit dans les yeux : « Je comprends. Mais ne t'en fais pas. J'assurerai. »

Le Russe lui tape sur l'épaule, signe de reconnaissance virile : « C'est bien, mon pote. Je savais que tu étais un type sérieux. »

Puis il marche jusqu'à Tao, qui vient de se hisser à la force de ses bras dans son fauteuil roulant : « Hé, l'artiste, je peux te dire quelque chose en privé ? »

Tao : « Bien sûr... » L'ombre d'un doute passe sur le large visage du grand Chinois. « ... mais est-ce qu'on a vraiment le droit de se parler en privé ? La chaîne ne risque-t-elle pas de nous le reprocher ? »

Alexeï : « T'inquiète. Je suis responsable Médecine, et ce que j'ai à te dire relève du secret médical. Rien de grave, rassure-toi, mais c'est vraiment privé. »

Sur ce, il se penche sur l'oreille de Tao, et y délivre son mystérieux *secret médical*.

Énervée de ne pouvoir participer à ces conciliabules, la caméra tente sa chance avec les filles. Elle se reporte sur Léonor, qui est occupée à murmurer à l'oreille de Kelly.

D'un seul coup, les paupières de la Canadienne encore alourdies de sommeil s'écarquillent, et sa bouche glossée s'arrondit dans un O de stupéfaction.

Kelly : « Non, sans blague ! » Elle se reprend aussitôt : « Et pourtant si, tu as certainement raison… »

Léonor plonge ses yeux dorés dans ceux de Kelly, comme pour lui intimer de ne pas en dire plus, comme pour lui demander de s'engager elle aussi.

Kelly finit par pousser un long soupir : « Bah, une fille avertie en vaut deux. Merci de m'avoir prévenue, Léo. Tu peux compter sur moi. »

51. Champ
MOIS N° 20 / SOL N° 522 / 08 H 29, MARS TIME
[2ᵉ SOL DEPUIS L'ATTERRISSAGE]

« Eh bien, eh bien, qu'est-ce que c'est que ces conciliabules ? »

Je détache ma main de la joue de Kris, la dernière à qui j'ai demandé de faire vœu d'abstinence, pour lever les yeux vers le dôme.

Serena McBee vient d'y apparaître. Elle est plus en beauté que jamais, son carré argenté métamorphosé en chignon digne d'un podium de défilé, des paillettes d'or illuminant ses paupières et ses lèvres. Elle porte une robe en taffetas gris perle, avec sur les épaules un boléro en dentelle assorti : une vraie tenue de mère de mariée, sur laquelle ressort la petite touche noire du ruban censé commémorer le faux attentat qu'elle a fomenté de toutes pièces.

« Alexeï, Léonor, et si vous partagiez vos petits secrets avec les spectateurs, et avec moi ? demande-t-elle en papillotant des yeux.

ACTE III

— Ce n'est rien, Serena, dis-je. C'est juste le stress avant les mariages... et les nuits de noces. Parce que certains d'entre nous n'ont jamais... Il faut que personne n'ait mal ou ne se sente gêné... Bref, en tant que responsables Médecine, Alexeï et moi, on s'est senti la charge de donner... euh... des *instructions techniques* aux filles et aux garçons, si vous voyez ce que je veux dire. Ce n'est pas le genre de sujet qu'on peut aborder aisément à l'antenne. »

Je me sens rougir jusqu'aux oreilles.

Pas parce que c'est un mensonge.

Pas parce qu'en fait d'*instructions techniques*, j'ai prêché l'abstinence auprès des filles.

Mais parce que, comme je l'ai dit, j'ai bien conscience qu'on est à l'antenne en ce moment. Je sais pertinemment que des milliards de gens m'écoutent et me regardent. Or prétendre donner des cours d'éducation sexuelle à ses camarades, quand on n'a jamais laissé aucun garçon vous toucher, c'est terriblement maladroit.

C'est affreusement gênant.

C'est une occasion que Serena McBee s'empresse de saisir pour m'écraser de toute sa morgue.

« Des *instructions techniques*, je vois..., répète-t-elle au bout de six minutes, un sourire faussement indulgent sur les lèvres. Comme c'est attentionné ! Et comme c'est courageux à toi d'aborder ce sujet qui, je te l'accorde, n'est pas évident. Je me demande quelles *instructions techniques* de première main tu as bien pu donner à tes camarades pour qu'elles affichent ces mines ébahies. Les spectateurs n'en sauront rien, bien sûr, puisque je vous rappelle que l'intimité des couples ne sera pas filmée. Les caméras des Nids cesseront de tourner à minuit, pour reprendre à 8 h 00 du matin : soit huit heures quarante de répit rien que pour nos tourtereaux, les sols martiens comptant quarante minutes de plus que les jours terriens. Les prétendants et les prétendantes sauront sans aucun doute mettre ce temps à profit pour nous faire de beaux bébés, grâce aux conseils éclairés de docteur Léonor – si elle n'était pas sur Mars, je l'inviterais à animer mon célèbre talk-show, *The Professor Serena McBee Consultation* ! »

Je me doute que les spectateurs vont prendre les paroles de Serena au premier degré, que moi seule peut en mesurer tous les sous-entendus humiliants. Ça ne m'empêche pas d'avoir envie de disparaître six pieds sous terre. Mais ce serait lui faire trop plaisir. Alors je tiens bon, droite dans mes bottes face à la géante qui me nargue.

Et je lui sors la deuxième résolution que nous avons prise, avec Alexeï et les autres :

« J'en profite pour vous annoncer, à vous et aux spectateurs, que, chaque nuit, deux d'entre nous veilleront dans le Jardin, en combinaison. Ça nous semble plus sécurisant, pour s'assurer que la base fonctionne correctement pendant notre sommeil et pour être en mesure de réagir en cas d'incident. Je suis certaine que vous approuverez notre prudence, Serena. »

Si elle s'imaginait que nous allions nous mettre à sa merci, chaque nuit pendant près de neuf heures, elle se fourrait le doigt dans l'œil. Au moindre signe suspect, si elle essaye de dépressuriser les habitats des cinq autres couples, les deux veilleurs interviendront. Je doute qu'ils puissent nous sauver dans un tel scénario catastrophe, mais en tout cas ils survivront suffisamment longtemps avec leurs combinaisons pour balancer Serena en direct. Car le Jardin, à la différence des Nids d'amour, restera à l'antenne 24 heures sur 24. Si on tombe, Serena tombe : c'est aussi simple que ça.

Six minutes après que j'ai prononcé ces paroles, j'ai le plaisir de voir le sourire le plus connu d'Amérique s'effacer pour quelques instants.

« Ah ? dit Serena en feignant l'indifférence. Drôle d'idée, cette histoire de veille. Dans ces combinaisons inconfortables, en plus ! C'est une précaution bien inutile, si tu veux mon avis. Enfin, vous êtes chez vous sur Mars, vous faites

ACTE III

comme vous l'entendez. » Elle recompose sa mine avenante. « Pour l'heure, le moment est venu de vous mettre en beauté. Je vois que tout le monde est en forme, et ton cher Marcus lui-même semble avoir bien récupéré de son numéro de bravoure d'hier. Nous allons pouvoir procéder à la cérémonie. Ça n'a pas été évident de la reporter d'hier soir à aujourd'hui, avec toute la logistique que cela implique – il s'agit tout de même de la plus grande, la plus belle, la plus merveilleuse fête qu'on ait jamais organisée pour célébrer une union… Oui, je l'avoue, vous m'avez causé le casse-tête le plus épineux de toute ma carrière. Pourtant que ne ferais-je pas pour vous, mes amours ? Après tout, vous êtes uniques, et se marier un lundi est non seulement unique, mais du dernier chic ! Chers prétendants, et vous, chers spectateurs, préparez-vous, les mariages du siècle auront lieu à midi pile, heure martienne ! »

L'image de Serena s'efface de la surface du dôme, laissant réapparaître le paysage désertique de Ius Chasma.

Je détache les yeux de la verrière.

Ils tombent droit dans ceux de Marcus.

Il m'observe avec son fameux demi-sourire charmant sur les lèvres, tout l'opposé du sourire méprisant de Serena, toutes dents dehors.

Je prends conscience de la honte qui me chauffe encore le visage.

« Je dois être rouge comme une tomate…, dis-je en baissant les paupières.

— Tu es ravissante.

— Ne raconte pas n'importe quoi.

— Serena a raison.

— Quoi ?

— Tu ferais exploser l'audimat de son émission, si tu y participais. Mais je t'ai rien que pour moi. J'en ai de la chance, je vais pouvoir bénéficier en privé de tes sulfureuses *instructions techniques* ! »

PHOBOS[2]

Il me décoche un clin d'œil qui me donne une folle envie de l'étouffer, et en même temps une envie mille fois plus grande encore de l'embrasser.

« Tu ne seras pas déçu ! je lui lance, en essayant de me montrer bien plus sûre de moi que je ne le suis.

— Je suis sûr que non », répond-il en soutenant mon regard.

Si je pensais le renvoyer dans ses cordes en faisant preuve d'aplomb, c'est raté.

Il me couve de ses yeux clairs qui me donnent l'impression troublante, contradictoire, d'être à la fois nue et vêtue de la robe la plus somptueuse du monde.

Je sens le doute me gagner. Quelles régions Marcus a-t-il déjà explorées dans ce continent inconnu dont j'ignore tout : l'amour ? Lui qui est si séduisant, avec combien de filles est-il déjà sorti ? À combien d'entre elles a-t-il déjà fait l'amour ? Quelles sont ses attentes, dans notre situation, et est-ce que je serai à la hauteur ? Quand il apprendra que je suis vierge, se dira-t-il que je me suis gardée pour lui, ou au contraire qu'à cause de ma cicatrice aucun garçon n'a voulu de moi avant ?

Comme les autres prétendants, je l'ai vu faire vœu d'abstinence lorsque Alexeï lui a posé la question. Mais cette pensée ne me rassure pas autant qu'elle le devrait. Parce que je ne suis plus certaine de la signification de ce vœu. Parce que la Salamandre, à nouveau, verse son venin dans le creux de mon oreille.

(Pourquoi as-tu imposé cette idée d'abstinence, Léonor ? Pour protéger les bébés de Mars, comme tu le prétends ? – ou pour te protéger toi-même de quelque chose qui t'attire et qui te terrorise en même temps ?)

ACTE III

52. Hors-Champ
PRESQU'ÎLE DE CAP CANAVERAL
LUNDI 11 DÉCEMBRE, 14 H 55

« Allô ? monsieur Bill ? Je vous appelle juste pour vous faire un petit coucou. Oui, oui, je suis toujours à cap Carnaveral, j'y ai passé la nuit ! À la belle étoile avec les autres fans, figurez-vous ! On s'est tenu chaud, et puis ici c'est quand même un climat tropical. Vous pensez bien que personne n'est rentré chez soi quand ils ont décidé de décaler la cérémonie du dimanche au lundi, en dernière minute. Aujourd'hui, il y a même encore plus de monde qu'hier, c'est de la folie !

— Faites attention à ne pas vous faire écraser les pieds, mon petit. Je tiens à récupérer une serveuse opérationnelle.

— Ne vous inquiétez pas, je ferai attention. Monsieur Bill ?

— Oui ?

— Merci de m'avoir donné ces trois jours de congés.

— Voyons, ne me remerciez pas. Et prenez-en un ou deux de plus si vous avez besoin. Je peux bien faire tourner la boutique quelques jours tout seul, pour les deux pelés, trois tondus qui passent par là. Je sais à quel point le programme Genesis est important pour vous. À vrai dire, il l'est pour moi aussi, mais, à mon âge, les grands voyages me fatiguent. Vous me raconterez.

— Oh, ça oui, monsieur Bill ! Vous pouvez compter sur moi ! »

Cindy éteint son téléphone portable, le fourre dans son sac à main et jette un regard autour d'elle. La foule qui a envahi la presqu'île est immense, plus dense encore que pour la cérémonie de décollage. Pour canaliser l'affluence record, les véhicules ont dû se garer sur le continent ; leurs toitures, par centaines de milliers, composent une ligne d'horizon métallique sur laquelle se reflète le soleil de Floride. Les visiteurs ont fait le reste du chemin à pied, remontant la presqu'île vers l'est, passant les différents check-points qui ont été rétablis depuis les émeutes de la veille. La population autour des grilles de la base est si nombreuse que l'on ne voit plus le sol ni les bruyères ; seuls dépassent les haut-parleurs montés sur des pylônes métalliques, les mêmes qui commentaient la cérémonie de décollage du *Cupido* cinq mois plus tôt. La plupart des gens sont sur leur trente et un, aussi endimanchés que s'ils se rendaient au mariage d'un membre de leur propre famille ; certains portent même jaquettes et grandes robes blanches, comme s'ils étaient eux-mêmes les mariés du jour. Quelle que soit leur mise, tous, y compris Cindy, portent un ruban noir épinglé sur le col.

« C'est un nouveau Woodstock ! s'enthousiasme un reporter filmé par un caméraman ambulant, à quelques pas de Cindy. C'est une nouvelle fête universelle de l'amour et de la paix ! Deux millions de personnes venues du monde entier se sont aujourd'hui rassemblées à cap Canaveral, pour assister aux mariages du siècle ! »

Le reporter se tourne brusquement vers Cindy, lui pointant son micro sous le nez.

« Mademoiselle, pourquoi êtes-vous venue aujourd'hui ? demande-t-il à brûle-pourpoint.

— Euh... », balbutie Cindy, prise au dépourvu.

Elle tire sur la robe mauve qui moule ses formes généreuses, puis porte la main à ses cheveux couleur carotte, soigneusement lissés au fer.

« Est-ce que je peux me repoudrer le visage avant de passer à la télé ?... demande-t-elle timidement.

— Qu'est-ce qu'une jeune femme comme vous fait seule, non accompagnée ? mitraille le journaliste en guise de réponse. N'est-ce pas le badge *"cœur à prendre"* que je vois sur le corsage de votre robe ? Faites-vous partie de

ACTE III

ces milliers de célibataires qui espèrent trouver l'amour, aujourd'hui, en célébrant les mariages du siècle avec d'autres fans du programme Genesis ? »

Cindy baisse les yeux sur le badge en forme de cœur qui brille sur sa robe, à côté du ruban du Souvenir. Elle rougit comme une pivoine, ce qui lui donne un air charmant.

« Je ne suis plus si jeune, vous savez, parvient-elle à articuler. Je viens d'avoir quarante ans. Eh oui, je suis célibataire, là où j'habite, il n'y a pas beaucoup de passage, pas beaucoup d'opportunités de faire de belles rencontres. J'ai passé l'âge de postuler à la saison 2 du programme Genesis, mais, je me suis dit qu'ici, à Cap Canaveral, je rencontrerais peut-être quelqu'un...

— Quarante ans, et aussi romantique que si elle en avait dix-huit ! coupe le reporter en se retournant d'un bond vers la caméra. C'est cela aussi, la magie du programme Genesis ! Allons recueillir d'autres témoignages... »

Le reporter s'éloigne déjà, fendant la foule avec son équipe technique, tel un banc de requins dans une mer poissonneuse.

Cindy en profite pour reprendre sa respiration et sortir enfin son poudrier. Durant plusieurs minutes, elle s'applique à matifier sa peau rendue luisante par les bouffées d'émotion dues à la densité de la foule, elle qui est habituée aux immensités désertes de la vallée de la Mort.

À l'instant où elle referme le boîtier, les haut-parleurs se mettent à diffuser à travers toute la presqu'île les premiers accords du générique de Genesis. Aussitôt, comme un seul homme, deux millions de personnes allument leurs téléphones, leurs ordinateurs portables ou leurs tablettes pour pouvoir suivre le show qui va commencer derrière les grilles de la base, où seuls les privilégiés avec carte de presse ont été invités.

53. Chaîne Genesis
LUNDI 11 DÉCEMBRE, 15 H 20

Jardin de New Eden, 12 h 00 (Mars Time)
C'est le titre qui s'affiche en bas de l'image, un plan large de la pommeraie baignée par le jour rougeoyant de Mars.

Les douze prétendants sont assemblés deux par deux devant les arbustes couverts de fruits rouges et charnus. Les garçons portent des costumes, gilets et nœuds papillons noirs, créant un effet d'ensemble saisissant, que les filles viennent animer de leurs robes blanches toutes différentes. Un seul couple est séparé, et il n'est pas humain : Louve et Warden sont attachés à deux pommiers éloignés avec leurs laisses respectives ; ils se contemplent d'un œil méfiant.

Face à ce petit groupe, sur la surface interne du dôme, est projetée l'image de la plateforme de lancement de cap Canaveral, décorée pour l'occasion d'un blanc nuptial.

Cut.

Base de cap Canaveral, 15 h 20 (East Coast Time)
Vue zénithale de la plateforme, filmée par une caméra aérienne. De gigantesques drapés de satin blanc ont été déployés entre les hauts piliers, et de grands vases remplis de lis blancs ont été disposés tout autour. Un parterre de journalistes en smoking et robe de cocktail se masse au pied de la structure de métal. La caméra s'approche pour mieux les voir ; nombreux sont ceux qui sont là depuis la veille, à en juger par leurs cernes, mais la joie de faire partie des élus chargés de couvrir les *mariages du siècle* leur fait oublier la fatigue.

L'image bascule sur un plan fixe qui embrasse toute la plateforme, au moment où Serena McBee y fait son entrée.

ACTE III

La traîne de sa robe en taffetas gris perle suit derrière elle, mais pas seulement. Des représentants de plusieurs religions lui emboîtent le pas : un cardinal en soutane rouge, un pope orthodoxe arborant une longue barbe blanche, un pasteur tout de noir vêtu, un bonze en robe safran, un brahmane au front orné de signes colorés. Ils vont se placer devant l'un des immenses rideaux de satin, tandis que Serena gravit les marches conduisant à la tribune.

« Mes chers prétendants ! déclare-t-elle dans le micro accroché au pupitre, en se tournant vers les quatre écrans géants qui retransmettent la photo de groupe des mariés. Comme vous êtes beaux ! Et comme je suis émue, aujourd'hui, de vous voir rassemblés devant moi et devant les hommes de Dieu qui m'accompagnent. Dix-huit mois se sont écoulés depuis que je vous ai sélectionnés pour ce programme, et pourtant il me semble que ce sont dix-huit ans. Oui, j'ai l'impression que vous êtes mes propres enfants, nourris et élevés dans mon sein. On dit que conduire son fils ou sa fille à l'autel, c'est à la fois le jour le plus heureux et le plus poignant d'une vie de mère. Eh bien, pour moi, aujourd'hui, cette émotion est multipliée par douze... » Serena marque une pause, le temps de sortir un mouchoir de soie grise pour en tamponner délicatement le coin de ses yeux ; puis elle reprend, enjouée : « Je vous promets de faire de mon mieux pour ne pas pleurer. Je ne veux pas ternir par mes larmes ce jour d'allégresse, et tout ce qu'il représente. Comme vous le savez, afin de respecter les croyances de chacun, nous avons prévu une cérémonie œcuménique. »

La caméra passe en travelling sur les responsables religieux, tandis que Serena continue son discours en off :

« *Quelle belle vision de la fraternité entre les peuples, rendue possible grâce à nos douze héros. C'est cela, le noble esprit du programme Genesis. C'est la diversité humaine dans toute sa splendeur, en images... et en musique !* »

À ces mots, le rideau derrière les religieux s'écarte, révélant des gradins sur lesquels ont pris place des dizaines de chanteurs et de chanteuses de toutes les couleurs de peau, fondus en un seul groupe par la robe gospel immaculée qu'ils portent tous à l'identique.

La caméra zoome sur le centre des gradins, où s'élève un podium imitant l'aspect d'une colonne à l'antique, creusée de cannelures, dans le style dorique. Un couple se tient là, debout au sommet de la colonne, telles deux statues grecques dominant le monde depuis le fronton d'un temple. Il s'agit de Jimmy Giant et de Stella Magnifica, les stars officielles du programme Genesis. Eux aussi sont habillés de blanc – lui en costume parfaitement coupé, elle en robe de soirée au décolleté plongeant, cousue de cristaux scintillants –, et ils portent l'un et l'autre dans le dos une immense paire d'ailes en plumes blanches.

Serena (off) : « *Jimmy et Stella seront nos maîtres de cérémonie aujourd'hui. Quoi de mieux que deux anges, pour en marier douze autres ?* »

Du haut du podium, Jimmy Giant s'incline profondément, déployant ses ailes blanches derrière lui : « Mesdames et messieurs, Stella et moi, nous espérons être à la hauteur de cet événement... »

Stella Magnifica fait mine de se pencher un peu au bord de la colonne. Elle observe le vide de ses yeux bleu des mers du Sud, puis s'exclame : « Moi, je trouve que nous sommes à la hauteur, Jimmy. Ouh, là, là, que c'est haut ! »

Le chanteur lui répond du tac au tac, récitant de toute évidence un échange scénarisé et écrit à l'avance : « Ne me dites pas que vous avez le vertige, Stella ? Vous devriez avoir l'habitude, avec vos talons aiguilles stratosphériques ! »

Stella Magnifica émet un rire aussi naturel qu'une vocalise, tout en plissant ses yeux qui entre-temps sont devenus vert anis (elle porte des lentilles évolutives, la dernière tendance des défilés) : « Mon Dieu, Jimmy, que vous êtes

ACTE III

drôle ! Arrêtez de me faire rire comme ça, vous allez me faire tomber !... »

Elle fait semblant de vaciller, mais Jimmy Giant la rattrape par la taille et suggère, enjôleur : « ... tomber amoureuse ? »

Stella Magnifica fait papilloter ses paupières allongées par des faux-cils, eux-mêmes garnis de minuscules plumes de duvet blanc, qui contrastent avec ses iris d'un violet étourdissant : « Quel tombeur vous faites, Jimmy ! Mais, dites-moi, si vous vous occupiez plutôt des prétendants, au lieu de me taquiner ? »

Celui que la presse a baptisé *le nouveau James Dean* rabat ses mèches blondes dans sa nuque d'un geste à la nonchalance étudiée : « Vous avez raison, Stella. Ce jour est celui des prétendantes et des prétendants. C'est celui du premier couple à marier, j'ai nommé Kris et Alexeï. En parlant de tombeur... Heureusement qu'il est sur Mars et pas sur Terre, sinon j'aurais une sacrée concurrence !... » Rire de Stella Magnifica sur le podium, et de la foule tout autour. « ... je plaisante. Le grand Russe s'est casé avec la ravissante Allemande, et, entre eux deux, je crois pouvoir dire que c'est solide comme de l'acier ; pas vrai, Alex ? »

Stella fait les gros yeux à son compagnon de scène, ce qui est d'autant plus impressionnant que les yeux en question sont maintenant orange fluo : « Voyons, Jimmy ! Nous savons tous que vous êtes un rebelle des temps modernes, comme le rappelle le titre de votre dernier album *Rebel Without a Cause* – album excellent, à se procurer de toute urgence. Aujourd'hui cependant, le rebelle pourrait mettre les formes et sacrifier aux traditions. Il s'agit des mariages du siècle, tout de même ! Et si vous demandiez son consentement à Alexeï de manière un peu plus formelle ? »

Jimmy Giant acquiesce : « Vous avez raison, Stella – au passage, j'en profite pour dire haut et fort tout le bien que je pense de votre dernier single, *Diva Divina*, c'est une bombe atomique ! »

L'instant promo passé, il pivote sur lui-même et lance un regard direct caméra parfaitement millimétré. Il prend son air le plus *Actors Studio*, pour demander : « Alexeï, acceptes-tu de prendre Kirsten pour épouse, pour l'aimer fidèlement dans le bonheur ou dans les épreuves, jusqu'à ce que la mort vous sépare ? »

Les chœurs entonnent un chant religieux russe, le temps que la question solennelle franchisse les cinquante-cinq millions de kilomètres qui séparent la gigantesque chapelle éphémère de cap Canaveral et le Jardin de New Eden.

Jardin de New Eden, 12 h 14 (Mars Time)
Gros plan sur le premier couple : Alexeï et Kirsten.

Lui se dresse fièrement, le front haut, le regard azur. Elle se tient à son bras, merveille de beauté et de fraîcheur. Elle a revêtu une délicate robe de lin blanc taille Empire, qui rehausse sa poitrine d'un romantique galon de dentelle. Dans sa couronne de nattes blondes, refaite pour l'occasion, elle a artistement glissé de longues feuilles de pommier martien. On dirait une héroïne surgie des pages d'un roman, une jeune fille en fleur, hors du temps.

Face à eux, sur l'écran du dôme, Jimmy Giant n'a jamais si bien mérité son patronyme. En gros plan de plusieurs mètres de hauteur, son visage est bien celui d'un géant.

Une voix de stentor sort de ses lèvres, amplifiée par l'acoustique du dôme : « Alexeï, acceptes-tu de prendre Kirsten pour épouse, pour l'aimer fidèlement dans le bonheur ou dans les épreuves, jusqu'à ce que la mort vous sépare ? »

Alexeï bombe le torse comme s'il voulait se faire aussi gros que le colosse qui lui fait face : « Oui ! »

Base de cap Canaveral, 15 h 37 (East Coast Time)
« Oui ! » – le mot retentit à travers les enceintes de la base, positionnées sous chacun des quatre écrans transmettant le visage d'Alexeï.

ACTE III

Les lis tremblent dans leurs vases.

Les chants russes sont submergés par la clameur du public, si puissante et durable que Stella Magnifica doit lever la main pour réclamer le silence et prendre la parole à son tour : « Et toi, Kirsten, demande-t-elle, acceptes-tu de prendre Alexeï pour époux, pour l'aimer fidèlement dans le bonheur ou dans les épreuves, jusqu'à ce que la mort vous sépare ? »

Les choristes entonnent un nouveau chant, d'inspiration grégorienne cette fois-ci. À la fin du cantique, la vue rebascule du côté de Mars.

Jardin de New Eden, 12 h 20 (Mars Time)

Gros plan sur le visage rayonnant de Kirsten, tandis que résonne la question prononcée par Stella Magnifica trois minutes plus tôt.

La jeune fille explose de joie : « Oh, oui ! »

À peine a-t-elle donné son consentement qu'Alexeï tombe à genoux à ses pieds. Il fait sauter son nœud papillon et extrait une chaîne de sous le col de sa chemise, au bout de laquelle pend une bague sertie d'un diamant. Il la détache, puis la passe délicatement au doigt de Kirsten, dont les yeux s'embuent d'émotion.

À l'instant où il se relève, sur l'écran du dôme, Jimmy Giant et Stella Magnifica s'exclament d'une seule voix coordonnée par des jours de répétition : « Alexeï et Kirsten : désormais, vous êtes unis dans le mariage, comme mari et femme ! »

L'image de deux des religieux apparaît brièvement sur le dôme : le pope et le cardinal, qui esquissent chacun un geste de bénédiction.

Puis la caméra se tourne vers le deuxième couple, Kenji et Kelly.

Le farouche Japonais a sculpté ses épais cheveux noirs comme un casque de guerrier hérissé de pointes. Ses cheveux à elle, pour la première fois, sont attachés en queue de cheval, révélant la structure parfaite de son visage aux pommettes hautes. Sa longue robe à crinoline achève de lui donner un chic indéniable.

BASE DE CAP CANAVERAL, 15 H 43 (EAST COAST TIME)
Jimmy Giant pousse un sifflement admiratif : « Wouah ! Quelle classe, Kelly ! Et je ne dis pas ça parce que tu es ma compatriote. Ni parce que tu es l'une de mes plus grandes fans. Tu nous as déjà montré que tu savais être sexy en diable, tu nous prouves aujourd'hui que tu peux être aussi distinguée qu'une princesse. Tu possèdes toutes les facettes, un peu comme notre beau pays ; chez nous, on a à la fois les bûcherons et les reines d'Angleterre ! La femme idéale est canadienne ! »

Stella Magnifica tance son coprésentateur : « Minute, papillon. Ce n'est pas vous qui épousez Kelly aujourd'hui ! »

Jimmy Giant affecte une mine dépitée : « Ah oui, c'est vrai... Le petit chanceux se nomme Kenji... » Il se tourne vers les écrans géants. « Kenji, acceptes-tu de prendre Kelly pour épouse, pour l'aimer fidèlement dans le bonheur ou dans les épreuves, jusqu'à ce que la mort vous sépare ? »

Sur les quatre écrans géants, Kenji reste immobile, tandis que monte une rumeur profonde – un chant bouddhiste zen interprété par les choristes. En ces instants où le temps suspend son vol, le jeune Japonais ressemble plus que jamais à un chat. Ses prunelles noires semblent liquides, telles deux flaques d'encre qui tremblent. Habituellement, ce frémissement incertain donne à son regard le côté perdu que les spectateurs lui connaissent bien ; mais, en si gros plan, ce n'est pas tant l'égarement, qui se reflète dans les yeux de Kenji, que la concentration – comme un chat, on a l'impression qu'il contemple un horizon que les autres ne peuvent pas voir.

Soudain, au bout de six minutes, ses lèvres s'entrouvrent : « Oui... », murmure-t-il.

Cette fois-ci, la foule ne hurle pas.

ACTE III

Quelque chose, dans le candidat japonais, l'intimide et l'impressionne.

Un clappement retentit dans le silence ; c'est Stella Magnifica qui bat des mains, du haut de son podium. « Un oui ! C'est un oui ! s'exclame-t-elle avec un enthousiasme surjoué, pour réveiller le public. Tous avec moi, un grand hourra pour Kenji ! »

Elle lève les mains au ciel dans une tentative pour créer un mouvement de masse, comme lorsqu'un joueur marque à la finale du Super Bowl ; mais personne ne l'imite, aussi se dépêche-t-elle d'enchaîner : « Hum... Bon... Il me reste à te le demander, à toi, Kelly, acceptes-tu de prendre Kenji pour époux, pour l'aimer fidèlement dans le bonheur ou dans les épreuves, jusqu'à ce que la mort vous sépare ? »

Les chœurs entonnent le morceau dédié à Kelly : un authentique gospel, qui sort la foule de sa torpeur. Les milliers de personnes se mettent à frapper dans leurs mains en même temps que les choristes, tandis que les écrans cadrent sur le visage de la Canadienne. D'habitude si sûre d'elle, elle semble vraiment submergée par l'émotion, par la grandeur du moment.

Au bout de six minutes, elle répond d'une voix claire : « Oui, j'accepte... » Elle ajoute aussitôt, avec un petit mouvement timide de la main : « ... bonjour maman, bonjour les frangins ! C'est moi, votre petite Kelly, qui se marie. J'aurais tellement aimé que vous soyez là, à mes côtés, aujourd'hui... Je vous aime ! »

Les écrans n'en retransmettent pas davantage, car la cérémonie en duplex avec Mars est réglée comme du papier à musique. Ils enchaînent brièvement sur les gestes de bénédiction du bonze et du pasteur, puis le couple suivant apparaît : Tao dans son fauteuil roulant et Fangfang debout à ses côtés, la main sur son épaule. Le corps moulé dans une robe fourreau blanche à col mao, dont les broderies dessinent un subtil entrelacs de fleurs et de dragons, elle représente tout le raffinement et la sophistication asiatiques

– à l'exception peut-être de sa monture de lunettes brisée, qu'elle a rafistolée comme elle a pu, avec un morceau de ruban adhésif.

54. CONTRECHAMP
PLATEFORME D'EMBARQUEMENT, BASE DE CAP CANAVERAL
LUNDI 11 DÉCEMBRE, 15 H 52

Tac !...
Serena McBee surplombe la plateforme d'embarquement, telle une immense statue qui nous tourne le dos. Elle se tient seule au pupitre qu'elle partageait en juillet avec le directeur Lock, lors de la cérémonie de décollage.

Tac !...
Cinq mois plus tard, les prétendants et les prétendantes ne sont plus sur la plateforme, mais sur les écrans qui l'entourent. C'est maintenant au tour de Samson et Safia de prononcer leurs vœux. La petite Indienne est ravissante dans un sari de soie blanche assorti d'une longue écharpe brodée, qu'elle porte sur l'épaule avec élégance. Ses beaux cheveux noirs sont rassemblés en une épaisse natte mêlée de fils dorés, et les bijoux dont son visage est paré sont d'or, eux aussi : un anneau dans la narine droite, relié par une chaîne à une boucle d'oreille. Le bindi qui orne son front, lui, est vert émeraude, parfaitement en harmonie avec les incroyables yeux de Samson.
Les chœurs entonnent un chant africain.

Tac !...

ACTE III

Depuis le point de vue du pupitre, les chanteurs étagés dans les gradins font penser à des soldats de plomb bien alignés. Jimmy Giant n'a plus rien d'un géant. Stella Magnifica et lui, si impressionnants lorsque les caméras les filment en gros plan, paraissent insignifiants : deux figurines blanches qui s'agitent sur leur podium. Les religieux eux-mêmes ressemblent à des pions. Quant à la marée humaine qui baigne la plateforme, ce n'est qu'une masse indifférenciée.

Les mains de Serena paraissent démesurées, des mains de colosse, face à cet univers miniature qui s'étale en dessous d'elle – ce spectacle de marionnettes qu'elle a monté de toutes pièces. Son index droit bat la mesure contre le pupitre. L'ongle vernis de gris métallique, nuance acier, s'abat en cadence sur le bois, comme une lame de guillotine sur son billot :
Tac !...
Tac !...
Tac !...

55. Champ
MOIS N° 20 / SOL N° 552 / 13 H 04, MARS TIME
[2ᵉ SOL DEPUIS L'ATTERRISSAGE]

« J E NE SAIS PAS SI DIEU EXISTE... », je chuchote en me hissant sur la pointe des pieds – même avec mes escarpins à talons Rosier, c'est nécessaire pour atteindre l'oreille de Marcus, qui se tient contre moi.

Autant aborder le sujet maintenant, me dis-je, pendant que le brahmane et le pasteur bénissent l'union de Safia et de Samson. J'ai sans doute été baptisée quand j'étais bébé, puisqu'on a découvert une médaille de baptême dans la poubelle où l'on m'a trouvée. Du coup, j'ai coché la case *Catholique* sur mon bulletin de candidature au programme Genesis – parce que c'était un moyen de me raccrocher à une identité. Mais je peux compter sur les doigts d'une main le nombre de fois où je suis entrée dans une église. Non, vraiment, là encore la Machine à Certitudes porte bien mal son nom, je n'en ai aucune en ce qui concerne le ciel, qui m'a toujours paru si loin de moi... Pas comme Kris, qui est très croyante, et pour qui le sacrement du mariage revêt une grande importance. Pas comme Fangfang, qui a coché sans hésiter la case *Sans religion* sur son bulletin.

Je ne sais pas ce que je pense.

Et je ne sais pas ce que pense Marcus ; lui et moi, on n'a jamais parlé religion lors de nos sessions au Parloir, nous avions si peu de temps.

« Moi non plus, je n'en sais rien, murmure-t-il en restant bien droit dans son costume noir, face à l'écran du dôme, d'une voix qui sonne durement à mes oreilles. Mais si Dieu existe et qu'il a créé un monde pareil, avec toutes ses injustices, alors c'est quelqu'un que j'espère ne jamais rencontrer. Je préfère me dire qu'une cérémonie de mariage, ce ne sont que des paroles, et rien de plus. »

Je lève discrètement les yeux sur lui.

De là où je suis, mon épaule collée à la sienne, je peux voir le dessin de sa mâchoire contractée au-dessus de son nœud papillon.

Sa main se referme sur la mienne, gantée de soie blanche.

« Je crois en toi, parce que tu es là, maintenant à côté de moi, et que tu es la plus belle de toutes les mariées, ajoute-t-il d'une voix plus douce. Ça me suffit. Tu es tout ce dont j'aurai jamais besoin. »

Croire en moi ?

Je baisse les yeux sur le bustier de satin blanc cousu de perles qui m'enserre la taille et me couvre les épaules

ACTE III

– juste assez pour cacher la Salamandre –, puis sur la traîne de tissu holographique qui moutonne à mes pieds. On dirait une mer à la fois immobile et mouvante, capturant un arc-en-ciel dans son écume blanche. Stella Magnifica elle-même n'a jamais porté une création aussi raffinée.

Contrairement à ce que suggère Marcus, je n'ai rien de divin, même si les gens de Rosier ont employé leur talent à m'habiller comme une déesse sortie des eaux. Je ne suis qu'une simple fille, et la foi que mon futur époux place en moi m'intimide. Je détache mon regard de la robe, pour le laisser errer à travers le Jardin ; il finit par se poser sur le couple à l'honneur, Mozart et Elizabeth.

Habillé comme une gravure de mode, les yeux fixés sur le gigantesque écran incurvé du dôme, Mozart ressemble si peu au voyou que j'ai rencontré dans le Parloir il y a cinq mois de cela, T-shirt moulant sur les pecs, boxer apparent sur les hanches et mèche rebelle dans les yeux. Aujourd'hui, ses cheveux noirs lissés en arrière lui dégagent le front, lui donnent un air racé, un peu solennel. À ses côtés, Liz est resplendissante dans une robe sirène en organza blanc, qui sculpte son corps parfait. Ils forment un très beau couple, vraiment.

« Mozart, acceptes-tu de prendre Elizabeth pour épouse, pour l'… »

À l'instant où Jimmy Giant prononce le mot *épouse*, Mozart se tourne vers moi – oh, à peine, juste un mouvement du cou de quelques degrés, qui passera sans doute inaperçu pour les caméras – mais c'est assez pour que j'entre dans son champ de vision et que, l'espace d'une seconde, son regard croise le mien.

Je baisse aussitôt les yeux, et je les garde rivés au sol pendant tout le temps que dure l'échange de consentements entre Mozart et Liz. Pourquoi a-t-il regardé dans ma direction ? Je me mentirais si je me disais que c'est par hasard. Il n'y avait aucune hésitation dans la manière dont ses yeux ont fusé jusqu'aux miens. J'ai l'impression de les voir encore devant moi, comme par persistance rétinienne : deux prunelles noires, brillantes, brûlantes, fichées dans mon regard. Il ne faut pas se fier aux apparences, malgré son costume élégant et ses cheveux soigneusement coiffés, Mozart est toujours le garçon bouillant que j'ai connu. Et de toute évidence, en cet instant où il ne devrait penser qu'à Liz, il a toujours des sentiments pour moi...

Je suis bien obligée de relever la tête quand vient notre tour, à Marcus et à moi ; mais j'évite soigneusement de regarder en direction de Mozart. Déjà, Jimmy Giant se tourne vers nous à travers l'écran géant du dôme de verre.

« Marcus, dit-il, acceptes-tu de prendre Léonor pour épouse, pour l'aimer fidèlement dans le bonheur ou dans les épreuves, jusqu'à ce que la mort vous sépare ?

— Oui », répond simplement Marcus.

Six minutes s'écoulent.

Pendant que résonne un nouveau gospel, je repense à cette autre cérémonie, celle de l'embarquement, quand j'hésitais à partir, quand je ne savais rien des garçons qui se trouvaient derrière le rideau. Maintenant, je m'apprête à épouser l'un d'entre eux, ça paraît tellement fou !

Le visage étrange de Stella Magnifica apparaît devant moi ; ses yeux changent de couleur si souvent que j'ai l'impression d'être face à un caméléon.

« Jolie robe, Léonor, dit-elle avec un brin d'envie dans la voix. Dommage qu'elle ne serve qu'une fois. Mais je m'égare. Dis-moi plutôt, acceptes-tu de prendre Marcus pour époux, pour l'aimer fidèlement dans le bonheur ou dans les épreuves, jusqu'à ce que la mort vous sépare ? »

Ce ne sont que des paroles, comme le prétend Marcus ? Peut-être. Mais même si, aujourd'hui, elles font partie d'une mascarade, elles restent chargées de sens par les générations qui les ont entendues. Quant à la fin, *« jusqu'à ce que la mort vous sépare »*..., mon cœur manque un battement chaque fois que les maîtres de cérémonie la prononcent.

ACTE III

« Oui ! », je m'écrie, en écho aux millions de jeunes filles qui ont répondu à cette question avant moi. « Mille fois oui ! » je répète, en défi à la mort elle-même, qui ne nous séparera pas de sitôt, je m'en fais le serment.

J'aperçois Kris qui me sourit, là-bas, à l'autre bout de la pommeraie. Elle s'est particulièrement appliquée pour coiffer mes cheveux aujourd'hui, reproduisant le magnifique chignon de mariée qu'elle m'avait déjà fait une fois à bord du *Cupido*. Moi, je me suis chargée de son maquillage, bien qu'il y ait si peu à faire tant elle est jolie. À présent elle rayonne de bonheur, au son des chœurs qui s'élèvent pour entonner un cantique en langue française ; Alexeï a raison, on dirait vraiment un ange.

« Marcus et Léonor, désormais, vous êtes unis dans le mariage, comme mari et femme ! » s'écrient les deux vedettes au bout de six minutes, tandis qu'en bas du podium le cardinal nous adresse un sourire plein de bonté et un geste de bénédiction.

« Vous voilà donc mariés, tous les douze ! conclut le prélat. Hum… comme le veut l'usage – je parle sous le contrôle de mes confrères des autres confessions, bien entendu –, eh bien, je crois que les mariés peuvent embrasser leurs jeunes épouses ! »

Je me sens soudain renversée ; je crois un bref instant que c'est encore la gravité réduite qui me joue des tours, je pensais pourtant m'y être habituée… mais je me rends vite compte que la gravité n'a rien à voir là dedans. Une main puissante se glisse dans le dos de mon bustier pour me soutenir, l'autre me tient délicatement le menton, de la même manière que j'ai tenu le menton de Marcus la veille au soir, pour le ranimer.

« Marcus, je…

— Dis-moi si je suis un bon élève, et si j'ai bien retenu les *instructions techniques* que tu m'as données hier. »

Ses lèvres se posent sur les miennes, étouffant mes paroles, et toute envie de protester.

56. Chaîne Genesis
LUNDI 11 DÉCEMBRE, 16 H 40

Plan large sur la pommeraie au sommet du Jardin de New Eden.
Les six couples de prétendants sont enlacés devant les arbustes chargés de fruits.

Sur l'écran géant du dôme, les chœurs s'élèvent à nouveau – pour le grand final, c'est bien sûr *Cosmic Love* qu'ils interprètent. Mais, cette fois-ci, le côté racoleur de l'hymne du programme Genesis est transcendé par la ferveur des chanteurs. Ces centaines de voix humaines, unies au crépitement de magnifiques feux d'artifice, tirés en plein jour, à base de fumées chamarrées, parviennent à couvrir la débauche de violons et de synthés ; les timbres de Stella Magnifica et de Jimmy Giant eux-mêmes sont perdus dans la masse.

À mesure que gonfle le chant, que se colore le ciel, le dôme se couvre d'images venues des quatre coins de la Terre. Des couples de tous les âges et de toutes les nationalités sont rassemblés sur des places et dans des stades pleins à craquer.

Ils s'embrassent.

Des milliers d'hommes et de femmes,
de garçons et de filles,
de garçons et de garçons,
de filles et de filles.

En bas de l'écran, un compteur défile à toute allure :

Kiss In Genesis
sous contrôle du comité Guinness des records
Baisers comptabilisés :
[963 254 783]
...

ACTE III

[982 567 001]

...

[999 893 123]

...

[1 015 299 237]

...

57. Champ
MOIS N° 20 / SOL N° 552 / 13 H 30, MARS TIME
[2ᵉ SOL DEPUIS L'ATTERRISSAGE]

« *P*LUS D'UN MILLIARD DE BAISERS ! » La voix de Serena McBee me fait revenir à moi-même.

Mon corps rebascule lentement à la verticale, et je retrouve la gravité de Mars après la plus étourdissante expérience en apesanteur que j'aie jamais vécue.

« *Vous avez déchaîné les passions !* commente Serena en off, tandis que tout autour du dôme tourbillonne une multitude de gens en train de s'embrasser. *Vous avez battu tous les records ! Plus d'un milliard de baisers, je le répète, tant ce chiffre semble incroyable, et pourtant on me confirme qu'il vient d'être homologué sous contrôle d'huissiers !...* »

Je laisse Serena en faire des tartines comme à son habitude, parce que pour moi, dans ce milliard de baisers, il n'y en avait qu'un seul qui comptait.

« Je dois avouer que l'élève en premiers secours se débrouille plutôt pas mal, dis-je à Marcus, qui me tient toujours dans ses bras. Félicitations du jury.

— Il a hâte d'en apprendre davantage, répond-il avec un sourire entre malice et défi. Il veut vraiment avoir de bonnes notes. Il promet qu'il sera très studieux.

— Et fayot, avec ça ! »

Je me redresse complètement, tandis que les couples terriens s'estompent du dôme pour laisser la place à Serena McBee, de retour à l'écran – les meilleures choses ont une fin.

« *Hot, hot, hot !* s'exclame-t-elle en mimant le geste d'un éventail avec sa main. Que d'émotions, mes jeunes amis ! Que de bonheur et de joie ! »

Elle reprend soudain son sérieux et annonce, solennelle :

« En cet instant d'allégresse universelle, laissez-moi avoir une pensée pour vos défunts instructeurs... Et laissez-moi inviter sur scène ceux qu'ils ont guidés et inspirés au sein du programme Genesis, pour trois minutes de recueillement... »

La vue réfléchie sur la surface interne du dôme s'élargit, pour embrasser toute la plateforme de lancement, tandis que les notes poignantes d'une mélodie bien connue s'élèvent dans l'espace : *The Show Must Go On,* de Queen. Les écrans géants suspendus aux poutres métalliques, entre les rideaux de satin, se mettent à diffuser les portraits de nos instructeurs – des images photoshopées à mort, où les rides de Geronimo Blackbull paraissent avoir été passées au fer, où le sourire pincé d'Odette Stuart-Smith semble presque sympathique. Un spectacle glaçant, en vérité, qui me dégrise d'un seul coup après l'émotion de la cérémonie. Pendant que défilent les images de ces meurtriers qu'on présente comme des martyrs, l'équipe du programme Genesis au grand complet monte sur la plateforme, rejoignant les responsables religieux et les chanteurs. Les hommes et les femmes qui ont rendu la mission possible ont été autorisés à quitter leurs uniformes gris, pour revêtir leurs plus beaux costumes et leurs plus belles robes. Je les vois vraiment émus d'avoir été invités aux mariages du siècle.

ACTE III

Je les vois profondément bouleversés au souvenir de ceux qui les ont quittés, dont seul demeure Arthur Montgomery, rigide comme un manche à balai dans son smoking. Leur émotion si sincère me fend le cœur, car elle repose sur un mensonge. Ils croient être les témoins d'un rêve, sans soupçonner le cauchemar qui se cache au revers ; ils croient pleurer des collègues disparus, alors qu'ils ont été manipulés par la pire bande de salauds qu'on puisse imaginer. Le jour où ils apprendront la vérité, qu'ils ont été malgré eux les complices de l'entreprise qui nous a envoyés à la mort, la désillusion sera terrible…

Au moment où la mélodie s'achève et où tous les écrans se couvrent d'un panneau noir marqué de l'inscription « N'OUBLIONS JAMAIS », j'ai mal pour eux et pour les religieux dont Serena s'est servie comme de faire-valoir, pour les choristes qui nous ont tout donné, pour les innombrables spectateurs de la chaîne Genesis.

« Voilà, les trois minutes sont passées ! » reprend soudain celle qui tire les ficelles de ce monstrueux barnum.

La caméra recadre sur elle, elle a retrouvé son sourire aussi vite qu'elle l'avait perdu.

« Le cours de cette journée historique peut reprendre ! déclare-t-elle. Maintenant que vous êtes mariés, mes tout beaux et mes toutes belles, vous n'êtes plus des prétendants et des prétendantes, vous êtes, officiellement, les pionniers et les pionnières de Mars ! C'est ainsi que nous vous appellerons désormais, vous qui vous trouvez à l'avant-garde de notre espèce, défrichant pour l'Humanité tout entière un nouveau territoire, un avenir radieux. »

Le sourire de Serena s'élargit de quelques millimètres, un changement sans doute trop infime pour être remarqué sur les téléviseurs et les tablettes des spectateurs, mais bien visible sur le dôme qui nous sert d'écran géant.

« Il est temps maintenant de procéder au deuxième grand événement de ce jour historique : les ventes aux enchères ! reprend-elle. Tout l'argent que les donateurs vous ont généreusement envoyé au fil des mois va enfin servir ! Pionniers, pionnières, je vous donne rendez-vous dans quelques instants, après une page de publicité ! »

58. Chaîne Genesis
LUNDI 11 DÉCEMBRE, 16 H 57

Ouverture au noir sur un immense rideau de velours rouge.
　Un accord retentit soudain, amorçant une symphonie jouée par un orchestre invisible, le célèbre ballet *Cendrillon*, de Prokofiev. Au même instant, les pans du rideau s'ouvrent avec emphase, sur une vaste scène d'opéra éclairée par de puissants projecteurs.
　Le corps de ballet entre en scène : des dizaines de danseuses aux pieds nus, en tutus de toutes les couleurs. Elles défilent devant le danseur qui incarne le Prince – un ténébreux jeune homme en justaucorps, genou à terre, tenant dans ses mains un escarpin de verre qui étincelle comme un diamant.
　Gros plan sur les pieds nus qui tentent de se glisser les uns après les autres dans l'escarpin de verre. Mais aucun ne parvient à y entrer.
　Un titrage apparaît à l'écran, d'une élégante écriture manuscrite tout en pleins et déliés :
　Souvent, la vie nous expose à de petites déconvenues.

　Soudain, le thème de la symphonie change, se fait plus majestueux.
　Plan d'ensemble : une nouvelle danseuse apparaît au fond de la scène. Son tutu a beau être gris, elle est plus

ACTE III

grande, plus belle, plus gracieuse que toutes les autres. C'est Elizabeth, dans le rôle-titre du ballet, le rôle de la danseuse étoile, celui de Cendrillon. Elle effectue un grand jeté magnifique, qui donne l'impression qu'elle s'envole jusqu'au Prince.

Close-up au ralenti, son pied commence à s'insérer dans l'escarpin de verre – mais l'élan est trop puissant et, sous l'impact, le verre se brise en mille éclats.

L'assemblée pousse une exclamation de stupeur : « Oh ! »

Succession de plans rapprochés sur les visages effrayés ou scandalisés des danseuses, puis sur le Prince abasourdi, tandis qu'un nouveau titrage se dessine :

Parfois, la vie nous confronte à de graves accidents.

Le Prince se relève : « Vous avez brisé le soulier de verre, mademoiselle... »

Elizabeth lui répond avec un grand sourire : « Ne vous en faites pas, Votre Altesse : je suis assurée chez Walter & Seel. »

À ces mots, le visage du Prince s'éclaire : « Plus besoin de soulier : j'ai trouvé ma princesse ! »

Il embrasse Elizabeth sous le regard médusé des autres ballerines.

Arrêt sur image.

Un dernier titrage apparaît, tandis que résonne l'accord final du ballet :

Walter & Seel

ASSURANCES TOUS RISQUES, CONTRATS MODULABLES

*Chez nous vous trouverez
chaussure à votre pied !*

Cut.

59. Champ
MOIS N° 20 / SOL N° 552 / 13 H 39, MARS TIME
[2ᵉ SOL DEPUIS L'ATTERRISSAGE]

« Q UELLE PUB VOUS CROYEZ QU'ILS SONT EN TRAIN DE PASSER ? » demande Kris.

Devant nous, la surface du dôme a retrouvé sa transparence, laissant réapparaître le paysage rouge et figé de Ius Chasma. Cette immobilité a quelque chose d'étourdissant après le défilé des choristes, des prêtres, des vedettes, et du milliard de couples s'embrassant à travers la Terre entière.

« Impossible de le savoir, mon ange, puisque nous n'avons pas accès aux images de la chaîne Genesis, répond Alexeï en embrassant Kris sur le front. Pourtant j'aurais adoré te voir jouer, je suis sûr que tu crèves l'écran.

— Oh, non, loin de là ! dément mon amie. Quand les laboratoires Apotech m'ont fait tourner, j'ai dû refaire mes prises au moins vingt fois tellement j'étais nulle ! »

Les souvenirs de mon propre tournage me reviennent en tête. À la fin de notre année d'entraînement dans la vallée de la Mort, chaque sponsor *platinum* a eu droit à une semaine avec son prétendant acheté à prix d'or, pour les séances photo, les films publicitaires, les interviews : bref, la production de tout le matériel marketing destiné à être diffusé après le départ de la mission. Les employés de chez Rosier & Merceaugnac ont été adorables avec moi, je dois l'avouer. Ils m'apportaient de délicieux petits macarons fondants, ils me demandaient sans cesse si je n'étais pas trop fatiguée, ils acceptaient sans discuter mes exigences vestimentaires excluant les dos nus et les épaules découvertes (bon, d'accord, ils se sont quand même débrouillés pour glisser une adorable nuisette de satin sans manches dans ma valise, mais je suis sûre que ça partait d'un bon sentiment). Une kiné me faisait un massage du cou entre chaque shooting (là encore, j'avais refusé qu'elle me masse le dos, pour éviter qu'elle ne découvre sous ses doigts le contact de la Salamandre à travers mes vêtements). Tout le monde s'occupait de moi comme si j'étais une star, j'étais tellement embarrassée ! Ces sept jours de folie m'ont laissée sur les genoux, épuisée mais reconnaissante, enivrée par la sensation d'être appréciée – parce que c'est l'impression que j'ai eue, que tous ces gens n'étaient pas seulement là pour faire de l'argent, mais qu'ils aimaient leur métier, et qu'ils m'aimaient un peu moi aussi, pas juste comme un mannequin ou une mascotte, mais pour moi, Léonor, pour la personne que j'étais.

« Nous voici de retour pour les ventes aux enchères ! » s'exclame soudain la voix de Serena McBee, me ramenant brutalement dans le présent.

Elle est réapparue sur le revers du dôme, masquant à nouveau le paysage martien. Elle aussi, à une époque, j'ai cru qu'elle m'aimait. Et je me suis lourdement trompée. La vérité, c'est que je ne saurai jamais ce que les gens de Rosier & Merceaugnac pensaient vraiment de moi ; ils appartiennent à un autre monde, irrémédiablement révolu.

Je me serre plus étroitement contre le torse de Marcus, tandis que Serena poursuit son numéro :

« Regardez bien ce qui va maintenant s'afficher dans le dôme, chers pionniers – et sur vos écrans, chers spectateurs... »

Un tableau se dessine à ses côtés : la liste de tout ce qu'on peut acheter avec les dollars des Trousseaux.

« Les lots sont classés par catégories, avec nombre d'unités et mise à prix, commente Serena, en se glissant avec une aisance déconcertante dans le costume d'une présentatrice de télé-achat.

« Dans la catégorie *Habitation*, nous avons six superbes Nids d'amour – le septième, je vous le rappelle, était initialement prévu pour dépanner en cas d'accident... »

NEW EDEN /
Vente aux enchères

GENESIS

HABITATION

Grand Nid d'amour
x 2
$ 250 000 000 / unité

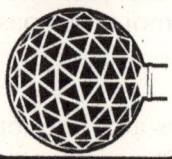

Petit Nid d'amour
x 4
$ 150 000 000 / unité

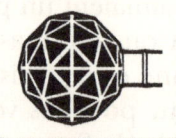

MOBILITÉ

Mini-rover tout terrain
x 4
$ 72 000 000 / unité

CONFORT

Robot-majordome
x 2
$ 95 000 000 / unité

Imprimante 3D
x 1
$ 100 000 000 / unité

Eau chaude
375 litres / jour
$ 1 000 000 / litre

ALIMENTATION

Pommiers
x 12
$ 8 000 000 / arbre

Plants de Carottes
x 6
$ 10 000 000 / plant

Plants de Fraises
x 6
$ 10 000 000 / plant

ACTE III

Je ne peux m'empêcher de me raidir en entendant cet énième mensonge. La réalité que les spectateurs ignorent, tout comme les ingénieurs de cap Canaveral, c'est que l'accident a déjà eu lieu. Au cœur de l'avant-dernière Grande Tempête, le 511ᵉ sol du mois 18, lorsque le contact de Mars avec la Terre a été perdu pendant une heure, les animaux envoyés secrètement avant nous sont tous morts d'un seul coup pour une raison inconnue.

Serena continue comme si de rien n'était :

« ... ce dernier habitat fera aussi office de Relaxoir pour les consultations privées que j'accorderai aux pionniers, afin de soigner les grandes blessures de l'âme et les petits bobos du cœur ! »

Le Relaxoir...

Je sens que je vais avoir du mal à me faire à cette nouvelle hypocrisie. C'est sûr qu'elle n'aurait pas pu appeler ça à l'antenne *le Mouroir*, même si c'est la réalité. Mais j'aurais préféré un truc du genre *le Cabinet du professeur McBee*, histoire de jouer les psys jusqu'au bout. Comme ça, quand on serait allé la voir, on aurait dit : *Serena m'appelle, je vais aux cabinets !* – ça aurait été parfaitement approprié.

« Dans la catégorie *Mobilité*, admirez ces quatre mini-rovers tout terrain, et à toute épreuve – ils comptent trois places et sont d'usage exclusivement privatif, au contraire du maxi-rover commun à douze places, mis à la disposition de tous pour les sorties d'exploration.

« Dans la catégorie *Confort*, je vous propose deux superbes robots majordomes, une imprimante 3D fort utile, et de l'eau chaude produite par la minicentrale nucléaire enfouie dans la station de support de New Eden, à raison de trois cent soixante-quinze litres par jour.

« *Last but not least*, dans la catégorie *Alimentation*, en plus de vos rations quotidiennes d'avoine, de pommes de terre, de soja et de vitamines, nous mettons en vente les pommiers, les plants de fraises et les plants de carottes,

sélectionnés pour leur apport nutritionnel en vitamines, et génétiquement modifiés pour produire toute l'année. »
Serena frotte ses mains couvertes de bagues.
« Eh bien, mes amis, je crois que nous allons pouvoir commencer ! Samantha, maillet s'il vous plaît. »
Une jeune femme aux cheveux tirés en arrière, portant une oreillette, entre dans le champ pour présenter un élégant marteau de bois posé sur un coussin de velours :
« Voici, madame McBee. En bois de merisier, comme vous l'avez demandé. »
Serena s'empare de l'objet en émettant ce petit rire cristallin qui a le don de hérisser tous les poils de mon corps, et chacun de mes cheveux.
« Commissaire-priseur ! s'exclame-t-elle avec ravissement. Que c'est excitant ! J'ai toujours rêvé de jouer ce rôle, de dire ces mots : *une fois, deux fois, trois fois, adjugé vendu !* »
Elle donne trois brefs coups de maillet sur son pupitre, comme pour en éprouver la sonorité : *pom ! pom ! pom !*
Apparemment satisfaite, elle enchaîne aussitôt :
« Commençons par le plat de résistance, comme diraient les Français, les Nids d'amour ! Vous les voyez apparaître à l'écran : deux magnifiques trois-chambres de 132 m², et quatre deux-chambres mignonnets de 63 m². J'annonce ! Mise à prix du premier Nid d'amour : $250 000 000 ! Qui veut faire une offre ? Allez, allez, battez-vous ! »
Sous le dôme du Jardin, au revers duquel apparaissent les plans des Nids d'amour, seul le silence lui répond.
On se dévisage les uns et les autres, endimanchés comme on est, sans bien savoir comment réagir. En d'autres circonstances, tout ce cirque nous aurait peut-être amusés, et même excités. Mais là, personne n'a envie de se prêter au jeu.
« Ben quoi, ne nous regardez pas comme ça ! » s'exclame soudain Kelly, le bras nonchalamment passé autour du cou de Kenji, qui nous observe en silence.

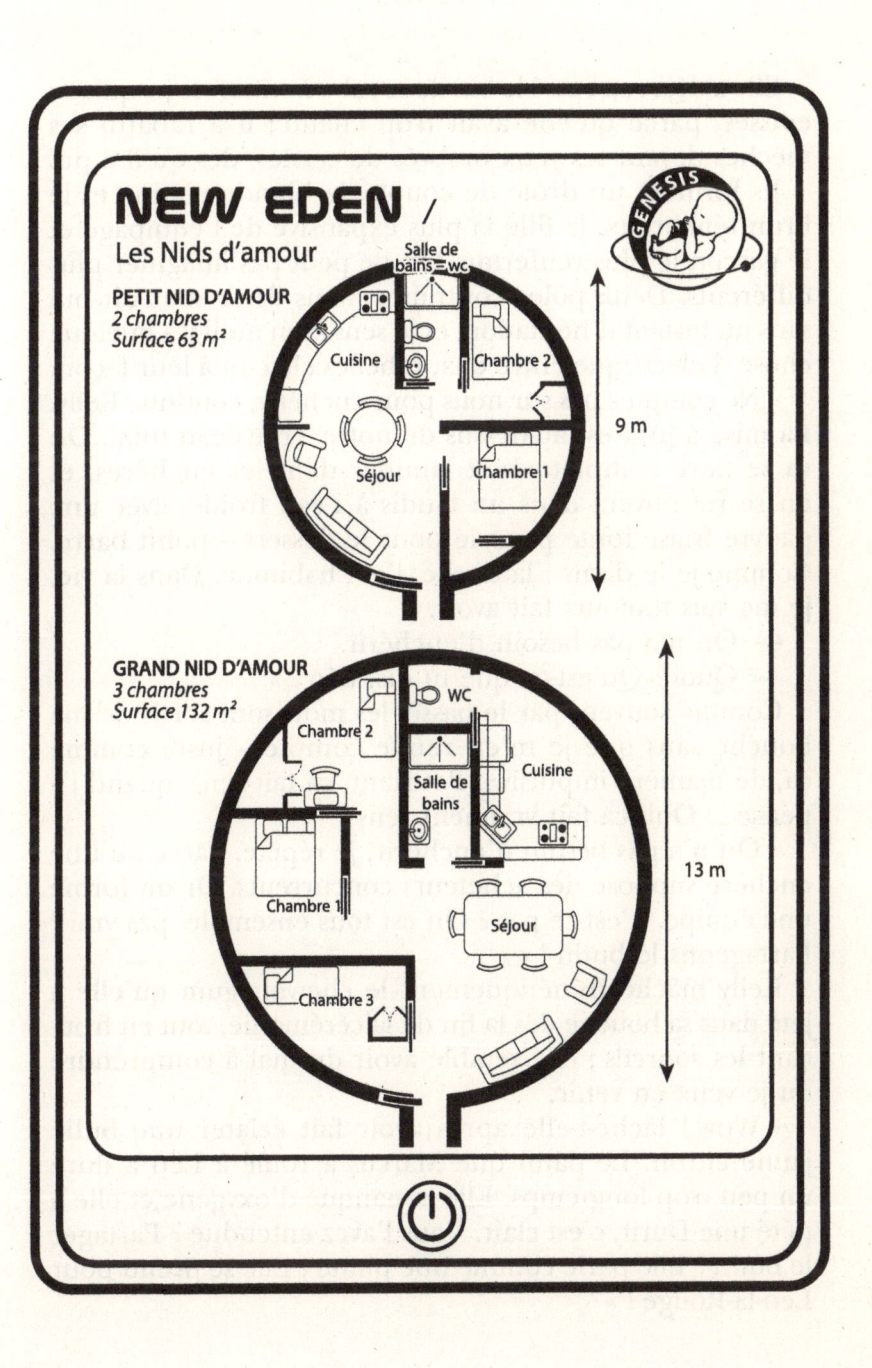

NEW EDEN /
Les Nids d'amour

GENESIS

PETIT NID D'AMOUR
2 chambres
Surface 63 m²

- Cuisine
- Salle de bains ≡ wc
- Chambre 2
- Séjour
- Chambre 1

9 m

GRAND NID D'AMOUR
3 chambres
Surface 132 m²

- Chambre 2
- WC
- Salle de bains
- Cuisine
- Chambre 1
- Séjour
- Chambre 3

13 m

Elle a déjà retroussé le bas de sa robe à crinoline jusqu'aux cuisses, parce qu'elle avait trop chaud ; il a rabattu ses mèches devant ses yeux ombrés de cernes, dès qu'il a pu.

Ils forment un drôle de couple, la blonde platine et le brun ténébreux, la fille la plus expansive de l'équipage et le garçon le plus renfermé. On ne peut pas imaginer plus différents. Deux pôles contraires. Mais ils se sont dit oui sans un instant d'hésitation, et je sens bien qu'il y a quelque chose d'électrique entre eux, rebelles chacun à leur façon.

« Ne comptez pas sur nous pour enchérir, continue Kelly. La mise à prix est au-dessus de notre Trousseau total. On va se faire complètement laminer dans les enchères, et on se retrouvera dans un taudis à l'eau froide, avec une pauvre fraise toute pourrie pour le dessert – point barre. Comme je le disais : la dèche, j'ai l'habitude. Dans la vie, je me suis toujours fait avoir.

— On n'a pas besoin d'enchérir.

— Quoi ? Qu'est-ce que tu dis, Léo ? »

Comme souvent par le passé, les mots sont sortis de ma bouche sans que je m'en rende compte – juste comme ça, de manière impulsive. Pourtant, ça fait sens, quand j'y pense... Oui, ça fait vraiment sens !

« On n'a pas besoin d'enchérir, je répète. Parce qu'une enchère suppose des acheteurs concurrents. Or on forme une équipe, n'est-ce pas ? On est tous ensemble, pas vrai ? Partageons le butin ! »

Kelly mâche frénétiquement le chewing-gum qu'elle a jeté dans sa bouche dès la fin de la cérémonie, tout en fronçant les sourcils ; elle semble avoir du mal à comprendre où je veux en venir.

« Wow ! lâche-t-elle après avoir fait éclater une bulle jaune citron. Le patin que Marcus a roulé à Léo a duré un peu trop longtemps. Elle a manqué d'oxygène et elle a pété une Durit, c'est clair. Vous l'avez entendue ? Partager le butin ? Elle parle comme une pirate ! Elle se prend pour Léo-la-Rouge ! »

ACTE III

Ouch ! Coup bas, de parler du personnage que je me suis inventé quand je me sentais seule à bord du *Cupido*, et que j'ai dessiné en long, en large et en travers dans ma tablette à croquis. Vu de l'extérieur, ça doit faire vraiment schizo.

Mais Marcus vient à ma rescousse.

« Écoutez Léo, dit-il. La vie est trop courte pour s'en faire à propos de trucs matériels. Il n'y a qu'un moyen de se libérer de ce poids : il faut partager.

— Bien dit, Marcus ! s'exclame Samson, serrant Safia dans ses bras. Léo a raison !

— J'ai toujours su que tu étais un génie, ma Léo ! s'enthousiasme Kris, toujours prompte à m'octroyer des titres que je ne mérite pas.

— Une chose encore, reprend Marcus. Le patin. Pour faire taire les rumeurs infondées qui commencent à naître, je tiens à préciser que Léo pouvait très bien respirer quand je l'embrassais. C'était même le but de la manœuvre ; pour votre information, elle m'a décerné mon brevet de secourisme, avec félicitations du jury ! »

Et voilà, je me sens rougir à nouveau !

Non mais, quelle midinette insoupçonnée se cachait en moi pendant toutes ces années !

Léo-la-Rouge, oui, rouge de honte !

« Qu'est-ce que j'entends ? Pas d'enchères ? Partager ? »

Serena McBee, elle, n'est pas rouge du tout, elle est blême. Le maillet qu'elle se faisait une joie d'utiliser repose dans sa main comme un jouet cassé, inutile.

« Mais vous n'avez pas le droit ! s'indigne-t-elle sur l'écran du dôme. Le règlement est formel ! L'argent des donateurs vous a été attribué no-mi-na-ti-ve-ment ! Vous ne pouvez pas le transférer d'un couple à l'autre, c'est rigoureusement impossible. Souvenez-vous, vous devez respecter la règle du jeu, ne serait-ce que par respect pour ceux qui ont généreusement rempli vos Trousseaux et qui nous regardent en ce moment ! »

Il n'y a pas seulement de la déception dans la voix de Serena. Il y a aussi de la menace. La manière dont elle brandit son index tendu vers nous est là pour nous rappeler que nous sommes toujours *sous son doigt* et que nous devons honorer notre part du marché. Nous devons continuer d'amuser le public, comme si nos douze vies n'étaient pas à un doigt de la mort – le sien.

« Ne vous inquiétez pas, Serena, et vous non plus mesdames et messieurs les spectateurs, dis-je le plus calmement possible. Nous respecterons la règle du jeu. Elle stipule que l'argent n'est pas transférable entre Trousseaux ? OK. Mais rien ne nous oblige à enchérir les uns sur les autres, n'est-ce pas ? Rien ne nous oblige à monter au-dessus de la mise à prix ?

— Trop fort ! s'écrie Kelly, qui a enfin capté le truc. La solution, c'est de nous mettre d'accord sur qui va acheter quoi, sans faire monter les prix qui douillent déjà assez comme ça ! » Elle se tourne vers les caméras : « Vous entendez ça, messieurs, mesdames ? L'argent que vous nous avez envoyé va être utilisé à nous souder davantage, plutôt qu'à nous diviser. Kris a raison : Léo est un mégagénie ! À bas le capitalisme sauvage ! À bas l'hyperlibéralisme ! Vive le partage ! »

La Canadienne me tombe dans les bras :

« Viens là, mon héroïne, finalement Marcus ne t'a pas assez embrassée ! »

Je me débats comme je peux, mais toutes les filles s'y mettent bientôt sous les encouragements des garçons, et tout ça se termine en belle tranche de rigolade – le premier fou rire de Mars, aux frais de Serena McBee, c'est trop bon !

ACTE III

60. Hors-Champ
INTERSTATE 80 WEST, ÉTAT DU NEBRASKA
LUNDI 11 DÉCEMBRE, 17 H 05

Harmony ouvre lentement les yeux.
« Où suis-je ? murmure-t-elle. Quelle heure est-il ? »
À mesure que se soulèvent ses paupières, elle prend conscience de la route qui défile devant elle, hypnotique et monotone, parsemée de langues de brouillard à travers lesquelles perce la lumière du jour déclinant.

Son corps se raidit instinctivement, ses doigts s'enfoncent dans le rembourrage du fauteuil.

« Il est 17 h 00 passées, et vous êtes en sécurité… »
Elle tourne la tête vers sa gauche, d'où a surgi la voix qui l'a fait sursauter. Andrew est là, accroché au volant, le visage chiffonné comme une boule de papier mâché.

« … mais j'ai bien cru que vous ne vous réveilleriez jamais. Vous avez sombré près de vingt-quatre heures. Qu'y avait-il dans ce somnifère que vous avez avalé ? »

Harmony baisse les yeux.

« En fait, ce n'était pas vraiment un somnifère…, avoue-t-elle. C'était un puissant antidouleur codéiné, prescrit par le docteur Montgomery pour mes migraines et mes saignements de nez. Avec l'expérience, je me suis rendu compte que ça marchait bien contre le manque de zero-G – du moins, dans les premiers jours…

— De la codéine ! s'exclame Andrew. Mais ça vient du pavot, comme la morphine ! Pas étonnant que vous ayez perdu conscience aussi vite ! Et moi, pendant ce temps, je me suis fait un sang d'encre…

— Pardon, Andrew…, murmure-t-elle. J'ai agi comme une petite fille irresponsable depuis le début. J'ai parlé sous le coup de la frustration, quand j'ai déclaré que je ne voulais pas de votre aide, alors que vous m'avez sauvé la vie. Je me suis comportée comme une égoïste, alors que là-haut douze vies dépendent de nous – sans compter votre famille, Andrew, soi-disant protégée par la police, mais en réalité à la merci de ma mère ! Vous avez bien plus de raisons que moi de vous inquiéter. Et j'aurais dû vous dire que je prenais de la codéine, avant de m'endormir.

— Oui, vous auriez dû me le dire, répond Andrew d'une voix dure. Pour la codéine… et pour le reste. »

Quelques instants s'écoulent dans le silence, densifié par le ronronnement du moteur.

« Le reste ? demande finalement Harmony.

— Vous avez prétendu m'avoir tout raconté de vous et de votre vie. Mais ce n'est pas vrai. Vous m'avez menti. Vous ne m'avez pas tout dit. Et moi, je ne peux pas vous aider à éclairer votre passé, si vous en maintenez volontairement certaines zones dans l'ombre.

— Je ne vois pas ce que…

— J'ai ouvert votre médaillon pendant votre sommeil. Je n'aurais peut-être pas dû, mais je l'ai fait. »

Le visage d'Harmony se glace.

« Alors, vous avez vu…

— … la photo de Mozart, le prétendant brésilien ? Oui. Je ne savais pas que vous étiez une groupie du programme Genesis, au point de découper l'image de votre candidat préféré dans les magazines et de la porter contre votre cœur. » Andrew émet un rire cahoteux, rendu rauque par le manque de sommeil : « Oh, mais non, attendez ! Ce n'était pas une photo découpée dans un magazine ! C'était une vraie photo d'identité, et en dessous il y avait une mèche de cheveux brune et bouclée, ceux de Mozart, bien sûr ! »

Harmony porte fébrilement la main à son pendentif. Elle l'ouvre entre ses doigts tremblants, pour s'assurer que la photo est toujours là, et la mèche aussi.

ACTE III

« Si vous vous voyiez ! assène Andrew, impitoyable. On dirait Frodon vérifiant s'il a toujours l'Anneau Unique autour du cou ! Ne vous inquiétez pas, je n'ai rien volé. »
Harmony referme doucement le médaillon, sans parvenir toutefois à en détacher sa main.
« L'Anneau Unique..., murmure-t-elle. Vous êtes cruel, Andrew. Mais vous avez raison. Et votre comparaison est encore trop gentille, je me sens plus proche de Gollum que de Frodon. Une créature misérable et rachitique, un être faible et dévoré par ses névroses... »
Devant la détresse de la jeune fille, Andrew se reprend soudain :
« Ne racontez pas n'importe quoi, dit-il d'une voix radoucie. Vous n'avez rien de Gollum, ni d'un hobbit d'ailleurs. Pour rester en Terre du Milieu, vous me faites davantage penser à un elfe, avec votre teint translucide et vos yeux clairs. Mais les elfes eux-mêmes, si purs soient-ils, peuvent être hantés par une part obscure. Comme Galadriel. Comme vous, Harmony. Je crois qu'il est temps que vous me disiez *toute* la vérité. »
Harmony hoche la tête.
Elle laisse glisser le pendentif entre ses doigts.
« Tout a débuté il y a un an et demi, commence-t-elle. Vous vous rappelez ma rencontre avec les prétendantes, que je vous ai racontée hier ? Eh bien, le lendemain, les prétendants aussi sont venus à la villa McBee sur invitation de maman. C'est ainsi que je l'ai vu pour la première fois, Mozart. »
La voix d'Harmony se suspend en pleine phrase. Une tornade d'émotions passe sur son visage délicat – translucide comme celui d'un elfe, oui, ou comme la surface d'une faïence qu'un rien pourrait briser.
« Il était tout ce dont j'avais toujours rêvé, l'homme idéal que j'avais poursuivi pendant toute ma vie dans les livres, page après page, murmure-t-elle. Il était Darcy et Rochester, Heathcliff et Roméo. Il était la force, l'assurance,

la lumière. Il avait l'énergie des filles que j'avais rencontrées la veille, mais aussi quelque chose en plus, une sensualité rayonnante, qui irradiait de sa peau dorée sous le ciel d'un pays inconnu, et qui m'a aussitôt aveuglée, moi la petite chose trop blanche qu'on rentrait à l'ombre dès les premiers beaux jours, de peur qu'elle ne prenne un coup de soleil. »

Harmony pousse un douloureux soupir.

« Dès l'instant où il m'a souri, je me suis sentie fondre, dit-elle. Quand j'ai entendu sa voix, j'ai su qu'un nouveau chapitre de mon existence s'ouvrait. Car il m'a parlé, longuement. Là où les autres prétendants ne m'ont adressé que quelques froides formules de politesse, il a pris le temps de me réconforter de sa voix chaude. Nous sommes allés sous la tonnelle, au fond du jardin, pendant que ses camarades devisaient avec maman, allaient profiter de la piscine ou du terrain de tennis. J'ai congédié mon cher Balthazar de quelques mots et d'un sourire, lui promettant que tout irait bien, que je l'appellerais en cas de besoin.

« Mozart m'a posé plein de questions sur moi, sur celle que j'étais, sur mes rêves et sur mes peurs. Nul ne m'avait jamais posé de telles questions ; et nul n'avait jamais écouté mes réponses avec des yeux qui brillaient comme les siens. Il m'a dit qu'il comprenait ma solitude, que lui aussi se sentait très seul parfois. Les livres, il n'en avait pas lu beaucoup, mais il avait entendu bien des récits, car c'était ainsi que les gens faisaient vivre les histoires dans son pays. Il connaissait aussi de nombreuses chansons. Il m'en a fredonné quelques-unes, là-bas sous la tonnelle envahie de lierre, et pour la première fois de ma vie je me suis sentie transportée très loin de la villa McBee.

« Trop vite, le moment est venu de se quitter. Le soleil est descendu dans le ciel. L'ombre des glycines s'est allongée sur la pelouse du jardin. Maman a fait sonner la cloche invitant les prétendants à regagner la cour pour monter dans la limousine qui devait les remmener vers New York,

ACTE III

vers l'aéroport, vers la vallée de la Mort. En voyant Mozart se lever, j'ai senti mon cœur se déchirer comme si on m'ouvrait la poitrine. Un refrain en moi me disait : *Tu ne le reverras jamais, jamais, jamais !* Mais alors, il m'a serrée contre son torse – contre sa chemise blanche bien repassée qui sentait bon la lavande, contre sa peau de bronze dans le col entrouvert, où brillait une médaille de la Vierge – et il m'a dit : "Je pars, mais je serai toujours là." J'ai senti ses doigts glisser quelque chose dans ma main. Son corps s'est détaché du mien. Il m'a souri d'un air triste et heureux à la fois. Puis il est parti vers la cour, et le contre-jour du soleil couchant l'a englouti dans sa crue. Alors seulement, j'ai baissé les yeux, dans ma paume reposait un petit sachet de plastique rempli de poudre brillante, comme un diamant écrasé. »

La plainte prolongée d'un klaxon vient ponctuer le récit d'Harmony, évoquant une corne de brume qui pleure dans le brouillard.

« Cette poudre, c'était du zero-G…, murmure Andrew.

— Oui. Ma première dose. Les autres ont suivi par pigeon voyageur, se posant directement à la fenêtre de ma chambre. Au début, l'oiseau portait aussi à la patte des petits mots écrits par Mozart. C'est ainsi que j'ai obtenu cette photo et cette boucle de cheveux, que je conserve dans mon médaillon. C'est aussi comme ça que j'ai appris le prix à payer pour continuer à recevoir mes doses ; à chaque réception, je devais attacher à la patte du pigeon un bijou offert par maman – elle a toujours été trop occupée pour remarquer ces disparitions.

— Quelle ordure ! gronde Andrew. Il mérite vraiment de crever au fond de l'espace !

— Ne dites pas ça. Le zero-G, c'est le plus beau cadeau qu'on m'ait jamais fait de ma vie. »

Andrew dévisage Harmony dans le rétroviseur, les yeux écarquillés malgré les poches qui les lestent.

« Vous ne comprenez pas ? dit doucement Harmony. Mozart m'a offert une fenêtre sur un ailleurs. Le premier, avant vous, il m'a ouvert la porte de ma prison.

— Comment ? s'écrie Andrew. C'est moi qui vous ai libérée, pas lui !

— Est-ce si différent, ouvrir une porte dans un mur, ou ouvrir une porte dans la tête ?

— Il ne vous a rien ouvert du tout ! Au contraire ! C'est un vulgaire dealer qui n'a fait que vous enfermer davantage dans une addiction ! »

La colère d'Andrew ne semble pas atteindre Harmony. Ses souvenirs forment autour d'elle comme un tourbillon, un rempart infranchissable.

« Rien ne peut décrire la sensation du zero-G quand il s'empare de votre corps…, dit-elle d'une voix rêveuse. C'est comme si chacun de vos cheveux, chaque pore de votre peau, chaque cellule de votre organisme s'électrisait. Et puis, tout d'un coup, on ne pèse plus rien. On s'envole. Les médecins en blouse blanche, dans les émissions de prévention à la télévision, prétendent que le zero-G donne l'impression trompeuse, dangereuse de ne plus avoir de corps. C'est faux, on a toujours un corps, mais libéré de toute pesanteur et de toute contrainte ! Seuls ceux qui ont déjà essayé peuvent le savoir. Vous savez ce qu'on dit ? – que prendre du zero-G, c'est faire l'amour avec les étoiles. Or Mozart, désormais, c'est là-bas qu'il est, dans les étoiles… »

ACTE III

61. Champ
MOIS N° 20 / SOL N° 552 / 15 H 32, MARS TIME
[2ᵉ SOL DEPUIS L'ATTERRISSAGE]

« **E**T VOILÀ ! TOUS NOS ACHATS SONT MAXIMISÉS en fonction des Trousseaux et des besoins de chacun, sans enchérir et avec un minimum de déperdition ! »

Fangfang affiche fièrement le tableau qu'elle a construit sur la tablette de Tao – la sienne est restée dans notre capsule, à un kilomètre de New Eden, comme toutes nos affaires personnelles à l'exception des robes de mariée. La doctorante en mathématiques pures a mis son cerveau au travail pour nous pondre la meilleure répartition des richesses de New Eden, sans flouer personne.

À présent elle nous livre ses conclusions, à nous et aux milliards de spectateurs qui nous regardent ; pas la peine de nous cacher, cette entente n'a rien d'illégal et n'enfreint pas le règlement – c'est toute la beauté du truc.

« Laissez-moi résumer pour être sûrs qu'on est tous bien d'accord, avant de remonter notre liste de courses à la production, dit Fangfang. Niveau Nids d'amour, les Krisalex raflent l'un des deux grands, parce qu'ils ont les moyens et qu'il faut bien qu'ils investissent leur magot quelque part... »

Krisalex, c'est l'abréviation qu'a trouvée Kelly pour résumer en trois syllabes le couple formé par Kris et Alexeï. Elle nous a tous affublés d'un sobriquet du même genre, à la manière des couples de stars de Hollywood – et pourquoi pas ? Tant qu'à avoir les caméras braquées sur nous...

	Krisalex	Léorcus	Mozabeth	Samsafia	Fangtao	Kenkelly
Trousseau du couple	$580 999 878	$404 918 419	$403 356 163	$325 024 983	$323 135 790	$234 776 664
Grand Nid d'amour X2 $250 000 000	1 $250 000 000	$0	1 $250 000 000	$0	$0	$0
Petit Nid d'amour X4 $150 000 000	$0	1 $150 000 000	$0	1 $150 000 000	1 $150 000 000	1 $150 000 000
Mini-rover tout terrain X4 $72 000 000	1 $72 000 000	1 $72 000 000	1 $72 000 000	1 $72 000 000	$0	$0
Robot majordome X2 $95 000 000	1 $95 000 000	$0	$0	$0	1 $95 000 000	$0
Imprimante 3D X1 $100 000 000	$0	1 $100 000 000	$0	$0	$0	$0
Eau chaude 375 litres/jour $1 000 000	103 $103 000 000	54 $54 000 000	53 $53 000 000	59 $59 000 000	50 $50 000 000	56 $56 000 000
Plants de carottes X6 $10 000 000	1 $10 000 000	1 $10 000 000	1 $10 000 000	1 $10 000 000	1 $10 000 000	1 $10 000 000
Plants de fraises X6 $10 000 000	1 $10 000 000	1 $10 000 000	1 $10 000 000	1 $10 000 000	1 $10 000 000	1 $10 000 000
Pommiers X12 $8 000 000	5 $40 000 000	1 $8 000 000	1 $8 000 000	3 $24 000 000	1 $8 000 000	1 $8 000 000
Reliquat	*$999 878*	*$918 419*	*$356 163*	*$24 983*	*$135 790*	*$776 664*

ACTE III

« Le deuxième grand Nid d'amour revient aux Mozabeth, poursuit Fangfang. Gageons que notre danseuse saura faire bon usage de cet espace pour s'entraîner et nous préparer sa chorégraphie de la *Symphonie du Nouveau monde*.

« Les quatre mini-rovers sont pour les Krisalex, les Mozabeth, les Samsafia et les Léorcus. »

Léorcus… c'est sûr que ça sonne un peu bizarre, mais moins que *Marconor*, *Marléo* ou *Cusonor* – non ?

« Pour les robots majordomes, c'est nous les Fangtao qui avons la priorité, question de handicap » – elle pose tendrement sa main sur l'épaule de Tao, assis dans son fauteuil roulant. – « Le second revient à nos Rothschild de Mars, les Krisalex.

« De l'avis général, c'est notre artiste nationale, j'ai nommé Léo, qui fera le meilleur usage de l'imprimante 3D.

« Pour l'eau chaude, nous nous sommes imposé une règle de base : au moins une douche chaude par personne et par jour. À raison de vingt-cinq litres la douche, en coupant le robinet pendant le savonnage, ça fait un minimum de cinquante litres par couple. En fait, seuls les Krisalex auront droit à des douches matin *et* soir. »

Kelly fait éclater une bulle de chewing-gum enthousiaste.

« Une douche chaude par jour, c'est déjà le rêve ! s'exclame-t-elle. Je n'y avais pas toujours droit, là-bas dans notre caravane de Toronto, surtout quand mes frangins passaient en premier. C'était ça ou leurs odeurs de pieds – moi, ils prétendaient que je sentais bon de toute façon, parce que j'étais une fille…

— Ils avaient raison, fait soudain Kenji, sortant du silence dans lequel il se mure depuis le début de la discussion.

— Qu'est-ce que tu dis, Chat ?

— Tes frères. Ils avaient raison. Tu sens bon… même sans t'être douchée depuis vingt-quatre heures.

— Euh… C'est sans doute l'arôme de mon chewing-gum…

— Non, celui-là je l'ai goûté quand on s'est embrassés – *citron,* n'est-ce pas ? Mais l'odeur de tes cheveux, c'est plutôt *yuzu.*
— Yu-quoi ?
— Yuzu. Un agrume qui vient de chez moi, au Japon. Entre le cédrat, le pamplemousse et la mandarine. La tradition veut qu'on prenne un bain aux yuzus le jour du solstice d'hiver, pour ne pas attraper de rhume pendant toute l'année. Ici, il n'y a pas de yuzus, il n'y a pas de bain... » Il relève soudain ses yeux cernés et rencontre le regard de Kelly, avec cette franchise abrupte dont sont parfois capables les grands timides. «... mais il y a toi, et cinquante litres d'eau chaude par jour. Si tu veux, nous pourrons prendre nos douches ensemble, pour en profiter nous aussi matin et soir. »

Mozart pousse un sifflement :

« Eh ben ! Il n'y a pas que la douche qui soit chaud-bouillante ! Il cache bien son jeu, le petit dernier ! »

Je ne m'étais pas trompée : entre Kenji et Kelly, c'est électrique.

C'est moi, ou cette dernière rosit légèrement ?

Ça me rassure de savoir que je ne suis pas la seule, et que la fille la plus sûre d'elle du monde rougit aussi !

« Hum... oui, bon, poursuivons, fait Fangfang en rajustant le col de sa belle robe chinoise, un peu gênée. Pas de yuzus sur Mars, en effet, mais des carottes et des fraises. Nous avons fait les comptes de telle manière que tous les couples puissent bénéficier d'un plant de chaque. Même chose pour les pommiers ; là encore, une règle simple : chacun des couples en récupère au moins un. Avec cinq arbres, Kris va pouvoir nous faire plein de strudels délicieux, comme elle nous l'a promis ! »

Fangfang brandit la tablette comme si c'étaient les tables de la Loi.

« Alors, on est bien d'accord ? Je peux envoyer ça à la prod ? »

ACTE III

Tout le monde acquiesce.
Du fond de son fauteuil, Tao regarde sa nouvelle épouse avec tendresse et admiration ; on voit qu'il est tellement fier d'elle, c'est mignon et émouvant.
Elle appuie sur la touche *Envoi*.
Au même instant, Marcus s'affaisse à mes côtés et s'écroule inconscient, sur le terreau de la pommeraie.

Acte IV

62. CHAMP
MOIS N° 20 / SOL N° 552 / 18 H 30, MARS TIME
[2ᵉ SOL DEPUIS L'ATTERRISSAGE]

« COMMENT VA-T-IL ? »
Kris se tient tremblante au chevet du lit où est couché Marcus – un meuble en métal, vissé au sol comme ceux du *Cupido*. Elle a enlevé sa robe de mariée pour revêtir l'une de ses ravissantes robes bleues. Ses longs cheveux défaits, fraîchement lavés, descendent en cascade sur ses épaules. Le diamant solitaire brille à son doigt. Alexeï est à ses côtés, il a tombé la veste, les bras passés autour de la taille fine de sa nouvelle épouse dans un geste protecteur.

Ils forment vraiment un couple magnifique, couronnés l'un et l'autre par leur blondeur, à faire pâlir d'envie les princes et les princesses des contes de fées. Louve est assise à leurs pieds ; elle me regarde avec ses yeux noirs et brillants, intelligents, comme pour me demander pardon de m'avoir mordue hier.

« Il va mieux, dis-je. Il dort maintenant. »

Je caresse la tête de Louve, puis je tends le bras vers la table de chevet pour boire dans mon verre. Mais il est vide, et j'ai la gorge si sèche. Je ne peux réprimer un soupir douloureux en me levant de ma chaise – les plis de ma robe holographique crissent, et mes articulations craquent, après toutes ces heures à rester immobile pour veiller Marcus.

PHOBOS[2]

Je n'ai pas pris le temps de me changer, ni même de me doucher. Le bustier de satin me colle à la peau.

Au moment où je m'apprête à me diriger vers la kitchenette pour aller remplir mon verre, une forme se détache dans le dos de Kris et roule vers moi dans un léger vrombissement – oui, *roule*, car c'est l'un des deux robots majordomes : un gnome vaguement humanoïde d'un mètre vingt de haut, avec quatre roues tout-terrain à la place des jambes, deux longs appendices terminés par des pinces à la place des bras, et un gros œil de caméra à la place du visage. Détail incongru, Kris l'a affublé d'un nœud papillon, probablement celui que portait Alexeï hier pour la cérémonie de mariage.

« Ne te fatigue pas, tu peux te rasseoir, dit-elle en désignant fièrement le robot dont les Krisalex ont hérité pendant la répartition des lots. Günter va aller remplir ton verre pour toi. Il est très bien élevé, tu sais. »

Interdite, je vois le robot lever son bras jusqu'à moi et saisir délicatement le verre vide entre ses pinces. Cette machine sans grâce a été conçue pour construire et entretenir la base de New Eden avant l'arrivée des humains, pas pour remporter des concours de design, c'est sûr. Il a fallu le génie des équipes marketing de Genesis pour recycler l'ouvrier multitâche en majordome.

« *Günter...*, je répète, un brin songeuse.

— Je me suis toujours dit que ce serait le nom que je donnerais à mon premier fils, affirme Kris. Je trouve que ça lui va bien, non ? »

La manière dont Kris parle de son premier fils a quelque chose de poignant. Parce qu'elle sait, tout comme moi, que ce fils risque de ne jamais voir le jour. Alors elle reporte son affection sur cet automate, par anticipation.

« Ce fils-là, ce n'est pas avec moi que tu l'as eu en tout cas ! sourit Alexeï. Un avorton rachitique, sans jambes, avec un seul œil, et muet de surcroît, je ne reconnais pas mes gènes. Ni les tiens d'ailleurs, mon ange. »

Il la serre un peu plus dans ses bras, tandis que Günter revient vers moi avec le verre rempli, insensible aux sarcasmes de son père adoptif.

« Si tu veux, on peut te prêter Günter pour qu'il veille sur Marcus, le temps que tu te délasses, propose Kris.

— C'est gentil, mais je ne me sens pas de l'abandonner ne serait-ce qu'une minute. Je m'en veux tellement de ne pas avoir vu qu'il n'était pas encore rétabli de son accident d'hier ! Je l'ai obligé à se tenir debout pendant toute cette cérémonie interminable... Je suis vraiment trop nulle.

— Tu ne m'as obligé à rien du tout. »

Nos regards à tous les trois se tournent vers Marcus, qui a ouvert les yeux. Lui non plus n'a pu se doucher ni se changer, après avoir brièvement perdu connaissance dans la pommeraie. Avec l'aide des garçons, j'ai allongé son corps dans l'une des deux chambres de notre Nid d'amour. J'ai déboutonné sa chemise et, le plus délicatement possible, je lui ai dégagé les épaules et le torse. Sa forêt de tatouages a surgi sous mes doigts. Au milieu de sa poitrine, sur son sternum, il y avait un énorme hématome bleu, comme une mare creusée par la pluie dans un sous-bois. La porte du sas, en se refermant, avait créé cette impressionnante contusion, mais Marcus s'était bien gardé de m'en parler sur le moment. Il m'avait juré qu'il allait bien, qu'il ne sentait plus rien, et moi je l'avais cru sur parole.

« Tu es un menteur, dis-je, la voix gonflée de reproches qui en réalité ne s'adressent qu'à moi-même, au piètre médecin que je suis.

— Je ne voulais pas t'inquiéter avant le mariage...

— Je n'en ai rien à faire du *pourquoi*. Un mensonge est un mensonge, un point c'est tout. Tu m'as dit que tu allais mieux. C'était faux. Comment veux-tu que je te fasse confiance, maintenant ? »

Une ombre passe sur le visage de Marcus, appuyé contre l'oreiller, et je m'en veux aussitôt de ma dureté.

« Si je dis ça, c'est que je tiens à toi, j'ajoute en lui prenant la main. Comme tu l'as affirmé toi-même, une cérémonie de mariage, ce ne sont que des paroles, et rien de plus. Ça ne valait vraiment pas la peine de te mettre en danger. »

Marcus me sourit, d'un sourire étrange et triste que je ne lui ai encore jamais vu.

« On est tous en danger… », murmure-t-il.

L'espace d'un instant, je sens Kris et Alexeï se raidir derrière moi, et mon propre regard fuse à travers la pièce en direction des dômes de caméra fixés aux murs.

On est tous en danger ?… – si Marcus termine cette phrase, s'il parle du rapport Noé et lâche le morceau, là maintenant, tout peut se terminer.

« … toi, moi, et tous les spectateurs qui nous regardent, continue-t-il. On est en danger depuis le premier jour de notre vie, depuis notre premier souffle, notre premier cri. Tu sais pourquoi j'aime tant les roses ? Pas parce que ce sont des fleurs romantiques ou parce qu'elles permettent de jouer les jolis cœurs, comme tu me l'as reproché lors de notre première rencontre. Les roses n'ont rien de mièvre ou de gentil, elles sont juste *vraies*. Cruellement vraies. Si leurs pétales nous montrent que la vie est belle à couper le souffle, leurs épines nous rappellent qu'elle est dangereuse à en crever. »

Je baisse les yeux sur le tatouage qui orne le pectoral droit de Marcus : la rose noire qui forme la phrase « *Cueille le jour* ». Il n'a pas choisi ce motif uniquement pour ses pétales. Pour ses épines aussi. J'ai soudain l'impression vertigineuse que nous sommes deux étrangers. En un éclair de lucidité, je me rends compte que, contrairement à ce que voudrait faire croire le programme Genesis, une poignée de minutes au Parloir ne pèsent rien dans le sablier d'une vie. Je ne sais rien de Marcus. Et lui, il ne sait rien de la fille pour qui il a risqué sa vie. Est-ce que cette distance nous éloigne ? C'est tout l'opposé. Je n'ai qu'une seule

envie : passer toutes les minutes qui me restent aux côtés de ce garçon, vider mon sablier dans ses bras.
Le rire sonore d'Alexeï m'arrache à mes pensées.
« Eh, Marco, tu es sûr que ça va ? s'exclame-t-il. Tu ne te serais pas pris un coup sur la tête, en tombant tout à l'heure ? Évidemment que ton truc avec les roses, c'est pour séduire les minettes, tu ne vas pas nous faire croire le contraire ! »
Marcus sourit à nouveau, mais cette fois c'est son demi-sourire plein de vie, celui qui ne renferme aucune ombre, juste des étincelles.
« C'est vrai, j'avoue que ça peut servir à ça aussi…, admet-il.
— Ah ! Enfin une parole sensée ! »
Alexeï décoche un coup de poing dans le biceps de Marcus – le droit, celui où est tatoué en lettres épineuses : *Rêve comme si tu vivais pour toujours, Vis comme si tu allais mourir aujourd'hui.*
« Attention, Alex ! s'affole Kris.
— Ça va, il n'est pas en sucre ! Pas vrai ?
— Attends que je sois debout, et tu verras ! » répond Marcus en riant.
Il se redresse sur le lit et essaye de boxer la jambe d'Alexeï, mais celui-ci fait un bond de côté, sautant par-dessus ma traîne irisée tandis que Louve pousse un glapissement étonné et que Günter recule sur ses quatre roues motrices.
« Raté ! dit Alexeï. On dirait que tu as passé trop de temps dans tes fleurettes, au lieu de travailler ton crochet du droit. C'est pour ça que tu as failli y rester hier, dans la porte du sas : réflexes émoussés. Pas bon pour survivre sur Mars, ça. N'oublie pas que les filles ont besoin d'hommes forts pour les protéger : des guerriers, pas des poètes.
— Eh, Lancelot du Lac, toi qui méprises tant les *fleurettes*, on peut savoir ce que tu as dans tes poches ?
— Dans mes quoi ?… » hoquette Alexeï.
Il fourre instinctivement ses mains dans les deux poches de son pantalon blanc.

« Qu'est-ce que... wouaïe ! »

Une expression passe sur son visage, de surprise plus que de douleur.

Quand il ressort les poings de ses poches, il serre dans chacun une rose écrasée, dont les épines s'enfoncent dans ses paumes.

« Comment t'as fait ça ? Ce pantalon n'avait rien dans les poches quand je l'ai mis tout à l'heure. Tu y as glissé ces trucs-là, à l'instant, sous nos yeux, sans qu'on s'en aperçoive !

— Il faut croire que mes réflexes ne sont pas si émoussés que ça, répond Marcus. Et que les fleurettes ne sont pas si inoffensives que tu le dis. »

Alexeï laisse échapper les roses, qui tombent par terre. Louve va aussitôt les renifler avec curiosité.

« Bien joué... Tu m'as eu sur ce coup-là..., concède Alexeï. Déjà que je me suis niqué les mains hier en essayant d'ouvrir la porte du sas !

— Le guerrier a oublié de travailler ses paluches dans la salle de gym du *Cupido* ? sourit Marcus.

— C'est plutôt eux qui ont oublié l'équipement adéquat. Ils ont pensé à tout, sauf à une poignée de muscu. Accessoire indispensable, pourtant ! »

Kris prend les paumes d'Alexeï dans les siennes pour les examiner.

« Mais tu t'es égratigné ! s'écrie-t-elle. Ah, vous les garçons, et vos combats de coqs !

— Ne t'inquiète pas, ce n'est rien, lui répond-il tendrement, en déposant un baiser sur son front. Et puis, c'est aussi parce qu'on est fiers comme des coqs, prêts à se battre pour vous, que vous nous aimez – n'est-ce pas, mesdemoiselles ?

— Il faut te désinfecter et te mettre un pansement. Léo, est-ce que tu as ta trousse à pharmacie... ? » Kris se reprend aussitôt : « Ah, non, j'oubliais ! On a laissé toutes nos affaires dans la capsule !

ACTE IV

— Moi, je l'ai, ma trousse, dans notre chambre, rappelle Alexeï. Mais tu as raison, mon ange, il faut qu'on aille chercher vos affaires. On va organiser une virée demain, à bord du maxi-rover commun, sa soute est assez grande pour tout charger. J'irai avec les deux responsables Navigation, Kelly et Mozart, plus Fangfang en tant que responsable Planétologie. Les autres, les responsables Ingénierie, Biologie et Communication, resteront à New Eden pour faire les vérifications nécessaires à la prise en main de la base, comme prévu. Et toi, Léo, est-ce que tu seras des nôtres ? »

Je secoue la tête :

« Je préfère rester ici moi aussi, jusqu'à ce que Marcus aille mieux. Pas question de le laisser sans surveillance une minute de plus. Alexeï, tu pourras récupérer ma trousse à pharmacie et le matériel médical que j'ai apportés avec moi du *Cupido*.

— Je vois..., dit-il avec un air lourd de sous-entendus. N'en profitez pas pour jouer au docteur...

— Qui parle de jouer ? je réponds, sourire aux lèvres. Comme toi, sur Mars, je suis un vrai docteur. J'ai le droit de faire ce que je veux à Marcus, au nom de la science ! »

63. Contrechamp
BUNKER ANTIATOMIQUE, BASE DE CAP CANAVERAL
MARDI 12 DÉCEMBRE, 11 H 51

« C'EST LE GRAND JOUR, MADAME MCBEE ! Dans quelques minutes, à midi, le vote des grands électeurs sera clos ! »

L'image de Samantha s'affiche sur le mur digital, dans la fenêtre en direct de la salle de montage. Elle semble aussi fière, aussi dévouée qu'une chienne de chasse déposant une perdrix aux pieds de son maître.

« C'est bien, Samantha, répond Serena McBee depuis son fauteuil de cuir noir capitonné – aujourd'hui, elle a délaissé sa robe de taffetas pour un élégant tailleur parme. Les bulletins sont dans les urnes, et comme le dirait César : *Alea jacta est.* »

Sur le mur digital, Samantha sourit avec candeur :

« Vous allez vraiment devenir vice-présidente de notre grand pays, madame ! Je suis tellement heureuse ! »

Serena émet un petit toussotement gêné.

« Vous savez, Samantha, je ne fais que mon devoir de citoyenne. Je n'y peux rien si le peuple américain s'est reconnu en moi. À présent, il faut que je fasse courageusement face à mes responsabilités et que je me sacrifie pour le bien commun – mais si cela ne tenait qu'à moi, je passerais mes journées dans le jardin de ma villa, à cultiver mes fleurs et à récolter le miel de mes abeilles.

— Vous êtes trop modeste, madame, se risque Samantha. Je peux vous dire qu'à la villa, toute la maisonnée est derrière vous, notre bienfaitrice. Y compris Balthazar, qui a repris conscience hier. »

Serena hausse son sourcil épilé.

« Ah oui, il a repris conscience ? répète-t-elle avec une pointe d'angoisse dans la voix. Est-ce qu'il se souvient des cambrioleurs qui l'ont agressé ?

— Non, pas du tout. Il n'a aucun souvenir de ce qui s'est passé dans votre bureau. Cette fenêtre fracassée... C'est un mystère. Brandon et Dawson, vos valets de chambre, ont bien vérifié : rien ne semble avoir été volé.

— Bien, c'est l'essentiel. Je suis heureuse de savoir que ce bon vieux Balthazar va mieux.

— Il a seulement demandé quand Harmony allait revenir à la villa. Vous savez à quel point il est attaché à votre chère fille.

— Dites-lui qu'il est trop tôt pour répondre à cette question. Comme vous le savez, avec la pression autour de ma personne, l'attentat contre le jet d'Atlas, toutes ces menaces... il m'a semblé plus sage d'envoyer Harmony en Écosse, chez ma sœur Gladys, au château du clan McBee. Avons-nous d'autres choses à voir, Samantha ? »

L'assistante personnelle consulte sa tablette :

« Nous avons une demande de deux des sponsors *platinum*, Rosier & Mearceaugnac et Eden Food, déchiffre-t-elle. Ils ont décidé de s'allier, à la manière de leurs poulains Léonor et Marcus, pour créer une gamme de plats surgelés de luxe en co-branding. L'idée est de capitaliser sur l'image de l'un des couples les plus populaires du programme tout en mariant deux expertises : le raffinement gastronomique Merceaugnac et le savoir-faire industriel Eden Food. Les gens de l'agence de communication mandatée pour lancer ce nouveau produit nous demandent s'ils peuvent utiliser certaines images d'archives de la chaîne Genesis, afin de créer un spot publicitaire retraçant l'histoire d'amour de Léonor et Marcus...

— Belle idée ! apprécie Serena McBee. Je suis persuadée que cette gamme marchera du tonnerre, et rapportera beaucoup d'argent à ses inventeurs. Aussi pouvons-nous leur facturer les archives au prix fort. Un million de dollars la seconde au forfait, plus bien sûr des royalties progressives en fonction du nombre de diffusions – je vous laisse voir tout ça avec nos comptables.

— Bien, madame. Ah, encore une dernière chose : il y a deux personnes qui ont demandé à vous parler. La première est un certain professeur Barry Mirwood, qui prétend vous avoir rencontrée à la garden party du président Green en septembre. Il n'arrête pas d'appeler pour obtenir un entretien, et dit vous avoir envoyé plein d'e-mails à propos d'un projet sensationnel...

— J'ai supprimé ses messages, coupe Serena. Je ne suis pas intéressée. Et l'autre personne ?

— C'est un monsieur de la police, qui aimerait s'entretenir avec vous en privé quand vous aurez un moment. »

Cette fois, la productrice exécutive parvient à hausser ses deux sourcils, en dépit de la toxine botulique qui lui paralyse le front.

« Vous voulez parler de l'inspecteur Garcia, du FBI, n'est-ce pas ? demande-t-elle. Il a déjà interrogé le docteur Montgomery à propos du détournement, je n'ai malheureusement rien à ajouter. À moins qu'il ne veuille un autographe, lui qui est un fidèle de longue date de mon talk-show, *The Professor Serena McBee Consultation*...

— Il ne s'agit pas de l'inspecteur Garcia, madame. Je veux parler de l'agent Seamus, de la CIA. Où et quand souhaitez-vous le recevoir ? »

Serena McBee accuse une seconde de silence avant de répondre :

« En privé, m'avez-vous dit ? Alors, demandez-lui de me rejoindre ici et maintenant, dans le bunker, et que nul ne nous dérange. »

64. Champ
MOIS N° 20 / SOL N° 553 / 07 H 55, MARS TIME
[3ᵉ SOL DEPUIS L'ATTERRISSAGE]

Ma peau est en feu.
Ma sueur crépite sur ma peau comme de l'huile jetée sur une poêle.

Mes poumons se remplissent de fumée noire, qui les carbonise de l'intérieur.

Je trouve juste assez de souffle pour crier :

« Non ! Les habitats ont été dépr... »

ACTE IV

Un bâillon s'abat sur mon visage, écrasant mes lèvres, étouffant la fin de ma phrase.

J'ouvre les yeux sur la pénombre piquetée de petites veilleuses blanches.

Je réalise que l'air que je respire n'est pas empoisonné. Au contraire, il sent bon le bois et la fougère.

Je perçois la tiédeur du bâillon, qui n'est pas de tissu, mais de chair. C'est une main qui me couvre la bouche et le menton, la main de Marcus, allongé à côté de moi dans le lit de l'habitat obscur.

« Tu as fait un cauchemar, Léonor, murmure-t-il à mon oreille de sa voix rauque qui, lorsqu'elle se fait douce, agit comme un baume. C'est fini maintenant. C'est fini. Je peux enlever ma main ? Tu ne vas pas crier ? »

Je dis *oui* avec les yeux.

Il était moins une.

Mon rêve semblait si réel que je m'y croyais – le cauchemar de flammes, tel qu'il me poursuit depuis ma plus tendre enfance, qui se conjugue maintenant avec l'angoisse intériorisée de la dépressurisation. L'horreur absolue ! Si Marcus n'avait pas eu le réflexe de me bâillonner, j'aurais parlé de la dépressurisation de la base, c'est sûr, j'aurais peut-être même prononcé le nom de Serena – euh... parce que je ne l'ai pas prononcé, rassurez-moi ?

« Quand j'ai crié..., je balbutie à voix basse, en proie à un doute terrible. J'espère que je n'ai pas... Les spectateurs... »

À travers les ténèbres de la chambre, je cherche instinctivement des yeux le reflet glauque des dômes de caméras.

« Non, tu n'as pas crié le nom d'un ex que je ne devrais pas connaître, si ça peut te rassurer... », dit Marcus.

Malgré la pénombre, je peux sentir son demi-sourire se dessiner sur son visage.

« ... et pour ce qui est des spectateurs, je te rappelle que les caméras ne tournent pas pendant la nuit. »

Immense soulagement : j'avais oublié la trêve nocturne !

Et Marcus en a profité pour me faire marcher, ce fourbe !

Il me serre dans ses bras, contre son torse nu – il s'est endormi ainsi, portant encore son pantalon de costume. Moi, j'ai passé la nuit dans l'un de mes T-shirts XXL informes. Moins sexy que la nuisette de satin dos nu que les gens de chez Rosier ont inclus en douce dans ma garde-robe, et que je ne mettrais jamais. Il n'empêche. Même sous le T-shirt qui me couvre bien les épaules, j'ai la sensation d'être plus fragile que jamais. Le coton me semble *incroyablement fin* entre la peau de Marcus et la mienne.

« Attention…, dis-je à mi-voix. Ton hématome…

— Je te promets que ça va mieux, et cette fois ce n'est pas du chiqué.

— J'ai de la chance de n'avoir lâché aucun nom d'ex, parce qu'il y en aurait beaucoup à citer ! je prétends, pour me donner de l'assurance.

— Beaucoup de chanceux… », précise Marcus.

Soupçonne-t-il que je mens, et que la liste de mes ex se résume à zéro ?

Devine-t-il que la fille qui se cache sous le T-shirt XXL est une parfaite débutante ?

Faut-il que je le lui avoue maintenant ?

« … mais, à présent, je t'ai pour moi seul, et c'est tout ce qui compte », termine-t-il, coupant court à mes velléités de franchise – la vérité attendra.

Je parviens à retirer un bras de ceux de Marcus, pour passer ma main sous le matelas, et vérifier que le téléphone de Ruben Rodriguez est toujours là. Je l'y ai discrètement glissé la veille, comme je l'avais fait à bord du *Cupido* – mais je ne l'oublierai pas cette fois, je le ressortirai au moindre signe de trahison de Serena, pour le montrer aux spectateurs !

Rassurée par le contact du téléphone sous mes doigts, je laisse à nouveau Marcus m'enlacer.

« J'espère que je ne t'ai pas réveillé…, je murmure.

ACTE IV

— Ne t'inquiète pas. Je suis réveillé depuis un moment. Toi, par contre, ma renarde rousse, tu as dormi comme un loir.

— Renarde, loir ou léoparde, il faut choisir !

— Pourquoi choisir ? J'ai toujours aimé les animaux ! J'en faisais sortir de mon chapeau, sur Terre – mais pas ici, les organisateurs ont jugé qu'un haut-de-forme, c'était trop volumineux pour être emporté à bord du vaisseau. Ils m'ont aussi empêché d'emmener Ghost, ma colombe blanche, qui est restée à l'animalerie de cap Canaveral.

— Arrête, je vais finir par penser que je suis un zoo à moi toute seule ! Remarque, pourquoi pas... » Je baisse les yeux sur les côtes de Marcus, sur le grand muscle dentelé, où foisonnent des verbes en forme de feuilles de laurier : *courir... créer... changer... donner... désirer... danser... aimer...* « ... toi, tu es bien une forêt à toi tout seul. »

J'ai une envie folle de le dessiner.

Mais, plus encore, j'ai envie de le toucher.

Timidement, j'effleure du doigt ses abdominaux parfaitement définis. Un étrange florilège de phrases feuillues partent en épis, autour de son nombril plat, juste en dessous des tablettes de chocolat :

1 cuiller à café de sirop blanc
1 grosse boîte de lait concentré
La même quantité d'eau bouillie ou distillée
1 jaune d'œuf
Mélanger et mettre au frais
Pas de viande ou de conserve
1 goutte de vitamine chaque jour

« Qu'est-ce que c'est ? je demande, intriguée. On dirait une recette...

— Tout juste. »

Je ne peux m'empêcher de pouffer. Une simple recette, au milieu de toutes ces citations inspirantes, sur ces abdos en béton !

« Pratique, comme pense-bête, pour ne pas oublier de prendre tous les ingrédients quand on fait ses courses, dis-je. Le seul problème, c'est que c'est un peu indélébile, il faut être sûr de vouloir ingurgiter ce drôle de cocktail jusqu'au dernier jour de sa vie ! Allez, dis, c'est quoi en vrai ? Une sorte de shake protéiné pour nourrir ton corps d'Apollon après la gym ? »

Marcus rit à son tour, et je sens sa ceinture abdominale se contracter sous la pulpe de mes doigts.

« Ne t'inquiète pas, je n'ai jamais goûté à ce cocktail, dit-il. Et cette recette, ce n'est pas moi qui l'ai inventée, même si j'ai demandé au tatoueur de me la recopier sur la peau.

— Ah bon ? Si ce n'est pas toi, qui alors ? »

Marcus pointe le doigt sur son biceps droit, là où s'enroule la citation de James Dean.

« C'est lui, dit-il. *James.* C'est la dernière chose qu'il a écrite, la veille du 30 septembre 1955, avant de prendre sa Porsche 550 Spyder pour aller participer à une course automobile à Salinas en Californie. Une recette pour préparer la pâtée de son chat, confié en son absence à une amie actrice. Ce qu'il ne savait pas, c'était que cette absence devait durer pour l'éternité : il s'est tué dans un accident sur la route de Los Angeles à Salinas, et il n'est jamais revenu chez lui. Il venait juste de débuter sa carrière, de commencer sa vie, c'était déjà un immense acteur, et il a disparu comme ça, à vingt-quatre ans, comme on souffle une bougie.

« Alors oui, je regarde souvent cette liste, mais pas quand je fais mes courses. Quand je me lève chaque matin, pour me rappeler que je ne sais pas de quoi demain sera fait et que le jour d'aujourd'hui, je dois le vivre comme si c'était le dernier. »

À travers la pénombre de la chambre, je peux voir les veilleuses se refléter dans les yeux de Marcus avec des éclats métalliques. On dirait deux étoiles d'argent qui me regardent.

ACTE IV

« C'est une histoire terrible et triste, je murmure. Mais tu en tires une belle morale de vie. Qu'est-ce qu'est devenu ce chat ?

— Je ne sais pas. Mais c'est une question que je me suis toujours posée. » Il semble hésiter un instant, puis reprend : « Et toi, si je disparais demain, disons à cause des séquelles de l'accident, qu'est-ce que tu deviendras ? »

Cette question est tellement inattendue qu'elle me fait rire à nouveau.

« Ça n'a pas de sens, Marcus ! L'accident du sas t'a fatigué, mais tes jours ne sont pas en danger. Docteur Léonor est formelle, sois sans crainte ! »

Mais Marcus n'en démord pas, et reste sur son idée :

« Oui, je sais que c'est improbable, mais quand bien même, si je mourais des suites de l'accident, est-ce que tu regretterais de m'avoir épousé ?

— Qu'est-ce que tu racontes, enfin ? C'est de plus en plus absurde !

— Réponds-moi juste, est-ce que tu regretterais de m'avoir choisi, moi le mort, plutôt qu'un autre garçon encore bien vivant – comme Mozart, par exemple ?

— Bien sûr que non, je ne regretterais pas, idiot ! je m'écrie, mi-excédée, mi-amusée. Même si tu devais disparaître là, tout de suite, maintenant, je ne regretterais rien, rien du tout ! »

Les bras de Marcus se resserrent autour de moi, m'enveloppant dans un cocon de peau et d'encre. Je sens un grand frisson parcourir tout mon corps, au moment où sa voix de rocaille me souffle à l'oreille :

« Je t'aime. »

Au même instant, les spots halogènes dont la chambre est équipée s'allument tous en même temps, diffusant une lumière qui s'intensifie de seconde en seconde, éclipsant la lueur douce des veilleuses.

« Qu'est-ce qui se passe ? dis-je, alarmée. C'est toi qui as allumé ? ou moi qui ai appuyé sur un bouton sans m'en rendre compte ?

— Ce n'est ni toi ni moi, répond Marcus. C'est juste le temps, qui n'arrête jamais de tourner, même pour les amoureux. Il est 8 h 00 pile, le show reprend. Les lumières se rallument et les caméras recommencent à tourner, pour que les spectateurs ne perdent pas une miette de nos vies si captivantes... »

La réalité du programme me revient comme une gifle : la chaîne Genesis, les huit heures et quarante minutes d'intimité, les Fangtao qui ont veillé en combi dans le Jardin toute la nuit pour nous permettre de dormir en paix. Je sens la pudeur me gagner, brûlante comme les spots qui atteignent leur intensité maximale, aussi forte qu'en plein jour.

Je me détache du torse de Marcus ; même si ça me déchire de m'éloigner de lui, je n'ai pas envie que les spectateurs s'immiscent dans ce moment d'intimité qui n'appartient qu'à nous.

« Quand je pense que cette chambre a été assemblée par des machines... », dis-je pour changer de sujet et masquer ma frustration.

J'embrasse la pièce du regard : le lit de métal chevillé au sol ; le plancher d'aluminium ; les murs de plastique blanc incurvé. Le tout ressemble à la cabine d'un avion, sauf qu'il n'y a pas de hublot. L'habitat tout entier est un gros ballon de baudruche gonflé par la pression intérieure. Le reste – meubles, finitions, circuits électriques – a été installé par les deux robots multitâches, que le programme Genesis a transformés en majordomes pour les besoins du show. L'imprimante 3D dont j'ai hérité a elle-même servi à produire tout un tas de pièces indispensables à l'édification de la base. C'est vraiment fou de penser que New Eden, la première ville humaine en dehors de la Terre, a été construite à distance, par des machines pilotées depuis les salles de contrôle de la Nasa...

Est-ce que le septième habitat ressemble à celui-ci ? Dans quel état se trouvent les cadavres des animaux, après tous

ACTE IV

ces mois ? Y a-t-il des indices à relever ? Un moyen de comprendre ce qui s'est passé pendant que le contact a été perdu, durant cette heure énigmatique qui a signé l'arrêt de mort des cobayes ? Je brûle d'aller voir par moi-même, mais pas maintenant. Nous nous sommes mis d'accord avec les autres : ce soir.

L'exploration aura lieu ce soir.

Quand Alexeï aura récupéré le matériel de la capsule des filles.

Quand tout le monde sera rentré à la base.

Quand Kris prendra mon relais au chevet de mon patient adoré.

Alors, je serai la première à pénétrer dans le septième habitat, pour tenter de comprendre ce qui est arrivé l'année dernière, sol 511, mois 18, pendant l'heure silencieuse entre 22 h 27 et 23 h 29.

Je ne l'ai pas dit à Marcus, pour le ménager. Il n'a pas besoin de savoir que je lui échapperai pendant un petit moment. Inutile de lui donner du souci pour rien, n'est-ce pas ? – pour l'instant, je suis toute à lui.

« Je ne sais pas toi, mais moi je meurs de faim ! dit-il en se redressant comme un ressort contre l'oreiller, sans se douter des pensées qui défilent dans ma tête.

— Stop ! Pas un geste de plus, ou je te mets sous sédatif ! dis-je en souriant. Tu dois vraiment te reposer. Je vais te chercher de quoi petit-déjeuner. Que dirais-tu d'un bol de flocons d'avoine avec des morceaux de fraises et de pommes tout frais ? Le premier muesli de Mars, servi au lit ; tu en as de la chance, petit veinard ! »

65. Contrechamp
BUNKER ANTIATOMIQUE, BASE DE CAP CANAVERAL
MARDI 12 DÉCEMBRE, 13 H 32

« Je vous remercie de me recevoir, madame McBee », dit l'agent Seamus en pénétrant dans le bunker.

Il est vêtu de son costume noir, assorti à ses cheveux et au bandeau qui lui couvre l'œil droit ; son œil gauche brille dans la pénombre, accrochant la lumière du mur digital qui diffuse les vues capturées par les multiples caméras de la base de New Eden.

« C'est donc ici que vous donnez vos instructions de montage pour la plus grande émission de tous les temps…, murmure-t-il.

— Oui », répond Serena un peu sèchement.

Elle désigne un siège dos au mur digital, face à son fauteuil de cuir capitonné :

« Prenez place, je vous en prie.

— Merci… et j'en profite pour vous féliciter, pour l'élection.

— Que voulez-vous dire ? Les résultats ne sont pas encore officiels, que je sache.

— C'est tout comme. Vous pensez bien que dans un pays de l'importance des États-Unis, au sein d'une époque aussi mouvementée que la nôtre, où plane la menace terroriste, on ne peut pas se laisser surprendre par les événements. Il faut prévoir. Anticiper l'avenir. Deviner le dessous des cartes. Écouter le silence. Telle est la mission de la CIA – telle est ma mission, madame McBee. »

L'agent Seamus marque une pause. Son visage est impénétrable, comme coupé en deux, dévoré du côté droit par l'ombre du bunker et le noir du bandeau.

ACTE IV

« *Écouter le silence,* répète Serena d'une voix parfaitement atone, parfaitement maîtrisée. Je ne suis pas sûre de comprendre... Vous voulez dire que...

— ... que nous avons une idée très claire du vote des grands électeurs, oui. Même si nous ne pouvons pas l'annoncer au public avant le 6 janvier, date officielle du dépouillement des votes d'après la Constitution, je vous l'annonce à vous, madame McBee, avec l'autorisation du président Green. Nos renseignements sont formels : vous avez bien été élue à la vice-présidence des États-Unis d'Amérique. Je vous le répète, toutes mes félicitations ! »

Le sourire de Serena s'élargit de manière à peine perceptible. À travers son tailleur ajusté, il semble soudain qu'elle respire plus librement.

« Merci, agent Seamus, dit-elle. C'est donc pour me dire cela que vous avez demandé à me parler, n'est-ce pas ?

— Oui. C'est pour cela. Et pour vous annoncer que votre sécurité, qui était déjà une priorité, devient maintenant une affaire d'État. Aussi vais-je devoir rester à vos côtés. Je vous promets de me faire le plus discret possible.

— Je comprends, dit Serena. La sécurité avant tout, c'est bien normal. À ce sujet, agent Seamus... je m'inquiète pour les familles des disparus...

— Elles ont été placées sous protection policière, comme vous le savez. Des agents aguerris gardent leurs maisons jour et nuit, sans compter les drones qui ont été programmés pour surveiller les environs.

— Oui, je le sais bien. Mais je ne peux m'empêcher de m'inquiéter. S'il devait leur arriver quelque chose, dans la terrible épreuve qu'elles sont déjà en train de traverser... Serait-il possible de me faire adresser chaque jour, par le menu, le compte rendu des allées et venues de ces familles ? Et aussi la liste de tous ceux qui viendraient leur rendre visite ? »

L'agent Seamus incline la tête, faisant tomber une mèche de cheveux noirs sur son œil bandé :

« Bien sûr que c'est possible, puisque c'est la vice-présidente des États-Unis qui le demande, assure-t-il. Ces préoccupations sont tout à votre honneur, madame McBee. Y a-t-il autre chose encore que je puisse faire pour vous ? »

Cette fois-ci, le sourire de Serena s'épanouit complètement, dévoilant les deux rangées de dents étincelantes qui ont l'habitude d'illuminer les écrans de la chaîne Genesis.

« Oui, il y aurait une dernière chose, dit-elle. En parlant des familles des victimes. Andrew Fisher, le fils de l'ancien instructeur en Communication, veut me parler depuis longtemps – sans doute pour m'entretenir du souvenir de son cher papa. Mon staff m'avait informée qu'il campait devant ma villa, là-haut dans les Hampton, mais je n'avais pas pu le voir à l'époque, faute de temps. Le programme était si prenant, dans les derniers jours avant l'arrivée du *Cupido* ! Je m'en veux d'avoir négligé ce jeune homme. Je souhaiterais faire amende honorable. Seulement voilà, je ne sais pas où il se trouve actuellement, et ça me chiffonne. La CIA me rendrait un grand service en l'amenant jusqu'à moi. »

66. Champ
MOIS N° 20/ SOL N° 553 / 17 H 04, MARS TIME
[3ᵉ SOL DEPUIS L'ATTERRISSAGE]

« Ça y est, on a récupéré tout le matos de notre capsule ! annonce fièrement Kelly. Encore heureux que tout pèse trois fois moins lourd que sur Terre ! Le maxi-rover par contre, c'est un vrai tank à conduire, y a pas la direction assistée. Il faut que je fasse

ACTE IV

attention, sinon ça va me faire des muscles de camionneur, et Chat risque de ne pas apprécier... »

Encore transpirante de sa virée martienne, la fermeture Éclair de sa sous-combi largement ouverte sur son décolleté, elle ressemble davantage à une pin-up de calendrier qu'à un forçat de la route. Les filles sont toutes rassemblées à côté d'elle dans le Jardin pour récupérer leurs affaires, préalablement dépoussiérées par les aspirateurs du sas de compression. Les garçons sont là eux aussi – moins Marcus, qui récupère au calme dans notre habitat.

« Si tu avais si peur que ça te fasse les muscles, tu n'avais qu'à me passer le volant plus souvent », dit Mozart.

D'un geste nerveux, il lisse ses mèches noires trempées de sueur sur sa nuque ; j'ai remarqué qu'il faisait ce geste chaque fois qu'il enlevait son casque, comme pour s'assurer que la bille métallique était bien cachée. À chacun ses complexes : moi, la Salamandre, lui, l'œuf de mort...

« C'était normal que *je* conduise le rover, rétorque Kelly. On allait chercher les affaires de *notre* capsule.

— La capsule que tu as envoyée dans le décor, à plus d'un kilomètre de la base, tu te rappelles ? Femme au volant, mort au tournant.

— Sale macho ! »

En tant que responsables Navigation, ces deux-là ont été obligés de cohabiter pour mener les manœuvres extérieures, accompagnés d'Alexeï et de Fangfang. Les autres ont accompli les tâches correspondant à leurs responsabilités respectives, comme le prévoit le protocole de prise en main de la base, tel qu'on nous l'a enseigné pendant l'entraînement dans la vallée de la Mort.

« Vous n'allez pas recommencer ! s'interpose Alexeï, à l'instant où Mozart s'apprête à répliquer. J'ai le crâne qui bourdonne, après avoir passé quatre heures avec vous en stéréo sous mon casque ! Les autres n'en ont rien à cirer de vos chamailleries. Et si on les écoutait plutôt nous raconter leur journée ? Ça ne vous intéresse pas de savoir si New

Eden marche comme sur des roulettes ? Safia, Kenji, au rapport ! »

Si je ne me sens pas toujours à l'aise comme chef d'équipe, Alexeï, lui, ne semble avoir aucun problème à ce niveau-là. Sa voix sonne comme celle d'un capitaine, et les deux benjamins de l'équipe se mettent pratiquement au garde-à-vous.

« Nous avons inspecté l'ensemble des systèmes laser et radio de la base, dit la petite Indienne. A priori rien à signaler, tout fonctionne.

— Tout fonctionne *pour l'instant* », rectifie Kenji, fidèle à son pessimisme habituel.

Aujourd'hui, ses yeux sont encore plus cernés qu'hier, à croire qu'il dort vraiment mal depuis qu'il est arrivé à New Eden.

« Nous sommes encore très proches de la Terre, prévient-il. Soixante millions de kilomètres, ce n'est pas si loin. Mais cette distance augmente ! À mesure que l'orbite de Mars va nous entraîner à travers le système solaire, le temps de latence va lui aussi augmenter. Lorsque les deux planètes seront le plus éloignées l'une de l'autre, quatre cents millions de kilomètres les sépareront. L'intervalle entre une question et sa réponse durera alors quarante-quatre minutes – si tant est que le système de communication marche encore... »

Ses paroles jettent un froid.

Les six minutes de latence constituent déjà une torture, un moment d'incertitude insupportable où il peut se passer mille choses – alors, trois quarts d'heure, je n'ose imaginer...

« L'éloignement maximal n'interviendra pas avant une année terrestre, précise Fangfang dans une tentative pour nous rassurer, mais sa voix tremble. Et, de toute façon, je suis sûre que le système de communication tiendra le coup, il a été conçu pour ça... Tout comme le reste des installations, n'est-ce pas *Bao Bei* ? »

ACTE IV

Bao Bei, ça veut dire *mon chéri* en chinois, traduisez : *Tao.*
Fangfang se tourne vers son homme, qui en tant que responsable Ingénierie a passé la journée à sillonner la base dans son fauteuil roulant pour vérifier les systèmes de support-vie.

« Rien à signaler de notre côté non plus, *Tian Xin*, dit-il (traduisez : *mon cœur…*). Éclairage généré par la mini-centrale nucléaire, eau courante dégelée à partir de la glace contenue dans le sous-sol de Mars, système d'oxygénation par électrolyse ; Liz et moi, on a tout vérifié. Y compris la panic room. Le système d'isolation marche parfaitement. »

Il se tourne vers la pyramide agricole derrière lui, et désigne la porte blindée qui s'ouvre dans le flanc de la première terrasse – celle où pousse le champ d'avoine. Derrière cette porte se trouve la panic room : un local enfoui sous les plantations, censé être l'endroit le plus résistant de la base. Ce refuge a été conçu comme espace de repli en cas de séisme ou autre catastrophe majeure – ses murs font plus de deux mètres d'épaisseur –, et il dispose d'un stock d'oxygène à part pour maintenir la pression et l'air respirable pendant vingt-quatre heures. C'est aussi là que sont installées l'infirmerie et la si précieuse imprimante 3D.

« On a même dégotté des passe-partout qui permettent de déverrouiller toutes les portes de la base en cas de problème, conclut-il en exhibant une sorte de longue clé métallique accrochée à l'accoudoir de son fauteuil. Si un accident comme celui de Marcus dans le sas se reproduit, on saura réagir ! »

Rassurée sur le bon fonctionnement de la base, Fangfang semble respirer un peu mieux.

Elle prend les mains de Tao dans les siennes.

« Si tu savais comme je suis fière de toi ! » dit-elle, ses lunettes rafistolées au ruban adhésif adoucissant sa perfection un peu froide, pour lui donner un côté fragile, attendrissant.

Tao garde ses grands doigts dépliés, comme s'il avait peur de les refermer sur ceux de sa jeune épouse.

« Attention, tu vas te faire mal, prévient-il. Tu as la peau si délicate, alors que moi je suis né pour avoir de la corne à la place des paumes, comme toute ma famille de paysans. Sauf que ce n'est pas sur le manche de la faucille que j'ai fait ma corne, c'est sur le trapèze du cirque, puis sur les roues de mon fauteuil. »

Négligeant la mise en garde, Fangfang serre les mains de Tao encore plus fort :

« Tu n'as que plus de mérite d'être devenu notre expert en Ingénierie, *Xiao Zhu Gong* ! » (ça, je ne sais pas ce que ça veut dire, mais j'imagine un truc du genre *mon lapin, mon trésor* ou même peut-être *mon grand tigre sauvage*).

Tandis que les Fangtao s'extasient l'un sur l'autre de manière touchante, en VO, les responsables Biologie rendent à leur tour leur rapport.

« Kris et moi, nous avons inspecté les plantations, dit Samson.

— Chacun de votre côté, n'est-ce pas ? demande Alexeï à brûle-pourpoint.

— Euh... Qu'est-ce que tu veux dire ?

— Je veux dire que dans une si grande serre, avec tellement de plants, vous avez bien dû vous répartir la tâche. Vous n'êtes quand même pas restés collés ensemble toute la journée. Ce ne serait pas... productif. »

Oh, oh... il semble que le chevalier russe soit un brin jaloux... Samson jette un regard chargé d'incompréhension à Kris, qui s'empresse de répondre à son homme :

« Oui, Alex, bien sûr que nous nous sommes réparti la tâche. Samson est spécialisé en céréales et tubercules, moi en fruits et légumineuses. Il s'est occupé de l'avoine, des pommes de terre et des carottes, pendant que je vérifiais le soja, les fraises, les mûriers et les pommes. À propos, nos cinq pommiers ont un beau rendement – je crois que je vais faire des jus, ce sera plus facile à stocker. Et toi, dis-moi, tu as bien rapporté les œufs de vers à soie congelés qui étaient dans notre capsule ?

— Oui, mon ange…, répond distraitement Alexeï.

— J'ai aussi profité de la journée pour inspecter la cuisine de notre habitat ; c'est assez bien équipé, mais il manque quand même des accessoires essentiels. Par exemple, il n'y a pas de presse-purée. Avec toutes les pommes de terre qu'on va manger, quand même, c'est bien dommage ! Tu ne trouves pas qu'ils auraient dû y penser ? »

Mais Alexeï ne semble pas prêt à parler batterie de cuisine ; une autre idée lui trotte dans la tête. Une idée fixe.

« Il faut bien que je te fasse confiance, Kris, quand tu m'affirmes que tu n'as pas passé la journée avec Samson, dit-il. Parce qu'il n'y avait pas de témoins, pas vrai ? »

Difficile de savoir s'il plaisante ou s'il est sérieux.

Samson adresse quelques discrets signes de la main à Safia, en souriant ; elle lui sourit en retour.

Il n'en faut guère plus pour mettre le feu aux poudres :

« Qu'est-ce que vous vous dites, les Samsafia ? explose Alexeï. Vous croyez qu'on n'a pas remarqué votre petit manège, qui a commencé là-haut dans le Parloir ? Vous avez un langage secret, c'est ça, comme des écoliers dans le dos du maître ?

— Alex, je t'en prie… ! » s'écrie Kris.

Samson, lui, a cessé de sourire.

« Holà, tu te calmes, et tu nous parles sur un autre ton, prévient-il. On n'est pas des élèves, et tu n'es pas un maître d'école. On est tous égaux, ici, et tous responsables. Si Kris te dit qu'on n'a pas flirté ensemble, c'est la vérité. Quant à notre langage, à Safia et à moi, c'est le code gestuel enseigné par Sherman Fisher pour les sorties dans l'espace et autres occasions où on devrait communiquer sans le son.

— Sherman Fisher ? demande Alexeï, suspicieux. C'était l'instructeur en Communication, donc je comprends que Safia connaisse ce code. Toi, par contre…

— Figure-toi que les autres faisaient des choses intéressantes, pendant que tu passais tes journées à suer dans la salle de gym du *Cupido* pour entretenir ton physique de monsieur Muscle, rétorque Samson. Par exemple, apprendre. J'ai demandé à Kenji de m'enseigner le code ; je me suis dit que ça pourrait toujours me servir. » Samson baisse le ton, et sourit de ses dents blanches. « Tu veux que je te donne un petit cours ? »

Alexeï émet un grognement, mais décline l'offre :

« Non, merci. Pas de temps à perdre avec ça. »

Il tape sur l'épaule de Samson (décidément, ce doit être un mode de communication plébiscité entre mâles), histoire de dire que tout va bien et que son petit moment de flippe est passé :

« Alors, le génie des céréales, tout roule de ton côté ?

— Les robots agricoles ont vraiment fait un bon boulot pour lancer l'exploitation. Dès demain, afin d'améliorer le rendement et de nous permettre de vivre tous les douze des récoltes, je vais leur prêter main forte.

— Eh bien, espérons que tu n'auras pas seulement la main *forte*, mais aussi et surtout la main *verte* ! s'exclame Kelly. Pour le moment, je ne sais pas, vous, mais moi, j'ai plutôt soif que faim. Avec le malaise de Marcus, hier, on a oublié de trinquer à nos épousailles, c'est le moment de se rattraper. Problème : il n'y a pas que les œufs de vers à soie qui sont congelés, nos bouteilles de champagne elles aussi ont légèrement gelé pendant les vingt-quatre heures qu'elles ont passées dehors. Dites, les garçons, vous nous invitez à l'apéro aujourd'hui ? À charge de revanche, bien sûr, ce sera notre tournée quand notre bibine aura dégelé.

— Ça marche, répond Alexeï. Rendez-vous ici, dans le Jardin, à 18 h 00, le temps de se doucher. »

Ça y est, c'est le signal, le moment que j'attendais.

Tout le monde est rentré au bercail, on a récupéré nos affaires, on s'est assuré que la base fonctionne correctement, Marcus va mieux. Plutôt pas mal, comme bilan après

ACTE IV

trois sols, vu comment notre vie martienne avait commencé. Mais, maintenant, il est temps de passer à l'étape suivante si on veut que cette vie continue le plus longtemps possible.

« Moi, je suis déjà douchée, dis-je. Je dois avouer que les événements des dernières heures m'ont pas mal chamboulée : l'atterrissage en catastrophe, la morsure de Louve, l'accident de Marcus puis son malaise... Je crois que j'ai besoin d'aller faire un tour au Relaxoir, pour que Serena me remonte le moral. Pour qu'elle me fasse pratiquer quelques exercices de respiration, un truc dans le genre, ça me ferait du bien. »

Alexeï hoche gravement la tête. Il s'est assuré que tout le monde avait bien reçu le message, que je serais la première à explorer le septième habitat. En tant que responsable Médecine, ça fait sens, vu que c'est de notre santé à tous qu'il s'agit.

« OK, Léo, dit Alexeï. On te gardera une coupe au frais et on...

— Tu es sûre que tu ne veux pas que je t'accompagne ? » coupe brusquement Mozart, interrompant Alexeï.

Il me regarde intensément, de ses yeux noirs et brillants. Est-ce que Liz le voit aussi, elle qui se tient derrière lui, les yeux rivés au sol, emmitouflée dans son châle qu'elle vient de récupérer ?

« Tu sais que les séances au Relaxoir sont censées être individuelles, Mozart, dis-je, mal à l'aise. Je dois y aller seule.

— Oh, ma Léo, fais bien attention à toi ! » m'implore Kris – elle se mord aussitôt la lèvre, consciente qu'une fois encore sa langue a failli déraper.

Je m'efforce de lui sourire :

« Ne t'inquiète pas. Serena ne va pas me manger. Au contraire, elle va me relaxer ! »

67. Chaîne Genesis
MARDI 12 DÉCEMBRE, 21 H 17

Plan d'ensemble sur les onze pionniers, réunis en cercle autour du tas d'affaires rapportées de la capsule des filles.

Léonor lève son visage éclaboussé de taches vers la voûte de verre, derrière laquelle la nuit martienne est déjà tombée.

« Serena, est-ce que vous m'avez entendue ? demande-t-elle. Je voudrais bénéficier d'une consultation avec vous dans le Relaxoir... s'il vous plaît. »

Les pionniers restent un long moment immobiles, dans le silence. Malgré la sueur dont certains sont couverts, malgré les courbatures d'une journée d'exercice, personne ne se rue sur les douches.

Ils attendent, les yeux dirigés vers l'espace, une parole venue du ciel.

Elle tombe enfin, au bout de six minutes.

Serena (off) : « *Mais bien sûr, Léonor. C'est tout à fait normal d'avoir besoin de parler, après l'atterrissage mouvementé que tu as vécu... sans parler de ta première nuit d'amour ! Je t'attends.* »

Cut.

[COUPURE PUBLICITAIRE]

Ouverture au noir sur un homme en costume, l'air très sérieux, assis à son bureau devant une pile de dossiers. Le téléphone sonne, il décroche.

L'homme sérieux : « Smith & Compagnie, import-export, j'écoute ? »

Une voix incompréhensible répond en off : « *Gloubgloubgloub !* »

ACTE IV

L'homme sérieux prend un air embêté derrière ses lunettes : « Désolé, monsieur, je ne peux pas prendre votre commande : c'est du chinois, je ne comprends pas... »

Nouvelle scène.
Une famille est réunie dans son salon, papa, maman et le fiston, quand le téléphone sonne.
La maman : « Ce doit être le nouveau correspondant étranger qu'ils t'ont assigné à l'école, Tommy ! Décroche vite ! »
Le garçon prend le combiné : « Allô ? Je m'appelle Thomas, j'ai dix ans, j'aime le foot et le beurre de cacahuètes. Et toi ? »
À nouveau, la voix incompréhensible retentit à l'autre bout du fil : « *Gloubgloubgloub !* »
Le garçon lève sur sa mère des yeux ronds et vaguement inquiets : « Euh... Qu'est-ce qu'il raconte ? C'est du charabia, je ne comprends pas... »

Nouvelle scène.
Une foule est rassemblée sur une vaste place, devant un écran géant décoré aux couleurs du programme Genesis.
Un compte à rebours défile sur l'écran : *mise en contact avec Mars dans 5 secondes... 4 secondes... 3 secondes... 2 secondes... 1 seconde...*
À *T0*, l'image de la planète rouge apparaît sur fond d'espace, tandis que la fameuse voix incompréhensible résonne dans les haut-parleurs : « *Gloubgloubgloub !* »
La foule se tourne vers la caméra dans un mouvement parfaitement chorégraphié et crie d'une seule voix : « Au secours, c'est du martien, on ne comprend pas ! »
À cet instant, une jeune fille vêtue d'un élégant sari orange apparaît sur la place, tel un *deus ex machina*.
La caméra zoome sur elle, tandis qu'un sous-titre apparaît à l'écran : Safia, responsable Communication du programme Genesis.

Safia s'adresse à la foule : « Chinois, charabia ou martien, vous ne comprenez pas ? C'est parce que vous n'utilisez pas le nouveau Karmafone Babel avec traducteur intégré : cent dix langues en traduction immédiate ! »

Elle sort un téléphone des plis de son sari et le colle à son oreille : « Allô ? Ici Safia, qui est à l'appareil ? »

La planète Mars s'efface de l'écran géant, pour laisser la place à un petit homme vert muni d'antennes sur le front, qui tient lui aussi un téléphone Karmafone dans sa main à trois doigts.

Le petit homme vert : « Ah, enfin ! On commençait à se dire que vous étiez durs de la feuille, vous les Terriens ! Oui, on voudrait passer une commande : cinq millions de Karmafone Babel s'il vous plaît ! »

Plan final sur la foule qui lève les bras en l'air et se met à exécuter un flash mob dans le plus pur style de Bollywood en chantant à tue-tête : « Karmafone en fait des tonnes, pour une communication championne ! Kar-ma-fone ! »

La signature apparaît à l'écran :

KARMAFONE
La communication championne !

Cut.

68. Hors-Champ
INTERSTATE 80 WEST, ÉTAT DU WYOMING
MARDI 12 DÉCEMBRE, 21 H 25

B<small>IP</small> !
Le téléphone portable posé sur le tableau de bord – un modèle Karmafone – émet une brève vibration. Andrew lâche le volant et s'en saisit.

ACTE IV

Il porte sur le petit écran un regard alourdi par la lassitude et les milliers de kilomètres parcourus depuis la côte Est.

Nouveau message
De : Lucy
À : drew

Bonjour le lâcheur.
Pas de nouvelles, bonnes nouvelles ?
Depuis les attentats contre Genesis, la maison est sous la protection de la police. Des hommes armés m'accompagnent même quand je vais promener Yin et Yang. On nous a demandé où tu étais passé, mais comme on n'en sait rien, on ne peut rien dire.
Réponds à ce message.
C'est le je-sais-plus-combientième que je te laisse.
Quand tu restes comme ça longtemps sans donner signe de vie, j'ai peur... que tu disparaisses subitement, comme Scarlett.
Réponds.
STP.
XOXO – ta sœur oubliée

« C'est encore votre petite sœur ? » demande Harmony d'une voix faible.

Emmitouflée dans sa couverture, elle est blanche comme un linge, paraissant plus épuisée encore que le conducteur lui-même.

« Oui..., répond Andrew en reposant le téléphone sur le tableau de bord.

— Et vous n'allez vraiment pas lui répondre ?

— C'est trop dangereux. On pourrait facilement me géolocaliser à partir d'un simple appel. Je n'ai pas d'autre choix que de me taire et de prier pour qu'il n'arrive pas malheur à Lucy et ma mère... »

Il serre la mâchoire, avant d'ajouter :
« Je vous jure que si Serena McBee touche à un seul de leurs cheveux, je le lui ferai payer très cher ! »

Harmony extrait une main tremblante de sous la couverture, pour saisir le téléphone, et lire à son tour le message.

« *J'ai peur que tu disparaisses subitement, comme Scarlett…*, déchiffre-t-elle. Que veut-elle dire par là ? Qui est Scarlett ? »

Les yeux rivés sur la route, Andrew reste d'abord silencieux, comme si la fatigue avait coulé des bouchons de cire dans ses oreilles et qu'il n'avait pas entendu la question d'Harmony.

Mais il finit par répondre, d'une voix ralentie par la fatigue :

« Scarlett était ma cousine, la fille unique du frère de mon père, mon oncle Patrick. C'était aussi la meilleure amie de ma petite sœur, qui ne s'est jamais remise de sa mort il y a quatre ans de ça.

— Oh ! Et de quoi votre pauvre petite cousine est-elle morte ?…

— Ça reste en grande partie un mystère pour la médecine. Tout a commencé par une première crise, qui s'est passée chez nous, dans notre maison de Beverly Hills. Scarlett jouait à la maison avec Lucy, elles avaient toutes les deux sept ans, j'en avais treize. Mes parents étaient sortis dîner avec mon oncle et ma tante, et moi j'assurais le baby-sitting en échange d'un peu d'argent de poche pour pouvoir m'acheter un nouveau simulateur de vol spatial. J'étais en train de relire *Les Chroniques martiennes* de Bradbury pour la dixième fois, quand j'ai entendu Lucy hurler. Je me suis précipité dans sa chambre. Scarlett gisait là, sur la moquette, au milieu des poupées. Dans les films d'horreur, il y a tout un tas de bruitages et de musiques stridentes pour faire se dresser les poils des spectateurs ; mais je peux vous dire que la véritable horreur, c'est le silence, quand vous posez votre oreille contre la poitrine d'une petite fille immobile et que vous n'entendez rien, rien du tout. »

Andrew déglutit, comme si le goût des souvenirs était trop amer dans sa bouche. Mais il surmonte sa répugnance et sa fatigue, pour continuer le récit qu'il a commencé :

« À l'âge de sept ans, ma cousine Scarlett Fisher est morte pendant un instant. Puis elle a ressuscité. Le temps que les secours arrivent, son cœur battait à nouveau, elle s'était remise à respirer. Ils l'ont gardée quelques jours en observation à l'hôpital. Elle n'avait pas de séquelles, pas de lésions neurologiques, comme on peut le craindre dans les cas où l'afflux de sang frais au cerveau est momentanément interrompu. Elle était indemne, un miracle. Les médecins en ont profité pour faire des analyses poussées, afin de comprendre ce qui avait pu causer son malaise. Ils n'ont trouvé ni malformation au cœur, ni anévrisme... »

Andrew expire longuement.

Les phares de l'automobile derrière le camping-car se réfléchissent dans le rétroviseur et, par jeu de miroir, dans ses lunettes. D'un geste de la main, il bascule le rétroviseur en position « nuit » pour ne pas être ébloui.

« ... mais la rémission de Scarlett n'était qu'un leurre, reprend-il. Un an presque jour pour jour après sa première attaque, elle a été foudroyée par une deuxième crise, et elle ne s'en est pas relevée cette fois. Lors de l'autopsie, les médecins ont découvert qu'elle était porteuse d'un gène qui... »

Andrew s'interrompt tout d'un coup pour jeter un regard au rétroviseur, dans lequel la voiture de derrière apparaît plus proche que jamais.

Il se raidit :

« On nous suit !

— Quoi ?

— Derrière nous. J'en suis sûr. »

PHOBOS[2]

La jeune fille se retourne sur la banquette, mais elle cligne des yeux, les phares l'éblouissent à travers la vitre de la plage arrière.

« Est-ce que c'est la police ? gémit-elle. Je ne vois rien. »

Les lumières de la voiture inconnue sont d'autant plus aveuglantes qu'il n'y a rien pour les atténuer : tout autour, c'est la nuit noire. Sur ce bout d'autoroute perdu au milieu du lointain Wyoming, en cette heure tardive du mois le plus sombre de l'année, il n'y a ni trafic ni éclairage public. Il n'y a que la plaine immense, enneigée, au-dessus de laquelle flotte une lune indifférente.

Soudain, l'éclaboussure rouge d'un gyrophare vient se mêler à l'éclat jaune des phares.

« La police ! » s'écrie Andrew.

Une voix portée par un haut-parleur s'élève au-dessus du bruit des moteurs :

« *Au nom de la loi, arrêtez le véhicule et garez-vous sur le bas-côté. Je répète : garez-vous sur le bas-côté.* »

Harmony se met à triturer son médaillon, comme chaque fois que la panique la prend.

« Oh, Andrew ! Qu'allons-nous faire ? se lamente-t-elle.

— Il faut s'arrêter, répond Andrew d'une voix blanche. Nous n'avons pas le choix. »

Il appuie sur la pédale de frein. Puis, tandis que le camping-car ralentit, il tourne brièvement la tête vers Harmony et la voit agrippée à son pendentif.

« Encore cette petite frappe..., siffle-t-il. Il ne peut rien pour vous, pas plus aujourd'hui que par le passé. Assurez-moi au moins d'une chose, vous n'avez pas un gramme de zero-G sur vous, n'est-ce pas ?

— Si j'en avais eu, je n'aurais pas eu besoin de recourir à la codéine. »

Le ronronnement du moteur achève de mourir.

Le camping-car s'arrête tout à fait, et la voiture de police aussi, à quelques mètres derrière lui.

ACTE IV

Le grand silence du Far West s'abat sur l'Interstate 80. Le gyrophare rouge, qui continue de tourner sans un bruit, ensanglante les bancs de neige en bordure de la route.

« *Restez dans le véhicule*, ordonne la voix à travers le haut-parleur. *Gardez vos mains sur le volant.* »

Le claquement d'une portière perce la nuit. Suivent les échos des bottes de l'officier contre le bitume. Andrew glisse fébrilement la main dans son sac à dos et en sort un deuxième téléphone portable.

« Qui voulez-vous appeler ? s'alarme Harmony.

— Personne, chuchote-t-il, à toute vitesse. Cet objet n'est pas un téléphone, mais un diffuseur d'impulsions électriques camouflé. Une autodéfense pour paralyser l'agresseur. Un foudroyeur. Pas pu l'utiliser contre Balthazar l'autre jour, il faut être au contact direct. »

Andrew pose le foudroyeur sur le siège à côté de sa cuisse et s'empresse de reposer ses deux mains sur le volant, quelques secondes avant que le policier parvienne à la portière.

Du bout de sa lampe torche, ce dernier donne trois petits coups sur la vitre, pour demander au conducteur de la baisser. Andrew s'exécute, ouvrant le camping-car au froid de la nuit. L'anorak noir de l'officier se détache faiblement dans les ténèbres, ainsi que son chapeau à bord court sur lequel brille l'insigne étoilé de la patrouille d'État du Wyoming. La crosse d'un revolver et les anneaux d'une paire de menottes luisent à sa ceinture.

« Savez-vous pourquoi je vous ai demandé de vous arrêter ce soir ? demande le policier, conformément à la procédure de détention des véhicules.

— Non, monsieur l'officier... », répond Andrew sans détacher ses mains du volant.

Le policier introduit la lampe torche dans l'habitacle, pour mieux éclairer le visage du conducteur et de la passagère.

« Dites-moi, vous n'avez pas l'air bien frais, tous les deux ! s'exclame-t-il. Pas étonnant que vous rouliez en plein milieu de la route. »

Andrew pousse un soupir de soulagement.

« Je suis désolé, monsieur l'officier, dit-il. Il n'y avait personne d'autre sur cette route. Je pensais que...

— Qu'il y ait eu quelqu'un d'autre ou pas, ça ne change rien, coupe le policier. Le code de la route est fait pour être respecté. Et nul ne devrait prendre le volant dans l'état où vous semblez être. Est-ce que vous avez bu ?

— Non, monsieur l'officier...

— Donnez-moi vos papiers. »

Andrew reste un instant immobile.

« Vous ne m'avez pas entendu, jeune homme ? Vous pouvez détacher vos mains du volant, maintenant, je vous y autorise. Et je vous demande vos papiers. Si vous ne les avez pas, c'est direct au poste. »

D'un geste lent, Andrew sort son portefeuille de sa poche et tend son permis de conduire au policier qui s'en empare.

Il déchiffre les informations à voix haute, dans le creux de son talkie-walkie :

« Allô ? Ici Derek. Vérification d'identité demandée. Nom : Andrew Fisher. Âge : dix-huit ans. Numéro de permis : 1938-65-7098. »

Pendant que le poste vérifie les informations, le policier tend deux alcootests aux jeunes gens.

« Soufflez là-dedans, dit-il. Vous, et la demoiselle aussi. »

Au bout de quelques secondes, une voix de femme grésille à travers le talkie-walkie :

« *Identité vérifiée, Derek. Tout est en règle.* »

Le policier reprend les deux alcootests, leur jette un coup d'œil rapide.

« Ça aussi, ça semble en règle, contre toute attente... » Il rend son permis de conduire à Andrew. « ... vous pouvez circuler. Mais roulez lentement, la route est souvent verglacée, et serrez bien à droite. Je vous conseille aussi de

ACTE IV

vous arrêter pour dormir dans le prochain motel, à vingt kilomètres d'ici. Vous avez vraiment une mine de déterrés, si je peux me permettre, et je ne voudrais pas retrouver votre camping-car renversé sur le bas-côté demain matin.
— Oui, monsieur l'officier, dit Andrew en rangeant le permis. Je vais suivre votre conseil. »
Déjà, il pose sa main sur la clé de contact pour relancer le moteur.
Déjà, le policier tourne les talons.
Mais, à cet instant, le talkie-walkie grésille à nouveau :
« *Derek ? Tu es encore avec ce type, Andrew Fisher ? Je ne l'avais pas vu au premier coup d'œil, mais son nom est sur la liste des personnes recherchées par la CIA...* »
Le policier se retourne vers la vitre toujours ouverte du camping-car.
Andrew se retourne plus vite encore sur son siège ; rapide comme l'éclair, il brandit le foudroyeur à travers l'ouverture et l'écrase sur le cou du policier. Pris par surprise, l'homme est secoué de spasmes violents, puis il s'écroule lourdement sur le bitume glacé.

69. CHAMP
MOIS N° 20 / SOL N° 553 / 17 H 32, MARS TIME
[3ᵉ SOL DEPUIS L'ATTERRISSAGE]

J'ENTENDS LE BRUIT DE MA PROPRE RESPIRATION dans le retour audio de mon casque.
Le septième habitat est là, à quelques mètres devant moi.
Le tube d'accès où je me trouve est identique aux six autres, disposés en étoile depuis le Jardin pour mener

aux Nids d'amour. Ils ont deux portes, une à chaque extrémité, comme le sas de compression par lequel on accède à la serre. Ainsi, si l'un des habitats a un problème, on peut l'isoler du reste de la base en condamnant son couloir.

Le septième couloir n'est pas condamné.

La porte donnant sur le Jardin s'est ouverte puis refermée derrière moi, sans problème.

La porte qui me fait face est semblable à celle qui se dresse à l'entrée de mon propre habitat, où Marcus se repose en ce moment : un disque d'aluminium tout simple, seulement marqué d'un grand 7.

Pourtant, derrière ce chiffre se trouve la menace inconnue qui risque de nous tuer tous les douze. Derrière cette porte, il y a un peu plus d'une année martienne, au cours d'une heure où l'avant-dernière Grande Tempête a empêché qu'aucune donnée ne remonte de Mars jusqu'à la Terre, la mort a fauché tout ce qu'il y avait de vivant.

Que vais-je trouver dans le septième habitat ?

Un charnier de cafards, de lézards et de rats ?

Les corps de ces pauvres bestioles se sont-ils décomposés, depuis leur mort soudaine qui remonte à deux années terrestres ?

Au moins, avec mon casque vissé sur la tête, je ne sentirai pas la puanteur. Je serai protégée des vapeurs toxiques, des rayonnements nocifs ou de toute autre menace qui pourrait s'attarder en ces lieux – même si les rapports disent que tout est revenu à la normale, je ne veux courir aucun risque.

Les spectateurs doivent penser que je ne suis pas bien nette, d'aller chez la psy ainsi harnachée, alors qu'on est censés être dans une base entièrement pressurisée. J'ai prétendu à voix haute que j'avais la migraine et que l'oxygène pur des bouteilles me faisait du bien au crâne. Je me demande qui a cru à ce bobard. Au pire, ils penseront que je suis complètement frappée, et ils admettront d'autant mieux que j'aie besoin de consulter – *pauvre Léonor, on a toujours su qu'elle était fragile, mais là elle est vraiment en train de péter les plombs...*

Je pose ma main gantée sur le levier d'accès planté au milieu de la porte.
J'appuie d'un geste ferme.
Un déclic retentit.
Je sens mon ventre se contracter, mon corps peser de tout son poids au fond de mes bottes dans un réflexe pour résister à une décompression, à une explosion, à que sais-je encore...
... mais la porte coulisse doucement, sans un bruit.
Dans les premiers instants, je ne vois que du noir.
Puis les spots halogènes s'allument et montent en intensité, faisant refluer les ombres.
Il n'y a rien.
Pas de cadavres.
Pas de cages.
Aucune trace des animaux qui, d'après les données démographiques du rapport Noé, pullulaient par centaines au moment où la mort les a surpris.
À la place de l'hécatombe, j'ai devant moi un Nid d'amour vide et propre.
Je m'avance d'un pas incertain sur le parquet sans un grain de poussière, entre les murs de plastique blanc immaculé. Les cadavres sont peut-être dans la première chambre ? me dis-je en ouvrant la porte qui y mène.
Non.
Il n'y a là qu'un lit de métal, avec des draps parfaitement pliés comme dans une chambre d'hôtel préparée de frais.
Même chose dans la deuxième chambre et dans la salle de bains : une vertigineuse normalité !
« *Bonjour, Léonor, et bienvenue dans le Relaxoir !* »
La voix de Serena me fait sursauter – elle semble si proche, comme si elle murmurait juste dans mon dos. Mais

ce n'est qu'une illusion, créée par les écouteurs intégrés au casque.

Je ne dois pas me laisser déstabiliser.

Maintenant moins que jamais.

« *Relaxoir...* ? dis-je dans mon micro. *Pas la peine d'utiliser cette terminologie ici, car nous sommes entre nous, pas vrai ? Que signifie cet habitat désert ? Où sont les animaux morts ? Quelle est cette nouvelle entourloupe ?* »

Pendant de longues minutes, je n'entends rien d'autre que les battements de mon cœur dans mes tempes, et le bruit de mon propre souffle dans le retour audio de mon casque. J'ai beau essayer de calmer ma respiration, je n'y parviens pas.

Je pénètre dans le séjour.

L'écran mural encastré face au sofa s'est allumé sur le visage de la productrice exécutive, à demi dévoré par la pénombre de son bunker.

« *Oui, nous sommes entre nous,* répond-elle enfin à travers mes écouteurs, au terme de la latence de communication. *Comme je l'ai annoncé, le Relaxoir est un lieu privé, dont les images ne parviennent à personne d'autre que moi. Pourquoi tant de méfiance, Léonor ? Pourquoi ce casque et cette combinaison ? Je ne t'aurais tout de même pas fait venir dans un endroit dangereux – rappelle-toi, nos destins sont liés, et mon avenir dépend de votre survie. Je vois que tu as les nerfs à vif, j'entends le bruit de ta respiration oppressée, et ça me fait de la peine. Je te proposerais bien de pratiquer quelques exercices de relaxation, avant de commencer notre discussion, mais je doute que tu acceptes...* »

Les nerfs à vif ? – c'est peu dire. J'ai l'impression de sentir toutes les terminaisons nerveuses de mon corps, jusqu'au mouvement de mes globes oculaires dans leurs orbites. Ils tournent comme des billes, observant la pièce immobile à la recherche d'un signe, qu'ils ne trouvent pas.

« *... laisse-moi donc répondre à tes questions. Oui, le septième habitat est vide, mais c'est tout à fait normal. Vois-tu, la base de New Eden est réglée comme un petit monde parfait, refermé sur*

ACTE IV

lui-même. Il n'est pas question de laisser les déchets organiques s'accumuler, au risque de développer des germes, des maladies, de polluer l'air ambiant ; ils doivent être éliminés au fur et à mesure, afin de préserver l'équilibre de tout l'écosystème. Il y a une année martienne que les robots multitâches ont incinéré les cadavres des cobayes, désinfecté l'habitat, effacé toute trace de ce triste événement. »

Ça y est, Serena a réussi à me faire surmonter mon angoisse, mais pas avec ses exercices de relaxation : en me mettant en rogne, comme elle a le don de le faire !

« Pourquoi est-ce que vous ne nous avez rien dit ? je m'écrie, émettant un larsen. Nous pensions trouver des indices dans cet habitat, quelque chose qui nous aurait permis de comprendre ce qui s'est passé pendant l'heure où le contact entre New Eden et la Terre a été perdu ! Un signe qui nous aurait dit de quoi les cobayes sont morts ! Vous n'avez pas respecté votre obligation de Transparence, vous méritez qu'on vous crame en révélant tout, comme les robots ont cramé les cadavres ! »

Je me mets à arpenter l'habitat en long, en large et en travers, sans faire attention au visage dans la lucarne.

J'arrache les draps des lits.

Je retourne les matelas, si légers dans la gravité réduite.

J'envoie valdinguer les coussins du sofa, à la recherche de quelque chose, n'importe quoi ! Mais les robots multitâches ont bien fait leur boulot, il n'y a plus rien à trouver ici.

« Si, je t'assure, j'ai bien respecté mon obligation de Transparence ! » proteste Serena sur l'écran, après six minutes de décalage.

Il y a de la panique dans sa voix, qui vient un peu contrebalancer la mienne.

« *Les robots ont accompli leur travail de nettoyage bien avant que nous concluions notre marché, toi et moi, avant même que vous embarquiez pour Mars !* continue-t-elle. *Je n'y peux rien, moi, si les bestioles ont disparu ! Je n'y peux rien, si les signataires du rapport Noé n'ont pas réussi à déterminer à distance la cause de leur mort ! Archibald Dragovic était un biologiste hors pair,* mais il n'était pas devin. Et moi, je ne suis pas magicienne. J'ai juré que je ferais tout ce qui est en mon pouvoir pour vous aider – tu sais bien que j'ai intérêt à ce que vous viviez le plus longtemps possible, je le répète, car quand vous mourrez, ma propre fille révélera le rapport Noé au public ! Mais je ne peux agir que sur le présent, pas sur le passé. »

Je reste un moment pantelante au milieu de l'habitat que je viens de dévaster, la sueur collant la sous-combi contre mon dos, la buée troublant ma visière. Comment Serena pourrait-elle nous aider ? Mis à part le téléphone de Ruben Rodriguez que je garde sous mon matelas, et les quelques captures d'écran entre les mains d'Andrew et d'Harmony, il ne reste rien de l'expérience Noé.

J'ai l'impression d'être dans une impasse, un tunnel sans perspective, aussi obstrué que ma visière. Mais, peu à peu, le système de régulation de mon casque élimine la buée pour rétablir une visibilité optimale. C'est alors que je l'aperçois, au ras du sol, à quelques centimètres au-dessus du plancher du séjour.

Je ne l'avais pas remarquée jusqu'à présent, trop occupée à tout renverser dans l'habitat.

Pourtant, elle est bien là.

Une soudure plastique de quelques centimètres de diamètre.

Un cercle rugueux, comme une dartre, dans la peau lisse et blanche du mur.

Il y avait un trou ici, qui a été rebouché.

ACTE IV

70. Contrechamp
CÔTE EST DE LA FLORIDE, ENTRÉE DE LA PRESQU'ÎLE
DE CAP CANAVERAL
MERCREDI 13 DÉCEMBRE, 16 H 29

L E VENT QUI SOUFFLE SUR LE LITTORAL agite les cheveux de Serena McBee, décoiffant son carré argenté. Derrière elle s'étend la presqu'île de cap Canaveral. Papiers, sacs plastique et autres emballages flottent au gré du vent, entre les pylônes chargés de haut-parleurs muets ; c'est tout ce qui reste de l'immense foule qui s'est massée là deux jours plus tôt, pour assister aux mariages du siècle. Tout là-bas, après une dizaine de check-points aux barrières hérissées de fil barbelé, on aperçoit la grille de la base de lancement entourée de bruyères tremblantes.

L'androïde Oraculon, lui, ne tremble pas.

Il se tient bien droit dans son costume sombre, ses deux mains gantées de cuir parfaitement immobiles, parfaitement symétriques de chaque côté de son torse qu'aucune respiration ne soulève. Le casque qui lui fait office de tête renvoie l'image du ciel changeant sur sa surface réfléchissante, opaque et lisse. La Mercedes à bord de laquelle il est arrivé jusqu'aux portes de la base est garée derrière lui.

« Je suis ravie de vous revoir, mon cher Oraculon, dit Serena en rajustant sa veste de tailleur. Mais je préfère vous prévenir, je n'ai pas toute la journée devant moi. Le programme Genesis ne s'arrête jamais, il a besoin d'une productrice aux commandes. La jeep qui m'a amenée ici, sur le continent, reviendra me chercher dans un quart d'heure pour me reconduire dans mon bunker.

— *Si cela n'avait tenu qu'à moi, j'aurais pu venir vous voir dans votre bunker, madame McBee,* répond l'androïde de son étrange voix synthétique. *Mais ce n'est pas moi, la machine programmée pour soutenir une conversation humaine de complexité moyenne, qui doit vous parler aujourd'hui. Ce sont mes maîtres, les membres du board d'Atlas Capital. Comme vous le savez, je sers d'antenne pour vous transmettre leurs messages. Or cette antenne ne fonctionne pas à l'intérieur de la presqu'île, où tous les signaux sont brouillés...*

— Oui, oui, je sais tout cela, soupire Serena. Épargnez-moi les détails techniques. Que veut me dire le board ? Je suis tout ouïe.

— *Juste une petite minute, je vous prie... Il faut que je vérifie que les lieux sont appropriés pour une discussion confidentielle... »*

Deux points rouges s'allument derrière la visière sombre du casque, donnant l'illusion que l'androïde a des yeux. En réalité, il n'a que des capteurs dans la tête – des instruments ultra-sensibles, capables d'analyser son environnement avec une précision redoutable.

Il jette un « regard » à la ronde, puis s'attarde sur Serena, qu'il scanne de bas en haut.

« Oh, ça me donne des frissons, quand vous me déshabillez ainsi des yeux ! plaisante Serena.

— *Vous faites erreur, madame McBee, je ne vous ai pas déshabillée,* déclare le robot, imperméable à tout second degré. *Mes analyses sont formelles, vous portez toujours vos vêtements : un kilo et cent vingt grammes de soie, de cachemire, de coton et de cuir. En revanche, vous ne cachez aucun matériel de capture audio, et le périmètre est sécurisé pour la discussion, à cinq cents mètres à la ronde. Veuillez patienter quelques instants, le temps que j'établisse la liaison avec le conseil d'administration d'Atlas Capital... »*

Serena profite de l'attente pour remettre de l'ordre dans ses cheveux, utilisant la tête de l'androïde comme miroir.

Soudain, le fond noir de la visière s'anime, pour laisser apparaître un visage blanchâtre en image de synthèse, qui n'est ni celui d'un homme, ni celui d'une femme, ni celui d'aucun être humain sur Terre. Ce n'est qu'un masque 3D créé de toutes pièces, afin de dissimuler les dirigeants de

ACTE IV

l'un des fonds d'investissement les plus mystérieux et les plus puissants de la planète.

« *Félicitations, Serena McBee.* »

La voix grésillante semble être toujours la même, mais en réalité ce n'est plus le programme de l'androïde Oraculon qui s'exprime. Ce sont les dirigeants anonymes qui ont racheté la Nasa, embauché Serena McBee pour rentabiliser leur placement à l'aide d'un show mondial, et donné l'ordre de lancer le programme Genesis en dépit des conclusions confidentielles du rapport Noé.

« Merci, répond Serena. Ce sont les électeurs qu'il faut féliciter, d'avoir fait le bon choix.

— *Nos félicitations ne concernent pas l'élection,* répond la voix, glaciale. *Elles concernent les événements de ces derniers jours : félicitations pour nous avoir fait frôler la catastrophe. Que s'est-il passé le samedi 9 décembre entre 11 h 32 et 14 heures ? Pourquoi le programme a-t-il été interrompu ?*

— Je l'ai déjà expliqué, lors de la reprise d'antenne, se défend Serena. Ces jeunes gens étaient sur les nerfs, et j'ai dû leur octroyer un peu de temps sans la pression des caméras.

— *Un peu de temps ? Deux heures et demie ! L'écran est resté noir pendant deux heures et demie ! Ce n'était pas à vous de prendre une telle décision. N'oubliez pas qui vous êtes...*

— ... la psychiatre en charge des pionniers de Mars, coupe Serena. Voilà qui je suis. Et c'est en tant que telle que j'ai agi.

— *Vous êtes avant tout notre salariée. Vous nous devez des comptes. À tout instant. C'est écrit dans votre contrat. Si vous ne le respectez pas, nous pouvons vous licencier en toute légalité, sans vous verser un seul centime sur les recettes du programme.* »

Serena dévoile ses dents blanches, dans un sourire qui se reflète à la surface de la visière.

« Attention aux mots que vous utilisez, tout de même, avertit-elle. *En toute légalité ?* Parce que vous croyez vraiment qu'envoyer douze individus à la mort, c'est légal ? »

Le visage de synthèse est agité d'un bref tremblement – c'est là toute l'émotion qu'il est capable d'exprimer.

« *C'est vous et votre équipe d'instructeurs qui les avez envoyés ! Ce sont vos noms qui figurent sur le rapport Noé ! Personne ne pourra jamais prouver que nous connaissions ce rapport et que nous avons donné notre accord ! S'il devait y avoir la moindre fuite, c'est vous qui seriez jugés coupables et condamnés ! Nous vous poursuivrions même en justice, en prétendant que vous nous avez menti à des fins criminelles, et nous réclamerions des dommages et intérêts jusqu'à ce qu'il ne reste plus rien de l'empire McBee Productions !* »

Serena reste impassible devant ces menaces, son sourire gravé dans son visage comme dans celui d'un mannequin de cire.

« Du calme, dit-elle. Pas la peine de nous énerver. Mon équipe d'instructeurs, comme vous dites, s'est réduite comme peau de chagrin. Il ne reste qu'Arthur Montgomery, dont je réponds personnellement, car je le tiens par où l'on tient les hommes le plus fermement ; et Roberto Salvatore, qui est bien trop lâche pour oser prendre la moindre initiative regrettable. Les autres sont morts, emportant notre secret dans leur tombe... ou plutôt devrais-je dire, au fond de la mer des Caraïbes. »

La directrice exécutive fixe les orbites creuses, sans prunelles, dessinées dans l'écran circulaire qui lui fait face.

« *Cette histoire de terroristes...*, dit la voix au bout d'un long silence. *C'est votre invention, n'est-ce pas ? C'est vous qui avez éliminé vos collègues ?*

— Oui, c'est moi, répond simplement Serena. À vous, je peux bien le dire sans faux scrupules, ni faux-semblants.

— *Pourquoi ces meurtres ?*

— Pour l'argent, bien sûr. Pour toucher leurs bonus. Les millions qui auraient dû leur être versés à l'atterrissage sont en stand-by depuis leur disparition, n'est-ce pas ? J'entends bien que vous viriez cette somme sur mon compte en banque des îles Caïmans. Je suis peut-être une experte

ACTE IV

psychiatrique internationale, mais ma psychologie à moi est fort simple. Toutes mes actions sont motivées par l'argent, et par l'argent seul. Un point c'est tout.

— *Nous comprenons*, dit la voix, rassérénée par cet aveu qui donne une signification aux actions de Serena – un sens que le board d'Atlas Capital peut parfaitement comprendre. *Nous virerons sur votre compte les bonus initialement prévus pour vos collègues. Mais à partir de maintenant, Serena McBee, plus de décisions impromptues sans nous en faire part. C'est entendu ?*

— Oui, répond Serena, telle une petite fille modèle qui reconnaît qu'elle a fait une bêtise. Je ne recommencerai plus. Vous pouvez compter sur moi. Et ne vous en faites pas, tout est sous contrôle. Les pionniers ne se doutent toujours de rien. C'est le principal. Je leur accorde encore quelques semaines d'ébats, afin de continuer d'animer la chaîne Genesis, et de faire rentrer encore plus d'argent dans les caisses. Puis j'ordonnerai à mon kamikaze de passer à l'action, pour le coup de rideau final.

— *Ce plan nous convient. Il faudra juste que votre créature passe à l'action avant que la base ne montre des signes de faiblesse technique, qui pourraient nous être reprochés, et avant qu'une nouvelle fournée d'astronautes soit prête à partir sur Mars. La saison 2 du programme Genesis sera annulée en dernière minute, ainsi que nous en avons décidé depuis le début. Mais puisque vous parlez de ce mystérieux kamikaze… ne voulez-vous pas nous dévoiler son identité ? Ici, au board d'Atlas Capital, chacun y va de son petit pronostic. La majorité est persuadée qu'il s'agit de Kenji, le Japonais qui se réveille la nuit avec les yeux fixes. C'est bien lui, n'est-ce pas ?* »

Le sourire de Serena se fait énigmatique.

« Peut-être…, répond-elle évasivement. Ou peut-être pas. Permettez-moi de garder le secret pour ne pas vous "spoiler", comme on dit. Voyez-vous, la mise en scène, c'est ma grande spécialité, et c'est la raison pour laquelle vous m'employez. Je préfère vous laisser la surprise. »

Il semble que le visage de synthèse sourie à son tour.

« *Soit. Comme vous voulez. Vous avez raison, c'est vous la professionnelle du spectacle. Nous avons d'ailleurs hâte de vous voir dans votre nouveau rôle : celui de vice-président des États-Unis ! Comme convenu, nous resterons en contact après la fin du programme Genesis. Nous avons encore beaucoup d'argent à faire ensemble, Serena McBee, beaucoup d'argent !* »

Serena fait une petite révérence.

« Je n'en doute pas, dit-elle. Merci pour votre confiance et à très bientôt. »

Le visage spectral s'estompe, rendant à la visière du casque sa noirceur impénétrable.

L'androïde Oraculon, redevenu lui-même, s'incline légèrement, émet une formule de politesse préenregistrée, puis regagne sa Mercedes, qui s'engage bientôt sur la route remontant vers le nord – vers New York.

Quelques instants plus tard, une jeep décapotable peinte du logo-fœtus rouge arrive depuis la presqu'île. Le conducteur en uniforme et casquette Genesis n'est pas seul à bord ; à côté de lui est assis l'agent Seamus, cheveux noirs volant au vent.

« Vous ici ? dit Serena. Je ne m'y attendais pas.

— Le spectacle d'un homme conduisant sa voiture avec un casque de moto sur la tête est assez inattendu, lui aussi, répond l'agent Seamus en désignant du menton la Mercedes qui s'éloigne.

— Ce n'était pas un casque de moto. En fait, ce n'était pas même un homme. Je vous expliquerai. Mais dites-moi plutôt, beau brun, pourquoi venir me chercher ? Vous ne pouvez déjà plus vivre sans moi ? »

Le jeune homme sourit.

« Votre sécurité m'est très chère, madame McBee, comme je vous l'ai expliqué, dit-il. Je suis payé pour être au plus près de vous. »

Serena renverse la tête, faisant tinter ses boucles d'oreilles et son rire argentin :

« Arrêtez de parler ainsi, on croirait entendre un gigolo ! Je vous signale que la plupart des hommes *paieraient* pour être près de moi, et non l'inverse.

— Je n'en doute pas », admet l'agent Seamus.

Il descend de la jeep, et ouvre la portière arrière pour que Serena puisse s'asseoir.

« Et galant, avec ça ! » dit-elle.

Elle tapote la banquette à côté d'elle, comme on le ferait pour dire à un chien de monter sur le canapé :

« Allons, allons, vous n'allez pas rester à l'avant comme un garçon de courses. Prenez place à côté de moi, vous me ferez la causette.

— C'est mon intention, en effet, dit le jeune homme en refermant la portière derrière lui.

— Ah ! Nous allons voir si vous savez parler aux femmes !

— C'est d'abord à la vice-présidente que je voudrais m'adresser, dit-il comme la jeep démarre pour regagner la base. Andrew Fisher a été retrouvé. »

Le sourire charmeur disparaît instantanément du visage de Serena McBee.

« Hier soir, continue l'agent Seamus à voix basse, ses paroles à demi couvertes par le bruit du moteur. Sur l'Interstate 80, dans le Wyoming. Il était dans un camping-car, avec une jeune fille.

— Où sont-ils à présent ? demande Serena d'une voix un peu trop aiguë.

— Je ne sais pas. L'officier qui les a identifiés a été retrouvé tard dans la nuit, menotté au volant de son véhicule. Il a perdu connaissance, son revolver et ses menottes lui ont été dérobés. Mais le plus étrange, c'est qu'on a trouvé un message dans sa poche...

— Un message ? Quel message ? »

L'agent Seamus glisse la main dans le revers de sa veste et en sort un morceau de papier plié en quatre.

« Nous avons fait rapatrier ce document ici, à cap Canaveral, par drone longue distance, explique-t-il. Vous pensez que le jeune Fisher avait des choses à vous dire ? Vous aviez raison, madame McBee. »

Serena déplie le message entre ses longs doigts aux ongles vernis. Impossible de savoir si c'est le vrombissement de la jeep redémarrant après un passage de check-point qui les fait trembler ainsi, ou autre chose... Quelques lignes manuscrites apparaissent au creux du papier froissé, d'une écriture nerveuse, pressée.

Chère madame McBee,
J'ai honte.
Honte d'avoir malmené cet officier de police qui m'a arrêté pour une infraction au code de la route. Mais voilà, j'ai paniqué, j'ai sorti mon foudroyeur, et j'ai paralysé ce brave homme. J'espère qu'il va mieux maintenant, et que ce message est parvenu jusqu'à vous. Moi, je suis à bout de nerfs, et malgré ce que j'ai fait à cet agent je ne me sens pas capable de me rendre. Je ne peux que prendre la fuite : la prison me fait trop peur.
Je n'oserai pas faire appel à votre clémence en tant que future vice-présidente des États-Unis, car je sais que vous avez un sens moral à toute épreuve. Malgré l'affection que vous avez pour moi, la probité qui vous honore vous empêchera de soustraire un délinquant à la Justice.
Aussi, je termine ce message non par une supplique, mais par un remerciement. Je vous suis reconnaissant d'avoir mis ma mère et ma sœur sous protection policière, aux frais de l'État. Cela me rassure de les savoir en parfaite sécurité, à l'abri de toute menace. S'il devait leur arriver malheur, après la mort de Père, dans l'état où je suis, je crois que je deviendrais fou... Je crois que je commettrais un acte irréparable, que nous regretterions tous...
Merci du fond du cœur de bien veiller sur Vivian et Lucy Fisher, madame McBee.
Avec toute ma gratitude,

Andrew Fisher

ACTE IV

« Voilà un garçon fort troublé, mais aussi fort reconnaissant, commente l'agent Seamus.
— En effet... fort reconnaissant...
— Espérons qu'il n'attente pas à ses jours avec le revolver qu'il a volé. Cet acte irréparable dont il parle, c'est sans doute une menace de suicide. Qu'en pensez-vous, madame McBee, vous qui le connaissez et qui êtes fine psychologue ?
— Vous avez certainement raison, agent Seamus, répond Serena d'une voix atone. Vous avez certainement raison... » – elle se reprend, retrouvant son air professionnel, et ajoute aussitôt : « ... c'est d'ailleurs parce que je soupçonnais sa fragilité psychologique que je désirais lui parler et vous avais demandé de me l'amener. Oh, pauvre garçon... »
À cet instant, le conducteur de la jeep se retourne vers les passagers sur la banquette arrière, son talkie-walkie à l'oreille.
« Excusez-moi de vous interrompre, mais j'ai un message pour Mme McBee depuis la salle de montage, dit-il.
— Qu'est-ce que c'est ? demande la productrice exécutive.
— Une nouvelle demande d'entretien au Relaxoir, répond le conducteur, répétant les informations qu'on lui transmet dans son appareil.
— Ah ? Et qui veut me confier ses petites misères, aujourd'hui ? C'est encore Léonor ?
— Oui, madame, mais pas seulement. Les cinq autres pionnières veulent vous voir en même temps qu'elle, à croire qu'elles sont trop impatientes pour attendre leur tour... » Le conducteur adresse un grand sourire plein d'admiration à sa patronne. « ... héhé ! c'est la rançon du succès, madame McBee ! »

71. Champ
MOIS N° 20 / SOL N° 554 / 14 H 27, MARS TIME
[4ᵉ SOL DEPUIS L'ATTERRISSAGE]

« SIX D'UN COUP ! De quoi vais-je avoir l'air, moi qui avais annoncé que les séances au Relaxoir seraient individuelles ? Qu'est-ce que je suis censée expliquer aux spectateurs ?

— La même chose que ce que nous leur avons déjà dit en réclamant cette séance groupée, je réponds. Qu'on a besoin de se retrouver, entre filles ! »

Nous sommes là, toutes les six en sous-combi dans le séjour du septième habitat, face à l'écran mural sur lequel s'affiche le visage réprobateur de Serena McBee. J'ai dit aux autres qu'elles pouvaient laisser tomber le casque ; l'air ambiant est respirable, j'ai fait le test hier à la fin de mon passage au Relaxoir. Les garçons, quant à eux, restent dans le Jardin pour divertir les spectateurs – et pour réagir au cas où il nous arriverait quelque chose. Il n'y a que Marcus qui soit encore dans sa chambre ; je lui ai fait promettre d'y rester une journée encore pour récupérer. Sa santé est ce qu'il y a de plus important à mes yeux et je ne veux lui causer aucun souci inutile.

« Léo a raison, les spectateurs comprendront, renchérit Safia d'une petite voix. Après tout, nous venons juste d'être mariées et de découvrir... euh... les secrets du corps masculin. Il semble normal que nous ayons des doutes, non ? Des espoirs, des craintes peut-être, à partager avec une femme plus âgée que nous.

— Moi, perso, j'ai pas attendu la douche avec Chat pour découvrir le corps masculin ! clame fièrement Kelly. Mais bon, les spectateurs ne sont pas censés le savoir, alors ça ne me gêne pas de jouer les vierges effarouchées. »

ACTE IV

Je sens les regards des unes et des autres converger vers Kelly avec un mélange d'envie et de peur.

« C'est vrai ? demande Kris. Tu as vraiment pris une douche avec lui ?

— Ben oui. Kenji a raison, ça permet de se doucher deux fois par jour, quand on n'a pas la chance d'avoir cent litres d'eau chaude à dispo, comme Alexeï et toi.

— Et tu étais... toute nue ? fait Safia en écarquillant ses yeux cernés de khôl.

— Vous prenez vos douches habillées, vous, en Inde ? Comme ces femmes qui se baignent dans le Gange en sari ?

— Mais tu n'as pas... Il n'a pas... Enfin, tu vois ce que je veux dire... »

Un sourire amusé se dessine sur les lèvres glossées de Kelly :

« Je n'ai pas quoi ? Il n'a pas quoi ? Tu peux être plus explicite ? Si c'est l'oreille de Serena qui t'ennuie, je peux t'assurer que notre *chère bienfaitrice* en a entendu d'autres... Vas-y, lâche-toi ! Tu peux parler là, les spectateurs, eux, ne nous entendent pas ! »

En quelques secondes, la petite Indienne devient aussi rouge que le bindi qui lui orne le front.

Kelly éclate d'un bon rire franc :

« Respire, relâche la pression, ou tu vas exploser comme une Cocotte-Minute ! Allez, j'arrête de te taquiner, ma belle. Il ne s'est rien passé entre Kenji et moi. Nous nous sommes même savonnés séparément. Et ce n'est pas moi qui lui ai donné ses cernes au cours de nuits torrides, pour devancer vos questions ; j'aurais eu du mal, vu qu'il enfile sa combinaison dès que sonne minuit et que les caméras arrêtent de tourner dans les Nids...

— Comment ça, *il enfile sa combinaison* ? demande Kris. Tu veux, dire, comme les veilleurs dans le Jardin ?

— Yep. Il a trop peur de la dépressurisation. J'ai beau lui répéter que Serena n'appuiera pas sur le bouton tant que deux d'entre nous montent la garde sous le dôme, sans compter Andrew et Harmony qui nous couvrent aussi sur Terre… » Elle se tourne furtivement vers l'écran mural, où Serena attend béatement que nos paroles montent jusqu'à elle : « … pas vrai, *bienfaitrice* ? »

Puis elle reprend :

« C'est plus fort que lui. Pas étonnant après qu'il dorme mal, engoncé dans sa combi, à étouffer sous son casque avec le bruit de sa respiration en retour audio ! Tiens d'ailleurs, Léo, tu n'aurais pas des bouchons d'oreilles pour lui, dans ta trousse à pharmacie ? »

Je secoue la tête :

« Non, désolée, je ne crois pas avoir ça en magasin…

— Kenji est vraiment un garçon à fleur de peau, continue Kelly d'une voix passionnée. Le genre qu'il faut apprivoiser. Il est à la fois superdirect et superpudique, ce qui n'enlève rien à son charme, bien au contraire. Sans blague, c'est vrai que j'ai connu d'autres mecs, mais des comme lui, jamais ; je suis grave *in love*. Parce que vous voyez, j'ai peut-être l'air d'une fille facile, mais en réalité il n'y a pas plus vieux jeu que moi. Je n'aime pas brûler les étapes. Je préfère attendre le bon moment. »

Attendre le bon moment : doux euphémisme.

Parce que ce moment, nous le savons toutes, risque bien de ne jamais arriver.

Cependant, l'idée d'une douche avec Marcus ne me déplairait pas – *correction immédiate* : cette idée me fait frissonner des pieds à la tête ! Le spectacle de l'eau roulant sur sa peau, irriguant sa forêt de tatouages, doit être unique… Mais, évidemment, ce serait bien trop dangereux. Ce serait jouer avec le feu. Je ne suis pas sûre que Marcus ait la retenue de Kenji ; et moi, je suis si peu aguerrie en comparaison de Kelly. Le risque que ça dérape est beaucoup trop grand.

« Non, je n'appuierai pas sur le bouton ! se récrie soudain Serena sur l'écran mural, en écho aux paroles prononcées par Kelly six minutes plus tôt. Cela me chagrine

ACTE IV

tellement que Kenji puisse penser que je serais capable de faire une chose pareille ! Je ne dépressuriserai jamais la base tant que vous garderez le silence, et nous vivrons de longues vies dans la paix : vous sur Mars, moi sur Terre !

— Vous oubliez un peu vite que les cobayes étaient censés vivre *de longues vies sur Mars*, eux aussi, dis-je amèrement. Mais ils sont morts mystérieusement. C'est pour ça que nous sommes réunies aujourd'hui, dans le septième habitat. Pour essayer de comprendre ce qui leur est arrivé. À nous six, on sera bien plus efficaces pour trouver.

— Trouver quoi, c'est toute la question…, dit sombrement Fangfang. En mathématiques, même dans les équations les plus compliquées, on connaît le nombre d'inconnues à chercher. Mais là, on ne sait pas. On n'a aucun indice.

— Si ! dis-je en désignant le bas du mur, au bout du séjour. On a ce truc, dont je vous ai parlé ! »

Les filles s'approchent de la paroi incurvée.

La soudure est là, bien visible une fois qu'on l'a localisée – on ne peut pas la manquer.

Liz passe ses longs doigts dessus.

« Tu as raison, Léo…, murmure-t-elle. C'est bien une soudure plastique, comme j'ai appris à les faire en cours d'Ingénierie, pour réparer les lésions éventuelles dans le revêtement des habitats.

— Je ne comprends pas, dit Kris. Qui a bien pu faire cette soudure, puisqu'il n'y avait personne ici avant nous ?

— Les robots multitâches sont capables d'en faire eux aussi, en l'absence d'humains, si l'intégrité de la base est menacée. Ils savent utiliser les pistolets à souder, comme celui-là. »

Liz exhibe le lourd pistolet qu'elle a pris dans la trousse à outils de la base et apporté avec elle dans le septième habitat, au cas où.

« Ça a certainement un lien avec la mort des cobayes…, murmure Fangfang du bout des lèvres.

— Bravo, Einstein... », grince Kelly, goguenarde, en croisant les bras.

Mais à peine a-t-elle lâché son sarcasme que ses yeux s'arrondissent.

Elle se frappe le front avec la main, comme si une idée fulgurante venait de lui entrer dans la tête.

« Mais oui, mais c'est bien sûr ! s'exclame-t-elle. L'évidence saute aux yeux ! Moi, je vais vous dire ce qui s'est passé ! »

Tremblante d'excitation, la Canadienne nous dévisage les unes après les autres, pour s'assurer qu'elle a toute notre attention. Puis elle se lance dans son explication :

« Alors voilà : je crois que l'accident du septième habitat n'a rien à voir avec l'avant-dernière Grande Tempête, et tout à voir avec les rats ! Ils se sentaient un peu à l'étroit ici, ou alors ils ne pouvaient plus saquer les cafards et les lézards – je ne sais pas, je ne connais rien à la psychologie animale. Mais le résultat, c'est qu'ils ont rongé la paroi de l'habitat pour se faire la malle. Le temps que les robots se magnent le train et rebouchent le trou, toutes les bébêtes étaient déjà mortes d'asphyxie et de décompression. Hé, les filles, ce sont les rats qui ont creusé leur propre tombe avec leurs dents ! Mais nous, on ne va pas ronger les murs que je sache ? »

Kelly place ses mains sur ses hanches et lève le menton, triomphante.

« On s'est trompées en croyant voir un lien entre la mort des cobayes et les intempéries, affirme-t-elle. En réalité, les seuls coupables, ce sont les rats ! Vous voulez une preuve de plus ? La base a parfaitement résisté à la *dernière* Grande Tempête, celle qui s'est déclenchée juste deux mois avant notre arrivée sur Mars. Il n'y a pas eu de trou cette fois, pas de soudure, rien à signaler. Et pourquoi ? Parce qu'il n'y avait plus de rats, pardi ! *Plus de rats* égale *plus de problème* : voilà la solution de l'équation ! On n'a rien à craindre, les filles ! CQFD.

ACTE IV

— Tu vas bien trop vite dans ton "raisonnement", rétorque Fangfang. Tes explications ne font que déplacer le problème, créer de nouvelles inconnues. C'est comme si, dans une équation, tu remplaçais le x par un y ou par un z. Premièrement, on ne sait pas si ce sont vraiment les rats qui ont endommagé la surface interne de l'habitat : il n'y a aucune bande vidéo pour le prouver. Deuxièmement, on ignore si ce trou était assez profond pour percer la coque jusqu'à l'extérieur et créer une fuite. Troisièmement, même en cas de perforation – ce qui reste à démontrer, voir mon deuxième point –, rien ne nous permet de conclure que c'est effectivement ça qui a causé la mort des cobayes... »

Fangfang pianote sur le téléphone portable de Ruben Rodriguez, que j'ai discrètement apporté dans un sac afin qu'on l'ait sous la main pendant nos investigations.

« D'après le rapport Noé, le journal de bord tenu sur Terre n'a enregistré aucune baisse de pression ni diminution d'oxygène, à aucun moment, dit-elle. Ce qui signifie que le scénario de Kelly n'a pu se dérouler qu'en une heure, l'heure silencieuse, où le contact avec Mars a été interrompu par l'avant-dernière Grande Tempête, il y a un peu plus d'une année martienne. Déjà, ce serait une grosse coïncidence que les rats se soient excités juste à ce moment. Ensuite, une seule petite heure pour que des rongeurs perforent l'habitat, que la pression baisse suffisamment pour tuer tout le monde, que les robots réparent les dégâts, et que les conditions reviennent à la normale comme avant la coupure, ça semble vraiment très peu.

— Sur ce coup, je crois que Fangfang a raison. »

Tous les regards se tournent vers Liz, toujours agenouillée sur le sol près de la soudure.

« L'habitat contient un volume d'air de 160 m^3, dit-elle, citant les mesures qu'elle connaît par cœur en tant que responsable Ingénierie. Or le trou fait quoi, cinq centimètres de diamètre à tout casser... » Elle pose son pouce et son index de chaque côté de la boursouflure de plastique, pour en évaluer la largeur. « ... ce n'est pas assez pour provoquer une décompression explosive. L'air a dû s'échapper lentement, comme à travers un trou d'épine dans la roue d'un vélo. Les robots ont certainement eu le temps de faire la soudure avant que la perte de pression et d'oxygène ne mette en danger la vie des cobayes. Désolée, mais le scénario de Kelly ne tient pas la route.

— Arrêtez, avec votre *"scénario de Kelly"* ! s'emporte la Canadienne. Je n'ai pas mis de copyright dessus, et d'abord ce n'était qu'une hypothèse !

— Moi, je l'aimais bien, ce scénario..., dit Kris d'une petite voix. Parce que ça expliquait tout. Parce que ça signifiait que sans rats pour la ronger de l'intérieur, la base ne craignait plus rien. Parce que ça voulait dire qu'on n'avait plus à nous en faire. »

Elle a l'air d'une petite fille à qui on viendrait de retirer son cadeau de Noël, au moment où elle aurait déjà commencé à le déballer.

« Ne t'en fais pas, ma Kris, dis-je en lui passant la main sur les épaules. On finira bien par trouver. »

C'est ce moment que choisit Serena McBee pour intervenir à nouveau, avec le décalage habituel.

« Dites-moi, tenons-nous une piste ? s'exclame-t-elle sur l'écran mural. J'entends parler d'une soudure dans le mur, c'est bien cela ? Que c'est frustrant d'être si loin, en ces instants critiques ! Que j'aimerais être là avec vous, dans l'habitat, pour mener l'enquête ! »

Le grand sourire de Serena, qui se voudrait complice, me semble juste carnassier.

Prétendre qu'elle voudrait être avec nous, dans l'antichambre de la mort !

Se positionner comme joueuse d'équipe alors que, à elle toute seule, elle constitue toute l'équipe adverse !

« C'est comme une enquête du *Club des cinq*, ces livres que je dévorais dans ma jeunesse en Écosse ! continue-t-elle.

ACTE IV

Sauf que vous êtes six, et même sept avec moi... Le Club des sept, oui, ça me plaît bien !

— Eh ben moi, ça me fait gerber ! rétorque Kelly, dont le franc-parler n'a jamais aussi bien reflété mon propre ressenti. Je n'ai jamais entendu parler de vos vieux bouquins. Niveau littérature, je vous vois plutôt comme la sœur jumelle de Voldemort : méchante comme une teigne, vicieuse comme un serpent, la tronche ravalée à la truelle. »

Harry Potter, ça oui, on l'a toutes lu, c'est un classique. La comparaison de Kelly est bien trouvée ! Encouragée par nos rires, elle renchérit aussitôt :

« Quand je vous vois, quand je vous entends, j'ai juste envie de crier : À dégager ! *Evanesco !* »

À l'instant même où elle prononce la célèbre formule d'expulsion, un vrombissement retentit. C'est bête à dire, mais là, pendant une seconde, j'ai vraiment l'impression que la magie a opéré et que, comme dans les romans, il a suffi d'un mot pour expédier Serena dans un ailleurs dont elle ne reviendra jamais plus !

Mais la réalité n'est pas un roman.

Mais la magie n'existe pas.

Le vrombissement que j'ai entendu, c'est celui de la porte du Relaxoir : Marcus vient de débouler dans l'habitat, furieux.

« Léonor ! crie-t-il, ses yeux gris lançant des éclairs, son visage frémissant de colère et d'angoisse. Tu es venue dans cet endroit qui pue la mort sans me le dire, par deux fois ! Et c'est toi qui parlais de confiance ! »

72. Hors-Champ
ROUTE DE LA DERNIÈRE CHANCE, VALLÉE DE LA MORT
MERCREDI 13 DÉCEMBRE, 20 H 15

« Voilà : la Montagne Sèche ! »
Une forme massive apparaît sur le fond noir de la nuit, à travers le pare-brise du camping-car. La mauvaise route ensablée, parsemée de cailloux, fait vibrer la carrosserie, tressauter le revolver et les menottes posés dans le vide-poche. On entend les roues qui glissent et patinent – c'est le seul bruit à des lieues à la ronde.

Accroché au volant, Andrew actionne la pédale d'accélération avec virtuosité ; il a sillonné ces routes l'été dernier, il sait comment négocier les passages difficiles où un conducteur moins aguerri s'enliserait aussitôt. À côté de lui, enveloppée dans sa couverture, Harmony tremble au rythme des cahots. L'un et l'autre ont les traits tellement tirés par la fatigue qu'ils paraissent vingt ans plus âgés qu'ils ne le sont réellement.

Le camping-car s'engage sur une route encore plus petite – en réalité, davantage un chemin qu'une route – qui monte vers le ciel étoilé.

« Tenez-vous bien, Harmony, prévient Andrew d'une voix éraillée. Le dernier kilomètre des cinq mille que nous avons parcourus depuis les Hampton est le plus difficile. Mais mon bon vieux camping-car l'a déjà fait une fois, il y a cinq mois. Espérons que, cette nuit encore, ses quatre roues motrices tiennent le coup. »

Une lente ascension commence, ponctuée par le crissement de la caillasse et le rugissement du moteur.

« J'ai découvert par hasard, l'endroit où je vous mène au cours des longues semaines que j'ai passées dans la région,

ACTE IV

explique Andrew. Il n'est pas répertorié sur les cartes – pas plus que la route abandonnée qui y conduit. »

Là-haut dans le ciel, la lune sort de derrière un nuage. Quelque part dans le lointain, le hurlement d'un coyote retentit, saluant l'astre de la nuit.

Au bout de près d'une heure, le camping-car s'immobilise enfin, à l'abri d'un énorme rocher qui marque la fin de la route et qui cache le véhicule à près de trois cent soixante degrés à la ronde.

Andrew éteint les phares.

Il pousse un soupir douloureux en se levant de son siège, dépliant son corps fourbu, ankylosé.

Il glisse le revolver dans sa ceinture, puis il actionne la portière ; l'air sec et froid de la nuit de janvier dans la vallée de la Mort vient lui claquer les joues. Butant sur les cailloux, il va ouvrir à Harmony, l'aide à descendre à son tour de l'habitacle surélevé – elle est si frêle, si légère.

« Gardez la couverture sur vos épaules, dit doucement Andrew. Appuyez-vous sur moi. Nous y sommes presque. »

Il lui offre un bras et passe le deuxième autour de la taille fine de la jeune fille. Ainsi, elle appuyée sur lui, lui la portant presque, ils s'enfoncent dans les broussailles sèches qui s'élèvent à côté du rocher. Les épines leur griffent la peau, s'accrochent à la laine de la couverture et aux cheveux incolores d'Harmony, comme pour la retenir.

Mais ils continuent d'avancer.

Et débouchent enfin sur une combe perdue, au fond de laquelle s'ouvre un tunnel noir étayé par des poutres, flanqué d'une maisonnette en bois à moitié délabrée.

« C'est une mine abandonnée, dit Andrew. Et c'est la destination de notre long voyage. Bienvenue dans mon palais, Harmony McBee. »

73. CHAMP
MOIS N° 20 / SOL N° 554 / 15 H 36, MARS TIME
[4ᵉ SOL DEPUIS L'ATTERRISSAGE]

« TU M'AS MENTI ! Tout le monde savait, les dix autres étaient au courant que tu allais dans le septième habitat, avec tous les risques que ça comporte, sauf moi !

— Je ne voulais pas que tu t'en fasses...

— Moi, quand je te dis que je vais mieux, pour te rassurer, je suis un salaud ; mais toi, quand tu prends des risques sans me le dire, tu es une héroïne – c'est ça, ta nouvelle règle du jeu ?

— Je ne t'ai jamais traité de salaud, Marcus, et je n'ai jamais prétendu être une héroïne...

— ... pourtant, c'est ce que tu penses. Ne le nie pas ! »

Les yeux gris de Marcus étincellent sous les spots du septième habitat. Les autres filles nous y ont laissés tous les deux, au moment où il a débarqué furax.

« Léonor, notre héroïne, celle qui a ouvert les yeux à tout l'équipage ! » assène-t-il, un rictus plein de douloureuse ironie sur les lèvres où j'ai goûté le miel, et qui versent maintenant le venin.

Que ses paroles me blessent !

Mais lui, il s'acharne :

« Léonor, notre sauveuse, celle qui va vaincre la mort !

— Qu'est-ce qu'il y a de si scandaleux à vouloir survivre ? je balbutie, transpercée par le sentiment d'une immense injustice. Simplement, survivre... »

Avant que je puisse en dire davantage, une voix narquoise surgit dans mon dos :

« Oh, oh ! On dirait que nous assistons à une scène de ménage ! Voulez-vous bénéficier de mes conseils matrimoniaux ? N'oubliez pas que c'est ma spécialité, celle qui a fait la renommée de mon talk-show, *The Professor Serena McBee Consultation !* »

Mon sang ne fait qu'un tour – ma frustration, en un éclair, se transforme en rage.

Je me retourne d'un bond vers l'écran mural du séjour, où Serena me sourit jusqu'aux gencives ; je m'empare du lourd pistolet à souder, que Liz a abandonné sur le sofa en quittant précipitamment la pièce, et je le balance de toutes mes forces sur Serena. Je voudrais tant lui briser les dents ! – c'est l'écran qui vole en éclats, ce qui n'est déjà pas si mal puisque ça me permet de ne plus voir sa face d'hypocrite.

Mais elle non plus, je ne veux plus qu'elle me voie, ni qu'elle m'entende !

Je ramasse le pistolet à souder parmi les morceaux de verre, et je bondis sur la première caméra venue, à côté du défunt écran.

Pssschiii !... Un jet de plastique en fusion jaillit du canon du pistolet et recouvre le dôme de la caméra.

J'ai déjà sauté sur la deuxième caméra, positionnée sur le mur de la kitchenette. J'appuie sur la gâchette – *Pssschiii !...* –, une matière gluante, qui pue le caoutchouc fondu, la recouvre à son tour.

La troisième et dernière caméra, encastrée au-dessus de la porte d'entrée avec le micro de capture audio, ne survit guère plus de trois secondes : elle est vite engluée elle aussi, aveuglée et assourdie : *Pssschiii !...*

Alors seulement, en nage, je laisse tomber le pistolet sur le sol – et je me rends compte que Marcus a refermé ses doigts sur mon bras.

« Calme-toi, je t'en prie… », murmure-t-il.

Il m'attire à lui, tout près ; comme chaque fois que je me trouve entre ses mains, je suis surprise de sa force.

Je sens la tiédeur de son souffle contre ma joue. Je m'attends à de nouveaux reproches qu'au fond j'ai mérités, car c'est lui qui a raison et moi qui ai tort, j'aurais dû le prévenir et je ne l'ai pas fait. Cette fois, les mots qui franchissent le seuil de sa bouche n'expriment plus de rage ni d'amertume.

« J'ai été trop brutal dans mes paroles, dit-il doucement. Tu as raison, tous les êtres veulent survivre, et c'est normal. Mais la vérité, c'est que tu ne vas pas vaincre la mort, Léonor. Personne ne l'a jamais vaincue. Personne ne la vaincra jamais. Ni toi. Ni moi. Quand elle vient frapper à la porte, on doit la suivre, un point c'est tout. En attendant, je ne veux pas que tu devances l'appel. Je ne veux pas que tu prennes des risques inutiles. Je ne veux pas... te perdre. »

Je sens ma gorge se nouer. Il y a, au fond de la voix rauque de Marcus, quelque chose de très précieux, telle une gemme dans sa gangue de rocaille – un diamant d'émotion brute, qu'il vient de poser dans le creux de mon oreille.

« Pardon..., je murmure. Je n'aurais jamais dû me lancer dans l'exploration du septième habitat sans te le dire. Je suis nulle et je ne te mérite pas.

— Non, c'est moi qui ne te mérite pas. C'est moi qui ne t'ai pas tout dit. Je ne t'ai pas dit que la mort avait frappé une première fois à ma porte, bien avant que j'embarque à bord du *Cupido*. Elle m'a donné rendez-vous. »

Les doigts de Marcus sont toujours serrés sur mon bras. Il s'accroche à moi comme un naufragé à un esquif ; comme quelqu'un qui ne sait pas nager à quelqu'un qui sait. Mais moi, là, tout de suite, au milieu du septième habitat, j'ai l'impression de ne plus rien savoir du tout.

Ni sur moi.

Ni sur lui.

Dans ma tête se mettent à tourner tous les tatouages que j'ai lus sur la peau de Marcus :

Rêve comme si tu vivais pour toujours, Vis comme si tu allais mourir aujourd'hui...

ACTE IV

La vie est courte, Romps les règles, Pardonne rapidement, Embrasse lentement, Aime sincèrement...
Cueille le jour...

Dans mes oreilles résonnent encore les mots qu'il a prononcés il y a trois sols, au moment où il était coincé dans la porte du sas :

« *On dirait que mon rendez-vous avec la mort tombe aujourd'hui... et elle n'apprécie pas qu'on lui pose un lapin...* »

Luttant contre l'étau qui m'enserre la gorge, je parviens à articuler :

« De quoi parles-tu, Marcus ? De quel rendez-vous ?

— J'aurais fini par t'en parler, je te le jure. Plusieurs fois déjà, au cours de nos entrevues au Parloir, j'ai failli te dire mon secret. Quelque chose m'a retenu. La crainte de t'effrayer avant que tu me connaisses suffisamment. Je me disais que si nous passions du temps ensemble, peut-être que tu commencerais à m'apprécier ; et que, si tu commençais à m'apprécier, peut-être que tu finirais par m'aimer, malgré ce que je suis vraiment.

— Ce que tu es vraiment ? Mais je le sais, Marcus ! Tu es le garçon formidable à qui j'ai dit *oui*, devant la Terre entière !

— Ce n'est pas seulement à moi que tu as dit *oui*. C'est aussi à ma maladie. Parce que je suis malade, Léonor, et je n'ai pas trouvé le courage de te l'avouer avant aujourd'hui. »

Il me lâche le bras et s'éloigne de quelques pas, la mâchoire contractée. Ses bottes écrasent les fragments d'écran brisé. On dirait le bruit d'os qui craquent.

« Malade ? je balbutie. Ça ne change rien ! Je suis sûre que je trouverai quelque chose pour te soigner dans la trousse à pharmacie. Est-ce que je ne me suis pas déjà bien occupée de toi, après ton accident ? Comment s'appelle ta maladie ? Je l'ai peut-être étudiée en cours de médecine ?... »

Marcus tourne la tête vers moi.

Il y a une telle détresse sur son visage que j'en ai le souffle coupé.

« On ne sait rien ou presque du mal dont je souffre, dit-il, et il ne figure pas au programme des écoles de médecine. C'est quelque chose de nouveau, qui ne touche qu'une poignée d'individus – à quoi bon perdre du temps à parler d'une maladie orpheline qui est sans espoir, quand il y a tant d'autres maladies à enseigner, qui, elles, peuvent être guéries ? Je suis né avec un gène différent. Un gène mutant. Je ne l'ai appris qu'à l'âge de quinze ans, lorsque j'ai fait un malaise qui a failli me coûter la vie. Or ce n'était qu'un avertissement. Une invitation à un rendez-vous futur. À l'époque, la mutation D66 avait été identifiée chez quelques centaines d'individus seulement de par le monde. Depuis, en l'espace de quatre ans, des milliers d'autres cas sont apparus. Le scénario est toujours le même : une première crise comateuse qui peut survenir à n'importe quel âge, qui fait croire à une mort subite, mais dont le sujet ressort vivant ; puis une deuxième crise, qui elle est mortelle dans 100 % des cas. »

Je sens un tremblement remonter depuis la plante de mes pieds jusqu'en haut de ma colonne vertébrale – mais je me campe dans mes bottes, pour obliger mon corps à tenir bon, à tenir droit. Je sens mes yeux commencer à me piquer et ma vision s'embuer comme lorsque je respire trop fort sous la visière de mon casque – je secoue la tête pour chasser les larmes avant qu'elles ne viennent.

« Combien de temps ? dis-je. Avant la deuxième crise.

— Je ne sais pas. Nul ne le sait. Il n'y a aucun moyen de le prévoir. Les deux épisodes peuvent être espacés de quelques minutes ou de plusieurs années. Le record de longévité est détenu par un homme en Espagne qui a eu sa première crise à vingt ans, et la deuxième, huit ans plus tard. Il est suivi de près par une femme en Corée, qui a tenu sept ans et neuf mois. Je connais toutes les statistiques par cœur. Ces connaissances ne pèsent rien face à l'incertitude : ça fait quatre ans que je me lève chaque matin, sans savoir si je verrai le soir. En l'état actuel de la médecine, on ne peut pas guérir la mutation D66. On ignore par quel mode d'action elle provoque l'arrêt du cœur et de tous les organes vitaux. »

La voix de Marcus vacille, mais ne se brise pas.

Je sens que lui aussi, il lutte pour rester fort.

Il prend appui sur le dossier du sofa et, lentement, en contrôlant le mouvement de son corps, il s'y laisse glisser.

Il ne tombera pas plus bas. Il est prêt à me raconter son histoire – et moi, je suis prête à l'écouter.

« Comme toi et comme plusieurs autres membres de l'équipage, je suis passé par l'assistance publique, se lance-t-il, les yeux rivés sur le sol, sur ses souvenirs. Pourtant je ne suis pas un orphelin. J'ai connu mes parents – mon père, si peu, avant qu'il ne nous abandonne ; ma mère, beaucoup mieux, même si parfois j'avais l'impression d'être face à une étrangère. Quand elle avait des accès maniaques suivis de longues phases de dépression, je ne la reconnaissais plus. Elle ne parlait plus, ne mangeait plus et restait juste allongée sur son lit, les yeux fixés au plafond. On a fini par la diagnostiquer bipolaire, stade avancé. Depuis le départ de mon père, j'étais sa bouée, sa balise. Je l'aimais de tout mon cœur, tout en étant terrorisé. Mon moyen d'échapper à tout ça, c'était la magie, ou plus exactement les tours de prestidigitation que j'apprenais dans les vieux livres de papier empruntés à la bibliothèque de la ville. Quand je me concentrais pour réussir un tour de passe-passe, plus rien d'autre n'existait, la tension se relâchait, et alors j'étais vraiment heureux – sans doute était-ce là, dans ce répit, que la magie résidait vraiment.

« J'ai fait ma première crise un soir en rentrant avec les courses. Je me suis effondré sur le carrelage de la cuisine, les bras encore chargés de provisions. Lorsque je me suis réveillé, je baignais dans une flaque de lait, parmi des bouteilles brisées et des fruits écrasés. Un infirmier du SAMU était penché sur moi avec un masque respiratoire, tandis qu'un deuxième tentait de maîtriser ma mère, qui hurlait et se débattait à coups d'ongles et de dents. Ils nous ont emmenés tous les deux à l'hôpital : moi en réanimation, elle en psychiatrie. Nous en sommes ressortis ensemble deux jours plus tard, avec le diagnostic de la mutation D66 issu d'un test génétique tout juste mis au point, et une combinaison d'antidépresseurs renforcée. Malheureusement, ce cocktail n'a pas suffi à ma mère ; de l'instant où elle a su que mes jours étaient comptés, elle s'est laissée complètement sombrer. Je n'avais plus la force de la réconforter. Je n'avais que le sentiment d'une injustice, la conscience confuse que c'était moi que l'on aurait dû consoler ; moi qui n'avais que quinze ans, et à qui on venait d'annoncer que tout s'arrêterait bientôt. Oui, c'était ça que je ressentais, cette frustration immense, à la mesure de l'immense amour que j'avais pour ma mère – et je m'en voulais, je m'en voulais tellement ! »

À mon tour, je m'assois sur le sofa à côté de Marcus. Parce que je ne peux pas rester debout un instant de plus. Parce que je ne peux pas être séparée de lui d'un seul centimètre. Parce qu'il faut que je le touche, que je le sente tout contre moi, pour ne plus jamais le lâcher.

« On ne pouvait plus faire semblant d'être une famille normale, continue-t-il, les yeux toujours rivés au sol. Tout s'est effondré en quelques mois. Ma mère a perdu son emploi à temps partiel tant ses phases maniaques et dépressives étaient maintenant rapprochées. Certains jours elle menaçait de se tuer si je mourais, m'accusant de vouloir l'abandonner comme si j'étais responsable de ma maladie ; le lendemain, elle se traitait de mère indigne et passait la journée à pleurer dans son lit. Les services d'assistance sociale, alertés, ont décidé de lui retirer ma garde – il n'était toutefois pas question de placer en famille d'accueil un garçon qui pouvait disparaître du jour au lendemain. C'est ainsi que je me suis retrouvé dans un foyer pour ados

dont personne ne voulait, trop âgés, trop différents ou juste trop malchanceux pour être adoptés. Et là, pour la première fois, je me suis vu mourir. Vraiment. J'ai eu l'intuition concrète de ce que serait le reste de mon existence si je restais là, dans cet endroit cloisonné, entre le dortoir et l'atelier – une succession monotone de semaines, de mois ou d'années sans aucun sens. J'ai décidé de fuguer. »
Je me pelotonne davantage contre Marcus.
Il sursaute comme un animal aux abois, au moment où mes doigts effleurent sa main cramponnée au rembourrage du sofa.
Puis il reprend :
« Le premier endroit où je suis allé, c'est l'hôpital psychiatrique de Boston. Qu'est-ce que je voulais exactement ? Revoir ma mère, oui, bien sûr, mais après ? l'emmener avec moi ? Je n'ai pas eu à me poser longtemps la question. Quand elle m'a vu apparaître, derrière une haie à travers laquelle j'étais parvenu à me faufiler dans le parc où les patients faisaient leur promenade, elle s'est mise à hurler, plus fort encore que le jour où je m'étais effondré devant elle. *"Un fantôme ! Un fantôme !"* J'ai compris que pour elle, dans sa folie, j'étais déjà mort. J'ai réussi à m'enfuir juste avant que les infirmiers n'arrivent en courant. Je ne l'ai plus jamais revue. »
Un murmure s'échappe de mes lèvres :
« Oh, Marcus ! »
Impossible de dire un mot de plus.
Ma bouche est scellée par l'émotion.
Je ne peux que serrer sa main dans la mienne, serrer très fort.
« J'ai pris la route, continue-t-il. En resquillant dans les trains, en faisant un peu de stop parfois, j'ai traversé le pays jusqu'à la côte Ouest, jusqu'à Los Angeles. Et j'ai appris à vivre dans la rue. J'étais jeune, oui, mais loin d'être le seul dans ce cas. La cité des anges porte bien son nom – ses caniveaux regorgent d'anges déchus, aux ailes coupées.

J'avais au moins un talent, la magie apprise dans les livres, qui m'a aidé à faire la manche. Dès que j'ai pu économiser cent dollars, après deux mois, j'ai fait faire mon premier tatouage. La rose noire sur ma poitrine. Pour me rappeler ma nouvelle devise, à chaque instant : *Cueille le jour, Marcus, parce que c'est peut-être ton dernier.* Tout me semblait délectable, même la sensation de la faim dans mon ventre les matins de disette, même la morsure du froid sur ma nuque les nuits d'hiver, parce que ça voulait dire que j'étais encore en vie, que j'avais réussi à survivre une journée de plus ! Dès que j'en avais les moyens, je fonçais au studio de tatouage le plus proche pour faire graver sur ma peau une nouvelle citation – comme une nouvelle victoire, un nouveau trophée.

« Et puis un matin, il y a deux ans, j'ai eu entre les mains le flyer du programme Genesis. Dès l'instant où j'ai posé les yeux dessus ça m'a fait rêver. Oui, le sans-avenir rêvait à nouveau d'un lendemain ! L'idée que la mort allait me faucher en pleine fleur de l'âge me semblait plus douce, si c'était dans un autre monde, où nul homme n'était jamais allé auparavant. J'ai posté ma candidature sans trop y croire, sans penser au jeu de speed-dating, aux couples, à tout ça. Après non plus, je n'ai pas eu le temps d'y penser, car tout s'est enchaîné à toute vitesse. Les rounds d'entretiens, les examens psychologiques, les tests d'aptitude ; toi aussi, tu as vécu ça, tu sais ce que c'est. Atlas Capital était si pressé de lancer le programme Genesis – mais moi aussi, j'étais pressé, pressé de vivre !

« J'ai franchi les étapes de la sélection, comme dans un rêve, comme si la maladie n'existait plus. Jusqu'à l'entretien final avec la sélectionneuse en chef du programme. Là, enfin, je me suis réveillé. Je me souviens parfaitement d'elle, en tailleur blanc dans le bureau de casting de McBee Productions, à New York : la grande Serena qu'on voyait partout à la télé et dans les magazines, qui me recevait, moi, le vagabond des rues ! Je ne parvenais pas à y croire.

ACTE IV

J'étais tellement intimidé. Mais elle m'a tout de suite mis à l'aise, m'a proposé un café, a demandé à ce qu'on nous laisse seuls pour l'entretien. Alors, elle a sorti mon dossier d'évaluation. En première page, il y avait un extrait de mes analyses médicales, le séquençage génétique identifiant la mutation D66 dans mon génome. Peut-être qu'au fond de moi je m'étais imaginé qu'une pathologie si rare ne ressortirait jamais dans les analyses ; peut-être aussi que j'avais vraiment oublié que j'étais malade. La page que Serena a posée devant moi m'a brutalement ramené à la réalité. *"Vous savez ce que cela signifie ?"* m'a-t-elle demandé. *"Ça signifie que je suis recalé"*, ai-je répondu, la gorge serrée. C'était trop beau pour être vrai. La conquête spatiale était une chose sérieuse. On n'envoyait pas des agonisants sur Mars. *"Non, a-t-elle rétorqué. Ça signifie que je vous engage, à condition que vous ne parliez à personne de ce qui est écrit sur cette feuille : ni aux journalistes, ni à vos futurs compagnons de voyage. Il faut que vous vous donniez une chance de vivre votre rêve. Le moment viendra plus tard de dire la vérité, et alors la Terre entière sera émue comme je l'ai été moi-même."* Sur ce, Serena m'a sorti les violons. Elle m'a dit combien elle avait été touchée par mon cas. Elle a affirmé qu'elle était prête à me faire une place à bord du *Cupido*, pour me permettre de connaître une expérience fantastique. J'ai pensé que j'étais face à une sainte, à mon ange gardien se manifestant sur le tard. Je l'ai embrassée, les larmes aux yeux. Puis je lui ai dit que je ne pouvais pas. Maintenant que j'étais sélectionné, je me rendais compte des conséquences. Je me rendais compte que, quand je mourrais, la fille qui m'aurait choisi se retrouverait seule, et ça, je n'étais pas prêt à l'assumer.

« Serena ne m'a pas laissé prononcer une parole de plus. Elle m'a dit que je n'avais pas le droit de laisser passer cette chance. Que ce ticket pour Mars, je l'avais mérité. Que le risque de transmission de ma mutation à mes futurs enfants était infime, presque inexistant, et pourrait être contrôlé avec le matériel médical high-tech de la base. Que les prétendantes s'embarquaient pour vivre une aventure unique dans l'espace, et pas pour trouver l'âme sœur – parce que si c'était l'amour qui les avait motivées, elles seraient restées sur Terre, où il les attendait à chaque coin de rue. Une candidate en particulier avait répété dans ses entretiens de sélection qu'elle n'en avait absolument rien à faire, de l'amour. Cette candidate, Léonor, c'était…

— Moi ! »

Je retire brusquement ma main de celle de Marcus, refusant de croire mes oreilles.

Et pourtant…

Marcus avait entendu parler de moi avant d'embarquer à bord du *Cupido* !

Marcus m'avait déjà choisie avant même notre rencontre !

Ma respiration s'accélère ; le parfum âcre du plastique fondu sur les soudures encore chaudes me sature les narines et le cerveau.

« Notre couple était programmé sans que je le sache…, dis-je enfin, dans un souffle. Le seul hasard, c'est que je t'ai tiré au sort pour ma première séance au Parloir… Tout le reste était prévu…

— Non ! s'écrie Marcus en rattrapant ma main. Je n'aurais jamais pu prévoir de rencontrer une fille comme toi ! Je n'aurais jamais pu prévoir de tomber amoureux à ce point ! Quel con j'ai été de croire que Mars donnerait un sens à ma chienne de vie ! Le sens, c'est toi qui l'as donné ! Ce que tu m'as offert me comble tellement que la mort ne me fait plus peur, et en même temps je n'ai jamais autant eu envie de vivre, pour être avec toi ! »

L'habitat se met à tourbillonner en nuances de blanc et gris autour de moi.

Ou alors, c'est ma tête qui tourne, je ne sais plus.

Je ne sens plus le sofa sous mes cuisses.

Je n'ai plus aucun repère – plus que la main de Marcus qui à présent s'est refermée sur la mienne.

ACTE IV

« Il faut que tu me croies, implore-t-il, les yeux brillants. Comme je te l'ai dit, j'ai failli te révéler la vérité plusieurs fois au cours de nos entretiens. Je me suis juré que je le ferais avant la publication des dernières Listes de cœur. Oui, j'avais prévu de tout te dire lors de notre ultime séance au Parloir. Tu devais m'inviter. C'était ce qui était prévu, d'après ta propre règle du jeu. Mais c'est Mozart que tu as appelé. »

Le tourbillon qui m'entoure se stabilise d'un seul coup, les meubles de l'habitat retrouvent leur place.

Marcus a raison : c'est bien lui que j'aurais dû convier. Moi-même j'avais prévu de lui révéler mon propre secret, l'existence de la Salamandre, lors de notre dernier entretien, pour qu'il me choisisse en connaissance de cause. Mais les événements en ont décidé autrement. Juste avant la séance, j'ai retrouvé le téléphone portable de Ruben Rodriguez ; j'ai découvert le rapport Noé ; j'ai appelé Mozart au Parloir pour lui demander si, en tant que responsable Navigation, il pensait que l'on pouvait faire demi-tour.

J'ai manqué à ma promesse d'inviter Marcus.

« Tout est allé tellement vite ! continue-t-il. L'interruption du programme, la réunion générale dans le Parloir, la révélation stupéfiante du rapport Noé... D'un seul coup, j'ai compris qu'on était en sursis – pas seulement moi, mais tous les douze. Pendant que les autres se déchiraient pour savoir s'il fallait descendre ou faire demi-tour, moi, c'est une autre question qui me torturait : *est-ce que je dois parler de la mutation D66 à Léo ? À quoi bon le lui dire, si de toute façon on n'a plus que quelques mois à vivre ? Puisqu'on est tous voués à mourir à court terme, est-ce qu'il ne vaut pas mieux me taire ?* J'ai donné ma voix au scénario du demi-tour pour équilibrer les votes, afin de te laisser le choix final, sans t'influencer. Et je n'ai rien dit sur la mutation D66... »

Marcus pousse un profond soupir, qui fait trembler la mèche de cheveux châtains devant ses épais sourcils. Son beau front est contracté par la tension, comme lorsqu'il me dévisageait en silence dans le Parloir et que les autres débattaient. Je m'étais demandé ce qu'il pensait alors ; je le sais maintenant. Et je comprends le sens des paroles qu'il a prononcées, lors de notre premier vrai moment d'intimité, dans notre lit nuptial au lendemain des mariages...

« Lorsque tu m'as demandé si je regretterais de t'avoir épousé au cas où tu mourrais subitement, ce n'était pas une question théorique, farfelue, comme s'en posent les amoureux pour tester leur amour. C'était une réalité très concrète.

— Oui... Mais je n'ai pas osé te le dire... J'ai été trop lâche, jusqu'au bout, pour assumer ma malédiction... Ce que je t'ai fait est dégueulasse. Tu aurais pu choisir Mozart. Tu l'aurais certainement fait si tu avais su qu'avec moi, tu pouvais te retrouver veuve du jour au lendemain. Tu es une étoile, Léonor, une géante rouge ; mais moi je suis un trou noir, et les trous noirs dévorent les étoiles qui s'approchent trop près d'eux. Je risque d'engloutir ta lumière dans ma nuit. Les condamnés à mort n'ont pas le droit d'être aimés.

— Demande-le-moi encore.

— Hein ?

— Pose-moi encore cette question. »

Les yeux de Marcus s'agrandissent.

Pendant un instant, il ne dit rien.

Et moi, je n'entends rien que le tambour de mon cœur battant, composant une musique obsédante avec le sifflement triomphant de la Salamandre qui s'est réveillée dans mon dos :

(*Tu avais raison de te méfier de l'amour, Léonor. Désormais tu vas vivre dans l'angoisse que celui que tu aimes le plus au monde te soit enlevé à chaque instant. Sans que tu y prennes garde, le visage, la voix, l'odeur de Marcus se sont inscrits en toi de manière indélébile, et maintenant, il est trop tard pour oublier.*)

(*Il est trop tard !*)

(*Il est trop tard !*)

(*Il est trop tard !*)

ACTE IV

Contrastant avec la voix qui hurle en moi, Marcus entrouvre les lèvres et, très doucement, comme une prière, il me demande :
« Léonor, le jour où je mourrai, est-ce que tu regretteras de m'avoir épousé ? »
Alors, comme par enchantement, je sens les battements de mon cœur ralentir ; j'entends le sifflement de la peur refluer, tandis que monte du plus profond de mon âme une vague de calme assurance.
J'ai l'impression que mes cheveux roux se gonflent de chaque côté de mon visage – oui, tels les rayons d'une étoile rouge, comme s'ils étaient soulevés par quelque chose qui me porte et me dépasse, par une énergie qui me hausse au-dessus de moi-même et qui me rend vraiment géante. Comment Marcus pourrait-il engloutir cette lumière, puisque c'est lui qui l'a allumée en moi ? Elle ne s'éteindra jamais.
Les mots coulent de ma bouche, clairs, évidents :
« Tu m'as caché ton secret, Marcus. Mais moi aussi, je t'ai caché le mien, et tu ne l'as découvert que malgré moi, lorsque ma robe s'est déchirée.
« Tu dis que tu n'aurais pas dû embarquer à bord du *Cupido*. Mais si tu n'avais pas été là, à risquer ta vie pour me sauver dans l'ouverture du sas, je ne serais plus qu'un cadavre ensablé dans le désert de Mars à l'heure qu'il est.
« Tu prétends être un condamné qui n'a pas le droit d'être aimé. Moi, justement, c'est de ce condamné dont je suis tombée amoureuse ! C'est cet évadé qui m'a fait réaliser le prix de chaque minute, de chaque seconde ! C'est de ce garçon qui m'embrasse comme si chaque baiser était son dernier ! »
Je pose ma main sur la poitrine de Marcus ; à travers la fine texture de la sous-combi noire, je sens le relief des lettres qu'il a creusées au canif ; et je sens aussi son cœur

PHOBOS[2]

bien vivant, qui pulse du désir d'exister, de la soif d'aimer, à l'unisson du mien.

« Je te répète ce que je t'ai déjà dit, Marcus le Maudit, même si tu devais disparaître là, tout de suite, maintenant, je ne regretterais rien. Rien du tout ! »

Acte V

ACT V

74. Chaîne Genesis
LUNDI 25 DÉCEMBRE, 05 H 10

Plan d'ensemble sur la vallée rougeoyante de Ius Chasma, au cœur du canyon de Valles Marineris. Le pâle soleil est déjà bas dans le ciel pourpre de Mars, prêt à passer derrière l'immense falaise.

Titrage en bas de l'écran : VUE EXTÉRIEURE DEPUIS LE SOMMET DE NEW EDEN / HEURE MARTIENNE − 16 H 50

Faisant office de longue-vue, le puissant zoom de la caméra fixée sur le toit du dôme se rapproche d'un petit groupe de personnages perdus au milieu de la vallée gigantesque, à côté du maxi-rover. Au fur et à mesure que l'image grossit, les minuscules fourmis blanches se changent en astronautes vêtus de combinaisons de spatiales. Elles sont trois, leurs noms cousus sur la manche : Kelly, Fangfang et Kirsten.

Cut.

Plan rapproché sur Fangfang et Kirsten ; la première est occupée à faire des relevés topographiques du paysage avec un appareil photo, tandis que la seconde récolte du sable martien dans de petits sachets en plastique transparents, soigneusement étiquetés.

Une énorme bulle rose envahit soudain le champ, masquant momentanément le spectacle ; au bout de deux secondes − *pop !* − elle éclate d'un seul coup.

PHOBOS[2]

Titrage en bas de l'écran : Vue subjective pionnière n° 4 – Kelly

La voix de Kelly résonne en off : « *Wouah ! Elle était belle, celle-là !* »

Fangfang tourne la tête, le soleil déclinant se reflétant sur la visière de son casque : « *Tu nous as parlé ?* »

Kelly : « *Non, je m'extasiais juste sur mes performances en bullage... Il faut bien que la chauffeuse de taxi s'occupe, pendant que les scientifiques travaillent. J'ai l'impression que je réussis à faire de plus grosses bulles, depuis que je suis sur Mars. Toi qui as réponse à tout, Fangfang, est-ce tu sais s'il y a une explication physique derrière ce petit miracle ? La gravité réduite, ou un truc du genre ?* »

La Singapourienne réfléchit un instant : « *C'est plutôt la pression qui influe sur la taille des bulles, pas la gravité. Or celle qui règne dans ta combinaison est légèrement inférieure à celle de la Terre, encore que tout à fait saine pour l'organisme humain. Du coup, l'air que tu insuffles dans tes bulles rencontre moins de résistance, et elles se gonflent davantage. Au passage, je ne pense pas que le protocole nous autorise à mâcher du chewing-gum pendant les sorties extérieures... Imagine qu'en éclatant, la bulle te bouche la vue ou obstrue ton système de communication...* »

Kelly hausse les épaules : « *T'inquiète, je maîtrise. Et puis, franchement, je suis sûre que les spectateurs sont au moins aussi intéressés par mes performances en bullage que par vos comptages de grains de sable. Si encore un Martien se pointait pour taper la discute, je dis pas, mais là, c'est mort de chez mort...* »

Kirsten relève le nez de ses sachets : « *Justement, on essaye de voir si c'est vraiment aussi mort que tu le dis. C'est l'un des principaux aspects de notre mission, rappelle-toi, essayer de trouver des traces de vie sur Mars. Je suis sûre que ça intéresse les spectateurs. Bon, là, c'est vrai que ces grains de sable ne sont pas très excitants en soi, mais imagine que j'identifie des molécules organiques, ou peut-être même des organismes unicellulaires quand je passerai ces échantillons sous le microscope tout à l'heure ? Ce serait merveilleux !* »

Kelly pousse un soupir : « *Merveilleux, question de point de vue... Je parlais de taper la discute : excuse-moi, mais je crois qu'un organisme unicellulaire n'a pas beaucoup de conversation. Si au moins les garçons étaient avec nous pendant nos sorties, on s'amuserait un peu. Tiens, même Mozart, ça me défoule de le chambrer.* »

Kirsten se renfrogne ; on peut voir son visage se contracter légèrement, à travers la visière de son casque : « *Tu sais bien qu'Alex préfère qu'on soit entre filles pour les sorties – du moins, quand je participe. J'admets que c'est absurde, mais ça le rassure. Il faut lui laisser du temps.* »

En guise de réponse, Kelly se remet à mâcher son chewing-gum avec application, le bruit de la mastication amplifié par le relais radio.

Cut.

Plan rapproché sur deux nouveaux astronautes, penchés sur un rocher blanchâtre qui affleure hors du sable rouge de Mars. L'un d'entre eux est accroupi, manipulant un petit piolet avec lequel il arrache à la roche de fins cristaux translucides et orangés. Le nom sur sa manche indique : MARCUS. Le second astronaute, identifié comme étant Samson, recueille les cristaux dans un sachet, qu'il maintient ouvert entre ses doigts gantés.

En bas de l'écran, un titrage apparaît : VUE SUBJECTIVE PIONNIER N° 4 – MOZART.

Ce dernier rejoint ses deux camarades, et demande : « *C'est quoi, ce truc ?* »

Samson se retourne : « *C'est de la jarosite. Un minéral qui ne peut se former que dans des environnements hyperacides ; comme ici, sur Mars* – Il extrait un cristal plus gros que les autres de son sachet, de la taille d'un dé à coudre, pour le donner à Mozart. – *Tiens.* »

Le Brésilien le saisit entre son pouce et son index, et l'approche de la visière de son casque.

PHOBOS[2]

La jarosite grossit à l'écran, on en distingue mieux les minuscules facettes hexagonales, scintillantes.

Mozart murmure : « *C'est une pierre précieuse ?* »

Samson se relève pour regarder lui aussi le cristal : « *Non. Enfin, sur Terre ce n'est pas considéré comme tel. Mais précieuse ou pas, c'est beau, et c'est tout ce qui compte, pas vrai ?* »

Mozart hoche la tête, sans détacher son regard de la jarosite : « *Je ne réussis pas à dire de quelle couleur c'est. Certaines facettes sont rouges comme du rubis. D'autres sombres comme de l'onyx. Le cœur, lui, semble mordoré comme...*

— *Du topaze ?* » suggère le Nigérian.

Mozart relève brusquement la tête : « *Non. Comme les yeux de Léonor.* »

À ces mots, Marcus se lève à son tour et se détourne du rocher.

Il range son piolet dans la poche fourre-tout de sa combinaison : « *Je crois que nous avons assez d'échantillons pour aujourd'hui. Le soleil va bientôt disparaître. Il est temps de rentrer, surtout que nous avons laissé le maxi-rover aux filles : en mini-rover, on avance moins vite, et ce serait quand même dommage d'être en retard pour le dîner de Noël.* »

Mais Mozart ne bouge pas. Samson et Marcus non plus. Dans la vue subjective, le Nigérian et l'Américain sont parfaitement immobiles au milieu de ce paysage immémorial, telles des statues. Le regard gris de l'un et le regard vert de l'autre sont fichés dans la caméra – sur le visage de Mozart, qui finit par murmurer : « *Léo est comme la jarosite. Peut-être que sur Terre, dans son ancienne vie, les gens ont été trop cons pour s'apercevoir que c'était une pierre précieuse. Mais précieuse, elle l'est plus que tout au monde. Alors prends-en soin, Marcus. Et rappelle-toi que je serai toujours là, derrière ton épaule, pour m'en assurer...* »

ACTE V

75. CHAMP
MOIS N° 21 / SOL N° 566 / 17 H 49, MARS TIME
[16ᵉ SOL DEPUIS L'ATTERRISSAGE]

« Ça y est, Léo, je vois les phares des rovers qui reviennent ! » s'écrie Liz.
Elle est rentrée de sa propre sortie voilà une heure. Il faut dire qu'elle n'est pas allée aussi loin que les responsables Planétologie et Biologie – l'exploration de la planète Mars, l'un des points forts de la chaîne Genesis, amène ces derniers dans des endroits de plus en plus éloignés de la base. Notre responsable Ingénierie, elle, n'a eu que quelques mètres à parcourir pour essuyer les panneaux solaires dont sont couverts les habitats. C'est une tâche épuisante qui doit sans cesse être renouvelée, pour éviter que la poussière de Mars ne s'amoncelle et réduise la production d'énergie solaire. Liz s'en acquitte néanmoins sans broncher, chaque sol, avec la même application. Et chaque sol, une fois rentrée, elle guette le retour des rovers avec la même impatience. Ou plutôt devrais-je dire : elle guette le retour de Mozart, qui sert de chauffeur aux scientifiques dans leurs pérégrinations.
Tout, dans le comportement de Liz, montre combien elle est amoureuse : son front collé à la vitre du dôme ; ses yeux plissés sous leurs longs cils pour mieux percer la lumière poudreuse et rapidement déclinante de Ius Chasma ; le jeu de ses doigts fins, qui s'entortillent autour de ses cheveux noirs ; la manière enfin dont elle regarde nerveusement sa montre, et s'exclame :
« 17 h 50 ! La nuit est presque tombée ! Regarde, on n'y voit rien... Même avec leurs phares, j'ai peur qu'ils tombent dans une ornière, ou percutent un rocher... Kelly est avantagée, avec les énormes roues du maxi-rover ; mais

je me fais un sang d'encre pour Mozart, dans notre minirover qui a l'air si fragile ! »

Jusqu'au dernier moment, on a l'impression qu'elle doute que Mozart lui revienne, comme si le ventre de Mars pouvait l'avaler et ne jamais le lui rendre.

Je m'approche d'elle et tente de la rassurer :

« Ne t'inquiète pas. Mozart est un pilote hors pair. Tout va bien se passer, et nous serons bientôt au complet pour le réveillon de Noël. »

Je me rends compte que ma voix tremble. Non pas que je doute de l'adresse de Mozart, non. Mais parce que moi aussi, chaque soir, j'ai peur de ne plus jamais pouvoir serrer Marcus dans mes bras. Cette pensée me hante toute la journée : et s'il était victime de sa deuxième crise tandis qu'il se trouve là-bas, loin de moi, dans le désert de Mars ? À côté de cette menace qui peut frapper à chaque instant, le danger venant de Serena paraît presque irréel. Celui de la Grande Tempête, qui doit s'abattre sur New Eden dans vingt et un mois maintenant, semble plus distant encore, d'autant qu'on n'a toujours aucune idée claire de ce qui a causé la mort des cobayes – on ne sait pas si c'est le trou dans la paroi du septième habitat qui les as tués, ni si ce sont bien les rats qui l'ont creusé... on ne sait rien du tout en fait...

« Wouwouwou !... »

Je sursaute, surprise par le gémissement tout proche de moi.

C'est Louve qui est venue nous rejoindre, le museau écrasé contre le verre du dôme. Une longue plainte s'échappe de ses babines blanches, comme une chanson, comme une prière. Elle aussi, elle attend le retour de l'être qui compte le plus au monde pour elle : Kris, sa maîtresse. Je pose doucement ma main sur sa tête – la même main qu'elle a mordue deux semaines plus tôt, désormais complètement guérie.

« Ça va aller, petite », je lui murmure.

ACTE V

Son gémissement s'apaise un peu, mais ne cesse pas complètement. J'en sens les vibrations se propager dans ma main, dans mon bras, dans tout mon corps, et je réalise qu'on est pareilles, femme ou bête, quand on aime.

76. Chaîne Genesis
LUNDI 25 DÉCEMBRE, 08 H 15

Les notes de *Douce Nuit* s'égrènent sur fond d'espace. On voit tourner les galaxies et pulser les astres, au son calme du célèbre chant de Noël.

La planète Mars apparaît lentement, illuminée peu à peu par les rayons du soleil.

Par un effet de morphing, elle se transforme en boule de Noël rouge, et toutes les étoiles autour d'elle se changent elles aussi en décorations scintillantes. Le cosmos disparaît tandis que le chant s'achève, pour laisser la place à un sapin couvert de guirlandes.

La caméra dézoome légèrement.

Le sapin est installé dans le bureau de Serena McBee, assise dans un fauteuil devant la porte-fenêtre qui donne sur les jardins enneigés de sa villa. Les carreaux fracassés par Andrew et Harmony lors de leur fuite, deux semaines plus tôt, ont été remplacés – mais cela, bien sûr, les spectateurs n'en savent rien. Du reste, la présentatrice accapare toute l'attention. Aujourd'hui, elle est vêtue d'une robe de velours rouge vif, dont le décolleté et les manches longues sont festonnés de fourrure blanche. Son carré argenté est caché sous un bonnet, rouge lui aussi, dont la pointe se termine par un pompon blanc et duveteux. Il n'y a pas de doute possible : Serena McBee est bien déguisée en Mère Noël, et elle réussit à rendre ce costume élégant.

PHOBOS²

Elle adresse un grand sourire à la caméra : « Bonjour à vous, chères spectatrices, chers spectateurs. Vous avez bien dormi ? Vous avez trouvé des cadeaux au pied du sapin ? Je suis sûre que vous vous êtes précipités devant vos écrans avant même de les ouvrir, pour suivre la retransmission de ce matin : le très attendu dîner de réveillon des pionniers de Mars ! Deux semaines après leur atterrissage, ils sont maintenant douze heures et vingt minutes derrière nous – je vous rappelle que chaque jour, ils accumulent un retard de quarante minutes par rapport au calendrier terrien. C'est encore le 24 décembre sur la planète rouge, et il est près de 20 h 00. Nos amoureux vont bientôt passer à table. Et, eux aussi, ils vont avoir droit à des cadeaux. Ce n'est pas parce qu'on est orphelin qu'on doit être privé de Noël, bien au contraire... »

La caméra dézoome davantage, révélant le reste de la pièce.

Elle est pleine à craquer. Des enfants entre six et douze ans sont assis sur le parquet par dizaines, disposés au pied du sapin, alignés en rang d'oignons contre les étagères de la bibliothèque. Il y a même un jeune handicapé en fauteuil roulant, près de la cheminée où crépite un bon feu. Ils sont habillés de vêtements très simples, robes aux couleurs passées à force de lavages, chemises aux coudes rapiécés, et tous portent au col le ruban noir du Souvenir. Les cheveux des filles sont sévèrement nattés, ceux des garçons coupés au bol et plaqués sur le côté. Mais la pauvreté de leur mise est éclipsée par les grands sourires qui illuminent leurs visages – chez les plus jeunes, il manque quelques dents de lait.

« En ce jour de Noël, 5 % des recettes de la chaîne Genesis seront reversés aux orphelinats du monde entier, déclare solennellement Serena. J'aurais voulu inviter tous ces déshérités ici, dans ma villa, malheureusement, elle n'est pas assez grande. Alors, j'y accueille au moins les pensionnaires de l'orphelinat du New Jersey, à côté de

ACTE V

chez moi. » Elle se tourne vers l'assemblée : « Vous êtes contents d'être là, les enfants ? »
Une clameur unanime lui répond :
« Oh oui, madame McBee !
— Est-ce que vous avez été sages cette année ?
— Oui !
— Alors, je peux appeler le Père Noël ?
— Oui !!! »
Serena renverse la tête, émettant son rire cristallin qui fait tressauter le pompon au bout de son bonnet rouge. Puis elle frappe trois coups secs dans ses mains :
« Allez, appelons-le tous ensemble : Père Noël !
— Père Noël ! Père Noël ! Père Noël ! » reprennent les enfants en chœur, des étoiles dans les yeux.
Au bout du troisième appel, un personnage tout de rouge vêtu fait irruption dans le champ, arborant une longue barbe blanche et une hotte pleine de cadeaux sur le dos.

77. CHAMP
MOIS N° 21 / SOL N° 566 / 20 H 05, MARS TIME
[16ᵉ SOL DEPUIS L'ATTERRISSAGE]

TOUS LES DOUZE, ON ROULE DES YEUX RONDS COMME DES SOUCOUPES.
Le spectacle qui se déroule devant nous, sur l'écran du dôme, est tellement surréaliste qu'on dirait une hallucination collective. Serena McBee en Mère Noël, entourée d'enfants qui la regardent comme si c'était une sainte. J'ai l'impression de cauchemarder les yeux ouverts.
On se dévisage les uns les autres, sans savoir comment réagir.
Faut-il rire du kitsch de cette mise en scène ?

Ou pleurer pour ce qu'elle signifie vraiment ?

Il est tellement facile de nous voir reflétés dans ces enfants, nous qui n'avons pas connu nos parents, qui avons été rejetés ou qui avons fui. Nous aussi, il n'y a pas si longtemps, nous regardions Serena comme celle qui allait nous arracher à la misère et nous offrir la lune.

Je tourne la tête pour observer le visage de Marcus, assis juste à côté de moi, le bras posé sur mes épaules. Il est complètement absorbé par le show, comme les autres. Nous sommes tous rassemblés au rez-de-jardin, où nous avons dressé une grande table en aluminium pour le dîner de Noël. Kris y tenait beaucoup et, ma foi, je trouvais que c'était plutôt une bonne idée, après deux semaines à prendre possession de la base sans souffler une minute. L'idée de passer une soirée tous ensemble dans la bonne humeur, un Noël comme je n'en ai jamais connu, avec Marcus à mes côtés, avait tout pour me réjouir. Mon premier vrai Noël, et peut-être mon dernier… Je voulais le vivre à fond. Jusqu'à ce que Serena nous inflige… *ça*.

« C'est prêêêt ! » chantonne la voix de Kris.

Elle arrive depuis le tube d'accès qui conduit à son Nid d'amour, les bras chargés d'un grand plat encore fumant qu'elle a mitonné dans sa cuisine dès qu'elle est rentrée d'expédition. Günter, le robot majordome, suit derrière elle tel un marmiton en nœud papillon, tenant dans ses pinces une bouteille remplie de jus de pommes fraîchement pressé.

« J'ai préparé un parmentier végétarien, annonce notre cordon-bleu. J'ai remplacé la viande par du soja fermenté. Pour le reste, je me suis débrouillée comme j'ai pu, sans presse-purée. Vous allez me dire ce que… »

Elle s'arrête net dans sa phrase et reste bouche bée devant l'improbable tableau qui s'affiche en géant sur la surface incurvée du dôme.

« On dirait… Serena McBee, balbutie-t-elle.

— Ouais, sous acide, répond Kelly, qui trouve encore la force d'être impertinente. Le Père Noël a dû déposer des petites pilules du bonheur dans ses souliers, cette année. »

À peine a-t-elle prononcé ces mots que ledit Père Noël fait son entrée à l'écran sous les ovations des enfants.

Mais...

Sa tête me dit quelque chose...

Ces yeux chirurgicaux, couleur de glacier...

Cette moustache taillée au cordeau, au-dessus de la fausse barbe...

« Arthur Montgomery ! je m'écrie.

— Non..., souffle Fangfang, incrédule.

— Si ! s'exclame Alexeï en se levant de table. Léo a raison ! C'est bien lui, c'est notre instructeur en Médecine ! »

Je sens un tremblement nerveux remonter du fond de mon ventre.

Le programme Genesis nous avait habitués à toutes les extravagances, mais là, les limites du ridicule et de l'absurde sont pulvérisées.

Je craque.

J'ai juste le temps de me lover contre la poitrine de Marcus avant d'éclater d'un rire sans joie, qui me fait mal, qui me secoue les côtes sans me soulager.

Je le sens rire lui aussi, fébrilement, ses muscles intercostaux se soulevant par à-coups.

Par-dessus son épaule, je peux voir que quelques-uns ont la même réaction que nous, comme Kelly ou Mozart ; mais la plupart restent prostrés face au spectacle d'Arthur Montgomery distribuant à tour de bras des paquets sortis de sa hotte – des paquets rouges, emballés dans un papier monogrammé du logo Genesis. Ses gestes semblent tellement maladroits dans ce rôle qui lui va si mal, lui qui dégage autant de chaleur qu'un réfrigérateur. Mais les enfants n'y font pas attention, ils sont bien trop heureux pour voir ce qui cloche.

Ils ouvrent leurs cadeaux en poussant des cris de ravissement. Sous le papier déchiré, entre leurs doigts, surgissent des boîtes en carton marquées d'inscriptions colorées, et qui arborent elles aussi le logo Genesis en vernis métallisé doré. À travers la large fenêtre de plastique transparent, on peut voir dans chaque boîte une figurine en combinaison d'astronaute.

« C'est... nous », murmure Liz, tandis que la caméra zoome sur la boîte brandie par une petite fille en blouse lavande.

On y voit un mannequin au visage figé dans un sourire éternel, dont les traits imitent ceux de la belle Anglaise, jusqu'à ses cheveux noirs reproduits en fibres de Nylon et noués en chignon de danseuse. Les lettres embossées sur l'emballage annoncent :

> ### ELIZABETH – RESPONSABLE INGÉNIERIE
>
> *Dans cette boîte, tu trouveras :*
>
> ✸ une combinaison d'astronaute ! ✸
> ✸ une mini-trousse à outils de mécano de l'espace ! ✸
> ✸ un justaucorps et des ballerines de danseuse étoile ! ✸

« Wouah, je suis trop contente ! s'exclame la petite fille en blouse lavande. Liz est ma pionnière préférée – elle est si belle, et elle danse si bien ! Plus tard, je voudrais tellement être comme elle. »

Un nouveau cri de joie retentit à côté de la petite fille.

« Regardez ! s'exclame le garçon en fauteuil roulant. Moi aussi, j'ai reçu un responsable Ingénierie, mais celui des pionniers ! »

ACTE V

Entre ses mains, il tient une boîte dans laquelle est disposée la figurine représentant Tao. Il y a aussi un fauteuil roulant maintenu au carton par des liens de plastique, un modèle high tech, reproduisant à la perfection celui du Chinois – tellement différent de la chaise trop massive, à la peinture écaillée, sur laquelle est assis le jeune paralytique.

🪐 **Tao – Responsable Ingénierie** 🪐

Dans cette boîte, tu trouveras :

✳ une combinaison d'astronaute ! ✳
✳ une mini-trousse à outils
de mécano de l'espace ! ✳
✳ un fauteuil roulant de compétition
au châssis en titane ! ✳

« Ho ! ho ! ho ! fait Arthur Montgomery en essayant d'imiter le fameux rire jovial du Père Noël – dans sa bouche, de sa voix atone, ça ressemble à un disque rayé, coincé sur la même syllabe. Tu es content de ton cadeau, mon ami ?

— Oh oui, Père Noël, vous avez vraiment bien fait les choses ! dit le garçon, la voix pleine de gratitude. Vous avez offert à chacun son pionnier modèle ! Parce que Tao, pour moi, c'est comme mon grand frère. Chaque fois que j'ai le cafard, quand je me dis que personne ne m'adoptera jamais et que je ne pourrai jamais rien faire de ma vie, coincé dans mon fauteuil, je pense à lui. Et ça me regonfle à bloc, vous pouvez pas savoir ! Le programme Genesis m'a vraiment prouvé qu'il fallait toujours garder espoir.

— Ho ! ho ! ho ! » se contente de répondre Arthur Montgomery.

La caméra, elle, continue de détailler les figurines, ces Ken et ces Barbie de l'espace moulés d'après nos mensurations.

Aucun détail n'a été omis ; la figurine de Kris arbore une couronne de nattes blondes tressées à la perfection et il y a un modèle réduit de Louve pour l'accompagner ; le texte sur la boîte de Marcus garantit que, sous sa combinaison, ses tatouages sont conformes à l'original.

Soudain, ma propre effigie apparaît à l'écran.

Ça me file un coup à l'estomac de me voir, là, sous plastique.

Parce que la figurine est vraiment ressemblante, jusqu'aux cheveux roux qui retombent sur les épaules de la combinaison.

Parce que ce corps miniature est totalement immobile, les poignets et les chevilles ligotés au carton.

Parce qu'on dirait que je suis morte, allongée dans un cercueil blanc.

Le souffle court, la gorge nouée, je déchiffre les inscriptions au-dessus du blister :

🪐 **Léonor – Responsable Médecine** 🪐

Dans cette boîte, tu trouveras :

✴ une combinaison d'astronaute ! ✴
✴ une mini-trousse à pharmacie de docteur de l'espace ! ✴
✴ une robe de mousseline rouge signée Rosier ! ✴

Je ressens un vague soulagement ; contrairement aux tatouages de Marcus, l'étiquette ne mentionne pas l'existence de la Salamandre sous la combinaison de la figurine.

Le fabricant de jouets ne devait pas en connaître l'existence, et les spectateurs ne l'ont découverte que récemment quand ma robe s'est déchirée. Ma poupée a certainement le dos lisse – du moins, je l'espère... L'idée de la cicatrice que j'ai passé ma vie à cacher, reproduite en milliers d'exemplaires, me donne le vertige.

« Joyeux Noël, mes amis ! » lance soudain Serena McBee en se tournant vers la caméra.

D'un gracieux geste de la main, elle rejette dans son dos le pompon de son bonnet, puis reprend :

« Et vous, est-ce que vous avez été sages, cette année ? Oui, je peux en témoigner ! J'ai hâte de découvrir ce que le Père Noël vous a réservé...

— *Ho ! ho ! ho !* hoquette Arthur Montgomery. Voyons voir ce que j'ai pour toi, Kelly... »

Il plonge la main au fond de sa hotte, presque vide après la distribution de cadeaux aux enfants, et en sort un paquet enveloppé du même papier aux couleurs de Genesis.

« Comme tu n'es pas là, je vais l'ouvrir pour toi, tu permets ? demande-t-il.

— Même si je ne permets pas, je n'ai pas le choix, pas vrai petit papa Noël ? » fait la Canadienne en relevant le menton, la voix pleine de sarcasme.

Arthur Montgomery n'attend pas les huit minutes que dure maintenant la latence de communication. Déjà, il défait l'emballage de ses doigts habiles, habitués à manier le scalpel. Il en sort un drôle d'objet circulaire, une sorte de palet de granit massif surmonté d'une poignée en plastique.

Kelly cesse aussitôt de ricaner.

« Une... une pierre de curling, dit-elle, émue. Je pensais ne plus jamais en voir de ma vie. C'était trop lourd à emporter à bord du *Cupido,* ils m'ont empêchée d'en prendre une avec moi. » Elle ajoute aussitôt, avec une pointe d'agressivité : « C'est pour me narguer que vous me montrez ça, là, maintenant ? »

Là encore, Arthur Montgomery devance la question :

« Tu dois te demander comment je vais m'y prendre pour te faire parvenir ton cadeau, Kelly, n'est-ce pas ? Je serais bien venu te rendre visite à dos de renne, mais la distance est un peu longue pour mon vieux traîneau, et la base de New Eden n'a pas de cheminée – *Ho ! ho ! ho !* »

Décidément, il a autant de naturel qu'un robot – on sent à mille lieues que ses répliques sont écrites à l'avance, comme pour la cérémonie de mariage.

« Mais regarde, il y a autre chose dans le paquet ! » dit-il en extrayant une feuille de papier de la boîte.

Il la tend vers la caméra.

Elle est couverte de chiffres et de symboles techniques trop petits pour être déchiffrés ; mais le titre, lui, apparaît clairement en lettres capitales en haut de la feuille :

Fichier d'impression 3D pour pierre de curling

« Nous allons vous envoyer le fichier par transmission laser, annonce Arthur Montgomery. Il voyagera jusqu'à vous à la vitesse de la lumière, en tout juste quatre minutes, pour atterrir droit dans la mémoire de l'imprimante 3D de Léonor. Il n'y aura plus qu'à appuyer sur le bouton pour obtenir une belle pierre de curling toute neuve, imprimée à partir du sable de Mars, qui contient les molécules nécessaires à la fabrication de tout un tas d'objets ! »

Les yeux de Kelly s'agrandissent.

« Trop fort ! » s'exclame-t-elle.

Elle se tourne vers moi :

« Dis, Léo, tu me permettras d'utiliser ton imprimante ?

— Bien sûr », dis-je, perplexe, en hochant la tête.

Mais déjà, la Mère Noël a pris le relais et s'est mise à déballer le deuxième paquet-cadeau. Elle en sort une paire de lunettes noires carrées, exactement le même modèle que celles de Fangfang – mais en un seul morceau.

« Le fichier d'impression de cette monture de lunettes est déjà en train de transiter entre la Terre et vous, annonce Serena avec un grand sourire. Fangfang n'aura qu'à y insérer ses verres de correction. Et voilà ! »

La Singapourienne bat des mains avec ravissement.

« Fantastique ! s'écrie-t-elle en triturant ses lunettes raccommodées au ruban adhésif. Je vais enfin pouvoir me débarrasser de ce truc affreux qui me défigure depuis deux semaines ! »

Arthur Montgomery reprend aussitôt le lead, pour ouvrir le paquet destiné au compagnon de Fangfang ; il contient une paire de gants profilés, taillés dans un matériau qui semble à la fois souple et super-résistant.

Tao comprend immédiatement ce dont il s'agit :

« Ce sont des gants de gymnaste pour protéger mes paumes quand je pousse mon fauteuil et quand je marche sur les mains, n'est-ce pas ? Peut-être qu'avec le temps, la corne s'émoussera et que je pourrai enfin toucher Fangfang sans avoir peur de lui faire mal.

— Je t'aime avec ou sans corne, *Bao Bei* ! » lui assure Fangfang en l'embrassant.

La suite continue sur le même rythme, paquet-cadeau après paquet-cadeau, et autant de fichiers d'impression qui s'envolent à travers l'espace jusque dans la mémoire de mon imprimante 3D. Samson récupère un Frisbee pour pouvoir jouer avec son Warden ; Liz une bande élastique pour ses exercices d'assouplissement ; Alexeï la poignée de musculation dont il rêvait ; Safia un tapis de yoga ; Mozart une caisse de guitare sur laquelle il n'aura qu'à nouer ses cordes ; Kenji des bouchons d'oreilles pour pouvoir enfin dormir à poings fermés.

Il devient vite évident que les organisateurs du programme ont écouté les bandes de nos conversations depuis le départ, afin de repérer l'objet qui manquait le plus à chacun. Ce serait une attention vraiment touchante si Serena n'était pas aux manettes. Car elle ne fait jamais rien de gratuit et, si elle nous offre ces cadeaux, c'est qu'elle a une idée derrière la tête...

Voilà qu'elle sort un ustensile du paquet destiné à Kris, une espèce de tamis muni d'une manivelle.

« Un presse-purée ! s'écrie mon amie, comme si elle était face à une apparition angélique. Mes prières ont été entendues ! »

Cette affirmation me glace d'un seul coup, malgré la chaleur du bras de Marcus sur mes épaules. L'enthousiasme débordant qui entoure la distribution des cadeaux me semble soudain complètement déplacé. J'ai la sensation étrange d'observer la scène de l'extérieur, comme un peintre. Et ce que je vois me pétrifie.

Là, en cet instant précis, je sens que mes compagnons d'infortune n'en veulent plus à Serena McBee. Je vois dans leurs sourires qu'ils ne se méfient plus d'elle. Ils sont exactement comme les enfants de l'orphelinat du New Jersey, heureux et sereins, pleinement dans l'instant. Ce moment de relâchement sera certainement fugace, et ils reprendront leurs esprits après l'excitation – il n'empêche, ça me fait peur que Serena réussisse, même pour quelques minutes, à leur faire oublier le monstre qu'elle est vraiment. *Mes prières ont été entendues,* a dit innocemment Kris. Comme si cette femme dont dépendent nos douze vies, qui souffle le chaud et le froid à sa guise, était une sorte de divinité...

« Attention à ce que tu dis, Kris, je murmure. Serena n'est pas Dieu, quand même... »

... au contraire, c'est le diable incarné, pourrais-je ajouter – mais bien sûr je m'arrête là, car les caméras continuent de tout enregistrer.

« Bouh, la rabat-joie ! s'exclame Kelly, encore toute pétillante de son cadeau. Allez, déride-toi, tu vas bien en profiter, toi aussi, du presse-purée ! »

Je sens que ce n'est pas le moment d'argumenter.

Là, tout de suite, personne n'est prêt à entendre mes mises en garde.

Alors je me tais, tandis que le docteur Montgomery ouvre l'avant-dernier cadeau, une volumineuse boîte cylindrique portant une étiquette au nom de Marcus. Il en sort un magnifique haut-de-forme noir, le chapeau des prestidigitateurs par excellence.

Je tourne les yeux vers Marcus et je vois son fameux demi-sourire se dessiner sur son visage. Ce sourire si particulier, c'est le plus beau spectacle que je connaisse, et je le chéris davantage encore depuis que je sais à quel point il est éphémère. Je ne ferai ni ne dirai rien pour briser la joie de Marcus en cet instant – même si l'envie me brûle la langue de lui demander s'il a parlé de son haut-de-forme à un autre moment que lorsque nous étions tous les deux dans la chambre, pendant la nuit où les caméras n'étaient pas censées tourner, à une heure où les organisateurs du programme n'étaient pas censés écouter...

« Et notre douzième cadeau revient à Léonor ! » annonce Serena McBee à l'écran.

Elle déchire le dernier emballage, rectangulaire.

Et en sort un grand portfolio.

Pas une *tablette portfolio* comme celle que j'ai apportée avec moi depuis la Terre, non, un vrai *portfolio de carton*, rempli de vraies feuilles de papier.

« L'imprimante 3D devrait être capable de tisser ces feuilles, à la manière d'un papyrus, dit Serena. N'est-ce pas toi qui disais vouloir utiliser le maquillage Rosier en guise de peinture, Léonor ? Je suis sûre que cette maison de luxe serait ravie de voir ses couleurs ainsi détournées pour créer encore plus de beauté, mais il te manquait le support. Le voici. Tu vas pouvoir laisser libre cours à ta créativité et nous faire des merveilles ! »

Mes lèvres s'entrouvrent et, presque malgré moi, laissent échapper un mot :

« Merci... »

Je suis vraiment touchée.

Aussi absurde que cela puisse paraître, le cadeau de notre tortionnaire me fait vraiment plaisir.

Je suis en train de devenir dingue moi aussi, ou quoi ?

Est-ce que Serena m'a envoûtée ?

Hé, Léo, réveille-toi ! Cette sorcière n'est pas ton amie !

« Nous vous laissons…, chantonne Serena à l'écran. Le Père Noël et moi, nous avons d'autres foyers à visiter… Joyeux Noël, une fois encore, et bon appétit. Le plat que Kirsten vous a préparé a l'air succulent, il me semble en sentir le délicat fumet jusqu'ici, à la villa McBee ! »

L'image du bureau rempli d'enfants s'efface du revers du dôme ; il retrouve sa transparence derrière laquelle s'étendent les ténèbres de la nuit martienne.

« C'est vrai que ça a l'air trop bon ! s'exclame Mozart en louchant sur le grand plat au milieu de la table. Et j'ai une faim de loup ! Miam ! »

Kris rosit de manière adorable au compliment.

« Oh, je vous l'ai dit, c'est peu de choses…, se défend-elle tandis que Samson et Safia servent les assiettes des uns et des autres. J'espère que ce ne sera pas trop mauvais…

— Tu plaichantes ? dit Mozart, la bouche déjà pleine. Ch'est délichieux ! »

Seul Kenji semble méfiant. Il observe la portion de hachis parmentier déposée dans son assiette d'un regard inquiet, cerclé de cernes – dormir en combi doit être terriblement inconfortable, si tant est qu'il parvienne à dormir avec ses terribles angoisses ; j'espère que ses nouveaux bouchons d'oreille l'aideront un peu.

« Euh… tu es sûre qu'il n'y a pas de vers à soie, là-dedans ? demande-t-il d'un air suspicieux.

— Mais oui, bien sûr, puisque je te dis que c'est végétarien ! dit Kris en souriant. Les œufs des vers à soie ont dégelé la semaine dernière ; les larves sont à peine écloses, il faudra encore attendre des jours avant que les premiers vers parviennent à l'âge adulte – et, alors, on s'en servira

ACTE V

pour la reproduction de l'élevage, pas pour les manger ! De toute façon, les vers ont avant tout été prévus pour permettre à la future civilisation martienne d'avoir du fil à soie et de développer ainsi une industrie textile... »

La future civilisation martienne ? Elle en parle en toute confiance, comme si rien ne menaçait l'avenir, alors que nous sommes toujours en sursis. Mais ce soir, en cette nuit de Noël, je ne me sens pas le cœur de le lui rappeler.

« ... la consommation des vers à soie n'est qu'une option de dernier recours, continue Kris. Au cas où l'apport de protéines par le soja ne nous suffirait pas, à nous ou aux chiens. »

Comme si elle avait compris les paroles de sa maîtresse, Louve pousse un gémissement plaintif devant sa gamelle remplie d'un quart de pâtée Eden Food, et de trois quarts de hachis végétarien. Le protocole veut qu'on sèvre progressivement les chiens vers le végétarisme – pas sûr que ça améliore leur humeur, qui n'est déjà pas au beau fixe !

Voyons si la recette de Kris me plaît davantage qu'à Louve...

Je goûte le hachis de la pointe de la fourchette.

Hmmm ! C'est une explosion de saveurs dans ma bouche ! Rien à voir avec la nourriture en boîte ou sous vide que j'ai ingurgitée pendant cinq mois à bord du *Cupido* ; tellement différent aussi des insipides patates bouillies que je prépare depuis deux semaines, dans la kitchenette de notre habitat, pour Marcus et moi. Dans le hachis de Kris, des allumettes de carottes mêlent leur parfum sucré à la purée de pommes de terre, dont la consistance onctueuse contraste agréablement avec le croustillant de la farce de soja grillée au four. Une très fine couche d'avoine réduite en poudre fait office de chapelure, formant une croûte légère et dorée sur le dessus.

« Tu mérites vraiment ton étoile Michelin, Kris ! dis-je.

— Tu vas toutes nous faire passer pour des moins-que-rien auprès de nos hommes ! renchérit Fangfang, à moitié pour rire, à moitié sérieusement.

— Ah, parce que chez les Fangtao, c'est madame qui cuisine ? demande Kelly en se resservant du hachis. Pas très moderne, ça ! Chez nous, les Kenkelly, c'est Chat qui s'y colle. Heureusement, d'ailleurs, parce que moi je sais piloter une capsule spatiale, mais pas un four. Avec moi aux commandes de la plaque de cuisson, on serait déjà morts empoisonnés ! »

Au bout de la table, où il a pris la place du chef de famille, Alexeï roule des yeux effarés.

« C'est pas vrai ? dit-il. Je n'en crois pas mes oreilles. Ne te laisse pas faire comme ça, le chat ! Sors tes griffes ! Défends-toi !

— J'aime bien cuisiner, répond le Japonais sans lever les yeux de son assiette. Surtout végétarien, ça tombe bien. Dans l'endroit où je vivais avant le programme, on ne mangeait jamais de viande, ni aucun produit animal... »

L'endroit où il vivait avant le programme ? Cela n'évoque rien pour moi, car il ne m'en a jamais parlé. Je contemple le benjamin des garçons, son étrange regard vague derrière ses mèches rabattues, et je me rends compte qu'il reste le membre le plus mystérieux de notre équipage. Et s'il cachait un secret aussi terrible que celui de Marcus ? Ses phobies doivent bien venir de quelque part... Il en a peut-être parlé à Kelly, et à elle seule, tout comme Marcus ne s'est confié qu'à moi ? À moins qu'il n'ait encore rien dit à quiconque ? Pour la première fois, il a commencé à évoquer son passé en public. J'aimerais bien l'encourager à en dire plus...

... mais Alexeï ne m'en laisse pas le temps.

« Tu ne m'ôteras pas l'idée que la cuisine est une affaire de femmes, dit-il avec un sourire en coin, qui creuse ses fameuses fossettes. Un homme en tablier, ce n'en est pas

vraiment un. Chacun son rôle après tout, et les vaches seront bien gardées – pas vrai ?
— Il n'y a pas de vaches à New Eden, au cas où tu n'aurais pas remarqué. »

Tous les regards de la tablée se tournent vers Mozart, qui vient de parler.

Fixant Alexeï droit dans les yeux, il ajoute :
« Pour ton info chez nous aussi, les Mozabeth, c'est moi qui cuisine. C'est une des choses que les filles de la favela m'ont apprises, en m'élevant. J'aimerais bien que tu me vois en tablier, juste pour t'entendre dire que je ne suis pas vraiment un homme – et pour te prouver le contraire. »

Tout d'un coup, la tension est tellement forte entre le Brésilien et le Russe que j'ai l'impression de la voir se matérialiser entre eux, tel un rayon laser qui traverse la table. Depuis deux semaines que nous avons atterri, ils se provoquent à la moindre occasion. Heureusement que ces dernières sont rares, leurs fonctions respectives les maintenant loin l'un de l'autre. Mozart passe la majeure partie de ses journées dehors, à conduire les scientifiques dans leurs expéditions ; le reste du temps, il aide les responsables Ingénierie et Communication dans leurs opérations de maintenance extérieures. Alexeï au contraire est le plus souvent confiné à l'intérieur, tout comme moi. La charge nous revient de pratiquer les examens de santé nécessaires sur les astronautes, à chaque retour de mission ; je suis censée m'occuper des filles, et Alexeï des garçons. Mais vu l'état de ses relations avec Mozart, il refuse de l'ausculter. C'est mieux ainsi – il paraît que chaque consultation avec Samson vire à l'interrogatoire en règle à propos de Kris, alors j'imagine qu'avec Mozart, ça virerait au pugilat... Du coup, c'est moi qui examine ce dernier lorsqu'il enlève son casque ; c'est moi qui passe le compteur Geiger sur sa poitrine pour mesurer le rayonnement ; c'est moi qui écoute battre son cœur dans mon stéthoscope ; avec l'habitude, j'ai appris à effectuer tous ces gestes sans le regarder une seule fois dans les yeux.

« Non ! Mozart le macho, aux fourneaux ? s'esclaffe Kelly, m'arrachant à mes pensées. Alors là, j'aurais jamais imaginé !

— Il se débrouille très bien, figure toi, dit Liz en posant un regard amoureux sur Mozart. Les petits plats qu'il me prépare sont si bons qu'il faut que je me surveille, pour ne pas perdre la ligne… »

La Canadienne lève les yeux au ciel – et c'est reparti pour les complexes de Liz, qui n'ont pas lieu d'être, elle qui a un corps à damner un saint, et un métabolisme de bolide à brûler les calories en moins de deux. Contrairement à Kelly, les déclarations inquiètes de notre ballerine ne m'exaspèrent pas ; elles m'attendrissent plutôt. Mieux je connais Liz, et plus je découvre que, malgré ses atouts, elle est peu sûre d'elle. Son manque de confiance a pu la conduire à faire des erreurs dans le passé, mais c'était pour se protéger, pas pour blesser les autres. Depuis, elle n'a de cesse de faire amende honorable, s'acquittant des tâches de maintenance les plus ingrates sans jamais se plaindre.

« Et si on débouchait une bouteille de champ', pour accompagner ce hachis des dieux ? suggère Samson, captant aussitôt l'attention de Kelly.

— Voilà qui est parlé ! » s'exclame-t-elle en se levant pour aller chercher le champagne.

Quelques instants plus tard, nous trinquons avec la deuxième bouteille, sur les six que nous avons apportées avec nous. Une a été bue le lendemain des cérémonies de mariage, et nous avons déjà décidé quand nous sablerons les quatre autres :

pour le réveillon du nouvel an le 31 décembre ;

pour l'anniversaire de Safia le 2 février ;

à la veille de la Grande Tempête, dans vingt et un mois ;

quant à la sixième et dernière bouteille, nous la déboucherons *après* la Grande Tempête, si nous avons survécu…

ACTE V

Mais là, tout de suite, je préfère faire comme les autres et ne pas penser à tout ça – juste pour une heure, juste pour une nuit, la nuit de Noël.

La douce chaleur induite par le champagne me monte aux joues.

Celle qui se détache du corps de Marcus, tout contre moi, est plus enivrante encore.

Cueille le jour, me chante son parfum qui parle de forêts profondes, de vie au grand air, d'horizons sans fin.

Cueille le jour.

78. CONTRECHAMP
VILLA MCBEE, LONG ISLAND, ÉTAT DE NEW YORK
LUNDI 25 DÉCEMBRE, 08 H 35

« EST-ON VRAIMENT OBLIGÉS DE SE COUVRIR DE RIDICULE COMME ÇA ? grommelle Arthur Montgomery en retirant sa fausse barbe trempée de sueur.

— Voyons, mon cher Arthur, où est votre âme d'enfant ? Ce n'est qu'un petit spectacle innocent, qui enchante les spectateurs et qui fait tellement plaisir aux pionniers. Et les orphelins du New Jersey s'en souviendront toute leur vie ! »

Le bureau est à présent déserté par les enfants, qui ont été escortés par Balthazar jusqu'aux cuisines pour un petit déjeuner de Noël aux frais de leur hôtesse.

Brandon et Dawson, les deux valets de chambre de Serena McBee, ramassent les emballages déchirés qui jonchent le parquet. Comme tout le personnel de la villa, ils portent chacun une oreillette accrochée à la nuque.

« Laissez, leur dit Serena avec un généreux sourire. Vous viendrez ranger demain. Après tout, c'est Noël aujourd'hui, je vous offre votre journée.

— Merci, madame ! » s'exclament en chœur les deux domestiques, avant de quitter la pièce.

Dès que la porte du bureau s'est refermée, Serena se tourne vers le docteur Montgomery, qui s'est assis sur une chaise pour tenter d'enlever ses bottes de Père Noël trop serrées.

« Le ridicule, comme vous dites, est notre meilleure armure, affirme-t-elle en retrouvant d'un coup tout son sérieux. Et plus nous nous en couvrirons, mieux nous serons protégés. Parce que, voyez-vous, les lois de la psychologie sont simples. On ne peut pas être joyeux et triste en même temps, ni amusé et apeuré, ni confiant et méfiant. Tant que nous ferons rire les pionniers, ils oublieront de nous craindre. Certes, ils se souviendront toujours qu'ils ne doivent pas parler à l'antenne du rapport Noé, que c'est la base de notre marché. Mais ils penseront sincèrement que nous respecterons nous aussi notre part du contrat. C'est la raison pour laquelle j'ai décidé de continuer l'émission ici, depuis la villa McBee, où nous leur semblons certainement plus vulnérables et exposés que dans un bunker antiatomique enfoui dix pieds sous terre : en deux mots, plus inoffensifs.

« Peu à peu, insidieusement, ils baisseront la garde. Ils seront moins vigilants. Parce qu'ils vont découvrir une chose dont ils ont été singulièrement privés dans leurs vies misérables : le bonheur. Et l'amour. Quant à nous, nous allons amplifier ce bonheur ; nous allons les choyer, les amuser, les gâter. Satisfaits et repus, ils s'endormiront pendant leurs tours de veille, oublieront de mettre leurs combinaisons et de visser leurs casques. C'est à ce moment-là, quand ils s'y attendront le moins, que nous frapperons. Comment ? Je ne le sais pas encore. Et je ne sais pas encore comment neutraliser Andrew Fisher. Mais ce que je sais, c'est que le temps, l'habitude, la routine, le faux sentiment de sécurité qu'il faut cultiver chez les pionniers, tout cela jouera en notre faveur, le jour venu.

ACTE V

— Oui, je comprends, marmonne Arthur Montgomery en s'escrimant avec sa deuxième botte. Mais tout de même, ma dignité...
— Tenez, Arthur, je vais vous aider. »
Serena s'agenouille devant la chaise où est assis le médecin. Le velours rouge de sa robe se resserre sur son corps parfaitement galbé, la jupe remonte jusqu'au-dessus de ses genoux pour dévoiler de longues jambes, gainées dans des bas en résille noire.
Arthur Montgomery cesse aussitôt de protester et reste aussi tranquille que si on lui avait administré un sédatif, tandis que Serena lui soulève délicatement le mollet et, d'un geste précis, lui enlève sa botte.
« Serena..., balbutie-t-il, la dévorant des yeux. Est-ce que moi aussi, j'ai été assez sage cette année ? Est-ce que moi aussi, je vais avoir droit à un cadeau ?
— Nous verrons plus tard si je vous envoie la Mère Noël ou la Mère Fouettard, petit garnement », dit-elle en se relevant, sourire aux lèvres.
Elle rabat sa robe sur ses cuisses et ajoute :
« Nous allons bientôt avoir une autre occasion de montrer notre bonne volonté de façade aux pionniers. Notre service météorologique prévoit une petite tempête de poussière dans la région de Ius Chasma, dans deux semaines. Cela ne sera qu'une perturbation mineure de fin d'été, mais qui ne manquera pas de stresser les colons de Mars, puisqu'ils sont persuadés que la mort des cobayes est liée à l'avant-dernière Grande Tempête qui a soufflé sur Mars il y a vingt-sept mois.
— Cette hypothèse reste à démontrer, rectifie le médecin. Rien, dans le rapport Noé, n'indique un lien direct entre les deux événements.
— Vous avouerez tout de même que cette heure de black-out à l'issue de laquelle les animaux ont passé l'arme à gauche a de quoi inquiéter nos jeunes amis. Tout comme le trou qu'ils ont décelé dans la surface du septième habitat.

Le rapport Noé n'en faisait pas mention, et pourtant il est bel et bien là.

— Certes, mais, là encore, le lien de causalité n'est pas établi... Nous n'avons pas les moyens de mener les investigations nécessaires... »

Serena renverse la tête en riant ; son bonnet rouge tombe, libérant ses cheveux argentés.

« Causalité... Investigations... Vous êtes un indécrottable scientifique, mon cher Arthur. Mais, en l'état, la manière dont les cobayes sont morts n'a pas d'importance. Ce qui compte, c'est de nous montrer le plus coopératifs possible lors de la petite intempérie qui s'annonce, pour que les pionniers nous perçoivent vraiment comme leurs alliés. Mieux nous les soutiendrons cette fois, et mieux nous les poignarderons dans le dos lorsque l'heure sonnera. »

79. Hors-Champ
MINE ABANDONNÉE, VALLÉE DE LA MORT
LUNDI 25 DÉCEMBRE, 08 H 33

Les rayons du soleil levant s'immiscent entre les planches disjointes qui forment les murs de la maisonnette.

L'un d'entre eux fuse jusqu'à une jeune fille étendue dans un lit de métal rouillé, sur un matelas éventré, au tissu jauni par les ans. La couverture dans laquelle elle est emmitouflée lui remonte jusqu'au nez, cachant la moitié de son visage pour ne laisser voir que son front pâle, ses longs cils incolores et ses cheveux, qui s'étalent autour d'elle. Dans la lumière rapidement changeante d'un nouveau jour, ils semblent eux-mêmes changer, onduler, tels

ACTE V

des filaments de méduse blancs, roses et orangés, de toutes les nuances du soleil levant.

Quand la lumière devient enfin jaune, éclaboussant les paupières fines, la jeune fille ouvre deux grands yeux vert d'eau.

« Où suis-je... ? balbutie-t-elle.

— À mes côtés, Harmony. »

Andrew Fisher se tient là, assis sur une chaise bancale au dossier cassé, au chevet du lit. Il est déjà habillé, d'une paire de chinos délavés et d'un haut de survêtement pelucheux, où l'on peut encore deviner le logo du club d'aviron auquel il appartenait naguère. Il y a des semaines et des semaines qu'il a quitté son ancien monde et la voie toute tracée qui l'attendait à Berkeley, pour plonger dans l'inconnu. Les quelques habits qu'il a emportés avec lui, il les a si souvent lavés à la main dans son camping-car qu'ils ont perdu leurs teintes originelles.

Mais son visage, lui, a retrouvé des couleurs.

Le rose lui est revenu aux joues, les cernes sous ses lunettes à monture noire se sont estompés, ses cheveux bruns ont retrouvé leur lustre. Et puis, il y a les paillettes dorées du matin sans nuages, qui pleuvent à travers la maison ouverte aux quatre vents et atterrissent sur ses épaules, sur sa nuque, sur son front.

« Andrew..., murmure Hamony McBee, comme si elle allait chercher un très lointain souvenir, du plus profond de sa mémoire.

— Vous me posez cette question chaque matin en vous réveillant : *Où suis-je ?* dit-il en souriant. Comme si vous aviez tout oublié pendant la nuit. »

Harmony le regarde un instant sans mot dire.

Les paillettes de lumière l'inondent elle aussi, soulignant sa beauté fragile, extraterrestre.

« Je me souviens maintenant, dit-elle enfin. La découverte du secret de maman... Notre fuite à travers le pays... La vallée de la Mort...

— Nous y sommes toujours. Dans un endroit où nul ne soupçonne notre présence. »

Il désigne d'un geste de la main la pièce unique de la maisonnette. Un deuxième lit, en aussi piteux état que le premier, est placé contre le mur opposé. Un vieil évier en métal rouillé, flanqué d'une table vermoulue, constitue le coin cuisine contre le troisième mur. Une ampoule éclatée pend au plafond, au bout d'un fil. Accroché aux poutres de la charpente, on peut deviner un drapeau américain tellement déteint qu'il semble être en noir et blanc.

« Personne n'est venu ici depuis des décennies, dit Andrew. Mais les rêves de ceux qui y habitaient jadis sont encore présents... écoutez. »

Andrew lève l'index en direction de la porte, qui ferme mal sur ses gonds, et dont la partie inférieure a été mangée par la vermine du désert. Un long sifflement se fait entendre ; il se lance, s'arrête et puis repart, comme un air fredonné par des lèvres oublieuses, qui hésiteraient sur la suite de la mélodie.

« C'est le bruit des rêves, murmure Andrew. Ou, si vous préférez, c'est le bruit du vent qui s'engouffre dans la mine abandonnée, juste à côté de cette cabane. Dans un lointain passé, elle a abrité des rêveurs et des fous, venus chercher la seule richesse que la vallée de la Mort a à offrir, de l'or.

— Et nous ? demande Harmony. Est-ce que nous sommes des rêveurs ? Est-ce que nous sommes des fous ?

— Je ne sais pas. Mais nous avons trouvé l'or, n'est-ce pas ?... »

Il désigne les paillettes lumineuses qui recouvrent maintenant toute la couverture et le visage d'Harmony, avant d'ajouter :

« ... vous en êtes couverte. »

La jeune fille sourit en passant ses mains dans les rayons, comme pour essayer de les attraper. Ses fins doigts blancs se referment sur le vide.

« Je crois que nous avons perdu la raison, soupire-t-elle, car cet or-là, c'est l'or des fous.

— Et celui-ci ?... »

Andrew glisse la main dans la poche de son chino et la déplie devant Harmony.

Une petite pierre difforme, de la taille d'une pilule, repose au creux de sa paume. Elle est toute cabossée et poreuse comme un corail. Elle brille de mille feux comme...

« ... une pépite d'or ? » murmure Harmony.

Andrew hoche la tête.

« Oui, une pépite d'or. Je l'ai trouvée en m'aventurant dans la mine la semaine dernière, pendant que vous dormiez – vous avez besoin de tant de sommeil.

— Mais ce doit être dangereux d'aller là-dedans !

— Ne vous inquiétez pas. Si la mine devait s'effondrer, je crois qu'elle l'aurait fait depuis longtemps. J'y ai passé de longues heures déjà, l'été dernier, lorsque j'étais seul ici. Dans la fournaise d'août, c'était le seul endroit où je pouvais trouver un peu de fraîcheur, et je m'y sentais bien, apaisé, pour penser à mon père, à mes espoirs d'enfant, à mon avenir qui sans doute ne s'écrirait jamais dans l'espace. Parce que cette mine, me figurais-je, c'était comme un espoir déçu, un trou dans la roche percé et creusé à force de coups de pioche et d'âpreté, qui peut-être n'avait jamais donné la moindre once d'or. Et même si elle en avait un jour donné, elle était à présent tarie. Du moins le pensais-je, jusqu'à la semaine dernière, quand ma lampe frontale a réveillé un éclat endormi sur la paroi au fond de la galerie. C'était cette pépite. Je vous l'offre. Joyeux Noël, Harmony ! »

La jeune fille se redresse sur le matelas, qui ne s'enfonce même pas sous le poids de son corps si léger.

« Je ne la mérite pas, Andrew..., dit-elle. La dernière pépite de la mine...

— Ce n'est pas celui qui reçoit qui décide ce qu'il mérite ou pas, c'est celui qui offre. Tenez. »

Il dépose la pépite dans la main d'Harmony.

« Merci, dit-elle, les yeux brillants. Merci du fond du cœur ! »

Elle tente de se lever entièrement, pour aller embrasser Andrew.

Mais elle n'y parvient pas.

La couverture qui la recouvrait glisse sur le sol, dévoilant la robe de dentelle grise qui descend jusqu'à ses mollets d'albâtre. Un éclat métallique brille autour de sa cheville droite. C'est la paire de menottes – celles qu'Andrew a volées à l'officier du Wyoming. Un des anneaux est attaché à la jambe de la jeune fille, et l'autre au montant du lit.

Elle tourne vers Andrew un regard plein de stupeur.

« Je suis obligé de vous attacher chaque nuit, Harmony, dit-il. Pour que vous ne vous enfuyiez pas pendant que je dors. Vous avez déjà essayé deux fois – de cela non plus, vous ne vous souvenez pas ? Vous étiez en proie au manque. La première fois vous n'êtes pas allée bien loin. La deuxième, je ne vous ai retrouvée que le lendemain matin, gisant inconsciente dans la poussière de la route. Lorsque vous avez ouvert les yeux ce matin-là, vous ne m'avez pas demandé : *"Où suis-je ?"* mais : *"Suis-je arrivée à la villa McBee ?"*

— Oh, mon Dieu..., balbutie Harmony. Je me rappelle maintenant. Le manque... L'argent de maman... Me procurer du zero-G... C'était une idée fixe... »

Ses doigts s'ouvrent, tremblants, et laissent échapper la pépite, qui tombe sur le sol.

Andrew la ramasse aussitôt, et la place à nouveau dans la main d'Harmony, qu'il serre dans la sienne jusqu'à ce qu'elle cesse de trembler.

« Ne vous découragez pas, Harmony, murmure-t-il. Nous avons encore trente-deux pilules à la codéine – je les ai comptées. Si nous continuons de les utiliser avec parcimonie, une tous les soirs, je suis sûr que vos crises finiront par s'atténuer. Il y a quelques jours encore, vous vous réveilliez en hurlant à la mort qu'on vous apporte du zero-G. Mais

ACTE V

c'est passé, maintenant. Même dans les situations les plus difficiles, il reste toujours un espoir. Même dans les mines les plus asséchées, il reste toujours une pépite. »

80. CHAMP
MOIS N° 21 / SOL N° 567 / 09 H 45, MARS TIME
[17ᵉ SOL DEPUIS L'ATTERRISSAGE]

« WOUAH ! C'EST VRAIMENT MAGIQUE ! » S'EXCLAME Kris, les yeux écarquillés.
Nous sommes tous rassemblés dans la panic room, sous les plantations. C'est un local blanc et circulaire de dix mètres de diamètre, sans fenêtre, éclairé au néon. Un coin infirmerie est installé d'un côté, avec un lit et différents outils de diagnostic accrochés au mur : scanner, échographe, électrocardiographe et d'autres machines que je devrais connaître, mais dont j'ai oublié les noms. De l'autre côté se trouve l'imprimante 3D, et c'est sur elle que Kris s'extasie. Il faut dire que le spectacle est saisissant, et je ne vois pas d'autre mot pour le décrire que celui qu'elle a employé : *magique*. Même si j'ai déjà pu voir des imprimantes 3D à l'œuvre sur Terre, la manière dont elles fonctionnent ne cesse de m'émerveiller – et celle de New Eden est la plus grosse que je connaisse. Elle se présente comme un cube massif, qui me dépasse en hauteur de vingt bons centimètres. À travers ses parois en verre, on aperçoit la chambre de construction où les têtes d'impression en métal circulent sur leurs rails, suivant scrupuleusement le code contenu dans la mémoire de l'imprimante. Couche après couche, elles déposent les strates de l'objet en cours d'impression. On peut déjà reconnaître la forme du fameux presse-purée de Kris ; la manivelle, elle,

sera créée dans un deuxième temps, pour être assemblée sur l'objet final. Elle sera sans doute grisâtre elle aussi. C'est la couleur du substrat de construction obtenu à partir du sable de Mars, que nous avons rapporté de l'extérieur dans des containers hermétiques avant de le verser dans le réservoir de l'imprimante, où il a été traité chimiquement.

« Vous êtes sûrs que l'imprimante a correctement désacidifié le sable ? » demande soudain Kenji, comme en écho à mes pensées.

Je tourne la tête vers lui. Il me semble que ses cernes se sont encore creusés au cours des dernières nuits. Il fixe nerveusement les têtes d'impression qui s'activent dans le cube de verre.

« Je veux dire que cette machine est en train de construire *un presse-purée*, continue-t-il sans détacher ses yeux de l'imprimante. Un ustensile avec lequel *notre nourriture* va être préparée. Imaginez qu'il reste des particules toxiques dans le substrat de construction…

— Ne t'inquiète pas, Kenji, dit Kris. Je vais bien sûr pratiquer les tests biologiques nécessaires. C'est comme quand on achète une nouvelle casserole au supermarché, il faut toujours la laver avant de s'en servir ! »

Un bip sonore retentit à cet instant, et une voix synthétique sort de l'imprimante 3D :

« *Construction achevée. Veuillez récupérer l'objet imprimé.* »

L'une des faces du cube se soulève, et Kris s'empare de son presse-purée avec ravissement.

« Tu vois, assure-t-elle, ça ne me brûle pas les mains. Je suis sûre que c'est 100 % safe. »

Kelly approuve d'un vigoureux hochement de tête, faisant tinter les grandes créoles dorées qu'elle porte aujourd'hui.

« Kris a raison, dit-elle en enlaçant le Japonais. Et, maintenant, c'est mon tour ! J'ai hâte de tenir dans les mains ma nouvelle pierre de curling ! Tu vas voir, Chat, je vais t'apprendre. Le curling, c'est hyperdéstressant, c'est exactement ce qu'il te faut, tu vas adorer. Allez Léo, lance le fichier ! »

ACTE V

Mais à l'instant où je m'apprête à appuyer sur le bouton de l'imprimante 3D pour démarrer la production de la pierre de curling, une voix retentit dans les enceintes de la panic room. C'est celle de Serena McBee.
« *J'appelle les responsables Planétologie dans le Relaxoir, pour une consultation immédiate.* »

81. Chaîne Genesis
LUNDI 25 DÉCEMBRE, 22 H 30

Plan d'ensemble sur la panic room de New Eden. Deux pionniers se détachent du groupe des douze : Fangfang et Marcus. Ils se dirigent en silence vers la sortie de la salle fortifiée.
La caméra les suit à travers le Jardin où s'activent les bras mécaniques des robots agricoles, jusqu'au tube d'accès qui conduit au septième habitat. Marcus s'engage dans le couloir et sort du champ de la caméra, car l'entrée du Relaxoir est interdite aux spectateurs.
Fangfang marque un temps d'arrêt, comme une hésitation… – zoom sur son visage anxieux, sur ses iris qui tremblent derrière les lunettes bancales qu'elle n'a pas eu le temps de remplacer –… puis elle se reprend et pénètre à son tour dans le tube d'accès.
Cut.

[COUPURE PUBLICITAIRE]

Ouverture au noir sur une somptueuse porte à doubles battants, dans le style chinois, aux poignées ornées de deux dragons en bronze.

PHOBOS[2]

Tandis que résonnent les notes d'une harpe asiatique, les battants s'ouvrent pour laisser passer la caméra. Elle s'avance en vue subjective dans un couloir richement décoré de consoles en bois de rose, sur lesquelles trônent des statuettes en jade et des vases Ming.

Une voix féminine, claire et assurée, prend la parole en off : « *Il existe une banque que les plus grandes fortunes d'Asie se transmettent de père en fils, comme un héritage.* »

La caméra parvient à une deuxième porte à doubles battants, dans le style parisien cette fois ; elle s'ouvre comme par enchantement sur un nouveau couloir aux murs couverts de lambris dorés à l'or fin.

La caméra continue d'avancer, glissant sur le magnifique parquet en point de Hongrie, ciré de frais, tandis que résonnent les notes d'une musique de chambre raffinée. Des lustres en cristal de Bohême défilent au plafond, et des tableaux de maîtres se succèdent sur les murs.

La voix off poursuit : « *Il existe une banque à qui les plus riches familles d'Europe confient leur patrimoine, de génération en génération.* »

Une troisième porte se dessine. Son style n'est ni oriental ni occidental : c'est une lourde porte en acier laminé. Elle s'ouvre comme les deux autres, pour laisser passer la caméra.

Une explosion de rouge envahit l'écran ; les murs du troisième couloir sont entièrement en verre, laissant voir le paysage de Mars à 360 degrés. Il s'agit en réalité d'un décor reconstitué en studio, où les rochers ont été changés en tourmalines géantes et le sable remplacé par une poudre de rubis scintillante.

Fangfang se tient là, royale, au milieu du couloir de verre, au centre de ce paysage en pierres précieuses. Elle est vêtue d'une magnifique robe chinoise du même rouge que le décor ; les pendants qui brillent à ses oreilles et le collier qui luit sur son cou rappellent les sables de Mars.

ACTE V

Une surimpression apparaît à l'écran en lettres fines et distinguées :
Fangfang, nouvelle fortune de Mars, valorisation :
$134 567 900
La jeune fille ouvre ses lèvres laquées de rouge, et l'on découvre que la voix off qui s'exprime depuis le début du spot lui appartient : *« Cette banque, c'est Crésus. Et moi, Fangfang, je l'ai choisie pour placer les dons que les spectateurs m'enverront à la naissance de mes enfants, et commencer une nouvelle dynastie sur la planète Mars, la mienne. »*
Fondu au noir.
Un logo se dessine en lettres d'or et idéogrammes chinois :

CRÉSUS BANQUE PRIVÉE
金王
Le choix des grandes dynasties

Cut.

---

82. Champ
MOIS N° 21 / SOL N° 567 / 12 H 05, MARS TIME
[17ᵉ SOL DEPUIS L'ATTERRISSAGE]

« Sol 578 : dans onze sols exactement ! » annonce gravement Fangfang.
Marcus et elle ont demandé à un représentant de chaque spécialité de les rejoindre dans le Relaxoir, où Serena les a mystérieusement convoqués ce matin. Nous sommes cinq, rassemblés avec eux dans l'étroit séjour : Kelly pour la Navigation, Liz pour l'Ingénierie, Samson pour la Biologie, Kenji pour la Communication et moi pour la

Médecine. Pendant ce temps, les autres continuent de meubler le temps d'antenne sous l'œil infatigable des caméras.

« Dans onze sols exactement, reprend Fangfang, une tempête de poussière va s'abattre sur New Eden. Serena vient de nous l'annoncer, et ça concorde avec les données météorologiques que nous pouvons capter ici, depuis la base.

— Mais je ne pige pas, proteste Kelly. Je pensais que la Grande Tempête où on est tous censés clamser n'arriverait qu'au prochain mois 18 – et je dis bien *censés*, parce que moi je reste persuadée que ce sont les rats qui ont causé la mort des cobayes en creusant ce fichu trou, et que sans rats, pas de trou, et que sans trou, eh ben on est safe !

— Pour une fois, je te jure que j'aimerais pouvoir être d'accord avec toi et croire à cette histoire de rats fugueurs…, murmure Fanfang. Mais la raison me répète que ce n'est pas possible. On a fait les calculs avec Liz, rappelle-toi, le trou est trop petit pour avoir causé la dépressurisation de l'habitat avant l'intervention des robots. Il s'est passé autre chose, pendant l'avant-dernière Grande Tempête… une chose qu'on ne soupçonne pas encore… une chose qui pourrait peut-être se reproduire dès la tempête du sol 578. »

Kelly lève les yeux au ciel, plus par détresse, me semble-t-il, que par agacement.

« Je n'y comprends plus rien, soupire-t-elle. Je croyais qu'on avait encore vingt et un mois devant nous, et là, tout d'un coup, on n'a plus que onze jours…

— Écoute, Kelly, s'interpose Marcus. Je n'en sais pas plus que les autres en ce qui concerne les rats, mais je peux t'expliquer pour la météo. Tu vois, un monstre comme la Grande Tempête qui se déchaîne tous les ans sur Mars, capable de recouvrir la planète entière de poussière en quelques sols, donne parfois naissance à des rejetons qui se traînent derrière lui… »

Il allume sa tablette, pianote quelques lignes d'un doigt expert.

ACTE V

Je ne cherche pas à voir les commandes qu'il entre dans la machine.

Tout ce que je regarde, c'est son visage concentré, éclairé par la lumière qui se dégage de l'écran. Je détaille ses sourcils épais, légèrement froncés ; son front large et intelligent ; son nez droit ; ses yeux d'argent, dans lesquels se reflètent les lignes de code.

Marcus.

Mon Marcus.

Il a l'air si fort de l'extérieur, mais il est si fragile à l'intérieur, et je suis la seule à le savoir.

« Regardez, dit-il au bout de quelques instants en exhibant sa tablette, sur laquelle sont apparus deux diagrammes. Ce sont les révolutions de la Terre et de Mars, mises sur le même plan. Sur la première figure, vous pouvez voir les cinq mois de voyage du *Cupido* ; il est parti le 2 juillet et arrivé le 9 décembre d'après le calendrier terrien, ce qui correspond à un départ sol 399 et à une arrivée sol 551 d'après le calendrier martien. »

Les uns et les autres s'approchent de l'écran pour mieux voir. Ça me fait tout drôle d'entendre Marcus donner ces explications ; pendant notre voyage à nous les filles, c'était toujours Fangfang qui nous dévoilait les mystères de l'univers et de notre nouveau monde. Marcus, lui aussi, est passionné par l'espace. Il n'en est pas tombé amoureux dans les livres, mais directement dans le ciel, qu'il scrutait chaque soir en s'endormant à la belle étoile. J'imagine toutes les nuits qu'il a passées, depuis qu'on lui a annoncé le diagnostic de la mutation D66, à regarder les constellations... Des années d'errance sur les routes d'Amérique, des années que j'aurais tellement voulu vivre à ses côtés. Mais, pendant qu'il s'interrogeait à propos du sens de son existence, sous le toit du ciel, moi je moulais des pâtées pour chiens sous le toit de l'usine.

Des années de perdues, que nous ne rattraperons jamais.

Ce n'est pas grave.

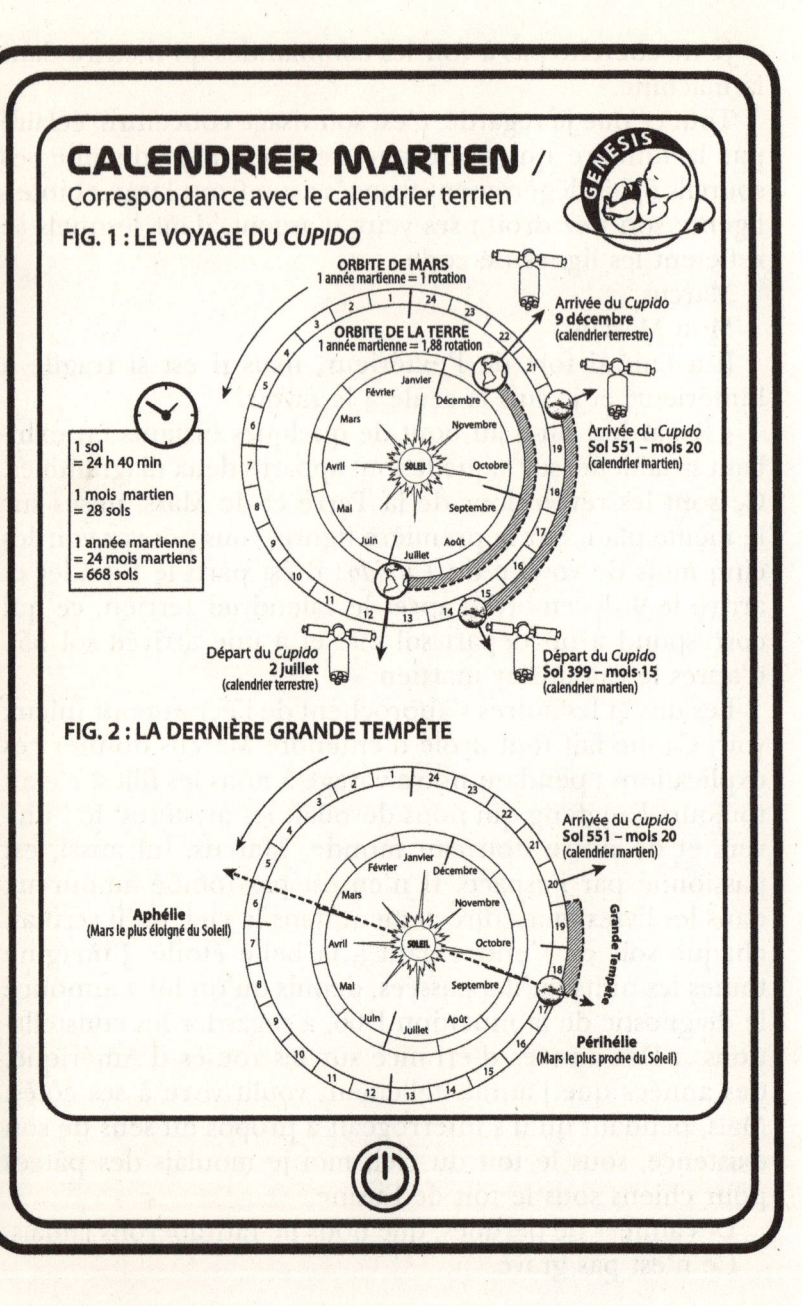

CALENDRIER MARTIEN /
Correspondance avec le calendrier terrien

GENESIS

FIG. 1 : LE VOYAGE DU *CUPIDO*

ORBITE DE MARS
1 année martienne = 1 rotation

ORBITE DE LA TERRE
1 année martienne = 1,88 rotation

Arrivée du *Cupido*
9 décembre
(calendrier terrestre)

Arrivée du *Cupido*
Sol 551 – mois 20
(calendrier martien)

1 sol = 24 h 40 min

1 mois martien = 28 sols

1 année martienne = 24 mois martiens = 668 sols

Départ du *Cupido*
2 juillet
(calendrier terrestre)

Départ du *Cupido*
Sol 399 – mois 15
(calendrier martien)

FIG. 2 : LA DERNIÈRE GRANDE TEMPÊTE

Arrivée du *Cupido*
Sol 551 – mois 20
(calendrier martien)

Aphélie
(Mars le plus éloigné du Soleil)

Grande Tempête

Périhélie
(Mars le plus proche du Soleil)

ACTE V

Je ferai en sorte que chaque jour passé aux côtés de Marcus soit aussi intense qu'une année entière.

Je lui prends doucement le bras, parce que j'ai envie de le toucher, de sentir sa peau contre la mienne, là maintenant. Et aussi parce qu'il me semble que, tant que je le tiens, la mort ne peut pas me l'enlever.

Il détourne un instant le regard de sa tablette ; son demi-sourire vient éclairer son visage sérieux :

« Ça va, Léo ? me demande-t-il tendrement. Il y a quelque chose qui n'est pas clair et que tu veux que je répète ?

— Je t'en prie, continue. »

Il hoche la tête, et reprend ses explications :

« Sur la deuxième figure, j'ai matérialisé les deux positions extrêmes de Mars par rapport au Soleil. Nous avons atterri deux mois après le point le plus proche du Soleil, le périhélie, moment où a eu lieu la dernière Grande Tempête. Aujourd'hui, au mois 21, nous nous dirigeons vers la fin de l'été austral martien. Même si le gros des perturbations est passé, l'air demeure chaud d'après les standards de Mars. Çà et là, dans l'hémisphère Sud, les poussières se soulèvent encore en tourbillons que l'on appelle les *dust devils* : les *diables de poussière*. Certains d'entre eux s'assemblent en ce moment sur Solis Planum, le vaste plateau qui se situe au sud de Valles Marineris. Dans onze jours, autour du sol 578, ils formeront une nouvelle tempête. Oh, ce ne sera sans doute rien qu'une retardaire, une benjamine de la famille des tempêtes ; une des petites dernières qui ferment le cortège... »

Un silence ponctue les paroles de Marcus.

Il a beau essayer de minimiser l'importance de l'épreuve qui nous attend, pour nous rassurer, l'angoisse est palpable.

Ça fait froid dans le dos.

« Qu'est-ce qu'on va faire ? murmure Kris. Je veux dire, dans deux semaines... On ne sait pas s'il faut craindre cette petite tempête ou pas... On ne sait rien...

— On va prendre les mesures qui s'imposent, répond Marcus sans se démonter. Même si la base est censée résister à ce genre de phénomènes, on va la consolider du mieux possible. Traquer les points faibles pour les étayer. Cuire et stocker de la nourriture à l'avance. Mettre les plantations sous bâches pour les préserver en cas de secousses. Bâcher aussi les rovers, à l'extérieur, afin de les protéger de l'abrasion. Aménager la panic room pour qu'elle puisse nous accueillir tous les douze. Se préparer à passer New Eden en consommation énergétique minimale, quand le Soleil sera trop voilé pour activer les panneaux solaires. Voilà ce qu'on va faire. »

Un sourire timide se dessine sur le visage de Kris.

« Bien parlé, Marco ! s'exclame Samson en lui tapant dans la main.

— Ouaip ! confirme Kelly. Je préfère ça, un vrai plan d'action, plutôt que des plans sur la comète et des diagrammes fumeux dans tous les sens ! »

En quelques mots, Marcus a réussi à dissiper le doute et à mobiliser le groupe.

Moi, j'ai juste envie de lui sauter au cou et de l'embrasser.

Mais la voix de Serena McBee, sortie de nulle part, résonne au même instant :

« *Allô, allô ? Vous me recevez ?* »

Je me retourne instinctivement vers l'écran mural que j'ai fracassé deux semaines plus tôt. Il est toujours en miettes.

« La chambre master, dit Fangfang. Serena nous parle depuis l'écran de la chambre master. C'est là qu'elle nous a annoncé les prévisions météorologiques. »

Nous nous dirigeons vers la chambre, qui n'a de *master* que le nom vu ses dimensions exiguës – comme celle que Marcus et moi partageons dans notre habitat.

En effet, Serena est bien là, sur le petit écran au-dessus du lit double : comme toujours bien maquillée, bien coiffée, bien à l'abri des tempêtes, petites ou grandes, qui pourraient la décoiffer.

« Alors, Marcus et Fangfang, vous avez mis les autres au courant ? demande-t-elle. Dès que notre service météo a capté la formation de diables de poussière à proximité de Ius Chasma, j'ai su qu'il était de mon devoir d'en avertir les responsables Planétologie. Obligation de *Transparence*, pas vrai ? »

Elle en fait trop, comme d'habitude, à vouloir absolument nous faire croire qu'elle joue dans notre camp.

« Ici, à cap Canaveral, nous suivons la situation météo heure par heure, dit-elle. Et nous vous en tiendrons bien sûr informés, ainsi que les spectateurs. La Terre entière est avec vous. Si nous nous y mettons tous ensemble, je suis sûre que nous allons arriver à passer ce mauvais cap !

— N'essayez pas de nous faire croire que notre sort vous importe, dis-je, n'y tenant plus. Nous savons bien que vous faites ça uniquement pour éviter qu'Andrew et Harmony ne parlent, alors je vous en prie, épargnez-nous cet esprit d'équipe faux et insupportable. »

Kelly se racle la gorge derrière moi :

« C'est bon, Léo, on sait tout ça, dit-elle. Pas la peine de le rappeler chaque fois que Serena ouvre la bouche. C'est vrai, quoi, l'autre jour elle a décalé la cérémonie de mariage parce qu'on lui demandait, et là elle essaye manifestement de nous aider, peu importent les raisons. Elle remplit son obligation d'*Assistance*. Elle ne fait que son devoir. Et aujourd'hui... c'est Noël. Finissons-en et allons imprimer les derniers cadeaux. »

Je n'en crois pas mes oreilles.

Kelly, *la Kelly*, celle qu'il n'y a pas si longtemps traitait Serena de *pourriture* ou de *vieux cafard baveux*, affirme maintenant qu'elle ne fait que son devoir ?

Je suis trop estomaquée pour répliquer.

Et trop surprise par la réprobation que je lis sur les traits de Samson et de Liz ; eux non plus, ils ne veulent pas que j'en rajoute, je le sens.

« Laisse tomber, Léo, dit gentiment Samson. Sur ce coup-là, on sait tous que Serena a intérêt à nous aider, à collaborer, alors laissons-la faire son boulot – tout en la gardant à l'œil bien sûr. »

Liz hoche la tête. Je vois combien elle est fatiguée de toujours se méfier de Serena comme de la peste, et combien elle serait soulagée de pouvoir la considérer, pour une fois au moins, comme une alliée. Dans les yeux impénétrables de Kenji, je ne peux rien déchiffrer. Et, dans ceux de Marcus, je puise un amour sans limites, qui me permet de surmonter ma frustration et de prendre sur moi.

« Soit, finis-je par admettre à contrecœur. Disons que cette mini-tempête sera un test de notre *collaboration* avec Serena McBee. »

Sur l'écran, le visage de la productrice exécutive semble figé dans un sourire de statue.

À entendre les autres lui tresser des lauriers, elle doit jubiler intérieurement, mais elle n'en montre rien.

83. Hors-Champ
HÔTEL CALIFORNIA, VALLÉE DE LA MORT
LUNDI 31 DÉCEMBRE, 23 H 45

Le restaurant de l'Hôtel California est étonnamment peuplé pour une nuit d'hiver. Mais ce n'est pas n'importe quelle nuit, c'est celle du réveillon de la Saint-Sylvestre. Une demi-douzaine de tables sont occupées par des couples ou des familles, profitant des quelques jours de congés entre Noël et le jour de l'an pour faire une escapade dans la vallée de la Mort. Les lieux ont été décorés, avec les moyens du bord, de quelques guirlandes qui pendent aux poutres et de bouquets de fleurs séchées. C'est la fin du dîner.

Vêtue de son tablier sur lequel est épinglé le ruban noir du Souvenir, Cindy s'active entre les tables pour débarrasser les restes de dinde et apporter le dessert, un cheese cake nappé d'un coulis de framboises.

« Je veux aller me coucher ! bâille un petit garçon assis au fond, avec ses parents.

— Attends encore quelques minutes, mon chéri, lui demande sa mère en passant une main dans ses cheveux. Il est presque minuit. Ça serait dommage de se coucher avant de passer à la nouvelle année, non ?

— Tu dis ça parce que tu veux que Papa t'embrasse, comme l'année dernière et toutes les années d'avant. »

La jeune maman rougit un peu, tandis que le père considère son fils d'un œil plein de fierté :

« Notre petit gars est observateur ! Tu sais, Johnny, ça porte chance d'embrasser celle qu'on aime sur le coup de minuit, la nuit du nouvel an. Toi aussi, un jour, tu feras pareil avec ta petite amie.

— Pouah ! Moi, jamais ! »

Cindy place une portion de cheese cake devant le petit garçon, ce qui a pour effet de le réveiller d'un seul coup.

« Il ne faut jamais dire *jamais*, lui dit-elle avec un grand sourire, qui fait un peu craquer son fond de teint à la commissure des lèvres et au bord des yeux – la journée a été longue, et elle est fatiguée. Que dirais-tu d'une double part de dessert, pour patienter ?

— Ouais ! » Il se reprend aussitôt, se rappelant ses bonnes manières : « Euh... oui, s'il vous plaît. »

Cindy tourne les talons et se dirige vers le comptoir où le reste du gâteau attend sous une cloche de verre. Monsieur Bill est là, fidèle au poste, tel un vieux capitaine surveillant le pont de son navire depuis le gouvernail.

« Seize couverts et six chambres ! s'exclame-t-il en se frottant les mains. Nous avons battu notre record, Cindy. C'est peut-être un signe que la nouvelle année va être meilleure pour les affaires que celle qui s'achève. Allons, allons, soyons optimistes et croyons à notre bonne étoile. »

Cindy pousse un soupir en soulevant la cloche de verre et en s'emparant de la pelle à tarte.

« Ma bonne étoile, je ne sais pas dans quel coin du ciel elle se trouve…, souffle-t-elle.

— Que dites-vous, mon petit ? »

Cindy désigne la salle du bout de sa pelle à tarte :

« Quand je vois tous ces couples amoureux, toutes ces familles heureuses, ça me file le bourdon, monsieur Bill… Ça me rappelle que j'ai quarante ans et que j'ai laissé filer ma vie entre mes doigts.

— Mais non, mon petit ! assure le vieil homme. Vous n'avez rien laissé filer du tout ! Pour commencer, je n'aurais jamais pu m'en sortir tout seul avec l'hôtel, si vous ne m'aviez pas aidé à tenir la barre. Je vous le laisserai quand je prendrai ma retraite. Je n'ai pas d'enfants à qui le léguer. Vous pourrez le vendre ou continuer à le faire tourner, comme vous voulez. Vous êtes encore si jeune, Cindy, vous avez toute la vie devant vous ! »

La serveuse dépose une part de cheese cake dans une assiette ; sa main tremble un peu, sous le coup de l'émotion, et la belle tranche blanche se renverse sur le côté.

« Vous êtes tellement gentil avec moi, monsieur Bill. Vous l'avez toujours été.

— Mais ?…

— Mais rien du tout », dit Cindy en essuyant ses mains sur son tablier.

Monsieur Bill secoue la tête d'un air entendu.

« Voyons, Cindy, vous pensez que parce que je suis un vieil homme, je ne peux pas voir que vous êtes amoureuse ? J'ai tout de suite senti que vous n'étiez plus la même quand vous êtes rentrée de la grande cérémonie de mariage à cap

ACTE V

Canaveral. Il y avait comme une lumière autour de vous, qui n'a cessé de briller... jusqu'à ce soir où, brusquement, elle s'est éteinte. Que s'est-il passé ? Je ne laisserai personne vous faire des misères. »

Cindy relève enfin le visage, écartant d'un geste délicat les mèches colorées en roux qui lui tombent sur le front, pour affronter le regard de son patron ; il est plein de bonté et de compréhension.

« Oh, je crois que je m'en suis fait toute seule, des misères, monsieur Bill, dit-elle. Je me suis imaginé des choses, après avoir rencontré cet homme pendant la cérémonie. Il y avait une telle ambiance, avec la musique, les lumières, l'excitation du moment... Nous étions portés par la magie du programme Genesis, et tout semblait possible. Il m'a raconté un peu sa vie de militaire dans une base du Connecticut, là-haut où il fait si froid en hiver, et moi je lui ai raconté la mienne ici, où nous avons souvent si chaud. Depuis que je suis rentrée, nous sommes restés en contact. Il m'a envoyé un message électronique chaque jour. Sauf les trois derniers, où je n'ai rien reçu. Il a dû finalement passer à autre chose. Loin des yeux, loin du cœur.

— Ne dites pas ça... »

Mais Cindy pousse un nouveau soupir en saisissant la saucière remplie de coulis de framboises, qu'elle verse généreusement sur la part de cheese cake. Puis elle détache son regard de la pâtisserie, pour le poser sur le gros téléviseur aux couleurs désaturées, posé sur le comptoir. La chaîne Genesis y passe en sourdine, avec une petite horloge en surimpression qui indique : HEURE MARTIENNE – 6 H 55. Les différents plans de la base défilent les uns après les autres, plongés dans la pénombre. Ils sont tous parfaitement immobiles, à l'exception du Jardin. Là, sous la grande voûte de verre dont les contours se dessinent dans la pâle lueur des veilleuses, trois silhouettes boursouflées se meuvent. Les deux premières appartiennent à Samson et Safia, de veille cette nuit-là, vêtus de leurs volumineuses combinaisons spatiales et de leurs casques brillants ; la troisième est celle de Warden, lui aussi engoncé dans sa combinaison canine sur mesure, courant après le Frisbee que les deux astronautes s'envoient à tour de rôle. Parfois, il saute pour essayer de l'attraper, mais son petit casque fait office de muselière et l'empêche de refermer sa gueule sur le projectile. Alors il repart de plus belle, remuant la queue à travers sa combinaison. Le spectacle de ce jeu silencieux, au milieu de cette serre enténébrée, dans cette base endormie, vous prend aux tripes.

« Pourvu que la tempête qu'ils ont annoncée sur la chaîne ne soit pas trop dure, murmure Cindy.

— Ne vous inquiétez pas, la base a été conçue pour résister aux intempéries, la rassure le patron. Cette tempête ne sera qu'une formalité.

— J'espère que vous avez raison, monsieur Bill. Vous n'avez pas eu d'enfants, moi non plus, et maintenant il faut que je me fasse une raison, je n'en aurai jamais. Mais ce n'est pas grave, parce que ces douze-là, qui m'ont fait tellement rêver, à qui je me suis tellement attachée, je les considère comme mes propres enfants. »

En pensant aux pionniers et aux pionnières de Mars, Cindy retrouve un sourire qui n'est pas de composition, mais qui vient vraiment du fond du cœur.

« Voilà ! s'exclame monsieur Bill. J'aime mieux ça, votre lumière s'est rallumée !

— Alors je vais tâcher de la garder en position *on*. Je file dehors me fumer une cigarette pour ne pas être ici, dans le restaurant, quand tous les couples vont s'embrasser dans deux minutes. »

Cindy s'empare de l'assiette, elle traverse la salle jusqu'au petit garçon qui accueille sa deuxième portion en battant des mains, puis elle pousse la porte et débouche dans la nuit.

Elle fait quelques pas pour s'éloigner du restaurant, sort un paquet de cigarettes de la poche de son tablier, en glisse une entre ses lèvres maquillées. Le frottement du briquet brise un instant le silence, le bout de la cigarette perce la pénombre d'un bref rougeoiement à la première bouffée, puis la nuit reprend ses droits. Cindy lève les yeux vers le ciel mêlé de nuages et d'astres, qu'aucun éclairage public ne vient ternir.

« Ma bonne étoile…, murmure-t-elle en exhalant un petit nuage de fumée. Si tu existes vraiment, où es-tu ? Sans doute cachée derrière un nuage… »

Un léger déclic retentit soudain, arrachant Cindy à sa contemplation.

Le bruit provient de la minuscule station-service à cinquante mètres de l'hôtel, munie de deux pompes à essence et d'une supérette lilliputienne.

Cindy fronce les sourcils : on dirait que quelque chose bouge, là-bas dans l'ombre…

Un coyote qui vient fouiller les poubelles ?…

Elle s'approche, prête à crier et à frapper dans ses mains pour faire fuir l'animal, comme elle en a l'habitude ; ces bêtes-là n'effrayent que les touristes et ne lui font pas peur.

Mais elle se retient au dernier moment, la cigarette coincée entre les lèvres.

Car ce n'est pas un coyote qui sort de la supérette, à quelques pas devant elle, les bras chargés de victuailles.

C'est un homme.

Du coup, Cindy ne sait plus du tout ce qu'elle doit faire – se taire, crier à l'aide, menacer à voix basse ?

Avant qu'elle puisse décider, la lune émerge de derrière un nuage, baignant la station-service dans une lumière argentée. Le cambrioleur se fige aussitôt.

Il a vu Cindy.

Il sait qu'elle le voit aussi.

La serveuse laisse échapper sa cigarette et pousse un petit cri étranglé – elle vient de repérer la crosse de revolver, qui luit dans la poche du pantalon que porte l'homme. Mais est-ce vraiment un homme ? On dirait plutôt un garçon tout juste sorti de l'adolescence... ces cheveux bruns rabattus sur le côté... ces lunettes à monture noire... ce regard perçant...

« Je... je vous connais, balbutie Cindy d'une voix tremblante de nervosité. Vous êtes venu dormir ici, à l'hôtel California, en juillet. Vous étiez sur les traces d'un fantôme, c'est ce que vous m'avez dit à l'époque. »

Quelques secondes s'écoulent dans le silence.

Le garçon est figé comme une bête aux aguets. Il pourrait, à tout moment, laisser tomber son larcin pour saisir son revolver et tirer sur celle qui l'a surpris.

Mais il se contente de murmurer :

« J'ai laissé l'argent sur le comptoir de la supérette. Le compte y est. Je ne suis pas un voleur. En fait, je ne suis rien du tout – rien qu'un fantôme, moi aussi, une ombre sans consistance et sans réalité. Vous vous souvenez de ce que vous m'avez dit, l'été dernier ? Que les vivants perdaient leur temps à traquer les fantômes et qu'ici, dans la vallée de la Mort, on n'entendait que le sifflement du vent...

— ... et des crotales », complète Cindy, répétant les mots qu'elle a prononcés six mois plus tôt.

Le garçon opine du chef.

« Vous ne m'avez pas vu, n'est-ce pas ? » demande-t-il.

Cindy, à son tour, lentement, hoche la tête.

« Pas vu qui ? dit-elle d'une voix soudain très calme. Il n'y a rien à voir ici, à part une station-service déserte et la nuit dans la vallée. »

Un sourire de gratitude se dessine sur le visage du garçon.

Puis la lune se voile à nouveau, et il disparaît dans les ombres, sans un bruit.

ACTE V

84. CHAMP
MOIS N° 21 / SOL N° 573 / 09 H 12, MARS TIME
[23ᵉ SOL DEPUIS L'ATTERRISSAGE]

« LA DATE À LAQUELLE LA TEMPÊTE DE FIN D'ÉTÉ ATTEINDRA NEW EDEN est confirmée par nos services météorologiques. Ce sera bien le sol 578, très probablement au tout début de votre journée martienne, et elle devrait s'attarder juste quelques heures dans votre voisinage. Pour l'instant, elle est encore en train de se former, à plusieurs centaines de kilomètres au sud de la base, sur le plateau de Solis Planum. Vous la voyez en ce moment à l'écran… »

Sur la face interne du dôme, le visage de Serena s'efface pour laisser la place à une carte géographique de Mars, comme tous les matins lorsqu'elle nous présente son bulletin météo à tous les douze, en direct dans le Jardin.

Mais, aujourd'hui, quelque chose est différent. Aujourd'hui, les multiples petits serpents noirs que l'on suit depuis des jours ont commencé à se rassembler, à se mélanger, à se greffer les uns aux autres.

« *Je rappelle aux spectateurs qui nous rejoignent que les traces noires sur la surface de Solis Planum sont en réalité des ombres* », commente Serena en off.

Deux fenêtres apparaissent en close-up à l'écran, sous la carte.

« *Sur cette première image, vous pouvez découvrir un diable de poussière au niveau du sol,* continue Serena. *Un spectacle de toute beauté, n'est-ce pas ? D'autant que ces tornades peuvent atteindre la bagatelle de douze kilomètres de hauteur ! De véritables merveilles de la nature ! C'est d'ailleurs parce qu'elles sont si hautes qu'elles projettent des ombres si longues. Nous pouvons*

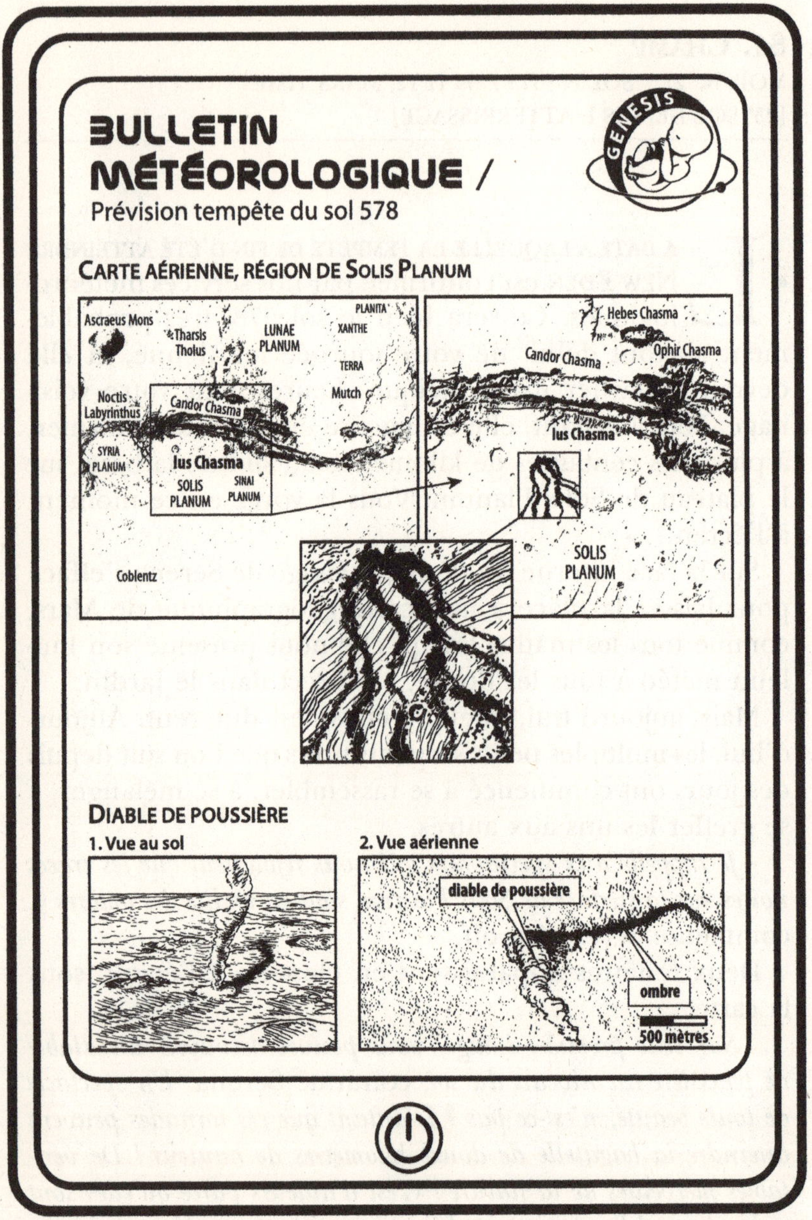

BULLETIN MÉTÉOROLOGIQUE /
Prévision tempête du sol 578

CARTE AÉRIENNE, RÉGION DE SOLIS PLANUM

DIABLE DE POUSSIÈRE

1. Vue au sol

2. Vue aérienne

diable de poussière

ombre

500 mètres

ACTE V

ainsi les suivre avec nos télescopes – comme vous pouvez le voir sur la deuxième image. »

Serena a beau présenter les choses avec entrain, façon Discovery Channel, les *merveilles de la nature* me font froid dans le dos. Douze kilomètres de hauteur, ces petits serpents qui paraissent si inoffensifs sur la carte... Et il y en a des dizaines, qui rampent vers le bord du canyon... Vers nous...

« La plus belle merveille de la nature, je la tiens entre mes bras », me souffle la voix de Marcus.

Il se tient là, derrière moi, les bras passés autour de ma taille, le menton délicatement posé sur ma tête. Tout d'un coup, je n'ai plus froid du tout.

« Tout cela est fort impressionnant, je vous l'accorde, conclut Serena, de retour à l'écran. Mais ne vous inquiétez pas, chers spectateurs, la base de New Eden a été conçue pour résister à ces déchaînements, et les colons ont été entraînés pour ce type de situation. Tout va bien se passer dans cinq sols, quand la tempête s'abattra sur New Eden. En attendant, je vous donne rendez-vous demain pour le prochain bulletin météo – et je vous souhaite, une fois encore, en ce premier janvier, une très bonne année ! »

L'image de Serena s'efface, laissant la place à la vallée rouge de Ius Chasma derrière les alvéoles de verre du dôme.

« Ouh, là, là, moi, je la commence bien, l'année ! dit Kelly en se frottant le front. Je sens que la journée va être difficile. J'ai un sacré mal de crâne ce matin !

— Tu as bu trop de champagne hier soir, pour le réveillon ? » s'inquiète Safia.

Kelly émet un petit rire enroué :

« Eh, la miss, une bouteille pour douze, tu crois que ça suffit pour me filer la gueule de bois ? Je tiens l'alcool comme un bûcheron, moi ! Ça n'a rien à voir avec le champagne. C'est plutôt que Chat a eu un sommeil... comment dire... agité. »

En effet, le Japonais a l'air plus fatigué que jamais, ses cernes formant des cercles noirs de panda autour de ses yeux.

« Les bouchons d'oreilles n'ont pas l'air de marcher…, dis-je, repensant aux six petits cônes de matière spongieuse qui sont sortis de l'imprimante 3D la semaine dernière. Est-ce que tu dors toujours en combinaison, Kenji ? »

Pour les spectateurs, son comportement doit vraiment ressembler à un délire de phobique gravement atteint. Mais, pour moi qui suis médecin ou presque, ce n'est pas la santé mentale de Kenji qui me préoccupe, c'est sa santé physique, après toutes ces nuits d'insomnie.

« Oui, me répond-il sans affronter mon regard.

— Tu as vraiment une petite mine, tu sais. Si tu ne veux vraiment pas dévisser ton casque la nuit, peut-être que tu pourrais au moins essayer de dormir un peu à l'air libre en journée, pendant qu'on s'active dans et autour de la base ? Onze veilleurs pour toi tout seul, un accident éventuel ne risque pas de passer inaperçu ! Je peux même mettre le lit de l'infirmerie à ta disposition, si tu préfères te reposer dans la panic room.

Kenji me regarde enfin, par en dessous, comme à son habitude.

« Merci, c'est sympa, dit-il avec un pâle sourire. Mais ça ne changerait rien. Ce n'est pas la combi ni le casque qui m'empêchent de dormir… ce sont les cauchemars.

— Les cauchemars ? répète Alexeï, attrapant la conversation au vol. Grandis, mec ! Tu n'as plus cinq ans ! Il n'y a pas de monstre caché sous ton lit, qui attend la nuit pour venir te dévorer ! »

Ça, c'est du Alexeï tout craché… Il a peut-être le sang-froid d'un médecin, mais pour la psychologie : zéro. Moi, je sais ce que c'est que d'être poursuivie chaque nuit par des cauchemars récurrents. Je sais qu'il n'y a pas besoin d'être un enfant de cinq ans pour se réveiller en nage, le cœur battant à en exploser, avec la certitude qu'on vient d'échapper à la mort. Ou, tout du moins, je savais toutes ces choses jusque récemment ; depuis que je m'endors dans les bras de Marcus, mes mauvais songes se sont presque entièrement dissipés.

« Si tu avais les mêmes cauchemars que moi, je te garantis que tu ferais dans ton pyjama..., murmure Kenji en jetant un regard torve à Alexeï.

— Quoi ? Qu'est-ce que tu dis ?

— Je dis que tu pisserais au lit comme un gosse. »

Kenji est vraiment étrange. Il fait la moitié de la masse d'Alexeï, ça ne l'empêche pas de lui répondre d'une voix où je ne décèle aucun tremblement. Pour un phobique patenté, je trouve qu'il se montre parfois extrêmement courageux. Comme si certaines choses seulement lui faisaient peur, et d'autres pas du tout.

« Je te conseille de ne pas trop me chercher, demi-portion, sinon tu vas me trouver, prévient le Russe.

— Je peux te dire la même chose. Et, si tu me trouves, tu risques d'être surpris. »

Les deux garçons se dévisagent pendant quelques instants ; à présent, le regard de Kenji ne fuit plus du tout.

À mes côtés, je sens Kris qui frémit, prête à intervenir comme d'habitude pour calmer les ardeurs belliqueuses de son grand Slave ; mais, cette fois, Alexeï ne lui en laisse pas le temps.

« T'as du cran, toi, pour un gothique insomniaque ! s'exclame-t-il en éclatant de rire. Ça me rassure de voir que tu n'as pas du jus de navet dans les veines ! »

Il tape dans l'épaule de Kenji – son fameux code pour faire ami-ami. On pourrait croire que le petit Japonais vacillerait sous un tel coup ; or il tient bon, aussi droit qu'un roc, et Alexeï fait une petite grimace de douleur en se massant le poing.

« Et solide, avec ça ! ajoute-t-il. Un vrai moine shaolin ! Allez, va, tu peux laisser tomber tes combinaisons, tes capuches antiondes et tout ton barda, tu es bien plus résistant que tu en as l'air ! Tiens, on va tous trinquer à ta santé, avant de se mettre au travail. C'est ma tournée. »

Il claque des doigts et émet un sifflement strident, avant de crier :

« Hé, Tas de ferraille ! va chercher une bouteille de jus de pommes dans le réfrigérateur de mon habitat ! »

Le robot au nœud papillon, qui suit ses maîtres dans la base aussi fidèlement que Louve, pivote sur ses roues. Il s'en va en silence vers le tube d'accès qui conduit au Nid des Krisalex.

« Günter est vexé, proteste Kris. Il n'aime pas quand tu l'appelles *Tas de ferraille*.

— Pardon, mon ange. Ça m'a échappé. Mais, entre nous, je pense que cette machine s'en fiche un peu de comment on l'appelle. Contrairement à ce que tu aimerais croire, ce n'est pas un enfant et ça ne le sera jamais. »

Kris ne répond rien, pourtant moi qui la connais bien, je peux voir qu'elle est vraiment peinée.

85. CONTRECHAMP
MAISON BLANCHE, WASHINGTON DC
SAMEDI 6 JANVIER, 11 H 30

« LE VOTE DES GRANDS ÉLECTEURS VIENT D'ÊTRE DÉPOUILLÉ PAR LE CONGRÈS ! s'exclame une journaliste, micro à la main, devant le dôme blanc du Capitole. C'est maintenant officiel, Edmond Green est réélu à la présidence des États-Unis d'Amérique, avec Serena McBee comme vice-présidente ! »

Un tonnerre d'applaudissements accueille la nouvelle, sortie du téléviseur incrusté dans le mur du bureau ovale de la Maison Blanche : le fameux bureau présidentiel. Cette

ACTE V

pièce mythique, où s'écrit une grande partie de l'histoire du monde, est aujourd'hui pleine à craquer. Le président fraîchement réélu est là bien sûr, assis à son bureau, tout sourire dans son costume agrémenté d'une cravate verte. Son équipe de campagne et ses plus proches collaborateurs l'entourent, chacun tenant à la main une flûte remplie d'un liquide vert et pétillant, du champagne additionné de sirop de menthe, pour célébrer la couleur du parti hyperlibéral.

« Merci, merci, mes chers amis, dit Edmond Green en prenant, lui aussi, un verre du curieux breuvage. Et surtout, merci à vous, Serena, sans qui rien de tout cela n'aurait été possible. »

Il lève sa flûte en direction de la nouvelle vice-présidente. Si la plupart des personnes présentes dans l'assemblée se sont contentées d'un accessoire vert pour signifier leur appartenance au parti, elle a poussé le zèle jusqu'au total look avec son tailleur vert, ses escarpins verts, son vernis à ongles vert, et ses boucles d'oreilles serties d'émeraudes. Il n'y a que trois autres touches de couleur sur toute sa personne : son carré argenté, sa broche-micro en argent elle aussi, et le ruban noir du Souvenir en hommage aux victimes du crash de la mer des Caraïbes.

« N'est-elle pas superbe ? s'extasie le président.
— Arrêtez, mon cher Edmond, vous allez me faire rougir d'embarras ! minaude Serena.
— Rougir ? Je suis sûr que vous *verdiriez* d'embarras, telle est votre dévotion à la cause du parti ! Personne n'a jamais mieux porté le vert !
— Pas même vous, Edmond Green ?
— Eh non, pas même moi – ha, ha, ha ! »

L'assemblée tout entière rit avec le président, à l'exception de deux personnes.

Au milieu du bureau ovale, Serena McBee se contente de sourire, levant sa flûte en l'honneur de son nouveau patron.

Contre le mur du fond, parmi les gardes du corps, l'agent Orion Seamus observe la vice-présidente de son œil unique, brillant.

86. Champ
MOIS N° 21 / SOL N° 577 / 14 H 38, MARS TIME
[27ᵉ SOL DEPUIS L'ATTERRISSAGE]

« Allez, les gars, plus qu'une et on sera fin prêts ! » déclare Alexeï en s'épongeant le front. Avec l'aide de Samson et Marcus, il empoigne la dernière bâche pour la tendre au-dessus de la dernière portion du champ d'avoine. Derrière eux, le reste de la plantation pyramidale est déjà recouvert, le travail harassant de toute une matinée. Ils sont tous les trois torses nus, ruisselants de sueur – leurs hauts de sous-combi leur tenaient trop chaud dans l'air sec de la base. Les nombreuses séances de gym qu'Alexeï a enchaînées à bord du *Cupido* lui ont profité, à moins que ce ne soient ses gènes dont il semble si fier ; il a vraiment un physique de compétition, tout droit sorti des pages d'un magazine de muscu. Samson est bâti plus finement, mais il a une élégance naturelle qui dégage beaucoup de force, et à chacun de ses mouvements on voit ses muscles secs jouer sous sa peau d'ébène. En termes de corpulence, Marcus se situe entre les deux. Il est à la fois robuste et élancé, à mon humble avis parfaitement proportionné. Ses tatouages luisants semblent s'animer, puisant dans les mouvements de son corps une énergie vitale ; les fougères de mots s'agitent, les ronces frémissent, les palmes se balancent chaque fois qu'il arque le dos, puis se redresse en contractant ses abdominaux. Moi, j'emmagasine tout ça dans ma tête comme

ACTE V

une caméra, pour me souvenir de tout quand je serai à ma table à dessin. La lumière rouge qui filtre à travers les carreaux du dôme, le travail des corps, la concentration des visages : ce sera la première scène que je dessinerai sur mes grandes feuilles de papier sorties de l'imprimante 3D, après la tempête.

Après la tempête...

Elle aura lieu demain matin à l'aube, d'après les prévisions météo.

La protection des plantations est la dernière étape d'une préparation qui nous accapare depuis plusieurs jours. L'ensemble des sas et ouvertures ont été soigneusement vérifiés par nos responsables Ingénierie, Tao et Liz, pour s'assurer de leur étanchéité. Mozart et Kelly ont quant à eux supervisé le bâchage des rovers, qui resteront dehors pendant la tempête. Kenji et Safia se sont chargés de tous les tests nécessaires pour s'assurer que le système de communication fonctionnait parfaitement, notamment le relais radio avec Phobos et les satellites d'appoint. Secondée par Fangfang, Kris a passé des heures aux fourneaux pour cuisiner et congeler plusieurs kilos de son délicieux hachis. Moi, j'ai aménagé la panic room avec des matelas prélevés dans chaque habitat, au cas où nous devrions y rester plus longtemps que prévu.

Toutes ces activités nous ont tenus occupés, nous empêchant de trop réfléchir. Mais maintenant que les préparatifs s'achèvent, une question sans réponse me revient à l'esprit : *Contre quoi, exactement, est-ce qu'on s'est préparés ?* On ne le sait toujours pas. On ne sait pas si la tempête de demain constitue une réelle menace – et, si oui, on ignore tout du danger qu'elle représente.

« *Done !* s'écrie Alexeï en essuyant ses mains moites sur le bas de sa sous-combi. Quartier libre jusqu'à demain, les mecs ! Moi, perso, je me prévois une soirée cocooning avec ma chérie. »

Il descend les marches de la première terrasse et enlace Kris, qui fait mine de se débattre :

« Attention ! Tu es tout poisseux ! »

Mais tout le monde voit bien qu'elle est ravie à l'idée de passer le reste de l'après-midi avec son amoureux. Chère Kris... Si rapide à se vexer quand Alexeï pique une crise de jalousie ou insulte son robot, si rapide à lui pardonner quand il la serre dans ses bras. Ce garçon a une telle influence sur elle : d'une parole, il peut la blesser profondément ou la combler de joie... Mais, au fond, n'est-ce pas la même chose entre Marcus et moi ? C'est ça que veut dire *aimer*, devenir complètement dépendant de l'autre, comme à une drogue ?

Tandis que je réfléchis à la question, mon addiction marche vers moi en me couvant de ses irrésistibles yeux gris.

« Il faut toujours se couvrir après une suée, au risque de prendre froid, dis-je, débitant mon cours de médecine.

— OK, doc ! fait-il en me décochant son demi-sourire. Mais là, tout de suite, j'ai surtout envie d'une bonne douche. Est-ce que j'ai le droit ?

— Je n'y vois pas de contre-indication...

— Alors, attends-moi là, je serai de retour dans un quart d'heure pour notre balade.

— *Notre balade ?* » dis-je, pas certaine d'avoir bien compris.

Marcus est tout près de moi maintenant. Son odeur intensifiée par l'exercice physique m'enveloppe tout entière, chaude, boisée, animale.

« Ça fait un mois que nous sommes sur Mars, et nos journées ont été tellement occupées que nous n'avons jamais eu une minute à nous, murmure-t-il dans mon oreille, de sa voix un peu cassée. Mais, là, maintenant, pour la première fois, il n'y a plus rien à faire. Alexeï l'a dit : quartier libre jusqu'à demain. Je t'emmène faire une virée en rover. »

ACTE V

Je n'ai pas le temps de protester, qu'il a déjà tourné les talons pour rejoindre notre habitat.

Une virée en rover, là, maintenant, à quelques heures de la tempête ?

Ce n'est pas raisonnable...

C'est une merveilleuse idée !

87. Contrechamp
MAISON BLANCHE, WASHINGTON DC
SAMEDI 6 JANVIER, 13 H 32

« Comment vous sentez-vous, madame McBee ? »

Serena se détourne du buffet, une cuiller apéritive garnie de noix de Saint-Jacques et caviar à la main, pour se trouver nez à nez avec l'agent Orion Seamus. Tout autour, les jardins de la Maison Blanche bruissent de monde ; après d'interminables toasts, félicitations et autres congratulations, la garde rapprochée du président s'y est disséminée pour profiter d'une collation, se mêlant à la foule des donateurs qui ont financé la campagne.

« Mais je me sens très bien, Orion – vous permettez que je vous appelle par votre prénom, n'est-ce pas, et vous aussi, appelez-moi simplement Serena. Comment ne pas être au mieux de sa forme, quand on vient d'être confirmée à la vice-présidence des États-Unis d'Amérique !

— Je ne parlais pas de cela, répond l'agent d'une voix courtoise. Je pensais plutôt à la tempête qui va balayer la base martienne demain matin. J'imaginais que vous seriez inquiète pour vos protégés, d'où ma question : *comment vous sentez-vous, madame McBee ?* »

Les deux interlocuteurs restent un instant immobiles l'un face à l'autre – l'agent Seamus à demi caché par son bandeau ; la nouvelle vice-présidente figée, sa cuiller au bout des doigts.

« Il n'y a pas lieu de s'inquiéter, dit-elle finalement. Je suis sûre que tout va bien se passer. La base de New Eden a été bâtie par la fine fleur de la Nasa, avant son rachat. Ce n'est pas la première tempête qu'elle essuie, et elle en a subi de bien plus puissantes. Nos installations sont à toute épreuve.

— Vous me rassurez, dit simplement l'agent Seamus, sans se départir du fin sourire énigmatique qu'il arbore en permanence.

— J'en suis heureuse », répond Serena en composant sur son visage un sourire tout aussi impénétrable.

Elle glisse délicatement la cuiller apéritive entre ses lèvres et la déguste sans quitter des yeux l'étrange employé de la CIA.

« Je me réjouis que vous ayez été élue, Serena, dit finalement le jeune homme. Vous êtes un exemple pour toutes les femmes de ce pays. Et je suis très heureux d'avoir été affecté par la CIA à votre protection rapprochée. Je ferai tout pour vous aider, avec une indéfectible loyauté. Je crois en vous et en votre avenir. Je sens que vous irez loin... »

Il répète ce dernier mot, en insistant bien dessus : « ... *très loin.* »

Serena McBee hoche lentement la tête.

« Orion Seamus..., murmure-t-elle. Vous avez certainement de l'assurance et de l'intelligence à revendre, en plus de votre charme ténébreux. Quel âge avez-vous au juste ? Trente-huit ans ? Trente-neuf ?

— Trente-six.

— Trente-six ans, et déjà affecté au service personnel de la vice-présidente ! Chapeau ! Laissez-moi faire votre portrait psychologique, c'est ma spécialité... »

Elle examine l'agent de haut en bas, avec autant de méthode que l'androïde Oraculon lorsqu'il scanne

ACTE V

quelqu'un, puis elle sort son diagnostic d'une traite, sans hésitation :

« Fils unique. Famille de la classe moyenne. Mère au foyer. Elle est intelligente et pleine de ressources, mais elle a sacrifié sa carrière pour s'occuper de son mari et de son fils. Depuis, elle est amère, c'est pourquoi vous valorisez les femmes comme moi qui font le choix de travailler. Père représentant de commerce. Il vous a appris à vous imposer, et aussi à coordonner vos souliers, votre ceinture et votre bracelet de montre – une Rolex –, il doit être dans les voitures de luxe ou les yachts. Mais, depuis tout petit, votre ambition va bien au-delà de la concession paternelle ; vous avez excellé dans vos études et majoré toutes vos classes. C'est ainsi que vous avez décroché ce poste, à votre âge, dix ans plus tôt que la normale. Ah, et j'oubliais, célibataire endurci. Non seulement vous n'avez pas d'alliance, mais chaque fois que je vous ai vu, vous portiez toujours le même uniforme – je suis sûre que votre penderie compte des dizaines de costumes noirs, de chemises blanches et de cravates grises, c'est le moyen le plus sûr de ne pas faire de faux pas vestimentaire quand on ne dispose pas d'une conseillère féminine pour vous guider le matin. Il n'y a que votre cache-œil pour lequel je n'ai pas encore d'explication, mais laissez-moi vous côtoyer un peu plus et ça viendra, je vous assure. »

L'agent Seamus incline la tête en signe d'admiration.

« Impressionnant, Serena, dit-il. Si vous n'étiez pas déjà prise par vos nouvelles fonctions, je vous conseillerais de faire carrière dans les Renseignements. Mais en parlant de vos nouvelles fonctions, justement... pendant votre mandat, vous êtes tenue d'habiter à proximité de la Maison Blanche, et plus exactement à l'Observatoire naval qui sert de résidence aux vice-présidents depuis des décennies. Êtes-vous certaine de vouloir continuer à animer la chaîne Genesis ?

— Mais, évidemment, comme je vous l'ai déjà dit ! Et le président Green compte aussi dessus, car, ne nous voilons pas la face, la nouvelle popularité du parti hyperlibéral est directement liée à mon émission. Dès cet après-midi, mes équipes vont installer le matériel audiovisuel me permettant d'animer le show à distance, ainsi que je le faisais depuis la villa McBee. Vous serez assez aimable de leur autoriser l'accès à la résidence de l'Observatoire, n'est-ce pas ?

— À vos ordres.

— Et, je vous le rappelle, n'oubliez pas de me tenir au courant, à toute heure du jour ou de la nuit, si vous retrouvez la trace de ce malheureux Andrew Fischer.

— Bien entendu.

— Vous pourrez l'amener jusqu'à moi sans en référer à la police fédérale. Après tout, si ce jeune homme veut me parler en privé, pas la peine d'alerter ciel et terre.

— La CIA n'a pas pour habitude d'informer le FBI de ses moindres faits et gestes. Et, en l'état, nous nous montrerons particulièrement discrets. C'est une affaire privée, comme vous dites, dont mes hommes et moi-même n'avons pas à connaître la teneur. J'exécuterai vos directives, un point c'est tout. »

Le sourire de Serena McBee s'épanouit.

« Je sens que nous allons très bien nous entendre, mon cher Orion, dit-elle. Et je sens que vous irez *très loin*, vous aussi. »

Puis elle s'empare d'une brochette de langoustines, qu'elle engloutit d'une seule bouchée.

ACTE V

88. Champ
MOIS N° 21 / SOL N° 577 / 16 H 35, MARS TIME
[27ᵉ SOL DEPUIS L'ATTERRISSAGE]

« ON A VRAIMENT L'IMPRESSION D'ÊTRE SEULS AU MONDE... », dis-je.
Derrière le pare-brise du mini-rover se déploie la large vallée de Ius Chasma, suite ininterrompue de dunes rouges, aussi loin que porte le regard. Les ombres sont déjà très étendues, creusant les cratères, dessinant derrière chaque rocher une traînée d'encre noire.
Marcus est installé à la place centrale, celle du conducteur. Je suis assise à sa droite, et nous avons mis un panier de provisions sur le siège de gauche – des pommes et des fraises issues de notre stock personnel, plus quelques délicieux biscuits d'avoine confectionnés et offerts par Kris. Nos deux casques sont posés sur la plage arrière ; dans l'habitacle pressurisé du mini-rover, nous n'avons pas besoin de les porter.
« Ton impression est presque vraie, répond Marcus. Ici, sur Mars, nous sommes *douze au monde*.
— Plus tous les spectateurs qui nous regardent... », dis-je en me souvenant soudain de la chaîne Genesis et de la caméra fixée au-dessus du pare-brise.
Je colle mon front contre la vitre épaisse, pour scruter le ciel rougeoyant de Mars :
« Phobos et son antenne de communication sont quelque part là-haut, invisibles, capturant chacune des paroles que nous prononçons. En fait, c'est comme si les milliards de spectateurs étaient avec nous en ce moment, dans le rover.
— Est-ce qu'ils sont vraiment là ? Je ne sais pas. Je n'en suis pas sûr. Parce que tu vois, ils ne vivent pas les choses en même temps que nous. Notre présent, c'est leur futur.

Et leur présent, c'est notre passé. On a maintenant quatre minutes et demie d'avance sur eux, et ça va continuer à s'accroître avec la latence de communication, au fil des semaines. » Il lève la tête vers la caméra et lui adresse un clin d'œil : « Bonjour messieurs-dames, ici Léo et Marcus, les fugitifs du Temps ! Rattrapez-nous, si vous le pouvez ! »

Je souris.

Les fugitifs du Temps... c'est une belle image, comme celles qui naissent souvent de la bouche de Marcus. C'est aussi une métaphore que les spectateurs ne peuvent pas complètement comprendre ; elle ne désigne pas seulement la latence de communication qui nous éloigne de la Terre, mais également le temps qu'on vole, lui et moi, à la maladie qui nous rattrapera un jour...

« Dis, Doc, je peux avoir encore une fraise ? » demande Marcus.

Je me penche au-dessus de ses cuisses pour attraper une poignée de baies dans le panier. Tout comme les pommes de Mars, elles sont plus grosses que leurs sœurs terrestres. J'en glisse une entre les lèvres de Marcus, qui garde les mains sur le volant – le terrain est tellement accidenté qu'il vaut mieux ne pas lâcher les commandes un seul instant.

« Attention, il y a du jus qui coule sur ton menton ! » dis-je en pouffant.

Un filet couleur de sang dégouline sur le cou de Marcus, suivant le fin sillon creusé par la tige de la rose tatouée. Je l'essuie du revers de l'index et porte mon doigt à ma bouche ; la saveur sucrée me parle d'été, d'insouciance, de jours heureux.

« On ne devrait pas trop tarder..., dis-je à contrecœur. On s'est pas mal éloignés de la base, et il faut vraiment qu'on soit rentrés avant la nuit, surtout avec la tempête demain...

— Ne t'inquiète pas. Il y a une chose que je voudrais te montrer, et on y arrive justement. Regarde ! »

ACTE V

Le mini-rover contourne un rocher plus massif que les autres, et soudain, un spectacle stupéfiant envahit le pare-brise. Nous sommes tout près de la falaise qui ferme Ius Chasma au sud. Le mur de roche et de terre rougeâtre s'élève sur des kilomètres. Mais il y a autre chose, que je n'ai encore jamais vue depuis notre arrivée sur Mars ; incrustée dans la falaise, à hauteur d'homme, s'étend une bande blanche de quelques mètres de large, dont la surface iridescente projette mille teintes.

« Qu'est-ce que c'est ? dis-je, émerveillée, tandis que Marcus gare le rover au pied de la falaise.

— Un gisement d'opale. Je l'ai découvert il y a deux sols, lors d'une expédition en solitaire, pendant que Mozart conduisait Samson plus à l'est pour recueillir des échantillons de sable dans un cratère. Je n'en ai encore parlé à personne. Je voulais que tu sois la première à voir ça. Viens ! »

Nous vissons nos casques, nous passons dans le sas à l'arrière du rover puis, une fois la procédure de décompression achevée, nous ouvrons la porte et nous nous laissons glisser sur le sol de Mars.

Marcus prend ma main gantée dans la sienne et m'entraîne jusqu'au gisement d'opale.

Plus je m'en approche et plus mes yeux s'écarquillent. C'est un spectacle unique, à nul autre pareil. On dirait un arc-en-ciel fossilisé, enchâssé depuis des millions d'années dans la chair rocheuse de Ius Chasma.

« *Magnifique… C'est ton plus beau tour de magie…*, je parviens à articuler dans le micro de mon casque.

— *Mes tours n'y sont pour rien, ce que tu as devant toi n'est pas une illusion, mais la réalité,* me répond la voix de Marcus, légèrement déformée par le relais radio. *Pourtant, tu as raison, cette réalité a quelque chose de magique. Parce que, tu vois, l'opale se forme par l'interaction entre l'eau et la silice. Comme sur Terre, dans les sources chaudes qui regorgent de vie microbienne.* »

Je pose doucement mon gant sur la surface iridescente, avec l'impression confuse de toucher quelque chose de sacré.

« *Comme nous disait Fangfang...*, je murmure. *Mars n'est pas un désert aussi sec qu'il paraît... Il y a eu de l'eau liquide ici. Et peut-être même...*

— *... oui, peut-être même de la vie !* » s'exclame Marcus.

D'un geste instinctif, je retire ma main du gisement d'opale.

De la vie ?

Dans ce désert mort, sur cette planète morte ?

« *J'ai fait des premiers prélèvements, en cours d'analyse au laboratoire de New Eden*, continue Marcus. *Et j'en ai aussi profité pour faire* ça... »

Il désigne du doigt un segment où l'opale est particulièrement brillante et lisse.

Sauf à un endroit, parcourus de sillons. Ces lignes n'ont pas été creusées par les tempêtes, ni par les séismes, ni par aucun des cataclysmes qui ont modelé Mars au cours des milliards d'années.

LÉONOR + MARCUS

C'est ce qui est gravé dans l'opale, en belles lettres droites, pareilles à celles qui ornent le fronton des temples.

« *Comme tu m'as interdit de finir d'écrire ton nom sur ma poitrine, j'ai décidé de l'écrire ici*, dit Marcus. *Et à côté, j'ai ajouté le mien.* »

Je me tourne vers lui, le cœur serré par l'émotion.

Le soleil déclinant crée des reflets brillants sur la visière incurvée de son casque, mais son sourire est plus lumineux encore.

« *Est-ce que je vais te paraître niais, si je te dis que, pour moi, notre amour est éternel ?* me demande-t-il doucement, presque timidement. *Est-ce que tu vas penser que je suis un foutu poète inutile, comme dirait Alexeï ?*

— Marcus...

— *Parce que je le pense vraiment. Ce qu'on a vécu ensemble, ce qu'on vit en ce moment, ça existera toujours quelque part, même quand on aura disparu. Ça restera gravé ici, dans l'opale de Mars.* »

89. Chaîne Genesis
SAMEDI 6 JANVIER, 16 H 15

Plan rapproché sur le sas de compression, vu depuis la serre de New Eden.

Au-dessus de la porte métallique, à travers les alvéoles de verre qui forment le dôme, la nuit martienne est déjà tombée. Elizabeth est là, comme tous les soirs, à guetter les ténèbres, telle une vigie à sa proue.

Titrage en bas de l'écran : VUE INTÉRIEURE DU JARDIN : HEURE MARTIENNE – 19 H 15

Soudain, le voyant lumineux au-dessus du linteau métallique s'allume :

Procédure de compression démarrée

Égalisation 10 %

Égalisation 20 %

Égalisation 30 %

Elizabeth pousse un long soupir de soulagement : « Enfin ! »

Lorsque le voyant atteint les 100 %, la porte s'ouvre sur deux silhouettes en combinaison, et l'Anglaise se précipite à leur rencontre : « Je me faisais un tel souci ! J'avais peur que, là-bas, la tempête ait déjà commencé et qu'elle vous ait emportés ! Vous auriez tout de même pu nous... »

Les mots restent coincés dans sa gorge, au moment Léonor et Marcus dévissent leurs casques. On peut lire un tel bonheur sur leurs visages, une telle sérénité, que toute réprimande semble futile.

Elizabeth baisse la voix : « Je suis contente que vous soyez là, dit-elle simplement. Je vais avertir Kris. Elle aurait souhaité guetter votre retour avec moi, mais Alexeï la veut à ses côtés. Quant à Mozart... même s'il a tenu à rester dans notre habitat pour me préparer un superbe dîner avant la tempête de fin d'été, je sais qu'au fond de lui, il est mort d'inquiétude. »

Léonor se tourne vers Elizabeth et lui adresse un grand sourire, étincelant comme un soleil : « Merci, Liz. Et désolée de vous avoir causé du souci. Il est temps que tu ailles te reposer auprès de Mozart. Une rude journée nous attend demain. »

Les deux *fugitifs du Temps* enlèvent leurs combinaisons et les laissent dans le local prévu à cet effet, près du sas. Puis ils traversent le Jardin désert et s'engouffrent dans le tube d'accès qui mène à leur habitat.

Cut.

Plan d'ensemble sur le Nid d'amour de Léonor et de Marcus, au moment où ils y entrent.

Une aura étrange semble toujours les nimber.

Sans un mot, ils se dévêtent.

Ils laissent tomber à leurs pieds la seconde peau de la sous-combinaison, pour se trouver en sous-vêtements, l'un en face de l'autre.

La caméra tremble.

Elle cadre sur le corps de Marcus, sur son incroyable entrelacs de tatouages, comme si elle voulait tous les enregistrer dans sa mémoire. Mais ils sont trop nombreux, chaque branche d'encre donnant naissance à dix autres, chaque mot calligraphié appelant une phrase entière. Déjà, le jeune homme prend la main de son amoureuse et l'entraîne doucement vers la salle de bains.

La caméra s'affole alors, voyant ses proies lui échapper.

Elle zoome nerveusement sur Léonor, sur ses splendides jambes galbées couleur de lait, sur l'élégante cambrure de ses reins… mais ça s'arrête là. Le dos que la caméra voudrait tant montrer aux spectateurs, la cicatrice qui excite la curiosité du monde entier, lui demeurent inaccessibles. Les longs cheveux roux de la jeune fille font écran, somptueux rideau de velours pourpre protégeant un mystère antique.

Les deux jeunes gens pénètrent ensemble dans la cabine de douche, là où la caméra ne peut pas les suivre.

La porte opaque se referme doucement sur eux, sans un bruit.

90. Champ
MOIS N° 21 / SOL N° 577 / 19 H 32, MARS TIME
[27ᵉ SOL DEPUIS L'ATTERRISSAGE]

Les premières gouttes s'écrasent sur ma peau.
Je ne sais pas si elles sont brûlantes ou glacées.
Je ne les entends pas, je les sens à peine.

Mes pieds nus, tout là-bas sur le socle immaculé de la douche, me semblent tellement lointains. Pareils à ceux d'Alice au pays des merveilles, une fois qu'elle a mangé le gâteau qui fait grandir démesurément.

J'ai l'impression d'être hors de moi-même, détachée de mon propre corps, comme dans un conte que je lirais sans vraiment y croire.

Le tourbillon d'eau silencieux qui tombe sur ma tête baissée, sur mes longs cheveux, sur mes jambes raides, me paraît irréel. Quelqu'un a coupé le son.

Et puis, soudain, sa main se pose sur mon bras.

Soudain, le crépitement joyeux de la pluie résonne dans mes oreilles.

Soudain, la chaleur de l'eau vaporeuse enveloppe ma peau.

Soudain, tout mon corps existe, frémit, ressent.

Mais, simultanément, la honte s'abat sur moi ; un déluge de pensées me submerge, plus dru que toutes les tempêtes, plus acide que tous les venins.

(Ce n'était pas une bonne idée de prendre cette douche ensemble, même si vous n'en aviez plus qu'une pour deux aujourd'hui. Toi, tu risques de tomber enceinte. Et lui, il risque de tomber de haut. Tu n'es pas encore prête à te mettre à nu. Au fond de toi, tu sais que tu ne le seras jamais. Maintenant c'est trop tard. Il t'a vue, il t'a observée de près, il t'observe en ce moment même, et il regrette, comme il regrette !)

Un coassement s'échappe de ma bouche, grotesque et discordant comme la peur qui me bouffe les entrailles, comme le cri de désespoir d'une grenouille qui s'est crue princesse :

« Je ne devrais pas... »

L'index de Marcus se pose délicatement sur ma bouche.

Son autre main remonte le long de mon bras, aussi légère qu'une brise, jusqu'à mon épaule, jusqu'à la Salamandre...

... et il la touche, sans dégoût, ni réflexe de rejet.

Je ne sens pas le contact direct de sa paume sur cette partie de moi brûlée et morte, privée de terminaisons nerveuses ; en revanche, je sens le soutien du bras derrière cette paume, de l'homme derrière ce bras.

Le doigt qui me scellait les lèvres descend sur mon menton ruisselant.

Il me relève doucement la tête.

Le visage de Marcus m'apparaît – son sourire ému, ses épais sourcils parsemés de perles d'eau, ses grands yeux gris qui gardent pour toujours le reflet des étoiles.

Je n'ai plus peur.

ACTE V

Je n'ai plus honte.

Aucune angoisse ne peut résister, quand de tels yeux vous regardent ainsi, comme si vous étiez la chose la plus précieuse de l'univers.

91. Chaîne Genesis
DIMANCHE 7 JANVIER, 04 H 45

Mars apparaît, gigantesque orbe rouge. Elle est filmée de si près qu'elle envahit presque tout l'écran, ne laissant que deux fines marges de cosmos noir en bord cadre. La frontière séparant le jour de la nuit divise verticalement la planète en deux hémisphères.

Un titrage se forme : vue aérienne de Mars, capturée depuis l'antenne de communication principale sur Phobos / heure martienne – 07 h 05

La caméra zoome, donnant l'impression qu'elle plonge vers la surface de Mars.

De seconde en seconde, la balafre de Valles Marineris grossit. Elle se situe à la jonction de l'ombre et de la lumière, qui la coupe perpendiculairement ; l'Est est déjà éclairé, l'Ouest est encore noyé dans les ténèbres...

... soudain, les rayons du soleil illuminent les contours de Ius Chasma, désormais bien connus des spectateurs. Mais en même temps que les bords du célèbre canyon se dessinent, le plateau de Solis Planum apparaît lui aussi à l'écran, juste en dessous : ce n'est plus qu'une étendue de brume rouge et noire, faite de volutes et de torsades, de lumières et d'ombres. Vue de si loin, on a l'impression trompeuse que la tempête de fin d'été est immobile – on dirait les circonvolutions d'un bas-relief baroque, sculpté dans le sol de Mars.

La puissante caméra zoome encore et, plus elle s'approche, plus il devient évident que la tempête est en train de bouger. Ce n'est pas un bas-relief, c'est une masse mouvante, vivante, qui rampe vers le bord de Ius Chasma...

92. CHAMP
MOIS N° 21 / SOL N° 578 / 08 H 12, MARS TIME
[28ᵉ SOL DEPUIS L'ATTERRISSAGE]

« *REGARDEZ : LE SOLEIL SE LÈVE !* » vibre la voix de Safia dans mes écouteurs.
Elle pointe du doigt le haut de la falaise de Ius Chasma, qu'on aperçoit à travers le dôme de verre.
Aujourd'hui, nous nous sommes levés bien avant l'aube, nous avons revêtu nos combinaisons et fermé nos casques. Puis nous nous sommes tous rassemblés dans le Jardin aux plantations bâchées, tous les douze, plus les deux chiens et même les robots-majordomes – celui des Krisalex avec son nœud papillon, celui des Fangtao aussi nu qu'à sa sortie de l'usine (il a au moins hérité d'un nom : *Lóng*, ce qui veut dire *Dragon* en chinois). Depuis une heure, face à l'immensité enténébrée de Mars nous attendons le monstre dont on nous a prédit l'arrivée.
Mais ce n'est pas un monstre qui apparaît au sommet de la falaise interminable.
Safia a raison, c'est le soleil.
C'est juste le soleil, et au-dessus de lui le ciel est clair, sans un nuage.
Un ruissellement de rayons pleut depuis le haut de Ius Chasma, inondant la vallée toute entière et le Jardin. Au même instant, je sens les bras de Marcus me serrer un peu plus fort contre son torse. Même s'il y a maintenant entre

ACTE V

nous la double épaisseur de nos combinaisons, j'ai l'impression de sentir encore sa peau nue contre la mienne. Hier soir, ma peur de tomber enceinte s'est évanouie en même temps que ma peur de la Salamandre. Nous n'avons pas fait l'amour ou, tout du moins, pas de la manière dont on s'y prend pour faire des bébés. Qu'importe ! Pour moi, le prélude était aussi beau que la symphonie. Les notes sont venues naturellement. La partition était en nous de toute éternité. Nous avons pris tout notre temps pour l'interpréter, comme si nous avions devant nous une vie entière pour apprendre à nous aimer. Puis nous nous sommes endormis l'un contre l'autre, lui torse nu et moi dans la fine nuisette de satin que je n'aurais jamais cru porter, comme si cette vie ne faisait que commencer.

« *On dirait que Serena s'est plantée dans ses prévisions !* résonne la voix de Kelly, me ramenant à l'instant présent. *C'est grand beau temps !* »

Les uns et les autres y vont de leurs commentaires, créant des effets Larsen au fond de mon casque : « *On dirait que Kelly a raison...* » ; « *La tempête s'est peut-être apaisée ?* » ; « *Ou, alors, le vent a tourné et l'a éloignée de Ius Chasma...* » ; « *Je propose d'ouvrir une bouteille de champagne pour fêter ça !* »

Un bruit strident retentit soudain, couvrant les hypothèses et les cris de joie.

C'est Louve qui s'est mise à hurler, et Warden hurle avec elle.

À travers leurs petits casques ronds, ils ont l'un et l'autre le museau pointé vers la falaise, vers le soleil dont les humains se réjouissent tant.

« *Qu'est-ce qu'il y a, ma fille ?* demande Kris en s'agenouillant près de sa chienne.

— *Ce qu'il y a ?* répète la voix de Kenji, tel un lugubre écho. *Levez les yeux !* »

C'est ce qu'on fait.

On lève tous les yeux, plissant les paupières pour filtrer entre nos cils les rayons aveuglants. Et c'est alors qu'on la voit.

435

La tempête.

C'est une masse rouge, titanesque, qui s'avance sur des kilomètres et des kilomètres au sommet de Ius Chasma.

Elle se déploie et se contracte, tel un organisme vivant mû par des milliers de muscles.

Elle engloutit le soleil entre ses mâchoires de poussière.

Puis elle atteint le bord extrême de la falaise et se coule dans le précipice comme une pieuvre géante qui étend ses tentacules vers sa proie.

« *Oh, mon Dieu…* », laisse échapper Kris, tandis que les circonvolutions s'engouffrent dans le canyon, noyant les dunes, les rochers et tout le paysage.

Louve et Warden se taisent d'un seul coup, et se plaquent contre le sol.

Une gigantesque langue de brume pourpre surgit du fond de la vallée et s'abat sur le dôme, faisant vibrer toutes les alvéoles de verre.

Je ferme les yeux par réflexe et me recroqueville contre le torse de Marcus, m'attendant à sentir pleuvoir sur nous les éclats de verre brisé.

Mais le dôme tient bon.

Les vibrations cessent.

Quand je rouvre les yeux, il n'y a plus ni ciel ni vallée. Il ne reste qu'un écran rougeoyant, opaque, qui nous entoure et nous aveugle. Nous sommes au cœur de la tempête.

ACTE V

93. Hors Champ
MINE ABANDONNÉE, VALLÉE DE LA MORT
DIMANCHE 7 JANVIER, 03 H 13

« Que se passe-t-il, Andrew ? Pourquoi est-ce que l'image tremblote ? »

Andrew et Harmony sont assis sur le bord d'un des deux lits défoncés, dans la maisonnette qui jouxte la mine abandonnée de la Montagne Sèche. La paire de menottes ouverte repose au pied du lit, luisant faiblement dans la pénombre. L'écran de l'ordinateur portable posé sur les genoux du jeune homme constitue l'unique source de lumière au cœur de la nuit ; ici, dans la vallée de la Mort, il est trois heures plus tôt que sur la côte Est et, par le jeu du décalage interplanétaire, dix-huit heures et quarante minutes plus tôt que sur Mars.

Sur l'écran défile la version webtélé de la chaîne Genesis, cadrée sur la vue du Jardin. Les douze pionniers de Mars se tiennent là, blottis les uns contre les autres, dans leurs combinaisons spatiales blanches. La luminosité est faible, les casques opaques ; il est impossible de dire avec certitude qui est qui, à l'exception de Tao dans son fauteuil roulant.

Soudain, l'image tressaute, se strie de lignes blanches.

« Regardez, Andrew, ça recommence ! s'écrie Harmony. Oh, mon Dieu ! La Terre est en train de perdre le contact avec la base de New Eden, comme lors de l'avant-dernière Grande Tempête, pendant l'heure silencieuse où les cobayes sont morts !

— Ne dites pas ça, répond Andrew. Ce ne sont que des interférences passagères, dues aux perturbations magnétiques apportées par la tempête. Le relais radio est capable de compenser ce genre de phénomène. »

PHOBOS[2]

Il s'exprime en tant que fils de l'ancien instructeur en Communication et principal artisan du système de transmissions du programme Genesis. Il n'empêche, la tension dans sa voix est palpable...

Harmony se serre un peu plus contre lui, relevant sur ses frêles épaules la couverture dans laquelle elle est enroulée. Elle frissonne.

« Et si maman profitait de ces interférences pour dépressuriser la base ? murmure-t-elle.

— Elle ne fera pas une chose pareille, assure Andrew. Pas tant que nous sommes toujours en liberté, et toujours en possession de la copie du rapport Noé. »

Une fois encore, il y a du doute dans la voix d'Andrew. Harmony semble le percevoir. Elle tourne son visage vers lui ; dans la lumière dégagée par l'écran, il paraît plus maigre que jamais. Par contraste, ses grands yeux semblent avoir doublé de volume – ce sont deux immenses lacs vert d'eau, sans fond.

« Combien de temps allons-nous pouvoir tenir, Andrew ? » Elle désigne les quelques provisions qu'il a récupérées dans une supérette de la région, entassées dans l'ombre contre le mur de la cabane. « Allons-nous passer le reste de nos existences à nous cacher dans le désert, sans cesse sur le qui-vive, à guetter le moment de révéler le rapport Noé à la planète ? – un moment qui n'arrivera peut-être jamais... »

Andrew lui jette un regard douloureux.

« Que proposez-vous de faire ? demande-t-il. Voulez-vous que nous dénoncions votre mère, là, maintenant ? Nous en avons le pouvoir. Nous n'avons qu'à uploader les pages du rapport Noé sur mon site, pour que le monde entier y ait accès... »

Joignant le geste à la parole, il pianote sur son clavier ; la fenêtre de la chaîne se résorbe, pour laisser apparaître son site pirate, *Genesis Piracy* :

ACTE V

« ... il me suffit d'un clic !

— Non ! » hurle Harmony, le souffle court.

Elle attrape le poignet d'Andrew au-dessus du clavier.

« Si vous appuyez sur ces touches, maman appuiera, elle aussi, sur le bouton qui scellera la mort des pionniers... la mort de Mozart.

— Soit, murmure Andrew. Je n'appuierai pas. »

Il ferme la fenêtre de *Genesis Piracy* et repasse sur la chaîne Genesis, tandis qu'Harmony recommence à respirer.

« Les douze là-haut ont déjà eu à faire leur choix, ajoute-t-il, et ils ont décidé de descendre. Mais, pour nous, le choix reste à refaire chaque jour : diffuser le rapport Noé ou continuer à le taire. Je ne peux pas vous dire combien de temps cela durera, j'ignore si nous devrons passer le reste de notre vie dans le désert, comme vous le redoutez. Nous n'avons même pas la possibilité de voter, puisque nous ne sommes que deux. Telle est notre responsabilité, Harmony. Si un jour nous sommes trop fatigués de la porter et que nous la jetons à terre... alors, ce jour-là, puissent les pionniers de Mars nous pardonner. »

À l'évocation des pionniers de Mars, les deux reclus reportent leur attention sur l'écran, incapables de prononcer un mot de plus.

Vue d'ensemble sur le Jardin, qui cesse enfin de tressauter et se stabilise.

Les douze colons se sont massés au pied des plantations bâchées, dans un réflexe de repli, de défense. Tout autour, derrière la gigantesque verrière, règne un crépuscule rougeâtre et aveugle qui n'est ni le jour ni la nuit.

Tout d'un coup, les spots d'appoint suspendus au plafond du dôme s'allument pour pallier le manque de luminosité – ils ne sont toutefois réglés qu'à 25 % de leur puissance, afin d'économiser l'énergie.

Cut.

PHOBOS[2]

L'écran bascule en vue subjective au rez-de-jardin
Titrage : VUE SUBJECTIVE PIONNIÈRE N° 4 – KELLY
La Canadienne tourne sur elle-même, donnant à voir le même horizon bloqué, à 360 degrés tout autour du dôme.
Sa voix résonne à travers le micro, hésitante : « J'aimerais bien savoir ce qui se passe, quand même... Pourquoi on ne reçoit aucune instruction ?... Le contact a été perdu ?... Allô, la Terre ! »
Mais rien ne se passe.
C'est le silence absolu.
Absolu ?
Non – si on tend bien l'oreille, on peut percevoir un léger tintement, qui retentit quelque part, dans le tréfonds de la base :
Clong... Clong... Clong...
La voix d'Elizabeth s'élève à travers le relais radio : « Vous entendez ? »
Le visage inquiet de l'Anglaise transparaît à travers la visière de son casque, sur lequel tombe la lumière diffuse et glauque des spots en mode économie.
Les autres astronautes ne paraissent guère plus rassurés.
Kris demande à la cantonade : « D'où est-ce que ça vient ? »
Alexeï hausse ses épaules massives : « Bah, c'est sans doute un truc qu'on a mal attaché, là-dehors, et qui joue avec le vent – genre un crochet de bâche autour d'un des rovers... »
CLONG ! – un tintement beaucoup plus sonore que les autres, beaucoup plus proche, lui coupe la parole.
Kris se met à paniquer : « Là, Alex, ne me dis pas que c'est une bâche de rover ! C'était tout près, et bien trop fort pour n'être qu'un bruit de bâche ! »
À cet instant, la surface interne du dôme se met à trembler, parcourue de lignes indistinctes. Après quelques secondes de friture, elle se stabilise sur l'image de Serena McBee, assise dans une vaste pièce aux murs couverts de papier peint crème : son nouveau bureau de vice-présidente, à la résidence de l'Observatoire.
Entièrement vêtue de vert, la productrice exécutive accuse de légers cernes sous les yeux : le décalage horaire actuel entre la Terre et Mars l'oblige à se lever tôt.

ACTE V

Elle compose néanmoins son plus beau sourire au moment de prendre la parole : « Vous me recevez ? Oui ? Ah, enfin, ça a l'air de marcher ! Le système de communication fonctionne à nouveau correctement après quelques perturbations mineures. Bien, écoutez-moi. Vous êtes enveloppés par la tempête. Ius Chasma a complètement disparu des images satellites que nous captons depuis l'espace. Mais il ne faut pas vous en faire. Il n'y a qu'à attendre que le grain passe. Tenez, nous allons faire un petit exercice de relaxation, tous ensemble. Vous vous souvenez de la technique de visualisation de dauphins, comme au bon vieux temps ? Allez, avec moi !

« Un, je vide mes poumons bien à fond et je ferme les yeux... »

94. CHAMP
MOIS N° 21 / SOL N° 578 / 08 H 35, MARS TIME
[28ᵉ SOL DEPUIS L'ATTERRISSAGE]

« DEUX, JE CREUSE MON VENTRE ET JE VOIS UN GRAND OCÉAN CALME où nagent des dauphins... »
Je jette un coup d'œil autour de moi.
Et découvre avec stupeur que la plupart de mes camarades sont en train d'appliquer les consignes de Serena, comme à l'époque de l'entraînement dans la vallée de la Mort, comme au moment du décollage du *Cupido* – comme avant la découverte du rapport Noé.
« Trois, je laisse l'air rentrer à nouveau dans mes narines et remplir mon corps, en commençant par le nombril... »
Comment est-ce que la voix qui résonne à travers nos écouteurs peut encore leur apporter le moindre apaisement, en sachant ce qu'ils savent ? Ça me dépasse. Autour de moi, il n'y a que trois personnes qui gardent les yeux

ouverts : Marcus, qui m'observe ; Liz, qui observe Mozart ; et Kenji, qui scrute les nuées rouges derrière le dôme de verre, aussi fixement que s'il essayait de voir au travers.

« *Quatre, je sens mon inspiration masser mon diaphragme, j'imagine les dauphins qui nagent dans mon ventre...* »

Je ne parviens pas à détacher mon regard de Kenji. Il y a dans ses yeux noirs quelque chose de fou, une intensité que je n'y ai jamais vue jusqu'à présent – peut-être parce que, dans leur mouvement insaisissable, je n'ai jamais vraiment réussi à les capter. Mais ils ne bougent plus à présent. Plus du tout.

« *Cinq, je...* »

Serena ne termine pas sa phrase.

Une nouvelle interférence l'en empêche, brouillant à nouveau l'écran du dôme ; après quelques lignes blanches, la verrière retrouve sa transparence qui donne sur le rien impénétrable.

« *Il y a quelque chose...*, résonne soudain la voix de Kenji dans nos casques.

— *Hein ? Quoi ? Quelle chose ?* s'écrie Kris en ouvrant brusquement les yeux. *Où est Serena ? Je veux continuer l'exercice ! Je veux revoir les dauphins !* »

Ma pauvre Kris est complètement bouleversée, comme une petite enfant qui a perdu tous ses repères. Alexeï devrait la serrer dans ses bras pour la réconforter. Au lieu de quoi, il réagit à sa manière, par la colère.

« *Tu vas la fermer, Kenji !* s'écrie-t-il. *Tu ne vois pas que tu fais peur aux filles !* »

Le Japonais ne semble pas l'entendre.

Il garde les yeux fixés sur l'extérieur, en répétant :

« *Là, dehors, dans la tempête... Il y a quelque chose... Comme dans mes cauchemars... Je le sens...* »

CLONG !

Cette fois-ci, le choc venu de l'extérieur déclenche un hurlement d'épouvante, et pas seulement celui de Kris.

« *La panic room !* s'écrie Fangfang. *Vite !* »
Déjà, elle se rue vers la porte blindée qui s'ouvre dans le flanc de la première terrasse.
Mais Alexeï retient le bras de Kris avant qu'elle puisse emboîter le pas de la Singapourienne :
« *Tu restes ici, mon ange !* ordonne-t-il d'une voix autoritaire, qui contraste bizarrement avec son expression d'affection préférée. *Vous restez tous ici. Ce n'est quand même pas un petit bruit ridicule qui va vous effrayer, bordel !* »
Pourtant, je sens bien sa frayeur à lui – au gonflement de sa voix, à la manière dont il serre le bras de Kris dans sa main gantée, beaucoup trop fort.
CLONG !
« Ce ne sont que des cailloux qui cognent contre la base, bande de dégonflés ! De simples cailloux charriés par le vent, et rien d'autre ! »
Il crie presque maintenant.
Il n'entend pas la voix de Fangfang qui bégaye – « L'air de Mars est cent fois moins dense que sur Terre, bien trop léger pour qu'aucun vent puisse charrier des cailloux… » – ; il n'écoute que sa peur, et il tord le poignet de Kris sans s'en apercevoir.
« *Lâche-la, tu lui fais mal,* dit Samson.
— *Quoi ?*
— *Tu ne te rends pas compte que tu lui démontes le bras ?* »
J'ai l'impression de voir des éclairs jaillir des yeux bleus d'Alexeï, à travers la visière de son casque.
« *Je savais qu'il y avait quelque chose entre vous !* » rugit-il en lâchant brusquement le bras de Kris, pour se ruer sur Samson.
Le corps du Nigérian tombe à la renverse sous l'impact.
Aussitôt, Warden se rue à la rescousse de son maître en poussant des aboiements sauvages, qui saturent le relais audio et me crèvent les tympans. S'il ne portait pas son casque, je crois qu'il déchirerait la combinaison et la chair

du Russe en quelques secondes ; mais là, derrière la visière maculée de bave, ses crocs ne claquent que sur le vide.

« *Avoue !* crache Alexeï, la poitrine de Samson écrasée sous son genou.

— *J'ai rien… à avouer… connard !* parvient à articuler ce dernier en essayant péniblement de reprendre sa respiration.

— *Menteur ! Toutes ces heures où je vous ai laissés seuls tous les deux dans les plantations, sur la base de votre bonne foi ! Vous vous êtes bien foutus de ma gueule ! Surtout toi, en fait, parce que tu l'as forcée, hein ? – j'en suis sûr ! Jamais ma Kirsten ne m'aurait trahi de son plein gré. Prends ça !* »

Le poing d'Alexeï s'abat sur la combinaison de Samson dans un bruit mat, tandis que Mozart et Marcus se précipitent sur les combattants pour les séparer.

Les filles se mettent à crier à leur tour, afin de se faire entendre par-delà les aboiements des chiens :

« *Je te jure qu'il ne s'est rien passé, Alex !* » gémit Kris, éperdue.

« *On n'a jamais rien réglé par la force, il est temps de vous ressaisir* », argumente Fangfang, tentant de faire appel à la raison.

Safia est beaucoup moins diplomate : « *Tu n'es qu'une sale brute, Alexeï. Et un idiot !* »

Il détourne un instant les yeux de Samson, pour fixer la petite Indienne.

« *T'as pas l'impression de te gourer de camp ?* lui lance-t-il. *Tu devrais plutôt être solidaire avec moi. Toi aussi, tu as été trompée !*

— *N'importe quoi.*

— *Comment tu peux en être si sûre ?*

— *Il n'y aura jamais aucune place pour la jalousie entre Samson et moi. Si je t'expliquais pourquoi, je ne suis pas certaine que tu comprendrais. Personne ne t'a trompé, Alexeï, mais tu portes quand même des cornes : parce que tu es bête à manger du foin !* »

ACTE V

Alexeï reste un instant immobile, telle une machine qui bugue, incapable de traiter une information qui n'est pas prévue par son logiciel. Samson en profite pour le repousser violemment afin de se relever.

Le corps massif du Russe roule au sol et percute Günter, qui se renverse sur le plancher d'aluminium dans un grand fracas métallique.

Aussitôt, une lumière rouge s'allume autour de son œil unique, tandis qu'une voix artificielle sort d'un orifice inconnu :

« *Choc latéral enregistré... Évaluation du dommage subi en cours... Évaluation terminée : rien de cassé...* »

La surprise causée par la voix de Günter, qu'on croyait muet, est telle que les garçons cessent de cogner, que les filles en oublient de crier, et que la peur elle-même se dissipe pour quelques instants. Au même instant, la paroi du dôme se met à grésiller à nouveau, mettant fin à l'interférence, et le visage de Serena McBee réapparaît sur les alvéoles de verre :

« *Ah, enfin ! Me voilà de retour ! Nous allons pouvoir reprendre l'exercice de relaxation,* dit-elle, inconsciente de la bagarre qui vient d'avoir lieu, car dix minutes de latence de communication nous séparent désormais. *Un, je vide mes poumons bien à fond et je ferme les yeux...* »

Mais, cette fois, personne ne l'écoute, personne ne ferme les yeux. Tous restent bien ouverts, fixés sur Günter.

« *Tas de ferraille, tu sais parler... ?* souffle Alexeï.

— *Affirmatif* », répond la voix artificielle de Günter, qui doit être connectée à notre relais radio, puisqu'on l'entend dans les écouteurs de nos casques.

Le robot allonge ses longs bras mécaniques, pose ses pinces sur le plancher pour prendre appui et se redresse dans un grincement de vérins.

« *Mais pourquoi est-ce que tu n'as jamais parlé avant ?* demande Kris, soudain émue comme une mère dont l'enfant articule ses premiers mots.

— *Aucune question directe ne m'avait encore été posée. Je suis programmé pour parler uniquement en cas de menace à mon intégrité physique, et quand on me le demande.* »

On se regarde les uns les autres à travers nos visières. Pas besoin de communiquer pour savoir qu'on pense tous à la même chose, en cet instant ; si les robots multitâches sont capables de parler, alors ils peuvent nous dire ce qui s'est passé pendant l'heure silencieuse du sol 511, l'année dernière. Ils peuvent nous dire ce qui a percé le trou dans la paroi du septième habitacle, et ce qui a causé la mort des cobayes.

La question me brûle les lèvres, mais pas maintenant, pas ici !

Impossible d'évoquer les vices cachés de la base devant les spectateurs : ce serait rompre le contrat *Sérénité*, et signer notre arrêt de mort !

« *Taisez-vous et écoutez !* » je m'écrie, avant que quiconque ait le temps d'ouvrir la bouche.

Sans ajouter un mot de plus, l'estomac serré, je fais lentement rouler mes yeux vers les différentes caméras postées dans le Jardin, et vers le visage géant de Serena qui continue de débiter ses conseils de relaxation. Il faut absolument que les autres se rappellent que ce n'est ni le lieu ni l'heure de questionner les robots. Il n'y a qu'un seul endroit dans la base où nous pouvons les faire parler sans risque de passer sur la chaîne Genesis...

« *Vous entendez ? dis-je dans un souffle. C'est le silence à nouveau. Moi, il m'a semblé que les bruits bizarres qui nous ont effrayés tout à l'heure venaient du Relaxoir...* »

C'est un mensonge, mais ça permet de donner le change aux spectateurs, de leur expliquer pourquoi je veux aller dans le septième habitat le plus vite possible... et pourquoi je veux y emmener au moins un des deux robots.

« *Je vais vérifier si tout va bien de ce côté-là,* j'ajoute en essayant de maîtriser ma respiration qui s'emballe. *Samson et Kenji, vous devriez venir avec moi, le temps que les esprits* refroidissent un peu. J'aurais aussi besoin d'un responsable Ingénierie, Liz, tu me suis ? Une dernière chose, les Krisalex, est-ce que je peux vous emprunter Günter, pour nous aider à faire les contrôles techniques ? »

Encore sous le choc, Kris hoche la tête. Elle fait un geste en direction d'Alexeï pour lui indiquer qu'il n'a pas voix au chapitre :

« À partir de maintenant, c'est moi qui parle à Günter ! annonce-t-elle. Tu l'as assez maltraité comme ça. »

Elle s'accroupit auprès de son cher robot, son presque-enfant :

« Dis, Günter, sois gentil, tu veux bien suivre Léo dans le septième habitat ? lui demande-t-elle d'une voix tremblante.

— Négatif... », répond la voix monocorde sortie du ventre de la machine.

Mon sang se fige dans mes veines, tandis que Günter continue d'énoncer sa réponse au vu et au su des caméras, de Serena McBee et des spectateurs du monde entier :

« ... ma programmation m'interdit de mettre en danger mon intégrité physique. Le septième habitat n'est pas sécurisé. Il a été endommagé lors de la Grande Tempête du sol 511, mois 18. À 22 h 46, une chose venue de l'extérieur a perforé sa coque. »

95. Hors-Champ
HÔTEL CALIFORNIA, VALLÉE DE LA MORT
DIMANCHE 7 JANVIER, 03 H 31

« ... *Une chose venue de l'extérieur a perforé sa coque.* »

De surprise, Cindy laisse tomber la cuiller avec laquelle elle plongeait dans le pot de glace calé entre ses genoux. Ses yeux démaquillés s'écarquillent sous le bandeau qu'elle passe tous les soirs dans ses cheveux avant d'aller dormir. Sauf que, cette nuit-là, elle a décidé de veiller par solidarité jusqu'à ce que les pionniers surmontent la tempête, quitte à se maintenir alerte à grand renfort de crème glacée fraise-éclats de nougat.

Sans même ramasser la cuiller qui a laissé une longue traînée rose en travers de son dessus-de-lit en dentelle, elle se précipite vers le petit téléviseur posé sur la commode de la chambre qu'elle occupe à l'hôtel California. La lueur de l'écran illumine son visage chiffonné de fatigue.

Elle monte le son au maximum.

96. Hors-Champ
MINE ABANDONNÉE, VALLÉE DE LA MORT
DIMANCHE 7 JANVIER, AU MÊME INSTANT, 03 H 31

« ... *Une chose venue de l'extérieur a perforé sa coque.* »

L'ordinateur portable se met à vibrer sur les genoux d'Andrew, pris d'un tremblement nerveux.

« Oh non, c'est terrible ! gémit Harmony d'une voix aiguë. L'accident du septième Nid vient d'être dévoilé aux spectateurs !

— ... ce qui signifie que votre mère va appuyer sur le bouton de dépressurisation, coupe Andrew. Mais je vais appuyer moi aussi sur mon propre bouton ! »

Ses doigts se mettent à courir fiévreusement sur le clavier.

La fenêtre du site *Genesis Piracy* réapparaît à l'écran. Le jeune homme n'a plus qu'une touche à presser pour uploader les pages du rapport Noé.

« Pas encore ! s'écrie Harmony en lui arrachant l'ordinateur des mains. Le robot a parlé d'une brèche, mais il n'a

ACTE V

pas évoqué la mort des cobayes : maman ne va peut-être pas mettre sa menace à exécution ! »

Les deux reclus de la Montagne Sèche luttent un instant sur le matelas, au milieu du silence de la nuit.

Leurs doigts s'écrasent sur les touches.

Les fenêtres s'ouvrent et se ferment sur l'écran devenu fou : le site pirate, la chaîne Genesis, les archives de messagerie volées dans le bureau de Serena McBee défilent à toute allure.

L'ordinateur tombe à plat sur le sol, complètement déplié comme un livre dont la reliure ne tient plus.

Andrew et Harmony se précipitent pour le ramasser.

Mais ils se figent l'un et l'autre au même moment, au-dessus du rectangle lumineux. Un e-mail s'est ouvert, parmi les milliers que comptent les archives. Le titre s'étale en lettres noires, qui se détachent sur le blanc éclatant de l'écran :

ASCENSEUR SPATIAL ÉNERGÉTIQUE

97. HORS-CHAMP
PARIS, CHAMPS-ÉLYSÉES
DIMANCHE 7 JANVIER, AU MÊME INSTANT, 12 H 31

« ... *Une chose venue de l'extérieur a perforé sa coque.* »

À Paris, contrairement aux États-Unis, ce n'est pas la fin de la nuit, où une grande partie du public est encore endormie. C'est dimanche midi. Des dizaines de milliers d'autochtones et de touristes sont descendus sur les Champs-Élysées pour assister en direct à la tempête de Mars. Sous l'immense bannière à l'effigie de Léonor, qui a été remplacée depuis que des vandales ont brûlé l'originale un mois plus tôt, un écran géant a été monté. Il se dresse en travers de l'Arc de triomphe, diffusant en seize mètres par neuf le corps bizarre de Günter le robot.

« Qu'est-ce qu'il a dit ? » demande une vieille dame tirant derrière elle son cabas à roulettes et son caniche.

Elle se tourne vers son voisin, un jeune homme en survêtement et casquette, accompagné de sa bande arborant le même accoutrement :

« Je suis un peu dure d'oreille, je ne suis pas sûre d'avoir bien entendu...

— Le septième Nid d'amour s'est fait niquer par l'avant-dernière tempête ! s'exclame le jeune, abasourdi, avant de réaliser l'âge respectable de celle qui s'est adressée à lui – euh, pardon, m'dame, je voulais dire : y a comme un lézard avec le septième habitat »

Comme en écho à ses paroles, une rumeur monte de la foule amassée sur la célèbre avenue parisienne, comme un orage qui gonfle de seconde en seconde : *« La base de New Eden n'est pas aussi sûre qu'on le pensait... »* ; *« Un accident a déjà eu lieu par le passé... »* ; *« Il y a quelque chose dans la tempête : les pionniers sont en danger ! »*

98. CONTRECHAMP
RÉSIDENCE DE L'OBSERVATOIRE, WASHINGTON DC
DIMANCHE 7 JANVIER, AU MÊME INSTANT, 06 H 31

« ... *UNE CHOSE VENUE DE L'EXTÉRIEUR A PERFORÉ SA COQUE.* » Seule dans le vaste bureau qui a accueilli des générations de vice-présidents avant elle, Serena McBee est livide – et la pâleur de son teint n'est pas due au manque de sommeil.

ACTE V

Le secrétaire derrière lequel elle est assise est celui de la villa McBee, qu'elle a fait déménager jusqu'à Washington. De multiples fils électriques s'en échappent et courent au ras du sol jusqu'au large portique d'aluminium chargé de spots et de caméras, lui aussi importé depuis les Hampton. Au milieu du portique se déploie le grand écran de montage qui retransmet la chaîne Genesis, cadrée sur le robot majordome entouré des pionniers.

D'une main ferme, Serena presse sa broche-micro en forme d'abeille et lance ses instructions à ses équipes en Floride : « *Serena à salle de montage.* Je me dois d'être au plus proche des pionniers, sans intermédiaire, pour les aider à surmonter le stress de la tempête. Je prends les commandes » ; de l'autre main, elle enfonce une touche sur le tableau de commande incrusté dans le bois du secrétaire.

Une inscription rouge apparaît en haut du grand écran :

PROTOCOLE DE CRISE ENCLENCHÉ

La productrice exécutive presse à nouveau quelques touches ; la vue du robot et des prétendants disparaît, remplacée par une page de publicité.

99. CHAÎNE GENESIS
DIMANCHE 7 JANVIER, 06 H 32

OUVERTURE AU NOIR SUR LE VISAGE DE KENJI, EN TRÈS GROS PLAN, éclairé par une lumière tremblante. Tout autour, c'est la nuit noire, opaque. On n'entend rien que la respiration oppressée du jeune homme, dont les yeux pleins d'angoisse balaient l'espace de droite à gauche, tel un pendule.

PHOBOS[2]

Une voix off rauque et emphatique retentit, du type de celles qui commentent les bandes-annonces des blockbusters hollywoodiens : « *Phobos, c'est le nom de la mystérieuse lune de Mars...* »

La caméra dézoome lentement, révélant le front en sueur de Kenji, ses cheveux dressés comme des pics.
Un grincement strident crève soudain le silence et le fait sursauter.
Voix off : « *Phobos, c'est le nom du dieu de la peur en grec...* »

Le champ continue de s'élargir, nous permettant de voir que Kenji est adossé à une paroi d'acier percée d'un hublot : c'est un couloir de vaisseau spatial, sur lequel se reflète l'éclat glauque d'un néon grésillant. Kenji porte un gilet pare-balles couleur camouflage. Ses bras nus et luisants de sueur, tous muscles bandés, serrent un impressionnant fusil-mitrailleur contre sa poitrine, un monstre hérissé de viseurs.
Le grincement résonne à nouveau, beaucoup plus fort que la première fois – beaucoup plus proche –, et à présent il a quelque chose d'incontestablement *organique*.
Voix off : « *Phobos, c'est le nom du nouveau jeu des studios Dojo...* »

Kenji se retourne d'un bond et pointe son fusil-mitrailleur sur les ténèbres, vers une portion du couloir que le néon agonisant ne parvient pas à éclairer. C'est de là qu'a surgi le grincement – ou le cri ? Et c'est de là que vient le bruit de pas qui se rapprochent à toute allure, faisant vibrer le plancher métallique.
Voix off : « *Phobos, ce sera bientôt le nom de votre pire cauchemar !* »

... le néon s'éteint d'un seul coup, plongeant l'écran dans le noir complet.
Un hurlement retentit,

ACTE V

puis le crachat de la mitrailleuse, accompagné d'éclairs de feu,
puis le silence.
Une inscription en lettres inquiétantes, rouges fluorescentes, se dessine lentement sur l'écran noir :

PHOBOS
Le jeu vidéo officiel

Totale immersion, totale sensation :
Phobiques s'abstenir !

Encore un succès signé
DOJO

Cut.

100. Champ
MOIS N° 21 / SOL N° 578 / 08 H 52, MARS TIME
[28ᵉ SOL DEPUIS L'ATTERRISSAGE]

MON CŒUR BAT À TOUT ROMPRE DANS LA CAISSE DE RÉSONANCE DE MON CASQUE.
L'instant où Günter a répondu à la question innocente de Kris, révélant le secret qu'on se tue à garder depuis un mois, j'ai cru que le temps s'arrêtait et qu'il ne redémarrerait jamais plus. C'est comme s'il s'était fracassé contre un mur de béton armé.
Mais, la vérité, c'est qu'aucun mur n'est assez solide pour arrêter le temps ; il a aussitôt repris son cours inexorable, et le reste s'est enchaîné à toute vitesse.

D'instinct, nous avons su que nous avions seulement cinq minutes devant nous – les cinq minutes pour que les paroles de Günter parviennent jusqu'à la Terre. Nous nous sommes rués dans la panic room, emportant avec nous les robots et les chiens.

C'est là que nous sommes à présent, dans la pièce aveugle éclairée au néon, serrés entre l'imprimante 3D, le lit d'infirmerie et le rack où sont rangés les outils de jardinage.

La lourde porte blindée s'est refermée sur nous.

Nous n'osons pas bouger, ni parler.

On ne sait pas si les caméras nous filment encore...

On ne sait pas si Serena a dépressurisé la base dès qu'elle a entendu l'aveu de Günter...

Si ça se trouve, là, derrière la porte blindée, New Eden n'est plus qu'un amas de verre brisé, de plantations arrachées par le souffle de la décompression, déjà recouvertes du sable rouge et acide de Mars.

Si ça se trouve, il n'y a plus que le mur de la panic room entre nous et la chose dans la tempête, cette chose qui fascine Kenji, qui effraye Günter, qui a ouvert une brèche dans la paroi du septième habitat il y a une année martienne de cela. Et nous qui pensions que le trou avait été percé depuis l'intérieur... C'était tellement plus simple d'imaginer que les rats avaient rongé la coque – c'était tellement plus rassurant que de réfléchir à *l'autre possibilité* : celle que la lésion vienne de l'extérieur, de l'immensité rouge de Mars, de l'inconnu. Est-ce l'impact d'un fragment de roche projeté contre la base par le souffle de la tempête ? Non. Fangfang nous a bien rappelé que c'était impossible, que l'atmosphère était trop ténue pour permettre au vent de déplacer des cailloux...

Alors quoi ?

Incapable de répondre à cette question obsédante, je serre la main gantée de Marcus dans la mienne et je m'efforce de concentrer mes pensées sur la survie immédiate.

ACTE V

Les chiffres s'additionnent dans ma tête. Nous avons chacun trente-six heures d'oxygène dans nos combis – enfin, trente-cinq, vu qu'on les a mises il y a une heure déjà. La panic room, elle, est censée avoir vingt-quatre heures de réserve commune. Si Serena nous a lâchés, il nous reste donc cinquante-neuf heures à vivre...

« *Je vous ai passés hors antenne, derrière une page de publicité, et mon doigt est posé sur le bouton...* », rugit soudain une voix surgie de nulle part comme en écho à mes pensées.

Ici, dans la panic room, il n'y a pas d'écrans.

Mais il y a des enceintes, connectées au relais audio entre nos combinaisons.

« *En ce moment même, je sens ce bouton contre la pulpe de mon index...*, continue Serena McBee. *Sa surface est lisse, légèrement arrondie... Elle offre une légère résistance sous le doigt...* »

Kris tombe à genoux sur le sol de la panic room :

« *Dieu merci, vous n'avez pas encore appuyé ! Ce n'est pas de notre faute, Serena ! Nous avons respecté notre promesse ! Nous n'avons rien dit ! C'est Günter qui a parlé ! C'est lui le coupable !* » Sa voix s'étrangle en un filet implorant, prière murmurée du bout des lèvres : « *Je vous en supplie, accordez-nous encore une chance...* »

Une fois encore, j'ai cette impression qu'elle s'adresse à Serena comme à une sorte de divinité. C'est très troublant. Mais c'est compréhensible. En cet instant plus que jamais, nous sommes vraiment à la merci de cette femme, invisible et toute-puissante comme une déesse.

Liz, à son tour, tombe à genoux.

Puis Fangfang, Alexeï, Samson, Safia, Kelly et enfin, le dernier, Mozart.

Je reste la seule fille debout, aux côtés de Marcus et Kenji – Tao, lui, est toujours assis dans son fauteuil roulant, mais il incline la tête en signe d'imploration.

De longues minutes s'écoulent, le silence écrasant de tout son poids les corps en génuflexion.

Et puis, tout d'un coup, la voix des cieux tonne à nouveau.

« *Je vais être magnanime pour cette fois, parce que je vous aime, et je vais vous épargner…* », dit-elle.

Des soupirs de soulagement et des remerciements bafouillés envahissent les écouteurs de mon casque.

« *Oh, merci, merci !* » dit Fangfang.

« *Vous reconnaissez qu'on y est pour rien* », renchérit Tao.

« *Dieu vous le rendra !* » assure Kris.

Le coup de grâce vient d'Alexeï :

« *Finalement, Serena, vous êtes bien meilleure qu'on le pensait ! Vous assurez à fond !* »

Comment leur dire qu'en prétendant nous sauver, Serena se sauve elle-même ? Je suis persuadée que si elle a décidé de ne pas appuyer sur son bouton, c'est pour se protéger. À mes oreilles, sa prétendue magnanimité sonne comme un aveu : elle n'a pas encore retrouvé Andrew et Harmony.

« *Mais à partir de maintenant, nous allons devoir jouer encore plus serré*, enchaîne-t-elle sans attendre. *N'oublions pas que l'un des robots a failli nous perdre tous, vous et moi. Par chance, il n'a pas parlé du rapport Noé ni des cobayes, évoquant seulement un vague accident survenu dans le passé. Les spectateurs s'attendent certainement à davantage de détails, dès que vous repasserez à l'antenne, après ce qu'ils ont entendu. Il va donc falloir que vous interrogiez à nouveau les robots en public, mais en guidant leurs réponses pour qu'ils rassurent tout le monde. Nous allons répéter cet échange, tout de suite, avec les propriétaires des deux machines. Les autres, retournez immédiatement dans le Jardin, car la page de publicité est sur le point de prendre fin – vous direz que les Krisalex et les Fangtao s'expliquent en privé avec leurs enfants.* »

ACTE V

101. Hors-Champ
MINE ABANDONNÉE, VALLÉE DE LA MORT
DIMANCHE 7 JANVIER, 03 H 42

Andrew ramasse l'ordinateur portable tombé sur le plancher vermoulu de la maisonnette.
L'e-mail qui s'y est ouvert lors de sa brève lutte avec Harmony brille toujours à l'écran.
Lentement, sans un mot, les deux jeunes gens se rassoient sur le lit.
Et commencent à lire...

De : Barry Mirwood (bmirwood@usa.gov)
À : Serena McBee (serena@mcbeeproductions.com)
Objet : Ascenseur spatial énergétique

Chère madame McBee,
J'espère que vous vous souvenez de moi et de notre trop brève rencontre à la garden-party de levée de fonds du parti hyperlibéral, en septembre dernier à Long Island. Je vous avais parlé en quelques mots de ma spécialité, les ascenseurs spatiaux sur lesquels je travaille depuis des années. La vente de la Nasa et mon licenciement subséquent ont momentanément coupé court à mes recherches. Lorsque je vous ai rencontrée à l'automne, je venais d'être réembauché comme conseiller scientifique spécial en matière spatiale, attaché au bureau du président Green — c'est grâce à vous, chère madame, et à votre fantastique programme Genesis qui a remis le ciel au goût du jour ! Il va sans dire que j'ai voté pour vous, et je suis persuadé que vous serez élue à la vice-présidence de notre grand pays !
Je suis convaincu qu'avec vous, Edmond Green a à ses côtés une fervente militante de l'espace. Et je suis persuadé que l'espace sera la priorité de votre mandat. Le programme Genesis ne prévoit-il pas d'envoyer un nouvel équipage sur Mars, tous

les deux ans, pour alimenter peu à peu la colonie en sang neuf ? C'est un beau et long défi. Cependant je pense qu'on peut aller encore plus loin, encore plus vite. Je suis convaincu qu'on peut accélérer par dix, par cent la colonisation de Mars. Comment ? Avec un ascenseur spatial, pardi ! Il y a un tas de possibilités techniques, toutes plus passionnantes les unes que les autres : ascenseur en nanotubes, ascenseur en graphène... ou, plus extraordinaire encore, ascenseur en énergie pure ! Plus j'y réfléchis, plus je suis convaincu que c'est LA solution idéale. Jusqu'à présent, j'étais limité dans mes travaux, faute de budget suffisant. Mais vous avez prouvé que vous étiez capable de lever des milliards, en un claquement de doigts !

Imaginez, si vous parveniez à convaincre Atlas Capital de réinvestir une partie des recettes dans ce magnifique projet... Si vous mobilisiez les ressources du gouvernement pour que l'Amérique soit le fer de lance de cette aventure... Avec le pouvoir politique et la puissance financière entre vos mains, vous seriez en mesure de réaliser ce rêve fou : bâtir la nouvelle civilisation martienne non pas en un siècle, mais en quelques années !

Grâce à mon ascenseur énergétique, nous pourrions faire descendre du matériel et des équipes sur le sol martien aussi souvent que nécessaire, en toute sécurité ; nous pourrions aussi faire remonter les citoyens martiens jusqu'en orbite, si l'envie leur prenait un jour de revoir leur monde d'origine. Le principe est fort simple, et pourrait être mis en place dès le prochain voyage du *Cupido* lorsqu'il emmènera douze nouveaux prétendants vers Mars.

➢ Étape 1 : le vaisseau achemine depuis la Terre un satellite énergétique, qui se place en orbite martienne, plus une cabine de transit ultralégère, qui descend sur le sol de Mars avec nos douze nouveaux venus.

➢ Étape 2 : le satellite énergétique se déploie tel un panneau solaire géant, pour capter les rayons du soleil.

➢ Étape 3 : sur Mars, à tout moment, les candidats au départ peuvent monter dans la cabine de transit ; le satellite énergétique chargé à bloc diffuse un faisceau de micro-ondes ascensionnelles, pour extraire la cabine du puits gravitationnel de la planète et la faire remonter en orbite.

ACTE V

➤ Étape 4 : la cabine peut transférer ses passagers à bord du *Cupido* ou de n'importe quel autre appareil lors d'un rendez-vous orbital, avant de redescendre sur Mars pour servir à nouveau.

L'idée géniale de l'ascenseur énergétique, c'est que la source d'énergie reste en hauteur. Nous pallions ainsi le problème épineux – certains pensaient même, *insoluble* –, qui jusqu'à présent empêchait d'envisager tout départ de la planète rouge : la gravité. Plus besoin de s'échiner à larguer sur Mars une énorme fusée pleine de propergol destinée à faire redécoller les astronautes (fusée qui, de toute façon, s'écraserait en atterrissant, à cause de son poids). Avec mon ascenseur, seule la cabine de transit ultralégère circule entre l'orbite de Mars et sa surface, et inversement. C'est entièrement renouvelable. Chaque fois que le satellite se recharge en énergie solaire, il peut faire remonter la cabine de transit, indéfiniment. Exactement comme une vraie cabine d'ascenseur !

Bref, la Terre et Mars ne seraient plus deux milieux hermétiquement séparés, mais deux sociétés connectées en permanence, entre lesquelles les personnes pourraient circuler librement. Considérez l'ascenseur énergétique comme une passerelle entre les mondes, le fil rouge de la civilisation humaine à travers le système solaire.

J'espère avoir pu vous communiquer un peu de mon enthousiasme. Je me doute que vous devez être très occupée en ce moment, mais je serais absolument ravi de vous rencontrer, à Washington, chez vous à New York ou à cap Canaveral, pour parler de tout cela.

Votre bien dévoué,
Professeur Barry Mirwood, Ph. D.

P-S : le petit schéma en pièce jointe vous aidera peut-être à mieux visualiser les choses.

Incapable de prononcer la moindre parole, Andrew clique sur la pièce jointe.

Un schéma apparaît à l'écran.

« Andrew…, murmure Harmony. Sur quoi sommes-nous tombés ?…

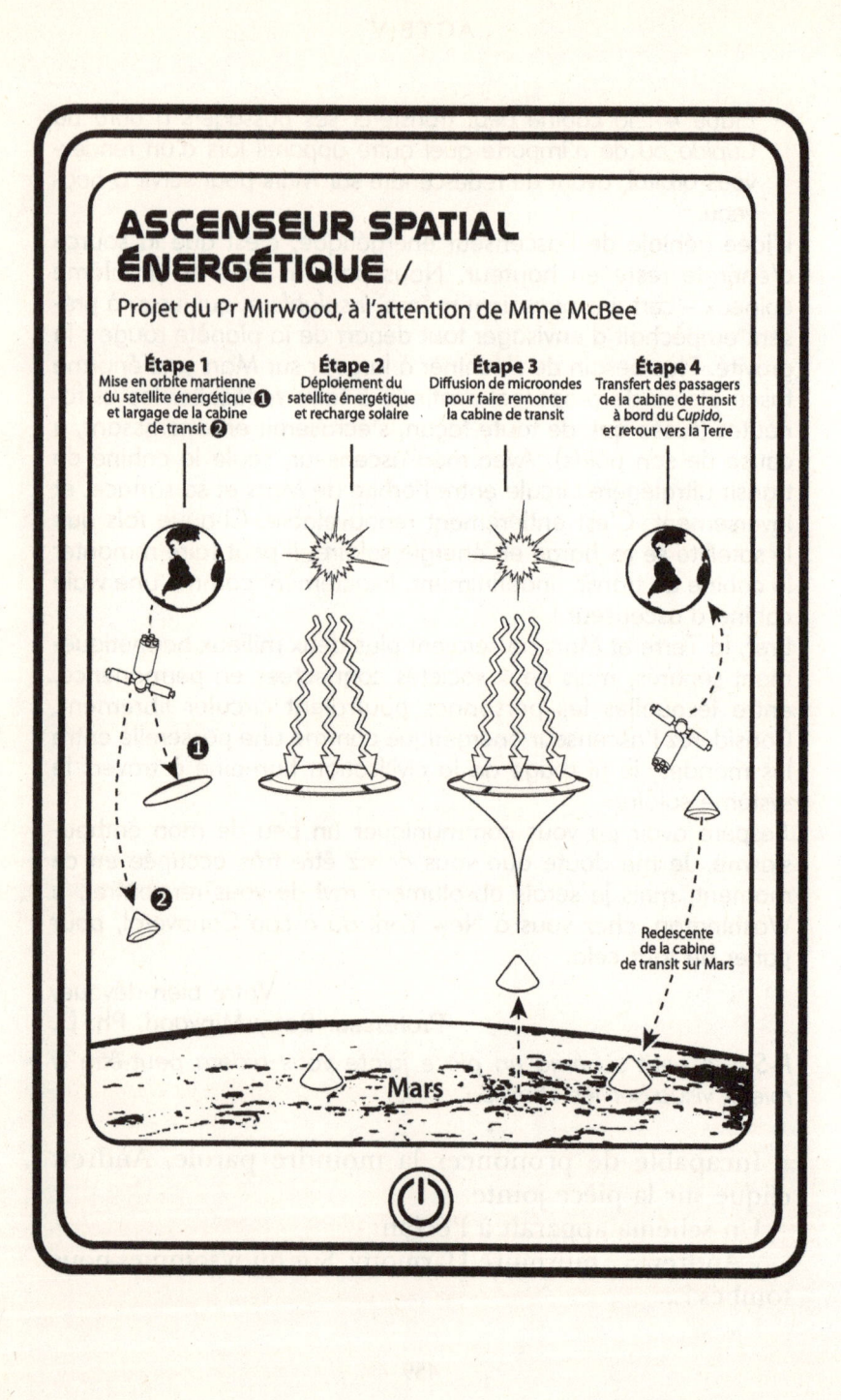

ASCENSEUR SPATIAL ÉNERGÉTIQUE /

Projet du Pr Mirwood, à l'attention de Mme McBee

Étape 1
Mise en orbite martienne du satellite énergétique ❶ et largage de la cabine de transit ❷

Étape 2
Déploiement du satellite énergétique et recharge solaire

Étape 3
Diffusion de microondes pour faire remonter la cabine de transit

Étape 4
Transfert des passagers de la cabine de transit à bord du *Cupido*, et retour vers la Terre

Redescente de la cabine de transit sur Mars

Mars

ACTE V

— Sur notre joker, répond le jeune homme d'une voix fiévreuse.

— Un ascenseur spatial énergétique, est-ce qu'une telle chose peut vraiment exister ?

— L'homme qui a envoyé ce message semble en être convaincu. Et cela dès le prochain voyage du *Cupido*, dans moins d'une année martienne.

— Mais ça change tout... ! » s'écrie-t-elle. Elle se reprend aussitôt : « ... ou pas. Les pionniers ne verront jamais ce dessin. Ils ne sauront jamais qu'il existe un espoir pour eux de revenir un jour sur Terre. Si ça se trouve, maman a déjà dépressurisé la base... »

Pour le vérifier, Andrew rebascule aussitôt sur la webtélé de Genesis.

Plan d'ensemble sur le Jardin.

Huit pionniers se tiennent là, en combinaison dans le Jardin, identifiables par leurs noms sur leurs manches. Les chiens sont présents, eux aussi. Il ne manque qu'Alexeï, Kris, Tao, Fangfang, et les deux robots majordomes.

Sur la surface interne du dôme apparaît le visage gigantesque de Serena McBee : « Quel plaisir de vous voir de retour au sortir de cette longue page de publicité – une page programmée longtemps à l'avance, je tiens à le préciser, mais qui est malencontreusement tombée à un moment où la tension était à son comble ! Nous venions d'apprendre par la voix de Günter qu'un petit incident technique s'était déroulé dans la base inhabitée, bien avant l'arrivée des colons. Il va sans dire que la production ignorait tout de cet incident sans aucun doute minime, sans quoi il aurait été notifié dans le journal de bord. Il n'empêche : je suis impatiente d'en savoir plus, tout comme vous mes chers pionniers, et vous aussi chers spectateurs. Mais, dites-moi, quand on parle du loup : où est passé Günter ? »

Kelly s'avance d'un pas vers le dôme.

La caméra zoome aussitôt sur elle, et cadre en gros plan sur son visage à travers la visière de son casque : « Les Krisalex et les

Fangtao sont dans la panic room avec leurs robots, ils voulaient leur parler en privé. Genre, comme des parents à leurs gosses, ça montre à quel point ils sont atteints ! »

Le sarcasme ressemble à ceux que Kelly a l'habitude de proférer, mais cette fois aucun sourire ironique ne l'accompagne, et il n'y a aucun éclat d'espièglerie dans les yeux bleus de la Canadienne.

Elle renchérit aussitôt : « De toute façon je suis sûre que c'était rien du tout, cet accident. Comme vous l'avez dit, Serena, si ça avait été important, ça aurait été écrit dans le journal de bord. On n'est pas inquiets, nous, ici. Pas vrai, vous autres ? »

La caméra dézoome pour donner à voir le reste des pionniers, qui approuvent avec un zèle excessif, jurant qu'ils n'ont aucune crainte quant à la solidité de la base. Seuls Léonor, Kenji et Marcus restent muets, observant la scène en silence.

Elizabeth prend la parole : « En tant que responsable Ingénierie, je suis prête à parier que l'objet extérieur dont a parlé Günter était un minuscule fragment de roche un peu plus aiguisé que les autres, qui a dû érafler le septième habitat – et, oui, peut-être, le trouer, mais alors un trou vraiment ridicule, pas plus gros qu'une tête d'épingle. »

Elle parle un peu trop fort, un peu trop vite, sans reprendre sa respiration.

« On voit bien qu'elle ne croit pas à ce qu'elle dit ! s'exclame soudain Harmony. Et les bruits effrayants qu'on a entendus tout à l'heure, ils n'étaient certainement pas causés par de *minuscules fragments de roche* ! »

Assise sur le rebord du vieux matelas, au fond de la maisonnette enténébrée, elle frémit d'indignation.

« C'est maman qui leur a demandé de mentir, j'en suis sûre, ajoute-t-elle. Et ça se voit comme le nez au milieu de la figure.

— Pour vous, peut-être, parce que vous connaissez la vérité, rétorque Andrew, qui s'est coiffé le front de la lampe frontale avec laquelle il a souvent exploré la mine abandonnée. Les spectateurs, eux, ne la connaissent pas. Je suis sûr qu'ils pensent que Liz est sincère – un peu secouée par les événements, mais sincère. »

Éclairant son sac à dos du faisceau de sa lampe, il en sort une grosse télécommande à antenne ; mais Harmony n'y prête pas attention : elle a déjà détourné les yeux, captivée par la suite du programme.

La porte blindée de la panic room s'ouvre brusquement derrière Liz. L'Anglaise respire enfin, tandis que les deux couples manquants rentrent dans le Jardin, accompagnés de leurs robots.

Ignorant ostensiblement Alexeï, Mozart s'adresse à Kirsten : « Alors ? »

La jeune Allemande est pâle comme un linge derrière la visière de son casque ; mais elle parvient à sourire, et répond : « Alors, fausse alerte. Tout est rentré dans l'ordre. »

Elle se penche vers le robot au nœud papillon et lui pose une question, articulant bien chacun de ses mots : « Günter, est-ce que le trou du septième habitat est réparé, à présent ? »

Le robot répond de sa voix artificielle : « Affirmatif. »

Kirsten prend une profonde inspiration et enchaîne sur une deuxième question :

« Günter, est-ce qu'il y a eu d'autres lésions de quelque nature que ce soit dans toute la base de New Eden, depuis plus de trois ans qu'elle a été construite ? »

Günter répond, imperturbable : « Négatif. »

Tel un procureur qui interroge un témoin à la barre, bâtissant son argumentation sur les réponses mêmes de son interlocuteur, Kirsten en conclut : « En trois ans, il n'y a donc eu qu'un seul incident, désormais réparé, soit un taux de défaillance technique objectivement très bas ? »

La caméra cadre sur l'œil rond du robot, qui répond : « Affirmatif. »

Kirsten se redresse enfin, le front en sueur, la visière embuée, et se tourne vers les autres pionniers : « Vous voyez, on s'en est fait pour rien. »

« Elle n'a posé que des questions dont les réponses étaient de nature à rassurer les spectateurs ! s'insurge Harmony. C'est un spectacle monté de toutes pièces !

— Depuis le début, Harmony, répond Andrew, toujours coiffé de sa lampe. Depuis le décollage du *Cupido*...

— Je n'arrive pas à croire que les pionniers soient obligés de faire comme si tout allait bien, alors qu'ils savent que la base est pourrie, et qu'il y a quelque chose dehors qui les menace ! J'aimerais tellement leur dire qu'il existe un espoir de partir, si mince soit-il ! J'aimerais tellement leur parler de l'ascenseur énergétique !

— Vous allez peut-être pouvoir le faire, Harmony. »

La jeune fille semble soudain se rendre compte de l'activité frénétique de son compagnon, assis à ses côtés sur le lit.

« Qu'est-ce que c'est ? demande-t-elle en désignant la grosse télécommande à antenne sur laquelle tombe le faisceau de la lampe. Un nouveau gadget ?

— C'est un téléphone satellite, explique Andrew. Celui grâce auquel j'ai pu infiltrer la base de cap Canaveral avec mon mini-drone, au début de l'été, échappant au brouillage des communications terrestres. Depuis, mon pauvre bug a été détruit. Mais le système que j'ai mis en place, lui, devrait être encore opérationnel.

— Un système ? Quel système ? »

Un sourire passe sur le visage d'Andrew. Il efface pour un instant l'angoisse et la fatigue, pour ne laisser que la jubilation d'un enfant qui a organisé un canular parfait, la bêtise de sa vie.

« En juillet, je me suis connecté clandestinement au seul réseau capable de communiquer entre la base de cap Canaveral et le monde extérieur..., dit-il. Un réseau qui fonctionne en continu, 24 heures sur 24, acheminant à travers l'espace le flot d'images qui abreuve la Terre depuis des mois. Je vous fais un dessin, ou vous avez compris ? »

Les yeux d'Harmony s'écarquillent.

ACTE V

« Vous voulez dire…, murmure-t-elle.
— Oui ! s'exclame-t-il. Le réseau interplanétaire de Genesis ! J'ai fouillé dans les dossiers de mon père, vous savez qu'il était le responsable Communication du programme, pour dénicher les codes d'accès – qu'est-ce que je n'aurais pas fait, à l'époque, pour le mettre dans la mouise ! J'ai alors connecté mon téléphone sur le satellite qui reçoit les données laser en provenance de l'espace et qui les convertit en fréquence radio sécurisée à destination des antennes paraboliques de cap Canaveral. Mon but, à l'époque, n'était que de surfer sur cette fréquence, de la parasiter, pour pouvoir contrôler mon mini-drone à distance et balancer des images volées de la salle de contrôle sur mon site pirate. Mais, aujourd'hui, rien ne nous empêche de remonter cette fréquence, Harmony, jusqu'au satellite qui tourne autour de la Terre, jusqu'à l'antenne posée sur Phobos… jusqu'à la base de New Eden ! »

D'une main, Andrew met le gros téléphone sous tension – un message se dessine sur le petit écran :

CONNEXION SATELLITE EN COURS…

« Vous allez essayer de parler aux pionniers ? demande Harmony, submergée par l'excitation. Comme quand maman s'adresse à eux depuis la Terre ?

— Mieux que ça… ! » répond Andrew.

Les doigts tremblants, il déplie un câble, qu'il branche d'un côté sur le téléphone satellite et de l'autre sur son ordinateur portable.

« … Napoléon affirmait qu'un petit schéma vaut mieux qu'un long discours.

— Non ! souffle Harmony. Ne me dites pas que vous allez leur montrer le plan de l'ascenseur ?

— Si, c'est bien mon intention. Mais ils ne seront pas les seuls à le voir. Si j'arrive à faire ce que j'ai en tête, c'est l'humanité tout entière qui aura droit au spectacle ! »

102. Champ
MOIS N° 21 / SOL N° 578 / 09 H 25, MARS TIME
[28ᵉ SOL DEPUIS L'ATTERRISSAGE]

« *Nous voilà tous rassurés !* » s'exclame Serena sur le dôme du Jardin.
Elle nous sourit de toutes ses dents, un sourire de louve déguisé en sourire d'ange.
« *Günter faisait référence à un tout petit incident de rien du tout, unique de surcroît. Voilà pourquoi rien n'était consigné dans le journal de bord, et voilà pourquoi je n'étais pas au courant. Bien sûr, il faudra mener l'enquête pour essayer de comprendre ce qui s'est passé, mais, dans l'immédiat, vous êtes en parfaite sécurité, mes chers pionniers : plus de peur que de mal !... »*
... aussi bien pour vous que pour nous, ai-je envie d'ajouter. Vous avez frôlé la catastrophe. Mais vous ne perdez rien pour attendre. Un jour, justice sera faite, car il n'est pas possible que vous triomphiez éternellement et impunément.
« *Merci, Serena, de veiller si bien sur nous !* » résonne la voix de Kris dans mes écouteurs, en contradiction totale avec mes pensées.
Je tourne la tête pour voir si elle plaisante.
Mais, derrière la visière de son casque, je ne décèle aucune trace d'ironie.
Juste une réelle reconnaissance et, je dois l'admettre avec horreur, une forme de dévotion.
« *Le service météo m'annonce que le gros de la tempête est passé,* continue Serena à l'écran. *Les conditions devraient bientôt commencer à s'améliorer. Vous pouvez compter sur moi : je serai toujours là... pour vous aider... et remplir mon obligation... d'As-si-si-si-stan-stan-stan...* »

ACTE V

La voix de Serena tressaute comme un disque rayé, et son image, une fois de plus, se strie de lignes blanches.

« *On dirait qu'il y a encore des interférences...*, note Liz, inquiète. *La tempête n'est peut-être pas totalement passée ?* »

Les lignes blanches envahissent bientôt tout l'écran, et en quelques instants Serena disparaît pour laisser la place à un schéma sorti de nulle part.

Il y a la Terre et le Soleil, sous forme de dessins.

Il y a aussi le *Cupido*.

Et il y a un rayon qui relie la surface de Mars à l'espace, avec une sorte de capsule en lévitation entre les deux.

« *C'est quoi, ce truc ?* s'exclame Kelly. *Ça fait partie de l'obligation d'Assistance ?* »

Personne ne lui répond.

Parce que tout le monde est en train de lire.

Ascenseur spatial énergétique...

Projet du Pr Mirwood, à l'attention de Mme McBee...

Cabine de transit...

Retour vers la Terre...

Retour vers la Terre !

« *Est-ce qu'on est train de rêver ?* » balbutie Mozart.

Kelly fait un bond et attrape le bras du Brésilien :

« *Wouaïe ! hurle-t-il. T'es en manque ou quoi ? C'est parce que t'en veux à mon corps que tu m'as pincé comme un crabe ?*

— *T'as senti ? Alors non, tu n'es pas en train de rêver, copilote, et moi non plus. On a bien lu :* retour vers la Terre ! *Alexeï avait raison, Serena est vraiment une supernana qui assure à fond. Assistance rapatriement : elle va nous ramener à la maison !* »

103. Contrechamp
RÉSIDENCE DE L'OBSERVATOIRE, WASHINGTON DC
DIMANCHE 7 JANVIER, 07 H 22

« **A**SSISTANCE RAPATRIEMENT : *ELLE VA NOUS RAMENER À LA MAISON !* »
Serena McBee est figée comme une momie derrière son secrétaire au plateau nu, à l'exception d'un téléphone filaire sécurisé.

Face à elle, sur l'écran de montage, s'affichent les multiples fenêtres correspondant aux différentes caméras de la base de New Eden. Celle du milieu représente la vue d'ensemble du Jardin, et Kelly qui s'extasie sur le croquis affiché au revers du dôme.

Reprenant ses esprits, la productrice exécutive se met à taper frénétiquement sur les touches de son tableau de commande, pour essayer de basculer sur une autre caméra.

Mais rien ne répond plus.

Sur l'écran de montage, la fenêtre centrale de la chaîne Genesis reste obstinément cadrée sur le Jardin, sur les pionniers, et sur le gigantesque dessin de l'ascenseur énergétique qui se dresse devant eux.

ACTE V

104. Hors-champ
PARIS, CHAMPS-ÉLYSÉES
DIMANCHE 7 JANVIER, 13 H 22

*U*NE IMMENSE CLAMEUR ENVAHIT LES CHAMPS-ÉLYSÉES, telle qu'on ne l'a entendue que deux fois dans l'Histoire : à la libération de Paris, et la dernière fois que la France a gagné la coupe du monde de football.

Sur l'écran géant de l'Arc de triomphe s'affiche le dôme martien, où s'étale le schéma de l'ascenseur énergétique offert par la généreuse Serena McBee aux colons de Mars – ou tout au moins, c'est ainsi que l'interprète la foule.

« Qu'est-ce qui se passe ? demande la mamie de retour du supermarché à son jeune interlocuteur des banlieues, qui semble l'avoir définitivement adoptée.

— C'est cette meuf, là, Serena, trop forte ! Elle va installer un ascenseur entre Mars et l'espace, pour permettre aux pionniers de revenir chez eux, au cas où la base se mettrait à déconner !

— Un ascenseur ? répète la vieille dame, perplexe. Ça fait trente ans que j'essaye de convaincre la copropriété d'en installer un pour monter jusqu'à mon petit appartement… Mais je suppose que ces jeunes gens en ont encore plus besoin que moi – n'est-ce pas, Mirza ? »

Le caniche pousse un petit aboiement, comme pour abonder dans le sens de sa maîtresse.

Au même instant, le jeune homme en jogging pose sa main sur l'épaule de sa nouvelle confidente :

« Regardez, m'dame ! C'est nous ! Le programme Genesis montre aux pionniers à quel point on est contents pour eux ! »

Sur l'écran géant, en effet, quelque chose a changé ; le dôme du Jardin ne renvoie plus l'image de l'ascenseur…

mais celle de la foule parisienne elle-même, rassemblée au pied du noble monument, telle qu'elle est filmée par la télévision nationale ! Sous la serre de verre, les pionniers en combinaisons se mettent à faire de grands gestes en poussant des cris de joie.

En réponse à ces signes envoyés depuis Mars, une ola gigantesque commence à remonter depuis l'obélisque de la Concorde, en direction de la place de l'Étoile.

« Préparez-vous à faire la ola, m'dame ! avertit le jeune homme. Un... deux... trois ! »

La vieille dame lève les bras au ciel en même temps que ses voisins, tirant sur la laisse de Mirza qui se dresse joyeusement sur ses pattes :

« *Ooolaaa !* »

105. Hors-champ
HÔTEL CALIFORNIA, VALLÉE DE LA MORT
DIMANCHE 7 JANVIER, 04 H 28

L E NEZ COLLÉ À L'ÉCRAN DE SON TÉLÉVISEUR, CINDY zappe FRÉNÉTIQUEMENT sur toutes les chaînes.
Sur le tapis au pied du lit, le pot de glace renversé achève de fondre, répandant son magma rose et blanc, parfum fraise-éclats de nougat.

Times Square, New York City, 07 h 29

En dépit du fait qu'on soit dimanche matin, la place est aussi bondée qu'à l'heure de pointe un jour de semaine. Les innombrables écrans placardés sur les buildings renvoient l'image des pionniers de Mars, ébahis devant le dôme du Jardin. La joie des New-Yorkais se reflète sur les alvéoles de verre, comme sur un miroir dressé entre les deux planètes.

ACTE V

Une journaliste s'excite dans son micro : « C'est un retournement de situation phénoménal, comme seul le programme Genesis en a le secret ! Au moment où des doutes commençaient à être émis sur la sécurité de la base de New Eden, au moment où les spéculations les plus folles naissaient sur la nature des bruits qui ont retenti au cœur de la tempête, Serena McBee dévoile son projet d'installer un ascenseur spatial énergétique pour accélérer la conquête de Mars... et pour permettre d'évacuer les pionniers en cas de problème ! Quel talent ! Mais quel talent ! »

Zap !
L'édition spéciale d'un journal télévisé.
Le présentateur en costume cravate semble interroger le spectateur de son regard perçant :
« Qui est Barry Mirwood ? Quel homme se cache derrière ce nom qui, il y a quelques minutes encore, était inconnu du grand public ? Rapides comme l'éclair, nos équipes l'ont retrouvé pour vous, et je m'apprête à vous le présenter en direct ! »
L'écran se sépare en deux, laissant le présentateur dans la fenêtre de gauche, et ménageant une fenêtre à droite pour laisser apparaître un vieil homme portant une grande barbe blanche et un pyjama imprimé de fusées et d'étoiles. Sa peau fripée, qui garde encore la marque de l'oreiller, indique qu'il vient de quitter son lit. Mais ses yeux étincelants montrent qu'il est bien réveillé, chargé comme une pile électrique.
« Monsieur Barry Cesar Mirwood ? demande le présentateur pour s'assurer de l'identité de son interlocuteur.
— C'est bien moi ! s'exclame le vieil homme.
— Conseiller scientifique spécial du président Green en matière spatiale ? continue le présentateur, lisant ses fiches.
— Lui-même !
— Êtes-vous bien l'auteur du projet d'ascenseur énergétique diffusé en ce moment même sur la chaîne Genesis ?
— Absolument ! exulte le professeur. Je travaille sur le sujet passionnant des ascenseurs spatiaux depuis trente ans, et j'en ai parlé au professeur McBee dès que j'ai pu. J'ai toujours été

persuadé qu'elle saurait voir l'intérêt scientifique capital d'une telle invention, elle qui détient comme moi un doctorat ès sciences !

— *Il est vrai que cette invention tombe à point nommé. Dites-nous, vous pensez vraiment qu'une telle merveille pourrait être mise en place dès le prochain voyage du* Cupido *vers Mars, pour la saison 2 du programme Genesis, dans moins de deux années terrestres ?*

— *Tout à fait. Nous pourrions même hâter les choses si nous le voulions, en renvoyant le* Cupido *encore plus vite vers Mars, équipé de mon satellite énergétique et de sa cabine de transit.*

— *Extraordinaire ! Laissez-moi vous poser franchement la question que tout le monde se pose, professeur, ça coûte combien, tout ça ?*

— *Oh ! Quelques dizaines de milliards de dollars ! Mais, ainsi que je l'ai proposé à Serena McBee, en réinvestissant les bénéfices du programme Genesis dans ce projet, au nom de la science, l'équation économique fonctionne ! Nul doute que madame la vice-présidente saura convaincre Atlas Capital ! »*

106. CONTRECHAMP
RÉSIDENCE DE L'OBSERVATOIRE, WASHINGTON DC
DIMANCHE 7 JANVIER, 07 H 35

L A PORTE DU BUREAU DE L'OBSERVATOIRE S'OUVRE SUR ORION SEAMUS.
En dépit de l'heure matinale, il est tiré à quatre épingles comme à son habitude, parfaitement coiffé, son œil unique brillant de concentration à côté de son bandeau noir.

« Vous m'avez fait appeler, madame McBee ? demande-t-il.

— Fermez la porte. »

La voix de Serena est aussi tranchante qu'un couperet.

ACTE V

L'agent Seamus referme soigneusement la porte derrière lui, puis reporte son regard de cyclope sur l'impressionnant équipement technique que Serena McBee a fait installer dans le bureau des vice-présidents d'Amérique. Sur le grand écran de montage, la fenêtre centrale est toujours cadrée sur la vue d'ensemble du Jardin. Face aux pionniers, au revers du dôme, alternent les images de chaînes de télévision du monde entier, saluant la nouvelle de l'ascenseur énergétique avec un enthousiasme débordant.

« Agent Orion Seamus, le moment est venu de me prouver l'*indéfectible loyauté* que vous me juriez hier... », annonce Serena.

Un sourire apparaît sur le visage du trentenaire :
« Je suis à vos ordres, madame McBee ! »
Serena, elle, ne sourit pas. Elle désigne l'écran de montage ; sur le dôme apparaît l'image de la place Tian'anmen de Pékin, envahie par une foule en liesse.

« Est-ce que vous vous réjouissez, vous aussi, de cette histoire d'ascenseur énergétique ? demande-t-elle à brûle-pourpoint.

— Je suis sûr que la production prend les meilleures décisions pour le bien-être des pionniers, répond prudemment l'agent Seamus.

— Ce n'est pas la production qui a diffusé le projet d'ascenseur, et ce n'est pas elle qui retransmet en ce moment sur le dôme les réactions des fans. Ce schéma, ces images, n'émanent pas du programme Genesis. Pourtant, mes équipes de cap Canaveral m'assurent que le signal transite par notre réseau de communication interplanétaire sécurisé. C'est donc qu'un pirate a réussi à s'y infiltrer. Or, le cryptage draconien de Genesis a déjà été dépassé une fois ; il y a six mois, en juillet dernier, les images de la base ont été diffusées sur un site Internet pirate. Je suis certaine que c'est la même personne qui est derrière ces deux intrusions. Et je crois savoir de qui il s'agit. »

Serena se lève de son secrétaire et marche jusqu'à l'homme posté au milieu du bureau.

Elle plante ses yeux dans l'œil unique de l'agent ; de si près, on peut distinguer la myriade de petites paillettes ocre qui parsème son iris brun.

« Vous ne savez pas tout sur Andrew Fisher, murmure Serena. Le mois dernier, il s'est introduit par effraction chez moi, dans ma villa. Je ne vous l'avais pas encore dit pour ne pas accabler ce jeune homme davantage. Mais aujourd'hui je dois admettre l'évidence : le dessin actuellement projeté à l'écran provient de mes archives de messagerie. Lui seul a pu y avoir accès. C'est donc lui qui pirate la chaîne Genesis en ce moment ; et c'est lui, certainement, qui a piraté la base en juillet dernier.

— Ces actes s'apparentent à du terrorisme, dit gravement l'agent Seamus, surtout en cette période critique pour notre pays. Vous avez vraiment été trop indulgente avec lui. Nous allons redoubler d'efforts pour le retrouver, ratissant tout le territoire s'il le faut.

— Ce ne sera pas nécessaire. Mes équipes m'ont aussi dit qu'elles avaient localisé l'origine du signal pirate qui est venu parasiter le réseau Genesis. Californie. Vallée de la Mort. Montagne sèche... » Elle remet un papier dans la main de l'agent. « ... les coordonnées exactes sont inscrites ici. »

Les doigts d'Orion Seamus se referment sur le papier et restent un instant en contact avec ceux de Serena.

« J'y vais, madame, dit-il. J'avertis les forces spéciales basées dans la région, et je vous jure que je veillerai personnellement à son arrestation.

— J'y compte bien. Rappelez-vous, Andrew est manifestement dérangé, il inventera sans doute des histoires pour justifier ses actes.

— Ne vous inquiétez pas. Ce sont des drones qui le cueilleront, et les drones n'écoutent pas les histoires des humains. Je m'arrangerai pour que le suspect soit emmené dans une base secrète, sans en informer les autorités fédérales par le circuit habituel, afin que vous puissiez l'interroger en personne. La présomption de terrorisme nous autorise tout cela. »

Serena retire doucement sa main de celle du jeune prodige de la CIA.

« Je vois que nous nous comprenons, dit-elle en souriant. Mon employeur Atlas Capital pense que je suis motivée par l'argent, et je le leur laisse croire volontiers, mais l'argent n'est qu'un moyen. Ma véritable ambition a toujours été le pouvoir. Tout comme vous, Orion, n'est-ce pas ? C'est pourquoi nous nous entendons si bien. Nous sommes nés pour éclairer et guider nos semblables, vous et moi. » Elle sourit un peu plus, puis ajoute : « Ah, une dernière chose ! Il y aura sans doute une fille, avec Andrew Fisher. Arrêtez-la, elle aussi. »

L'agent Seamus s'incline et disparaît sans un bruit.

À peine a-t-il refermé la porte que le téléphone filaire posé sur le secrétaire se met à sonner : c'est la ligne directe de la vice-présidente.

Serena décroche d'un geste sec :

« Allô ?

— Un hélicoptère de la société Atlas Capital demande l'autorisation de se poser sur la pelouse de l'Observatoire, madame la vice-présidente, annonce la voix d'une secrétaire.

— Accordée. »

107. Hors-champ
MINE ABANDONNÉE, VALLÉE DE LA MORT
DIMANCHE 7 JANVIER, 04 H 39

Andrew Fisher et Harmony McBee ont les yeux fixés sur l'écran de l'ordinateur portable, où s'ouvrent les multiples fenêtres de télévisions venues des quatre coins du monde. Elles annoncent toutes l'incroyable nouvelle : la décision du programme Genesis de construire un ascenseur énergétique entre la surface de Mars et l'espace.

« France, Allemagne, Royaume-Uni, États-Unis, Canada, Nigeria, Brésil, Russie, Japon, Singapour, Chine et maintenant Inde ! annonce Andrew. Ça y est, le compte est bon ! J'ai branché le dôme de New Eden sur les chaînes nationales des douze pays des pionniers, alternativement ! »

Le hurlement lointain d'un coyote perce le silence de la vallée de la Mort.

Andrew détache ses yeux de l'écran, le faisceau de sa lampe frontale balayant la cabane pour se poser sur sa montre.

« Cela fait près d'une demi-heure que nous avons piraté la chaîne, dit-il. Nous avons pu constater que le monde entier a bien intégré l'idée de l'ascenseur énergétique. Il n'y a plus de retour possible pour le programme Genesis... ni pour Serena McBee. Je vais lui repasser les commandes dans quelques instants, et elle sera bien obligée de confirmer aux spectateurs que Genesis va construire cet ascenseur !

— C'est fantastique Andrew ! s'exclame Harmony. Grâce à vous, les pionniers ont pu voir les manifestations de solidarité de millions de gens... ! » Elle ajoute aussitôt : « ... c'est juste un peu dommage qu'ils ne nous aient pas vus, tous les deux. Ils ne savent pas que tout ça vient de nous. Mais bien sûr, ce serait trop dangereux de montrer nos visages...

— Je crois qu'il y a un autre moyen de le leur faire savoir ! » assure Andrew.

Ses mains se mettent à courir à toute vitesse sur le pavé numérique du clavier, éclairé par la lampe frontale.

Harmony et lui sont bien trop absorbés pour voir les ombres lointaines qui passent par-dessus la lune, à travers la fenêtre défoncée de la cabane. On dirait un escadron d'oies sauvages, formant un V, qui pointe vers la Montagne Sèche comme une flèche...

108. Contrechamp
RÉSIDENCE DE L'OBSERVATOIRE, WASHINGTON DC
DIMANCHE 7 JANVIER, 07 H 42

« C'EST INADMISSIBLE ! » accuse l'androïde Oraculon de sa voix atone.

Au fond de l'orbe noir qui lui sert de tête, le visage de synthèse grimace comme un masque de théâtre en plâtre blanc – celui qui représente la tragédie. Derrière l'androïde se dresse l'hélicoptère à bord duquel il est arrivé, au milieu d'un vaste cercle de neige soufflé par les hélices lors de l'atterrissage ; mais, à présent, elles sont immobiles, et la pelouse de l'Observatoire est plongée dans le silence de la nuit.

« *Les médias du monde entier annoncent qu'Atlas Capital va réinvestir ses gains dans ce projet farfelu d'ascenseur énergétique*, continue l'androïde face à Serena, enveloppée dans son luxueux manteau de vison. *Il n'en est pas question !*

— Tût-tût ! fait-elle en tançant le robot de son doigt manucuré. Ne parlez pas de manière si catégorique. Je déconseille fortement au board d'Atlas Capital de faire la moindre annonce en ce sens. Vous voulez vraiment apparaître comme l'entreprise qui, par souci du gain, a refusé de porter secours aux pionniers, au moment où l'opinion commence à penser qu'ils courent peut-être un danger ? Si c'est le cas, préparez-vous à ce que vos bureaux soient pris d'assaut par des légions de spectateurs déchaînés. »

Le visage 3D se crispe un peu plus :

« *Mais... nos gains sont protégés par la loi...*

— Tout ce que je vous dis, c'est que si vous ne jouez pas le jeu, vous allez déclencher un tsunami populaire que rien ne pourra endiguer. Alors, il n'y aura plus de barrières, plus de lois pour vous protéger, vous et vos gains. Les gens sont pris aux tripes par l'histoire des colons de Mars, comme si c'étaient des membres de leur famille, que dis-je, comme si c'étaient *eux-mêmes* qui étaient là-haut ! Vous m'aviez demandé de bâtir un show unique, jamais vu. J'ai accompli ma tâche au-delà de toute espérance, me semble-t-il. Je ne pouvais pas prévoir que ce projet d'ascenseur énergétique surgirait d'un seul coup, du fait d'un pirate. Mais, maintenant, il faut faire avec. Si l'on ignore la voix du peuple, le peuple se rebellera ; c'est ainsi qu'ont débuté toutes les révolutions dans l'Histoire. Et quand cette révolution-là commencera, vous aurez tout à perdre. Il faut gagner du temps. Montrer patte blanche. Commencer à investir dans ce ridicule ascenseur, et prétendre qu'il s'inscrit dans la saison 2 du programme Genesis, en attendant de trouver une solution. Oui, vous allez perdre un peu d'argent – mais, si vous refusez, vous perdrez tout. »

Cette fois, le visage enfermé dans la tête de l'androïde Oraculon ne trouve rien à répondre.

ACTE V

109. Champ
MOIS N° 21 / SOL N° 578 / 10 H 15, MARS TIME
[28ᵉ SOL DEPUIS L'ATTERRISSAGE]

« Regardez, l'image change une fois encore ! » s'exclame Safia en désignant du doigt le dôme du Jardin.
Elle a raison.
La vue représentant la foule indienne, rassemblée dans la lumière dorée de la fin d'après-midi à New Delhi, se zèbre de lignes blanches. Pendant plus d'une demi-heure, nous en avons vraiment pris plein les yeux ; d'abord, le schéma de l'ascenseur énergétique, comme un mirage surgi du fond de l'espace, auquel je refusais de croire ; mais il a bien fallu que je me rende à l'évidence quand la vue a switché sur les Champs-Élysées, et ces centaines de milliers de personnes qui voyaient la même chose que moi ! On a ensuite eu droit à tous les pays, tous ceux dont nous sommes originaires. Et, partout, c'était le même spectacle, la même allégresse incroyable.
Ce ne peut pas être un canular, ni un nouveau stratagème tordu.
Il y a trop de personnes impliquées, trop de gens qui attendent maintenant que cet ascenseur devienne réalité.
Mais alors, que dois-je en conclure ?
Que Serena est *bien meilleure qu'on le pensait*, comme l'a dit Alexeï ?
Qu'elle veut vraiment nous sauver, et pas seulement sauver sa peau ?
Tandis que ces questions tournent dans mon esprit, la réponse apparaît sur le revers du dôme.
C'est un écran noir qui succède à New Delhi.

Barré d'une ligne de chiffres de plusieurs mètres de haut :

$$12 + 2 = 14$$

Aussitôt, je devine le sens de cette équation qui doit être un mystère pour les spectateurs, mais qui est une évidence pour moi. Et je suis convaincue que c'est une évidence pour les autres pionniers aussi, sans qu'il soit besoin de citer à l'antenne les noms d'Andrew et d'Harmony.

Douze plus deux égale quatorze !

Nos responsables Survie n'ont jamais si bien mérité leur titre !

Ce sont eux, j'en suis sûre, qui ont déniché ce projet d'ascenseur providentiel, et qui l'ont imposé à Serena McBee !

Je leur adresse un immense merci du fond de mon cœur, juste avant que l'écran noir s'efface à son tour dans un grésillement. Il laisse la place à la productrice exécutive, enveloppée dans un manteau de vison, les joues toutes rouges comme si elle venait de rentrer précipitamment de l'extérieur pour se ruer devant la caméra.

Meilleure que ce qu'on pensait, elle ?

Non, certainement pas ! – mais, sur ce coup-là, elle va bien être obligée de faire comme si !

« *Mes chers pionniers, j'espère que vous avez apprécié ma petite surprise ?* dit-elle avec son aplomb légendaire – mais moi qui commence à bien la connaître, je sens que sa voix tremble un peu. *Voyez-vous, vous avez signé pour un aller simple, mais j'ai toujours eu le projet secret de vous faire revenir un jour si vous le souhaitiez, vous et vos bébés. J'ai toujours eu la vision d'une liaison pérenne entre la Terre et Mars, fonctionnant dans les deux sens. J'avais prévu d'en parler plus tard, lors des futures saisons du programme Genesis, après avoir réglé les aspects techniques et financiers. Mais les révélations de Günter sur l'incident passé vous ont chamboulés, je le vois bien, même si tout est réparé désormais. De concert avec Atlas Capital, je viens donc de prendre la décision d'accélérer le projet d'ascenseur spatial*

ACTE V

énergétique et de tout mettre en œuvre pour le mener à bien le plus rapidement possible ! »

Tout autour de moi, les pionniers tombent dans les bras les uns des autres.

« *Nous allons vraiment rentrer à la maison !* sanglote Kris. *Je n'arrive pas à y croire !*

— Et pourtant si, mon ange ! s'exclame Alexeï en le serrant contre lui.

— Dis, est-ce qu'on pourra emporter Günter ? S'il te plaît !

— Ça marche, et on lui fera plein de petits frères beaucoup plus beaux que lui ! »

Je suis tout autant transportée de bonheur. Même s'il y a encore des tas de choses à préciser, Serena est bel et bien coincée. Pour la première fois depuis que j'ai découvert le rapport Noé, j'entrevois une possibilité concrète qu'on s'en sorte tous vivants !

Je me tourne vers Marcus pour le prendre dans mes bras, pour partager avec lui mon soulagement et mon espérance, comme le font tous les autres couples.

Mais son visage, derrière sa visière, me stoppe net dans mon élan. Il est livide comme un spectre.

« *Suis-moi... dans le Relaxoir...*, me dit-il d'une voix tremblante.

— Marcus ?..., je balbutie. *Qu'est-ce qui se passe ?...* »

Au lieu de me répondre, il dévisse fébrilement son casque et le laisse tomber par terre, sortant du relais audio. Puis il tourne les talons et s'en va vers le tube d'accès qui mène au septième Nid d'amour – le seul qui échappe aux spectateurs.

« *Qu'est-ce qu'il a ?* demande Kelly.

— *Je... je ne sais pas. Je crois qu'il vaut mieux que je le suive...* »

Je dévisse à mon tour mon casque, je le jette derrière moi et je me mets à courir après Marcus.

Ça y est, il est sur le point d'avoir sa crise ! me hurle mon instinct. *La deuxième, la dernière, celle qui ne pardonne pas !* Il *sent que son heure approche et il va se cacher pour mourir, comme le font les bêtes !*

Je sens une sueur glacée couler le long de ma colonne vertébrale, au moment où j'arrive à l'entrée du tube d'accès. Marcus a poussé la porte intérieure donnant sur le Jardin, et il se trouve déjà à l'autre bout du sas, en train d'actionner le levier d'ouverture de la deuxième porte – celle qui mène au septième habitat. Le couloir ne fait que quelques mètres, et pourtant j'ai l'impression qu'il est interminable, j'ai la sensation que mes bottes patinent sur le plancher de métal.

Marcus ouvre la porte.

Les spots du Relaxoir viennent nimber sa combinaison d'un contrejour aveuglant.

Je pense à la lumière au bout du tunnel, celle que certaines personnes affirment voir au moment de passer dans l'au-delà.

« Marcus ! » je crie en le rejoignant enfin.

Je tombe dans ses bras, éperdue, tandis qu'il rabat le levier pour nous enfermer tous les deux dans le septième Nid d'amour.

110. Chaîne Genesis
DIMANCHE 7 JANVIER, 08 H 07

Plan d'ensemble cadré sur le tube d'accès conduisant au Relaxoir.

La porte intérieure du tube, celle qui donne sur le Jardin, bée comme la bouche d'un ogre qui a avalé Marcus et Léonor quelques instants plus tôt, et qui a encore faim.

ACTE V

Les dix pionniers vêtus de leur combinaison s'en approchent à pas prudents, sauf Kirsten et Mozart. Ces deux derniers ont enlevé leurs casques pour pouvoir être entendus de Léonor, dont ils crient le nom en courant. Ils parviennent les premiers au boyau et s'y engouffrent aussitôt, échappant au champ de la caméra.

La voix inquiète de Safia retentit à travers le relais radio : « *Attendez... Marcus et Léo veulent peut-être qu'on les laisse seuls...* »

Mais Alexeï et Elizabeth ne peuvent déjà plus l'entendre ; eux aussi viennent de dévisser leurs casques et se sont mis à courir. Ils franchissent à leur tour le seuil du couloir faisant office de sas, à la poursuite de leurs conjoints.

Au moment où les autres pionniers atteignent l'ouverture, la diffusion de la chaîne cesse brusquement, remplacée par le jingle qui annonce une nouvelle page de publicité.

Cut.

[COUPURE PUBLICITAIRE]

Ouverture au noir sur la photo légèrement jaunie d'un groupe d'enfants, bien alignés dans une cour bétonnée. Ils affichent des visages sérieux pour leur âge. Tandis que s'égrènent les notes d'une mélodie nostalgique au piano, la caméra zoome sur l'enfant au milieu de la rangée : une petite fille de six ans à peine, au visage mangé de taches de rousseur, aux grands yeux qui semblent interroger le spectateur. C'est Léonor. On l'a chargée de porter une ardoise sur laquelle est inscrit à la craie : « Orphelinat Paris XX, petite section ».

Fondu enchaîné sur une deuxième photo, représentant un petit garçon aux sourcils froncés, aux yeux gris orage, qui tient la main d'une femme à l'air absent. On reconnaît aussitôt le jeune Marcus, et on devine que la femme échevelée est sa mère. On a l'impression étrange que c'est elle qui s'accroche à la main de son fils, et non l'inverse.

PHOBOS[2]

Des violons viennent se superposer au thème du piano, enrichissant la mélodie.
Fondu enchaîné sur Léonor devenue jeune adulte, debout sur la plateforme d'embarquement de cap Canaveral pour la cérémonie de départ du programme Genesis. Par rapport à la première photo, son visage s'est structuré, ses pommettes se sont dessinées, ses cils se sont allongés ; pourtant, au-dessus du col de la combinaison blanche, c'est le même regard brûlant de questions.
Fondu enchaîné sur le contrechamp : un cliché de Marcus attendant sur la même plateforme, le même jour, de l'autre côté du rideau couvert de logos. Là encore, malgré les sourcils plus épais et la mâchoire plus carrée, on reconnaît le petit garçon grave qui subsiste derrière le jeune homme prêt à conquérir les étoiles.

La musique continue de gagner en rythme, en volume et en intensité.
Fondu enchaîné sur une nouvelle image de Léonor. La chevelure retenue par un ruban, la poitrine moulée par son petit haut de jersey gris, elle flotte au milieu du Parloir de verre. Elle froisse entre ses doigts le petit papier avec lequel elle a tiré au sort le nom de son premier prétendant, lors de sa première séance de speed-dating.
Fondu enchaîné sur Marcus, lui aussi en apesanteur. Il est entièrement vêtu de noir, ses cheveux sont soigneusement coiffés, son demi-sourire illumine son visage. Il tient dans sa main la magnifique rose rouge qu'il vient de faire apparaître, pour l'offrir à celle qui l'a invité.

Des hautbois rejoignent les autres instruments, la musique se fait symphonique pour l'envolée finale.
La nouvelle photo apparaissant à l'écran ne représente plus Léonor et Marcus séparément, mais ensemble, pour la toute première fois, juste après l'atterrissage des caspules ;

vêtus de leurs épaisses combinaisons spatiales blanches, ils s'étreignent au milieu du désert rouge de Mars. Derrière la visière de leurs casques, qui reposent l'une contre l'autre, leurs visages rayonnent de bonheur.

Une voix de femme suave retentit : « *Des plus beaux mariages naissent les plus belles réalisations.* »

Une gamme complète de plats surgelés apparaît à l'écran, conditionnée dans des barquettes de plastique noir en forme de cœur.

Voix off : « *Plats cuisinés Leorcus. Quand le raffinement Merceaugnac se marie au savoir-faire Eden Food, la haute gastronomie devient accessible à tous les amoureux du goût.* »

Fondu enchaîné sur l'inscription gravée dans l'opale blanche de Mars :

LÉONOR + MARCUS

Par effet de morphing, les deux noms se fondent en un seul, que vient souligner une élégante signature de marque :

Leorcus
Simply Delicious
Par Merceaugnac et Eden Food

☙

12 recettes de grands chefs à déguster en amoureux
Disponibles au rayon surgelés

Cut.

111. Champ
MOIS N° 21 / SOL N° 578 / 10 H 26, MARS TIME
[28ᵉ SOL DEPUIS L'ATTERRISSAGE]

« MARCUS ! NE MEURS PAS, JE T'EN SUPPLIE, L'HEURE N'EST PAS ENCORE VENUE ! »

Les larmes embuent mes yeux, diffractent la lumière des spots, troublent le visage adoré… un visage toujours aussi blême, aussi médusé que tout à l'heure sous le dôme, quand il m'a demandé de le suivre au Relaxoir.

« Je ne vais pas mourir, pas maintenant, pas encore… », m'assure-t-il à mi-voix.

Le nœud dans mon ventre se desserre instantanément :
« J'ai eu si peur !

— … mais je vais te livrer la fin de mon histoire. La partie que tu n'as pas entendue. Celle que je m'étais juré de ne jamais te révéler. Jusqu'à présent, j'avais réussi à me mettre dans la tête que ça ne servait à rien de dire la vérité, puisque nous allions tous mourir sur Mars en quelques mois. Mais plus maintenant. L'ascenseur a complètement changé la donne. Il faut que je crache le morceau, là, tout de suite, avant de laisser entrer les autres – parce que si ce n'est pas moi qui leur ouvre, je sais bien qu'ils forceront la porte.

— Quoi ? Qu'est-ce que tu racontes ? Tu peux tout me dire, *tout*, tu m'entends ? – tu sais bien que je garderai le secret ! »

Depuis le tube d'accès menant à l'habitat, derrière la lourde porte de métal que Marcus a verrouillée de l'intérieur, je perçois les cris étouffés de Kris et de Mozart. J'entends aussi la voix de Serena McBee, filtrant depuis l'écran dans la chambre master de l'habitat – celui du séjour est toujours fracassé.

ACTE V

« *Que se passe-t-il, Léonor et Marcus* ? s'alarme-t-elle, incapable de nous voir ou de nous entendre dans cette pièce aux caméras et micros englués de plastique fondu. *Que faites-vous dans le Relaxoir sans mon invitation ? Vous avez semé le chaos parmi les pionniers, et j'ai à nouveau été obligée d'interrompre le programme avec une page de publicité qui est sur le point de s'achever. Les spectateurs vont finir par se douter de quelque chose : est-ce que vous voulez vraiment tout faire rater ?* »

Je ne réponds pas à mes amis, et encore moins à Serena.

Je ne prête pas attention aux frissons de la porte, derrière laquelle les poings s'abattent maintenant en pluie drue.

La seule chose qui compte, c'est Marcus.

A-t-il peur que je change d'avis sur lui, à cause de cet ascenseur tombé du ciel ?

Parce que mon espérance de vie a soudain fait un bond en avant, il pense que je vais revenir sur tout ce que je lui ai promis ?

« Même si on arrive à revenir sur Terre, ça ne change rien ! je m'écrie. Rappelle-toi la gravure dans l'opale, on s'aime pour l'éternité ! »

Un demi-sourire se dessine sur le visage de Marcus, mais qui n'a rien à voir avec celui que je connais et que je chéris. Celui-là est triste, tordu, tronqué : on dirait une écorchure.

« Ça ne change rien, tu es sûre ? coasse-t-il. Écoute-moi, avant de reprendre naïvement le slogan de Genesis : *on s'aime pour l'éternité.* »

Ouch.

Ça fait mal.

Et je sens confusément que ce qui vient va faire plus mal encore. Je voudrais faire marche arrière, fermer la bouche de Marcus, oublier le sens des mots et tous les souvenirs accumulés au cours de ces derniers mois.

Mais la Salamandre m'a prévenue : j'ai pris le risque de déverrouiller mon cœur. Les souvenirs s'y sont inscrits de manière indélébile. À présent, il est trop tard pour oublier.

La bouche de Marcus s'entrouvre en grimaçant.

Les mots qui s'en échappent s'enroulent autour de moi, comme des cordes venant me ligoter.

« Ça ne change rien, si je te dis qu'en embarquant je savais que la base était pourrie, que des cobayes nous avaient précédés et que nous partions pour la mort ? »

Il pose sa main sur le levier d'ouverture de la porte vibrante et donne un premier quart de tour ; j'ai l'impression que je suis allongée sur une table de torture, et que lui, le bourreau, tourne la manivelle pour m'étirer les membres jusqu'à ce qu'ils craquent.

« Ça ne change rien, si je te dis que j'étais au courant du rapport Noé et que j'aurais pu en avertir le monde entier lors de la cérémonie de décollage – mais que je vous ai laissés monter dans la fusée sans prononcer un mot ? »

D'un geste sec, il donne un deuxième quart de tour ; je sens tout mon corps se contracter, mes viscères se tordre.

« Ça ne change rien, si je te dis que la seule chose qui comptait pour moi, c'était d'aller sur Mars à n'importe quel prix ? »

Il donne un troisième quart de tour et, avec la même hargne, écartèle ce qu'il reste de mon cœur.

Son beau visage, naguère si calme, n'est plus qu'un masque d'amertume qui m'inspire à la fois la terreur et la pitié. Sauf que ce n'est pas un masque. C'est vraiment lui. Le masque, c'était le front, les joues, les lèvres que j'ai si souvent embrassés.

À cette pensée, le dégoût l'emporte sur toutes les autres émotions.

Je sens mon estomac se soulever.

Un goût de bile me remonte dans la bouche.

Au même instant, l'inconnu qui hier encore promenait ses mains sur ma peau nue donne le dernier quart de tour, le coup de grâce :

« Je ne suis pas une victime, Léonor. Je suis un assassin qui a fait une croix sur vos onze vies en toute connaissance

ACTE V

de cause. Est-ce que tu vas oser leur répéter, à eux aussi, que tu m'aimes pour l'éternité ? »

La porte s'ouvre sans un bruit sur les visages des innocents que Marcus a condamnés. Ils sont là tous les dix, dépouillés de leurs casques, serrés derrière le fauteuil de Tao, qui tient à la main le passe-partout qu'il s'apprêtait à utiliser.

Kris, la première, se précipite à ma rescousse.

Je vois ses lèvres s'agiter, mais je ne perçois aucun son.

Elle se met alors à crier en m'agrippant les épaules, et sa voix me parvient enfin, de très loin :

« Léo ! Qu'est-ce qui se passe ? Tu es si pâle ! »

Les filles forment un cercle protecteur autour de moi.

Par-dessus leurs têtes, je vois les garçons se resserrer eux aussi autour de Marcus – deux groupes séparés, comme à l'époque du *Cupido,* comme si on avait fait un gigantesque bond en arrière.

J'aperçois le visage révulsé de Mozart, qui écrase son front contre celui de Marcus en aboyant :

« Qu'est-ce que tu lui as fait ? Qu'est-ce que tu lui as dit ? Réponds ! »

Les mains de Kris me pétrissent les épaules, aussi fort que si elle voulait les broyer :

« Parle-moi, Léo, je t'en supplie... »

Tous les regards se tournent vers moi, chargés de peur et d'incompréhension.

Je sens une remontée acide tracer un sillon de feu depuis mes entrailles jusqu'à ma gorge.

Vomir ma douleur !

Là, maintenant, dans le Relaxoir, devant tout l'équipage !

Leur dire que Marcus est un sale traître, et les laisser le lyncher, et les laisser me venger, dans cette pièce où nul ne peut nous voir ni nous entendre !

« Parle-moi ! implore Kris. Dis quelque chose ! »

J'ai la vérité sur le bout de la langue.

Je pourrais la cracher pour m'en libérer, comme on crache un aliment pourri dans lequel on a mordu par mégarde – parce que c'est ça, mon histoire avec Marcus : une imposture aussi répugnante que le programme Genesis, rose à l'extérieur et gangrénée à l'intérieur.

Ou je pourrais ravaler cette vérité, et la digérer jusqu'à ce qu'elle fasse partie de moi de manière inextricable, jusqu'à ce qu'elle se dissolve dans ma peau, dans mes cheveux, dans chaque cellule de mon être – pour que personne, jamais, ne l'apprenne.

Parler ou me taire ?

Livrer celui qui m'a écartelée vive, ou garder son secret pathétique ?

Nulle autre que moi n'a le pouvoir d'en décider.

Cette fois-ci, je ne peux pas me dérober, faire appel au groupe ou organiser un vote.

La partie est finie, les Listes de cœur sont closes, les noms des amoureux sont gravés dans la pierre immuable des planètes et dans l'éternité factice des écrans.

J'ai joué et j'ai perdu.

Je ne suis plus douze, ni même deux.

Je ne suis plus qu'une

— une seule !

112. Chaîne Genesis
DIMANCHE 7 JANVIER, 08 H 15

PROGRAMME GENESIS – SAISON 2

SIX NOUVELLES PRÉTENDANTES
SIX NOUVEAUX PRÉTENDANTS
SIX NOUVELLES HISTOIRES D'AMOUR
ET ENCORE PLUS DE BÉBÉS

LES CANDIDATURES SONT OUVERTES :
POSTULEZ DÈS AUJOURD'HUI SUR LE SITE DE GENESIS !

Remerciements

À l'issue de cette nouvelle étape du voyage, le moment est venu de tirer mon chapeau à tous les membres de l'équipage. Fidèles au poste, Glenn, Constance et Fabien m'ont aidé à tenir le gouvernail, pour un atterrissage réussi ; Catherine, Margaux, Céline, Elisabeth et Sylvie ont supervisé les manœuvres avec justesse depuis la salle de contrôle ; Larry s'est surpassé, et a sublimé Léonor une fois de plus ; Delphine et Benita ont œuvré à l'avenir du programme ; ma famille enfin a su me supporter, et même mieux, me soutenir, lors de ces derniers mois où j'étais bien plus souvent sur Mars que sur Terre (avec la latence de communication que cela implique !).

La deuxième phase de cette mission a pu être réalisée grâce à eux tous : qu'ils en soient infiniment remerciés.

En attendant la suite du programme
Genesis et le tome 3
de **Phobos**…

Entrez
dans un
nouvel
R

avec d'autres romans
de la collection

www.facebook.com/collectionr

Retrouvez tout l'univers de
Phobos
sur la page Facebook de la collection R :
www.facebook.com/collectionr
et sur le site de Victor Dixen :
www.victordixen.com

Vous souhaitez être tenu(e) informé(e)
des prochaines parutions de la collection R
et recevoir notre newsletter ?

Écrivez-nous à l'adresse suivante,
en nous indiquant votre adresse e-mail :
servicepresse@robert-laffont.fr

Composition et mise en pages
Nord Compo à Villeneuve-d'Ascq

MIXTE
Papier issu de
sources responsables
FSC® C003309

L'Éditeur de cet ouvrage s'engage
pour la préservation de son environnement
et utilise du papier issu de forêts gérées de manière responsable.

Achevé d'imprimer en mai 2019
sur les presses de Normandie Roto Impression s.a.s.
61250 Lonrai (Orne)
N° d'édition : 59279/12 - N° d'impression : 1902219
Dépôt légal : novembre 2015

Imprimé en France